国家出版基金项目
NATIONAL PUBLICATION FOUNDATION

中国社会科学院

庆祝中华人民共和国成立70周年书系

总主编　谢伏瞻

国家哲学社会科学学术研究史

新中国文学研究70年

朝戈金　刘跃进　陈众议／主编

中国社会科学出版社

图书在版编目（CIP）数据

新中国文学研究 70 年／朝戈金，刘跃进，陈众议主编 . —北京：
中国社会科学出版社，2020.5

（庆祝中华人民共和国成立 70 周年书系）

ISBN 978 - 7 - 5203 - 6037 - 1

I . ①新⋯ II . ①朝⋯②刘⋯③陈⋯ III . ①中国文学—当代文学—
文学研究 IV . ①I206.7

中国版本图书馆 CIP 数据核字（2020）第 032145 号

出 版 人	赵剑英
责任编辑	顾世宝
责任校对	杨 林
责任印制	王 超

出 版	中国社会科学出版社
社 址	北京鼓楼西大街甲 158 号
邮 编	100720
网 址	http://www.csspw.cn
发 行 部	010 - 84083685
门 市 部	010 - 84029450
经 销	新华书店及其他书店

印刷装订	北京君升印刷有限公司
版 次	2020 年 5 月第 1 版
印 次	2020 年 5 月第 1 次印刷

开 本	710 × 1000 1/16
印 张	37.5
插 页	2
字 数	536 千字
定 价	209.00 元

凡购买中国社会科学出版社图书，如有质量问题请与本社营销中心联系调换
电话：010 - 84083683

中国社会科学院
《庆祝中华人民共和国成立 70 周年书系》
编撰工作领导小组及委员会名单

编撰工作领导小组：

    组　长　谢伏瞻

    成　员　王京清　蔡　昉　高　翔　高培勇　杨笑山

            姜　辉　赵　奇

编撰工作委员会：

    主　任　谢伏瞻

    成　员　（按姓氏笔画为序）

          卜宪群　马　援　王　巍　王立胜　王立峰

          王延中　王京清　王建朗　史　丹　邢广程

          刘丹青　刘跃进　闫　坤　孙壮志　李　扬

          李正华　李　平　李向阳　李国强　李培林

          李新烽　杨伯江　杨笑山　吴白乙　汪朝光

          张　翼　张车伟　张宇燕　陈　甦　陈光金

          陈众议　陈星灿　周　弘　郑筱筠　房　宁

          赵　奇　赵剑英　胡　滨　姜　辉　莫纪宏

夏春涛　高　翔　高培勇　唐绪军　黄　平
黄群慧　朝戈金　蔡　昉　樊建新　潘家华
魏后凯

协调工作小组：

组　长　蔡　昉

副组长　马　援　赵剑英

成　员（按姓氏笔画为序）

王子豪　王宏伟　王　茵　云　帆　卢　娜
叶　涛　田　侃　曲建君　朱渊寿　刘大先
刘　伟　刘红敏　刘　杨　刘爱玲　吴　超
宋学立　张　骅　张　洁　张　旭　张崇宁
林　帆　金　香　郭建宏　博　悦　蒙　娃

总　序

与时代同发展　与人民齐奋进

谢伏瞻[*]

今年是新中国成立 70 周年。70 年来，中国共产党团结带领中国人民不懈奋斗，中华民族实现了从"东亚病夫"到站起来的伟大飞跃、从站起来到富起来的伟大飞跃，迎来了从富起来到强起来的伟大飞跃。70 年来，中国哲学社会科学与时代同发展，与人民齐奋进，繁荣中国学术，发展中国理论，传播中国思想，为党和国家事业发展作出重要贡献。在这重要的历史时刻，我们组织中国社会科学院多学科专家学者编撰了《庆祝中华人民共和国成立 70 周年书系》，旨在系统回顾总结中国特色社会主义建设的巨大成就，系统梳理中国特色哲学社会科学发展壮大的历史进程，为建设富强民主文明和谐美丽的社会主义现代化强国提供历史经验与理论支持。

壮丽篇章　辉煌成就

70 年来，中国共产党创造性地把马克思主义基本原理同中国具体实际相结合，领导全国各族人民进行社会主义革命、建设和改革，

---

[*] 中国社会科学院院长、党组书记，学部主席团主席。

战胜各种艰难曲折和风险考验，取得了举世瞩目的伟大成就，绘就了波澜壮阔、气势恢宏的历史画卷，谱写了感天动地、气壮山河的壮丽凯歌。中华民族正以崭新姿态巍然屹立于世界的东方，一个欣欣向荣的社会主义中国日益走向世界舞台的中央。

我们党团结带领人民，完成了新民主主义革命，建立了中华人民共和国，实现了从几千年封建专制向人民民主的伟大飞跃；完成了社会主义革命，确立社会主义基本制度，推进社会主义建设，实现了中华民族有史以来最为广泛而深刻的社会变革，为当代中国的发展进步奠定了根本政治前提和制度基础；进行改革开放新的伟大革命，破除阻碍国家和民族发展的一切思想和体制障碍，开辟了中国特色社会主义道路，使中国大踏步赶上时代，迎来了实现中华民族伟大复兴的光明前景。今天，我们比历史上任何时期都更接近、更有信心和能力实现中华民族伟大复兴的目标。

中国特色社会主义进入新时代。党的十八大以来，在以习近平同志为核心的党中央坚强领导下，我们党坚定不移地坚持和发展中国特色社会主义，统筹推进"五位一体"总体布局，协调推进"四个全面"战略布局，贯彻新发展理念，适应我国社会主要矛盾已经转化为人民日益增长的美好生活需要和不平衡不充分的发展之间的矛盾的深刻变化，推动我国经济由高速增长阶段向高质量发展阶段转变，综合国力和国际影响力大幅提升。中国特色社会主义道路、理论、制度、文化不断发展，拓展了发展中国家走向现代化的途径，给世界上那些既希望加快发展又希望保持自身独立性的国家和民族提供了全新选择，为解决人类问题贡献了中国智慧和中国方案，为人类发展、为世界社会主义发展做出了重大贡献。

70 年来，党领导人民攻坚克难、砥砺奋进，从封闭落后迈向开放进步，从温饱不足迈向全面小康，从积贫积弱迈向繁荣富强，取得了举世瞩目的伟大成就，创造了人类发展史上的伟大奇迹。

经济建设取得辉煌成就。 70 年来，我国经济社会发生了翻天覆地的历史性变化，主要经济社会指标占世界的比重大幅提高，国际地位和国际影响力显著提升。经济总量大幅跃升，2018 年国内生产总值比 1952 年增长 175 倍，年均增长 8.1%。1960 年我国经济总量占全球经济的比重仅为 4.37%，2018 年已升至 16% 左右，稳居世界第二大经济体地位。我国经济增速明显高于世界平均水平，成为世界经济增长的第一引擎。1979—2012 年，我国经济快速增长，年平均增长率达到 9.9%，比同期世界经济平均增长率快 7 个百分点，也高于世界各主要经济体同期平均水平。1961—1978 年，中国对世界经济增长的年均贡献率为 1.1%。1979—2012 年，中国对世界经济增长的年均贡献率为 15.9%，仅次于美国，居世界第二位。2013—2018 年，中国对世界经济增长的年均贡献率为 28.1%，居世界第一位。人均收入不断增加，1952 年我国人均 GDP 仅为 119 元，2018 年达到 64644 元，高于中等收入国家平均水平。城镇化率快速提高，1949 年我国的城镇化率仅为 10.6%，2018 年我国常住人口城镇化率达到了 59.58%，经历了人类历史上规模最大、速度最快的城镇化进程，成为中国发展史上的一大奇迹。工业成就辉煌，2018 年，我国原煤产量为 36.8 亿吨，比 1949 年增长 114 倍；钢材产量为 11.1 亿吨，增长 8503 倍；水泥产量为 22.1 亿吨，增长 3344 倍。基础设施建设积极推进，2018 年年末，我国铁路营业里程达到 13.1 万公里，比 1949 年年末增长 5 倍，其中高速铁路达到 2.9 万公里，占世界高铁总量 60% 以上；公路里程为 485 万公里，增长 59 倍；定期航班航线里程为 838 万公里，比 1950 年年末增长 734 倍。开放型经济新体制逐步健全，对外贸易、对外投资、外汇储备稳居世界前列。

科技发展实现大跨越。70 年来，中国科技实力伴随着经济发展同步壮大，实现了从大幅落后到跟跑、并跑乃至部分领域领跑的历史性跨越。涌现出一批具有世界领先水平的重大科技成果。李四光等人提出"陆相生油"理论，王淦昌等人发现反西格玛负超子，第一颗原子弹装置爆炸成功，第一枚自行设计制造的运载火箭发射成功，在世界上首次人工合成牛胰岛素，第一颗氢弹空爆成功，陈景润证明了哥德巴赫猜想中的"1＋2"，屠呦呦等人成功发现青蒿素，天宫、蛟龙、天眼、悟空、墨子、大飞机等重大科技成果相继问世。相继组织实施了一系列重大科技计划，如国家高技术研究发展（863）计划、国家重点基础研究发展（973）计划、集中解决重大问题的科技攻关（支撑）计划、推动高技术产业化的火炬计划、面向农村的星火计划以及国家自然科学基金、科技型中小企业技术创新基金等。研发人员总量稳居世界首位。我国研发经费投入持续快速增长，2018 年达 19657 亿元，是 1991 年的 138 倍，1992—2018 年年均增长 20.0%。研发经费投入强度更是屡创新高，2014 年首次突破 2%，2018 年提升至 2.18%，超过欧盟 15 国平均水平。按汇率折算，我国已成为仅次于美国的世界第二大研发经费投入国家，为科技事业发展提供了强大的资金保证。

人民生活显著改善。我们党始终把提高人民生活水平作为一切工作的出发点和落脚点，深入贯彻以人民为中心的发展思想，人民获得感显著增强。70 年来特别是改革开放以来，从温饱不足迈向全面小康，城乡居民生活发生了翻天覆地的变化。我国人均国民总收入（GNI）大幅提升。据世界银行统计，1962 年，我国人均 GNI 只有 70 美元，1978 年为 200 美元，2018 年达到 9470 美元，比 1962 年增长了 134.3 倍。人均 GNI 水平与世界平均水平的差距逐渐缩小，1962 年相当于世界平均水平的 14.6%，2018 年相当于世界平均水平的 85.3%，比 1962 年提高了 70.7 个百分点。在世界银行公布的人均 GNI 排名中，2018 年中国排名第 71 位（共计 192 个经济体），比 1978 年（共计 188 个经济体）提高 104 位。组织实施了一系列中长期扶贫规划，从救济式扶贫到开发式扶贫再到精准扶贫，探索出一条符合中国国情的农村扶贫开发道路，为全面建成小康社会奠定了坚实基础。脱贫攻坚战取得决定性进展，贫困人口大幅减少，为世界减贫事业做出了重大贡献。按照我国现行农村贫困标准测算，1978 年我国农村贫困人口为 7.7 亿人，贫困发生率为 97.5%。2018 年年末农村贫困人口为 1660 万人，比 1978 年减少 7.5 亿人；贫困发生率为 1.7%，比 1978 年下降 95.8 个百分点，平均每年下降 2.4 个百分点。我国是最早实现联合国千年发展目标中减贫目标的发展中国家。就业形势长期稳定，就业总量持续增长，从1949年的1.8亿人增加到2018年的7.8亿人，扩大了3.3倍，就业结构调整优化，就业质量显著提升，劳动力市场不断完善。教育事业获得跨越式发展。1970—2016年，我国高等教育毛入学率从0.1%提高到48.4%，2016年我国高等教育毛入学率比中等收入国家平均水平高出13.4个百分点，比世界平均水平高10.9个百分点；中等教育毛入学率从1970年的28.0%提高到2015年的94.3%，2015年我国中等教育毛入学率超过中等收入国家平均水平16.5个百分点，远高于世界平均水平。我国总人口由1949年的5.4亿人发展到2018年的近14亿人，年均增长率约为1.4%。人民身体素质日益改善，居民预期寿命由新中国成立初的35岁提高到2018年的77岁。居民环境卫生条件持续改善。2015年，我国享有基本环境卫生服务人口占总人口比重为75.0%，超过中等收入国家66.1%的平均水平。我国居民基本饮用水服务已基本实现全民覆盖，超过中等偏上收入国家平均水平。

思想文化建设取得重大进展。党对意识形态工作的领导不断加强，党的理论创新全面推进，马克思主义在意识形态领域的指导地位更加巩固，中国特色社会主义和中国梦深入人心，社会主义核心价值观和中华优秀传统文化广泛弘扬。文化事业繁荣兴盛，文化产业快速发展。文化投入力度明显加大。1953—1957年文化事业费总投入为4.97亿元，2018年达到928.33亿元。广播影视制播能力显著增强。新闻出版繁荣发展。2018年，图书品种51.9万种、总印数100.1亿册（张），分别为1950年的42.7倍和37.1倍；期刊品种10139种、总印数22.9亿册，分别为1950年的34.4倍和57.3倍；报纸品种1871种、总印数337.3亿份，分别为1950年的4.9倍和42.2倍。公共文化服务水平不断提高，文艺创作持续繁荣，文化事业和文化产业蓬勃发展，互联网建设管理运用不断完善，全民健身和竞技体育全面发展。主旋律更加响亮，正能量更加强劲，文化自信不断增强，全党全社会思想上的团结统一更加巩固。改革开放后，我国对外文化交流不断扩大和深化，已成为国家整体外交战略的重要组成部分。特别是党的十八大以来，文化交流、文化贸易和文化投资并举的"文化走出去"、推动中华文化走向世界的新格局已逐渐形成，国家文化软实力和中华文化影响力大幅提升。

生态文明建设成效显著。70 年来特别是改革开放以来，生态文明建设扎实推进，走出了一条生态文明建设的中国特色道路。党的十八大以来，以习近平同志为核心的党中央高度重视生态文明建设，将其作为统筹推进"五位一体"总体布局的重要内容，形成了习近平生态文明思想，为新时代推进我国生态文明建设提供了根本遵循。国家不断加大自然生态系统建设和环境保护力度，开展水土流失综合治理，加大荒漠化治理力度，扩大森林、湖泊、湿地面积，加强自然保护区保护，实施重大生态修复工程，逐步健全主体功能区制度，推进生态保护红线工作，生态保护和建设不断取得新成效，环境保护投入跨越式增长。20 世纪 80 年代初期，全国环境污染治理投资每年为 25 亿—30 亿元，2017 年，投资总额达到 9539 亿元，比 2001 年增长 7.2 倍，年均增长 14.0%。污染防治强力推进，治理成效日益彰显。重大生态保护和修复工程进展顺利，森林覆盖率持续提高。生态环境治理明显加强，环境状况得到改善。引导应对气候变化国际合作，成为全球生态文明建设的重要参与者、贡献者、引领者。①

新中国 70 年的辉煌成就充分证明，只有社会主义才能救中国，只有改革开放才能发展中国、发展社会主义、发展马克思主义，只有坚持以人民为中心才能实现党的初心和使命，只有坚持党的全面领导才能确保中国这艘航船沿着正确航向破浪前行，不断开创中国特色社会主义事业新局面，谱写人民美好生活新篇章。

---

① 文中所引用数据皆来自国家统计局发布的《新中国成立 70 周年经济社会发展成就系列报告》。

繁荣中国学术　发展中国理论
传播中国思想

70 年来，我国哲学社会科学与时代同发展、与人民齐奋进，在革命、建设和改革的各个历史时期，为党和国家事业作出了独特贡献，积累了宝贵经验。

一　发展历程

——**在马克思主义指导下奠基、开创哲学社会科学**。新中国哲学社会科学事业，是在马克思主义指导下逐步发展起来的。新中国成立前，哲学社会科学基础薄弱，研究与教学机构规模很小，无法适应新中国经济和文化建设的需要。因此，新中国成立前夕通过的具有临时宪法性质的《中国人民政治协商会议共同纲领》明确提出："提倡用科学的历史观点，研究和解释历史、经济、政治、文化及国际事务，奖励优秀的社会科学著作。"新中国成立后，党中央明确要求："用马列主义的思想原则在全国范围内和全体规模上教育人民，是我们党的一项最基本的政治任务。"经过几年努力，确立了马克思主义在哲学社会科学领域的指导地位。国务院规划委员会制定了1956—1967 年哲学社会科学研究工作远景规划。1956 年，毛泽东同志提出"百花齐放、百家争鸣"，强调"百花齐放、百家争鸣"的方针，"是促进艺术发展和科学进步的方针，是促进中国的社会主义文化繁荣的方针"。在机构设置方面，1955 年中国社会科学院的前身——中国科学院哲学社会科学学部成立，并先后建立了 14 个研究所。马克思主义指导地位的确立，以及科研和教育体系的建立，为新中国哲学社会科学事业的兴起和发展奠定了坚实基础。

——**在改革开放新时期恢复、发展壮大哲学社会科学**。党的十一届三中全会开启了改革开放新时期，我国哲学社会科学从十年

"文革"的一片荒芜中迎来了繁荣发展的新阶段。邓小平同志强调"科学当然包括社会科学",重申要切实贯彻"双百"方针,强调政治学、法学、社会学以及世界政治的研究需要赶快补课。1977 年,党中央决定在中国科学院哲学社会科学学部的基础上组建中国社会科学院。1982 年,全国哲学社会科学规划座谈会召开,强调我国哲学社会科学事业今后必须有一个大的发展。此后,全国哲学社会科学规划领导小组成立,国家社会科学基金设立并逐年开展课题立项资助工作。进入 21 世纪,党中央始终将哲学社会科学置于重要位置,江泽民同志强调"在认识和改造世界的过程中,哲学社会科学和自然科学同样重要;培养高水平的哲学社会科学家,与培养高水平的自然科学家同样重要;提高全民族的哲学社会科学素质,与提高全民族的自然科学素质同样重要;任用好哲学社会科学人才并充分发挥他们的作用,与任用好自然科学人才并发挥他们的作用同样重要"。《中共中央关于进一步繁荣发展哲学社会科学的意见》等文件发布,有力地推动了哲学社会科学繁荣发展。

——在新时代加快构建中国特色哲学社会科学。党的十八大以来,以习近平同志为核心的党中央高度重视哲学社会科学。2016 年 5 月 17 日,习近平总书记亲自主持哲学社会科学工作座谈会并发表重要讲话,提出加快构建中国特色哲学社会科学的战略任务。2017 年 3 月 5 日,党中央印发《关于加快构建中国特色哲学社会科学的意见》,对加快构建中国特色哲学社会科学作出战略部署。2017 年 5 月 17 日,习近平总书记专门就中国社会科学院建院 40 周年发来贺信,发出了"繁荣中国学术,发展中国理论,传播中国思想"的号召。2019 年 1 月 2 日、4 月 9 日,习近平总书记分别为中国社会科学院中国历史研究院和中国非洲研究院成立发来贺信,为加快构建中国特色哲学社会科学指明了方向,提供了重要遵循。不到两年的时间内,习近平总书记专门为一个研究单位三次发贺信,这充分说明党中央对哲学社会科学的重视前所未有,对哲学社会科学工作者的关怀前所未有。在党中央坚强领导下,广大哲学社会科学工作者增强"四个意识",坚定"四个自信",做到"两个维护",坚持以习近平新时代中国特色社会主义思想为指导,坚持"二为"方向和"双百"方针,以研究我国改革发展稳定重大理论和实践问题为主攻方向,哲学社会科学领域涌现出一批优秀人才和成果。经过不懈努力,我国哲学社会科学事业取得了历史性成就,发生了历史性变革。

二　主要成就

70 年来,在党中央坚强领导和亲切关怀下,我国哲学社会科学取得了重大成就。

马克思主义理论研究宣传不断深入。新中国成立后,党中央组织广大哲学社会科学工作者系统翻译了《马克思恩格斯全集》《列宁全集》《斯大林全集》等马克思主义经典作家的著作,参与编辑出版《毛泽东选集》《毛泽东文集》《邓小平文选》《江泽民文选》《胡锦涛文选》等一批党和国家重要领导人文选。党的十八大以来,参与编辑出版了《习近平谈治国理政》《干在实处　走在前列》《之江新语》,以及"习近平总书记重要论述摘编"等一批代表马克思主义中国化最新成果的重要文献。将《习近平谈治国理政》、"习近平总书记重要论述摘编"翻译成多国文字,积极对外宣传党的创新理论,为传播中国思想作出了重要贡献。先后成立了一批马克思主义研究院(学院)和"邓小平理论研究中心""中国特色社会主义理论体系研究中心",党的十九大以后成立了 10 家习近平新时代中国特色社会主义思想研究机构,哲学社会科学研究教学机构在研究阐释党的创新理论,深入研究阐释马克思主义中国化的最新成果,推动马克思主义中国化时代化大众化方面发挥了积极作用。

为党和国家服务能力不断增强。新中国成立初期,哲学社会科学工作者围绕国家的经济建设,对商品经济、价值规律等重大现实问题进行深入研讨,推出一批重要研究成果。1978 年,哲学社会科学界开展的关于真理标准问题大讨论,推动了全国性的思想解放,为我们党重新确立马克思主义思想路线、为党的十一届三中全会召开作了重要的思想和舆论准备。改革开放以来，哲学社会科学界积极探索中国特色社会主义发展道路，在社会主义市场经济理论、经济体制改革、依法治国、建设社会主义先进文化、生态文明建设等重大问题上，进行了深入研究，积极为党和国家制定政策提供决策咨询建议。党的十八大以来，广大哲学社会科学工作者辛勤耕耘，紧紧围绕统筹推进"五位一体"总体布局、协调推进"四个全面"战略布局，推进国家治理体系和治理能力现代化，构建人类命运共同体和"一带一路"建设等重大理论与实践问题，述学立论、建言献策，推出一批重要成果，很好地发挥了"思想库""智囊团"作用。

学科体系不断健全。新中国成立初期，哲学社会科学的学科设置以历史、语言、考古、经济等学科为主。70 年来，特别是改革开放以来，哲学社会科学的研究领域不断拓展和深化。到目前为止，已形成拥有马克思主义研究、历史学、考古学、哲学、文学、语言学、经济学、法学、社会学、人口学、民族学、宗教学、政治学、新闻学、军事学、教育学、艺术学等 20 多个一级学科、400 多个二级学科的较为完整的学科体系。进入新时代，哲学社会科学界深入贯彻落实习近平总书记"5·17"重要讲话精神，加快构建中国特色哲学社会科学学科体系、学术体系、话语体系。

学术研究成果丰硕。70 年来，广大哲学社会科学工作者辛勤耕耘、积极探索，推出了一批高水平成果，如《殷周金文集成》《中国历史地图集》《中国语言地图集》《中国史稿》《辩证唯物主义原理》《历史唯物主义原理》《政治经济学》《中华大藏经》《中国政治制度通史》《中华文学通史》《中国民族关系史纲要》《现代汉语词典》等。学术论文的数量逐年递增，质量也不断提升。这些学术成果对传承和弘扬中华民族优秀传统文化、推进社会主义先进文化建设、增强文化自信、提高中华文化的"软实力"发挥了重要作用。

对外交流长足发展。70 年来特别是改革开放以来，我国哲学社会科学界对外学术交流与合作的领域不断拓展，规模不断扩大，质量和水平不断提高。目前，我国哲学社会科学对外学术交流遍及世界100多个国家和地区，与国外主要研究机构、学术团体、高等院校等建立了经常性的双边交流关系。坚持"请进来"与"走出去"相结合，一方面将高水平的国外学术成果译介到国内，另一方面将能够代表中国哲学社会科学水平的成果推广到世界，讲好中国故事，传播中国声音，提高了我国哲学社会科学的国际影响力。

人才队伍不断壮大。70年来，我国哲学社会科学研究队伍实现了由少到多、由弱到强的飞跃。新中国成立之初，哲学社会科学人才队伍薄弱。为培养科研人才，中国社会科学院、中国人民大学等一批科研、教育机构相继成立，培养了一批又一批哲学社会科学人才。目前，形成了社会科学院、高等院校、国家政府部门研究机构、党校行政学院和军队五大教研系统，汇聚了60万多专业、多类型、多层次的人才。这样一支规模宏大的哲学社会科学人才队伍，为实现我国哲学社会科学建设目标和任务提供了有力人才支撑。

三　重要启示

70年来，我国哲学社会科学在取得巨大成绩的同时，也积累了宝贵经验，给我们以重要启示。

坚定不移地以马克思主义为指导。马克思主义是科学的理论、人民的理论、实践的理论、不断发展的开放的理论。坚持以马克思主义为指导，是当代中国哲学社会科学区别于其他哲学社会科学的根本标志。习近平新时代中国特色社会主义思想是马克思主义中国化的最新成果，是当代中国马克思主义、21世纪马克思主义，要将这一重要思想贯穿哲学社会科学各学科各领域，切实转化为广大哲学社会科学工作者清醒的理论自觉、坚定的政治信念、科学的思维方法。要不断推进马克思主义中国化时代化大众化，奋力书写研究阐发当代中国马克思主义、21世纪马克思主义的理论学术经典。

坚定不移地践行为人民做学问的理念。为什么人的问题是哲学社会科学研究的根本性、原则性问题。哲学社会科学研究必须搞清楚为谁著书、为谁立说，是为少数人服务还是为绝大多数人服务的问题。脱离了人民，哲学社会科学就不会有吸引力、感染力、影响力、生命力。我国广大哲学社会科学工作者要坚持人民是历史创造者的观点，树立为人民做学问的理想，尊重人民主体地位，聚焦人民实践创造，自觉把个人学术追求同国家和民族发展紧紧联系在一起，努力多出经得起实践、人民、历史检验的研究成果。

坚定不移地以研究回答新时代重大理论和现实问题为主攻方向。习近平总书记反复强调："当代中国的伟大社会变革，不是简单延续我国历史文化的母版，不是简单套用马克思主义经典作家设想的模板，不是其他国家社会主义实践的再版，也不是国外现代化发展的翻版，不可能找到现成的教科书。"哲学社会科学研究，必须立足中国实际，以我们正在做的事情为中心，把研究回答新时代重大理论和现实问题作为主攻方向，从当代中国伟大社会变革中挖掘新材料，发现新问题，提出新观点，构建有学理性的新理论，推出有思想穿透力的精品力作，更好服务于党和国家科学决策，服务于建设社会主义现代化强国，实现中华民族伟大复兴的伟大实践。

坚定不移地加快构建中国特色哲学社会科学"三大体系"。加快构建中国特色哲学社会科学学科体系、学术体系、话语体系，是习近平总书记和党中央提出的战略任务和要求，是新时代我国哲学社会科学事业的崇高使命。要按照立足中国、借鉴国外，挖掘历史、把握当代，关怀人类、面向未来的思路，体现继承性、民族性，原创性、时代性，系统性、专业性的要求，着力构建中国特色哲学社会科学。要着力提升原创能力和水平，立足中国特色社会主义伟大实践，坚持不忘本来、吸收外来、面向未来，善于融通古今中外各种资源，不断推进学科体系、学术体系、话语体系建设创新，构建一个全方位、全领域、全要素的哲学社会科学体系。

坚定不移地全面贯彻"百花齐放、百家争鸣"方针。"百花齐放、百家争鸣"是促进我国哲学社会科学发展的重要方针。贯彻"双百方针"，做到尊重差异、包容多样，鼓励探索、宽容失误，提倡开展平等、健康、活泼和充分说理的学术争鸣，提倡不同学术观点、不同风格学派的交流互鉴。正确区分学术问题和政治问题的界限，对政治原则问题，要旗帜鲜明、立场坚定，敢于斗争、善于交锋；对学术问题，要按照学术规律来对待，不能搞简单化，要发扬民主、相互切磋，营造良好的学术环境。

坚定不移地加强和改善党对哲学社会科学的全面领导。哲学社会科学事业是党和人民的重要事业，哲学社会科学战线是党和人民的重要战线。党对哲学社会科学的全面领导，是我国哲学社会科学事业不断发展壮大的根本保证。加快构建中国特色哲学社会科学，必须坚持和加强党的领导。只有加强和改善党的领导，才能确保哲学社会科学正确的政治方向、学术导向和价值取向；才能不断深化对共产党执政规律、社会主义建设规律、人类社会发展规律的认识，不断开辟当代中国马克思主义、21世纪马克思主义新境界。

《庆祝中华人民共和国成立70周年书系》坚持正确的政治方向和学术导向，力求客观、详实，系统回顾总结新中国成立70年来在政治、经济、社会、法治、民族、生态、外交等方面所取得的巨大成就，系统梳理我国哲学社会科学重要学科发展的历程、成就和经验。书系秉持历史与现实、理论与实践相结合的原则，编撰内容丰富、覆盖面广，分设了国家建设和学科发展两个系列，前者侧重对新中国70年国家发展建设的主要领域进行研究总结；后者侧重对哲学社会科学若干主要学科70年的发展历史进行回顾梳理，结合中国社会科学院特点，学科选择主要按照学部进行划分，同一学部内学科差异较大者单列。书系为新中国成立70年而作，希望新中国成立80年、90年、100年时能够接续编写下去，成为中国社会科学院学者向共和国生日献礼的精品工程。

是为序。

目　　录

中国文学编

民族文学编

外国文学编

绪　论

七十年来中国文学研究的
学术体系建构

2019 年，是中华人民共和国成立七十周年，也是"五四"运动爆发一百周年。我们在总结共和国七十年中国文学研究辉煌业绩时，不仅仅是在改革开放四十年基础上再简单地往前推三十年，而是要探究其更深远的意义。因此，我们必须把七十年作为一个整体来考察，甚至还要上溯一百年，才能完整准确地勾画出当代中国文学研究走过的历史进程，才能全面深刻地阐释出中国文学研究七十年学术体系建设的时代意义。

众所周知，在新文化运动中的"文学革命"，既包括"文学创作的革命"，也包括"文学研究的革命"。前者是我们所熟知的提倡白话和新文学，后者不但涉及对过往文学传统的接受、批判与阐释，更关乎对文学的目的、功能乃至评价标准的思考。更进一步说，对旧文学的解释，关系到如何认识我们自身的文化传统，即"从何处来"；对新文学的思考，则关系到如何建构新的中国文化范式，即"往何处去"。作为一场思想文化革命，新文化运动之所以选择文学作为主要阵地，并提出一系列文学议题引发社会讨论，正是因为文学研究具有这样的时代意义。

中国共产党高度重视文艺创作和相关理论建设的重要作用。早在延安时期，"毛泽东继承发扬了列宁在《党的组织和党的文学》中所阐述的'党的文学'的原则"①，为文学和文艺制定了具体而明确的规范，将文艺与革命的需要相结合。中华人民共和国成立以后，撰写文学史，对文学作品展开阐释与批判，始终是中国共产党构建意识形态阵地的重要手段。可以说，在近现代中国史以及整个马克思主义中国化的过程中，围绕文学展开的研究、批判、反思，我们总能从中听到时代最前沿的思想潮声。

根据中国社会科学院的统一部署，文学研究所正组织力量，围绕着当前学科体系、学术体系和话语体系建设的总体布局和前沿发展，对中国文学研究学科进行全面调研和深度调整。本书即以各学科综合研究为基础，结合新时代中国文学研究发展现状，试图从宏观上对中国文学研究的学术体系建设工作略作回顾，提出若干值得进一步思考的问题。

一　中国文学研究学术体系建设的思想基础

文学研究是马克思主义的重要阵地；同时，马克思主义也为文学研究提供了强大的思想武器。在研究中坚持马克思主义的指导地位，坚守中华文化立场，立足当代社会现实，这是七十年来中国文学研究学术体系建设的思想基础。

一百年前"五四"新文化运动爆发，七十年前中华人民共和国成立，马克思主义思想在中国经历了从理论探讨到社会实践的历史发展。马克思主义的理论成果可以指导、解答中国的现实问题，这已为历史事实和社会实践所证明。同样，马克思主义理论也可以为中国文学研究指明方向，并据此认识中国文学发展的基本规律，这已为近百年来中国文学研究实践所证明。

恩格斯说："一个民族要想站在科学的最高峰，就一刻也不能没

---

① 邵荃麟：《论文艺创作与政策和任务相结合》，《邵荃麟评论选集》（上），人民文学出版社1981年版，第285页。

有理论思维。"（恩格斯《自然辩证法》）理论在一个国家的实现程度，取决于理论满足这个国家的需要的程度。一百多年的实践证明，中国不仅迫切渴望先进的技术，更需要思想的蜕变、理论的创新。用什么样的理论引导我们的发展方向，这是决定中华民族生死存亡的根本问题，也是决定中华文化基本走向的核心问题。

19 世纪末，在外国列强的入侵下，已经沦为半封建、半殖民地社会的中国，民族危机、社会危机、文化危机、政治危机和经济危机无时不在，无处不在，这激起了部分先进知识分子"救亡图存"的强烈民族意识。一时间，无政府主义、个人主义、法国大革命思想、叔本华、尼采的哲学以及俄国革命思想等先后在中国登陆。在众多思潮中，进化论对当时思想文化界的影响最为强烈。王国维在《论近年之学术界》中指出："近七八年前，侯官严氏所译之赫胥黎《天演论》出，一新世人之耳目……是以后，达尔文、斯宾塞之名腾于众人之口。'物竞天择'之语见于通俗之文。"① 他也以进化论作为指导思想研究中国戏曲史，充分肯定了宋元戏曲的价值。

1915 年，陈独秀创办《青年》杂志（翌年改名《新青年》），广泛传播俄国十月革命的积极成果，掀开"五四"新文化运动的序幕。1917 年，胡适在《新青年》2 卷 5 号上发表《文学改良刍议》倡导文学革命，将通俗文学提到前所未有的高度。随后，陈独秀在该刊 2 卷 6 号上发表《文学革命论》，主张"推倒雕琢的阿谀的贵族文学，建设平易的抒情的国民文学"；"推倒陈腐的铺张的古典文学，建设新鲜的立诚的写实文学"；"推倒迂晦的艰涩的山林文学，建设明了的通俗的社会文学"。总之，20 世纪初叶的文化先驱在爱国、进步、民主、科学精神的感召下，深刻地理解了进化论学说的意义，逐渐摆脱厚古薄今的束缚，积极倡导大众文学，开启白话文运动。

进化论思潮极大地推动了近代中国思想界的革命，其积极意义不可否认。但是，文化的发展并不是一个非此即彼、优胜劣汰的进

---

① 《论近年之学术界》，初刊于 1905 年《教育世界》第 93 号。

化过程。进化论并不能为文化发展过程中遇到的所有复杂问题提供合理的解释。恪守进化论的观点，也不能从根本上解决中国文化发展的方向性问题。在理论探索过程中，中国文学研究工作者逐渐从"进化论"质变到"反映论"，最终找到了马克思主义。

郑振铎是新文学运动中"文学研究会"的发起者之一，他将"文学为人生"的现实主义原则带到文学研究活动中。抗日战争爆发后，他参与发起成立"上海文化界救亡协会"，创办《救亡日报》，和胡愈之、许广平等人组织"复社"，出版《鲁迅全集》《联共党史》《列宁文选》等。在此过程中，他逐渐放弃了早期接受的进化论思想，开始在马克思主义理论的指导下，从经济基础与上层建筑的角度理解文学与社会的关系，阐明文学史的意义。他在《中国文学史的分期问题》中明确指出，撰写文学史，原则之一就是要充分认识历史发展过程的客观规律。这个规律，就是经济基础的变化，必然推动生产关系的变革，从而影响到上层建筑的改变。文学史就是记录和表现这些历史时代的变化过程。撰写文学史的原则之二，就是要注意到一个国家发展所走的独特道路以及文学反映各自历史的特殊性。这个看法，注意到决定文学艺术发展的经济、社会的普遍因素，又注意到一个国家、民族文学发展的特殊性，见解更加圆融深刻。① 马克思主义的理论指导，让郑振铎的文学研究开辟出一个更广阔的领域。在他的主持下，文学研究所明确了"以马列主义、毛泽东思想的观点，对中国和外国从古代到现代的文学的发展及其主要作家主要作品进行有步骤有重点的研究、整理和介绍"的建所方针和任务，在文献资料整理、文学史撰写、教材编写、学术著作译介等方面，开展了一系列卓有成效的工作，在接续"五四"时代对旧文化"从何处来"追问的同时，对新文化"往何处去"作了明确的回答。

美学家蔡仪在20世纪40年代就发表了《新艺术论》《新美学》

---

① 参见刘跃进《郑振铎的文学理想与研究实践》，《文学评论》2018年第6期。

等论著，以"反映论"与现实主义为核心主张，倡导在文学研究中用马克思主义作为指导原则和思想方法，在马克思主义文艺学和美学理论体系建构中发挥了奠基性的作用。他主编的《文学概论》，作为中华人民共和国成立后第一批规范的高校文科教材，是具有中国特色的马克思主义文艺学专著。在他的影响带动下，马克思主义文艺理论研究与传播，成为文学研究所的学术传统，该所出版了《文学原理》系列专著，包括《发展论》《作品论》《创作论》以及《美学原理》《马克思主义美学思想史》等，极大地推进了马克思主义文艺理论研究的深化。

唯物主义历史观认为，事物的发展自有其内在规律，文化研究，包括文学研究在内，应当以此为研究重点，探索自身发展的客观规律。马克思说："我们判断一个人不能以他对自己的看法为根据；同样，我们判断这样一个变革时代也不能以它的意识为根据，相反，这个意识形态必须从物质生活的矛盾中，从社会生产力和生产关系之间的现存冲突中去解释。无论哪一个社会形态，在它所能容纳的全部生产力发挥出来以前，是决不会灭亡的；而新的更高的生产关系，在它的物质存在条件在旧社会的胎胞里成熟以前，是决不会出现的。"根据这样的思想方法，主要由文学研究所科研人员参加编写的《中华文艺思想通史》，没有简单地用政治制度史来划分文学思想史的发展阶段，而是站在历史唯物主义的立场，从经济基础决定上层建筑的维度，在探讨文学艺术发展的内在规律的同时，更加注重把文学史与社会史研究结合起来，把各个不同时期的主流意识形态凸显出来，将各种社会形态转变的内在原因以及过渡时期的历史特点呈现出来，从而揭示出决定不同时代文学艺术发生发展的基本规律。

当前，中国文学研究面临着经济全球化的挑战、经济市场化的压力以及科技信息化的冲击。有人说，在大数据时代，凡是过去，皆为序曲。^① 这不是没有道理的。历史的经验告诉我们，文字载体的变化，必将导致阅读方式、研究方法乃至学术流派发生根本性变化。纸张取代简帛，文化得到普及，今文经学和古文经学地位的迅速逆转，此消彼长。雕版印刷，特别是活字印刷的发明，阅读已非难事。于是，人们不再迷信博学多识，心性之学由此盛行。^② 当今，信息技术高歌猛进，各种新媒体不断翻新，由此催生出许多新的文学现象和新的研究课题。中国文学研究如何顺势而为，如何在市场中求生存，在竞争中求发展，如何化压力为动力，变挑战为机遇，所有这些，都成为当前和今后一段时间亟待解决的问题。

纵观七十年来中国文学研究的发展，从中华人民共和国成立之初到改革开放新时期，由新世纪再到新时代，马克思主义的世界观和方法论，为我们提供了应对挑战的思想武器。习近平总书记《在哲学社会科学工作座谈会上的讲话》中指出，"坚持以马克思主义为指导，是当代中国哲学社会科学区别于其他哲学社会科学的根本标志，必须旗帜鲜明加以坚持"。文学研究作为哲学社会科学研究的重要组成部分，必须坚持马克思主义的指导地位，必须坚守中华文化优秀传统，必须立足于中国当代现实需要，这不仅仅是一个理论问题，更是一个实践问题。

二　中国文学研究学术体系建设的制度保障

正确的思想路线确定之后，组织保障就是决定性因素。文化管理与科研部门在课题组织、传播平台、体制建设、资料编纂等方面，积极组织策划，开创崭新局面，这是七十年来中国文学研究学术体系建设的制度保障。

---

① 参见［英］维克托·迈尔·舍恩伯格《大数据时代：生活、工作与思维的大变革》，盛杨燕、周涛译，浙江人民出版社 2013 年版。

② 参见刘跃进《纸张的广泛应用与汉魏经学的兴衰》，《学术论坛》2008 年第 9 期。佐佐木聪译成日文，载《东アジア出版文化研究》，日本学术振兴会アジア，2010 年 3 月。

（一）专业研究机构

中华人民共和国成立之前，中国文学研究领域缺乏组织协调，学术研究各自为政，多处在松散游移状态。中华人民共和国成立后，特别是改革开放以来，中国文学研究界在党和政府的统一领导下，加强组织建设，整合学术力量，逐渐形成三大研究系统。

一是社会科学院系统，以中国社会科学院文学研究所为中心。文学研究所成立于1953年，是由中央人民政府政务院文教委员会决定的。这是中华人民共和国成立后创建的第一个国家级文学研究专业机构，最初挂靠在北京大学，1955年划归中国科学院哲学社会科学学部。1964年，文学研究所苏东组、东方组、西方组分出，与中国作家协会下属的《世界文学》编辑部合并，成立外国文学研究所。1979年，文学研究所民间文学组骨干组建中国少数民族文学研究所（后改称民族文学研究所）。文学研究所现为中国社会科学院所属中国文学专业研究机构，荟萃海内外众多专家学者，遵照我国建设社会主义文化事业的总体目标，贯彻执行党的正确路线和方针政策，坚持"二为"方向和"双百"方针，在文艺理论、古代文学、近代文学、现代文学、当代文学、比较文学、民间文学、台港澳暨海外华文文学、古典文献学等研究领域，勇于探索，求实创新，撰写出一大批享誉海内外的研究专著，培养出一代代专家学者，为繁荣发展我国文学学科建设和社会主义文化事业作出了卓越贡献。

各地方社会科学院结合当地文化特色，发挥自身优势，也在中国文学研究方面形成各具特色的学科。譬如江苏省社会科学院以明清小说研究为特色，河北省社会科学院以红色经典研究为特色，山西省社会科学院以柳宗元研究为特色，浙江省社会科学院以浙江文学研究为特色，内蒙古自治区社会科学院以民族交融研究为特色，甘肃省社会科学院以敦煌文学研究为特色，江西省社会科学院以宋代文学研究为特色，等等。

二是高校系统，以教育部所属重点大学为中心。中华人民共和国成立之初，教育部对全国各类型大学进行全面的院系调整，形成了基础学科与应用学科齐头并进的基本格局。截至2018年3月，教育部公布的全国高等学校共计2879所，相当一部分院校都建立了中国文学学科。其中，"211工程""985工程""双一流建设"大学具备较为齐全的中国文学研究力量。譬如复旦大学有中国古代文学研究中心，北京师范大学有文艺学研究中心，南京大学有中国现代文学研究中心，山东大学有文艺美学研究中心，等等。部分高校还逐渐形成一批富有特色的中国文学研究"重镇"，推出一批有分量的研究成果。在这些成果中，教材是高校的最大亮点，在三大体系建构中发挥了极其重要的作用。

三是其他系统，以文联、作协、文化部所属各类研究机构为主，也包括新闻出版行业。中国文学艺术界联合会和中国作家协会都设有研究机构。如作协自成立之初至1956年9月，设有古典文学部，也曾短暂组织参与古代文学研究工作。《文学遗产》编辑部最初就设在中国作协古典文学部。后来，这两大机构主要从事现当代文学研究。如鲁迅文学院的主要工作职责是培训青年作家。1950年成立，最初叫中央文学研究所，1954年改名为中国作协文学讲习所，1984年改名为鲁迅文学院。此外，还有中国现代文学馆以及各地的鲁迅博物馆、杜甫博物馆、三苏祠等著名文学家的纪念场所，负责专业展览，协调宣传工作。中国文联下辖各文艺家协会，如中国民间文艺家协会等，文化部下属相关事业机构，如中国艺术研究院等，就有《红楼梦》研究所、戏曲研究所、文化研究所等，其工作性质，也多与中国文学研究密切相关。

（二）学术传播平台

20世纪前期，虽然一大批出版机构热衷于出版中国文学基本典籍与文学研究方面的学术著作，但总的说来，还没有形成规模。中华人民共和国成立以来，图书出版行业发展迅猛，原典整理与研究成果的出版、传播、评价等，有力地推动了中国文学研究三大体系的建设。人民文学出版社、商务印书馆、中华书局、中国社会科学出版社等国家级出版单位以及各地方出版社、著名高校出版社，还有不同种类的专业出版社等，纷纷组织相应的系列整理与研究工作，而且很多编辑也兼具文学研究工作者身份。

中华人民共和国成立以来，印刷技术不断改进，学术著作的出版日益兴盛，历代优秀的文学作品得到系统整理，中国文学研究论著，包括普及性著作（选注、选译、选讲），得以大量出版，深受读者欢迎。近年来，中国图书出版量高居全球榜首，其中就包括与中国文学相关的各类出版物。譬如以人民文学出版社、中华书局、上海古籍出版社等为龙头，七十年来先后组织编纂了许多大型文学总集、工具书及资料汇编，影响极大。就以古代文学研究而言，像《全上古三代秦汉三国六朝文》《先秦汉魏晋南北朝诗》《全唐诗》《全唐文》《全宋诗》《全宋文》《全唐五代词》《全宋词》《全金元词》《全元诗》《全元文》《全元散曲》《全明诗》《全明散曲》《全清词》及《文选》《文苑英华》《俄藏敦煌文献》《法藏敦煌西域文献》《英藏敦煌文献》等大型文学资料总集或经典文本，或重新校点整理，或系统编纂，已经或将陆续问世，蜚声海内外。

现代中国学术性报刊的兴起，也为学者提供了交流的公共平台。像《人民日报》《光明日报》《文汇报》等重要党报都开辟有文艺评论专版，《文学评论》《文学遗产》《文艺研究》《文艺理论研究》《中国现代文学研究丛刊》等评论、研究性杂志，多具有全国性影响。还有《人民文学》《诗刊》《当代》《十月》《收获》《钟山》《花城》等收录创作的专刊以及高等院校的学报、各省市社科联主办的人文社科类杂志等，在组织开展文学评论、发表重要研究成果等方面，起到了举足轻重的作用。

说到这里，就不能不提由文学研究所主办的三份大型学术刊物《文学评论》《文学遗产》和《中国文学年鉴》。

《文学评论》创刊于1957年，办刊方针非常鲜明：一是"中外古今，以今为主"，二是"百家争鸣，保证质量"。其选题范围包括文学理论、中外文学史上重要的作家作品研究、文学史写作的理论与实践、当代作家作品评论等。六十多年来，《文学评论》组织开展了很多引领潮流、富有价值的学术讨论，发表了一系列影响较大的关于马克思主义基本文艺理论，关于中国古代、现代、当代文学思潮和学术流派，关于中国文学经典文本重新解读的文章，评述了国内外新的文艺思潮、文艺观点和创作流派。改革开放初期，《文学评论》就一些基本理论问题和作家作品的评价，开展讨论。《文学评论》还根据"实践是检验真理的唯一标准"的原则，专门组织发表论述中华人民共和国成立以后的小说、电影、话剧和诗歌研究方面的文章，对三十年来既有重大成就、同时又充满曲折和失误的社会主义文艺工作，实事求是地进行了总结。同时，对于新时期的文艺创作和理论，《文学评论》也给予了积极关注，如对《班主任》《沉重的翅膀》《天云山传奇》《人到中年》等引起较大社会反响的小说作品，及时组织相关讨论，起到鼓励创新和开拓的作用。新世纪、新时代，《文学评论》将继承学术传统，加强制度建设，进一步发挥好学术平台的助推作用。

《文学遗产》是唯一的国家级古典文学研究专业学术期刊，创办于1954年，也组织参与了一些重大的学术问题的讨论。尤其是拨乱反正前后，《文学遗产》与《文学评论》一道，组织全国文学界就"实践是检验真理的唯一标准"与"文学中的人性、人道主义"等问题展开讨论，并且对"文化大革命"以后的文学研究队伍、研究状况及课题情况进行摸底调查，确定新的科研发展方向，在促进文艺界的思想解放以及拓展学术研究空间等方面发挥重要作用。

《中国文学研究年鉴》创办于1981年，集学术性、文献性、资料性为一体。后来，该刊增加创作部分，改称《中国文学年鉴》。长期以来，这份"年鉴"是国内唯一一本涵盖从创作、论争到批评、研究的大型文学年刊，客观地记录每年度中国文学创作与研究的进展过程和重大事件，真实地反映每年度中国文学创作与研究的基本情况和重要成果，聚焦文学热点，展示文学成就，为人们了解年度文坛情况，提供全方位信息。

近年来新媒体的融合发展呈现加速趋势。"五四"运动前后，随着文明戏、广播、电影的相继出现,传统印刷媒体独步天下的霸主地位受到挑战。当时,除了"看"的文学革命,"听"的文学革命也在如火如荼地开展。而今,文学的看与听,依然平分秋色。据2018年全国阅读调查报告,我国至少有三成的国民有听书的习惯。随着科学技术浪潮的到来,互联网异军突起,中国文学研究开始走出纯粹的纸媒时代。中国社会科学院与国家社会科学基金办公室联合推出学术期刊数据库,努力在资源共享方面,理顺关系,为广大读者服务。

当前,从数字化到智能化,信息革命正从根本上改变着固有的学术生态环境,包括研究方式、传播方式,都在发生重大变化。2019年1月25日,中共中央政治局在人民日报社就全媒体时代和媒体融合发展举行第十二次集体学习。习近平总书记强调,全媒体不断发展,导致舆论生态、媒体格局、传播方式发生深刻变化;要加快推动媒体融合发展,实现各种媒介资源、生产要素有效整合。进入中国特色社会主义新时代,应当重视中国文学研究的全媒体建设与媒体融合发展,这是七十年来中国文学研究在传播方面的新方向与新追求。

(三)学术资助机构与民间学术团体

1986年,经国务院批准设立的国家社会科学基金,为中国文学研究提供了强有力的资金支持。此后,国家出版基金、国家古籍整理出版专项经费、国家艺术基金以及各省部级机构设立的专项经费支持,极大地促进了文学艺术研究工作的开展。这些专项资金,不仅支持了专家开展系统的研究,也包含着学术的引导和研究成果的评价,意义越发凸显。

综合性、专业化的文学研究学会相继成立,也为学者之间的交流,为研究成果的传播,提供良好平台。这些学会,有的是综合性的,如中华文学史料学学会、中外文艺理论学会、中国文艺评论家协会、中国文学批评研究会、中国比较文学学会;有的是按照文体设立的,如中国词学研究会、中国散文学会等;有的是按照时代设立的,如中国唐代文学学会、中国近代文学研究会、中国现代文学研究会、中国当代文学研究会;有的是按照地区设立的,如中国世界华文文学学会;也有的是以作家名义设立的,如中国屈原学会、中国杜甫学会、中国李白学会、中国鲁迅学会;还有的是以专书名义设立的,如《文选》研究会、《红楼梦》研究会等。很多学会还创办专刊,如中国现代文学研究会有《中国现代文学研究丛刊》,中国鲁迅研究会有《鲁迅研究月刊》等。

(四)资料编纂工作

从全国范围看,这项工作浩繁博大,成果众多。在这有限的篇幅内,很难面面俱到。这里,略以文学研究所的资料编纂工作为例,尝鼎一脔。

文学研究所成立之初,其中一项重要任务,就是对中国和外国从古代到现代的文学的发展及其主要作家主要作品进行有步骤有重点的整理。1960年年初,时任中宣部副部长的周扬到文学研究所考察工作,明确提出"研究所要大搞资料,文学研究所要有从古到今最完备的资料"。1965年,周扬再次就文学研究所的研究工作重心提出建议,强调搞"大中型"的研究项目,认为这是关系"文学研究所的存在"的问题。

在文学理论方面,文学研究所西方文学组、苏东组有计划地翻译介绍了古希腊戏剧、易卜生戏剧、莎士比亚戏剧、莫里哀戏剧以及英国、法国、俄国的小说、诗歌等作品,为中国读者认识世界打开了一扇窗户。1959年,在何其芳倡议下,由叶水夫牵头,编辑出版两辑《苏联文艺理论译丛》。1961年,又制订了《外国古典文学名著丛书》《外国古典文艺理论丛书》《马克思主义文艺理论丛书》等三套名著丛书的编选计划,有计划、有重点地介绍世界各国的美学及文艺学理论著作,为我国文艺理论界提供参考资料。

在古代文学研究方面,1954年郑振铎召集吴晓铃、赵万里和傅惜华等人主编影印《古本戏曲丛刊》,这是中华人民共和国成立以来最重要的古籍文献整理工程,目标是编纂一部系统完备的中国古代戏曲总集。这套丛书的编纂，跨越六十多年的岁月，今年终将圆满完成，为中华人民共和国成立七十周年献上厚礼。此外，《古本小说丛书》《中国古典小说总目》等，也是郑振铎最初策划，并由文学研究所集体完成的。

现当代文学方面，由文学研究所牵头组织的《中国现代文学史资料汇编》分甲乙丙三种，甲种：中国现代文学运动、论争、思潮流派、社团资料；乙种：中国现代作家作品研究资料丛书；丙种：中国现代文学期刊、报纸副刊总目、总书目、作家笔名录等。这是现代文学研究领域最重要的资料丛书，得到学术界的高度重视。文学研究所还联合复旦大学、杭州大学、苏州大学等三十多家单位协作编辑了《中国当代文学研究资料丛书》，凡八十余种，两千多万字。其中，作家研究专集选编有作家生平与自述、生活照片和手稿照片、对作家作品的评论文章以及作家创作年表。已出版的长篇小说研究专集则收有出版的长篇小说目录、对重要长篇小说的评论与争鸣文章等。

此外，荒煤、冯牧主编的《中国新文艺大系》的当代部分，作家出版社邀请名家分别主编的《中华人民共和国五十年文学名作文库》，林非主编的《当代散文大系》，谢冕、杨匡汉主编的《中国新诗萃》，谢冕主编的《中国新诗总系》，谢冕与孟繁华合编的《百年中国文学总系》11卷，谢冕与洪子诚主编的《中国当代文学史料选》，南开大学张学正等主编的《1949—1999文学争鸣档案》等，均深具选家眼光，为当代文学研究提供了丰富的资料。

三　中国文学研究学术体系建设的重要收获

遵循学术规律，整合学科优势，夯实研究基础，彰显学术特色，这是七十年来中国文学研究学术体系建设的重要收获。

国务院学位委员会、教育部颁布的《学位授予和人才培养学科目录（2011年）》，设置13大学科门类，文学是其中一大门类，下属的三个一级学科，即中国语言文学、外国语言文学、新闻传播学。

中国语言文学学科包括八个二级学科：1. 语言学及应用语言学；2. 汉语言文字学；3. 文艺学；4. 中国古典文献学；5. 中国古代文学；6. 中国现当代文学；7. 中国少数民族语言文学；8. 比较文学与世界文学。

原来，艺术学也属于大学科中的文学门类，现在独立为艺术学科，下属五个一级学科。其中"艺术学理论"与中国语言文学下属的二级学科"文艺学"多有交集。这门学科最早叫文学理论，后来范围扩大，成为艺术学理论，带有统领性质，向来处于顶端位置。

当然，教育部的学科设置，以培养学生为目的，为教学科研服务。而科研机构，包括中国社会科学院和地方社会科学院以及国家社会科学基金系统等，其学科布局主要基于国家战略与学术发展的实际需要来设计，未必完全按照教育部的规划。譬如文学研究所下属研究室，现代文学和当代文学研究是分开的，近代文学、台港澳文学暨海外华文文学研究也各自独立。中国少数民族语言文学，在文学研究所成立的时候，专设"中国各民族民间文学组"。后来，中国民族文学学科独立出来，成立了中国民族文学研究所。文学研究所尚保留民间文学研究室。网络文学方兴未艾，未来的发展未可限量，也是我们重点关注的领域。

（一）文艺理论研究

文学的发生发展，从来就与文学批评、文学鉴赏相伴相生。从"诗言志"到"诗缘情"，从《文心雕龙》到《沧浪诗话》，中国有着悠久的文学批评传统。近代以来，传统的诗文评，逐渐为新的文学理论形态所替代。

党领导文艺，主要是通过文艺政策的调整实现自己的主张。1940年，毛泽东发表《新民主主义论》，1942年又发表《在延安文艺座谈会上的讲话》，提出了评判文艺作品是否有进步意义的重要标准："一切利于抗日和团结的，鼓励群众同心同德的，反对倒退、促成进步的东西，便都是好的；而一切不利于抗日和团结的，鼓动群众离心离德的，反对进步、拉着人们倒退的东西，便都是坏的。"①
从更长远的角度看，过去的作品"也必须首先检查它们对待人民的
态度如何，在历史上有无进步意义，而分别采取不同态度"。② 这个
主张的核心问题是"为什么人的问题"。七十年来有关文艺问题的诸
多讨论，都是围绕着这个核心问题展开的。譬如，文学作品是否应
该暴露社会阴暗面，就有一个如何理解生活真实与艺术真实的问题。
文学作品当然要反映现实，但是这种反映又不是对于现实作机械的
翻版。作家除了要熟悉生活，还要对现实有着更深入的理解，并选
择相应的题材、体裁，对现实生活进行提炼、概括，编织故事情节，
塑造人物形象。这些问题，不仅涉及文学理论中文学真实性和现实
主义、浪漫主义的问题，还涉及如何选择题材，如何塑造人物等问
题。这些题材、人物，是否能够反映某个特定时代的精神，诸如此
类的问题，在 20 世纪五六十年代，都曾展开过广泛的讨论。80 年代
以后，关于形象思维、人性、人道主义、异化与马克思主义的关系
等问题大讨论，关于科学方法论在文学研究领域的借用，关于主体
性的讨论，关于文艺与意识形态的关系、文艺与政治、文艺与经济
关系等问题的论争，依然是这些讨论的延续和深入。③

　　进入 21 世纪以来，全球化文化格局与中国人文建设问题成为学
术界关注的热点话题。与传统学科研究对象与研究范围相对稳定不
同，当代文艺理论研究日新月异，新时代中国特色社会主义文艺与
文化及其理论研究、国外马克思主义文艺与文化理论研究，阐释学、
触觉美学、视听文化、现实主义理论研究等，不断地拓展着这门学
科的研究范围。文艺学的整体发展必然要顺应这一学术潮流，强化
基础理论研究，不断拓宽研究领域，力图在全球化的视野中进行本
土化的理论创新。这是文艺学未来的发展方向。

---

① 《毛泽东选集》第三卷，人民出版社 1991 年版，第 868 页。
② 同上书，第 869 页。
③ 参见高建平等《当代中国文论热点研究》，中国社会科学出版社 2016 年版。

（二）比较文学研究

文学的比较研究，是一种传统的研究方法。20 世纪初叶，随着西方文化的传入，比较的方法得到越来越多的关注。郑振铎是开创中国比较文学研究的先驱者之一（以《汤祷篇》为代表作）。钱锺书的《谈艺录》《管锥编》以及《七缀集》等，虽然没有被冠以比较文学之名，实际上是比较文学研究的重要成果。

比较文学研究会的成立以及"比较文学研究丛书"的陆续出版，标志着这门学科的成立。20 世纪 80 年代初，北京大学和复旦大学正式设立比较文学与世界文学硕士点。十年以后，北京大学又设立了国内第一个比较文学博士点，从此，"比较文学与世界文学"作为中国语言文学的二级学科进入高等教育体制。

1985 年，在原《文学研究动态》编辑部的基础上，文学研究所组建文艺新学科研究室，并首次把比较文学研究列为学科重点之一。1990 年，文艺新学科研究室改名为比较文学研究室，先后组织编纂完成"文艺新学科建设工程"丛书三十余种、"中国古典文学走向世界丛书"以及"文学人类学论丛"等数种，引起广泛关注。

近年来，学术界呈现出跨学科研究的趋势。这种跨学科与十几年前的所谓"新学科"不同，它并不以建立新学科为目的，而是通过跨民族、跨文化、跨语言、跨学科的比较研究，深入文学关系、文学翻译、比较诗学、文学人类学以及海外汉学等不同领域，视野日益开阔。总的来看，这门学科面临的最重要的任务，是如何改变过去"西方中心"倾向，立足中国社会状况、文化传统、文学实践，建立比较文学研究的"中国学派"。

（三）民间文学研究

1918 年北京大学的歌谣运动，开启了这门学科的现代发展。此后，田野研究（资料搜集、整理和阐释）、分体裁研究、理论研究和学术史研究等逐渐形成规模，学科成立，自是水到渠成的事。文学研究所成立之初就设立了"中国各民族民间文学组"。北京师范大学、复旦大学、华东师范大学最早开设民间文学课程，北京师范大学设立了"劳动人民口头文学"教研室，从1953年开始招收和培养民间文学专业的研究生。同时，在文化部的支持下，中国民间文艺研究会成立，并组织开展多民族民间文化的发掘、整理与研究工作。1958年文学研究所与中国民间文艺研究会合作，对我国少数民族民间文学进行调查，选编了一百多种资料。1984年，文化部、国家民族事务委员会和中国民间文艺研究会联合发起的"中国民间文学三套集成"项目正式启动，其成果被视为民间文学研究的宝库。文学研究所组织编写的《中华民间文学史》，涉及古代神话、民间传说、民间故事、民族史诗、民间歌谣、民间小戏以及谚语、谜语等多种民间文学内容，在占有丰富资料的同时，提出了一些民间文学的基本理论主张，具有开拓意义。

七十年来，中国民间文学和民俗学研究在理论和方法上出现了一些新变化，研究对象主体从"劳动人民"转向"全体人民"，研究方法从文化史转向民族志式的田野研究。此外，非物质文化遗产保护工作，"中国口头文学数据库"建设，也是民间文学研究的重要内容之一。

（四）中国古代文学研究

中国古代文学研究，历史悠久，传统丰厚，在所有科研教学系统中，科研队伍庞大、学术成果丰富、研究方法稳定，讨论的问题也相对集中。中国历代文学发展史（包括断代史、分体史、文学批评史等）、历代重要作家作品、文学思潮、文学流派等，是这门学科的重点研究对象。

文学史的编写历来具有很强的理论色彩和政治倾向性。1952年，冯雪峰在《文艺报》上发表《中国文学中从古典现实主义到无产阶级现实主义的发展的一个轮廓》，系统地梳理了中国文学发展史上的现实主义主流。从20世纪50年代初关于中国文学史撰写与评价的广泛讨论，到1957年《中国文学史教学大纲》的出版问世，用马克思主义的思想、观点和立场描述中国文学史的发展进程，基本解决了这个带有方向性的问题。① 游国恩主编的《中国文学史》和文学研究所编纂的《中国文学史》是 20 世纪 50—60 年代两部最重要的文学史著作。80—90 年代以后，陆续出版了几部影响较大的文学史著作，以北京大学袁行霈主编的《中国文学史》，复旦大学章培恒主编的《中国文学史》为代表。文学研究所还组织编纂了《中国文学通史系列》以及《中华文学通史》等，后者不仅贯通古今，还包含中华各民族文学，都体现了一种文学本位视野下开放与更新的文学史观念。

关于历代重要作家作品的研究，持久而深入。例如 1954 年对俞平伯《红楼梦简论》的批评，1954 年关于陶渊明的讨论，1955 年关于《琵琶记》、李煜词的讨论，1958 年关于"革命的现实主义和革命的浪漫主义相结合"创作方法的讨论，1959 年关于蔡文姬和《胡笳十八拍》的讨论以及关于诗歌形式的讨论等。还有关于《水浒传》和《西游记》的讨论，关于屈原和《楚辞》的讨论，关于李清照的讨论，关于中间作品问题的讨论等，提出了一些重要的文学命题，诸如文学作品的阶级性、人民性、爱国主义等。随着讨论的深入，又引发出山水诗、山水画等表现自然美的作品是否也会具有阶级性、其人民性又如何表现以及文学是否有超越阶级性的共鸣等问题。20 世纪 80 年代关于人性、人道主义的讨论在古代文学研究领域的表现及影响，关于先秦两汉散文研究范式的开拓，关于文学经典的讨论以及《文选》学的复兴，关于叙事传统与抒情传统的讨论，关于科举与文学的关系研究，关于域外汉学的研究，关于文学地理与家族文学的研究，关于古籍数字化、出土文献对文学研究的促进作用等问题，更涉及很多深层次的学术方法问题、理论方向问题。

（五）中国近代文学研究

中国近代文学是古典文学的终结，也是现代文学的开端。桐城

---

① 参见李舜臣、吴光正《〈中国文学史教学大纲〉的产生及其影响》，《文学遗产》2009 年第 1 期。

派研究、清史馆文人群体研究、近代学人研究、来华传教士研究、民国旧体文学研究等，与传统文化的传承密切关联，更与国外文化传入息息相关，这是一门非常特殊的学科。

1978 年，根据何其芳所长生前指示，在副所长陈荒煤主持下，文学研究所组建近代文学研究室（初名近代组）。这是中国第一个专门研究中国近代文学的学术机构。以季镇淮为代表的北京大学、以任访秋为代表的河南大学以及苏州大学、复旦大学、上海师范大学、山东大学等，也是近代文学研究的重镇。1988 年，中国近代文学学会成立，在联络学界同人、开展学术工作方面发挥了重要作用。

为总结 20 世纪以来近代文学研究成果，检阅近代文学研究队伍，进一步推动近代文学学科发展，近代文学研究室编纂了《中国近代文学论文集》7 卷（辑录了 1919—1979 年近代文学研究方面的代表性论文）、《中国文学家大辞典·近代卷》（为 950 余位近代文学家立传）、"中国近代文学作品系列"、"中国近代文学研究资料丛书"（分为小说卷、戏曲卷、诗文卷等）。河南大学又接续编选《中国近代文学论文集》（1980—2017 年成果），凡五册，是近代文学研究领域的大型学术工程，为近代文学研究的发展奠定了坚实的基础。

（六）中国古典文献学研究

教育部设立古典文献学，主要是为培养文史古籍整理的专业人才，目录学、版本学、校勘学、文字学、音韵学、训诂学是这门学科的基础课程。这门学科涉及的范围非常广泛，各个高校以及研究机构的研究重点并不相同。譬如复旦大学以明诗文献研究为重点，浙江大学以敦煌学研究为重点，北京大学以传统经典研究为重点，文学研究所以历代文学总集、别集研究为重点。近年，敦煌文献、名物与图像文献、佛教、道教文献研究，成为新的攻关对象，学界试图在中国中古三教融合和中外文学文明交流等方面有所拓展，有所成就。

在古典文献学研究领域，敦煌学研究、域外汉学研究、经典文献研究、历代文学总集整理、别集校笺等，取得了前所未有的成绩，举世公认。

（七）中国现代文学研究

中国现代文学成为一门独立学科，与中华人民共和国的建立紧密相连。1950 年，政务院教育部召开高等教育会议，颁布了《高等学校文法两学院各系课程草案》，确认"中国新文学史"为大学中文系必修课程，要求"运用新观点、新方法讲述自五四时代到现在的中国新文学的发展史，着重在各阶段的文艺思想斗争和其发展状况，以及散文、诗歌、戏剧、小说等著名作家和作品的评述"。1951 年，教育部委托老舍、蔡仪、王瑶、李何林四人起草了《中国新文学史教学大纲》。此后，王瑶根据自己授课教案编写出版了《中国新文学史稿》。这是第一部从"五四"贯穿到 1949 年中华人民共和国成立的新文学通史，同时也是第一部力图以毛泽东的《新民主主义论》和《在延安文艺座谈会上的讲话》精神为指导的新文学史著作。20 世纪 60 年代，唐弢主编的《中国现代文学史》，汇集了现代文学研究领域的精英，集中呈现了中华人民共和国成立后现代文学研究的最新成果，是中华人民共和国文学史编著领域一部总结性的著作。

文学研究所现代文学研究室成立于 1954 年，陈涌任主任。《论鲁迅小说的现实主义》《关于中国现代文学》等论文在当时产生重要影响。[1] 后来，唐弢加盟其中，引领学界同人积极开展对 20 世纪初以来新文化运动和新文学史的研究，在现代文学学科建设、史料整理等方面，在鲁迅、茅盾、郭沫若、叶绍钧等左翼作家研究方面，在翻译文学、解放区文学研究方面，都取得了有目共睹的成绩。[2]

---

[1]　参见《陈涌文论选》，人民文学出版社 2009 年版。

[2]　参见《唐弢纪念集》（社会科学文献出版社 1993 年版）、《告别一个学术时代——樊骏先生纪念文集》（社会科学文献出版社 2013 年版）等。樊骏的主要成果收录在《中国现代文学论集》（人民文学出版社 2006 年版）。

（八）中国当代文学研究

当代文学创作及其研究在中华人民共和国的文化建设中扮演着重要角色，发挥着不可替代的作用。这门学科的建立，首先从文学史的书写开始。文学研究所的前辈学者如郑振铎、何其芳、唐弢、蔡仪、陈荒煤等，早在 20 世纪的三四十年代，就已积极投身到当时的文学批评和理论建设当中。在他们的领导下，1958 年，文学研究所成立"中华人民共和国文学研究组"。翌年，编写出版《十年来的新中国文学》一书，首次从文学史的角度对共和国初期文学成就作了初步描述。后来，朱寨主编《中国当代文学思潮史》，张炯主编《新中国文学史》《新中国文学五十年》，杨匡汉主编《共和国文学60 年》《20 世纪中国文学经验》等，都是这一传统的延续，具有时代特色。

北京大学当代文学教研室集体编写的《当代文学概观》，华中师范大学中文系教师编写的《中国当代文学》三卷，北京师范大学中文系郭志刚主持编写的《中国当代文学史初稿》，复旦大学中文系教师陆士清主持编写的《中国当代文学史》三卷，都具有较大的学术影响。高占祥、李准主编的《新时期文学艺术成就总论》，赵俊贤主编的《中国当代文学发展综史》，金汉、汪名凡分别主编的《中国当代小说史》，洪子诚和刘登翰合著的《中国当代诗歌史》等，对当代文学形态、主题、作家文学观和文学思潮的发展作了历史的考察。

密切跟踪当代文坛近况，也是当代文学研究的一项重要工作。中国当代文学研究会编辑出版的内刊《当代文学研究资料与信息》，坚持四十年之久。由文学研究所科研人员主持的《中国文学纪事》（1999 年启动）、《年度文情报告》（2003 年启动）以"文情现状考察"和"中国文学经验"为两大主攻方向，以时文选辑、考察报告的方式切入当下，把握走向，成为当代文坛一份重要的年度报告，为当代文学学科的建设提供了许多有益的资料。

（九）中国台港澳暨海外华文文学研究

《中国现代文学研究丛刊》曾开设"台湾文学研究""海外华文

文学研究"等栏目,说明这一学科原本系现当代文学研究的重要组成部分,处于中国与世界交往的前沿地带,又有自己的特殊性。刘登翰等主编的《台湾文学史》《香港文学史》《澳门文学概观》为本学科的拓荒性成果,涉及殖民地文学研究、20世纪中国华文文学与文化研究、中国现代文化的发展道路研究、中西文化交往研究等,在当代中国文化战略中,扮演着重要角色。

早在1988年,文学研究所就创建了台港文学研究室。早期的研究主要由现当代文学研究室的学者来承担,在台湾小说史、新诗史、文学理论发展史、两岸文学交流和作家作品、专题研究等方面,推出了一批成果(如《香港小说史》《文学台湾》《小说香港》等)。21世纪以来,文学研究所以中国社会科学院重大课题"台湾文学史料编纂与研究"及"20世纪海内外中文文学"为重点,系统梳理明末与清代台湾传统文学、日据时代的文学线索,考察台湾、东南亚、北美、欧洲、澳洲等各地华人作家创作,在全国起到学术引领作用。

(十)中国多民族文学研究

中国多民族文学研究涉及的范围十分广泛,包括古代和现当代文学、民间口传文学和作家书面文学及文学理论、民族语言和汉语作品等。譬如蒙古族的《蒙古秘史》、史诗《江格尔》《格斯尔》,藏族史诗《格萨尔》,还有西域诸民族的《玛纳斯》《福乐智慧》等,是中华各民族文学宝库中的精品。少数民族文学的学科建设首先主要是从资料的收集整理开始的。20世纪50年代,全国组织开展少数民族口传文学的收集整理,许多作品第一次被记录出版。80年代,马学良主编《中国少数民族文学作品选》,共收录五十五个少数民族古今民间文学和作家文学作品六百余篇,成为首部少数民族文学总集。历时多年完成的《格萨尔文库》分三卷三十册出版,是晚近少数民族史诗整理的重大成果,再次印证了中国是史诗资源丰富的国度。① 梁庭望在《20世纪中国少数民族文学研究》一文中指出,

---

① 《格萨尔文库》,上海古籍出版社2018年版。

1949 年以前，中国少数民族文学研究处于萌发期，20 世纪 50 年代以后属于发展期，而从 80 年代后直至新世纪以来，则可以说是进入创作和研究的繁荣阶段。[①] 这一判断起码有三个重要的依据：一是机构建设，二是理论研究，三是文学史书写。1980 年，中国社会科学院成立少数民族文学研究所（2002 年更名为"民族文学研究所"），创办了《民族文学研究》等刊物，为民族文学研究提供了交流平台。多年来，民族文学研究所在史诗学、口头文学、少数民族文学资料库建设等方面作出了卓越贡献。在全国一些高等院校（主要在少数民族地区），少数民族语言和文学的课程设置、教材建设、学位教育和学生培养等快速发展。从全国范围来看，较有影响的成果有：民族文学理论方面，如关纪新、朝戈金的《多重选择的世界——当代少数民族作家文学的理论描述》，鲁云涛等编的《中国少数民族文艺理论概览》，彭书麟等主编的《中国少数民族文艺理论集成》《少数民族美学思想研究丛书》，刘大先的《现代中国与少数民族文学》等；文学史建设方面，有马学良、梁庭望、张公瑾主编的《中国少数民族文学史》，吴重阳的《中国少数民族现当代文学研究》，邓敏文的《中国多民族文学史论》，樊星的《中国少数民族文学史》，王保生的《中国少数民族现代文学》，李鸿然的《中国当代少数民族文学史论》，祝注先的《中国少数民族诗歌史》，郎樱、扎拉嘎主编的《中国各民族文学关系研究》，李晓峰等的《多民族文学史观与中国文学研究范式转型》等。史诗研究方面，有以仁钦道尔吉的《〈江格尔〉论》为代表的史诗研究系列成果等。此外，马学良、梁庭望、李云忠主编的《中国少数民族文学比较研究》开辟了新的研究路径。张炯主编的《中华文学通史》系统性纳入少数民族文学，这是破天荒的。它不仅分门别类地论述了诗歌、小说、散文、戏剧、电影、报告文学、传记文学、儿童文学、科幻文学等各类体裁的作

[①] 梁庭望：《20 世纪中国少数民族文学研究》，《中南民族大学学报》2001 年第 1 期。

家作品，还涵盖全国各民族、各地区（包括港澳台）的文学，是中华文学研究的有益探索。特别需要指出的是，国家哲学社会科学重点课题"中国少数民族文学史·文学概况丛书"大大推动了族别文学史和文学概况的编写，使我国少数民族族别文学史基本空白的局面得以彻底改观。随着民族文学、民间文学、台港澳暨海外华文文学研究的深入，学术界适时提出"中华文学"等核心概念。"中华文学"不仅仅是横向意义上的中华多民族文学的简单整合，也不仅仅是中国大陆、台港澳文学和海外华文文学的笼统叠加，更重要的是，"中华文学"是建立在大中华文学史观基础上的相对独立的学科体系、学术体系和话语体系。[1]

（十一）网络文学研究

2018 年适逢网络文学诞生 20 年。根据中国作家协会《中国网络文学蓝皮书（2018）》和中国互联网信息中心（CNNIC）2018 年发布的第 42 次《中国互联网发展状况统计报告》，网络文学作者多达 1500 万，原创小说已超过 1600 万部，线下出版 7000 余部，相关影视改编 2400 多部，游戏改编 600 多部，动漫画改编 700 多部。零门槛使网络文学拥有了有史以来最庞大的作者队伍，最丰富的文艺作品，最独特的术语行话，最灵活的评价标准。[2] 网络文学用户超过 4 亿，其中 25 岁以下的读者约占半数。可以说，以网络文学、影视和游戏为代表的网络文艺与媒介文化，正在改写中国文学与文艺的历史版图。截至 2018 年，近 70 部中国网文作品外语版本的点击量超过千万，累计吸引访问客户超过 2000 万，遍及二十多个国家和地区。这是华语文学写作、阅读、传播领域中的重要事件，是中国文

---

① 参见刘跃进《中国古典文学研究四十年》（《深圳大学学报》2019 年第 1 期）、吴重阳《中国少数民族文学概观》、朝戈金《中国少数民族文学学科的概念、对象和范围》（《民族文学研究》1998 年第 2 期）等。

② 参见欧阳友权、张伟栋《中国网络文学批评 20 年》（《中国文学批评》2019 年第 1 期）、邵燕君主编《破壁书·网络文化关键词》（生活·读书·新知三联书店 2018 年版）等。

化"走出去"的生动案例。①

　　以期刊为中心的当代文学，在网络作家和研究者眼里已经成为传统文学。2019 年，邵燕君、薛静主编的《中国网络文学二十年》，分《好文集》和《典文集》，在海量的网络文学创作中，披沙拣金，选录 40 部网文，希望可以据此谈经论典，为网络文学进入文学史，做好前期准备。与此同时，《网络文学论纲》《网络文学经典解读》等研究论著亦相继问世，网络文学或将成为时代新宠。②

　　相比较而言，网络文学研究总体上尚处在"理论滞后"和"批评缺席"状态。③ 为适应国家信息化快速发展的形势需要，1987年，在钱锺书的提议下，文学研究所就成立了计算机室，完成了所藏图书编目检索程序。其中，"全唐诗速检系统"获得 1990 年国家科技进步三等奖。2002 年，文学研究所筹备创立数字信息中心，2004 年正式成立数字信息工作室，创办"中国文学网"（http：//literature. cssn. cn），在全球范围内普及中国文学知识、推广科研成果，为文学研究所与海内外高等院校、科研院所之间进行快速而高效的学术交流搭建数字化平台。

　　七十年来中国文学研究的学科体系、学术体系和话语体系建设，在传播中华优秀传统文化、促进中华各民族的融合、弘扬时代精神以及社会主义核心价值观等方面，发挥了重要的作用，提供了丰富的文化资源。

---

　　① 参见封寿炎《中国网文何以成为海外读者新宠》，《光明日报》2019 年 4 月29 日。

　　② 邵燕君：《网络文学的"断代史"与"传统网文"的经典化》，为《中国网络文学二十年》序言，漓江出版社 2019 年版，第 7 页。

　　③ 陈定家：《网络文学理论与批评现存问题及其应对策略》，《阅江学刊》2017年第 6 期。

结　语

　　1940 年，毛泽东在《新民主主义论》中指出，新民主主义文化方向是民族的、科学的、大众的。1942 年《在延安文艺座谈会上的讲话》，重申了这一基本观点。

　　2017 年，党的十九大报告指出："发展中国特色社会主义文化，就是以马克思主义为指导，坚守中华文化立场，立足当代中国现实，结合当今时代条件，发展面向现代化、面向世界、面向未来的，民族的科学的大众的社会主义文化，推动社会主义精神文明和物质文明协调发展。"

　　七十多年风雨兼程，中国大地发生了翻天覆地的变化。但是，马克思主义的指导地位没有变，民族化、科学化、大众化的社会主义文化发展方向没有变。

　　民族化，就是民族文化的形式和特性。1938 年，毛泽东在党的六届六中全会上作的报告中曾指出："马克思主义必须和我国的具体特点相结合并通过一定的民族形式才能实现"，必须"使马克思主义在中国具体化"，使之成为"新鲜活泼的、为中国老百姓所喜闻乐见的中国作风和中国气派"①。1940 年，毛泽东在《新民主主义论》中，将"民族形式"问题引进文化领域，认为"中国文化应有自己的形式，这就是民族形式"。习近平总书记也指出："民族文化是一个民族区别于其他民族的独特标识。要加强对中华优秀传统文化的挖掘和阐发，努力实现中华传统美德的创造性转化、创新性发展，把跨越时空、超越国度、富有永恒魅力、具有当代价值的文化精神弘扬起来，把继承优秀传统文化又弘扬时代精神、立足本国又面向

---

　　① 《毛泽东选集》第二卷，人民出版社 1991 年版，第 534 页。

世界的当代中国文化创新成果传播出去。"①

科学化，就是用科学的态度，清理中国传统文化，遵循事物发展规律，去伪存真，去粗取精，反对一切迷信教条。1944年，毛泽东在延安与美国记者斯诺谈话时强调，我们中国人必须用自己的头脑进行思考，并决定什么东西能在我们自己的土壤里生长。无论是古代的遗产，还是外国的精华，最终都要经过我们自己的头脑思考、过滤，然后决定选取那些有益的东西播种在自己的土壤中，生根结果。习近平总书记也说："独特的文化传统，独特的历史命运，独特的基本国情，注定了我们必然要走适合自己特点的发展道路。对我国传统文化，对国外的东西，要坚持古为今用、洋为中用，去粗取精、去伪存真，经过科学的扬弃后使之为我所用。"② "我们不仅要了解中国的历史文化，还要睁眼看世界，了解世界上不同民族的历史文化，去其糟粕，取其精华，从中获得启发，为我所用。"③

大众化，就是要为全民族百分之九十以上的人民群众服务。毛泽东《在延安文艺座谈会上的讲话》指出，"我们的文艺是为什么人的"，这是一个根本问题，一个原则问题。习近平《在文艺工作座谈会上的讲话》也强调指出："社会主义文艺，从本质上讲，就是人民的文艺。文艺要反映好人民心声，就要坚持为人民服务、为社会主义服务这个根本方向。"

总结七十年来中国文学研究的学术体系建设，最根本的经验，就是要在研究中回答"为了谁"的问题。坚持以人民为中心，明确为谁立言，这是我们从事学术研究的根本出发点，也是最终落脚点。从事社会科学研究，一定要关注社会；从事人文学科研究，自然应

---

① 　2014年2月17日在省部级主要领导干部学习贯彻十八届三中全会精神全面深化改革专题研讨班开班式上的讲话。

② 　2013年8月19日在全国宣传思想工作会议上的讲话。

③ 　2013年3月1日在中央党校建校80周年庆祝大会暨2013年春季学期开学典礼上的讲话。

有人文情怀。只有关注时代、关注社会、关注民生，我们的研究才能和人民群众的需求统一起来，才能更有效地实现文学研究的价值，才能更深刻地彰显学术成果的意义。

第 一 章

1949—1976 年的中国
文艺理论研究

自中华人民共和国成立到"文化大革命"结束，是新中国文艺理论建设的启航期。经过近三十年的发展，初步建立了中国马克思主义文艺理论体系，为新时期之后的中国文艺理论和美学的繁荣，打下了坚实的基础。

第一节　中华人民共和国成立之初的
文艺任务与文艺建设

1949 年 1 月底，北平和平解放。3 月，来自华北解放区和国统区的文艺工作者齐聚北平，商讨召开全国文艺工作者大会的筹备事宜。对于即将召开的大会，筹备会主任郭沫若明确指出它的目的："举行这一个空前盛大与空前团结的大会，主要目的便是要总结我们彼此的经验，交换我们彼此的意见，接受我们彼此的批评，砥砺我们彼此的学习，以共同确定今后全国文艺工作的方针任务，成立一个新的全国性的组织。"① 当年 7 月召开的第一次全国"文代会",也正是出于这一目的。"文代会"上的三个报告,茅盾的《在反对派压迫下斗争和发展的革命文艺》介绍了国统区的文艺经验,周扬的《新的人民的文艺》论述了解放区的文艺经验,郭沫若的《为建设中华人民共和国的人民文艺而奋斗》则提出了文艺工作新形势下的新目标。郭沫若的话以及这三个代表性报告,都反映出当时文化界所存在的区域性和文艺队伍之间的区别与分野,而这种区别与分野的弥合是中华人民共和国成立之初亟须解决的文艺任务。

　　具体说来,当时的文艺工作者主要来自解放和国统区。在战争以及两军对峙时期,分处解放区和国统区的文艺工作者一直面临着不同的任务。前者的服务对象是解放区的人民大众和人民军队,工作的指导方针主要是 1942 年毛泽东《在延安文艺座谈会上的讲话》的相关内容;而后者面对的不仅有国统区的普通百姓,还有站在进步对立面的旧势力和反动势力,因此他们的主要任务则是暴露国民党统治的黑暗与启蒙广大民众,主导方针除了传到国统区的《在延安文艺座谈会上的讲话》外,还有"五四"以来的启蒙立场及其思想武器。这是两条战线,两种经验。随着全国的解放,两条战线上的战友实现会师。然而,这种会师并不意味着消除或解决了二者在文化立场和文艺经验方面的原有分歧。郭沫若在第一次"文代会"上提出"为建设中华人民共和国的人民文艺而奋斗"这一目标看起来明确,但结合不同的文化立场和文艺经验看,却会带来完全不同的诠释。几年之后,胡风在"三十万言书"中表现出来的困惑,正是这种分歧的体现。

　　应该说,从第一次"文代会"的筹备与召开开始,解决这种分歧,统一和改造文艺界思想意识的工作就已经拉开了大幕。具体而

---

① 中国现代文学研究中心:《六十年文艺大事记（1919—1979）》,学明印务公司 1979 年版,第 122—123 页。

言，可以从以下三个方面来看。其一，建立制度，将所有文艺工作者都纳入国家管理范围。在"文代会"召开期间，成立了中华全国文学艺术界联合会，选出了全国委员会，制定了章程。相继成立的组织还有中华全国美术工作者协会、中华全国文学工作者协会、中华全国电影艺术工作者协会等。1949 年 9 月，曾在"文代会"期间试版的全国文联机关刊物《文艺报》正式创刊。资料显示，从 1949 年 7 月第一次"文代会"到年底，"全国各省、市成立了四十个地方文联或文联的筹备机构，出版了四十种文艺刊物"①。这些机构都有一定行政级别，相关负责人也享受相应行政待遇。这种方式将文艺工作者全部纳入体制之内。其二，组织知识界参加思想改造等一系列政治运动，使其逐渐与国家意识形态保持一致。中华人民共和国成立初期的思想改造活动并不限于知识界，还包括工商业从业者等，但主要是知识界。进行思想改造，有一个总的逻辑前提，即进入中华人民共和国，意味着进入新社会，人们不能够再留有旧社会的思想痕迹。从马克思主义基本原理来看，经济基础决定上层建筑，既然社会基础已经发生本质性变化，人们自然应该调整其观念，使之与经济基础相适应。由此来看，这一改造是有其历史合理性和必然性的。其三，通过一系列文艺界的争鸣与批判，文艺工作者逐渐熟悉了马克思主义基本原理，开始自觉以马克思主义为思想武器来分析和解决问题，并且在这一过程中，文艺工作者逐渐熟悉了当时国家意识形态的基本意图和边界。中华人民共和国成立之初有三大文艺批判运动，即关于电影《武训传》的批判，关于《红楼梦评论》、俞平伯和胡适的批判，以及"胡风案"。实际上，这种争鸣与批判早在《武训传》的批判之前就已经开始了，只是这些争鸣比较温和，形成了非常活泼生动的论争局面。

　　中华人民共和国成立之初的文艺政策与文艺发展状况为接下来

---

① 中国现代文学研究中心：《六十年文艺大事记（1919—1979）》，学明印务公司 1979 年版，第 125 页。

文艺界展开的"美学大讨论"定下基调，是讨论也是批判，是文艺或美学论题也是政治问题。"美学大讨论"晚于三大文艺批判运动，但它兴起时，三大文艺批判方兴未艾，其他文艺批判有的也在进行之中，因此，它们彼此间形成一种呼应，构成了 20 世纪 50—60 年代我国文艺与美学的整体景观。

第二节　20 世纪 50 年代中期到 60 年代中期的美学讨论

在现代中国，美学与文艺理论联系最为紧密，界限比较模糊。例如，第一次"文代会"上被冠以"文艺工作者"之名的，有作家，也有艺术家、美学家等，而朱光潜在美学大讨论之初写作的《我的文艺思想的反动性》，很明显是对其美学而非文艺思想的反思。我们将文艺批判运动作为中华人民共和国成立之初美学发展的前奏，正是缘于这种学科认识与发展的基本现实。同理，"美学大讨论"不仅是这一时段重要的美学问题，也是最重要的文艺理论景观。

美学大讨论，学界一般认为持续的时间是 1956—1962 年，并可分成两个阶段：第一阶段是 1956—1957 年，在这一阶段，主要围绕着美的主客观问题展开；第二个阶段是从 1958 年年底开始，这个阶段的讨论出现了一些新的现象，即参与者开始关注社会主义美学和文艺的特质、美学与社会生活的关系等问题。有一种观点认为，在美学大讨论的后期，文学艺术特性和形象思维问题成为非常重要的美学命题被大家所广泛关注，对它的讨论一直持续到了"文化大革命"前夕，因此美学大讨论的结束可以延伸到那个时候。

学者们集中讨论了如下几个问题。

第一，美是主观还是美是客观的问题，这是有关美学的哲学基础的讨论。对此，形成了四派观点①。主观派以吕荧、高尔泰②为代表。吕荧③认为，"美是物在人的主观中的反映，是一种观念"④。主观派的另一位代表高尔泰认为："有没有客观的美呢？我的回答是否定的：客观的美并不存在。"⑤ "不被感受的美，就不成其为美。"⑥从对主观性的坚持来看，高尔泰的观点要比吕荧的更加彻底。客观派以蔡仪为代表。他的美学观，其最大特点在于他将美赋予客观的物，他要寻找的是典型的物，也即典型的美。主客观统一派的代表人物是朱光潜，朱光潜经历了自身的思想转变。在中华人民共和国成立之前，他的美学观念主要是一种主观主义美学，包括形象的直觉、移情、心理距离等。中华人民共和国成立后，他接受了马克思主义的积极影响，提出美是主客观的统一。李泽厚是客观性与社会性的统一派的代表，他的这一观点是在批驳朱光潜、蔡仪等人基础上确立起来的。他认为朱光潜、黄药眠否认了美存在的客观性，蔡

---

① "四派"之说最早体现在李泽厚的论文《关于当前美学问题的争论——试再论美的客观性与社会性》（发表于《学术月刊》1957 年第 1 期）之中，但后来李泽厚又否定了这一看法，认为只有"三派"，排除了主观派。但本书认为，吕荧、高尔泰虽著述不多，观点应者寥寥，但与其他三派有明显不同，因此仍按照"四派"范式来展开论述。

② 高尔泰，又写作"高尔太"。"高尔太"是在 1956 年发表《论美》时由于"泰"字排版错误，因而误写作"高尔太"，但由于《论美》一文流传甚广，这一名字也一直沿用。在本书中，我们统一名字为"高尔泰"。

③ 吕荧的美学观早在 1953 年批评蔡仪美学思想的《美学问题——兼评蔡仪教授的〈新美学〉》一文中就已经明确提出，但由于当时没有形成讨论态势，因此并未引起大的关注。1956 年美学大讨论发起之后，很多人关注到了吕荧的观点，对其提出商榷。于是在 1957 年 2 月，他又写了《美是什么》一文，该文发表于《人民日报》1957 年 12 月 3 日。从这一过程中可以看出，吕荧的美学观被关注，带有一点回溯性质，是美学大讨论使他的美学观点重新回到了人们的视野之中。

④ 吕荧：《美学问题》，载吕荧《美学书怀》，作家出版社 1959 年版，第 5 页。

⑤ 高尔泰：《论美》，载文艺报编辑部《美学问题讨论集》第二集，作家出版社 1957 年版，第 132 页。

⑥ 同上书，第 144 页。

仪则否定了美存在的社会性。这不是非此即彼的问题，美实际上是客观性与社会性的统一。与李泽厚观点相近的，还有洪毅然等。

第二，关于自然美的问题。这个问题承接着上一问题的讨论展开。美在物还是美在心，都需要解释如何看待自然美的问题。主观派的高尔泰认为，自然无所谓美丑，它只是物的属性，美在人心。客观派的蔡仪认为，美是个别显现一般的典型，因此自然美也是个别自然物显现一般的典型。主客观统一派的朱光潜认为，自然美和艺术美一样，都是主观和客观辩证统一的产品。

第三，关于美学的研究对象问题。一种声音是认为美学是研究美的学科，这一看法以洪毅然、姚文元等人为代表。另一种声音认为美学的研究对象是艺术，美学是关于艺术的哲学。朱光潜在《美学研究些什么？怎样研究美学？》中明确指出，美学的研究对象是艺术。马奇虽然不同意朱光潜的一些观点，但他也认为，美学就是艺术观，研究艺术的一般理论。

第四，关于形象思维的问题。"形象思维"不是一个新话题，早在 20 世纪 30 年代，中国学者就从别林斯基、普列汉诺夫那里注意到了这个概念。在美学大讨论中，对形象思维的讨论集中在它是否存在的问题上。一种观点认为存在形象思维。霍松林就认为，形象思维与逻辑思维有共同性。① 陈涌认为，形象思维是艺术的思维特点。② 李泽厚在《试论形象思维》的开篇直接针对有没有形象思维回答说"有"③。形象思维的过程，也是由现象到本质，由感性到理性。另一种观点则否认形象思维的存在。如毛星撰文指出，那种认为有一种和一般思维完全不同，为作家和艺术家所运用的形象思维

① 参见霍松林《试论形象思维》，载复旦大学中文系文艺理论组编《形象思维参考资料》第一辑，上海文艺出版社 1978 年版。

② 参见陈涌《关于文学艺术特质的一些问题》，载复旦大学中文系文艺理论组编《形象思维参考资料》第一辑，上海文艺出版社 1978 年版。

③ 李泽厚：《试论形象思维》，载复旦大学中文系文艺理论组编《形象思维参考资料》第一辑，上海文艺出版社 1978 年版。

"是不正确的，至少，形象思维这个词是不科学的"①。郑季翘在
"文化大革命"前夕写作的《文艺领域里必须坚持马克思主义的认
识论——对形象思维论的批判》一文也指出，形象思维是不存
在的。②

可以说，从理论层面来看，美学大讨论是马克思主义基本原理
与美学学科实践的结合；从政治层面来看，是国家意识形态统一和
思想整合的一种方式；从美学研究者角度来看，也是他们思想改造，
主动向马克思主义靠拢，进行批评与自我批评的试验场。美学大讨
论中还讨论了美的性质、美感的性质、美与美感的关系、美与社会
实践等问题，所有这些问题在新时期之后都再度重提，为新时期
"美学热"和文艺理论繁荣局面的出现埋下了伏笔。

第三节　20 世纪 60 年代中期到 70 年代
中期文艺理论的发展与问题

"文化大革命"十年左右的时段中，由于受到"左"倾思潮的
强烈干扰，文学和艺术的发展遭遇了前所未有的挫折。在此期间，
诞生的作品大幅度减少，具体的文艺观念，也因受到极"左"思潮
的影响，带有强烈的片面性与更多的政治色彩。

"文化大革命"时期的文艺和美学发展，延续了中华人民共和国
成立后的批判运动范式，但二者又有明显的区别。中华人民共和国
成立后的最初十几年，虽然有文艺批判，但同时还有非常丰富、活
跃的文艺和美学活动；为了促进文艺发展，党和政府也在不断根据

---

① 《形象思维参考资料》第一辑，上海文艺出版社 1978 年版，第 187 页。

② 郑季翘：《文艺领域里必须坚持马克思主义的认识论——对形象思维论的批
判》，载复旦大学中文系文艺理论组编《形象思维参考资料》第一辑，上海文艺出版
社 1978 年版，第 222 页。

文艺实践状况调整相关政策，因此提出了"两结合""双百"方针等体现社会主义美学特色、繁荣社会主义文艺的政策原则。但在"文化大革命"时期，由于受到极"左"政治的影响，文艺中极"左"思潮占据了主导位置，其所提出的文艺观点往往具有较大的理论缺陷。

文艺政策方面。1967 年 5 月 29 日，形成于 1966 年 2 月的《部队文艺工作座谈会纪要》（以下简称《纪要》）公开发表。《纪要》全面否定了中华人民共和国成立后十七年来文艺取得的成就，提出"文艺黑线专政"论，把丰富复杂的文艺活动简化为两条路线，即无产阶级和资产阶级的尖锐斗争，把"写真实"论、"现实主义——广阔的道路"论等诬蔑为体现了资产阶级文艺思想、修正主义思想的"黑八论"。在"破除迷信""彻底革命"的口号下，完全否定了20 世纪 30 年代以来的左翼文艺的工作和成绩，拒绝吸收和继承古今中外的文化遗产。《纪要》于 1979 年 5 月正式撤销。另外，毛泽东的几个关于文学艺术的文件批示等也成为这一时段的主要学习材料和文献依据，它们包括《看了〈逼上梁山〉以后写给延安平剧院的信》《应当重视电影〈武训传〉的讨论》《关于〈红楼梦〉研究的信》《关于文学艺术的两个批示》等。这些文件都产生于"文化大革命"之前，但在这一期间却被广泛学习和征引，有着较大的理论影响。

这一时段还诞生了极"左"文艺理论原则。其中最有代表性的有"根本任务论""三突出""反真人真事"等。

"根本任务论"出自《纪要》，但论其源头，则是 1964 年江青的《谈京剧革命》。在这篇文章中，有"要在我们的戏剧舞台上塑造出当代的革命英雄形象来，这是首要的任务"等表述。《纪要》中则更加明确地指出："要努力塑造工农兵的英雄人物，这是社会主义文艺的根本任务。""根本任务论"提出后，就成为当时文艺活动的唯一旨归和评判原则。"根本任务论"并不符合文艺多样化发展实际，尤其是当它被硬性地机械地执行时，更是对文艺的一种戕害，对文艺健康发展的一种阻碍。"三突出"原则与"根本任务论"联系十分紧密。"根本任务"要求塑造工农兵英雄人物,"三突出"则是在文艺创作中如何处理人物关系、凸显英雄人物的具体方法。

与"根本任务论"相类似,"三突出"的雏形也是出现在 1964 年江青的《谈京剧革命》一文中。"三突出"主要有两种表述。第一种是于会泳的表述,在 1968 年 5 月发表的《让文艺舞台永远成为宣传毛泽东思想的阵地》中,他说:"我们根据江青同志的指示精神,归纳出'三个突出',作为塑造人物的重要原则。即:在所有人物中突出正面人物来;在正面人物中突出主要英雄人物来;在主要人物中突出最主要的即中心人物来。"① 第二种是姚文元的表述,即:在所有人物中突出正面人物;在正面人物中突出英雄人物;在英雄人物中突出主要英雄人物。与"三突出"相对应的是"三陪衬",即"在正面人物与反面人物之间,反面人物要反衬正面人物;在所有正面人物之中,一般人物要烘托、陪衬英雄人物;在所有英雄人物之中,非主要人物要烘托、陪衬主要英雄人物"。这种创作原则严重违背生活逻辑和文艺创作实际,现实生活复杂多样,人与人之间的关系错综复杂,反映在文艺作品中,也定然不是简单的"突出"与"陪衬"的关系。因此,这种创作原则必然导致作品的概念化和公式化倾向,与"根本任务论"结合后出现的人物必然要求都是一些"高大全"和"红光亮"式的脱离生活实际的形象。

"反真人真事"论最早出现在 1969 年 6 月,当时江青在接见艺术团体成员时说:"有些人就是搞真人真事,这是可恶之极呀。"后来姚文元等人在不同场合也一再宣扬创作不要写真人真事,不提倡写活着的人等观点。"反真人真事"论认为,表现"真人真事"不符合人物塑造的典型化原则,囿于真人真事,将沦为对生活的简单复制,不能从深度和广度上升华生活,不利于表现革命的主题,因

---

① 季进编选:《中国当代文学批评大系:一九四九——二〇〇九(卷二)》,苏州大学出版社 2012 年版,第 371 页。

此即使是报告文学题材，都不可以是真人真事。这一观点与"主题先行""从路线出发"等观点如出一辙，都割裂了艺术与现实生活的关系，把艺术窜改成政治的寓言和宣传品，都是违反艺术创作规律的。

由于受到"左"倾极权主义的干扰，"文化大革命"十年左右的时间里，文艺与美学的发展并不正常，作品数量少，艺术水准总体不高。为了批判的需要，当时还成立了一些写作组，用统一的笔名发表，如文化组创作领导小组办公室的"初澜""江天"、上海市委写作组的"丁学雷"等，同样为了批判的需要，当时还创作了一些话剧、电影等艺术作品，如话剧《千秋业》、电影《春苗》等，创办了一些新的文艺刊物，如《朝霞》等。

"文化大革命"后期，基于民心所向，国家层面也曾试图扭转或调整政治权力对于文艺的一些不正常干扰与破坏，一些刊物开始复刊，如《中国摄影》《人民文学》等。一些"文化大革命"前拍摄的电影得到了重新放映，一些作品被重新改写，前者如《英雄儿女》《打击侵略者》等，后者如《南征北战》《年轻的一代》等的重拍、李心田《闪闪的红星》的改写等。虽然有"左"倾政治的强力施压，但当时还是产生了一些新的作品或理论文章，只不过它们一出现，就往往成为批判的靶子。如电影《海霞》《创业》，高玉宝的文艺评论《文艺创作不能凭空编造假人假事》等。同时也开展了一些美术活动，如1973年举办了全国连环画、中国画展览以及户县农民画展等。总体而言，由于当时的思想局限和政治束缚，艺术作品和文艺批评质量总体不高。无论是批判的一方，还是被批判的一方，他们的思维逻辑、话语表述体系都带有当时的历史局限。

第四节　成绩与教训

从中华人民共和国成立到"文化大革命"结束这一时段，是我国社会主义建设的探索期。这一时代的美学和文艺建设，与当时国家层面的文化建设联系紧密，既由于受到党和政府的高度重视，因而获得了长足发展，同时又因为与政治和时代的直接相连，不可避免地带有一定的历史局限性。具体说来，这一时段的美学和文艺发展具有如下方面的贡献、特色与不足。

首先，确立了马克思主义在文艺和美学领域的指导地位，并在此基础上，分析和解决了文艺学科的一些基本问题，初步构建了文艺理论学科的基本框架，为马克思主义理论中国化提供了操作路径和典型范例。例如，在美学大讨论当中，所有的参与者都自觉地运用马克思主义基本原理来分析文艺问题，无论是认为美在主观、美在客观，还是认为美在主客观统一、美在客观性和社会性的统一，其基本的理论来源都是马克思主义。

其次，在这一时段，中国文艺理论家们运用马克思主义基本原理，重新解读中国文学和艺术现象，构建了一套文学和艺术实践领域的中国话语。从哲学立场上的唯物主义和唯心主义划分，到美学和艺术本质层面的唯物主义和唯心主义的分辨，从这一立场衍生出的艺术与现实关系的现实主义和浪漫主义区分，以及马克思主义文艺经典语汇与命题，如经济基础、上层建筑、反映论、典型、人民性、阶级性、党性，以及毛泽东文艺思想中的政治标准、艺术标准等，这些构成了中华人民共和国成立以后中国文艺学主要的本质论和价值论体系，并在文艺阐释活动中得到明确而有效的执行。这种做法对中国文艺和文化的当代构建都影响巨大，至今仍然是我们认识和分析文艺以及其他人文学科问题的重要参照和指导。

但因受到时代视野的局限，当时中国学者普遍对马克思主义缺乏全面而深入的理解，因此在具体运用过程中存在机械化与简单化倾向。具体而言，唯物主义与唯心主义、人民性与阶级性等的划分背后，是壁垒分明的马克思主义与反马克思主义、革命与反革命、进步与反动等一系列简单的价值判断。中国文艺与美学家们将这种价值判断运用到文艺实践中，将文学和艺术的历史发展化约成唯物主义与唯心主义、现实主义与浪漫主义的对垒。这一点可以在朱光潜所著《西方美学史》中得以印证①，他使用当时中国文艺界主流话语——唯物主义与唯心主义、典型、现实主义和浪漫主义，重构了西方美学的发展历程。与之相类似，游国恩、萧涤非等撰写的《中国文学史》，也以现实主义和浪漫主义、阶级性和人民性等视角或标准，对古往今来的文学家重新进行历史排位。总之，在20世纪五六十年代，不仅像巴尔扎克这样的批判现实主义作家，甚至中国古代的诗人、词人，都无一例外地要受到这种阶级性、政治立场等的考察与评判。应该说，马克思主义基本原理与中国文艺美学领域的结合，给中国文艺与美学发展带来了新的时代面貌，但在具体结合的过程中，反历史和机械化倾向也带来了大量的理论问题。

最后，苏联文艺思想在这一时段的中国文艺建设中扮演了重要角色。在这一时期，我们大量引进和译介了苏联的文艺理论。第二次世界大战之后，世界格局发生了很大变化，形成了资本主义和社会主义两大阵营。西方世界奉行冷战思维，这客观上导致了中国政府在外交政策与对外交流方面的一边倒倾向。反映在美学和文艺理论领域，能够引进到国内的相关文献以苏联为主，同时还包括保加利亚、匈牙利、越南、捷克、波兰等社会主义国家的著作。但其中，苏联文论显然占据着绝对的优势，对中国当时的文论建设产生了举足轻重的作用。

苏联文艺理论的这种作用和影响可以从以下方面体现出来。其一，苏联文艺理论直接参与了中国当代文艺理论的建构，成为当时中国文艺理论思考的主要参照物。在当时的国际大环境下，因缺少又十分需要可资参考的文献和研究成果，苏联文艺理论自然成为重要的借鉴来源。当时不仅大量翻译苏联文艺理论方面的相关著作，还邀请苏联文艺理论和文艺学方面的专家来中国授课，甚至直接把苏联文艺理论学科的教学大纲、教材等翻译过来，作为中国大学教

---

① 参见朱光潜《西方美学史》（下卷），人民文学出版社1964年版，"结束语"。

员和学生的教材和样本。其二，中国文艺理论研究者当时看待文艺理论问题，往往是通过苏联学者的视野和眼睛来看的。由中国科学院文学研究所编译的《现代文艺理论译丛》明显体现出这种倾向。在作为定期期刊出版之前，该刊物曾经不定期地出版过六辑。其中第一辑讨论"社会主义现实主义"，第二辑讨论"批判修正主义和资产阶级文艺思想"，第三辑讨论"当代美学问题"，第四辑是关于"比较文艺学与其他反动的资产阶级美学流派"，第五、六辑是关于"古典的美学和文学理论"①。从讨论的基本内容来看，第一辑属于苏联美学的专论。然而其他各辑，作者也几乎都是苏联学者。这就意味着，所谓的当代美学即是苏联美学，对资产阶级美学的批判也并不是所谓的资产阶级自己站出来说话，或者中国学者基于自己的理论立场的反思，而是苏联学者对他们的批判。这就充分说明，当时中国文艺理论界对世界的观望，是通过苏联这一中介来实现的。在学科差不多一穷二白的状况下，苏联文艺理论无疑为中国文艺理论带来了可发展的内容和方向，但另一方面，与之相伴随的是，苏联文艺理论所固有的机械化、庸俗唯物主义倾向，也深深影响了中国文艺理论界。

纵观前三十年左右的文艺理论历程，不能否认，取得的成就仍然是主要的。从理论建设来看，具有中国特色的马克思主义文艺理论体系初步建立起来；从实践领域来看，诸门类艺术，无论是电影、戏曲、文学、音乐、美术等，都获得了长足的发展，为文艺理论的体系建设提供了思考的基础。并且值得一提的是，在当时相对严峻的政治话语语境中，美学大讨论的对话氛围相对活泼和宽松，基本维持在学术问题范围之内，使当时对美学问题的讨论相对充分，取得了不少有价值的学术成果，为后来学界树立了较好的模范，也为新时期文艺界的拨乱反正奠定了一定的学术基础。例如，美学大讨

---

① 中国科学院文学研究所现代文艺理论译丛编辑委员会：《现代文艺理论译丛》第 1 辑，人民文学出版社 1963 年版，"编后记"。

论中关于形象思维问题的讨论，在新时期伊始，成为文艺理论学科自身和思想解放破冰之旅的起点，为认识和思考中华人民共和国成立后到"文化大革命"结束这一时段的文艺理论发展，留下了更多可供思考的空间。

第 二 章

1977—1999 年的中国文艺理论研究

当代文学史研究界一般将 1977—1999 年这一时段分为"新时期"与"后新时期"或"80 年代"与"90 年代"两段。改革开放以来，经济体制的转型促发社会转型，社会转型又引发理论转型。20 世纪 90 年代以来，文艺、文化与经济关系的论题日益凸显，这与社会主义市场经济改革密切相关；而对外开放则把中国文艺、文化的发展纳入到了全球化进程之中，使文艺与民族文化传统的关系逐步凸显出来。文论界围绕这些与社会文化转型相关的重要议题，进行了广泛而深入的探讨，取得了较大成绩。

第一节　改革开放之初思想解放
运动中的文艺思想的发展

20 世纪 80 年代，在经济政策层面提出了"以经济建设为中心"的重要理念，在文艺政策层面提出了"文艺为人民服务，文艺为社会主义服务"的基本方针，奠定了文艺领域思想解放的政策基础。在文艺创作方面，伤痕文艺、反思文艺、改革文艺、寻根文艺等思潮走在了思想解放运动的前列，融入并推动思想解放。在理论方面，人道主义、异化、主体性、形象思维等问题的讨论及"美学热"等思潮，推动了文艺领域的思想解放，文艺自身的发展规律开始得到高度重视。包括朦胧诗在内的各类文艺体裁的现代主义思潮，开启了文艺现代化的主题，但也存在将现代主义与现实主义二元对立起来、将文艺现代化简单等同于现代主义的不足。

一　"二为"方针与新时期文艺思潮的思想解放意义

1979 年 5 月 3 日中共中央发布通知，批转解放军总政治部的请示，正式撤销《部队文艺工作座谈会纪要》，10 月邓小平发表《在中国文学艺术工作者第四次代表大会上的祝词》，为文艺界拨乱反正奠定基础；1980 年 1 月 16 日邓小平在《目前的形势和任务》的讲话中提出"不继续提文艺从属于政治这样的口号"，在此基础上，7 月 26 日《人民日报》发表社论《文艺为人民服务　文艺为社会主义服务》，"双为"方针与"百花齐放，百家争鸣"的"双百"方针成为基本文艺政策，具有重大转型意义，对此后文艺的发展有重大影响。文论界对此有广泛和深入的研究和讨论。

"文变染乎世情，兴废系乎时序"，"文艺是时代前进的号角，最能代表一个时代的风貌，最能引领一个时代的风气"，新时期的文艺创作在引领思想解放运动方面走在了前面。党的十一届三中全会决定撤销中央发出的有关"反击右倾翻案风"运动和天安门事件的文件，其后出版的《天安门诗抄》开启了文艺领域思想解放的先声。此后出现了伤痕文学、反思文学等文艺思潮。党的十一届三中全会之后，全国性经济体制改革启动，文艺界积极参与、推动改革，形成了"改革文学"等思潮。这些文艺思潮对推动改革开放、思想解放等有重要作用，但也存在一定偏颇。20 世纪 80 年代中期，理论界出现所谓"文化热"，与此相应，创作界出现所谓"文化寻根"思潮，力图对传统意识、民族文化心理等有所挖掘。总体来说，寻根文艺思潮反思性和批判性很强，起初主要是批判性反思传统文化阻碍现代化的一面，但随着探索的深入，传统文化的复杂性、丰富性也被逐步感知和认识到，对于此后探索民族文化传统在现代化进程中的作用等有一定启示。与以上创作思潮相应，批评和理论界也及时总结和概括，推动了相关文艺思潮的发展。

二　思想解放运动中人道主义与文艺主体性问题的讨论

文艺界积极参与了当时的思想解放运动，就人道主义、异化等问题发表看法，有关文艺主体性及相关美学问题的讨论等，也成为思想解放运动的重要组成部分。

《人民日报》1979 年 5 月 7 日刊登的周扬《三次伟大的思想解放运动》指出："本世纪以来，中国人民经历了三次伟大的思想解放运动：五四运动是第一次，延安整风运动是第二次，目前正在进行的思想解放运动是第三次。"思想解放运动，构成了此期文艺思想发展的重要理论背景，在此背景下，理论界开始关于"人道主义""异化"等问题的讨论，1978 年到 1983 年《人民日报》《哲学研究》《文学评论》等报纸和刊物上发表了大量相关文章，并出版论文集《人是马克思主义的出发点》《关于人的学说的哲学探讨》《为人道主义辩护》等。胡乔木 1984 年 1 月 3 日在中共中央党校发表的讲话《关于人道主义和异化问题》就相关讨论作了总结，强调要宣传"社会主义的人道主义"，不能简单地用"异化"概念直接分析社会主义的消极现象。

与此相关，文艺界主要从"人性论""主体性"等角度展开相关讨论。"主体性"问题首先由哲学界、美学界提出，李泽厚发表了相关系列文章；文学界，刘再复提出"文学主体性"问题，陈涌等提出商榷，由此引发广泛学术论争。与此相关，文艺界出现所谓重视主体性乃至心理性的"向内转""文学是人学"等说法，也引起相关学术争鸣。

有关主体性问题的讨论，突出了文艺活动中个人的主观能动性，对于推动文艺发展有积极作用，但也存在重视个体性而忽视社会性、重视抽象人性而轻视具体社会性的片面极端倾向，在创作驱动力的讨论上，存在重视心理、情感因素而轻视社会因素对创作的影响的片面倾向。在相关问题的学术争鸣中，马克思主义文艺创作思想获得新发展。

三　"美学热"、形象思维讨论的理论意义

在文艺创作方法上，"形象思维"是此期文艺思想中的一个重要议题。《人民日报》1977年12月31日登载了毛泽东《给陈毅同志的一封信》，有"诗要用形象思维"语；中国社会科学院外国文学研究所编辑出版了《外国理论家、作家论形象思维》等；文艺界就形象思维进行了较为广泛和持续的讨论，后来《社会科学战线》编辑部编《形象思维论丛》等收录了相关文献。这些讨论对于矫正文艺创作一度存在的概念化、公式化倾向等偏颇有一定积极作用。

与创作方法更新相应的是文艺观念更新，20世纪50—60年代学术界曾有过美学大讨论，70—80年代再次出现了"美学热"，形成了百家争鸣的局面，体现了对文艺自身审美特性的重视。此期的"美学热"，推动了马克思主义美学和文艺思想的发展，文艺自身的特性和独特的发展规律逐步得到重视。但是，也存在片面强调文艺审美性而轻视文艺社会性、政治性的倾向。

四　朦胧诗等现代主义思潮的得失

此期的一股重要文艺"新潮"是所谓"现代主义"思潮。谢冕的《在新的崛起面前》、孙绍振的《新的美学原则在崛起》、徐敬亚的《崛起的诗群——评中国诗歌的现代倾向》这三篇文章被称为"三个崛起"，它们从正面全盘肯定了具有现代主义倾向的"朦胧诗"创作思潮的价值，引发相关争鸣，其后还出现了所谓"后朦胧诗之争"。争鸣涉及如何认识新诗与传统诗、五四新诗传统与中华人民共和国成立后诗歌传统、中国与西方、传统与现代、诗歌创作方法与风格等之间的关系等诸多问题。

现代主义思潮对其他艺术体裁也有广泛影响：（1）小说界主要以"先锋小说"为标榜；（2）戏剧方面主要标榜"探索戏剧（话剧

等）""先锋戏剧（话剧）"等；（3）美术也是现代主义思潮中的弄潮儿，出现了所谓"85 新潮美术"，此外还有"实验美术""先锋绘画"等表述；（4）音乐界主要标榜所谓"新潮音乐"，此外还有"先锋音乐""实验音乐""现代（派）音乐"等表述；（5）电影方面，主要用"第五代导演"的"探索电影"等来表述该领域具有现代主义色彩的思潮。

一方面，现代主义思潮对于丰富文艺创作方法和思维方式等有积极作用，但也存在把现代主义与现实主义二元对立起来，过分抬高现代主义的价值而贬低现实主义的片面、极端倾向，并且还存在过分"西化"等错误倾向。另一方面，"现代主义"思潮又激活了关于传统的"现实主义"的研究，马克思主义文论在回应时代挑战中获得新拓展；钱中文的《现实主义和现代主义》、张德祥的《现实主义当代流变史》等著作以及大量论文，是这方面的重要成果。

第二节 社会主义市场经济探索期文艺思想的发展

改革开放不断向纵深发展，中央确立了"有计划的商品经济"模式，提出了"和平和发展是当代世界的两大问题"的重大判断。文艺领域的思想解放继续发展，文艺新观念、研究新方法等渐次展开，马克思主义文艺观念和方法论等方面的研究有所拓展。

一 文艺研究新方法探索的方法论意义

一方面，追求各方面的革新是此期的时代主题；另一方面，科技在经济发展中的作用越来越受到重视，诸方面的影响形成一股合力，使此期的文艺研究重视新方法论的探讨，尤其重视将自然科学的方法引入文艺和美学研究领域。与新思潮相关的是所谓"新方法"，而所谓"新方法"主要是指移植西方相关研究方法，并且突出体现为把西方新兴的自然科学方法移植到文艺和美学研究领域，先是将系统论、控制论、信息论等引入文艺研究领域，被称为"老三论"；此后又移植耗散结构论、协同论、突变论等，被称为"新三论"。

相关讨论突出了社会科学与自然科学、人文主义与科学主义之间的关系问题。自然科学方法和心理学、语言学等方法的移植和运用，对于丰富文艺研究的方法有积极意义，促进了相关研究的多样化发展。但也存在食洋不化、新名词滥用等不良倾向。在相关理论探讨和学术争鸣中，重视社会影响的马克思主义历史唯物主义的方法论也获得了新的拓展：相关讨论强调文学的内部研究与外部研究要两相结合，马克思主义文论并非单纯的"外部研究"；在多元与主导的关系上，强调要坚持历史唯物主义方法的指导地位，多样化不等于多元主义化。

二　文艺观念讨论与本体论思潮的变革意义

某种文艺观念的形成与一定历史时期的社会生活和创作实践等密切相关。新时期以来，随着社会政治环境的改变、文艺界的拨乱反正，文学观念也发生改变，1985年前后，开始对文学本质观念进行反思。传统的反映论文学本质观被重新审视，加上西方相关文艺思想的影响，引发了一股文艺本体论思潮。与此相关还有所谓"语言论转向"，西方语言论批评如俄国形式主义、英美新批评及法国结构主义等被广泛引进和讨论，文艺学和语言学的关系、文学的形式问题被重新思考。

对于这些转向，文论界也作了批判性反思。陈燊认为，与当代西方形式主义文论有关，有人以语言否定文学的意识形态性；严昭柱强调，文艺意识形态性质问题，关系到对社会主义文艺的本质的认识，而"主体论"文艺观反对"把文艺归入反映论、认识论领域",而认同现代西方文艺理论的表现论和表情说、欲望说①等。这些观点所批评的是当时热衷引进西方文艺理论所形成的所谓"向内转""语言论转向""审美转向"等总体态势,"意识形态"被当作"外部的""非语言形式的""非审美的"问题在这些转向中被轻视乃至被搁置,并且存在追求所谓"片面的深刻"的倾向,鼓吹"非意识形态化"乃至"去政治化",某种程度可以说这使"拨乱反正"走向"矫枉过正"了。

三 文学活动论、审美意识形态论等理论的综合创新意义

新时期,文论界围绕意识形态问题产生了争鸣,栾昌大提出文艺"具有意识形态性和超意识形态性这双重特性",董学文提出"文学艺术的特殊性在于它是意识形态和非意识形态的集合体"等等②,这些观点强调了文艺非意识形态性的一面。吴元迈、陆梅林等学者则对此提出质疑,相关争论中有两点值得注意。

(1)吴元迈的《关于文艺的非意识形态化》指出:"文艺的非意识形态化,是过去和现在一切非马克思主义文艺理论的共同特征。"③以此揭示并强调文艺的"非意识形态性"与"非意识形态化"乃至"去政治化"并不等同。

(2)围绕文艺是否属于上层建筑的讨论,使文艺与经济、政治的复杂关系得以呈现。朱光潜认为"上层建筑"与"意识形态"是平行的,反对在两者之间画起等号④。吴元迈、钱中文等学者对此提出质疑。钱中文明确把文艺定位为"观念的上层建筑","上层建筑

---

① 严昭柱等:《关于文艺的意识形态性问题——座谈会发言》,《文艺理论与批评》1990 年第 5 期。

② 董学文、陈诚:《近三十年文艺意识形态论争与反思》,《商丘师范学院学报》2008 年第 2 期。

③ 吴元迈:《关于文艺的非意识形态化》,《文艺争鸣》1987 年第 4 期。

④ 朱光潜:《上层建筑和意识形态之间关系的质疑》,《国内哲学动态》1979 年第 7 期。

是一种比较复杂的现象，除了意识形态的上层建筑，还存在政治、法律等机构这类上层建筑，后者们表现为社会实体，但归根到底，它们仍然是经济基础的反映"，"政治在上层建筑中起到主导作用"，"政治对于文艺实际也是如此"①。这就勾勒出了"观念上层建筑（意识形态）—制度上层建筑—经济基础"这一范畴链，并与通常所谓的"文化（文艺）—政治—经济"正相对应，在此框架中，文艺、文化受经济的影响是"间接"的，而受政治的影响则是"直接"的。

此外，既往研究相对不够重视的马克思的"艺术生产"理论等在此期也开始被关注，并引发广泛讨论；与此相关，文论界还提出了"文学活动论"。在这些相关研究和讨论中，马克思主义经典文艺思想的丰富性及其价值得到了更充分的揭示，并在回应所谓"内部研究"的片面化倾向中开始了综合创新方面的初步探讨。

董学文在描述此期的文论发展态势时指出："总的来说，将文艺简单界定为一种社会意识形态的文学本质观，受到相当程度的诘难和质疑"，而钱中文、童庆炳等提出"审美意识形态论"，相比较而言，"似乎在肯定文艺的意识形态性的同时也顾及了文艺的审美特点，在当时的美学热与文艺理论美学化倾向指向中，得到较多学者的认同"②。此期与此相关的热点还包括美学热、形象思维讨论等，也是为了矫正此前强调文艺依附于政治乃至具体政策所导致的文艺创作的概念化、公式化、脸谱化等倾向。不同于"向内转"的矫枉过正，强调"意识形态性—非意识形态性（审美性等）"统一的审美意识形态和审美反映论，总体上可视作此期所取得的重要成果。

---

①　钱中文：《文艺和政治关系中的一个根本问题——论文艺作为"观念的上层建筑"的特征》，《学习与探索》1980 年第 3 期。

②　董学文、陈诚：《近三十年文艺意识形态论争与反思》，《商丘师范学院学报》2008 年第 2 期。

第三节 社会主义市场经济体制确立
初期文艺思想的发展

1992 年邓小平南方谈话标志着我国进入了社会主义市场经济发展阶段。根据邓小平"两手抓，两手都要硬"等思想，1996 年党的十四届六中全会通过的《关于加强社会主义精神文明建设若干重要问题的决议》，成为指导包括文艺在内的文化发展、精神文明建设的又一基本指导方针，文艺界就此展开了相关讨论，推动了文论的新发展。

一 市场化语境下的人文自觉：人文精神与新理性精神的讨论

20 世纪 80 年代，文论界围绕文艺、文化能不能商品化形成了争鸣，但总的来说，那时商品化似乎还没有对所谓严肃文艺创作形成多大冲击；而 90 年代以降，这方面的问题越来越凸显，于是出现了关于"人文精神"的论争。论争起始于王晓明等的《旷野上的废墟——文学和人文精神的危机》一文："一股极富中国特色的'商品化'潮水几乎要将文学界连根拔起"，文学的意识形态功能"逐渐被其它传播媒介所取代，人民自己独立发言的能力也逐渐发达，文学'载道'的事务就又濒于歇业了"[1]。批评者如张颐武在《人文精神：最后的神话》中指出："它（人文精神）被视为与当下所出现的大众文化相对抗的最后的阵地"，"'人文精神'对当下中国文化状况的描述是异常阴郁的。它设计了一个人文精神/世俗文化的二元对立，在这种二元对立中把自身变成了一个超验的神话"[2] ——人文精神倡导者确有此倾向，而批评者也存在忽视市场负面影响的片面化倾向。

---

[1] 王晓明：《人文精神寻思录》，文汇出版社 1996 年版，第 2—15 页。

[2] 同上书，第 137—141 页。

2003 年，由《文汇读书周报》与《学术月刊》发起的"2003年度中国十大学术热点"评选活动，将钱中文等有关"新理性精神"的讨论列为十大热点之一，认为这一讨论本质上是一场这样的理论应对："随着商业社会中消费文化的普及和艺术产品市场化的加剧，现代审美性日益成为突出问题。其标志是审美行为和审美判断越来越强调感性解放和身体欲望的满足，强调审美活动的物质化、生活化和实用化。对此，文艺学美学界以钱中文为首，经过一段时间酝酿和探讨后，明确提出并大力倡导'新理性精神'。这一主张得到全国学界响应。'新理性精神'以重建人文精神为思想主导，试图综合理性和感性及非理性，以解决当前审美文化过分突出感性和身体性的问题。"① 童庆炳、朱立元、王元骧、许明、徐岱等学者皆就此发表专文进行讨论。

二　全球化语境下的文化自觉：中国古代文论现代转化的讨论

中国古代文论的现代转化问题，是 20 世纪末文论界最值得关注的话题之一。曹顺庆等学者撰文，主张通过古代文论的现代转化来解决中国文论失语的问题。1997 年在西安召开"中国古代文学理论国际学术研讨会暨第 10 届年会"，古代文论的现代转化和古代文论与当代文论的融合，成为会议的中心议题；此后《文学评论》开辟"关于中国古代文论现代转化的讨论"专栏，就相关问题展开了较为深入的研究和讨论。

相关讨论和研究，广泛探讨了如何在中西文化、古代文论与当代文论的交流与碰撞中建构能回应中国现实的文艺理论，建构具有当代性、现实性、民族性的当代中国文艺理论体系等问题。中国古代文论的现代转化的提出，是当代文论家积极思考如何面对当下新的文学经验的尝试，是传统与现代的沟通，也是全球化趋势下的文化自觉、文化自信的体现。

---

① 参见《文汇报》2004 年 1 月 5 日。

第 三 章

2000 年以来的中国文艺理论研究

  2000 年前后，文学基本原理研究常常处在创新乏力的焦虑中，人人似乎都对现状不满意，却又无人能破局开新篇，这种状态，姑且称之为"波澜不惊"。与此形成对照的是，西方文论的译介和研究屡有创获。虽少有改革开放初期那种轰动性成果频频涌现的场面，却也时或有些令人乐于一见的成果面世，特别是西方文化世纪性回顾与反思类的著述，充分地显示了研究者们的实力和实绩。随着网络技术不断渗入的国际文艺思潮，仍在悄悄地改变着中国文论的当代形态，如新媒介美学和数码文论的译介，可谓是上述"暗潮涌动"的例证之一。古代文艺理论的现代转换问题依然困惑着世纪之交的"忧思者"，有关这一话题的探索与争鸣至今时有反思性的回声。与此相关的另一个问题，即对文艺理论现代性问题的追问和探析，一直是理论家们津津乐道的前沿问题。至于长期以来引领风骚的"文化研究"或"文化批评"，在世纪之交昂首挺立的强劲势头十余年不见消退迹象。此外，对全球化背景下文艺理论的发展与未来的关注，"网络文学"的异军突起及其对传统文论的挑战，"休闲文学"的再度提出和引起的争鸣，"生态文学"的闪亮登场和文艺理论界的回应等，在 21 世纪的中国文艺理论领域都产生过一定的影响。

第一节　引领风骚的文化研究

文艺理论扩大到对文化的关注，并在文化研究领域取得了可喜的实绩已经是不争的事实。"文化诗学"在 20、21 世纪之交几乎成了文艺理论的代名词，文化研究竟然成了 20 世纪末的显学。对于文艺理论而言，文化研究的意义在于它是对文学的宏观考察和跨学科的研究。文化研究的兴起与文学理论功能的变化有关。文学理论的功能近年来有新的扩展，进入了诸如影视、网络文化等领域。同时，文艺学扩大到对文化的关注，不仅注意中国文化，而且对"文明的冲突"等问题作出回答。进入 20 世纪 90 年代以后，文艺学更加关注社会热点问题。随着社会生活的改变，文艺学对现实的关注应该更广、更深、更超前，从而服务于社会。经世致用是三千年来中国文学的一个优秀传统。① 而文学的文化研究作为一种"外部研究"已显示出广阔前景。

社会变革所带动的文化转型，冲击了既有的文化稳定性与文化传播方式，它必然深刻影响作为整体文化一部分的文学的创作与研究。文化的外求、互补已成为一种全球性趋势，因此，把文学置于文化的背景下观照，对形成多重对话与交流、扩展当前文学研究路径很有裨益。正如叶舒宪所指出的，"文化"概念已经昭示促使人文社会科学各领域沟通对话的现实和前景，文学研究者应充分认识它的学科冲击力，敢于走出旧有的狭隘学科界限，从更宏观的文化视野透视和发掘文学的文化本质。② 与文化研究同时崛起的"文化批评"受到了学术界的高度重视，人们甚至将文化批评的一些尝试上升到了方法论的高度，认为它一方面从宏观的经济、文化、宗教等

---

① 高建平：《新时期文艺学 20 年》，《文艺争鸣》1998 年第 4 期。
② 叶舒宪：《"文化"概念的破学科效应》，《中外文化与文论》1998 年第 1 期。

角度整体性地观照文学，另一方面又从微观上把文学批评分成一个个单元来作对应性透视，发现了以往未能发现的许多新质；此外，文化批判还缩短了我们同世界文化的距离，架构了中西方文论对话的桥梁，不仅如此，文化批评作为一种策略，还可以营造一种相对宽容的语境，从而摆脱我们过去急功近利的批评追求。① 当然，学术界对文化研究的理解各不相同，对文化批评的具体应用更是各行其是。例如，王耀辉从文学艺术的文化本质和文学批评的哲学出发，在两个层面论证了建立文学批评文化视界的必要性和合理性，并从"文化观照的整体性原则""理性观照的批判性原则""面向未来的前导性原则"三个方面，探讨了建立文学批评文化视界的方法与原则，这一类的探索颇有建设性意义。

自 20 世纪 90 年代以来，文学的文化研究已呈现出多层面展开的态势。"文化分析""文化阐释""文化诗学""文艺文化学""文化人类学"等一系列概念、方法的运作，使文学与文化的内在联系、文化分析在文学研究中的效用、文学与文化沟通研究的必要性、可能性及其限度等问题的研究颇有创获，气象日新。尤其是在世纪之交，不少学者积极从事文化批评的探讨与实践，在研究中注意把文艺创作、文艺理论置于文化的观照之下，以文化视角、文化意识开掘它们的文化内涵与文化精神特征，如周宪、潘知常的审美文化研究，蒋述卓"第三种批评"的提出和"文艺文化学"的建构，黄修己对创立"城市诗学"的现实性和成熟的商业文明建立的可能性研究，罗成琰的"中国作家与传统文化"研究，李运抟的文化本性归属对文学分期的框定意义研究，王一川对 20 世纪 80 年代中国文学中"语言狂欢节"的研究，徐岱从价值论的角度对文化诗学的思考和"诗学何为"的再追问，陶东风的"西方话语与中国语境文艺研究"等，都堪称"文化诗学"研究领域的富有个性色彩的优秀

---

① 李凤亮：《多元文化语境下的理论探讨与批评实践》，《暨南学报》1998 年第 3 期。

篇章。

　　文化研究在古代文学领域已十分流行且硕果累累，如漆绪邦的《道家思想和中国古代文论》、孙昌武的《佛教与中国文学》、张法的《中国文化与悲剧意识》等，都是从文化学角度探讨中国古典美学与相关文化关系的力作。又如梅琼林的《文化本义的追溯：论诗经学民俗文化研究倾向》、王齐洲的《论文学与文化》、向天渊的《"文史互通"与"诗史互证"》、张颐武的《超越文化论战——反思90 年代文化的新视点》、王耀辉的《文学批评的文化视界及其方法论意义》等论文，从不同的角度展示了文化研究在文学研究中的可行性和优越性。

　　在这个风云变幻的时代，文学已经不仅仅是所谓的文本分析的对象，而是上升为一种泛化的文化理论，文化身份问题已经成为民族国家、意识形态的中心范式。在王岳川看来，从纯文学研究模式中，转向种族、性别、阶级、民族性、差异性、社区文化、媒介文化、女性文化和后殖民文化等问题的新的理论范式；从新型的学术研究转型中，形成关于性别文化研究、地域文化研究、种族文化差异研究、当代影视文化研究、跨国资本运作研究、现代消费文化研究等多种研究意向；在不断置换的问题和话题中，文化研究改写着这个时代的审美观和价值观，进而改变着整个文化的基本走向。①

　　20 世纪90 年代以来，文化研究丛书、文化研究专刊、文化研究专著纷纷问世，例如，金元浦主编的"当代文化批评丛书"，其中包括陈晓明的《移动的边界：多元文化与欲望的表达》、王岳川的《目击道存：世纪之交的文化研究散论》、周宪的《崎岖的思路：文化批判论集》、王一川的《杂语与沟通：世纪转折期中国文艺潮》、程光炜的《雨中听枫：文坛回忆与批评》、周宁的《永远的乌托邦：西方的中国形象》等，这些都是当年风头正健的文论家和批评家有

---

　　①　王岳川：《当代文化研究中的激进与保守之维》，《文艺理论研究》1999 年第4 期。

关文化批评的重要成果。众多文艺研究译著也是走红一时。中国社会科学出版社的"知识分子图书馆"丛书至今已经出版了 21 种，这套自 1996 以来几乎是独步天下的文化研究译丛，到 2000 年遇到了众多新的"伙伴"：中国社会科学出版社的"传播与文化译丛"、中央编译出版社的"大众文化研究译丛"、商务印书馆的"现代性研究译丛"和"文化和传播译丛"等，这些令人眼界大开的"译丛"，使文化研究呈现出前所未有的勃兴之势。李陀主编的《视界》和陶东风主编的《文化研究》等作为专门性的学术刊物，将中外前沿学者的有关文艺/文化问题的思考与研究的新成果集中推出，在当时的学术界明显地起到了引领风气的作用。

　　由于文化研究"广泛包括文学、艺术批评、大众文化、媒体研究、跨文化交流、女性主义、殖民主义、晚期资本主义、全球化研究……等等，其包罗万象的开放性主题，似乎在宣告传统的学科边界正在消失"。几乎突然之间，文化研究被注入了崭新的内容，变得生机勃勃。所以，陈晓明断言："现在已没有人能否认它已经成了大学的一门显学。"①

　　当然，也有人对文化研究提出不同意见。如 J. 希利斯·米勒就公开对文学的文化研究表示怀疑。吴元迈对文论关注的领域越来越广却似乎偏偏不再关注文学现实本身表示担忧，他认为，脱离创作实际的文论是不可能产生深远影响的。如果文艺理论"言必称文化"，那实际上也是文艺理论工作者某种意义上的失败和不幸，从这个意义上说，文化研究的勃兴实际上是文论危机的重要表征之一。就在文化研究大行其道的那些年，有不少学者对文艺理论的"文化化"倾向表示出了应有的警觉和忧虑。例如，钱中文指出："文学理论从未像现在这样，被理论家们移入各种文化领域，或者是说，各个人文科学的领域深深地渗入了文学理论，这使我们刚刚表现出了

---

　　① 陈晓明：《文化研究：后—后结构主义时代的来临》，载荣长海编《文化研究》第 1 辑，天津社会科学院出版社 2000 年版，第 1 页。

一些自主性的文学理论一下就面对极为复杂的情况。文化诗学、文化批评是必然的，并且将会更加活跃起来，但是像西方的文化诗学那样，建构得太泛，文学的特征也就模糊不清了。"① 因此，有学者呼唤"文论回归"，即希望文学的文化研究回到文学自身。毕竟，文化批评无法取代尊重文学特性的批评，文学批评必须释放文学内部的能量以实现自己的价值。

第二节　关于文学理论的现代性问题

文学理论的现代性问题，一直是近年来文艺理论的热门话题。在长达数年的研究与讨论中，比较有代表性且影响较大的是钱中文、陶东风、杨春时、周宪、金元浦等人的文章。钱中文在《文艺理论现代性的两个问题》一文中，着重讨论了"文学理论的自主性问题与现代性"和"现代性与文学理论人文精神问题"。他指出："在文学理论中，探讨现代性问题，自然不能把它与科学、人道、民主、自由、平等、权利等观念及其历史精神、整体指向等同起来，但是又不能与之分离开来。文学理论要求的现代性，只能根据现代性的普遍精神，与文学理论自身呈现的现实状态，从合乎发展趋势的要求出发，给以确定。我以为当今文学理论的现代性的要求，主要表现在文学理论自身的科学化，使文学理论走向自身，走向自律，获得自主性；表现在文学理论走向开放、多元与对话；表现在促进文学人文精神化，使文学理论适度地走向文化理论批评，获得新的改造。"

杨春时、宋剑华的《论20世纪中国文学的近代性》（1996）一文发表后，引发了一场关于中国文学的现代性问题的讨论。杨春时认为，现代性问题是国内外哲学、社会学界关注的热点，但文学思

---

① 钱中文：《文艺理论现代性的两个问题》，《文学论集》第11辑（2000年卷）。

想界并未重视这个问题。这次讨论不但弄清了现代性的含义，而且进一步探讨了文学的现代性问题。陈剑晖的《现代性：百年文学的艰难历程》认为，20 世纪的中国文学常常呈现出近现代交叉复合的文学状态。杨义的《关于中国文学现代性的世纪反省》则预言中国文学的现代性在 21 世纪的追求，具有 20 世纪初级阶段的诸多不同特点，即追求平等和深入的开放性和对中国传统文化的现代性阐释和转化。

　　文学现代性的发展，逻辑地酝酿了其"自反性"的方方面面，现代性与反现代性的博弈在哲学、美学和诗学方面都有极为丰富的表现。从现代性的历史进程来看，现代性是一种被赋予历史具体性的现代意识精神，一种历史性的指向。文学现代性的策动，促进了文学中的政治群体意识的解体，审美意识的激变，使文学与文学理论初步获得了自主性与独立性，开始回到自身。这一过程正是文学观念走向开放、对话、多元，走向现代意识的过程。有论者认为，现代性与文论的关系主要表现在：促使文论科学化，使其进一步走向自身，关注自身的学理，从而解决文论的"自主性"问题；推动文论民主化，使其自身的理论思维走向多元与对话；实现文论理性化，使之改造和重建而更富有人文精神。①

　　从呼唤现代化到反思现代性，学者们提出了不少令人耳目一新的论点。如陶东风认为，现代化的过程不仅不是新的中国民族身份生成的过程，相反是一个"民族身份彻底丧失"的过程。吴兴明认为，现代性是构成近百年中国学术、文化、体制乃至现实生活的世纪性母题。对现代现象的激烈反应——拿来、拒斥、设想、忧虑、方案选择、反驳等，具体化为 20 世纪中国知识界不断震荡、扩散、变形、演变的学术文化景观和中国人的基本生存经验，而各种思潮、主义、知识主张等，又构成极为独特的中国式的现代知识谱系。为此，要恰当地清理 20 世纪中国文论，首先要对之进行现代性的整体

---

① 徐新建、阎嘉：《面对现实、融汇中西》，《文学评论》1999 年第 1 期。

审视。他认为 20 世纪中国文论的现代性生成至少体现为如下层面：文学理论持续不断地先锋性植入；理论——文学语言的西语化；文学经验的模造性；理论批评生产体制的现代建制。此外，吴予敏的《美学与现代性》、周宪的《现代性与后现代性》、耿传明的《无政府主义与中国现代文学现代性的起源》、柯玲的《汪曾祺创作的现代意识》、涂险峰的《当代文学批评中的"现代性终结"话语质疑》、马相武的《面对变迁：文学提升与现代人文性》等，分别从不同的角度对文学的现代性问题展开了研究或探讨，为这次讨论直接或间接地增添了色彩。

正如钱中文所言，现代性应是一种排斥绝对对立、否定绝对斗争的非此即彼的思维，更应是一种走向宽容、对话、综合、创造，同时又包含了必要的非此即彼、具有价值判断的亦此亦彼的思维，这是从近百年来文学理论痛苦演变中凸现出来的一个思考。

文学理论自身的学理探讨既是科学的，同时也应当是充满人文精神的。近百年来，文学理论倾向于文学自身内在的、本体的研究，取得了重大的成就。但也削弱了文学的人文精神。在我们充分注意并研究文学的种种形式因素的同时，需要张扬文学的人文精神，呼吁人的血性与良知、怜悯与同情。总之，我们面临着对文学理论现代性的选择，同时我们也将被现代性所选择。

当前，社会变革处于无序状态，文学也混杂不清，前现代的、现代的和后现代的纠缠在一起，人们似乎失去了方向感，也失去了思想追求，在这种形势下，文学理论也无所适从，失去了推动力。杨春时认为，现在的关键问题是立足于中国文论的现代性建设，而不是以解构来代替建构。对后现代理论的借鉴，必须为现代性建设服务，以后现代理论的合理因素消解现代性的偏执，通过这种解毒过程，建立健全的现代性文论。如此，21 世纪中国文论才是有可为的。

总之，文艺理论的现代性问题从未像今天这样在"阐释的焦虑"中爆发出大量"焦虑的阐释"。如金元浦强调的中西文论相向而行的

"非同步现象"、周星提出的中国电影现代性历程所反映的"文艺矛盾"、刘毓庆说的"寻找文学的价值重心"、代迅的古代文论现代转型的"内在机制"、董国炎指出的"群体的、宗法的深层价值观念对现代性的制约"、俞兆平探讨的科学主义与"五四"新文学思潮之间的关系、傅道彬论述的"文化英雄的终结和平民文艺的登场"、孙绍先提出的"全球化的趋势下民族文化的现代命运问题"、陆扬在全球化的语境中对现代文化所作的透视与分析、彭富春对中国现代性话语进行的解剖,以及他提出的"走出传统,又走出西方,建立中国的现代性"等,都是有关"文艺理论现代性"这一"旧话题"中的"新话语"。

第三节　全球化语境下的文论选择

在讨论文化研究和现代性问题时,我们忽略了一个重要的前提,那就是声势与日俱增的"全球化背景"。2000年的《文学评论》,开辟了一个名为"全球化趋势中的文学与人"的专栏,先后发表了一批关注全球化背景下中国文学生存与发展的研究文章。如涂险峰的《世纪交汇点上的问题意识与人文关怀》、昌切的《民族身份认同的焦虑与汉语文学诉求的悖论》、樊星的《全球化时代的文学选择》、南帆的《全球化与想象的可能》、肖鹰的《九十年代中国文学:全球化与自我认同》、胡明的《经济的全球化与文学的现代性》、高小康的《文化冲突与文学"喧哗"》等,在学术界产生了较大反响。

必须承认,"20世纪的历史上演到了最后一幕,全球化终于成为现实——甚至是不可抗拒的现实。信息、技术、商品、人员——尤其是货币资本正在全球范围空前频繁地往来,市场的开拓与扩张有力地突破国家、民族、文化风俗以及意识形态划出的传统疆域"[①]。

---

① 南帆:《全球化与想象的可能》,《文学评论》2000年第2期。

南帆认为，从跨国公司、卫星电视、互联网络到麦当劳、奔驰汽车、卡通片，这些异国他乡的文化正在穿越巨大的空间距离和森严的国境线，越来越密集地植入本土。人们所栖身的空间已经与世界联为一体。东京的股市或者欧洲足球联赛并非一个区域性的事件，这些事件冲击波迅速地传遍地球的各个角落。"地球村"是历史为人类提供的下一个驿站。

　　全球化为文化带来了什么？有一种意见认为，诸多文化体系的交汇是一个不可避免的后果。文化的国际性"接轨"让人兴高采烈。种种跨国的文化盛会仿佛象征了全球化时代的文化秩序。但是，即使没有"后殖民"理论的武装，人们仍然可以发现这些文化体系之间的不平衡：好莱坞、迪斯科或者可口可乐的入侵面积远远超出了京剧、太极拳与茶文化的出口，国际互联网上的英语占据了绝对的优势，比较文学研究之中的欧洲中心主义是一个挥之不去的顽症，西装领带全面地征服了传统的长袍马褂……这些文化体系并非和睦地同舟共济，相反，强势文化对于弱势文化的压迫、吞并与经济上的弱肉强食如出一辙，或者说，全球化时代的经济与文化时常形成亲密的共谋，利润、民族国家、文明水平、价值信仰这些核心概念均是二者所共享的。对于某些幕僚出身的知识分子来说，与其温情脉脉地幻想全球文化的大联合，不如老谋深算地考虑这些文化体系之间水火不容的前景。

　　1997 年，美国学者 J. 希利斯·米勒在《全球化对文学研究的影响》一文中说："今天，人人都感到全球化已经达到了一个双曲线阶段。在文化、政治和经济生活的许多领域里，都可以确证它是一个独特的决定因素。"① 他认为，全球化对文学研究的影响主要表现在这样几个方面：一、在新的全球化的文化中，文学在旧式意义上的作用越来越小。二、新的电子设备在文学研究内部引起了变革。三、

----

① ［美］J. 希利斯·米勒：《全球化对文学研究的影响》，王逢振译，《文学评论》1997 年第 4 期。

旧的独立的民族文学研究正在逐渐被多语言的比较文学研究所取代。四、文化研究迅速兴起。他的这些论断，与其说是对世界文学研究发展态势的一种预判，还不如说是对中国文论发展现状的综述。

全球化是一个不以人们的意志为转移的客观存在，它已经进入了我们的日常生活，并以不同的形式渗入政治、经济、文化的方方面面。而隐于全球化背后的无疑是一种强权政治和经济霸权主义。王宁认为，文化全球化在某种程度上抹去了各民族文化之间的内在差异，使其在同一个平面上显出趋同性特征；在不同文化之间的碰撞过程中，我们所需要的是既超越狭隘的民族主义局限，同时又不受制于全球化的作用，顺应国际潮流，与之沟通对话而非对立。黄鸣奋认为 21 世纪精通电脑的新型艺术家将大量涌现，网上艺术资源的空前丰富，新的艺术硬件、软件、载体的层出不穷，人类的生存方式（连同艺术形态）都将发生新的变革。"电脑艺术"将是电脑化的人类、智能动物和机器人所创造的艺术的总称。但也有人对"电脑艺术"表现出一种忧虑，即电脑艺术会不会因其数字化导致人的生存的游戏化，个人性走向交际功能的被消解、审美功能的被消解？[①]

全球化是人类传播和交往发展的必然结果。但毋庸讳言，学界有关"全球化"的看法往往是含混不清的，不同学者的观点充满差异与矛盾，有时甚至是完全相反的。如有学者认为全球化使文艺创作的国际化合作成为家常便饭；文艺传播对于全球信息基础设施的依赖越来越明显；文艺的生产和加工将越来越多在"虚拟企业"中进行；跨文化传播而产生的国际关系越来越复杂；文艺活动的国家干预将越来越困难；网上文艺超越了国界，实现了空间上的"天涯若比邻"[②]。

但也有人认为，全球化有时成了最终解决我们面对的许多问题

---

① 郗因素：《文学理论：留给二十一世纪的话题》，《文学评论》1999 年第 4 期。

② 黄鸣奋：《全球化及其对文学的影响》，《文艺报》1998 年 11 月 2 日。

的终极幻想，"共有文明"的浪漫表述掩盖了"全球化"的问题；但有时我们又将全球化陌生化了，认为中国距现代化还十分遥远，简单地否定"全球化"的存在，或者用一种刻板的所谓"民粹"关切抗拒全球化。浪漫化和陌生化的两种倾向实际上是一种思想的封闭症。① 而这种"思想封闭症"与文化殖民主义的甚嚣尘上多少有些牵连。

更多人则认为文化全球化并不可怕，它也许会给我们带来 21 世纪的东西方文化共处和对话的新局面。文化全球化并非像经济全球化那样使各民族的文化走向同一性，而有可能从另一个方面保持不同文化的本质特征和平等地位，通过全球各种文化的交流和理论对话而达成一定程度上的共识。文化研究并非必须与文学研究呈截然对立的态势，文化研究中的不少命题来自传统意义上的文学研究，因而在全球化的语境下，将传统的文学研究的范围扩大是有利于文学研究与文化研究互补的一种选择。此外，文化研究中的一些理论课题也有助于对传统的精英文学研究领域内无法解答的问题提供解决的办法，因此在全球化的时代，将文学研究置于广阔的文化研究的背景下是完全可能的，也是可行的。

经济与科技全球化已成不可阻挡之势，无孔不入的资本与信息如水银泻地，渗透到世界的每一个角落，"地球村"概念也越来越深入人心，但文化、文艺全球化的可能性与合理性始终受到人文学者的怀疑，不少学者认为，不能把全球化概念随心所欲地扩大到精神与文化领域。因为文学的世界性与民族性只能是一个互动的历史过程。乐黛云认为世纪之交是全球化和多元化消长的时代。在这个全球化的时代，要保持文化多元和文化个性，保持学术个性不是很容易的。因此，她觉得要同两条路线作斗争：一是反对全球文化霸权主义，二是反对文化相对主义、文化孤立主义和文化部落主义。西方文化圈子里现在有一种相互融合相互接纳的趋向，所以她觉得，

---

① 张颐武：《全球化的文化挑战》，《文艺争鸣》1999 年第 4 期。

在这样的背景下研究中国古典文学和古典文论，就应该展现中国文学理论自己的个性，在参与世界文论的对话中寻找发展机遇。[①]

　　有一种意见认为，20 世纪曾经有过三次大规模的外来文论输入中国。而每一次的性质、特点与方向不尽相同。"五四"时期是 20 世纪第一次大规模的外来文论输入，主要特点是从近代欧洲文论逐渐转向俄苏文论。中华人民共和国成立初期我们也有过一次大规模的外来文论输入。这一次是在"全面学习苏联""一边倒"的特殊时代氛围中进行的，非社会主义国家的文艺理论资源及学术动态，则完全未能进入我们的理论视野。新时期以来，在中国大举登陆的西方文论产生了强大震撼力与冲击波。

　　概而言之，20 世纪西方现代文论的输入，较好地体现了中国文论发展的全球化大融合趋势和坚守民族特色的主观意愿。"大胆拿来"，极大地丰富了我们的思想资源，使我们置身于世界文论格局之中，和世界文论的发展处于同一起跑线上，与世界文论主潮保持同步思考，并对其挑战作出积极有效的回应。这大大扩大了我们的理论视野，拓展了我们的思维空间，为我们的文艺理论的发展打开了一片新的天空，改变了我国文论的面貌。事实上，西方文论的输入，已经成为推动中国近百年文论发展的有力杠杆之一。[②] 但是，在全球化语境下，在"大胆拿来"的同时，如何"坚守本来""开创未来"仍然是一个值得我们深长思之的理论难题。

---

　　①　乐黛云：《全球化趋势下的文化多元化》，《深圳大学学报》2000 年第 1 期。

　　②　代迅：《全球视野中的本土化选择：近百年西方文论在中国》，《文艺理论研究》2000 年第 4 期。

第 四 章

中国比较文学研究 70 年

在 19 世纪末至 20 世纪初的欧洲一体化进程中，比较文学作为新学科应运而生。比较文学（comparative literature）一词，最早出现在 19 世纪初期法国学者的著作里。比较文学的发生发展深受国际风云关系影响，在发展初期，它基本上是一门囿于西方世界的学科，无论是研究对象、选题还是问题意识、思考方式，都不出西方文学的范围，甚至带有欧洲中心主义的倾向。但是，随着第三世界的崛起，世界格局发生巨变，西方的文化自我中心设定受到多元文化强有力的冲击。20 世纪 70 年代以来，国际比较文学研究发生了由西向东的视野转移，开始了全球化进程。

中国的比较文学研究在清末以来"西学东渐"的风潮中起步、发展，中华人民共和国成立之后的约三十年间，也直接受到"冷战"意识形态的影响。改革开放以来，它与新时期的社会发展一起壮大。在 21 世纪尤其是当下，它呈现出蓬勃的生机风貌，既面临新挑战，更迎接着新的机遇。换言之，中国的比较文学从诞生之初，深受"文以载道"的传统文学观念影响，与"救亡启蒙"的主旋律共振；在新时期全面复兴，深度见证和参与了"改革开放"的时代主题；在当下，诉诸建构"中国学派"与新时代话语，在学科发展逻辑上，不断发挥着它应有的跨文化交流与自我认同功能。

第一节　中国比较文学的发轫与沉潜

作为一种研究方法，"比较"古已有之。在空间上，中国境内的多民族文化样态，促使中国文学研究或多或少都带有内部"比较"特点。在时间上，自古以来不乏对外来文化与本土文化之关系，以及相互译介问题的研究。尽管作为方法的"比较"几乎无处不在，但"文学比较"与"比较文学"是完全不同的概念，作为一门学科的中国比较文学，其源头最早可追溯到 20 世纪初。

一　学科发展的初始阶段（1904—1949）

19 世纪末，晚清中国遭受外族侵略，民族灾难空前深重。中国知识分子意识到要想强国，首先是开启民智，改良社会。从异邦译介文学及其理论，成为中国比较文学学科发展最早的动力。严复作为中国近代启蒙思想家，翻译西方文论著作，率先将进化论引入中国；林纾翻译西方小说一百八十余部，将译书作为"新民"工具；梁启超立足于社会政治改良而对西方与日本小说发生浓厚兴趣，提出并掀起了"小说界革命"等文学改良运动；王国维接受叔本华的理论撰写出《红楼梦评论》《尼采与叔本华》，这些开拓性成果可视为中西文学比较研究在现代中国的滥觞。这一时期中国的比较文学与西方的情况迥然不同：西方（欧美）比较文学肇始于学院讲坛，诉求于解决文学史的发展问题，"比较"属于文学本身的需要；而中国则是与政治运动密切相关，强调文学的社会功用，其终极目的不是文学本身，而是要对国家和社会发展有所帮助。"新文化运动"以后的"比较"研究也同样有此特点。茅盾于 1919 年和 1920 年相继写成《托尔斯泰与今日之俄罗斯》和《俄国近代文学杂谈》，对东欧和西欧的文学作比较研究。20 世纪 20 年代，在华任教的外国教授和留学欧美、日本的中国学人开始自觉地进行中外比较文学研究，其代表人物有陈寅恪、胡适、郑振铎、许地山、闻一多、周作人、梁宗岱等。

比较文学作为一门学科，正式进入中国的高等学府是 1924 年，吴宓在东南大学开设了"中西诗之比较""古希腊罗马文学"等学术讲座。1929—1931 年，文学理论界的"新批评"派大师瑞恰兹在清华大学开设了"比较文学"和"文学批评"两门课程。继之，北京大学、复旦大学、岭南大学等高校也先后开设同类课程。随着比较文学的专业化与学院化，这一时期，比较文学的研究目的开始转向文学本身，例如翻译比较文学著作：1931 年傅东华翻译的洛里哀的《比较文学史》，1937 年戴望舒翻译的梵·第根的《比较文学论》。这两本书系统地介绍了比较文学的历史、理论和方法，为比较文学的学科建设提供了理论支持。

20 世纪 30 年代中期及 40 年代初，比较文学研究领域涌现出一批重要专著与论文，内容涵盖了中国古典文学与外国文学的关系、西方美学思想与中国文学的关系以及中英、中俄、中德、中印、中日文学的关系等多个方面。其中较具代表性的有朱光潜《诗论》（1933—1942）、梁宗岱《诗与真》（1935）、陈铨《中德文学研究》（1936）、钱锺书《谈艺录》（1941）等，这些著作论述精到，影响深远，是中国比较文学向学科正规化及理论化迈出的重要一步。

二　比较文学发展的沉潜期（1949—1977）

20 世纪 60 年代中后期以后，受到极"左"思潮影响，中国的许多学科发展遭遇瓶颈，比较文学同样如此。比较文学在当时被苏联斥为资产阶级的、形式主义的、反马克思主义的伪科学。受其影响，比较文学研究在中国大陆一度停滞，当时的各大高校相继取消比较文学的专业课程。不过，同一时期的港台地区仍在发展比较文学学科，取得了重要成果。

（一）沉寂中的潜行：中苏文学研究

郭沫若于 1949 年 6 月出版《中苏文化之交流》一书，他说：

"中国近代小说的产生，在所受外国影响中，以苏联的影响最大。"①
戈宝权是这一时期潜心比较文学研究的重要学者，他先后在《文学
评论》和《世界文学》上发表了一系列关于俄国文学在中国的论
文。这一时期，他对鲁迅作品在海外的译介情况也多有介绍和论述，
例如《谈鲁迅和吉须（基希）》《青木正儿论鲁迅》《世界各国对鲁
迅著作的翻译、出版和研究》等，阐明了鲁迅作品在世界各地的广
泛影响。

　　1957 年 7 月，为了有计划地介绍外国的美学和文艺理论，由人
民文学出版社出版的《文艺理论译丛》创刊，至 1958 年 2 月共出六
期。目前仅四期可见，分别介绍了康德、黑格尔、亚里士多德、文
艺复兴时期的文艺论，17—18 世纪欧洲作家的评论文章，等等。
1961 年，文学研究所创办《现代文艺理论译丛》，该系列第 4 辑重
点探讨各民族文学的相互联系和相互影响问题；第 6 辑论述近代英
国、德国和俄国美学史以及文艺理论批评史上的古典作家和重要论
著。这两套丛书选文广泛且具代表性，其中不少文章是第一次译成
中文，文后还附有后记，介绍作者所处时代背景及其基本思想。李
健吾、朱光潜、曹葆华、柳鸣九、钱锺书、杨绛、卞之琳等人都参
与了翻译工作。尽管这些丛书带有鲜明的阶级论色彩，但从整体上
代表了这个时期的"比较"研究特点，为后来的中外比较研究奠定
了基础。尤为值得一提的是《现代文艺理论译丛》第 4 辑中收录的
六篇文章。该辑"编后记"重申资产阶级文艺学中的"比较文学"
与苏联学者所说的"各民族文学的相互联系与相互影响的研究"之
间存在本质区别，必须批判和克服前者的缺点和错误才能达成后者
的目标。

　　除了上述中苏、中俄文学关系的相关研究之外，季羡林于 1957
年出版《中印文化关系史论丛》一书，多角度论述了中印两国的文

---

　　①　郭沫若：《中苏文化之交流》，生活·读书·新知上海联合发行所 1949 年版，
第 17 页。

化交流和相互影响。范存忠于 1957 年在《文学研究》第 3 期上发表《〈赵氏孤儿〉杂剧在启蒙时期的英国》一文，就剧本《赵氏孤儿》传入英国的过程及其在英国引发的反响和改编热潮等作了详细叙述，堪称早期比较文学研究的经典范例。钱锺书于 1962 年 3 月和 10 月在《文学评论》上发表了两篇重要文章：《通感》和《读〈拉奥孔〉》。前者分析中国古代典籍和欧洲诗歌惯用"通感"——也即"感觉移借"这一表现手法；后者结合莱辛的《拉奥孔》讨论了诗歌等文字艺术与绘画等造型艺术在表现功能上的差异和表现手法上的共通之处。这些研究都是这个时期的比较文学亮点所在。

（二）港台比较文学研究的兴起

与大陆的沉寂有所不同，港台比较文学的进步和其经济起飞同步。20 世纪 60 年代起，比较文学学科在香港和台湾逐渐起步并稳步发展。1964—1974 年，香港和台湾的一些大学陆续开设比较文学课程。1968 年台湾大学开设比较文学博士班，1971 年台湾成立比较文学学会。1972 年 6 月，《中外文学月刊》在台湾创刊，该刊于 1975 年 8 月（4 卷 3 期）、1976 年 7 月（5 卷 2 期）和 1977 年 10 月（6 卷 5 期）发行了 3 期比较文学专刊，发表了系列重要文章。1973 年 7 月，中国台湾比较文学学会成立。1975 年，香港中文大学成立"比较文学研究和翻译中心"，出版中英文学翻译杂志《译丛》。1978 年，香港比较文学学会成立。

在学术著作出版方面，1976 年 6 月，古添洪、陈慧桦编著的《比较文学的垦拓在台湾》在台北出版。该书收录论文十四篇，被称为国内第一本比较文学论文集。1977 年 10 月，《中国古典文学比较研究》出版，收录陈世骧、叶维廉、颜元叔等人以比较文学方法研究中国文学的论文十二篇。1978 年，李达三在台北出版《比较文学研究之新方向》。该书回顾并检讨了东西方比较文学（汉学）研究的历史和现状，针对法国学派和美国学派提出中国学派这一名称，以此与西方思想模式分庭抗礼。

第二节　中国比较文学的复兴
与学科化进程

20 世纪 70 年代末期，国内政治环境发生重大改变，改革开放标志着中国的社会主义建设事业迈进新时期。80 年代开始，知识界开始批判极"左"话语，随着僵化刻板思维的打破，学术研究领域迸发出前所未有的巨大活力，西学再次涌进，中外文化交流也以空前的速度、广度和深度得以发展。各种理论和文艺思潮被大规模译介，中国社会迎来"新启蒙"。在这样的历史条件下，比较文学作为一门以跨文化沟通为主旨的学科，既获得了发展的可能性，其研究的必要性也凸显出来。因此，1978—2000 年是中国比较文学发展历程中的重要时段，在这十二年间，比较文学研究在中国从复兴走向繁荣，并完成学科化进程，成长为"中国语言文学"学科中独立的二级学科。

一　学科复兴之旅的开启

新时期以来，国内和国际环境共同造就的有利外部条件，与文学研究自身的发展规律形成合力，促成了比较文学在中国学界的复兴。1979 年 9 月《民间文学》杂志率先发表了刘守华的《一组民间童话的比较研究》，作者后来还著有《比较故事学》①《民间故事的比较研究》② 等相关著作。虽然是从民间文学的角度主张"比较"研究，但这些提法也开了新时期比较文学研究的先声。复兴之路的真正标志是钱锺书先生的巨著《管锥编》（于 1979 年在中华书局出版）。《管锥编》接续了 20 世纪前半期个人化的、零星开展的比较文

---

① 刘守华：《比较故事学》，上海文艺出版社 1985 年版。
② 刘守华：《民间故事的比较研究》，中国民间文艺出版社 1986 年版。

学研究传统，即一些学术大家以自身深厚的中西学养为基础，在自觉的跨文化视野中探求文学普遍规律；同时，该著作也是非学科化时代的中国比较文学研究所臻达的高峰之一。

如果说，20 世纪 80 年代之前的中国比较文学研究的局面对应着这样一幅图景：夜空中几颗星辰璀璨明亮，但只有寥寥数颗且彼此孤立，尚未形成群星灿烂的星系。那么，这种局面在 20 世纪的最后二十年彻底发生了变化。在此期间，中国比较文学全面复兴，并且完成了学科化过程。

二　中国比较文学的学科化进程

在现代学科化建制中，学科化是一个研究领域走向成熟所必须经历的过程。学科化不仅意味着研究者内部形成自我认同并获得学界普遍承认，对于集结科研力量、培养后继人才意义重大，为本领域研究的良性发展提供必要条件，更重要的在于，顺利和蓬勃的学科化进程，本身就是对一个时代繁荣发展的表征和印证。重要的是，只有良好的社会条件与学术土壤，才能让一个学科快速进行自我完善。

据统计，自 1983 年国家教委在北京大学和复旦大学正式设立比较文学与世界文学硕士点以来，三十多年来，比较文学教研队伍不断壮大、教学发展迅猛。目前全国各地已有一百多所高等院校开设了比较文学课程，有一百多所高校拥有比较文学与世界文学硕士点，二十七所高校拥有比较文学与世界文学博士点，形成了从本科、硕士到博士的人才培养体系。下文从四大方面来概括这条从复兴走向繁荣之路，这也是其学科化的步步历程。

（一）学科意识树立与井喷状研究

在 1978—1980 年的研究刊物上，出现了许多属于比较文学研究的文章，例如季羡林的《泰戈尔在中国》[①]，林秀清、阎吉达的《卢

[①]　季羡林：《泰戈尔在中国》，《社会科学战线》1978 年第 2 期。

梭、伏尔泰在中国》①，戈宝权的《郭沫若著作在日本》②，王瑶的
《论鲁迅作品与外国文学的关系》③，乐黛云的《尼采与现代中国文
学》④ 等。这些研究采用了比较文学中经典的影响研究或平行研究范
式，或考察中外各作家、作品、流派、风格间的影响、接受、转化、
再生长等诸种关系，或比较不同民族、语言、国别间作品和文学现
象之异同。同时，也有若干文章，如温儒敏的《美国两教授谈比较
文学》⑤、赵毅衡的《是该设立比较文学学科的时候了》⑥、谢天振的
《漫谈比较文学》⑦ 等，介绍了当时国际上的比较文学研究现状，并
明确倡议在中国建立作为一门独立学科的比较文学。

　　经过几年的积累和酝酿，到 20 世纪 80 年代初，国内文学研究界
对比较文学的概念已经有了较为清晰和准确的把握。学者们普遍意识
到跨民族、跨文化、跨语言、跨学科的比较文学研究独立于国别文学
研究的必要性。1981 年 1 月，北京大学成立了比较文学研究会，它是
中国大陆第一个比较文学学术团体。随后，“北京大学比较文学研究
丛书”陆续出版，一方面翻译介绍国外比较文学的经典著作和发展
动态；另一方面推出本土学者的探索成果，如张隆溪选编的《比较
文学译文集》（1982）、基亚的《比较文学》（1983）等，在当时影
响很大，有力地推动了比较文学学科理念和研究方法的传播。

　　在这段时期，既有老一辈知名学者如季羡林、杨周翰、李赋宁
等人的积极倡导，又有一大批不同专业背景的学人热情投入其中，
比较文学研究很快进入了繁荣发展时期。在 1985 年中国比较文学学
会成立前后，国内学术刊物上发表的比较文学相关论文数量大幅度

---

①　林秀清、阎吉达：《卢梭、伏尔泰在中国》，《复旦学报》1978 年第 2 期。
②　戈宝权：《郭沫若著作在日本》，《文献》1979 年第 1 期。
③　王瑶：《论鲁迅作品与外国文学的关系》，《鲁迅研究》1980 年第 1 辑。
④　乐黛云：《尼采与现代中国文学》，《北京大学学报》1980 年第 3 期。
⑤　温儒敏：《美国两教授谈比较文学》，《外国文学动态》1980 年第 3 期。
⑥　赵毅衡：《是该设立比较文学学科的时候了》，《读书》1980 年第 12 期。
⑦　谢天振：《漫谈比较文学》，《译林》1980 年第 3 期。

增加，据统计，仅 1984 年上半年的论文数量就占到了过去五年间发表论文总量的一半。[①] 此后，比较文学领域的研究成果逐年增加，到 2000 年前后，每年出版专著几十种，在各类学术刊物上发表的专业论文达数千篇。根据《中国比较文学论文索引（1980—2000）》[②] 一书所作的统计，在二十年间，中国大陆地区的学术刊物上刊载的严格意义上的比较文学论文总计一万两千余篇，出版严格意义上的比较文学专著三百六十多部。从成果数量上看，比较文学作为独立学科的地位是毋庸置疑的。

（二）学科理论探讨的不断深入

中国比较文学学科化过程的一大特点，就是始终伴随着明确的学科意识，这最明显地表现在对学科理论的高度关注上。关于"中国比较文学"概念的内涵、基本理念、学术特色、研究范式、发展方向等学科基本问题的讨论一直具有极高热度，并且随着时代的发展以及新挑战的出现而不断展开更加深入与多维的探讨。

"中国比较文学"这一组合词的两个组成部分恰好代表了学科理论探讨的两大焦点。比较文学自诞生以来，危机意识便始终伴随，从 20 世纪 50 年代美国学派对传统法国学派的批判，到 80 年代关于比较文学"理论化"问题的争论，再到 20 世纪末对泛文化与全球化挑战的回应，比较文学在一次次争论和辨析中，完成学科理念的自我更新与发展方向的调整。

一方面，中国比较文学界借助"后见之明"，对较早时期的争论，如影响研究与平行研究、事实联系与审美价值、理论探讨与作品分析、文学研究与文化研究等，采取辩证调和的理性态度，兼容并蓄，并结合本土古典文化资源提出"和而不同"的基本理念，围绕困扰学科已久的"可比性"问题展开持续讨论。另一方面，面对科技的飞速发展和愈加迅猛的全球化趋势，中国学者以积极姿态投

---

① 乐黛云：《比较文学原理》，北京大学出版社 1988 年版，第 42 页。
② 王向远：《中国比较文学论文索引（1980—2000）》，江西教育出版社 2002 年版。

入国际比较文学学界对学科定位的再思考，希冀在多元文明交锋与学科整合加速的全新时代语境中发出属于自己的声音。

如果说聚焦于"比较文学"的探讨，体现了基于学科性质的全球视野和主动参与国际对话的学术自信；那么，对"中国"的关注则对应着一门舶来学科在本土环境中生根成长的过程。早在中国比较文学学会筹备组于 1982 年召开的"西安座谈会"上，就有学者提出"我们应该致力于建立中国学派"。对"中国学派"的倡导肇始于港台学者，围绕它的讨论一度成为比较文学在大陆复兴时期学界关注的中心，因为其实质即为中国比较文学如何自我定位这一重大理论问题。到 20 世纪 80 年代后期，"中国学派"的提法热度渐减，但这并不意味着关于比较文学中国化探讨的结束，相反，这说明学者不再热衷于树立旗号，而是更加冷静和深入地思考"中国"定位的深层次内涵。"中国"不仅仅牵涉研究主体、研究对象和研究资源的本土化，更重要的是，如何生发出植根于自身文化发展脉络的问题意识，以及采用什么样的话语模式才能与国际学界有效交流。

（三）高校科研教学体系的建立与教材的编写

20 世纪 80 年代后中国比较文学以一种成规模、有建制的发展模式成长起来，高校与研究机构的科研教学体制便是学科发展的基本依托，它保证了科研力量的集结、研究队伍的壮大和后备人才的培养，也有利于不同研究流派特色的形成。

1993 年，经教育部批准，北京大学比较文学与比较文化研究所建立了国内第一个比较文学博士点，培养高端学术人才。"比较文学与世界文学"作为文学一级学科隶属的二级学科，进入国家认定的专业和课程教学体制。北京师范大学、南开大学、复旦大学、暨南大学、四川大学等高校随后纷纷开设比较文学课程，成立硕士、博士培养点。2000 年，首都师范大学文学院设立比较文学系，成为第一所招收比较文学专业本科学生的国内高校。从本科教育、博士生培养到博士后流动站建设的系统而连贯的人才培育体系完全形成。培养学生的需求促进了比较文学教材的编写。1984 年，卢康华、孙景尧主编的《比较文学导论》出版，这是中华人民共和国成立后出版的第一部比较文学教材。时至 2000 年，已有几十种教材出版，基本能够满足高校教学和自学者研读的需要。除此，中国比较文学的学科化进程还体现在学会组织的创立和专业刊物的发行。

学界普遍将 1985 年中国比较文学学会在深圳正式成立，视为中国比较文学全面复兴的标志性事件。学会由国内三十六所高校和研究机构共同发起，是当时全国研究力量的一次总集结。作为经国务院批准的国家一级学会，中国比较文学学会成为领导与协调学界工作、促进国内外学术交流的重要平台，有力推动了中国比较文学事业发展。学会成立之后，每隔三年举办一次高水平学术年会，至 2017 年，已成功举办十二届。学会下属的各研究领域与各地方的二级学会也纷纷成立，成为比较文学学科化走向成熟的标志之一。

我国第一家比较文学刊物《中国比较文学》于 1985 年创刊，成为集中发表本学科高水平研究成果的阵地，并及时刊发中外比较学界研究和出版的最新动态和信息。自从 1996 年改为季刊以来，刊物容量增大、栏目更为齐备，关注学界前沿问题和理论探讨是其特点。另外，国内一些高校也主办了比较文学刊物，如《中国比较文学通讯》《比较文学研究》《文贝》《跨文化对话》等。

（四）"中国比较文学"学科体系的成熟

在学科化过程中，中国比较文学也逐渐形成以"跨越"和"沟通"为基本界定，以"和而不同"为基本理念，同时又具有很大包容性的学科体系，形成文学关系研究、译介学、比较诗学、形象学、主题学、文类学、文学人类学、海外汉学等十余种研究分支，以下介绍其中研究力量较为雄厚、讨论热度较高、学术特色比较鲜明的几种。

跨文化文学关系研究：近代以来，外国文学，特别是欧美文学、苏俄文学以及日本文学对中国作家、作品、文体、写作风格、文学流派影响巨大。若不追溯外来影响并探究其作用方式，就无法恰当理解中国现代文学的发展面貌和文学品格，这类确实存在的事实联系为比较文学提供了丰富的研究素材，中国现代文学也因此成为中外文学关系研究中成果最为集中的研究领域。研究者多以某个作家、作品为个案，追本溯源地考证其接受外来影响的路径，并追寻文学关系事实背后的文化动因。另外，由于中国是一个多民族国家，各个民族在相互交往过程中产生了诸多文化交流，探究各民族文学间的互动关系，同样也是文学关系研究的重要组成部分。民族文学与比较文学研究的结合，遂成为我国跨文化文学关系研究的一大特色。在 20 世纪末的约二十年间，中外文学关系研究的亮点之一，是对于中日文学关系的研究凸显出来。由于中国与日本同处汉字文化圈，近代以来的历史与文化史以各种方式纠缠在一起，因此中日文学关系研究必然成为中国比较文学学科的重要内容。1987 年，王晓平的《近代中日文学交流史稿》作为"比较文学丛书"的一册由湖南文艺出版社出版；1990 年，程麻的《沟通与更新——鲁迅与日本文学关系发微》由中国社会科学出版社出版；1992 年，孟庆枢主编的《日本近代文艺思潮与中国现代文学》由时代文艺出版社出版；1995 年，刘立善的《日本白桦派与中国作家》由辽宁大学出版社出版；1999 年，张福贵、靳丛林合著的《中日近现代文学关系比较研究》由吉林大学出版社出版。这些专著研究的范围涵盖了近代与现代，既有宏观研究也有个案分析，全面深化了对于中日近现代文学关系的理解，丰富了中国比较文学的学科内涵。

译介学：译介学是专门针对作为两种文化交流中介的翻译文学及翻译现象的研究。译介学之所以对于中国比较文学来说具有特别意义，主要是由于汉语与西方语言之间存在的巨大差异，使得在欧美文学界尚不十分突出的翻译问题重要性凸显。本时期的译介学研究成果主要集中于译介理论探讨和翻译文学个案分析两方面，前者对"创造性叛逆""误译""归化"等核心概念多有分析，并集中探讨了"翻译文学"的归属问题。后者则将译作、译者和翻译行为置于两种文化与社会的背景下，具体分析在翻译这种交流过程中产生的种种理解、交融或者误解、扭曲现象。谢天振的《译介学》

（1999）堪称这一时期译介学研究的集大成之作，该书回顾与梳理了中西翻译史上的文学传统，探讨了译介学研究中的重要概念与相关理论问题，并基于20世纪翻译研究的趋向对翻译文学未来的地位进行了合理预测。

比较诗学：比较诗学是另一个在中国比较文学中占据特殊地位的研究领域。北京大学、北京师范大学、暨南大学、四川大学等高校均以其作为研究和人才培养的主要方向，曾经在学界引起过广泛讨论的一些问题也属于比较诗学，例如，中西文学基本概念的比较、中国文论话语的现代性转换、传统诗学阐释学的现代意义、中国现代文论话语的"失语症"问题，等等。比较诗学在中国比较文学体系中备受重视，一方面与中国比较文学特别注重理论的研究倾向有关；另一方面则是基于如下事实，即中西方诗学都具有悠久传统与丰富遗产，而双方文艺理论体系在思维方式、审美意趣、话语表达等诸方面差异巨大，深层次沟通困难重重。比较诗学研究以中西诗学的跨文化对话为主要探讨对象，具体涉及中国古代诗学概念的意义追溯与现代阐释、中西诗学话语的互译与接受、总体性诗学的建构等各方面问题。这些问题不仅仅在比较文学界，而且在当时的整个思想人文研究领域都颇有影响。如黄药眠、童庆炳主编的《中西比较诗学体系》（1991），曹顺庆的《中西比较诗学》（1994），张法的《中西美学与文化精神》（1994），周发祥的《西方文论与中国诗学》（1997），余虹的《中国文论与西方诗学》（1999），饶芃子等的《中西比较文艺学》（1999），钱中文等编的《中国古代文论的现代转换》（1997）等著作均引发了广泛讨论。

文学人类学：文学人类学是中国比较文学体系中"跨学科"研究的代表性领域。文学人类学的研究成果集中体现于20世纪90年代推出的"中国文化的人类学破译"系列丛书，该丛书结合文本材料、考古资料，重新解读若干中国上古经典著作，如萧兵的《楚辞的文化破译》（1991），叶舒宪的《诗经的文化阐释》（1996），萧兵、叶舒宪的《老子的文化解读》（1994），王子今的《史记的文化发掘》（1997），臧克和的《说文解字的文化说解》（1997）等著作，屡发新见，在学界产生了较大反响。

第三节　中国比较文学的多元
发展与新机遇

进入 21 世纪，中国思想界面对社会激变，力图从理论上给予新的解释和建构。在新的历史语境下，20 世纪 90 年代以后人文科学界存在一个不争的事实："包括美学、文艺学在内的 80 年代人文科学（文学、美学、历史学、哲学等）热，已被 90 年代的社会科学（经济学、社会学、法学、政治学等）热所取代；与此相应，80 年代——尤其是 80 年代中期——那套普遍主体、自由解放、学科自主以及科学主义的美学、文艺学话语，也不再像从前那样激动人心。"①这些因素都让 90 年代中期以后的文化界风格多元，也从客观上使得中国比较文学的发展日益学院化和专业化。尽管研究方法愈发多元化、研究成果如雨后春笋般涌现，但学科危机论也相应而生，相关讨论此起彼伏。

一　边界与危机：学科讨论

比较文学学科的边界问题和学科本体论问题一直是 21 世纪以来中国比较文学研究界的重要问题。与西方国家比较文学学科的讨论相比，中国比较文学学科尤其注重学科理论建设，特别关注学科边界和本体论的问题。《中国比较文学》期刊 2005 年第 2 期整期讨论的都是中国比较文学的学科建设问题。自 2007 年不再散排论文，而是按照不同的栏目分门别类地组织每一期刊物中的论文，之后一直

---

① 陶东风：《主体性、自主性与启蒙现代性——80 年代中国文艺学主流话语的反思》，载中国人民大学复印报刊资料《文艺理论》1999 年 8 月。

到 2013 年为止，"比较文学学科建设"或"比较文学和世界文学"是期刊中的常设栏目，七年时间一共发表八十余篇论文，其中 2009 年第 3 期的"比较文学学科建设"中有多达十一篇相关论文。在 2014 年取消这一常设栏目之后，刊物仍在 2016 年第 1 期设立了"学科前沿　世界文学理论：起源与发展"这一特别栏目。

国内学者特别热衷于讨论学科危机等问题，国际比较文学界又在不断为之扩张边界，不断地纳入新的学科内容。在中国比较文学学者关于学科理论的探讨中，有两组关系一直备受关注：其一为比较文学与世界文学的关系，其二为比较文学与文化研究的关系。不管是追溯"世界文学"一词最早出现的语境和人物，还是讨论其当下和"比较文学"之间的联系与区别，这种热烈、持续的讨论都成为中国比较文学界的亮点。同时，中国学者也认识到"世界文学"概念中隐含的西方中心主义，并提出克服这一弊病的可能路径。陈跃红的《什么"世界"？如何"文学"》①、叶舒宪的《"世界文学"与"文学人类学"——三论当代文学观的人类学转向》②等论文，都是这方面的代表。

二　日益专业化、深化的比较文学研究

（一）机构与丛书

进入 21 世纪以后，中国比较文学学科在前二十年的基础上有了进一步的发展，学科更成建制，领域不断发展完善。2000 年 9 月 11 日，中国社会科学院文学研究所与外国文学研究所合办的"比较文学研究中心"宣告成立。2002 年，北京大学、四川大学比较文学与世界文学学科被批准为首批比较文学与世界文学国家重点学科，我国最早成立的北京大学比较文学研究所已于 2015 年迎来了三十年的

---

① 陈跃红：《什么"世界"？如何"文学"》，《中国比较文学》2011 年第 2 期。

② 叶舒宪：《"世界文学"与"文学人类学"——三论当代文学观的人类学转向》，《中国比较文学》2011 年第 4 期。

庆典，并与复旦大学数次举办北大—复旦比较文学论坛。2004年6月，中国比较文学教学研究会主办的刊物《中国比较文学教学与研究》由中国文史出版社出版，主编刘献彪、孟昭毅，执行主编葛桂录。2006年，唐建清等编辑的《中国比较文学百年书目》出版，编入的书目均为在中国正式出版的比较文学论著，收录了一百年来（1904—2005）中国（包括台湾、香港和澳门地区）学者及海外华人学者编撰的有关比较文学图书一百二十余种。同年中华书局出版了高旭东主编的"比较文学与文化新视野"丛书；由乐黛云和王向远合著的《比较文学研究》出版，系"20世纪中国人文学科学术研究史丛书"之一，该书更多地通过中国比较文学发展的百年历史来验证和思考学科的意义、定位和目标。2011年，复旦大学出版社的"当代中国比较文学研究文库"首批十四种出版。作为中国比较文学界标志性成果的集中展示，选编了十四位著名学者最具代表性的论文。2015年2月，由曹顺庆担任主编，曹顺庆、孙景尧和高旭东共同担任首席专家的《比较文学概论》①出版，该书是教育部马克思主义理论研究和建设工程的成果之一，也是目前国内比较文学学科最新、最全面的教材。同年11月，由北京师范大学和美国亚利桑那大学共同创办的英文刊物 Comparative Literature and World Literature（《比较文学与世界文学》）成功申请到发行刊号，第1期在2016年4月发行。这是世界上第一份以"比较文学与世界文学"命名的刊物，反映出了中国比较文学学者对于比较文学与世界文学之关系的重视与构想。

（二）传统和新兴领域的发展

国际文学关系研究具有基础性和起始性意义，在21世纪，有新气象的研究体现在：第一，对"异国形象"的关注研究，一直属于传统国际文学关系研究的范畴。而到当代，因借助于符号学、接受美学等理论与方法论，其被体系化为"形象学"的研究。第二，许

---

① 曹顺庆主编：《比较文学概论》，高等教育出版社2015年版。

多学者在发掘和梳理交流史实的同时，还对国际文学关系的发生机制和深层原因作出了积极的理论探索。比如严绍璗提出在民族文学视野下探讨双边或多边文学文化关系的"文学发生学"。第三，运用比较文学理念与方法进行东亚汉文学和诗学比较研究，对开拓学术研究增长点富有启迪意义。

作为中国比较文学研究中的亮点领域，比较诗学在 21 世纪也出现了新的发展。主要成果有饶芃子、周宪、曹顺庆、余虹、杨乃乔、陈跃红等人的相关论著。其研究的范围不断扩大，如曹顺庆的《中外文论比较史·上古时期》（1998）探讨了比较诗学的基本理论与方法，还突破了囿于中西的惯例，把研究视野拓宽至印度、东亚和阿拉伯等文论领域。再者，还有兼具系统性、导论性和实践性的陈跃红的《比较诗学导论》；对诗学比较研究作哲学思考的杨乃乔的《悖立与整合》、余虹的《中国文论与西方诗学》等。再如王岳川对 20 世纪西方文论的系列研究、王宁对后现代文论的系列研究、戴锦华对电影文本的文化诠释、王一川的形象学诗学研究都有代表性。

21 世纪以来，文学人类学发展十分活跃。2003 年，叶舒宪的专著《文学与人类学——知识全球化时代的文学研究》及其主编的"神话历史"丛书，集中体现文学人类学的学者们的探索实践。此后，"中国文学人类学理论与方法研究"入选国家社会科学基金重大项目，得到学术界关注。①

另一个新兴的研究领域是译介学。译介学是近二十年来比较文学学科发展得较为迅速、富有生气的研究领域，翻译研究的文化转向和文化研究的翻译转向，为译介学的发展带来了新的理论活力。在译介学理论的推动下，2004 年上海外国语大学获批建立了国内首个独立的翻译学专业博士点和硕士点。2006 年出版的五卷本《中国

---

① 详见谭佳《"中国文学人类学理论与方法研究"会议综述》，《文学评论》2011 年第 4 期。

翻译通史》①，堪称翻译史研究领域中的里程碑式著作。《中国翻译史研究百年回眸：1880—2005 中国翻译史研究论文、论著索引》②出版于 2006 年，是一本汇总翻译理论资料的工具书。在文化翻译的理论建设方面，王宁的《文化翻译与经典阐释》③、谢天振的《论比较文学的翻译转向》④ 都是具有代表性的成果。

　　在中日文学关系研究方面，21 世纪以来的研究呈现出系统性、多元性、穿透性的特点，发展迅速，硕果累累。其背景是改革开放初期走进大学校门、受过系统训练、通晓日文甚至曾经留学日本的新一代学者成长起来。2001 年，王向远出版了《二十世纪中国的日本翻译文学史》，对百余年间日本文学在中国的翻译状况进行了系统梳理，为进一步研究打下了良好基础。同年，王中忱在中国社会科学出版社出版《越界与想象——20 世纪中国、日本文学比较研究文集》，阐述了殖民、现代性、文体变革等中日文学之间的本质性问题。张哲俊的《中国古代文学中的日本形象研究》（2004）独辟蹊径，在更大的视野、更久远的历史纵深中认识文学中的国家民族想象。董炳月的《"国民作家"的立场——中日现代文学关系研究》（2006）从边缘性、跨国性文本出发，以"国民"身份为焦点，探讨中日现代文学关系，《"同文"的现代转换——日语借词中的思想与文学》（2012）从关键词入手综合讨论近代以来中日间的语言、文学、思想问题。李怡的《日本体验与中国现代文学的发生》（2009）、李兆忠的《喧闹的骡子——留学与中国现代文化》（2010）、赵京华的《周氏兄弟与日本》（2011）、王志松的《20 世纪日本马克思主义文艺理论研究》（2012）等，均对中国现代文学、中日文学关系乃至中外文学关系进行了深入细致的阐释。

---

① 马祖毅等：《中国翻译通史》，湖北教育出版社 2006 年版。
② 文军主编：《中国翻译史研究百年回眸：1880—2005 中国翻译史研究论文、论著索引》，北京航空航天大学出版社 2006 年版。
③ 王宁：《文化翻译与经典阐释》，中华书局 2006 年版。
④ 谢天振：《论比较文学的翻译转向》，《北京大学学报》2008 年第 5 期。

三　挑战与机遇

中国比较文学在改革开放的最初二十年间打开新局面，迈入 21 世纪之后蓬勃、多元发展，进一步融入世界比较文学研究语境，在国际领域获得认可。2005 年美国比较文学学会（ACLA）发布的比较文学十年发展报告中，特别指出了"全球化时代"的文学批评理论在美国比较文学中的重要地位。张隆溪在点评这份报告的时候特别指出了东西方比较对于拓宽比较文学的视野、超越传统欧洲中心主义的局限的重要性。这一提倡在 21 世纪 20 年中国比较文学学科的发展上得到了很好的体现。

截至目前，中国比较文学学会已经成功举办了十二届全国年会暨国际学术研讨会，年会主题从开始两届的"比较文学在中国的复兴"和"文学的空间与局限"，到第十二届的"比较文学视野中的世界文学"，反映出中国比较文学从复兴到发展、从摸索到成熟以及与国际学界接轨并彰显自己特点的足迹。21 世纪中国各大院校都积极地主办并参与了许多和国外的大学合作的双边比较文学交流会议。第二十二届国际比较文学学会年会将于 2019 年 7 月 29 日至 8 月 2 日在澳门举办，这次会议由国际比较文学学会（ICLA）、中国比较文学学会、澳门大学、深圳大学和澳门圣若瑟大学共同举办，是国际比较文学学会第一次在中国举办年会。2011 年以来，呼应国家"十二五"规划纲要发出的大力发展创新文化"走出去"模式、增强中华文化的国际竞争力与影响力、提升国家软实力这一号召，比较文学研究界以积极态度投入关于中国文学"走出去"相关问题的探讨，既体现了由本学科开放性特点所决定的对时代潮流与语境更新所一贯保持的学术敏感性，又彰显了研究者自觉参与国家文化发展重大问题、回应时代挑战的学术责任感。2013 年中国国家主席习近平在出访中亚和东南亚国家期间，先后提出共建"一带一路"的重大倡议，从那以来，国际社会对此高度关注，中国进入了更加受到全世界瞩目、在全球经济中重要角色更彰显的时代。与此同步发展，近些年来出现了大量以"一带一路"为主题的研究，中国与中亚文学关系成为中国比较文学新的增长点，中国西北是多元文化发生、发展、交融的地方，是比较文学研究的潜在沃土。从目前来看，已发表的论文提出了一些问题，同时也让我们看到这一领域的难点所在。

　　总之，国内和国际环境共同造就的有利外部条件，与文学研究自身的发展规律形成合力，促成了比较文学在中国学界的发生、迂回与复兴。进入 21 世纪，电子信息技术发展速度惊人，交通、通信、传媒等领域日新月异的变革使"全球化""地球村"成为现实，不同文明间的接触、交流和碰撞、冲突成为常态。突破原有的视域局限，转向东西方比较的广阔天地，对比较文学的整体发展而言成为大势所趋。在比较文学发展的大趋势中，具有悠久文化传统的中国无论如何也不能缺席。

　　从当今世界的现实情况看，由于中国崛起，世界格局正在发生巨变，即由欧美主导的全球化转向由中国发挥重大影响作用的全球化。在这样的背景下，比较文学研究理应更强调时代感和使命感、主体性和发展性。如果说"比较文学"学科的诞生是以"世界文学"的发生为基础的，那么，中国比较文学研究的基本框架应当建立在中外文学双向交流的基础之上，而不应仅仅以近代以来所谓的"欧风东渐"为基础。无论是在研究方法上，还是在研究对象上，中国比较文学研究往往自觉不自觉地表现出"西方中心"的倾向，"中国主体性"不足。七十年来，中国的比较文学研究者为了建立中国比较文学研究的"学科主体性"，进行了不懈努力，但仍有待继续开拓创新。结合新时代，我们势必将比较文学研究与中国的社会状况、文化传统、文学实践紧密结合，建立比较文学研究的"中国学派"。与中国在国际舞台上扮演的重要角色相应，党和国家领导层提出了把握国际话语权、有效传播中国声音的对外工作新理念。党的十八届三中全会通过的《中共中央关于全面深化改革若干重大问题的决定》明确提出，要大力开展对外文化交流，加强国际传播能力和对外话语体系建设，推动中华文化走向世界。习近平总书记在党的十八大以来的一系列讲话中多次指出，"要加强国际传播能力建设，增强国际话语权，集中讲好中国故事"，"讲故事是国际传播的最佳方式"，"融通中外是构建对外话语体系的关键"。这些决议和讲话表明，要发挥中国的国际影响力，就要以文化为纽带沟通中外，构建既有中国特色又有国际表达特点的话语体系。这种现实语境无疑是中国比较文学发展的新机遇所在。

第 五 章

民间文学研究 70 年

第一节 七十年来的学科建设

民间文学是以口耳相传的方式在广大民众中传播和传承的口头文艺作品的统称，包括神话、传说、故事、史诗、歌谣、长篇叙事诗、谚语、小戏和谜语等多种体裁。它与作家书面文学共同构成了中国文学传统不可或缺的双翼。除了蕴含着独特的审美艺术特性，民间文学还具有丰富的文化史意义，以及突出的作为社会生活资源的现实功能，并且深刻地体现着民众的思想价值观。

作为一门立足于"以人民为中心"的学术立场、具有强烈人民性的学科，中国民间文学研究发端于1918年由北京大学发起的歌谣运动，已走过一百余年的历程。其中，1949年迄今的七十年是这一学科发展的成熟期和收获期。经过学者的努力，民间文学研究在理论和方法上日趋完善，形成了诸多经典的研究领域与话题，取得了可观的成果。

1949年以后，随着社会主义政权的建立，民间文学研究得到了更多重视和扶持。20世纪50年代初期，钟敬文率先在北京师范大学开设了民间文学课程，并创立"劳动人民口头文学"教研室，招收和培养民间文学专业的研究生。① 同时，经政务院文教委员会批准成立的文学研究所（即今中国社会科学院文学研究所），创立伊始即设立了由贾芝担任组长的中国各民族民间文学研究组（今民间文学研究室），集中多位专职研究人员开展各民族民间文学的研究。② 这是民间文学研究在中国首次正式进入大学和科研机构的学科体系，使学科的发展获得了制度化的保障。另外，在文化部支持下，又成立了以郭沫若、老舍和钟敬文等人为领导的全国性民间文学研究团体——中国民间文艺研究会，为研究的深入开展提供了更广阔的舞台。

受时代思潮的影响，共和国"十七年"时期的民间文学以"人民口头创作"的名目出现，民间文学被认为是由劳动人民集体创作的，表现劳动人民的生活、思想和感情的文学，相比之下，民间习俗则成为有待引导与改进的对象。顺应时代的需要，民间文学研究者在搜集整理民间流传的文本、对民族遗产展开创造性继承，使之为社会主义服务方面作出了不容抹杀的贡献。民间文学成果的出版事业也取得了可观的成就，出版了"民间文学丛书"，以及《民间文学资料丛书》《民间文学参考资料》等出版物，创办了《民间文艺集刊》《民间文学》等杂志，刊发了大量民间文学的文本与理论文章。

20 世纪 70 年代末以来，随着国家政策的调整，有识之士着手恢复在过去十年间被抑制和禁锢的民间文学研究，并尝试以此为基础重建民俗学。钟敬文、贾芝、顾颉刚等前辈都为此贡献了力量。其中，钟敬文起到了主导作用，在他的倡导下，高校的民间文学学科建设获得长足进步，1978 年夏，民间文学被教育部重新列为一般大

---

① 刘锡诚：《20 世纪中国民间文学学术史》，河南大学出版社 2006 年版，第 638—640 页。

② 《中国社会科学院文学研究所所志（征求意见稿）》，社会科学文献出版社内部印行，第 3 页。

学和高等师范院校中文系的课程。北京师范大学、北京大学、中国
社会科学院、中央民族大学、河南大学、辽宁大学、中山大学等高
校和科研机构逐渐恢复或开创了民间文学的课程。

1978 年，钟敬文联合顾颉刚、白寿彝、容肇祖、杨堃、杨成
志、罗致平等教授联名上书中国社会科学院院长胡乔木，建议开展
民俗学研究工作并建立相关机构，这直接促成了 1983 年中国民俗学
会的成立（钟敬文任首任会长）。1979 年，中国文联正式恢复了
"中国民间文艺研究会"（1987 年更名为"中国民间文艺家协会"），
组织了一系列的研究工作和学术活动。多年来，中国民俗学会和中
国民间文艺家协会联合高校和科研院所的学者及基层文艺工作者，
在开展学术交流、推动学科建设、推进民间文学与非物质文化遗产
的保护方面作出了突出的贡献。

改革开放以来，随着出版业的繁荣，大量民间文学的理论著作
与调查报告得以出版，"东方民俗学林""原始文化经典译丛""三
足乌文丛"等丛书产生了广泛影响。"中国民间文学三套集成"的
推出，更是大大推动了民间文学与民俗学的资料建设，进而推动学
者去认识民间文学的鲜活世界。诸多刊物，如《民间文艺集刊》
（上海民间文艺家协会，1981）、《民间文学论坛》（今《民间文化论
坛》，中国民间文艺研究会，1982）、《民族文学研究》（中国社会科
学院少数民族文学研究所，1983）、《民俗研究》（山东大学，1985）
陆续创刊，不少高校学报也设置了民俗学与民间文学专栏，为完善
这一学科的理论建设，深化相关话题的讨论开辟了重要阵地。

经过一批重要学者的积极推动，民间文学研究在 20 世纪 80—90
年代一度极为兴盛，并日益被视为民俗学的有机组成部分，而民俗学
这门研究生活文化的学问，也获得新生。1997 年，国务院学位委员会
颁布的学科专业目录明确把民俗学设为社会学一级学科下的二级学
科，民间文学则被包含在民俗学之中。民俗学终于在国家学科体系
中，正式获得了独立的地位。但这种行政管理式的目录调整，也对以
往已经颇具规模、具有相对独立性的民间文学研究造成了较大伤害。

稳定的学术共同体的形成极大地促进了学术队伍的发展。通过制定学科规划、编写教材、举办讲习班、开展常规化的研究生教学，学界培养起了一批专业化人才，进一步带动了民间文学的学科化与专业化。这一批人才散播到各个高校后，陆续设置了新的硕士点与博士点，形成了稳定的研究队伍和各有特色的学术传统，为学科的长足发展奠定了基础。

总体来看，在过去的七十年里，民间文学研究深受中国社会政治文化的影响，经历了几番学术范式和研究侧重的变迁，呈现出了"螺旋式上升"的趋势。

第二节　学科的制度化建设及搜集研究的广泛展开（1949—1966 年）

社会主义制度的建立为民间文学事业的发展，尤其是为民间文学的理论研究和资料建设带来了蓬勃的生机和难得的机遇。1949—1966 年，我国培养了大批民间文艺工作者和研究者，搜集了大量优秀的民间文学作品，产生了较多民间文学的研究成果，奠定了新中国民间文艺事业的发展方向。

这一时期的民间文学研究继承了延安时期的传统，对民间文学的意识形态性给予了充分的关注。"劳动人民"——主要指农民、手工业工人、近代产业工人以及出身于社会下层、活动在农村和城市的民间艺人——成为研究的主要对象，这一认识的形成，既同 1949 年以来强调阶级分析的思潮有关，也同"五四"歌谣学运动以来民俗学以研究下层民众的历史文化为己任的传统密切相关。在理论研究方面则强调以马克思主义为指导，考察民间文学中体现的民众生活、社会制度与民众心声。受此影响，一些特定体裁及内容，如劳动号子、农民起义传说，表现阶级斗争、表达劳动人民智慧的生活故事（如长工斗地主故事）等，成为研究的热门话题。以历史唯物主义的观点、方法为主导的文学研究成为学科的主流。

当时，民间文学研究人员组成极为丰富，来自各个领域的学者参与其中，既有民间文学专家，也有历史学家、作家与从事一般文学研究的理论家，他们的研究形成了三种学术进路。其一是对民间文学作品的审美性分析，即以作家文学的方法来研究民间文学的思想内容、文学意蕴，展开主题论述、人物形象与艺术手法的分析等，代表性成果如何其芳的《论民歌》[①]、贾芝的《民间故事的魅力》[②]、天鹰的《论歌谣的手法及其体例》[③] 等。其二是文艺社会学的研究，即以马列主义的基本理论为武器，分析考察作品中的社会政治与意识形态，代表作如钟敬文的《歌谣中的觉醒意识》[④]、萧三的《〈革命民歌选〉序言》[⑤] 等。其三是以历史学的方法挖掘民间文学的历史文化价值，展开文史考证研究，如顾颉刚的《息壤考》[⑥]、丁山的《中国古代宗教神话考》[⑦] 等。总体而言，从书面文学出发的研究占了大多数，即把民间文学等同于一般作家文学，把作品的社会政治作用和审美功能放在首位，以是否具有思想教育意义、语言是否精练、人物形象是否丰满等为标准来评判民间文学。

民间文学的搜集整理工作，也取得了相当可观的成绩。民间文艺工作者通过采风来获取资料，即到以农村为主的基层社会，进行传说、故事、民谣等的搜集。尽管这种搜集以文本采集为首要目的，持续时间较短，但在当时的历史语境下，仍然发挥了无可替代的作用。大量散播在民众中的故事歌谣得到了搜集整理，成为民众阅读审美的重要资源。如今，人们津津乐道的一些经典的传说故事的版

①　载何其芳、张松如编《陕北民歌选》，新文艺出版社 1952 年版。
②　载贾芝主编《中国民间故事选》（二集），人民文学出版社 1963 年版。
③　天鹰：《论歌谣的手法及其体例》，文化生活出版社 1954 年版。
④　钟敬文：《歌谣中的觉醒意识》，北京师范大学出版部 1952 年版。
⑤　载萧三主编《革命民歌选》，中国青年出版社 1959 年版。
⑥　顾颉刚：《息壤考》，《文史哲》1957 年第 10 期。
⑦　丁山：《中国古代宗教神话考》，龙门联合书局 1961 年版。

本，如《牛郎织女》《阿诗玛》《刘三姐》都诞生于那个时代。①

采风也极大地推动了少数民族民间文学的搜集与研究工作。1956 年文学所组织了民间文学采录组，由毛星带领孙剑冰、青林、李星华、刘超、陶阳等到云南白族、纳西族等少数民族地区进行调查等。这一时期采录的《阿细人的歌》《梅葛》（彝族）和《召树屯》（傣族）等叙事长诗，和《阿拉坦嘎鲁》（蒙古族）、《格萨尔》（藏族）等史诗，以及《白族民歌集》《纳西族的歌》《辘角庄》、"邓川调"等各种民歌、故事、传说资料集，为学界提供了宝贵的研究资源。学者在丰富资料的基础上展开研究，在民族民间文学的比较研究，民间文学的社会内涵分析，以史诗、叙事诗为代表的叙事体民间文学研究等领域，获得了相当可观的成就，出现了贾芝的《谈各民族民间文学搜集整理问题》②、马学良等人的《关于苗族古歌》等代表作③。这一壮举扩大了中国文学的格局，将原本被相对忽视的少数民族民间文学纳入了中华民族的文学版图中。

在革命意识形态影响下，还有大量关于革命斗争的民间文艺作品，如农民起义传说、革命传说与歌谣被广泛搜集，如安徽地区关于捻军的传说，河北等地关于义和团的传说，江西、湖北等革命老区流传的红色歌谣等。这些文本在经历了编辑后出版发行，为宣传无产阶级意识形态发挥了极为重要的作用。

在采风过程中，产生了一些极具影响力的搜集者，如孙剑冰、董均伦、江源等，他们的采录一般遵循讲述者的语言风格，但往往伴随着个人的创作加工，使故事更有文学性。他们的尝试虽然存在缺乏"科学性"的问题，但通过把讲述行为当成有独立意义的文学

---

① 此处《牛郎织女》指 1956 年编入初级中学《文学》课本第一册的文本；《阿诗玛》则指公刘、黄铁、刘知勇、刘绮等对传播异文进行整理、润色后的文本；《刘三姐》则指曾昭文、龚邦榕、邓凡平、牛秀、黄勇刹等集体创编的彩调剧等。

② 贾芝：《拓荒半壁江山——贾芝民族文学论文集》，文化艺术出版社 2012 年版，第 127—153 页。

③ 马学良、邰昌厚、今旦：《关于苗族古歌》，《民间文学》1956 年第 8 期。

作品记录保存下来，并通过剪裁润色，起到了为建设社会主义文明添砖加瓦的作用。另外伴随着民族识别和少数民族文学史的撰写，对少数民族地区的史诗、民间故事、神话、笑话等搜集、采录、整理等，从文学层面为多民族国家的建构贡献了力量。

在"人民口头创作"的名义下，民间文学研究成为一个边界相对清晰的学科，学术研究得以平稳发展，产生了大量成果，并为国家建设和社会动员作出了历史性的贡献。总体而言，其发展状况良好、平稳、有创造性。但同时，也体现出了一些不足：其一，由于极"左"思潮的影响，学科独立性未能得到充分发挥，部分研究有明显的庸俗社会学倾向；其二，研究范式过于单一，大多数研究是对民间文学的纯文本或文学分析，这一研究视域往往忽略了民间文学文本样态的多样性与多元性等。

第三节 理论和方法的新拓展（1978 年至今）

改革开放以来的四十年间，中国民间文学研究从逐渐恢复到不断拓展研究范围和研究视野，在理论和方法上出现了诸多显著的变化，总体说来，主要呈现出这样一些转换：研究对象从单纯的"口头文学"转向了包括口头文学在内的"民俗"或"生活文化"；研究对象的主体从"劳动人民"转向了"全体人民"；研究方法从文化史转向了民族志式的田野研究；研究的理论视角从文本转向了语境及语境中的文本。

1978 年以来，民间文学日益恢复了学术研究的独立性。学科获得的发展机遇也日益增多，学术自觉意识日益加强，民间文学的理论发展迅速。首先突出地表现在其研究对象的变化上。随着对民间文学作为民众生活文化有机组成部分属性的认识不断加深，以往仅仅把民间文学当作单纯的文学、参照作家文学研究范式来进行研究的视角受到了越来越多的反思。民间文学的生活属性得到了更多关

注，结合其作为生活实践重要资源的特征，更多地从"文化"而不
是"文学"出发来进行研究，也逐渐成了诸多学者所接受的方法。
在钟敬文等学者的推动下，民间文学研究逐渐被视为民俗学"学术
'国家'里的一部分公民"①，民间文学研究扩展到了民俗学，民间
文学的研究者，也自然地成为民俗学者。他们不仅关注口头艺术领
域的对象，也大量探讨仪式、信仰、社会组织等一般生活文化，并
使得后一方面的研究，越来越占据了主要位置。

随着社会的发展变化，学者对于作为民间文学主体的"民众"
的理解也发生了改变，它不再局限于"下层阶级"，而是逐渐指称一
个民族或国家中的大多数乃至全体成员。从这一时期钟敬文所发表
的一系列著作中，可以清楚地看到这种变化。② 同时期出版的其他民
间文学论著，如《中国少数民族文学》③《少数民族民间文学概论》④
《民族民间文学理论基础》⑤《民间文艺学原理》⑥《中华民间文学
史》⑦ 等，在论及民间文学的属性时，也都指出了其为广大民众或全
民族（而不仅仅是劳动人民）所拥有的特征。

钟敬文有关"民俗是一个民族中广大人民生活文化"的观点，
在很大程度上起到了拓宽视野、解放思想的作用，从而有力推动了
中国民间文学、民俗学理论视角的转化。从此以后，出现了越来越

---

① 钟敬文：《民俗学与民间文学——1979 年 7 月在北京师范大学暑期民间文学讲
习班上的讲话》，载中国民间文艺研究会研究部编《民间文学论丛》，中国民间文艺出
版社 1981 年版，第 1—21 页。

② 例如，钟敬文：《新的驿程》，中国民间文艺出版社 1987 年版，第 371—398、
399—402、403—422、444—446 页。

③ 中国社会科学院文学研究所主编：《中国少数民族文学》，湖南人民出版社
1983 年版。

④ 朱宜初、李子贤：《少数民族民间文学概论》，云南人民出版社 1983 年版。

⑤ 陶立璠：《民族民间文学理论基础》，中央民族学院出版社 1990 年版。

⑥ 张紫晨：《民间文艺学原理》，花山文艺出版社 1991 年版。

⑦ 吕微：《中华民间文学史·导言》，载祁连休、程蔷主编《中华民间文学史》，
河北教育出版社 1999 年版，第 1—25 页。

多从整体生活文化而不是阶级属性的角度出发的研究。①

在学科恢复之初，绝大多数的研究以文化史的视角为主，从对历史文献资料的梳理和分析来探讨某一文类的历史变迁及文化意义。②代表性成果如赵景深的《民间文学丛谈》③、袁珂的《中国神话史》④等。这种取向的形成，同中国历史文献资源丰富、人文社会学科历来有注重史料的传统有很大关系，是从中国学术特点出发所作的选择，在中国民间文学领域始终占有重要的位置。后来出版的陶阳、钟秀的《中国创世神话》⑤，罗永麟的《论中国四大民间故事：兼论民间文学与文人文学的关系》⑥，程蔷的《中国识宝传说研究》⑦，马昌仪的《古本山海经图说》⑧，刘守华的《中国民间故事史》⑨，刘锡诚的《二十世纪中国民间文学学术史》⑩，祁连休的《中国民间故事类型研究》⑪，顾希佳的《中国古代民间故事类型》⑫，贺学君的《中国民间叙事诗史》⑬ 等成果，都可以说是这一学术脉络中的产物。

与此同时，在一些文化管理机构和学术团体的主持下，云南、辽宁等地区先后开展了当地民间文学的考察与采录活动，在搜集和记录民间文学的同时，也为学者们在活生生的生活情境中进一步认

---

① 例如，张紫晨：《中国民俗与民俗学》，浙江人民出版社 1985 年版；乌丙安：《中国民俗学》，辽宁大学出版社 1985 年版；高丙中：《民俗文化与民俗生活》，中国社会科学出版社 1994 年版；等等。

② 刘铁梁：《中国民俗学思想发展的道路》，《民俗研究》2008 年第 4 期。

③ 湖南人民出版社 1982 年版。

④ 上海文艺出版社 1988 年版。

⑤ 上海人民出版社 1989 年版。

⑥ 中国民间文艺出版社 1986 年版。

⑦ 上海文艺出版社 1986 年版。

⑧ 山东画报出版社 2001 年版。

⑨ 湖北教育出版社 1999 年版。

⑩ 河南大学出版社 2006 年版。

⑪ 河北教育出版社 2007 年版。

⑫ 浙江大学出版社 2014 年版。

⑬ 河北教育出版社 2016 年版。

识民间文学的特性奠定了重要基础。[①] 这样的调查和采集，在 1984 年文化部、国家民族事务委员会和中国民间文艺研究会联合发起的"中国民间文学三套集成"项目正式启动之后，达到了顶峰。这是一项针对故事、歌谣和谚语展开的全国性普查和辑录活动。普查从 1984 年开始，持续了三年多，而编纂出版工作直到 2004 年才基本结束。其调动人力之多、持续时间之久、搜集到的民间文学作品之丰富，是空前的。通过广泛深入的田野调查，研究者发现了许多新的研究对象，例如活态神话、故事家、故事村等，研究者得以在诸多新的方向上展开思考，涌现出大量富于启发性的新成果，例如，李子贤的《探寻一个尚未崩溃的神话王国》[②]《再探神话王国——活形态神话新论》[③]，张振犁的《中原古典神话流变论考》[④]《中原神话研究》[⑤]，富育光的《萨满教与神话》[⑥]，孟慧英的《活态神话——中国少数民族神话研究》[⑦]，许钰的《口承故事论》[⑧]，程蔷的《骊龙之珠的诱惑：民间叙事宝物主题探索》[⑨] 等，为推进理论的进一步深化奠定了重要基础。

随着研究工作的不断推进，学界与国际学术领域的交流也逐渐增多。国外民俗学、人类学和民族志领域一些重要的理论成果，被陆续译介到中国，其中既包括对弗雷泽、马林诺夫斯基、涂尔干等学者经典著述的重新译介，也包括对表演理论、口头程式理论等当代西方民间文学学界活跃的理论与方法的引入与评论。它们极大地拓展了当代中国民俗学的理论视野。新时期以来的诸多成果，如刘

---

① 刘锡诚：《20 世纪中国民间文学学术史》，河南大学出版社 2006 年版，第 691—709 页。

② 云南人民出版社 1991 年版。

③ 云南人民出版社 2016 年版。

④ 上海文艺出版社 1991 年版。

⑤ 上海社会科学院出版社 2009 年版。

⑥ 辽宁大学出版社 1991 年版。

⑦ 南开大学出版社 1990 年版。

⑧ 北京师范大学出版社 1999 年版。

⑨ 学苑出版社 2003 年版。

魁立的故事形态研究①、刘守华的比较故事学②、吕微借鉴象征理论对洪水神话的分析③、万建中的禁忌与故事研究、刘宗迪在福柯启迪下展开的《山海经》研究④、叶舒宪从文学人类学出发对中国神话展开的研究⑤等，都体现了跨文化的研究视角。

20 世纪 90 年代中后期，综合性、概览式的文献分析，越来越多地被具体社区的个案的调查和研究所取代，民族志式的田野研究，逐渐成为民间文学领域占主导地位的研究方法。⑥ 传统的采风以搜集整理为主，而在民族志研究中，学者开始把重心转向学术研究上。民族志研究不仅直面丰富、整体的社区民众生活，从微观的层面展示了文本的生成机制与生动鲜活的生活世界，而且，民族志的研究是以明确的问题意识为先导的⑦，学者以问题为中心来组织材料、展开理论思考，无疑提高了研究的理论价值与现实针对性。经过学者们的创造性努力，如今，民族志研究已经成为民间文学研究的基本范式。

通过日益丰富的本土研究和对国外相关理论的积极吸纳与反思，学者对许多问题的探讨越来越深入，并发展出了不少既有中国特点又有益于学科整体建设的观点和方法。其中最有影响的，有钟敬文提出的"民间文化"和"三层文化"的观点。这两个观点从整个民族文化的角度对研究对象作出了概括和思考，⑧ 具有比"民间文学"更为开阔的包容性，起到了进一步拓宽学科领地的作用，不仅有益

---

① 刘魁立：《民间叙事的生命树——浙江当代"狗耕田"故事情节类型的形态结构分析》，《民族艺术》2001 年第 1 期；《民间叙事机理谫论》，《民俗研究》2004 年第 3 期。

② 刘守华：《比较故事学论考》，黑龙江人民出版社 2003 年版。

③ 吕微：《神话何为——神圣叙事的传承与阐释》，社会科学文献出版社 2001 年版。

④ 刘宗迪：《失落的天书：〈山海经〉与古代华夏世界观》，商务印书馆 2006 年版。

⑤ 叶舒宪：《中华文明探源的神话学研究》，科学文献出版社 2015 年版。

⑥ 叶涛：《新时期中国民俗学论纲》，《江苏社会科学》2000 年第 3 期；高丙中：《中国民俗学三十年的发展历程》，《民俗研究》2008 年第 3 期。

⑦ 刘铁梁：《民俗志研究方式与问题意识》，《北京师范大学学报》（社会科学版）1998 年第 6 期。

⑧ 钟敬文：《话说民间文化》，人民日报出版社 1990 年版，"自序"第 1—14 页。

于学者更好地理解和认识民俗在民族整体文化中的地位，对整个人文社会科学领域，也贡献了一种新的认识视角。

另一值得关注的观点，是马学良、段宝林、刘锡诚等学者结合田野作业实践提出的对民间文学进行整体性研究和立体描写的主张。它强调要把民间文学作为文化的组成部分，放到其流传的具体情境中去观察和理解，倡导民间文学的记录和研究要进行"立体描写"①。这种理念与国际民俗学从关注文本转向关注语境的发展潮流相一致，为推进国内学界对民族志式田野研究和语境视角的接纳和运用起到了积极的作用。②

随着美国民俗学界表演理论和方法被日渐深入地介绍到中国学界，关注文本与其社会文化语境之间的相互关系，已越来越成为学者的共识，民间文学与民俗的动态表演过程及个体性、创造性也受到越来越多的关注。诸多新成果在矫正以往单纯强调民俗的集体性、传承性特点的同时，也大大拓展了当代中国民间文学研究的理论视角，深化了田野研究的方法。这种新的取向在江帆③、杨利慧④、郑土有⑤、林继富⑥、祝秀丽⑦、陈泳超⑧等人的著作中体现得最为明显。

---

① 段宝林：《论民间文学的立体性特征》，《民间文学论坛》1985 年第 5 期；刘锡诚：《20 世纪中国民间文学学术史》，河南大学出版社 2006 年版。

② 杨利慧：《语境、过程、表演者与朝向当下的民俗学——表演理论与中国民俗学的当代转型》，《民俗研究》2011 年第 1 期。

③ 江帆：《民间口承叙事论》，黑龙江人民出版社 2005 年版。

④ 杨利慧：《女娲的神话与信仰》，中国社会科学出版社 1998 年版；杨利慧、张霞等：《现代口承神话的民族志研究——以四个汉族社区为个案》，陕西师范大学出版社总社有限公司 2011 年版。

⑤ 郑土有：《吴语叙事山歌演唱传统研究》，上海辞书出版社 2005 年版。

⑥ 林继富：《民间叙事传统与故事传承——以湖北长阳都镇湾土家族故事传承人为例》，中国社会科学出版社 2007 年版。

⑦ 祝秀丽：《村落故事讲述活动研究——以辽宁省辽中县徐家屯村为个案》，中国社会科学出版社 2013 年版。

⑧ 陈泳超：《背过身去的大娘娘——地方民间传说生息的动力学研究》，北京大学出版社 2015 年版。

　　在海外理论与本土追求的相互作用下，少数民族民间文学也发生了巨大的变化，越来越多的研究从生活的视角来看待民间文学，如民间文学与民族生活方式变迁、族群认同和族群关系等。以朝戈金、巴莫曲布嫫、尹虎彬等人为代表的口头传统研究更是呈现出了独特的风貌。他们立足于田野调查，对史诗等口头传统的内在属性及其在特定语境中的动态形成过程进行了探讨。[①] 这类研究在微观上能更加深入群体的内部逻辑与口头传统的内部形态，在宏观上捕捉住了口头传统与社会、社区的关系，展示了各民族文化遗产和精神世界的丰富性，表现出了跨文化的宏大视野，因而成为中国民间文学展开国际对话的窗口之一。

　　随着对"民"与"俗"认识的深化，学者开始认真关注现代化与都市化等新现象，加强了对都市民俗学和民间文学的研究，在"生活革命""日常生活"等概念的启迪下，民间文学和民俗学直面当前民众的日常生活，对普通人如何在社会变迁中创造出新的意义予以充分的关注。都市民俗学是学界应对现代化的结果，体现了学者对学科使命认识的深化，它已不只是一种研究领域，更是一种观察、阐释当下民众生活的方法。它不仅意味要研究有审美性、艺术性的故事文本，还意味着要关注民众的个人化叙事，注重对叙事的实践主体及其目的的探究。21 世纪以来，对"生活革命"[②] "个人叙事"与"交流式民俗志"[③] 等概念的探索；对民俗旅游和口头传

---

　　① 例如，朝戈金：《口传史诗诗学：冉皮勒〈江格尔〉程式句法研究》，广西人民出版社 2000 年版；巴莫曲布嫫：《叙事语境与演述场域——以诺苏彝族的口头论辩和史诗传统为例》，《文学评论》2004 年第 1 期；巴莫曲布嫫：《中国史诗研究的学科化及其实践路径》，《西北民族研究》2017 年第 4 期；尹虎彬：《古代经典与口头传统》，中国社会科学出版社 2002 年版；等等。

　　② 周星：《"生活革命"与中国民俗学的方向》，《民俗研究》2017 年第 1 期。

　　③ 刘铁梁：《个人叙事与交流式民俗志：关于实践民俗学的一些思考》，《民俗研究》2019 年第 1 期。

统①，新媒体与民众生活等领域的开拓②；对神奇传闻③、都市传
说④、谣言⑤等新文体的研究，已经蔚为大观。随着视野越来越开
阔，新生代的学者已经不再纠结于自身研究的对象"是否属于民间
文学""民俗色彩是否足够"等问题，把更多的目光转向了民众的
生活实践，他们既关注作为表象的文学文本，还通过对个人精神世
界的考察，深入到民众的主观世界和言说诉求之中。

　　进入21世纪以来，在不断反思学术史和研究现状、总结文本研
究和田野经验的基础上，民间文学研究产生了一些新的研究方法或
理论观点。例如，以刘魁立为代表的叙事文学的"形态学研究方
法"⑥，在传统民间文学的历史研究和田野研究之外，开辟了异文之间
的结构分析、数据分析，以及类型研究新进路。这种共时研究的内在
理路与口头诗学的"帕里—洛德理论"也有异曲同工之处。在中国社
会科学院"口头传统研究中心"的倡导下，关于民间文学研究"始于

---

　　①　例如，杨利慧：《遗产旅游语境中的神话主义——以导游词底本与导游的叙事
表演为中心》，《民俗研究》2014年第1期。

　　②　例如，王杰文：《媒介景观与社会戏剧》，中国传媒大学出版社2008年版。

　　③　例如，安德明：《神奇传闻：事件与功能》《西北民族研究》2006年第2期。

　　④　例如，李扬：《当代民间传说三题》，《青岛海洋大学学报》2002年第1期；
王杰文：《乘车出行的幽灵——关于"现代都市传说"与"反传说"》，《民俗研究》
2005年第4期；张敦福、魏泉：《解析都市传说的理论视角》，《民间文化论坛》2006
年第6期；张建军、李扬：《都市传说》，《民间文化论坛》2016年第3期；黄景春：
《都市传说中的文化记忆及其意义建构——以上海龙柱传说为例》，《民族艺术》2014
年第6期；等等。

　　⑤　例如，施爱东：《谣言作为民间文学的文类特征》，《民族艺术》2016年第3期。

　　⑥　这一方面的代表性研究成果有：刘魁立：《民间叙事的生命树——浙江当代
"狗耕田"故事情节类型的形态结构分析》，《民族艺术》2001年第1期；李扬：《中国
民间故事形态研究》，中国社会科学出版社2015年版；陈泳超：《目连救母故事的情节
类型及其生长机制》，《江苏行政学院学报》2006年第5期；施爱东：《故事的无序生
长及其最优策略——以梁祝故事结尾的生长方式为例》，《民俗研究》2005年第3期；
《史诗叠加单元的结构及其功能——以〈罗摩衍那·战斗篇〉（季羡林译本）为中心的
虚拟模型》，《民族文学研究》2003年第4期。

声音，回到声音"的理论主张①，以及对于口头传统语词程式和程式
句法的分析方法，即使在文人诗词的用语习惯分析、诗词断代等大
数据研究中，也有用武之地。在田野研究方面，关于"家乡民俗学"
的视角，围绕家乡民俗研究的历史、方法与伦理等，反思民俗学的
性质、对象、研究策略和研究目的等根本性问题；② 巴莫曲布嫫关于
田野调查中"五个在场"的研究方法，强调田野研究中应坚持叙事
传统在场、表演事件在场、演述人在场、受众在场以及研究者在场，
从而为语境研究提供了一个可资操作的分析模式；③ "艺术民俗学"
倡导对艺术活动与社会之间的关系进行双向的动态研究，尤其强调
把乡民艺术视作文本、在作为其语境的村落生活中探寻该艺术活动
的存在意义④；"神话主义"的概念和视角，为矫正以往相对僵化、
偏执的神话研究，并以朝向当下的积极态度理解和解释当前社会文
化领域涌现出的各种新现象提供了得力的分析工具⑤……这些都在同
行当中引起了较大的反响。而对于在国内学界影响日益显著的美国
民俗学口头程式理论⑥、表演理论⑦，以及注重民俗主体立场和主位

---

① 朝戈金：《口头传统》，《民间文化论坛》2018 年第 6 期。

② 安德明：《家乡——中国现代民俗学的一个起点和支点》，《民族艺术》2004
年第 2 期；《当家乡成为田野——民俗学家乡研究的伦理与方法问题》，《东华汉学》
（台湾）2011 年夏季特刊。

③ 巴莫曲布嫫：《克智与勒俄：口头论辩中的史诗演述》，《民间文化论坛》2005
年第 1、2、3 期。

④ 张士闪：《乡民艺术的文化解读——鲁中四村考察》，山东人民出版社 2006
年版。

⑤ 杨利慧：《遗产旅游语境中的神话主义——以导游词底本与导游的叙事表演为
中心》，《民俗研究》2014 年第 1 期；《当代中国电子媒介中的神话主义》，《云南师范
大学学报》2014 年第 4 期。

⑥ 朝戈金：《"回到声音"的口头诗学：以口传史诗的文本研究为起点》，《西北
民族研究》2014 年第 2 期；《口头诗学》，《民间文化论坛》2018 年第 6 期。

⑦ 杨利慧：《表演理论与民间叙事研究》，《民俗研究》2004 年第 1 期；《语境、
过程、表演者与朝向当下的民俗学——表演理论与中国民俗学的当代转型》，《民俗
研究》2011 年第 1 期。

研究方法①等，学者在积极译介的同时，也通过反思、评述或个案实践对之予以批判、深化和补充，对这些理论视角的本土化作出了积极的贡献。

第四节　走向知行合一——民间文学研究对社会文化建设的参与

民间文学研究同社会生活实践之间有着密切的关系。在中国，这门学科自诞生之初，就作为"五四"新文化运动的有机组成部分，为高扬"民主""科学"大旗，为重建民族精神发挥了不容忽视的作用，也为延安文艺思想的形成和发展提供了理论准备。20世纪50年代以来，一大批民间文学研究者更是借助自己的理论和知识储备，通过对神话、传说、民间故事、歌谣、谚语等不同体裁民间文学中特定内容的采录、整理和改编，直接参与了社会主义思想的宣传和新文化的建设当中。这方面最著名的例子，要数中国科学院文学研究所于1961年编纂出版的《不怕鬼的故事》②。这部发行极其广泛的专题故事集，对破除迷信思想、普及历史唯物主义的无神论观念产生了深远的影响，可以说是民间文学学科在知行合一、学以致用的发展取向上取得的突出成就。

这种取向，随着联合国教科文组织非物质文化遗产保护工作的普遍开展，得到了更大的发挥。以保护面临损坏、破坏乃至消失等严重威胁的非物质文化遗产、丰富文化多样性和人类的创造性为主要宗旨的非物质文化遗产（简称非遗）保护，自20世纪末至21世纪初兴起伊始就得到了中国的积极支持和参与。由于各国民间文学

①　［日］西村真志叶：《日常叙事的体裁研究：以京西燕家台村的拉家为个案》，中国社会科学出版社2011年版。

②　中国科学院文学研究所编：《不怕鬼的故事》，人民文学出版社1961年版。

工作者所从事的学术工作，很多都涉及对民间文学传统资料的记录、保存，本身即属于一种对文化遗产的保护，因此，其理论和方法与非遗保护具有很大的重合度。而事实上，在非遗保护工作的形成和发展过程中，民间文学研究者在理念、思路和方法上为其提供了大量基本的支持。数年来，中国民间文学工作者从多个方面深度参与到这项活动的实践当中，为它的丰富和发展贡献了诸多来自本学科的智慧；① 与此同时，民间文学研究也在非遗保护这项社会文化运动的不断推进中获得了更多的发展机遇。这主要体现在以下几个方面。

第一，研究者围绕非物质文化遗产保护的历史渊源、理论基础、现实意义、实践悖论，以及中国经验等问题，对非遗保护工作本身展开深入研究或批评，从而为全面理解非物质文化遗产的性质和意义，矫正保护实践中的偏颇，推进保护工作的健康发展提供了重要参考。② 今天，中国的非遗保护之所以越来越强调以联合国教科文组织《保护非物质文化遗产公约》为基本框架，③ 不断调整自己的工作路径和工作策略，并逐渐形成非遗保护的"中国经验"，同多年来以民间文学、民俗学工作者为主的一大批学者在这一领域的深入探索是分不开的。④

第二，诸多民间文学和民俗学的研究者，都积极参与到国际国内非物质文化遗产保护相关的具体实践中，在非遗相关项目的申报、

---

① 相关成果，参见刘魁立《非物质文化遗产及其保护的整体性原则》，《广西师范学院学报》2004 年第 6 期；刘魁立《非物质文化遗产的共享性、本真性与人类文化多样性发展》，《山东社会科学》2010 年第 3 期；刘锡诚《非物质文化遗产》，学苑出版社 2009 年版；乌丙安《非物质文化遗产保护理论与方法》，文化艺术出版社 2010 年版；等等。

② 朝戈金：《非物质文化遗产：从学理到实践》，《西北民族大学学报》（哲学社会科学版）2015 年第 2 期。

③ 巴莫曲布嫫：《从语词层面理解非物质文化遗产——基于〈公约〉"两个中文本"的分析》，《民族艺术》2015 年第 4 期。

④ 安德明：《非物质文化遗产保护的中国实践与经验》，《民间文化论坛》2017 年第 4 期。

考察、评审，以及保护政策和保护措施的制定、完善等方面，发挥了直接的作用。中国民族民间文化保护工程国家中心发布的《中国民族民间文化保护工程普查工作手册》中列入了长期被主流话语当作迷信而抵制的"民间信仰"①，2008 年起国家正式开始实施在清明、端午和中秋三个传统节日放假的制度，这些结果的出现，都和民间文学工作者的得力论证与大力呼吁是密不可分的。而这方面最突出的例证，是中国民俗学会在联合国教科文组织保护非物质文化遗产政府间委员会第九届常会上当选为教科文组织非遗审查机构成员。在三年任期之内（2015—2017 年），该学会组织的非遗评审专家团队共负责评审了 140 多项由不同国家向教科文组织提交的不同类型的申报材料，包括"人类非物质文化遗产代表作""急需保护的非物质文化遗产名录"和"人类非物质文化遗产优秀实践名册"的申报书，圆满完成了评审任务，得到了教科文组织非遗《公约》秘书处的赞扬。这是中国民俗学和民间文学工作者全面参与国际事务的一个标志，它既提升了中国学界在国际机构和相关事务中的地位，又为学界和有关部门更有成效地进行研究与实践积累了经验。尤为重要的是，通过近距离观察教科文组织与多个国家非遗保护的相关政策和实践，中国民俗学者凭借自己的专业训练和田野积累，在教科文组织和中国文化主管部门之间，以及政府机构与民众之间，搭建了相互理解的桥梁，更加有效地推动了非遗保护工作的良性发展。

第三，"非物质文化遗产"已逐渐变成一种研究的视角，作为理解传统民间文学和民俗问题的重要参照，在学术研究中发挥着日益强大的功能。"非物质文化遗产"所指称的具体对象，同"民俗"或"民间文化"具有很大的重合性。但作为一个新概念，"非遗"的出现和普及，并不仅仅意味着用一个陌生、时髦的新词取代了老

---

① 参见中国民族民间文化保护工程国家中心《中国民族民间文化保护工程普查工作手册》，文化艺术出版社 2005 年版，第 157—162 页。

的说法，更为重要的是它包含了一种在国际化的视野中反观地方或本土文化的眼光，这种眼光，使得所有相关的老传统或民间文化，都具有了"全球在地化"的丰富内涵，从而为不同事象、不同文化之间的比较和深度交流，提供了更大的可能和更加充分的前提。对于民间文学和民俗学而言，这尤其是促使学科进一步拓展到更加广阔的跨文化比较研究，进而从"民间"的角度推进人类命运共同体建设的重要基础。

第五节　问题与挑战

在过去的七十年里，中国民间文学研究以"五四"以来深嵌于其中的"民主"取向，逐渐让人文社会学界和整个社会意识到中国民族文化当中历来被忽略的一个方面，意识到"从民间的立场看"的视角的必要性和重要性。由于民间文学研究者的努力，"民俗""民间文化"和"民俗学"这些在三四十年之前还只限于个别学术话语体系中的概念，逐渐成了学术界和公共领域耳熟能详的常见词语，这为整个社会以一种全面、公正的态度理解作为民族文化重要组成部分的中下层文化，起到了进一步的引领作用。

但在不断发展的过程中，民间文学研究也表现出了诸多问题，并面临着严峻挑战。

第一，在学科定位方面，对民间文学研究作为民俗学组成部分的属性论证不清。在当下的中国，民间文学研究几乎不证自明地被划归为民俗学的分支学科。然而，尽管民间文学和其他类别的民俗文化在许多方面都具有共同特征，但与一般民俗现象的研究不同，对民间文学的研究，是在与作家文学研究的对照中发展而来的，对艺术审美属性的关注，构成了其学术属性的基础。这和关于其他民俗现象的研究主要借助或参考人类学、社会学、宗教学等学科理论方法的情况颇为不同。也就是说，民间文学研究与一般民俗研究，二者从一开始就形成了各自不同的学术品格和理论模式。因此，把民间文学研究纳入民俗学的体系，虽然从表面看似乎顺理成章，但要使二者在理论和方法上达到有机的统一，还需要研究者进行更深入的探索和论证。遗憾的是，当前的研究者，要么对这一问题没有意识，要么是有意无意地回避这个问题；即使有所论述，也是从二者在研究对象上的相似性来分析，而很少涉及理论和方法上的异同，结果非但不能使民间文学研究在民俗学系统当中获得更合理的位置，反而为学科属性带来了更大的不确定性。这大概也是导致学科目录设置不当以及目前民俗学在整个人文社会科学领域缺少地位的一个重要原因。

第二，学科资料建设的专业化与理论建构的系统化不足。相比于其他学科，这样的不足显得尤其严重。在民间文学和民俗学领域，各种民间文化知识更多地掌握在那些被当作研究对象的民众手里，而不是研究者那里。研究者只是单纯的研究者，"专家"则是那些身为研究对象主体的"生活者"或"实践者"。有的时候，研究者在"专业"方面的知识，还不如一个"生活者"。就这一点来说，在民间文学和民俗学当中很难作出"专业人士"和"非专业人士"的区分，因而也很难使这一学问彰显出其独立的学科属性。

第三，日益盛行的区域研究和个案描述，使民间文学和民俗学的知识体系日趋破碎，研究也不断走向碎片化，缺乏一般性的理论概括和范式提炼。随着民族志的个案研究成为占据主导地位的研究方法，民间文学和民俗研究的成果越来越呈现出千篇一律的面貌，即通过对某一个特定社区的具体事象的调查和描写，来为某个通行的理论观点作注脚，或者，干脆只是进行单纯的记录和描写，而不涉及任何的理论探讨。

第四，过度强调研究对象相对于精英文化的特殊性，自觉不自觉地把民俗与上层文化割裂开来。尽管钟敬文等学者曾一再强调要从整体文化的角度来理解民间文学、民间文化，民俗学的研究对象是全民族的生活文化，但在具体实践中，不少研究者往往以"敝帚自珍"的心态，强调自己的研究对象与上层文化的不同。这种倾向，同"五四"以来深深地植根于中国民俗学体系当中的"民主性""人民性"关怀有一定的关系，但如果过度强调，就会使民俗学丧失在民族文化整体系统中进行探索的力度，也丧失在人文社会科学中积极参与讨论更大问题的可能性。

第五，过度强调对以文本为中心的视角的矫正，结果导致了重视外部的语境研究而轻视内部的文本分析的倾向。

以上这些问题，有的为中国民间文学领域所独有，有的则是世界范围民间文学研究的通病。对它们的解决，将不仅有益于中国学术的进一步发展，对于国际民间文学研究，也会起到积极的推进作用。值得庆幸的是，随着中国学界国际学术交流的不断深化和本土化实践的不断增强，以及民间文学研究在学科建设方面的成果日益丰硕，中国学者的学术自信普遍得到了巨大的提振，这一切，都为民间文学工作者全面、有效地解决各种难题，奠定了扎实的基础。

第 六 章

丰富多彩的古代文学史撰著

第一节 七十年来的古代文学史
编撰概述

一般来说，文学史的主要内容包括了关于文学自身的客观历史进程，和研究者对这一历史进程的主观理解。文学史编撰的目的，则包括对文学发展进程的梳理，以及对其发展的理论性思考。

作为学科的中国文学史发端于 19 世纪末期，文学史这一概念借鉴于西方，但是中国古代文学的大量批评作品中，已经积累了丰富的史料，包含了较为成熟的文学观念，成为现代学科意义上的古代文学史观之渊薮。中华人民共和国成立七十年来中国文学史的编撰，着重于如何充分理解和利用目录学、史学、诗话等文学批评著作，以传统史料结合现代观念，由此建立起具有我国历史传承和文化特色的中国文学史传统。

文学史的首要议题是定义何为文学；其次是设立进入文学史的标准，亦即如何评价作家和作品；最后是建立编撰体例。如何断代，如何分体，是中国文学史早期必须解决的两大问题。

七十年来，文学史的成果蔚为大观。通史类的著作，往往体现出文学史观的时代性和进步性。中华人民共和国成立后，中国科学院文学研究所即致力于文学史的编撰，文学研究所组织余冠英、钱锺书和范宁等著名学者编写的我国第一部系统的古代文学史，以时代为序，重视作家和作品，于1962年由人民文学出版社出版。作为继承和呼应，文学研究所组织撰写的《中国文学通史》于1997年出版，是当时国内出版的规模最大的一部中国文学通史，其中古代文学编四册，近现代文学编三册，当代文学编三册。相对其他文学史，此套通史强调各民族、各地区文学作品的重要性，将各少数民族的发展情况详尽地写入其中，港澳台地区的文学史也列入其中。这一部十卷本的通史，后经补充新的成果，成为十二卷修订本，可谓真正的"中华文学通史"。

此外，具有巨大影响力的文学史著作，首推北京大学中文系五五级集体编写的《中国文学史》（1958）和复旦大学中文系古典文学组集体编写的《中国文学史》（1958），在批判地继承文学遗产的时代背景下，这两部文学史主要是以马克思主义思想为指导的。其后，北京大学游国恩主编的《中国文学史》（1963），复旦大学章培恒、骆玉明主编的《中国文学史》（1997），北京大学袁行霈主编的《中国文学》（1999），长期作为高校教材，拥有众多读者。

近年来，大型文学史的编撰一般是集体创作，邀请国内各大高校和研究机构的著名学者分别撰写，其优势在于集中力量，发挥长处，各自负责自己擅长的学术领域。不足之处在于章节之间容易失衡，考验主编的统筹能力。个人撰写的文学通史则能通过选取合适的角度，避免集体创作的一些弊端，展现个人对于文学史发展的全面理解。杨义的《重绘中国文学地图》（2003），提出了二纲三目四境的研究宗旨，在一种大文学观的前提下，对重绘中国文学地图与中国文学的民族学、地理学、文化学、图志学的关系作了系统的梳理。

个人撰写的断代文学史，往往更具广度和深度，反映出文学研究的进展，代表着当时该段文学研究的最高水平。重要著作如杨公骥的《中国文学》（第一册，1957）基本划定了先秦文学的研究范围；徐公持的《魏晋文学史》（1999）和曹道衡、沈玉成的《南北朝文学史》（1991）达到了魏晋南北朝文学研究的新高度；罗宗强、郝世峰的《隋唐五代文学史》（1992）和乔象钟、陈铁民、吴庚舜、董乃斌的《唐代文学史》（1995）提升了唐代文学史的专业性和学术性；程千帆、吴新雷的《两宋文学史》（1991），徐朔方、孙秋克的《明代文学史》（2006），均体现出作者的文学理解和文学史观。

文学史的编撰成就，概而言之，体现在史料的发掘和史观的建立两个方面。文学史料的发掘，从某种意义上说决定了文学研究和文学史撰写的水准。文学史的进步，与别集、资料汇编、编年史等文献整理成果密不可分。在文学史观念上，可以说，七十年来，一个新的文学史编撰范式已经建立起来。首先，文学史与政治、思想和历史密不可分，文学史评价体系的科学性日益增强。其次，凸显中国文学的特质。古代文学术语庞杂，现代文学史则做了提纯的工作，在将文学性提炼出来的同时，保持了鲜明的中国文学特色。再次，吸收西方文学史和文学批评的观念，将戏曲、小说及俗文学等传统学术中不受重视的部分纳入文学史之中。最后，文学史的编撰不仅是一种历史构建，更是致力于在历史的脉络中探索文学的规律。

第二节　七十年来的古代韵文史撰著

韵文史，主要指古代文学中诗、词、散曲等文体的专门史。韵文是古代文学中作品最多、成就最高的文体，一向最受史家瞩目。20 世纪初曾出版有多部叙述韵文整体发展的韵文通史，但诸家著述中对"韵文"的定义各有不同。中华人民共和国成立后，韵文史的编撰主要以单一文体的分体史为主，如诗歌通史；随着研究的逐步深入，又可再细分为分体的专题史和断代史，如乐府史、唐代诗歌史等。七十年来，以诗、词、曲为主的韵文史编撰在范式和架构上

不断展开新的探索，在时代、作家和作品的横切面中展现出历史的
线索。

诗史的编撰，在丰富的诗歌总集、别集、诗话、年谱等文献资
料的基础上不断突破。中国诗史源远流长，作家作品众多，通史往
往难以概括全面，反而容易流于粗疏。新近的诗史著作，绝大部分
是断代史和专题史。葛晓音的《八代诗史》（1989）是诗歌研究转
型的开端之作，具有开创性和示范性的意义。作者截取了从汉至隋
的八个朝代，以时代为序，以问题为纲，交织成八代诗歌发展的图
景和规律。王钟陵的《中国中古诗歌史》（1988）接续其后，为诗
歌史编撰建立了新的理论体系，构建了科学的逻辑结构。此外，通
史的代表作有张松如的《中国诗歌史论》（1985）；断代史方面，重
要成果包括马银琴的《两周诗史》（2006）、许总的《唐诗史》
（1994）、《宋诗史》（1992）、史仲文的《大唐诗史》（2005）、张晶
的《辽金诗史》（1994）、杨镰的《元诗史》（2003）、霍有明的
《清代诗歌发展史》（1993）、朱则杰的《清诗史》（2000）、严迪昌
的《清诗史》（2002）、孙雄的《道咸同光四朝诗史》（2013）。不难
看出，清诗是近年来学界关注的一大热点。蒋寅的《清代诗学史》
（2012）目前出版了第一卷，包括讨论清代诗学文化性格和历史特征
的导言以及论述顺治、康熙、雍正三朝诗学的六章正文，俟全书完
成，必将极大推进对清代诗学的整体认识。专题史方面，则有李文
初的《中国山水诗史》（1991）、王玫的《六朝山水诗史》（1996）、
陶文鹏和韦凤娟主编的《灵境诗心：中国古代山水诗史》（2004）、
任文京的《中国古代边塞诗史》（2010）、杨生枝的《乐府诗史》
（1985）、胡旭的《悼亡诗史》（2010）、韦春喜的《宋前咏史诗史》
（2010）等。

词史的编撰，词非小道的观念，自清词中兴，至胡云翼、吴梅
的词史著作，得以逐步巩固。中华人民共和国成立前三十年词史研
究较为薄弱，进入 20 世纪 80 年代之后则得到了极大振兴，建立了
新的词学史观和多元化的研究格局。严迪昌的《清词史》（2001）

是清词领域的第一部词史著作，依托于《全清词》的整体性摸查和著录，对清词作了全景式的梳理和考述，具有开拓意义。通史类的词史，主要有黄拔荆的《词史》（1989）、许宗元的《中国词史》（2009）和谢桃坊的《中国词学史》（2002）。词的创作，在历史上有着鲜明的兴盛期和衰落期。所以在断代史上也以唐宋为主，主要成果有杨海明的《唐宋词史》（1998），陶尔夫等的《北宋词史》（2005）、《南宋词史》（1992），以及基于考订、还原明词历史发展进程的张仲谋的《明词史》（2002）。此外，王兆鹏的《宋南渡词人群体研究》（1992）、刘扬忠的《唐宋词流派史》（2007）、张宏生的《清代词学的建构》（1999），虽然并非全景式的词史著作，但是展现出作者对词体在各阶段发展的理论认识。邓红梅的《女性词史》（1999）则是词史著作中一部重要作品，此书不仅为女性词作者垂名，更为女性词学研究设立了一个学术坐标。

曲史的编撰，在韵文史中属于较为冷落的。无论在数量还是质量上，曲的创作都无法与诗词比肩，在研究中也长期处于较为冷僻的境地。目前出版的曲史多为通史类的著作，李昌集的《中国古代散曲史》（2007）是最为重要的散曲史著作，构建了散曲发展的基本体系，对散曲的渊源、体制、特征和风格均有详细论述。此外，重要的成果还有梁扬的《中国散曲史》（1995）、赵义山的《明清散曲史》（2007）、王星琦的《元明散曲史论》（1999）等。

总体而言，七十年来韵文史撰著所取得的重大成就有以下几点：第一，开拓了诗、词、曲的研究领域，明清词、散曲等过去文学史未曾或者较少涉及的内容，均已得到初步的发掘，打破了以往"一代有一代之文学"的刻板印象；第二，在七十年来文献整理丰硕成果的基础上，韵文史得以对著名作家、作品作出重新审视和评价，并让更多的作家和作品登上文学史的舞台；第三，对诗、词、曲的文体性质和文学特性有了更为深入的剖析；第四，通过对研究方法、叙事模式、历史架构的反思和革新，韵文史的编撰，不断探索新的视角、新的观点和新的理论框架，以寻求文学史类著作更高的学术价值。

第三节　七十年来的古代散文史撰著

中国古代的"散文"概念，不同于现代文学意义上的审美散文，而是涵括了卜辞、铭文、传记、碑志、书信、札记、诏令、奏议、政论、史论、八股文等所有应用性、议论性的文章。中华人民共和国成立七十年来，为数众多、不同类型的古代散文史著作，为全面、立体、多维、深入呈现中国古代文学的面貌作出了巨大的贡献。

一　七十年来的古代散文史代表著作

广义的中国古代散文史类型，若按照时间跨度来分，包括各种散文通史和断代史；若按照文体来分，则较为复杂，常见的包括骈文史、辞赋史、传记文学史、序跋文学史、山水游记史等多种类型；二者之间也存在逻辑上的交集，比如汉赋史、六朝骈文史、古今骈文通史、中国古代序跋史等。

民国时期，陈柱的《中国散文史》（1937）为后世散文通史的写作思想、体例树立了典范。该书以散文本身的不同发展阶段作为时代区分的依据，把骈文、古文、八股文之间的互动、区别、嬗变关系作为考察视角；对于重要作家、经典作品的解读，则依据其对散文发展主脉与历史的影响强弱，采取不同的论述方式。中华人民共和国成立以来，这部书多次被再版或重印，足以说明其对于古代散文研究以及文学史写作的突出影响。

中华人民共和国成立七十年来，代表性的通史式散文史著作，有郭预衡的《中国散文史》（2011）、《中国散文史长编》（2008），谭家健的《中国古代散文史稿》（2006）、《中国散文史纲要》（2011），李修生、赵义山的《中国分体文学史·散文卷》（2001），郭预衡、郭英德总主编的《中国散文通史》（2013），漆绪邦主编的《中国散文通史》（2014），以及熊礼汇的《中国古代散文艺术史论》

（2005），马茂军、刘春霞、刘涛的《中国古代散文思想史》（2011），陈晓芬的《中国古典散文理论史》（2011），陈兴芜、傅德岷的《中国古代散文流变史稿》（2013），张恩普、任彦智、马晓红的《中国散文理论批评史论》（2015）等。此外，还有广义"散文"概念下具体文体、文类的散文通史，如姜书阁的《骈文史论》（1986）、谭家健的《中华古今骈文通史》（2018）、马积高的《赋史》（1987）、许结的《中国辞赋理论通史》（2016）、陈兰村的《中国传记文学发展史》（2012）、石建初的《中国古代序跋史论》（2008）等。各种断代散文史，包括谭家健的《先秦散文艺术新探》（2007年增订本）和《六朝文章新论》（2002）、程章灿的《魏晋南北朝赋史》（2001）、钟涛的《六朝骈文形式及其文化意蕴》（1997）、祝尚书的《北宋古文运动发展史》（2012）、杨旭辉的《清代骈文史》（2014）等。

二　七十年来的古代散文史撰著成就

中华人民共和国成立以来，中国古代散文史的写作在叙述的广度和考察的深度上都实现了有力的开拓。从大的方面来说，其成就包括如下方面。

第一，中国古代散文史书写与研究的范围越来越广阔，任何朝代、时期出现过的各种散文文类几乎都已成为文学史家研究、关注的对象。以辞赋史为例，除汉赋、魏晋南北朝赋等传统热点内容外，近年来宋赋、金元赋也得到了较为完整的历史考察。以骈文史为例，谭家健的《中华古今骈文通史》对辽金元明这一"低潮期"的骈文也作了全面梳理。郭预衡、郭英德的《中国散文通史》对于以往研究较为薄弱的隋唐五代、辽金元、明代的论辩文、奏议文、书信文、杂记文等各种文类的作品都作了专题论述。应该说，七十年来的中国古代散文史写作与研究，已经具备了充分的广阔度和基本的精细度。

第二，文学史家对中国古代散文的文体含义和发展脉络有了逐渐明确、深刻的认识，文学本位、文体本位的意识越发清晰、鲜明。越来越多的中国古代散文史著作，都不是以历史朝代的兴衰更替为单一线索展开叙述，而是充分考虑到了散文本身的发展阶段和沿革规律。谭家健的《中华古今骈文通史》在其"导论"中对骈文的名称、文类、文化内涵、基本特征作了明晰、充分的界定和解析之后，分别以"孕育与萌生""形成""鼎盛""盛极而渐变""新变与延续""低潮""'中兴'与衰落"这些核心要素，展开历史书写的基本脉络。杨旭辉的《清代骈文史》则把握住了清代骈文"初兴""鼎兴""融合碰撞"这三个基本阶段，分不同的专题展开有针对性的论述。郭预衡、郭英德的《中国散文通史》每卷均遵循"按类结构"的原则，"大致以论说文、记叙文、抒情文等若干文类为序"，完全打破了以时期为线索的单一叙述；对于元代散文，则依据作者所处时代、地缘、学缘与历史影响的不同，分别在"宋金元卷"和"明代卷"的"金元"与"元明之际"章节下各自展开。应该说，这一古代散文史写作的新面貌，得益于文学史家对古代散文文本研究的不断深入和文体研究的日益成熟。

　　第三，中国古代散文史的写作与研究体现了越来越完整、清晰的理论建构与反思意识。散文史本身是文化史的重要组成部分，其价值与意义绝不可能仅仅体现在对历史现象的描述上，而在于其烛照历史的反思视角和执果索因的规律总结。以近年问世的通史著作为例，郭预衡、郭英德的《中国散文通史》明确了"以时分卷，按类结构，依人展开"的撰写体例，以"类从"的叙述方法着力展现中国历代散文文体的文学性特征；谭家健的《中华古今骈文通史》则突出了中华文化观念的叙述视角。21 世纪以来，学界对于散文史写作的规律与得失，也进行了越来越全面、深入的总结。董乃斌、陈伯海、刘扬忠主编的《中国文学史学史》（2003）、宁俊红的《20世纪中国古代文学研究史·散文卷》（2006）、阮忠的《中国古代散文史撰述研究》（2012）都对 20 世纪以来的散文史写作情况作了全面回顾，体现了敏锐精到的方法论意识和学术史意识。

在中国古代的文化语境中，散文既具有充分的艺术性，也具有丰富的知识性与广博的实用性。文学史家要具有扎实的知识储备，清晰的理论头脑，善于运用新材料，借鉴新方法，才能得出有价值的新观点，将中国古代散文史研究与写作的水平推上新的高度。

第四节　七十年来的古代小说史撰著

以改革开放为界，七十年来的古代小说史撰著可以明显分为前后两个阶段。

改革开放之前，由于特定的社会、政治原因，小说史撰著基本陷于停滞，仅有的两部小说通史均为集体著述：北京大学中文系师生与北京第一机床厂工人合作编写的《中国小说史》（1973）、南开大学中文系师生与天津碱厂工人合作编写的《中国小说史简编》（1979）。这两部小说通史的突出特点是"政治挂帅"，以文学的人民性、阶级性和现实性作为衡量文学创作和学术研究的标准。当然，这不仅仅是古代小说研究的问题，也是整个古代文学研究的问题。

改革开放以来，随着小说史研究回归学术本位，小说史著述也取得了丰硕成果，主要体现在以下几个方面。

第一，出现了多种通史著述，如谈凤梁的《中国古代小说简史》（1988）、杨子坚的《新编中国古代小说史》（1990）、齐裕焜的《中国古代小说演变史》（1990）、徐君慧的《中国小说史》（1991）、李悔吾的《中国小说史漫稿》（1992）、张稔穰主编的《中国分体文学史·小说卷》（1995）、王恒展的《中国小说发展史概论》（1996）、李剑国和陈洪主编的《中国小说通史》（2007）等。总体而言，这些通史著作都可以说是对鲁迅的开创之作《中国小说史略》（1923）的补充和深化。齐裕焜的《中国古代小说演变史》以类型为中心，重视小说发展演变的内在脉络，以及不同类型小说之间的相互影响、促进、借鉴与融合。王恒展的《中国小说发展史概论》重新梳理

"小说"概念内涵,强调叙事和虚构性,还引入"雅""俗"范畴,探讨小说史的特质。李剑国、陈洪的《中国小说通史》分先唐、唐宋元、明代、清代四卷,早期的文言小说部分侧重文献考据与脉络追索,明清白话小说部分侧重文本阐释,是迄今为止篇幅最大的小说通史著作,反映了最新的学术成果。

第二,出现了众多的断代史著述。如王枝忠的《汉魏六朝小说史》(1988)、侯忠义的《隋唐五代小说史》(1988)、萧相恺的《宋元小说史》(1988)、张兵的《宋辽金元小说史》(2001)、齐裕焜的《明代小说史》(1988)、张俊的《清代小说史》(1988)、欧阳健的《晚清小说史》(1988)。这些断代史的共同特点是体例严谨、资料详备、论述周详,在资料辑录和文本阐释两个方面都具有一定的学术水准。断代史著述中,影响最大的或许是陈大康的《明代小说史》(2000),该书突破了传统小说史研究以作家、作品为主的藩篱,而是把与小说创作有关的诸种因素视作一个多元互动的有机整体,构建了一个"明清小说在作者、书坊主、评论者、读者以及统治阶级的文化政策这五者共同作用下发展"的研究模型,出版传播研究、接受研究开始进入小说史研究视野。

第三,出现了活跃的题材史、文体史著述。题材史方面,有欧阳健的《中国神怪小说通史》(1997)、王海林的《中国武侠小说史略》(1988)、向楷的《世情小说史》(1998)、林辰的《神怪小说史》(1998)、曹亦冰的《侠义公案小说史》(1998)、欧阳健的《历史小说史》(2003)、苗怀明的《中国古代公案小说史论》(2005)、苏建新的《中国才子佳人小说演变史》(2006)等。文体史方面,有胡士莹的《话本小说概论》(1980)、程毅中的《宋元话本》(1980)、吴志达的《唐人传奇》(1981)、李剑国的《唐前志怪小说史》(1984)、李宗为的《唐人传奇》(1985)、欧阳代发的《话本小说史》(1997)、苗壮的《笔记小说史》(1998)、薛洪勣的《传奇小说史》(1998)、陈美林等的《章回小说史》(1998)、萧欣桥等的《话本小说史》(2003)、刘勇强的《话本小说叙论》(2015)等。胡士莹的《话本小说概论》具有学术上的典范意义，在史料的钩稽与考证方面最见功力，澄清了话本小说发展演变史上的不少问题。李剑国的《唐前志怪小说史》（1984 年初版，2005 年修订）按题材内容把志怪小说分为地理博物体、杂史杂传体和杂记体三种类型，注重文献的考订辨析，资料丰富，源流清晰，是文言小说研究的重要成果。董乃斌的《中国古典小说的文体独立》（1994）认为中国古代小说的文体独立是在唐传奇中实现的，唐传奇的叙事方式具备并充分显示了小说文体的基本规范，唐以后的小说戏曲作品都可以看到唐传奇叙事方式的深远影响。相较于以唐传奇为中心的董著，石昌渝的《中国小说源流论》（1994 年初版，2014 年修订）则是对小说文体发生演变过程的系统分析和总结，该书立足于文体学和叙事学，正本清源，在辨析"小说"概念的基础上，对诸多文体的性质及其与小说的关系，作出了令人信服的独创性论断。

回顾七十年的古代小说史著述，既有鸟瞰式的通史，又有深入细化的断代史、类别史。小说史著述，是小说研究成果的阶段性体现。随着学术研究的推进，随着时代的变化，"重写文学史"是一个永恒的话题，小说史撰著也不例外。

第五节　七十年来的古代戏曲史撰著

1956 年 6 月，随着全国戏曲剧目工作会议第一次会议的召开和中国戏曲家协会组织的《琵琶记》大讨论，中华人民共和国古代戏曲研究呈现出热闹繁荣的景象。至 20 世纪 80 年代，以《中国戏曲志》（1983）、《中国戏曲音乐集成》（1985）等大型项目的陆续启动为标志，戏曲研究逐步复兴。中华人民共和国成立七十年来，戏曲研究在史论研究、文献发掘整理、音乐声腔、泛戏剧研究等方面取得了显著成绩，从中可以看出戏曲研究既包括极为多样化的研究内容，也具有多种路径和方向。厘清戏曲起源、形成和发展的历史轨迹是戏曲史的主要任务，根据叙述范畴的差异，大致可分成以下四类。

第一是各具特色的戏曲通史。学术界通常以王国维的《宋元戏曲史》（1915）为现代形态的戏曲研究的滥觞，但20世纪50年代以来，与王国维开创的以治经治史方法、专注史实考证和以文学批评为中心的文学性研究不同，以表演、剧场等为对象的演剧性研究逐渐引起学者的重视。尤其以周贻白为代表，其陆续出版的《中国戏剧史》（1953）、《中国戏剧史讲座》（1958）、《中国戏剧史长编》（1960）、《中国戏剧发展史纲要》（1979）等著作规模宏大，合"案头"与"场上"为一，联系舞台演出来讲戏曲发展是其鲜明的学术特点。张庚、郭汉城主编的《中国戏曲通史》（1980）踵武其后，强调戏曲作为一门综合性艺术，对各个时代戏曲的舞台艺术予以特别关注。唐文标的《中国古代戏剧史》（1985）、许金榜的《中国戏曲文学史》（1994）、李万钧的《中国古今戏剧史》（1997）等著作迭出。廖奔、刘彦君合著的《中国戏曲发展史》（2000）则将戏曲文学、戏曲理论、舞台演出、艺人戏班、声腔音乐等都纳入研究范畴，是一部具有综合性、总结性的重要著作。李修生和赵义山主编的《中国分体文学史·戏曲卷》（2001）、傅谨的《中国戏剧史》（2014）、郑传寅主编的《中国戏曲史》（2017）三部高校教材各有侧重，特别是后者，被列入"马克思主义理论研究和建设工程重点教材"，为戏曲史写作提供了新格局，其中的许多章节代表了戏曲研究的最新进展。

第二是成果丰硕的断代史。赵兴勤的《中国早期戏曲生成史论》（2015）以先秦至南宋为研究时限，对早期戏曲的发展与形成进行立体的、多方位的观照。薛瑞兆的《宋金戏剧史稿》（2005）围绕宋杂剧、南戏、金院本的生成进行论述。徐宏图的《南宋戏曲史》（2008）认为南宋时期是中国戏曲的生成期，孕育了宋杂剧、南戏、傀儡戏、影戏等多种形式的戏曲。金宁芬的《明代戏曲史》（2007）梳理了明代戏曲发展变化的轨迹，论述了明代戏曲的时代特征和艺术特色。周妙中的《清代戏曲史》（1987）以作家为纲，较为全面地介绍了清代戏曲发展情况，兼及地方戏和少数民族戏曲。秦华生、刘文峰主编的《清代戏曲发展史》（2006）分传奇杂剧、宫廷戏剧、戏曲理论与批评、花部地方戏四编，是一部较为完整、系统的清代戏曲断代史。王汉民、刘奇玉的《清代戏曲史编年》（2008）以编年形式排列清代戏曲史料，便于检索。么书仪的《晚清戏曲的变革》（2006）主要从宫廷演剧、民间演剧与戏曲演出生态等方面讨论晚清戏曲的变革历程。

第三是南戏、杂剧、传奇的专门史。南戏方面，钱南扬的《戏文概论》（1981）具有开创之功，首次系统对南戏的源流、剧本、内容、形式、演唱等进行全面论述。刘念兹的《南戏新证》（1986）重视对南戏遗存的田野调查，利用田野资料对南戏发展流变进行了深入研究，是一部研究南戏的力作。此后，金宁芬的《南戏研究变迁》（1992）、俞为民的《南戏通论》（2008）都是南戏史研究的重要成果，特别是后者可以视为带有总结性的南戏研究专著。

杂剧特别是元杂剧历来是戏曲研究的热点，杂剧史相关著作多见，如胡忌的《宋金杂剧考》（1957）、李春祥的《元杂剧史稿》（1989）、季国平的《元杂剧发展史》（1993）、李修生的《元杂剧史》（1996）、曾永义的《明杂剧概论》（1979）、徐子方的《明杂剧史》（2003）、杜桂萍的《清代杂剧研究》（2005）、刘晓明的《杂剧形成史》（2007）等。其中以曾永义的《明杂剧概论》最具影响力，其对明杂剧初期、中期、后期发展脉络的系统梳理，尤为学界所重视。

传奇史有郭英德的《明清传奇史》（1999），该书对明清传奇的兴起、风行、繁盛到衰微的过程分编叙述，并对明清传奇的艺术特点以及对后世的影响等都作了阐释，是迄今为止篇幅最大也是最具影响的传奇通史著作。此外，程华平的《明清传奇编年史稿》（2008）以编年史的形式展示明清传奇的发展脉络和实际情况。

第四是百花齐放的剧种史。自20世纪40年代"地方戏"概念的提出，各地的戏曲种类普遍受到关注，到50年代国家在全国开展剧团调查登记，使"剧种"迅速成为戏曲界和学术界普遍接受的戏曲分类学范畴，一直沿用至今。剧种史写作随之逐渐形成以昆曲、京剧研究为前导，各剧种史论研究相继展开的格局。昆曲史有陆萼庭的《昆剧演出史稿》（1980）、顾笃璜的《昆剧史补论》（1987）、胡忌和刘致中的《昆剧发展史》（1989）、吴新雷的《昆曲史考论》（2015）等。京剧史有马少波等主编的《中国京剧史》（1990—1999）、王芷章的《中国京剧编年史》（2003）。昆曲史、京剧史之外，值得注意的剧种史著述，有吴捷秋的《梨园戏艺术史论》（1996）、应志良的《中国越剧发展史》（2002）、郑尚宪和王评章主编的《莆仙戏史论》（2006）、王文章主编的《中国少数民族戏曲剧种发展史》（2007）、余勇的《明清时期粤剧的起源、形成和发展》（2009）、刘志群的《中国藏戏史》（2009）、流沙的《清代梆子乱弹皮黄考》（2014）、章军华的《中国傩戏史》（2014）、叶明生的《中国傀儡戏史》（2017）等。

第六节　七十年来的古代文学批评史撰著

在文学史的谱系中，文学批评史是一个重要且特殊的组成部分。从其重要性来说，文学批评的话语既是文学史脉络、格局得以形成的基石，也是评价、研究文学史的基础素材。从其特殊性来说，文学批评史记载的不是作者创作的历史，而是读者阅读、评价作品，进行文学研究，形成文学理论的历史，从而和一般意义上的文学史有内容上的区别。文学批评史也可以称作文论史、文学接受史、文学研究史等，对它的研究也属于文学史研究和文艺理论研究、思想史或学术史研究的交集地带。中华人民共和国成立后，随着时代的变革和思想意识的更新，中国古代文学批评史的书写与研究开创了崭新的局面，取得了丰硕的成果。

一　七十年来的古代文学批评史代表著作

民国时期，我国学者即已开始了总结、写作中国古代文学批评史的探索和实践。陈钟凡、郭绍虞、罗根泽都以"中国文学批评史"为书名，在充分搜集、整理中国古代文论资料的基础上，以清晰的问题意识勾勒了中国古代文学批评的大致脉络。与之类似的还有朱东润的《中国文学批评史大纲》等。中华人民共和国成立以后，上述著作都被多次再版、重印。

七十年来，随着我国学科建设体系的日益完善，中国古代文学批评史的写作在数量与深度上都有了大幅度的拓展，以"文学批评史"或"文学理论批评史"命名的通史式著作至今已有四十余部。其中影响较大的，包括周勋初的《中国文学批评小史》（1981），敏泽的《中国文学理论批评史》（1981），蔡钟翔、黄保真、成复旺的《中国文学理论史》（1987），张少康的《中国文学理论批评发展史》（1995），王运熙、顾易生的《中国文学批评通史》（1989—1996），等等。另外，有些通史式著作虽然命名与研究方法与惯常的批评史有别，但其研究素材与解决的问题也属于批评史的范畴，如郭英德、谢思炜、尚学峰、于翠玲的《中国古典文学研究史》（1995），尚学峰、过常宝、郭英德的《中国古典文学接受史》（2000），邓新华的《中国古代接受诗学史》（2012），等等。

此外，近年来还产生了更多针对古代某一文体、某一作家或作品的通史或断代式批评史著作，如方智范的《中国词学批评史》（1994）、许结的《中国赋学历史与批评》（2001）、陈洪的《中国小说理论史》（2005）、吴中胜的《杜甫批评史研究》（2012）、蒋寅的《清代诗学史》（2012）、孙克强的《唐宋词学批评史论》（2017）、王辉斌的《中国乐府诗批评史》（2017）等，再如小说研究领域对所谓"红学"的各种回顾和反思，都可列入文学批评史的范畴。这些著作或更加充分、细致地揭示了某一时期、某一文类的批评场域的全貌，或更加全面、客观地梳理了某类别文学作品被阅读、接受、评价的动态脉络，从而对文学批评史的写作与研究有了更加广阔、更加纵深的开拓与推进。

二　七十年来的古代文学批评史撰著成就

七十年来，学界对中国古代文艺批评的研究持续深入，中国古代文学批评史的写作取得了丰富、显著的成就。这些成就可总体概括为如下方面。

第一，中国古代文学批评史研究所涉及的范围已相当广阔，并在相当多的方面有了纵深发展。中国古代文学批评的基本面貌和总体发展脉络已经得到了颇为全面、清晰的勾勒和剖析。近年许多新的文学批评史著作，叙述方式已经突破了单一以时代为线索的传统线性模式，而体现了更加突出、明确的问题意识。例如张毅的《唐诗接受史》（2012），从范式选择、律绝"活法"、表彰"唐音"、把握"正声"和格调，以及诗学理论总结、整理注释与普及等多角度，来展现后人阅读、品鉴、模拟唐诗的历史；孙克强的《清代词学批评史论》（2008）则通过南北宋之争、雅俗之辨、诗词之辨、正变论、范畴论、词学与禅学、词论与画论、流派论等各章内容，专题阐释了清代词学批评中的若干热点问题。各个时代、各个国别的文学批评发展历程，都伴随着对重要问题的发现、讨论和争鸣。文学批评史是问题的历史，本身即具有鲜明的问题属性。对文学批评史研究的不断深入，说明研究者发现问题的敏锐度和解决问题的成熟度在日益加强。

第二，中国古代文学批评史研究的深入发展，基于研究者扎实、深厚的古典文献学功底，也对中国古代文学史的研究形成了重要的促进和推动。文学批评史研究的拓展，往往意味着学界对于某一领域的批评文献有了新的发现和整理。例如，孙克强的《清代词学批评史论》在其书末"附录"中，对清代佚失词话和论词绝句组诗都作了详尽的辑考和胪列；陈伟文的《清代前中期黄庭坚接受史研究》（2012）对清代前中期刊刻的七种黄庭坚别集进行了逐一考释。我们有理由相信，随着《全宋笔记》《宋诗话全编》《明诗话全编》《清诗话三编》等重要文献的集成以及《历代文话》《历代文话续编》《稀见明人文话二十种》《历代赋学文献辑刊》等一系列散文研究文献的整理完毕，未来一定还会有更多高质量的古代文学批评史著作问世。

第三，中国古代文学批评史写作与研究的不断成熟，对古代文学研究者的学术规范意识和研究思维起到了重要的培养功效。民国时期直至中华人民共和国成立初期，陈钟凡、郭绍虞、罗根泽等人写作的几部文学批评史著作，即具有明确的教材属性；新时期张少康等人写作的文学理论批评史，也"既为专著，亦为教材"。应该说，如果没有系统接受过文学批评史的训练，没有充分阅读过文学批评史的经典著作，研究者很难形成严谨的学术意识和规范的研究方法。

文学批评史研究既可以专门指称针对所谓古代诗话、文话、评点等所谓"古代文论"的研究，同时古往今来针对所有作家、作品或文体的专题研究，都可以被纳入批评史的范畴。甚至可以说，我们今天对文学史和作家作品的写作和研究，都属于文学批评的一部分，也都有可能被后人写入新的文学批评史。古代文学研究若要取得更大的突破，则必须对文学批评史的研究有更高的重视和更有力的推进。

第 七 章

七十年来古代文学
研究的热点问题

中华人民共和国成立以来七十年的古代文学研究，取得了辉煌成就，也出现了许多热点问题，引起大家广泛的关注和讨论。这些热点不仅反映了各个时期的学术特色、研究趋势、理论方法，也反映了学术思想的演进和学术范式的变化，其背后则是七十年来中国社会文化的变迁，这是促成热点形成和变化的深层原因。总的来看，七十年来的古代文学研究热点，可以分为三个阶段来讨论：中华人民共和国成立至改革开放前（1949—1977）、改革开放以来至20世纪末（1978—1999）、21世纪以来至今（2000—2019）。我们将在历史还原和事实梳理的基础上，厘清热点和争论产生的原因、经过和结果，并努力探讨其社会政治背景、历史文化渊源，以使读者对这些问题有一个全面的了解和把握。

第一节　中华人民共和国成立至改革
开放前（1949—1977）的
古代文学热点问题

中华人民共和国的成立，既标志着现代学术向当代学术的转型，也标志着古代文学研究领域确立马克思主义理论的指导地位，表现在学术研究中就是强调经济基础、生产关系对文学艺术的决定性作用，强调作家创作中的"人民性"问题。在古代文学研究的热点讨论中，政治因素产生了很大的影响，1954年关于《红楼梦》的讨论由具体的红学研究而涉及对俞平伯、胡适等学者的批判，就是一个突出的例子。除此之外，在古代文学领域还有很多讨论和争鸣，例如关于文学遗产继承问题的讨论、关于古典文学中爱国主义问题的讨论、关于"中间作品"问题和古代作品社会意义问题的讨论等。篇幅所限，不可能对所有讨论和争鸣问题一一梳理，仅对其中几个比较重要者稍作梳理。

关于古代文学发展中现实主义与浪漫主义问题的讨论。现实主义和浪漫主义早在20世纪20年代就被引入中国，只是在30年代以前，"现实主义"一般被称作"写实派"或"写实主义"，浪漫主义则被称作"理想派"。30年代，苏联文学中的相关概念被引入中国，称作"社会主义现实主义"。中华人民共和国成立以来，受苏联文艺理论的影响，我国在文学创作和文学研究领域关于现实主义、浪漫主义的讨论持续数十年之久。这一讨论和争鸣在古典文学研究领域同样有广泛而深入的表现。1952年第14期《文艺报》发表冯雪峰《中国文学中从古典现实主义到无产阶级现实主义发展的一个轮廓》，1956—1959年，刘大杰先后发表《中国古典文学中的现实主义问题》《中国古典文学史现实主义的形成问题》《关于现实主义问题》等文章①，姚雪垠发表《现实主义讨论中的一点质疑》。伴随讨论与争鸣的逐渐深入，又有廖仲安、何其芳、张炯、张碧波等发表了一系列文章参与讨论。由于对现实主义概念理解的歧义，大家对古代文学中现实主义的起源、发展阶段的认识也不尽相同。刘大杰认为，现实性和现实意义并不等同于现实主义。运用"现实主义与反现实

---

① 分别见《文艺报》1958年第22期、《光明日报》1959年4月19日和1959年8月9日。

主义"这个公式来概括中国三千年文学史，并不能实事求是地说明问题。中国的现实主义在唐代杜甫、白居易时才发展成熟。廖仲安等则以为，不能机械地套用欧洲的概念，把人物形象当作衡量古代诗歌的标准。中国现实主义文学从《诗经》开始，《孔雀东南飞》《悲愤诗》及汉乐府的部分民歌与杜甫的名篇相比没什么不同。1958年《文艺报》第1期发表的茅盾《夜读偶记》（后出版单行本），认为中国文学史上存在现实主义与反现实主义的斗争。何其芳则不认同茅盾的观点，以为现实主义和反现实主义的斗争并非贯穿整个文学史。比如很难确认《诗经》里的现实主义和反现实主义是否有斗争，韩愈提倡的古文运动是文学体裁和文学语言的改革运动，并不等于现实主义和反现实主义的斗争。关于浪漫主义，何其芳认为，不能把积极浪漫主义列入现实主义范畴。刘大杰认为，从《楚辞》到李白，现实主义在民歌中成长，而诗人中的代表作家，则几乎全是浪漫主义的。廖仲安则不以为然，以为汉乐府诗中有现实主义因素，直接继承汉乐府的建安诗不能归类到浪漫主义。1958年毛泽东提出了革命的现实主义与革命的浪漫主义相结合的创作方法。于是学术界又开展了现实主义与浪漫主义相结合问题的讨论。茅盾、胡经之、蒋和森、梁超然、冯其庸等各有论文参与讨论。关于这些问题的讨论与争鸣一直持续到改革开放以后，如1980年敏泽发表的《关于古典文学中的现实主义问题》，对于此前的相关论证进行了比较全面的总结。

　　20世纪50年代以来关于李煜词的讨论也很值得回顾和总结。1955年8月28日《光明日报·文学遗产》发表陈培治的《对詹安泰先生关于李煜的〈虞美人〉看法的意见》，同期并有詹安泰的答复。由此揭开了关于李煜词的争鸣与讨论。参与讨论者包括谭丕模、游国恩、邓魁英、聂石樵、毛星、许可等。讨论主要围绕三个问题展开：对李煜其人和南唐社会的评价问题、对李煜爱情词之描写和人民性问题、李煜后期词与爱国主义问题。关于第一个问题，浦江清认为，南唐繁荣是统治者对人民让步的结果。吴组缃认为，江南人民爱南唐政权是可以理解的，因为宋对南唐的兼并，是落后势力征服了进步势力。陈赓平、邓魁英、聂石樵等则认为李煜是历史上最荒淫的君主之一，对李煜的政治生涯持否定态度。关于李煜前期爱情词的评价，吴颖认为，尽管有某些消极因素，但总的来说与统治阶级腐朽没落的思想感情是有所区别的，是通向人民的思想感情的。吴组缃也认为李煜不像一般封建帝王那样蔑视女性，对男女关系还是严肃的。但也有学者认为，李煜前期词表现了其豪华和淫靡的宫廷生活和空虚无聊的思想境界，与人民是绝缘的。陆侃如、冯沅君的《中国文学史稿》以为李煜作为剥削阶级的代表，暴露了这个阶级的腐朽与无能。邓魁英、聂石樵等人的文章持近似的观点。关于这次讨论的主要论文，《文学遗产》编辑部将其结集为《李煜词讨论集》，由作家出版社1957年出版。

关于陶渊明的讨论是20世纪50年代末60年代初古代文学研究领域的一大热点，"讨论缘起于1958年北京大学中文系1955级学生集体编写的《中国文学史》对陶渊明的评价，该书以现实主义与反现实主义的斗争为主线来描述中国文学史，把陶渊明划入到'反现实主义'的行列"[1]。这一评价在北京师范大学中文系二年级学生参与教学改革的课程讨论上引起广泛讨论，并逐渐波及全国。1958年12月21日，《光明日报·文学遗产》第240期发表第一批讨论文章，有北京师范大学中文系二年级二班第一组学生的《陶渊明基本上是反现实主义的诗人》、郭预衡的《陶渊明评价的几个问题》、北京师范大学中文系二年级学生的《关于陶渊明评价问题的讨论——综合报道》等。自此到1960年3月底，《文学遗产》编辑部共收到有关陶渊明的文章二百五十一篇，共计一百二十四万多字，不同观点的文章得到了充分交锋。关于陶渊明是现实主义还是反现实主义的诗人，除了少数文章否定外，绝大多数文章是持肯定态度的。

---

① 梅新林、曾礼军、慈波等：《当代中国古代文学研究（1949—2009）》，中国社会科学出版社2013年版，第141页。

1961 年 5 月，《文学遗产》编辑部将部分讨论文章编为《陶渊明讨论集》，由中华书局出版。关于这次大讨论，该书"前言"作了五个方面的概括：对陶渊明的总评价；陶渊明辞官归隐的原因，对他描写隐逸生活的作品的分析和评价问题；陶渊明作品反映现实的程度和方式问题；对《劝农》诗的理解问题；对《桃花源诗》的评价问题。总结认为下面的一些意见代表了多数人的看法，而且也是比较正确的看法：陶渊明基本上是现实主义诗人，而同时在他某些诗篇中又带有较浓厚的浪漫主义情调和色彩；陶渊明不满门阀制度，但又没有力量反抗，所以就走上了独善其身的道路；他的归隐具有两重性，一方面是不与统治阶级合作，另一方面是逃避现实斗争；陶渊明的某些诗篇反映了部分的社会现实、社会动乱和侧面地反映了当时的阶级矛盾，如《归园田居》的第四首就反映了在当时黑暗统治下经受了军阀战争破坏的农村中的一些景象，《怨诗楚调示庞主簿邓治中》是形象地描画了陶渊明生活的那个时代历年来的饥荒事件。

这一时期还出版了北京大学中文系文学史教研室教师、五六级四班同学编的《陶渊明诗文汇评》（中华书局，1961），北京大学、北京师范大学中文系教师同学编的《古典文学研究资料汇编·陶渊明卷》（上、下编）（中华书局，1962），二书广泛搜集了历代陶渊明研究的资料，作为大讨论的副成果，对之后陶渊明研究的继续深入有很大推动作用。

对岳飞《满江红》（怒发冲冠）词真伪问题的讨论是另一个值得关注的学术热点。近代余嘉锡曾对其真实性提出质疑。夏承焘撰文《岳飞〈满江红〉词考辨》，发表在 1962 年 4 月出版的日本《中国文学报》第十六册上，《浙江日报》刊登摘要。此文在余氏基础上进一步补充相关证据，否认岳飞对此词的著作权。20 世纪 70 年代末以后，此问题在海峡两岸都有热烈讨论。大陆方面梁志成、吴战垒等支持余、夏之说。而持肯定之说的学者更多，如唐圭璋、徐沁君、喻朝纲、周汝昌等。著名宋史专家邓广铭连续发表《岳飞的〈满江红〉不是伪作》《再论岳飞〈满江红〉不是伪作》①，认为从确为岳飞写的一些题记和诗篇的思想内容看，可以证明此词必为岳飞所作，并逐条反驳了否定论者的观点，认为《金陀粹编》搜访不认真，贺兰山是泛指，"三十功名"二句与岳飞生平十分吻合等。王克、孙本祥、李文辉的《从"贺兰山"看〈满江红〉的真伪》②对"贺兰山"问题作了详细考辨，认为"贺兰山"乃实指河北省磁县之贺兰山，此为岳飞早期军事生涯活动中心。"驾长车，踏破贺兰山缺"之句，不仅不能成为否认此词出自岳飞的依据，恰恰有力证明，此词只能出自岳飞之手。关于此词真伪之争一直持续。21世纪以来，又有王霞的《岳飞〈满江红〉词"新证"辨析》、周楞伽的《关于岳飞〈满江红〉词的真伪之我见》、王树人的《岳飞〈满江红〉的真伪之争》等③。争论双方迄今未能说服对方，在没有出现更有力的证据之前，争论似乎还将继续下去。

1954年，由毛泽东亲自领导的"《红楼梦》大讨论"（即批俞、评红运动），是红学史上这一时期的标志性事件。该运动波及社会各界，目的是要在古典文学研究领域清除资产阶级唯心主义的立场、观点和方法，正确地学习和运用马克思主义的唯物主义的立场、观点和方法。于是，在"《红楼梦》并非只是家庭家族悲剧，而是反映了封建社会末世的阶级斗争"的观点的基础上，产生了著名的"农民说"（阶级斗争论）和"市民说"（资本主义萌芽说），两种观点的讨论一直持续到20世纪80年代。

现存《红楼梦》抄本绝大多数都出现在这一时期，随着《红楼梦》己卯本、庚辰本、戚本等进入图书馆及各种版本影印本的出版，

---

① 分别见《文史知识》1981年第3期、《文史哲》1982年第1期。

② 王克、孙本祥、李文辉：《从"贺兰山"看〈满江红〉的真伪》，《文学遗产》1985年第3期。

③ 分别见于《古典文献研究》2009年第1期、《书屋》2013年第11期、《文史博览》2017年第6期。

走出版本收藏和研究独断时代的红学迎来了版本综合研究的新纪元。以对甲戌本凡例、底本、过录时间等的研究为发端，红学界对己卯本、庚辰本、蒙古王府本、戚序本、列宁格勒藏本、郑振铎藏本、舒元炜序本、靖藏本等各种版本的正文、批语、成书年代、祖本、收藏者和抄写者等问题展开讨论，其中尤以对题有"兰墅阅过"字样的杨继振藏本（即《红楼梦稿本》）和涉及后四十回作者问题的脂本和程本的过渡本"甲辰本"的学术争议最大，引发了红学版本研究史上空前绝后的讨论热潮。虽然此时提出的一系列版本问题能够有定论的少而又少，但却是红学版本研究中几项重大问题的发轫，之后三四十年间的学术讨论仍然主要是围绕着这些问题而展开的。

第二节 改革开放以来至 20 世纪末 （1978—1999）的古代文学 研究热点问题

随着政治上的拨乱反正与新时期的到来，古代文学研究逐步摆脱封闭的文学社会学研究的模式，回到文学本身。同时，随着中国逐步融入世界，中国古代文学研究逐步走出封闭、走向多元，呈现出以我为主、融化新知的新局面。表现在学术研究上，一方面文学的审美研究、实证研究成为学界主流；另一方面文本的综合研究、历史文化的综合阐释也取得了突出的成绩。相对于前三十年而言，这可以视为一种研究范式的转变。

文学学科对文学价值、文学鉴赏的关注，与古典文章学通过结集、评点总结写作经验的旨趣有着内在关联，因此"先秦散文"这一概念天然受到传统"古文"观念的影响。20 世纪初的学者受现代文学理念的启发，对"先秦散文"的起源、分类、文学价值进行了初步研究。中华人民共和国成立以来，学者对先秦散文的研究多集中于《左传》《庄子》等文学性较强的文本,重视对文学价值、文学成就的分析,对先秦散文的整体性问题关注虽少,但仍具有拓荒性的意义。①

改革开放后,学者摆脱了阶级分析法、五阶段论的束缚,对旧有的文学史观作出反思;而随着高等教育的恢复,也亟须编写新的文学史教材。作为中国古典文学中数量较多的体式,散文的起源和分类问题在这一时期受到学界的广泛关注,先秦散文的概念界定、类型划分、源流探索,从而成为散文研究不可回避的议题。这一时期的研究者更多地结合中国散文发展的实际历程,在传统经、史、子、集的分类之外,② 追寻先秦散文的发展历程,厘定其概念范畴。③ 1986 年,郭预衡的《中国散文史》出版,该书拓宽了"散文"的文体范围,将其起源上溯至商周时期的卜辞铭文,同时也将骈文、辞赋、政论、史论、传记、墓志及各体论说杂文包罗在内,④ 从而建立起"巫卜记事""史家记事""私家著述"三条散文史发展线索。漆绪邦主编的《中国散文通史》也以"卜筮散文""史传散文""哲理散文""辞赋"四分散文传统,并提出不应局限于"纯文学的散文"和传统的"古文"观念。⑤

两部通史都将辞赋骈文归入散文门类,本身亦是受传统"古文"观念影响的体现,而针对其中一些具体的分类,学界也存在

---

① 较有代表性的研究如罗根泽《先秦散文发展概说》,《文学遗产增刊》第一辑,作家出版社 1955 年版。

② 20 世纪 70—80 年代,《尚书》《论语》等不列入"古文"学习传统的先秦经典也进入了散文研究的范畴,如章明寿的《〈尚书〉:古代各体散文的开篇》(《淮阴师专学报》1980 年第 3 期)、胡念贻的《〈尚书〉的散文艺术及其在文学史上的地位和影响》(《社会科学战线》1981 年第 1 期)等。

③ 如周舆的《先秦散文》(《河北文学》1980 年 11 月),朱宏达的《先秦散文面面观》(《语文战线》1981 年 11 月),张碧波、雷啸林的《先秦散文论略——中国古代文学发展规律探微》(《社会科学战线》1982 年第 2 期)等。

④ 参见郭预衡《中国散文史》,上海古籍出版社 1986 年版,第 1—2 页。

⑤ 参见漆绪邦《中国散文通史》,吉林教育出版社 1994 年版,第 1—2 页。

一定争议。① 其最大的意义在于开拓了先秦散文的研究范式，构筑起了"先秦散文史"这一文学史叙事，使"先秦散文"作为一个整体性的概念，进入文学研究视域并发展为一个重要门类。

20 世纪 80 年代以后《文选》学的复兴，是中国古代文学研究中又一突出的现象。《文选》的编者是南朝梁武帝之子昭明太子萧统，所以《文选》又称为《昭明文选》。《文选》是现存第一部诗文总集（《诗经》是第一部诗歌总集，《楚辞》是单体文学总集，在目录书中常常另立一类），也是研究汉魏六朝文学最重要的文献之一。隋唐以后《文选》学大盛，李善注《文选》尤通行于世，成为读书人的必读书目，文人创作诗文常常要用到《文选》里的典故。陆游《老学庵笔记》中提到唐代有"文选烂，秀才半"的俗谚，杜甫在《宗武生日》一诗里勉励自己的儿子要"熟精文选理"，杜甫自己就是熟精文选理，近代学者李详曾撰有《杜诗证选》一书。到了"五四"新文化运动时期，《文选》学遭遇了厄运，当时有"桐城谬种、选学妖孽"的说法，但仍有黄侃的《〈文选〉平点》、高步瀛的《〈文选〉李注义疏》、骆鸿凯的《文选学》等著作问世。中华人民共和国成立以后，《文选》学研究则完全衰落了，"从 1949 年到 1978 年近三十年间，'文选学'方面的研究论文不足十篇"②。

20 世纪 80 年代，《文选》学研究再度复兴。自 1988 年在长春召开第一届《文选》国际学术研讨会，至今已在郑州、镇江、北京等地共召开了十三届。1994 年成立了《文选》学研究会，著名学者曹道衡先生担任首任会长。

与此同时，《文选》学的研究呈现出文献整理与文本研究两翼齐飞的景象。文献整理方面出现了前所未有的大规模《文选》学丛书的影印，以《〈文选〉学研究》（国家图书馆出版社 2010 年版，影

---

① 参见常森《二十世纪先秦散文研究反思》，北京大学出版社 2002 年版，第 120—122 页。

② 傅璇琮、蒋寅主编：《中国古代文学通论·魏晋南北朝卷》，辽宁人民出版社 2005 年版，第 533 页。

印民国时期《文选》学研究文献）、《〈文选〉研究文献辑刊》（共
60 册，国家图书馆出版社 2013 年版。宋志英、南江涛编，影印宋代
至清代比较重要的《文选》学研究著作四十二种，其中不乏罕见之
本）为代表。关于出土《文选》学文献、域外文献的系统整理校
订，有饶宗颐编的《敦煌吐鲁番本〈文选〉》①、周勋初编的《唐钞
文选集注汇存》②、俞绍初编的《新校订六家注〈文选〉》③ 等，可以
说为《文选》学研究的真正拓展奠定了坚实的基础。

　　文本研究方面，内部研究与外部研究的相互支撑，理论思考与
学术史思考的交相辉映，学理追问与普及垂世的并行不悖，教学活
动与研究活动的相辅相成，将《文选》学研究推进到了一个新的时
代。内部研究注重文本考证，而随着大量唐抄本、日抄本、域外文
献的面世，借助新文献进行综合性的文本考证，成为当代《文选》
学研究的一大亮点。如罗国威的《敦煌本〈昭明文选〉研究》④《敦
煌本〈文选注〉笺证》⑤、金少华的《古抄本〈文选集注〉研究》⑥
《敦煌吐鲁番本〈文选〉辑校》⑦ 就是这方面的有益尝试。外部研究
注重《文选》学周边资料的系统整理汇编，郑州大学古籍整理研究
所出版了关于《文选》研究的论集和索引，以及《〈文选〉资料汇
编·总论卷》《〈文选〉资料汇编·赋类卷》《〈文选〉资料汇编·
序跋著录卷》⑧ 等。而围绕《文选》学展开的一系列学理探讨，如

---

① 　饶宗颐编：《敦煌吐鲁番本〈文选〉》，中华书局 2000 年版。

② 　周勋初编：《唐钞文选集注汇存》，上海古籍出版社 2000 年版。

③ 　俞绍初编：《新校订六家注〈文选〉》，郑州大学出版社 2006 年版。

④ 　罗国威：《敦煌本〈昭明文选〉研究》，黑龙江教育出版社 1999 年版。

⑤ 　罗国威：《敦煌本〈文选注〉笺证》，巴蜀书社 2000 年版。

⑥ 　金少华：《古抄本〈文选集注〉研究》，浙江大学出版社 2015 年版。

⑦ 　金少华：《敦煌吐鲁番本〈文选〉辑校》，浙江大学出版社 2017 年版。

⑧ 　俞绍初、许逸民编：《中外学者〈文选〉学论集》《中外学者〈文选〉学论著
索引》，中华书局 1998 年版；江庆柏、刘志伟编：《〈文选〉资料汇编·总论卷》，中
华书局 2018 年版；刘志伟主编：《〈文选〉资料汇编·赋类卷》，中华书局 2013 年版；
刘锋、王翠红编：《〈文选〉资料汇编·序跋著录卷》，中华书局 2019 年版。

版本研究，如傅刚的《〈昭明文选〉研究》① 与《〈文选〉版本研究》②、范志新的《〈文选〉版本论稿》③ 等。评点研究，如赵俊玲的《〈文选〉评点研究》④《〈文选〉汇评》⑤ 等。《文选》学史研究，如王立群的《现代〈文选〉学史》⑥《〈文选〉成书研究》⑦、胡大雷的《〈文选〉编纂研究》⑧、汪习波的《隋唐〈文选〉学研究》⑨、韩晖的《〈文选〉编辑及作品系年考证》⑩等。分体研究，如胡大雷的《〈文选〉诗研究》⑪、李乃龙的《〈文选〉文研究》⑫、冯莉的《〈文选〉赋研究》⑬ 等。注释研究，如曹道衡、沈玉成点校高步瀛的《〈文选〉李注义疏》⑭、冯淑静的《〈文选〉诠释研究》⑮ 等。除此之外的《文选》李善注引书、陆善经注、五臣注、钱氏选学、何焯选学等都出现了新的开拓式研究。

以教学、普及为目的，也出现了大量讲解、校读、注译《文选》的著作以及讲义，如屈守元的《〈文选〉导读》⑯，游志诚、徐正英的

---

① 傅刚：《〈昭明文选〉研究》，中国社会科学出版社 2000 年版。
② 傅刚：《〈文选〉版本研究》，北京大学出版社 2000 年版。
③ 范志新：《〈文选〉版本论稿》，江西人民出版社 2003 年版。
④ 赵俊玲：《〈文选〉评点研究》，上海古籍出版社 2013 年版。
⑤ 赵俊玲：《〈文选〉汇评》，凤凰出版社 2018 年版。
⑥ 王立群：《现代〈文选〉学史》，中国社会科学出版社 2003 年版。
⑦ 王立群：《〈文选〉成书研究》，商务印书馆 2005 年版。
⑧ 胡大雷：《〈文选〉编纂研究》，广西师范大学出版社 2009 年版。
⑨ 汪习波：《隋唐〈文选〉学研究》，上海古籍出版社 2005 年版。
⑩ 韩晖：《〈文选〉编辑及作品系年考证》，群言出版社 2005 年版。
⑪ 胡大雷：《〈文选〉诗研究》，广西师范大学出版社 2000 年版。
⑫ 李乃龙：《〈文选〉文研究》，广西师范大学出版社 2013 年版。
⑬ 冯莉：《〈文选〉赋研究》，北京语言大学出版社 2016 年版。
⑭ 高步瀛著，曹道衡、沈玉成点校：《〈文选〉李注义疏》，中华书局 1985 年版。
⑮ 冯淑静：《〈文选〉诠释研究》，中国社会科学出版社 2011 年版。
⑯ 屈守元：《〈文选〉导读》，巴蜀书社 1993 年版。

《〈昭明文选〉斠读》①，胡晓明的《〈文选〉讲读》②，张葆全审订、樊运宽等注译的《新编今注今译〈昭明文选〉》③ 等，都为《文选》及《文选》学在新时代的进一步普及提高做了很多切实的工作。

值得注意的是，对于 20 世纪 60 年代到 80 年代日本学者神田喜一郎、清水凯夫提出的"新文选学"概念，国内学者如许逸民、傅刚、顾农、屈守元等都给予了积极的回应，或肯定，或否定，并由此引发了关于《文选》学研究路径的重新思考，如许逸民在其《再论"选学"研究的新课题》一文中强调：在"新文选学"和"传统选学"之间筑一道墙，完全割断二者的联系，是不可取的。新文选学的研究当扩大视野，拓宽领域，加强历史学、文艺学研究的色彩，传统选学校勘注释评点也仍可发挥其作用。则新文选学可约略划分为"八学"：一、文选注释学；二、文选校勘学；三、文选评论学；四、文选索引学；五、文选版本学；六、文选文献学；七、文选编纂学；八、文选文艺学。④ 2017 年凤凰出版社出版的刘跃进编著、徐华校订《〈文选〉旧注辑存》二十卷本，可以说是综合《文选》版本、注释整理研究的一个总结性成果。

在经历了 20 世纪的几番波折之后，《文选》学在当代已再次成为名副其实的显学。《文选》学的发展轨迹，正如一个古代文学作品经典在当下视野中重新受到瞩目一样，也为传统经典的当代化带来了新的思考空间和价值考量。

留美学者陈世骧在 20 世纪 60 年代提出，中国文学的传统是一种抒情的传统⑤，这一"抒情传统"论在留美学者、我国台湾学者

---

① 游志诚、徐正英：《〈昭明文选〉斠读》，台湾骆驼出版社 1995 年版。

② 胡晓明：《〈文选〉讲读》，华东师范大学出版社 2006 年版。

③ 张葆全审订，樊运宽等注译：《新编今注今译〈昭明文选〉》，黎明文化事业公司 1995 年版。

④ 参见赵福海主编《〈文选〉学论集》，时代文艺出版社 1992 年版。

⑤ 参见陈世骧《中国的抒情传统》，《陈世骧文存》，辽宁教育出版社 1998 年版，第 3 页。

中引起巨大反响。高友工从 70 年代至 90 年代，发表了数篇关于"中国抒情美典"的论述，其中包括长篇论文《中国文化史中的抒情传统》①、专著《美典：中国文学研究论集》② 等。萧驰、宇文所安、陈国球等均对这一论题有所发展，"抒情传统"论在一段时间内成为中国古代文学乃至整个中国古典文化的阐释框架。

　　20 世纪 80 年代末，"抒情传统"论传入中国，大陆学者开始尝试使用这一理论探寻中国诗歌的发展规律，或借其理论框架考察特定文学作品。③ 可以说，"抒情传统"的讨论，启发了中国学者对"中国文学传统"的思考，但是，将某种文学的特征视作其唯一道统，这一方法本身也引发了较多争议。从 90 年代开始，已有学者试图提出"叙事传统"来对抗"抒情传统"的定论，尝试证明中国文学传统中同样存在一条叙事线索。④ 21 世纪以后，大陆学者则从理论、实践等多个层面对"抒情传统"论提出了系统的批判和反思。其中较有代表性的是龚鹏程的一系列论述⑤，他认为"抒情传统"论以西方抒情诗为本位，缺乏对中国诗内在复杂性的体认，有悖于文学事实。李春青于 2017 年发表《论"中国的抒情传统"说之得失——兼谈考量中国文学传统的标准与方法问题》⑥，从方法论层面

---

　　①　高友工：《中国文化史中的抒情传统》，载《中国学术》第十一辑，商务印书馆 2002 年版。

　　②　高友工：《美典：中国文学研究论集》，生活·读书·新知三联书店 2008 年版。

　　③　如张碧波、高国兴《试论中国诗歌的抒情传统》（《学术交流》1989 年第 6 期）、诸葛忆兵《文人诗的抒情传统与〈夜雨寄北〉》（《语文建设》2002 年第 10 期）等。

　　④　如李万钧《中国古诗的叙事传统和叙事理论——中西文学的一个类型比较》（《外国文学研究》1993 年第 1 期）、傅修延《先秦叙事研究——关于中国叙事传统的形成》（东方出版社 1999 年版）、董乃斌《论中国文学史抒情和叙事两大传统》（《社会科学》2010 年第 3 期）。

　　⑤　如《成体系的戏论：论高友工的抒情传统》（《美育学刊》2013 年第 4 期）、《不存在的传统：论陈世骧的抒情传统》（《美育学刊》2013 年第 3 期）。

　　⑥　李春青：《论"中国的抒情传统"说之得失——兼谈考量中国文学传统的标准与方法问题》，《文学评论》2017 年第 4 期。

对"抒情传统"论作出批评。论文认为，"抒情传统"论具有本质主义倾向，是对古代文学多元性的一种遮蔽；其说缺乏历史视野，未能理解文学现象与社会历史文化之间的动态关联；其对"抒情传统"成因的解释，则失于主观建构。这一批评得到年轻学者的广泛响应，也引发了对于如何接受海外汉学成果的讨论。如谢琰提出，海外学者对文本细读能力的欠缺、对大陆学者研究成果的陌生，是造成"抒情传统"论疏离于研究对象的原因；[①] 颜子楠提出，相对于作为比较学科的欧美汉学，国内学者更应聚焦于西方经典的研究范式，并以结构主义的文本分析法，将高友工提出的"朦胧"美典拆解为逻辑关系，从实践层面对"抒情传统"论作出突破。[②]

围绕"抒情传统"论产生的讨论，集中体现出海外汉学对国内古典文学研究的启迪作用，但限于其比较性的研究视角，其阐释框架存在一定局限性。中国学者已经认识到，在新理论的启发下，仍应当立足于中国文学的独特性和复杂性，探索更切合古典文学实际情况的阐释路径。

唐诗是我国文学史上最为璀璨的明珠之一。三百年间，名家辈出，佳作纷呈，千百年来，受到上至帝王，下至普通民众的广泛赞誉和喜爱。唐诗的发展和繁荣既受诗歌史本身发展嬗变的内在因素制约，也必然与唐代政治、经济、文化等外在因素有关。但是造成唐诗如此繁荣的具体原因是什么，则是一个需要学术界深入研讨的问题。此问题自20世纪50年代以来先后出版的几部文学史中都有所涉及，如1958年出版的刘大杰的《中国文学发展史》、北大中文系1955级集体编著的《中国文学史》（1962年出版），中国社会科学院文学所编写的《中国文学史》等对此从经济繁荣、文化开放、

---

① 谢琰：《"中国抒情传统"思潮的镜与灯——评萧驰〈诗与它的山河：中古山水美感的生长〉》，《文艺研究》2018年第9期。

② 颜子楠：《逻辑的七种类型：宋代近体诗的结构主义批评》，载王水照、朱刚编《新宋学》第7辑，复旦大学出版社2018年版。

文禁松弛等不同角度予以剖析。但是真正对此问题进行深入讨论和争鸣是在改革开放以后。

文学研究所编《唐诗选》的"前言"在该书出版前作为单篇论文发表于《文学评论》1978 年第 1 期。由余冠英、王水照执笔的这篇前言认为，唐诗的繁荣首先与唐代的经济高涨和文化高涨密不可分，庶族地主阶级是唐代诗坛的主要社会阶级基础，唐诗的繁荣取决于这一阶层力量的勃兴和发展。以诗赋取士也是唐诗繁荣的一个直接因素，与此相辅相成，诗歌在唐代的社会应用价值得到空前提高。在内因方面，唐诗繁荣还取决于诗歌自身传统的发展。[①] 对此，梁超然提出商榷，以为将诗歌繁荣与经济繁荣直接联系起来是一种庸俗化倾向，与唐诗发展实际情况不符，且不同意庶族地主阶级是唐代诗坛的主要社会阶级基础和唐诗繁荣的决定性力量的观点。[②] 黄甫煃的《唐代以诗赋取士与唐诗繁荣的原因》认为，"初唐尚未以诗赋取士而诗歌却已相当繁荣，这说明唐诗繁荣还有其他更重要的原因"[③]。他认为，正是由于初唐时期的诗歌繁荣，才影响和促进了省试时以诗赋取士。其后，"前言"作者之一王水照发表《再谈唐诗繁荣的原因》[④]，对梁、皇甫二文的商榷进行答辩。提出文学繁荣与经济繁荣的联系或直接或间接，而唐诗繁荣属于前一种情况。又提出高宗调露二年即有进士加试杂文两首的记载，而杂文包括诗在内。因此将以诗取士定为初唐诗歌繁荣的原因无误。此外参加讨论者还有吴庚舜、廖仲安、张碧波等[⑤]。这种讨论一直没有间断，20世纪 90 年代以后仍有多篇著作和论文探讨此问题，如何林天的《唐

① 《唐诗选》，人民文学出版社 1978 年版，"前言"。
② 梁超然：《就唐诗繁荣原因提几个问题》，《文学评论》1979 年第 1 期。
③ 《文学评论》1979 年第 1 期。
④ 《文学评论丛刊》第 7 辑。
⑤ 参见吴庚舜《漫谈唐诗的繁荣》，《甘肃文艺》1979 年第 1 期；廖仲安《唐代文学繁荣的政治思想背景》，《北京师院学报》1980 年第 4 期；张碧波《略说唐诗繁荣的诸种原因》，《武汉大学学报》1980 年第 3 期。

诗的繁荣与佛学思想对唐代文学的影响》、刘尊明的《浅谈唐诗的繁荣景象及繁荣原因》、吴相洲的《唐诗繁荣原因重述》等。① 由于这个问题的重要性和复杂性，讨论虽未取得一致意见，但对唐诗繁荣原因的认识还是在逐步深化，成为唐代文学研究中的重要一环。

科举创于隋，确立于唐，完备于宋，兴盛于明清，是中国古代最为成熟的文官选拔制度。科举与文学的关系千丝万缕，因此成为改革开放以来最受瞩目的研究领域之一。程千帆的《唐代进士行卷与文学》在 1980 年由上海古籍出版社出版后颇受学界重视，不久又东传日本，出版日译本。此书从行卷角度切入，论证了唐代科举制度是如何促进文学发展的问题。虽篇幅不长，但论据扎实，考证严谨，具有一定典范性和指导意义。其后，傅璇琮的《唐代科举与文学》② 出版，同样产生了较大影响。该书试图通过史学与文学的相互渗透或沟通，予以综合性的考察，以研究唐代士子的生活道路、思维方式和心理状态，并试图重现当时的时代风貌和社会习俗。其后，研究科举与文学关系的专著和论文层出不穷。相关专著有王勋成的《唐代铨选与文学》（2001）、俞钢的《唐代文言小说与科举制度》（2004）、祝尚书的《宋代科举与文学考论》（2006）、祝尚书的《宋代科举与文学》（2008）、陈文新等的《明代科举与文学编年》（2009）、王佺的《唐代干谒与文学》（2011）、余来明的《元明科举与文学考论》（2015）等。有关文学与科举问题的研讨会也举办过多次。如 2008 年在武汉大学召开的"明代文学与科举文化国际学术研讨会"，会后出版《明代文学与科举文化国际学术研讨会论文集》（2010）。几十年来，科举与文学的研究涉及面广，研究颇为深入，既有从宏观角度研究科举与士风、文风的关系，也有不少从微观角度研究个别制度与文体的关系，如试策、试论、八股文等。相关文

---

① 分别见于《山西师大学报》1995 年第 2 期、《成人教育学报》1998 年第 1 期、《北京大学学报》2009 年第 5 期。

② 傅璇琮：《唐代科举与文学》，陕西人民出版社 1986 年版。

献整理方面的成果也颇为丰厚，史学与文学两个领域的学者勠力同心，共同完成了一系列科举文献的整理、订补工作，如孟二冬的《登科记考补正》（2003），傅璇琮、龚延明、祖慧的《宋登科记考》（2005），来新夏主编的《清代科举人物家传资料汇编》（2006），陈文新主编的《历代科举文献整理与研究丛刊》（2009），王洪军的《登科记考再补正》（2010）等。关于科举与文学关系的研究论文甚多，限于篇幅，不再列举。

　　20世纪80年代以来，思想的多元化使红学研究从"阶级斗争论"和"资本主义萌芽说"中超拔出来，学者们逐渐在一定程度上摆脱社会学和历史学的研究方法，开始从美学、文化学的角度诠释《红楼梦》的思想性和艺术性。研究者运用传统美学、传统哲学、现实主义和唯物主义美学、接受美学、人性论、悲剧理论、文学人类学、叙事学、后现代理论等方法，来探讨《红楼梦》的主体性价值、主题的多义性、艺术意象和作者的审美理想。随着"文化热"浪潮的涌动和社会主义市场经济的发展，90年代以后，包含了学术文化和大众文化现象的"红楼文化"应运而生，在学术与消费即精神价值与实用价值相碰撞时，消解的产生在所难免，这种文化现象随着经济增长呈现出愈演愈烈的趋势。然而这一时期对《红楼梦》的民俗文化和物质文化的研究成果之丰在红学史上是前所未有的，从节日、丧葬、婚仪到饮食、服饰、园林建筑等，反映出与《红楼梦》"百科全书式"作品特征相对应的多角度研究视域。

第三节　21世纪以来（2000—2019）的古代文学研究热点问题

　　这一时期国内外学术交流逐步深入，中国古代文学研究以新的姿态汇入世界古典文明研究的潮流之中。一方面，在全球化和跨学科的视野下，"汉字文化圈"和"域外汉学"成为大家关注的重点，包括早期中国在内的"轴心时代"各古典文明的比较研究也成为热点；另一方面，文学的历史文化研究进一步深入，关于文本"稳定性"和"流动性"的讨论已成为一个新的学术潮流。此外，随着网络普及和全球化时代的到来，学者面临着新的挑战，数字文献的普及和使用，深刻影响到每一位研究者。

改革开放以来，中国学界在打开国门汲取西方各种知识、理论的同时，也为国际汉学界研究中国学术的成果所吸引，认识到与海外汉学进行对话，通过域外汉学的研究成果来反观自身的研究和认识，有助于洞悉中国文化的深层奥秘。于是对域外汉学的研究迅速升温，发表了一系列具有重要意义的学术成果。鉴于汉学本身的历史比较悠久，又在东亚、俄罗斯、欧洲、美国等地形成了各具特色的研究队伍和研究成果。近四十年来中国的汉学研究也随之包罗很多方面。限于体例，仅就与文学相关者简述之。

对日本和西方汉学界的相关成果进行译介是一种重要的基础性工作。此方面的文献笔者所见有刘柏青等主编的《日本学者：中国文学研究译丛》，自吉林教育出版社1986年出版第1辑后，陆续推出六辑。还有王水照主编的《日本学者中国词学论文集》（1991）、《日本学者中国文章学论著选》（1994），乐黛云等主编的《北美中国古典文学研究名家十年文选》《欧洲中国古典文学研究名家十年文选》（1996、1998）等。此外，日本、韩国、美国、欧洲等地汉学家研究中国文学的著作都有大量的翻译。

相关学术会议也时有所闻。如中国社会科学院文学研究所于2013年12月举行了第一次"海外汉学名著评论"论坛，并将收到的论文结集为《海外中国古典文学研究》（2016）。2016年11月，武汉大学文学院举办了"域外汉学汉籍研究的新视野与新材料"研讨会，内容涉及近十五年来域外汉籍出版的现状和趋势，重视对海外所藏珍稀戏曲俗曲文献的发掘和利用等。2017年4月华南师范大学举办了"海外中国古典文学研究新动向"论坛，提交论文内容涉及近年海外中国古典文学研究的新趋势、海外重要学术观点与论争的评述、海外新刊著作的评介等。

　　对域外汉籍的出版整理也是域外汉学研究的一个热点。张伯伟主编的《域外汉籍研究集刊》自 2005 年由中华书局出版第 1 辑以来，已连续出版十七辑。编者在发刊词中说："这门新学问的意义在于：它将扩大中国文化研究者的视野，赋予历史上的汉文典籍以整体的认识，进而改善与之相关的汉语言文学研究、中国传统思想研究、东亚史研究、中外交通史研究等学科。"对新材料、新问题的研究往往引领学术潮流，而域外汉籍和汉学的研究显然具有这样的特点。

　　电子计算机是 20 世纪最伟大的发明之一。这一新生事物在 20 世纪 70 年代末 80 年代初传入我国的时候，部分有远见的学者看到了电子计算机在处理文献方面的潜在优势。1980 年在美国威斯康星举行的首届国际《红楼梦》研讨会上，有学者提出利用电子计算机来研究后四十回的真假问题。这一方法对彭昆仑颇有启迪，于是他利用电子计算机对《红楼梦》的时间进程和人物年龄建立数学模型。"它使红学的许多研究课题有了坚实的基础。它对于研究《红楼梦》的艺术结构等提供了清晰的时间概念。"[1] 1985 年镇江市科委与东南大学（原南京工学院）合作完成了《红楼梦》数据库，深圳大学完成了"红楼梦多功能检索系统"。专家们以为："《红楼梦》数据库的创建，是一项创造性的劳动，成绩卓著，不仅对红学，而且对于整个社会科学和文学艺术的研究均有促进和启迪作用。"[2] 1985 年起，在钱锺书先生的推动下，其助手栾贵明带领的团队也在这一领域进行了艰苦卓绝的努力。他们研发的"全唐诗速检系统"还获得了 1990 年"国家科技进步奖"三等奖。

　　至 20 个世纪 90 年代后期，古籍文献数据库的建设进入快车道。

---

　　① 《关于红楼梦时间进程和人物年龄问题的探讨——兼论电子计算机在红学研究中的初步运用》，《红楼梦学刊》1984 年第 2 期。

　　② 彭昆仑：《科学技术与红楼梦》，《红楼梦学刊》1995 年第 4 期。

书同文公司启动的文渊阁《四库全书》电子版、国学时代文化传播公司的《国学宝典》系列、北京爱如生数字化技术研究中心的《中国基本古籍库》等也都是 90 年代末启动的古籍文献数字化工程。古籍文献数字化和古籍数据库建设方面的成就巨大，也在一定意义上推动了学术的发展。此外，北京大学中文系李铎教授主持开发了"全宋诗分析系统"（北京大学出版社 2005 年版）、"全唐诗分析系统"（北京大学出版社 2006 年版），这两个软件都能智能化地分析古代诗词的格律信息。此外他还与国家图书馆联合，主持开发了"中国历代典籍总目分析系统"（2010），该系统重构书目数据，综合分析存世文献著录数据和历史文献著录数据，其设计理念是基于知识本体建构综合性古籍文献知识库，挖掘海量书目数据背后隐藏的知识。

21 世纪以来，西方学界从"人文计算"演化而来的"数字人文"一词受到高度重视。而在我国，实际上在这个名词传入之前也已经存在着相关研究，并取得了多方面的成果。比如李铎教授与《文学遗产》王毅编审的两次对话：《关于古代文献信息化工程与古典文学研究之间互动关系的对话》（《文学遗产》2005 年第 1 期）和《数据分析时代与古典文学研究的开放性空间——兼就信息化工程与古典文学研究之间的互动问题答质疑者》（《中国文化研究》2006 年第 2 期）等对数字化时代文学研究的特点和趋势进行了颇富前瞻性的探索。另外，李铎教授还有《从分析到检索——计算机知识服务的时代》（《文学遗产》2009 年第 1 期）等论文，也对文献数据库未来的建设方向提出了重要的建议。王兆鹏、郑永晓、毛建军、刘京臣、严程等学者也先后发表了若干在相关领域进行探索的论文。

近年来数字人文在文学研究方面取得了多方面的成果，如王兆鹏主持完成的国家社科基金重大招标项目"唐宋文学编年系地信息平台"堪称数字人文基础建设方面的重要成果。2018 年，国家社科基金重大招标项目清华大学刘石主持的"基于大数据技术的古代文学经典文本分析研究"获得立项，预示着数字人文在古典文学研究领域将获得更为迅速的发展。

　　21 世纪以来，随着文字学界与史学界对出土文献的释读和考证不断完善，文学学科也逐渐开始重视对出土文献的研究和利用。最早的研究，侧重于借助出土文献对传世文献进行校勘、考证，为传世文献补充史料，纠正谬误。其中最典型的成果如上博简《孔子诗论》之于《诗经》《论语》，郭店楚简之于《老子》，晁福林、徐正英、陈桐生、傅道彬、姚小鸥等学者均利用出土文献对传世文献作出了新的诠释。

　　随着研究的推进，文学研究者开始针对出土文献提出更多基于文学本位的议题，例如罗家湘的《出土文献的文体学意义》① 认为出土文献改变了"依经立义"的文体观，可据此重新推演文体发展的路线。此外，《诗经》《楚辞》及汉赋相关相究，也在出土文献的影响下产生了诸多新见。其中，《诗经》研究重在文字训诂、异文考释和儒家诗论方面；《楚辞》研究集中于利用战国至秦汉的简帛材料探讨楚文化的特质，考证《楚辞》中作家、地点等具体问题；汉赋研究以汉简中的佚赋为研究对象，并据此对"俗体赋"作出进一步研究。

　　围绕出土文献所作出的众多考证结果，也对文学史的既有定见造成了影响。为此，赵敏俐、董乃斌、廖名春等学者提出应当吸收出土文献的研究成果，补写甚至重写文学史。② 但同时也有学者指出，目前关于出土文献的文学研究仍存在很多不足，其中比较重要的几点在于：在内容上，宏观性成果居多，微观性成果较少，更多停留于文体研究，对文学议题的深入发掘仍有欠缺；在方法上，以"二重证据"法对传世、出土的互相印证居多，方法单一，有待利用

---

　　① 罗家湘：《出土文献的文体学意义》，《郑州大学学报》2008 年第 2 期。

　　② 参见赵敏俐《20 世纪出土文献与中国文学研究》（《文学前沿》2000 年第 1 期）、董乃斌《出土文献和学术方略》（《文艺研究》2000 年第 3 期）、廖名春《出土文献与先秦文学史的重写》（《文艺研究》2000 年第 3 期）。

更具理论价值的研究方法介入出土文献研究。①

先唐文献的记录和传播方式，多依赖于特定形式的书写或刻写。从商周至秦汉，文字载体经历了甲骨、彝器和简帛，并在东汉以后随着纸张的推广，获得更便利的传播渠道。基于出土文献和传世文献之间异质性的思考，并受西方写本研究理念的启发②，21 世纪以来，有研究者关注到先唐文献的这一特殊性，提出应当重视"抄撰"这一行为在文献传播中起到的作用，亦即注意早期文献生成演变过程中存在的"流动性"。刘跃进在《有关唐前文献研究的几个理论问题》③ 中提出五个需要注意的问题：一是早期文献的来源非常复杂，"原始文献"这一概念并不可靠；二是早期文献的传播途径不一，秦汉以来的文献中广泛存在互文问题；三是部分早期文献未必只存在一位作者，其思想或是时代性和区域性的体现；四是在政治权力的影响下，早期文献有被遮蔽和篡改的可能；五是早期文献具有口头性和表演性，同时也与"图像"存在关联。

将周秦汉唐视作"钞本时代"或"写本时代"，有别于宋以后的"刻本时代"，重在提示先唐经典生成过程的流动性。至于这种流动性的存在是否意味着先唐经典不具备稳定性，则值得进一步讨论，例如从以《文选》为核心的汉魏六朝诗文文本来看，早已形成固有的经典传统，其"凝固"与"稳定"的特质绝对压倒了"流动"与"变异"的因素。如何在出土文献不断提出新问题的情况下，更好地

---

① 参见张兵、刘潇川《21 世纪初期十年出土文献文学研究及趋向》，载蔡先金、张兵主编《出土文献与中国文学研究·第三届出土文献与中国文学研究学术研讨会（国际）论文集》，齐鲁书社 2013 年版。

② 参见 Stephen Owen, *The Making of Early Chinese Poetry*（Cambridge：Harvard University Asia Center, 2006）及田晓菲《尘几录：陶渊明与手抄本文化研究》（中华书局 2007 年版）。

③ 刘跃进：《有关唐前文献研究的几个理论问题》，《深圳大学学报》2016 年第 6 期。更早谈及相关问题的还有刘跃进的《钞本时代的经典研究问题》（《求是学刊》2014 年 9 月）、孙少华的《钞本时代的文本抄写、流传与文学写作观念》（《华中师范大学学报》2015 年第 5 期）。

理解经典文献和学术传统，当下仍是唐前文学研究的热点问题。

关于经典文献"流动性"的研究成果，近年主要有徐建委、程苏东等对《春秋》《诗经》《史记》《汉书》等经典文献作出的一系列专题研究。倾向于文本系统之"稳定性"的学者，则认为中国上古时期的典籍学习和传承，有着严谨的学术传统，这就保证了文本内在的稳定性，如傅刚在《中国上古时期文献写、抄特征及其文献学意义》① 中提出，先秦两汉时期的文献抄写，与刻本时代的写、抄本并非一个层面的概念，也不适用西方写本研究的范式。② 也有研究者从"早期书写"的特征出发，如赵敏俐的《中国早期书写的三种形态》③ 认为，包括甲骨文、金文、典册文在内的"神圣书写"都拥有特定的文化功能，其文化精神具有连续性。

"稳定性"与"流动性"之别，是近年引发学界讨论的关键节点，而这两种概念本身，实质是基于不同方法论和历史观的自由探索而呈现出的初步印象。更深刻的讨论，仍需要研究者超越"信""疑"的二元对立观念，在理论层面作出更进一步的碰撞。

21 世纪以来，关于《三国演义》版本的讨论依然主要集中在以下几个问题上：嘉靖元年（1522）本《三国志通俗演义》是否最好、最早、最接近作者原作的本子；《三国志传》和《三国志通俗演义》到底孰先孰后；关索故事、花关索故事、静轩诗是原有的还是后植入的，及其对版本系统形成的影响；《三国志通俗演义》《三国志传》和《三国志演义》三大版本系统的各自特点和相互比较等。除此之外，21 世纪《三国志演义》朝鲜翻刻本和朝鲜铜活字本相继在韩国发现，这是一件有重要意义的大事：其一，从研究铜活字印刷史的角度说，这是一个重要的实物。它表明，早在 16 世纪，

---

① 傅刚：《中国上古时期文献写、抄特征及其文献学意义》，《中国高校社会科学》2016 年第 4 期。

② 持同样意见的还有赵敏俐《如何认识先秦文献的汉代传承及其价值》，《中国高校社会科学》2017 年第 3 期。

③ 赵敏俐：《中国早期书写的三种形态》，《中国社会科学》2018 年第 2 期。

在我们的邻邦，就已出现了用汉字铜活字印刷的中国长篇通俗小说作品。其二，从研究中韩文化交流史的角度说，这有助于深入研究《三国志演义》等小说作品在域外的流传情况。其三，从研究中国古代小说史的角度说，这有助于深入探讨《三国志演义》以及其他长篇通俗小说（例如《水浒传》）在嘉靖年间以及在嘉靖之前以抄本、印本流传的情况。而这在当前的学术界仍处于薄弱甚至空白的阶段。

关于《三国演义》作者罗贯中的籍贯，明清以降就有多种说法。20世纪80年代的相关学术争鸣更是延续到21世纪也未曾停息。从以《录鬼簿续编》记载的"罗贯中，太原人"为主要依据的山西"太原说"，到以弘治甲寅年（1494）庸愚子（蒋大器）《〈三国志通俗演义〉序》等记载的"东原罗贯中"为主要依据的山东"东原说"；从两种学说之间在到底是"太"为"东"之讹误，还是"东"为"太"之讹误之间的争论，到各种"故土性"论据的提出，再到《罗氏家谱》的发现；从简单援引到多元论证。关于罗贯中籍贯问题的研究到21世纪初才开始从各执一端的论辩转到学术反思上来。在总结以往研究成果、批评学术失范现象的文章开始出现的同时，关于罗贯中生活的时代及其与《续编》作者的关系、三本《罗氏家谱》、"太原"说与"东原"说论争、罗贯中生平资料的梳理和还原等问题的研究是这一时期的学术焦点，其中"罗学"概念的提出和"罗贯中研究会"的成立是《三国演义》研究史乃至古代小说研究史上一个值得关注的现象。

21世纪以来，《金瓶梅》的作者到底是谁依然是研究的热点问题。除继续围绕王世贞说、李开先说、贾三近说、屠隆说、王稚登说这五大作者说展开的论辩之外，新的作者人选还在被不断提出，到目前为止，几近百人。而由作者研究同时引发的关于集体创作抑或个人创作、作者社会地位、作者是南方人还是北方人等论争的新观点更是层出不穷。但是百年来几乎占据了金学史一半研究内容的作者之争，始终未能达成一致意见，且以推测代替事实者多，以确凿内证参考者少。

　　《金瓶梅》甫一问世，便因"有秽语"而被认为会"坏人心术""决当焚之"、被贴上"淫书"标签，遭禁毁厄运。四百多年来，关于"洁本"与"秽本"之争、淫书与非淫书之争，既是对文本中性描写应存在与否的论争，也是对《金瓶梅》的价值的论争。自明代至今，始终存在两种主要研究角度，一是污名化《金瓶梅》，二是力主"去污名化"。前者主要是对小说中两万字的性描写大加笞挞与抨击，认为那是小说作者的终极创作意图，从而否定《金瓶梅》的价值；后者则要"让文本自己说话"，通过文本阐释回应一切"污名化"的虚无主义，通过性描写的作用（如在揭示主题、暴露现实、刻画人物、展开情节等）、作者的实际创作态度、晚明社会风气、读者接受心理、小说的社会意义等方面的论证，为《金瓶梅》"去污名化"。随着"去污名化"进程的不断展开，《金瓶梅》研究也同时在经历一个经典化的过程。对于《金瓶梅》的接受，从来都是毁誉并行的。从抄本流传开始，便有"云霞满纸，胜于枚生《七发》多矣""稗官之上乘，炉锤之妙手""同时说部，无以为上者"的美誉，为"四大奇书"之一，其文学价值、史学价值、社会价值一直为几个世纪的读者所认可。因此，"去污名化"之后，在百家争鸣的学术环境中，《金瓶梅》研究必然迎来"经典化"的新时代，很多研究都围绕着肯定《金瓶梅》的艺术价值和认识价值而展开。目前，《金瓶梅》是中国小说艺术发展史上的里程碑，是中国古代世情小说的经典作品的说法，已经得到学界大部分学者的认同和肯定。

第 八 章

七十年来中国近代文学研究
范式的形成与转移

中国近代文学既是古典文学的终结，也是现代文学的开端。鸦片战争之后，伴随着国家走出中世纪的步武，中国文学体系开始从古典向现代转型。就学术史而论，1949 年迄今七十年间，中国近代文学研究界建立了两个研究范式：一是旧民主主义革命时期文学研究范式；二是中国文学体系的现代转型研究范式。最近二十年，学者分别从民国文学和跨学科等方向进行突围，尝试建立新的研究范式。

第一节 "旧民主主义革命时期
文学研究范式"的出现

1957 年前，中国近代文学学科尚未建立，但学界对近代文学的拓荒性研究早已展开。五四运动后，胡适的《五十年来中国之文学》（载《最近之五十年：申报馆五十周年纪念（1872—1922）》，申报馆，1922）、陈子展的《中国近代文学之变迁》（中华书局，1929）和《最近三十年中国文学史》（上海太平洋书店，1930）、钱基博的

《现代中国文学史长编》（世界书局，1932），均把清末到作者著史时为止的文学作为相对独立的段落考察；均重视文学作品的艺术价值；均把此期文学分为旧文学（或古文学）与新文学两个系统；均以为此段文学具有过渡性质。其迥异处在于：胡、陈站在进化论立场，扬新而抑旧；钱氏较为客观，但其护惜古文学的心思则隐藏于纸背。三位学者筚路蓝缕以启山林的工作规定了此后近代文学研究的大致方向。

1957 年，教育部所颁《中国文学史教学大纲》根据新旧民主主义理论，参照历史学界的相关论述，提出"从鸦片战争到五四运动的文学"命题。学界对此迅速作出回应。1958 年，北京大学中文系文学专业 1955 级编撰的《中国文学史》（人民文学出版社，1958）、复旦大学中文系古典文学组学生集体编撰的《中国文学史》（中华书局，1958），皆设了"近代文学编"。1960 年，吉林大学中文系中国文学史教材编写小组编著的《中国文学史》（1960）专设"清及近代部分"，复旦大学中文系 1956 级中国近代文学史编写小组编撰的著作径直取名《中国近代文学史》（1960）。1963 年，游国恩等主编的《中国文学史》（1963）最后一编就是"近代文学编"。至此，与古代文学学科、现代文学学科相对的近代文学学科的断代地位正式确立；近代文学研究中首个范式"旧民主主义革命时期文学研究范式"初步形成。这一研究范式的主要特征：以 1840 年鸦片战争为近代文学的上限，以 1919 年"五四"运动为其下限；以反帝反封建文学为论述主体；以前后脉联的资产阶级启蒙文学、改良文学和革命文学为叙述框架；以泛政治化原则和进化论史观为指导，对进步的、革命的作家给予肯定，对复古的、保守的作家给予否定；以现实主义、浪漫主义、形式主义、拟古主义等术语论析作品的创作方法，等等。游国恩等主编的《中国文学史》中的"近代文学编"由季镇淮撰写。季镇淮用"文学潮流"的概念来论述近代文学的演化过程；对有些研究对象的艺术把握精辟独到，是"旧民主主义革命时期文学研究范式"发轫期的最好成绩，成为近代文学学科此后发展的基石。

第二节　开掘"旧民主主义革命时期
文学研究范式"的潜力

　　1978 年后，改革开放，思想解冻，编纂近代文学史的事业达于鼎盛。陈则光的《中国近代文学史》上册（1987）、任访秋主编的《中国近代文学史》（1988）、管林和钟贤培主编的《中国近代文学发展史》（1991）和郭延礼的《中国近代文学发展史》三卷（1990、1991、1993）梓行。这四部著作既为"旧民主主义革命时期文学研究范式"所笼罩，又对这一范式作出大幅度调整：纠其偏颇，匡其不逮，填补其空白。该范式的学术潜力由此被挖掘殆尽。与 20 世纪五六十年代之际出版的近代文学史著作相比，这四部作品的创获在于：编纂者摒弃了单纯以政治标准鉴人衡文模式，力图以不虚美、不隐恶的实事求是态度著史；在中西文化交流的背景下审视近代文学活动；在凸显近代文学反帝与反封建、救亡与启蒙主旋律的同时，展示各种体裁、流派和作家创作的审美特征；肯定资产阶级文学革新运动对于中国文学变革的意义；等等。

　　在上述四部著作中，郭延礼的《中国近代文学发展史》规模最为宏伟，内容最为富赡。郭延礼在 20 世纪 50 年代末登上学坛，迄今在近代文学研究领域耕耘六十载，出版专著数十种，发表论文百余篇，其成果有力地推动着近代文学研究向前发展。《中国近代文学发展史》是郭延礼的代表作。作者沿着胡适、陈子展、钱基博和季镇淮、钱仲联、任访秋等开辟的学术道路，在 80 年代精神烛照下，将近代文学研究带向新的境界。作者以为："中国近代文学既是中国古典文学的发展和终结，又是现代文学的胚胎和先声，它具有承前启后的意义。中国近代文学是中国文学发展史上的一个重要阶段，八十年全部文学创作表明：近代文学是作家在空前的民族灾难面前，在西方文化的冲击下，经过痛苦反思之后所形成的觉醒的、蜕变的、开放型的文学。"① 这一总括不离"旧民主主义革命时期文学研究范式",更有溢出其外者,昭示着近代文学研究从整体上已经到了取得突破的时刻。

第三节　建立"中国文学体系的现代转型研究范式"

1997 年,张炯、邓绍基、樊骏主编的多卷本《中华文学通史》出版。其中第五卷《近现代文学编》由王飚主纂。在这部《近现代文学编》和一系列自撰论文中,王飚综合学界已有成果和自己独立思考所得,尝试从"旧民主主义革命时期文学研究范式"突围,为近代文学研究建立一个更符合历史实际、更具解释力的范式。他以为:"中国不像欧美那样存在一个具有独立形态的资产阶级文学生长、成熟的完整过程,近代中国有资产阶级性质的文学,但不足以构成一个时代。所谓近代文学,只是中国文学从古典走向现代的转型时期的文学。因此,应该以探索中国文学独特的近代化历程为中心,来构建研究体系。"② 根据这一思路,王飚为近代文学构筑了一个可以命名为"中国文学体系的转型研究范式"的研究范式。

"中国文学体系的转型研究范式"要点有三:第一,该范式的核心概念是"中国文学体系的转型"。伴随着中国现代化的历史进程,中国文学体系各构成要素,包括作家队伍、文学观念、创作内涵、形式体制、文学语言、传播方式和发展途径等,次第发生了现代性转换。这一转换到"五四"文学革命后逐渐完成。揭示中国文学体

---

① 郭延礼:《中国近代文学发展史·自序》,山东教育出版社 1990 年版。

② 王飚:《中国文学体系的转型——近代文学研究新视野》,《中国社会科学院院报》2003 年 7 月 31 日。

系各构成要素转换的成因、轨迹、特点和经验教训，是近代文学学科的特殊价值所在。第二，近代文学发展的基本线索由衰变和新变两股潮流组成。在传统和现代两种力量作用下，沿袭传统的作家和文学流派虽然也进行自我调整以求延存，但终究无法扭转颓势，是为衰变；努力挣脱传统的作家和文学流派积极面向西方，追求改革，势力由小而大，是为新变。这两股潮流尽管互相渗透，但发展方向截然不同。19 世纪中后期，沿袭传统的作家和文学流派仍占主导地位；19 世纪末至"五四"新文学革命后，努力挣脱传统的作家和文学流派逐步走向文坛中心。第三，近代文学史分期的依据只能是文学本身的演进节奏，而非政治、历史等。由于中国文学体系的转型开始于近代、完成于现代，因而近代文学和现代文学应该归为一个完整的文学史单元。从文学自身的演进节奏看，近代文学应始于鸦片战争前二十年，终于文学革命发难的 1917 年。

最近四十年来，近代文学研究领域最大的收获是涌现出一批以中国文学体系的转型为主题的著作。代表性著作有陈平原的《中国小说叙事模式的转变》（1988）、袁进的《中国小说的近代变革》（1992）、关爱和的《古典主义的终结——桐城派与"五四"新文学》（1998）、刘纳的《嬗变：辛亥革命时期至五四时期的中国文学》（1998）、连燕堂的《从古文到白话》（2000）、马卫中的《光宣诗坛流派发展史论》（2000）、杨联芬的《晚清至五四：中国文学现代性的发生》（2003）、么书仪的《晚清戏曲的变革》（2006）、郭延礼的《中国文学的变革：由古典走向现代》（2007）、耿传明的《决绝与眷恋：清末民初社会心态与文学转型》（2010）、宋莉华的《传教士汉文小说研究》（2010）、左鹏军的《晚清民国杂剧传奇文献与史实研究》（2011）、张天星的《报刊与晚清文学现代化的发生》（2011）、张俊才和王勇的《顽固非尽守旧也——晚年林纾的困惑与坚守》（2012）、彭玉平的《王国维词学与学缘研究》（2015）、段怀清的《王韬与近现代文学转型》（2015）、王风的《世运推移与文章兴替》（2015）、郭延礼和郭蓁的《中国女性文学研究（1900—

1919)》（2016）、胡全章的《近代报刊与诗界革命的渊源流变》（2017）、郭浩帆的《近代报刊视野下中国小说转型研究》（2018），等等。就其同者而观之，这些著作皆可归于"中国文学体系的转型研究范式"之下，皆可视为对这一研究范式有效性的检验、丰富和完善。

第四节　近代与现代之间

在中国文学史学科体系中，近代文学学科和现代文学学科的合法性都来自新旧民主主义理论。这一理论将"五四"运动发生的1919年作为划分民主主义新与旧的分水岭。相应地，1919年也先天性地成了近代文学学科与现代文学学科的界碑：1919年前的文学属于近代文学范畴，1919年后的文学属于现代文学范畴。"五四"界碑的出现，给近代文学学科和现代文学学科都带来了严重损害。其实，在近代文学学科和现代文学学科拓荒期，胡适、陈子展和钱基博都将"五四"前后的文学视为一个整体加以论述。1978年后，分属两个学科的学者重新发现并继承胡适等创辟的学术传统，相向而行，同时突围，跨越"五四"界碑。

1985年，黄子平、陈平原、钱理群发表《论"二十世纪中国文学"》（《文学评论》1985年第5期）、《二十世纪中国文学三人谈》（《读书》1985年第10、11、12期），提出"二十世纪中国文学"概念。"所谓'二十世纪中国文学'，就是由上世纪末本世纪初开始的、至今仍在继续的一个文学进程，一个由古代中国文学向现代中国文学转变、过渡并最终完成的进程，一个中国文学走向并汇入'世界文学'总体格局的进程，一个在东、西方文化大撞击大交流中，从文学方面（与政治、道德等其他方面一起）形成现代民族意识（包括审美意识）的进程，一个通过语言艺术来折射并表现古老的民族及其灵魂在新旧嬗替的大时代中新生并崛起的进程。"① 这一概念将 20 世纪 50 年代之后横亘于近代文学学科和现代文学学科之间的界碑掀翻，引起震动。1988 年，陈思和和王晓明在《上海文论》提出"重写文学史"命题，引起新的震动。接着，根据"二十世纪中国文学"思路，文学史开始了重写实践。严家炎、钱理群主编的六卷本《二十世纪中国小说史》最先提上日程，由陈平原撰写的《二十世纪中国小说史（1897—1916）》（1989）是该书第一卷，很快发行。随后，孔范今主编的《二十世纪中国文学史》（1997）和黄修己主编的《20 世纪中国文学史》（1998）也陆续问世。1998年，王德威发表《被压抑的现代性——没有晚清，何来"五四"》（载王德威撰《想像中国的方法——历史·小说·叙事》，1998）、《被压抑的现代性——晚清小说的重新评价》（载王晓明编《批评空间的开创——二十世纪中国文学研究》，1998），论述晚清现代性的文学史价值，在"二十世纪中国文学"概念和"重写文学史"命题基础上，用现代性将近代文学与现代文学打成一片。

陈福康、张福贵分别于 1997 年、2003 年提出"民国文学"的说法。最近十年，有学者试图以"民国文学"替换现代文学学科的名称，完成一部全新的现代文学史；有学者试图在"民国文学"框架内，包容旧体文学、通俗文学和新文学；还有学者试图从民国史角度诠释现代文学问题。目前，以民国文学史命名的著作尚未出现。孙郁撰《民国文学十五讲》（2015）将民国时代的新文学、旧文学纳入论述范围。李怡、张中良主编的"民国历史文化与中国现代文学研究"丛书（2015）则是从民国史视角研究现代文学研究所取得的初步成果。

在近代文学研究者看来，民国文坛主要由三部分组成：新文学、通俗文学、旧体文学。论述新文学和通俗文学是现代文学研究者的

---

① 陈平原、钱理群、黄子平：《二十世纪中国文学三人谈》，《读书》1985 年第10 期。

专擅，阐释旧体文学的任务则主要由近代文学研究者所承担。十多年来，近代文学研究者研究民国旧体文学的著作指不胜屈。其最要者，旧体诗词研究方面有：孙之梅的《南社研究》（2003）、胡迎建的《民国旧体诗史稿》（2005）、尹奇龄的《民国南京旧体诗人雅集与结社研究》（2011）、付建舟的《近现代转型期中国文学论稿》（2011）、杨萌芽的《古典诗歌的最后守望》（2011）、李剑亮的《民国词的多元解读》（2012）、胡迎建的《陈三立与同光体诗派研究》（2013）、张晖的《晚清民国词学研究》（2014）、马大勇的《二十世纪诗词史论》（2014）、张煜的《同光体诗人研究》（2015）、曹辛华的《民国词史考论》（2017）。戏曲研究方面有：梁淑安的《南社戏剧志》（2008）、左鹏军的《晚清民国传奇杂剧文献与史实研究》（2011）。文论研究方面有：黄霖主编的《民国旧体文论与文学研究》（2017）。此外，研究民国桐城派、骈文派的论文也琳琅满目。这些论著出而行世改写着近代文学学科和现代文学学科的版图。

第五节　走向文学之外

在研究方法上，七十年间，近代文学研究领域经历了三次重大变革。一是泛政治化视角的确立；二是从泛政治化视角回到文学本身；三是从文学本身出发走向文学之外。从泛政治化视角望去，物物皆着政治色彩，扭曲历史真实和文学史真实的事时常发生。回到文学本身，作家的创作个性、作品的审美属性得以凸显，但学者仅与文学周旋，分析套路单一、见解主观、对重大文学史问题缺乏解释力的弊端也显露无遗。走向文学之外后，学者或借鉴其他学科的方法，对文学史问题进行讨论；或挨着其他学科的边缘行进，以文学现象为材料，结合非文学文献，对相关学科的问题进行研索；或干脆进入其他学科另辟蹊径。虽然走向文学之外导致文学研究有空心化之虞，但总体而论，学者在跨越学科边界后所取得的成就则是有目共睹。这些成就突出表现在以下方面。

第一是女性研究。夏晓虹对晚清女性论题作了精深探索，先后出版了《晚清文人妇女观》（1995）、《晚清女性与近代中国》（2004）、《晚清女子国民常识的建构》（2016）。作者从报刊取材，从个案入手，回到历史现场，呈现大时代中文人女性观的新变和知识女性的新气象。黄锦珠的《女性书写的多元呈现：清末民初女作家小说研究》（2014）借鉴女性主义理论，对清末民初十余位女作家如何书写女性经验、建构女性主体意识等作了探讨。

第二是白话文研究。在相当长一段历史时期，学界论及对新文学的诞生具有重大影响的白话文运动时，总是依照当事者胡适、周作人等的论说，言必称"五四"，而对清末白话文潮流或轻描淡写，或贬多褒少。近年，随着研究的推进，白话文运动肇兴于清末的事实浮出地表。然而，清末白话文运动的整体形态和流变轨迹究竟如何，学界仍然不明就里。胡全章的《清末民初白话报刊研究》（2011）以近代报刊史料为基础，对清末白话文运动展开了系统考索，清晰还原了这场语言变革的面貌，勾勒出其与"五四"白话文运动的历史关联，肯定了其历史功绩。袁进主编的《新文学的先驱：欧化白话文在近代的发生、演变和影响》（2014）运用语言场域等理论，在大量史料基础上，揭示出：在19世纪传教士的创作和所译中文著作里，欧化白话文的规范已经确立，新的文学形态已经出现。这对晚清至"五四"的白话文运动，对新文学的出世影响既深且巨。

第三是家族研究。张剑的《清代杨沂孙家族研究》（2010）选取"孝坊与义庄""诒砚与承砚""诗艺与家法"等关节点，对近代杨沂孙家族作了细致的研究。汪孔丰的《麻溪姚氏与桐城派的演进》（2018）围绕麻溪姚氏的迁转、一门之内自为师友、藏书和编刻书籍、与桐城其他望族姻联等，论述了该族七代学者在桐城派建立、传衍过程中作出的卓越贡献，借此揭明桐城派的家族化特征和旧中国文化传承的内在机制。

第四是学术史研究。陆胤的《政教存续与文教转型——近代学术史上的张之洞学人圈》（2015）在西学东渐、东学西来的背景下，论述了张之洞及其周边学人群体在中国近代政教存续和文教转型中的作为。作者贴近古人的精神世界，在爬梳相关人事脉络、学术理路中，得窥先贤之大体，努力发掘其明道济世和转移风气之功。即使在描述张之洞及其周边学人群体的诗酒交游时，作者着力呈现的，也是酬唱背后的时代感，以及这种时代感所隐寓的政治情怀。

第五是出版与文学关系研究。潘建国的《物质技术视阈中的文学景观》（2016）以为，新兴印刷技术的引入是新的文学观念、新的文体和新小说发生、发展的物质条件。古代章回小说文本及其图像也借助新兴印刷技术实现了传播升级。栾梅健、张霞的《近代出版与文学的现代化》（2015）从近代出版技术革新、出版政策新变和出版家的文化追求诸层面，讨论了近代出版对于文学现代化的影响。作者以为，民营出版机制的形成造就了一批视野开阔、思想独立的作家；翻译著作的大量出版既带来了现代民主思想，也带来了新的创作手法和技巧，推动着文学观念和创作的历史性转折。

第六是经学与文学关系研究。刘再华的《近代经学与文学》（2004）讨论了近代今文经学、古文经学如何在与西学抗衡竞争中与时俱进，利用其自身蕴藏的与现代性相接的元素，推动中国文学的现代转型。作者以为，学者在经学思想上的分野一定程度上决定了近代不同文学派系的生成。作者把某些反经学的文学思潮也纳入论述系统。王成的《"今文学"与晚清诗学的演变：以晚清"今文学"家诗学理论为中心》（2015）描述了晚清"今文学"对诗学的渗透过程，认为"今文学"作为一种知识范式对于"今文学"家的诗学起着规约作用。

第七是广告研究。广告作为报刊上的边角料，一向为学者所忽略。袁进主编的《中国近代文学编年史——以文学广告为中心（1872—1914）》（2013）别出心裁，以文学广告为中心，将文学作品生产和流通的一个个交汇点贯串起来，用原始文献中呈现出的历史细节，书写近代文学发展的历史。刘颖慧的《晚清小说广告研究》

（2014）以晚清五家报刊上的小说广告资料为素材，从传播学角度，讨论了小说广告在小说创作、营销、传播中的影响。

　　第八是图像研究。陈平原开研究晚清图像的先河。他以图像解说晚清历史，又以史料印证图像，在图、史互证中呈现晚清社会生活和审美趣味。其《鼓动风潮与书写革命——从〈时事画报〉到〈真相画报〉》（《文艺研究》2013年第4期）论述了画家如何革命、画报怎样叙事、图文能否并茂、雅俗有无共赏等问题。其与夏晓虹编著的《图像晚清：点石斋画报》（2014）采撷《点石斋画报》精华，从中外纪闻、官场现形、格致汇编、海上繁华等视角，还原晚清的社会面貌。其《图像叙事与低调启蒙——晚清画报三十年》（《文艺争鸣》2017年第4、7期）提纲挈领地梳理了1884—1913年的画报史，并从战争叙事、图文对峙等方面论述了晚清画报的启蒙、娱乐和审美功能。作者认为，这些画报以平常语调描述社会主潮、漩涡与潜流，描述都市风情、市民趣味及其日常生活场景，在这些描述中低调地进行着启蒙。

第 九 章

七十年来文学文献的整理与研究

中华人民共和国成立七十年来，文学文献的整理与研究取得丰硕成果。中国古典文献学学科的建设，全国高等院校古籍整理研究工作委员会的成立，对推动古籍整理与研究，起到重要作用。中华书局、上海古籍出版社、人民文学出版社等出版单位，对文学文献的整理与出版，作出重要贡献。七十年来整理与研究的重要成果很多，主要体现在诗文文献、戏曲小说文献和敦煌文献、出土文献和域外文献等方面。近年来，文学文献的数据化也取得显著进展。

第一节　诗文文献的整理与研究

中华人民共和国成立以后，随着学术观念和研究方法的发展，在老一辈学者奠定的坚实基础上，学界在古代诗文文献整理方面取得了丰富的成绩。针对过去在集部文献整理中遇到的复杂情况，学界通过不断实践，总结了相关经验，树立起一定的整理规范与准则。在现代学术研究的视野与方法之下，学界收获了大量高水平、高质量的别集、总集、诗文评文献整理成果。

一　别集的整理与研究

别集整理成果方面，以上海古籍出版社"中国古典文学丛书"和中华书局"中国古典文学基本丛书"两大书系最具代表性。这两套丛书涵盖了大量中国古代诗文别集的整理成果，其代表性成果如朱东润的《梅尧臣集编年校注》，采用不同于传统考据学的方法为梅尧臣作品编年排序，不仅厘清了梅尧臣研究中的一些重要问题，还为之后的文人别集整理提供了全新的方法，充分体现出现代学术眼光。又如瞿蜕园、朱金城的《李白集校注》，对李白诗歌进行了细致的梳理、考订、增补，在评笺部分采录前代的重要评注，并广罗唐宋以来的相关笔记、诗话材料，文献较为完备，具有较高的学术价值。两套丛书中的其他重要成果还有邓广铭的《稼轩词编年笺注》、钱仲联的《剑南诗稿校注》、朱金城的《白居易集笺校》、白敦仁的《陈与义集校笺》、项楚的《王梵志诗校注》、谢思炜的《白居易诗集校注》、钱伯城的《袁宏道集校笺》、陈铁民的《王维集校注》等，这些成果业已在学界被广泛利用，既为读者提供了高质量的精校精注本，又在某些学术问题的研究上取得了进展。除了由中华书局、上海古籍出版社组织编纂这两套丛书外，还有一些别集整理成果也尤为重要。例如由萧涤非主编、张忠纲终审统稿、人民文学出版社于2014年出版的《杜甫全集校注》，全书共十二册，历时三十余年完成，其问世既是当代学界在杜甫作品整理方面的巨大收获，也是中华人民共和国成立后古籍整理与古典文学研究所取得的重要进展。《杜甫全集校注》在吸收前人注杜、论杜丰富成果的同时，注以当代的学术眼光与追求，校勘精严、考据翔实、汇评采据广泛，对杜甫作品作出了全方位的考察，具有很高的学术价值。王仲文的《李清照集校注》同样由人民文学出版社出版，具有文献搜罗完备、注释细致等特征，是众多李清照别集整理成果中较为重要的一种。人民文学出版社的"中国古典文学读本丛书"系列收录了部分别集选本，代表性成果有萧涤非的《杜甫诗选注》，此类选本主要为普及性读本，服务于广大的普通读者，但对入选作品的择取也能体现编选者精要的标准和专业的眼光。

二　总集的整理与研究

中华人民共和国成立后的总集整理工作主要分为两大类，第一类为对前人文献进行汇总、编排、搜罗补充；第二类为对前人所编选的总集进行标点、注释、翻译。

第一类总集整理以全国高等院校古籍整理研究工作委员会组织开展的"九全一海"编纂项目最具代表性。"九全一海"项目包括《两汉全书》《魏晋全书》《全唐五代诗》《全宋诗》《全宋文》《全元文》《全元戏曲》《全明诗》《全明文》《清文海》十部诗文总集。从北京大学负责的《全宋诗》、四川大学负责的《全宋文》、复旦大学负责的《全明诗》三大项目的立项，到《两汉全书》的整理出版，"九全一海"项目历经二十余年，取得了丰硕成果。这些凝聚着几代学人心血的古籍整理工作，为后续科研工作打下了坚实的基础。以宋代诗文的整理编纂为例，由北京大学古文献研究所负责的《全宋诗》共七十二册，收录诗歌约 270000 首；由四川大学古籍整理研究所负责的《全宋文》共三百六十册，收录文章 178000 余篇，涵盖两宋 9000 余名文人现存的文章、辞赋。这两部卷帙浩繁的总集文献搜罗广博、校订精审，它们的整理出版为宋代文学的研究提供了丰富完备的资料，带来了新的学术增长点，北京大学与四川大学也在文献整理的过程中积累锻炼，成为全国宋代文学研究的两个重要据点。在"九全一海"之外，还有一些令人瞩目的总集整理成果，例如逯钦立先生辑校的《先秦汉魏晋南北朝诗》，全书三册，共一百三十五卷，被学界公认为"辑录完备""考订精详""体例得宜""研究深入"①，是当代古籍整理的典范之作。又如陈尚君先生辑校的

---

① 参见刘跃进《中古文学文献学》（江苏古籍出版社 1997 年版）、《〈先秦汉魏晋南北朝诗〉出版社推荐说明》（《古籍整理研究学刊》2010 年第 5 期）；聂石樵《推荐逯钦立先生之〈先秦汉魏晋南北朝诗〉》（《古籍整理研究学刊》2010 年第 5 期）；陈尚君《〈先秦汉魏晋南北朝诗〉的成书过程和学术成就》（《中文学术前沿》2010 年第 1 辑）。

《全唐诗补编》和《全唐文补编》两书，前者收录唐五代佚诗约6300首，后者辑录唐人文章约7000篇，在《全唐诗》《全唐文》的基础之上对唐代诗文材料作出了极大补充，作者参考了20世纪以来新发现的众多材料，为唐代文学研究提供了新的文献资料，还利用敦煌遗书、出土文献等互参互校，考鉴周详，具有很高的学术价值。再如由杨镰先生主编的《全元诗》，共六十八册，对元诗文献的各种版本进行甄选校勘，为元代诗歌研究提供了权威的整理本。以上述文献为代表的总集整理成果是新中国大力支持文史学科基础建设所取得的显著成绩，正是在文化方针的积极主导和战略性统筹下，这些体量巨大的文献整理工程才得以顺利完成。

　　第二类总集整理工作主要集中在对古人总集进行标点、注释、翻译，其代表性成果有白化文等点校的《楚辞补注》、穆克宏点校的《玉台新咏笺注》、程俊英译注的《诗经译注》、周振甫译注的《诗经译注》和刘跃进编纂、徐华校的《文选旧注辑存》等。《楚辞补注》由白化文先生领衔点校，于1983年由中华书局出版，2002年修订后再版，纠正了原版中数十处错误。这一整理本在恰当选择底本、校本的同时，对洪兴祖的补注进行了核对，校订精当，是现有《楚辞》整理本中质量较高的一种。《玉台新咏笺注》于1985年由中华书局出版，该书以乾隆三十九年刊本为底本，校以海曙楼刊本、五云溪馆本、唐写本等多种版本，并参考比对《太平御览》《艺文类聚》《文苑英华》《文选》《乐府诗集》①等相关类书和总集，征引丰富，考辨细致，是现有《玉台新咏》整理成果中极为重要的一种。两种《诗经译注》在编撰体例上有相似之处，均以字数相等的白话短句对《诗经》原文进行翻译，同时对生僻字都注有读音。二者也有显见的差异，程本于每首诗下撰有题解和注释，注释内容较为详细，以浅显易懂为宗旨，便于读者理解；周本无题解，在每首诗注释之后援引《毛诗序》《〈毛诗传〉笺》《诗三家义集疏》《诗经原

---

① 　参见穆克宏《〈玉台新咏笺注〉点校说明》，中华书局1985年版。

始》等著作中的说法，以解释诗歌意思。《〈文选〉旧注辑存》在搜集各种《文选》版本进行精校的同时，对前人"旧注"的各种情况进行了细致梳理，不仅整理了李善注、五臣注、《文选集注》引唐人注等资料，还收录了敦煌文献、域外文献中存在的佚注，为《文选》研究带来丰富的新材料与极大的便利。这些古人总集的今校今译本，在力求文本精良、准确的同时，或为学界提供了更为完备的文献材料，或为读者提供了更易阅读和理解的选择。

三 诗文评的整理与研究

诗文评的文献整理工作，分为两类。第一类是对重要的古代诗文评著作进行专门整理，第二类是对前人诗文评文献进行汇总整理。

第一类诗文评整理工作，可以《文心雕龙》为例。《文心雕龙》作为中国古代最重要的文艺理论著作之一，受到学界高度重视，其重要的整理注释本就有范文澜的《文心雕龙注》、刘永济的《文心雕龙校译》、杨明照的《文心雕龙校注拾遗》、王利器的《文心雕龙校证》等多种代表性成果。《文心雕龙注》成书较早，中华人民共和国成立后又重新整理出版，该书旁征博引，汇集前人评注，以求通达文意，于《文心雕龙》的专门研究有开拓之功。《文心雕龙校译》一方面着眼于文学史的教学，校释细致全面；另一方面也有大量理论阐发，充分表现出作者的学术个性，也为中国古代文学理论研究的发展作出了重要贡献。《文心雕龙校注拾遗》对《文心雕龙》流传过程中产生的抄刻谬误进行了订正点勘，校订翔实，为研究者提供了精良的校勘版本。《文心雕龙校证》的突出成就在于对各种校勘方法的综合运用，在前人基础上对文本进行了更为精严的审校。《文心雕龙》各种译注版本出版的过程，也是《文心雕龙》研究逐步推进发展的过程。

第二类诗文评整理工作，是对前人诗文评文献的汇总整理。中华人民共和国成立后较为重要的相关整理，如吴文治主编的《宋诗话全编》《明诗话全编》，比较全面地搜罗了前人文献材料，除了收

录诗话著作外，还辑录了前人文章中论诗的文字片段。在《明诗话
全编》之后，学界针对明代诗话的整理成果又有周维德集校的《全
明诗话》和陈广宏、侯荣川编校的《稀见明人诗话十六种》《明人
诗话要籍汇编》。《全明诗话》相对严格地界定了"诗话"的概念，
搜罗明代诗话的重要版本以作校订。《明人诗话要籍汇编》在此基础
上对"诗话"文献进行了更加精细的区分、梳理，按照"诗话"
"诗法""诗评"三类展开整理汇编；《稀见明人诗话十六种》搜辑
较为稀见的诗话作品进行整理，两书力求文献版本全备，以"保证
文本的准确、完足。"① 再以专门的诗法整理为例，张健编著的《元
代诗法校考》和张伯伟所撰的《全唐五代诗格汇考》两书同样是对
诗法诗格文献的整理，但在视野、方法上各有特色。《元代诗法校
考》着重文本版本的比对勘定，《全唐五代诗格汇考》则侧重考辨
文献的真伪情况。其他重要的诗文评整理文献还有张寅彭主编的
《清诗话三编》、陈广宏和龚宗杰编校的《稀见明人文话二十种》
等。以上成果均为断代文献整理，而由王水照先生主编的《历代文
话》则是对文评资料的通代汇编。《历代文话》共十册，收录宋代
至民国的文评专著 143 种，该套丛书体例得当，选取精善的底本，
并在版本情况、文字整理上都有精确的考证，为研究中国古代文学
史、文学批评、文章学都提供了重要而丰富的文献资料，其价值和
意义为学界所公认。②

　　从上述具有代表性的文献整理成果中，可以窥见七十年来古代
诗文整理方面取得的卓著成就。有的成果从立项到完成耗时数十年，
凝聚了几辈学人的才智与学养，既见证了中国古代文学研究中的重
要阶段，又为今天和将来的古代文学史研究提供了优良精善的文献

---

① 陈广宏、侯荣川编校：《明人诗话要籍汇编》，复旦大学出版社 2017 年版，第
21 页。

② 参见祝尚书《关于〈历代文话〉》（《书城》2008 年第 4 期）；吴小如、罗宗
强、曾枣庄、谭家健、董乃斌、吴承学、傅璇琮《〈历代文话〉七人谈》（《中国图书
评论》2008 年第 7 期）。

资源。在目前已有的成果基础之上，诗文古籍整理工作还可从多方面进一步展开，例如明清诗文别集的整理、汇校、注释成果与唐宋时期相比还不够充分，一些重要的文人别集还亟待全面整理，明清诗文全集的编撰工作仍须努力完善。又如元代、清代诗文评文献的整理工作目前仍不够全面，很多诗文评著作未得到基本的点校整理，有待学界进行更完备的文献搜集工作，继而展开对元代、清代诗文评更深入的校对整理、注释。古籍整理工作任重而道远，而集部文献的整理工作更有广阔的开拓空间。

第二节 小说戏曲文献的整理与研究

一 小说文献的整理与研究

中华人民共和国成立七十年来，小说文献的搜集、整理和研究成绩斐然，无论在数量上还是质量上都蔚为大观，为小说研究奠定了坚实的基础。

第一，重要小说文献的新发现。如中华人民共和国成立后十数年间新发现的《红楼梦》甲辰本、梦稿本、蒙古王府本、列宁格勒本等多种早期抄本，使红学研究出现了新气象。再如 1962 年发现《聊斋志异》二十四卷抄本、1964 年苏联汉学家李福清发现《姑妄言》全本、1967 年发现明成化刊"说唱词话"、1979 年发现元刊本《红白蜘蛛》残叶、1987 年法国汉学家陈庆浩在韩国发现《型世言》、2006 年美国加州大学柏克利分校东亚图书馆发现英国传教士傅兰雅 1895 年发起的小说征文竞赛文稿，都对相关领域研究起到了重大的推动作用。

第二，小说作品的整理和出版。中华人民共和国成立初期，在专家学者和专业出版社的共同努力下，出版了一批校勘精良的小说名著整理本，如 1952 年出版的《水浒》，1953 年出版的《三国演义》《红楼梦》，1954 年出版的《水浒全传》《西游记》《儒林外史》

等，这些整理本不仅在普通读者中广泛普及，还为后来的小说整理出版工作确立了基本标准。七十年来，除标点、校释单部作品外，研究者们还相继推出了一批具有集大成性质的小说总集或丛书，其中尤以《古本小说丛刊》和《古本小说集成》两套大型小说总集的出版最为引人注目。《古本小说丛刊》由刘世德、陈庆浩、石昌渝担任主编，二十多位海内外小说研究者担任编委，并与法国国家科学院合作，从 1988 年至 1991 年由中华书局先后出版 41 辑，收录作品 169 种，主要为流传海外而国内不存或稀见的明清通俗小说，其中多为孤本、善本，每辑由专家撰写前言介绍所收作品的作者、版本特征、源流及收藏等基本情况。《古本小说集成》由徐朔方、章培恒、安平秋、柳存仁等担任编委，从 1990 年至 1994 年由上海古籍出版社先后出版 6 辑，收录作品 550 多种，以通俗小说为主，酌收文言小说，立足于系统、稀见、完足、存真，宋、元、明和清初小说基本全收，清乾、嘉小说选取精品，兼顾稀见，晚清小说则选其影响较大者。其他质量较精、影响较大的大型小说总集和丛书，还有阿英编的《晚清小说丛钞》（1960—1961）、江苏广陵古籍刻印社 1983—1984 年影印出版的《笔记小说大观》、1982 年起春风文艺出版社陆续推出的《明末清初小说选刊》、1989 年起江苏古籍出版社陆续出版的《中国话本小说大系》、侯忠义主编的《明代小说辑刊》（1993—1999）、李时人编校的《全唐五代小说》（1998）、1999 年起刘世德和竺青主编的《古代公案小说丛书》、李剑国辑校的《宋代传奇集》（2001）、李剑国的《唐前志怪小说集释》（2011）、李剑国辑校的《唐五代传奇集》（2015）、王燕辑的《晚清小说期刊辑存》（2014）等。值得注意的是，自 20 世纪 80 年代末以来，在海内外学者的共同努力下，中国小说文献的搜集范围扩大到了整个汉文小说领域，相继出版了林明德主编的《韩国汉文小说全集》（1980）、陈庆浩等主编的《越南汉文小说丛刊》（1987、1992）、王三庆和陈庆浩等主编的《日本汉文小说丛刊》（2003）、孙逊等主编的《越南汉文小说集成》（2010）等。

第三，随着学术的发展，新文献的发现，小说目录的编撰也与时俱进。白话小说方面，继 1933 年孙楷第的《中国通俗小说书目》后，相关专书有澳大利亚学者柳存仁的《伦敦所见中国小说书目提要》（1982）、日本学者大塚秀高的《增补中国通俗小说书目》（1987）、韩国学者崔溶澈和朴在渊的《韩国所见中国通俗小说书目》（1993）、阿英的《晚清戏曲小说目》（1957）、日本学者樽本照雄的《清末民初小说目录》（1997）等，全史类书目则有江苏省社会科学院明清小说研究中心主编的《中国通俗小说总目提要》（1990），共收录作品 1164 部，每条释文由作者、版本、情节内容提要和回目四个部分组成。文言小说方面，程毅中的《古小说简目》（1981）著录了先秦至唐五代的文言小说，著录作品以文学性较强的志怪、传奇为主，作为第一部现代意义上的文言小说书目，其学术价值不言而喻。李剑国的《唐五代志怪传奇叙录》（1993）、《宋代志怪传奇叙录》（1997）二书，资料丰富，考释精良。全史类书目则有袁行霈、侯忠义编著的《中国文言小说书目》（1981）、宁稼雨的《中国文言小说总目提要》（1996）。兼收文言、白话的小说书目，以石昌渝主编的《中国古代小说总目》（2004）为代表，共收白话小说 1251 种、文言小说 2904 种，所收作品更多更全，著录内容更为丰富，体例更为完备。

第四，小说资料的整理和汇编。七十年来，出现了一批堪称经典的小说资料集，成为小说研究的必备参考书，如王晓传（王利器）编著的《元明清三代禁毁小说戏曲史料》（1958）、谭正璧的《三言两拍资料》（1980）、俞平伯编著的《脂砚斋红楼梦辑评》（1954）、一粟编著的《古典文学研究资料汇编·红楼梦卷》（1963）、侯忠义的《中国文言小说参考资料》（1985）、丁锡根编的《中国历代小说序跋集》（1996）、陈平原和夏晓虹合编的《二十世纪中国小说理论资料》［第一卷（1897—1916），1989］等。20 世纪 80 年代朱一玄独立编著或与刘毓忱合作的八种小说专题资料汇编（《水浒传资料汇编》《三国演义资料汇编》《西游记资料汇编》《金瓶梅资料汇编》

《红楼梦资料汇编》《聊斋志异资料汇编》《古典小说版本资料选编》
《红楼梦脂评校录》),以及魏绍昌编的四种晚清小说研究资料(《老
残游记资料》《孽海花资料》《李伯元研究资料》《吴趼人研究资
料》),在学术上具有示范作用,影响了一大批同类著作的产生。

第五,小说文献理论的探讨。小说文献不同于传统文献,有其
自身的特点。在丰富实践的基础上,不少学者开始着手探讨小说文
献的性质、特点和内在规律。如程毅中的《古代小说史料漫话》
(1992)、刘世德的《〈红楼梦〉版本探微》(2003)围绕版本、校
勘、辑佚等问题进行归纳和总结,苗怀明的《二十世纪中国小说文
献学述略》(2009)则是对小说文献学进行整体观照、系统阐述的
第一部专著。

二　戏曲文献的整理与研究

关于戏曲文献的整理,郑振铎先生曾言,要完成戏曲史的著作,
必然是要依靠戏曲学家的发现不可的。从王国维先生编撰《宋元戏
曲史》以来,戏曲文献正是戏曲研究的基石。中华人民共和国成立
七十年来戏曲研究的进步,与戏曲文献的不断发掘和整理的确是不
可分割的。

文学研究所提出、组织并实施的《古本戏曲丛刊》(以下简称
《丛刊》)整理出版计划,是1949年至今规模最为宏大、影响最为深
远的戏曲文献整理项目。1953年,时任北京大学文学研究所(中国
社会科学院文学研究所前身)所长的郑振铎先生提出《丛刊》编纂
设想,拟按时代顺序和戏曲文献类别,收录宋元戏文、明清传奇、
元明清杂剧,并及曲选、曲谱、曲目等。1954—1958年,郑振铎先
生主持出版了《丛刊》的前四集。他不幸逝世后,吴晓铃先生接续
主持工作,与赵万里、傅惜华、杜颖陶、阿英、周贻白、周妙中等
学者合作,于1964年出版了第九集,收录宫廷大戏剧目十种;后又
与邓绍基、刘世德、吕薇芬、么书仪等学者合作,于1985年出版了
第五集,收录明清传奇剧目八十五种附二种。这七百余种珍贵戏曲

文本的影印出版，汇集了公立藏书机构和私人藏书家的精华，堪称学术界之盛事。甫一问世，立即引起巨大反响，有力地推进了戏曲研究的深入发展。

《丛刊》的编撰因故中断近三十年后，2012 年，在刘跃进先生的支持和推动下，文学研究所和国家图书馆出版社合作，开展《丛刊》其余四集的编撰工作，并于 2016 年和 2018 年，分别出版了《古本戏曲丛刊》第六集和第七集，第八集和第十集正在编撰过程中，即将为《丛刊》画上圆满的句号。《丛刊》历经七十年，凝聚了文学研究所几代学者的心血，不仅集中收录了国内丰富的戏曲收藏，而且力图展现海外所藏孤本、珍本的面貌。

中华人民共和国成立之后，在政府的有效组织下，对各地戏曲剧种、文献、文物都进行了全国性的大规模普查工作。《中国古典戏曲论著集成》《中国地方戏曲集成》，作为这一时期的工作成果得以汇编出版，成就显著。国内各地区的戏曲文献和演出情况，尤其是地方剧种和剧目的调查，以规模最宏大、内容最广博并作为中华人民共和国民立五十周年献礼的《中国戏曲志》总结最为全面。

《古本戏曲丛刊》和"集成"类文献披露了大批稀见史料，带动了戏曲文献整理的热潮和一大批戏曲整理文献的成果。体量巨大的戏曲总集和资料汇编，此后纷纷问世。戏曲这一艺术形式，在元代真正成熟，并达到第一个发展高峰。元代戏曲一直备受关注。王季思先生主编的《全元戏曲》的面世，使有元一代戏曲文献终于有了一部总集，它为戏曲研究的发展，提供了一个新的起点。与此相接续，由黄天骥先生主持的《全明戏曲》、朱万曙先生主持的《全清戏曲》等整理项目正在有序进展之中。

目前，国内最为著名的大宗戏曲收藏，如车王府藏曲本、升平署藏宫廷大戏等，都已经整理出版。重要戏曲文献也以别集、专集的形式，分别以不同的主题，或以重要作家如关汉卿、汤显祖，或以故事题材如《水浒戏曲集》，或以曲体、时代、区域及收藏单位为别，陆续出版了各种全集和选集，其中包括了大量新发掘的新剧目、新版本、新资料。得益于观念的开放、技术的进步尤其是影印方式的兴起，多位戏曲藏书家如傅惜华、吴晓铃等的藏书以影印的方式出版，化身千百，为学界所用。此外，随着文献概念的扩大，历史档案、梨园影像、戏单、戏台、戏砖等资料也得到了重视和整理，并进入了戏曲研究的视野。

在编校戏曲文献的同时，戏曲文献学的概念也随之建立起来，其中包括戏曲目录、校勘、标点、注释等内容。

中华人民共和国成立之后，公立图书馆迅速发展，私人收藏陆续汇集至各大公立图书馆，戏曲文献也成为一项专门的类别而备受关注。在这一背景下，研究者对国内所藏戏曲典籍的普查、著录，对国内戏曲收藏全貌的掌握成为可能。几种大型戏曲目录的出版，不仅打破了传统目录不收录戏曲的惯例，更探索确立了戏曲文献的著录体例。以傅惜华先生的《中国古典戏曲总录》为发端，其后有庄一拂先生的《古典戏曲存目汇考》，进入20世纪80年代之后，李修生先生的《古本戏曲剧目提要》，郭英德先生的《明清传奇综录》，注重吸收新近的考证成果，建立了更为完备的著录体制。

在戏曲研究史上，几种重要的戏曲典籍如《永乐大典戏文三种》、明代戏曲选集《风月锦囊》等，都是研究者在海外发现后再介绍到国内的。进入21世纪以来，随着国力的增强，港台地区和海外藏戏曲文献的搜集与整理成为研究界关注的热点。一衣带水的邻邦日本，收藏有大量珍贵汉籍，自董康先生的《书舶庸谭》之后，研究者多有瞩目。黄仕忠先生的《日藏中国戏曲综录》和《日本所藏中国稀见戏曲丛刊》，全面地披露了日本藏中国古典戏曲的情况。欧洲、美国的重要图书馆和博物馆中，也收藏了为数不少的中国稀见戏曲文献，哈佛燕京图书馆、普林斯顿大学图书馆的藏书已经得到了充分的发掘和利用。

七十年中，戏曲史上重要的经典作品，《元刊杂剧三十种》《西厢记》《牡丹亭》等，都有多个校注本问世。目录、校勘、注释等整理实践工作，实际上推动了戏曲文献学的建立。与传统文献校勘不同，戏曲文献学是在充分把握和考虑戏曲发展史的基础上展开校勘工作；它既继承了校勘学的传统，又充分注意到戏曲本身的特点，扭转了剧曲注释考订浅陋不足观的现象，从而为戏曲校勘规范的确立，作出了贡献。

通观七十年来的戏曲文献整理工作，其成就斐然，不仅在孤本、珍本等新材料的发现上，更在展现历史全貌，探求戏曲本质，拓宽研究视野上。

第三节　多种形态文学文献整理

一　出土文献

甲骨文不仅向世人展示了殷商时代的文字和历史，也提示了中国文学的起源。1899 年王懿荣发现甲骨文之后，不断有学者编辑、整理甲骨文材料。1949 年以后，甲骨文献的整理达到了新高度，其中集大成之作是由郭沫若主编、胡厚宣总编辑的《甲骨文合集》。该书收集甲骨四万余片，于 1979—1982 年陆续出版，极大地推动了甲骨学的发展。另由胡厚宣主编的《甲骨文合集释文》于 1999 年出版，为非古文字学者研究、利用甲骨文提供了方便。除此之外，《甲骨文合集补编》《小屯南地甲骨》《殷墟花园庄东地甲骨》等陆续公布新发现的一些甲骨，饶宗颐、许进雄等学者收集整理了海外收藏的甲骨。

与甲骨文相比，金文与文学的关系更为密切。不少青铜器铭文所记史事与《尚书》等先秦文学作品相关，金文的一些词例也多见于先秦文献，另有不少铭文文辞优美，有些还用韵，展示了早期中国文学的样貌。对青铜器铭文的整理研究在汉代就已开始，之后历代延续不绝。近七十年来，对金文的整理、研究达到了新的高峰。中华人民共和国成立之初，于省吾的《商周金文录遗》、陈梦家的《美帝国主义劫掠的殷周铜器集录》等都是重要的金文著录书。

1984—1994 年，由中国社会科学院考古研究所编的《殷周金文集成》陆续出版，该书著录金文一万余件，是目前最为完备的金文资料集成。正是在此书的基础上，一批研究金文文体、文学思想的论著涌现出来。

西晋汲冢竹书的发掘，拉开了简帛文献整理研究的序幕。但到晚清民国时期，才有敦煌汉简、居延汉简等对简帛文献的科学发掘、整理。1949 年以来，考古学得到空前发展，各地发掘出大量的战国秦汉简帛，如 1959 年发现的武威汉简、1972 年现的临沂银雀山汉简、1972 年发现的长沙马王堆汉墓简帛、1973 年发现的定州汉简、1977 年发现的阜阳汉简、1983 年发现的江陵张家山汉简、1993 发现的荆门郭店楚简、1993 年发现的尹湾汉简，等等。这些简帛文献大多已得到较好的整理。其中既有可与传世文献对照的《周易》《诗经》《礼记》《论语》等内容，又有《唐勒赋》《神乌赋》等早已亡佚的文学作品，还有如《孔子诗论》等蕴含早期文学批评思想的文献。

除科学发掘出的简帛文献外，还有一部分楚汉竹简因盗掘而流散，后又被国内大学或收藏机构回购。其中较重要的有上海博物馆藏楚简、清华大学藏战国竹简、北京大学藏汉简、安徽大学藏战国竹简等。这批文献内容丰富，不少可与《诗经》《尚书》《礼记》相对照，有些可以视作重要的早期文学作品。这批文献中，上海博物馆藏楚简已全部整理出版，其他文献正在陆续出版过程中。

中国有着悠久的金石学传统，在清末更产生了《金石萃编》《八琼室金石补正》等金石学名著。七十年来，由于技术的进步、新材料的发现，更完善的碑刻整理著作不断涌现出来。如《北京图书馆藏中国历代石刻拓本汇编》《中国西南地区历代石刻汇编》等。由于墓志铭对考订史实的重要作用，七十年来刊布墓志铭的著作特别多，如赵万里的《汉魏南北朝墓志铭集释》、周绍良主编的《唐代墓志汇编》、吴钢等主编的《隋唐五代墓志汇编》等。由中国文物研究所编的《中华人民共和国出土墓志》自 1994 年分省分册陆续出版，目前还在出版过程中。

二　敦煌文献

1900 年，敦煌藏经洞被王道士发现。但直到 1909 年 9 月伯希和携带部分经卷到北京，中国的主流学者才关注到这批文献。此时，一大批敦煌文献已被劫掠至英、法等国。因此，民国期间的学者多要到伦敦、巴黎抄录敦煌文献才能进行研究。1957 年，北京图书馆通过交换获得英藏敦煌文献前 6980 号的缩微胶卷，到 20 世纪 70 年代末，法藏和北京图书馆藏敦煌文献主体部分的缩微胶卷陆续公布。1981—1986 年，黄永武据缩微胶卷编纂的《敦煌宝藏》出版发行。20 世纪 90 年代至 21 世纪初，《英藏敦煌文献》《俄藏敦煌文献》《法藏敦煌西域文献》《甘肃藏敦煌文献》《国家图书馆藏敦煌遗书》等采用先进技术重拍、精印的敦煌文献图版陆续在国内推出。近几年来，国际敦煌项目（IDP）网站陆续公布了各大藏家高清摄制的彩色照片。敦煌学的研究资料越来越完备了。

除了文献的刊布外，七十年来敦煌文献目录的编制也有新进展。《敦煌遗书总目索引》于 1962 年出版，该书汇集了当时关于敦煌遗书最好最重要的目录。施萍婷的《敦煌遗书总目索引新编》纠正了旧编的谬误。荣新江的《吐鲁番文书总目（欧美收藏卷）》、陈国灿的《吐鲁番总目（日本收藏卷）》都是吐鲁番文献集大成的目录。此外，如《英国图书馆藏敦煌汉文非佛教文献残卷目录（S. 6981—13624）》《英国图书馆藏敦煌遗书目录（斯 6981—8400 号）》《中国散藏敦煌文献分类目录》等都是对此前目录的补充。另外还涌现出一批专科目录，如《敦煌经籍叙录》《敦煌道教文献研究》等。

敦煌俗文学在 20 世纪二三十年代就已得到学者的广泛关注。1954 年，周绍良编的《敦煌变文汇录》出版，这是最早汇辑敦煌变文的著作。1957 年，王重民等六位学者编的《敦煌变文集》出版，收集更为完备。1983 年，潘重规在《敦煌变文集》基础上补阙订正的《敦煌变文集新书》出版。项楚的《敦煌变文选注》除校录之外，还对敦煌变文作了注释。黄征、张涌泉的《敦煌变文校注》集变文研究之大成，成为目前最为完善的敦煌变文著作。

　　除变文外，敦煌曲子词也是重要的文学作品。由王重民校辑的《敦煌曲子词集》于 1950 年出版，这是第一部校录敦煌曲的著作。此后任二北的《敦煌曲校录》、潘重规的《敦煌云谣集新书》均有新的补正。任二北的《敦煌歌辞总编》则是这方面收载最完备的著作，该书校勘、录文虽有不少问题，但迄今尚未有可替代的新作。

　　敦煌文献中的诗主要有白话诗《王梵志诗》，以及残存的一些唐人诗集。关于前者，以项楚的《王梵志诗校注》最为完善。后者则有徐俊的《敦煌诗集残卷辑考》。另外，张锡厚编的《全敦煌诗》将敦煌本《诗经》、王梵志诗、唐人诗集、俗曲、偈颂、《太公家教》以及敦煌本《文选》中之诗汇为一编，在敦煌诗歌收集方面堪称完备。

　　除变文、诗、曲外，还有不少分类文献的校录。如张锡厚的《敦煌赋汇》、伏俊连的《敦煌赋校注》、赵和平的《敦煌表状笺启书仪辑校》、姜伯勤等的《敦煌邈真赞校录并研究》、郑炳林的《敦煌碑铭赞辑释》、杨宝玉的《敦煌佛教灵验记校注并研究》、窦怀永的《敦煌小说合集》、金少华的《敦煌吐鲁番本〈文选〉辑释》等。由张涌泉等主编的《敦煌文献合集》将敦煌佛经以外的典籍按四部分类法汇校整理，目前已出版经部，其他几种将陆续出版。

三　域外文献

　　中国早有利用域外文献的传统，如元代杨维桢即有诗称"我欲东夷访文献，归来中土校全经"。清末黎庶昌等出使日本，带回大量中土已佚古籍，使域外汉籍的研究达到了一个小高潮。七十年来，由于中外交流的频繁、研究条件的提高，域外文献研究达到了前所未有的高度。

　　七十年来编制了一大批域外汉籍目录，如严绍璗的《日藏汉籍善本书录》、黄仕忠的《日藏中国戏曲文献综录》、王小盾等编的

《越南汉喃文献目录提要》等。2015 年，"海外中文古籍总目"项目启动，该项目将编成一套最为完备的域外汉籍目录。

除目录的编制外，近几十年还影印出版了一批珍稀域外汉籍，其中以西南师范大学出版社出版的《域外汉籍珍本文库》规模最大，目前还在不断出版过程中。部分域外文献还得到了点校整理，如汪维辉编的《朝鲜时代汉语教科书丛刊》即点校了《老乞大》《朴事通》等朝鲜汉语著作。除了这类大型丛书，一些重要的域外文献的引进、出版还极大地推动了相关学科的发展，如《文镜秘府论》对古代文学批评的研究，《唐钞文选集注汇存》对《文选》学的研究，《文馆词林》对唐代文学的研究，《篆隶万象名义》《新撰字镜》对文字学的研究，等等，都有很大的推动作用。

四　文学文献的数据化

1978 年，美国 OCLC 和 RLIN 建立的"朱熹大学章句索引"等数据库开启了中文古籍电子化的先河。20 世纪 80 年代，中国台湾地区和大陆也先后开始了古籍数字化的工作。1984 年，中国台湾"中研院""史籍自动化计画"开启，后改称"汉籍全文资料库"。该库共收千余种书六亿余字资料。80 年代中期，王昆仑研制出《红楼梦》检索系统，这是大陆古籍数字化的开端。此后几十年，古籍数字化工作蓬勃发展，1998 年推出的文渊阁《四库全书》检索系统将这一工作推向高潮。在此之后，"中国基本古籍库""四库丛刊原文及全文检索版""国学宝典""经典古籍库"、CBETA 等相继推出，极大地推进了相关学科的学术研究。方便的全文检索系统改进了传统学术研究的方法，有些学者在此基础上提出了"E 考据"的相关理论。另外，建立在数据库基础上的定量分析、统计分析等新的研究方法也被提出。

除了古籍文献的检索系统外，近年来古籍数据化又呈现新的趋势，即向可视化地图的方向发展。如王兆鹏建立的"唐宋编年系地信息平台"可方便地查找唐宋文人一生的行迹，浙江大学"学术地图发布平台"则提供了一个开放的平台，在输入数据后即可方便地看出相关的行迹图或社会关系图。除此之外，还有不少学者提出文学研究与 GIS 相结合的倡议。

第 十 章

中国现代文学学科体制的
建立与初步探索

  中国现代文学作为一个独立学科，自建立之日起，便具有与其他文学研究领域截然不同的性质：它所总结的是刚刚结束的一段历史，从 19 世纪末开始，中国社会的政治、经济、文化均在西方文明的冲击下发生了根本性的变化，而此过程同时伴随着政党政治的兴起、中国民众反殖民反封建的进程，尤其以"五四"新文化运动、20 世纪 30 年代的上海左翼文学运动和延安文艺座谈会讲话为三个重要节点，现代文学在语言载体、文体形式和读者对象的选择等方面，都与历史趋势和时代风尚的变化保持着密切的同步关系，对中国现代文学史的记录和评价，也同时牵涉到我们对这段历史的理解与立场。中国现代文学研究作为一个学科，应该明确，它本身就是国家意识形态的基本组成部分之一，无论以何种理论视角和研究方式加以考量，它都为中国现代历史的叙述提供了某种支持、补充或多样化的可能。

第一节 高校中国现代文学课程的设置
和新文学史编撰的开始

中国现代文学成为高校中的一门独立学科，是与中华人民共和国的建立紧密联系的。1949 年之前，古典文学在高校中文系中处于绝对优势地位，虽有朱自清等人的尝试，但中国现代文学课程所占比例极为有限。[①] 1949 年以后，高等院校的课程设置需要支持共和国的意识形态建设，与现代历史进程关系更为紧密的中国现代文学便跃升为重中之重。1950 年 5 月，由政务院教育部主持的高等教育会议，颁布了《高等学校文法两学院各系课程草案》，确认"中国新文学史"为大学中文系的必修课程，该课程要"运用新观点、新方法、讲述自五四时代到现在的中国新文学的发展史，着重在各阶段的文艺思想斗争和其发展状况，以及散文、诗歌、戏剧、小说等著名作家和作品的评述"[②]。在课时量的分配上，现代文学课程几乎和具有两千年跨度的古代文学平分秋色。课时量的暴增，使得教什么、如何教的问题迅速凸显。由于很多教师是从其他专业调剂过来从事该课程的教学，缺少必要的授课经验，亟须教学大纲及相应的文学史教材的支持。1951 年教育部委托老舍、蔡仪、王瑶、李何林四人起草了《中国新文学史教学大纲》，而仅两个月后，王瑶根据自己授课教案编写的《中国新文学史稿》（以下简称《史稿》）上册便已出版。这是中华人民共和国成立后第一部系统完善的中国现代文学史教材，对于该专业的发展有开创之功。而此后有关现代文学性

[①] 沈卫威：《新文学进课堂与中国现代文学学科的确立》，《山东社会科学》2005年第 7 期。

[②] 转引自黄修己《中国新文学史编纂史》（第二版），北京大学出版社 2017 年版，第 83 页。

质、评价和编写方式的争论，亦由此书开始。

作者王瑶此时为清华大学中文系教师，原本从事中古文学研究，但他的老师朱自清治新文学史的实践显然对他产生了巨大影响，在时代的转折关头，王瑶主动且迅速转向了新文学的教学和研究。《史稿》成为第一部从"五四"贯通到1949年中华人民共和国成立的新文学的通史，同时，也是第一部切合共和国意识形态建设的需要，试图以毛泽东的《新民主主义论》和《在延安文艺座谈会上的讲话》为指导思想的新文学史著作。就体例看，《史稿》采用的是时段和体裁相结合的方案，它援引毛泽东的《新民主主义论》中关于文化革命的论述，确认新文学的发端为"五四"新文化运动，其基本性质为新民主主义文化，马列主义是其指导思想；对新文学的分期，同样依照文化革命的表述，划分成"伟大的开始及发展"（1919—1927年）、"左联十年"（1928—1937年）、"在民族解放的旗帜下"（1937—1942年）、"文学的工农兵方向"（1942—1949年）四个时段。每个时期分为五章：第一章总论此一时期的文艺运动趋向，然后按题材分别讨论诗歌、小说、戏剧和散文的创作情况。节的设置则采用主题归纳的方式，如《史稿》讨论"五四"到大革命时段的小说时，便用"呐喊和彷徨""人生的探索""乡土文学""青年与爱情"四个标题来概括此一时段社会文化的趋向和作品的主题及写作特色，简洁清晰。

《史稿》的上册于1951年9月出版，下册则在1952年5月出版，共计50万字，涉及作家众多，但因为是急就章，各作家间用力平均，有面面俱到之嫌，且王瑶本人的长项在于文学史体系的搭建，而非具体作品的艺术分析，因此对若干重点作家作品的评论过于简略，如对鲁迅《呐喊》《彷徨》、郭沫若《女神》的评论分析都尚存很大的拓展空间。在写法上，王瑶亦注意在行文中征引和保存史料，虽在此后的讨论中被批评引述过多，有剪刀加糨糊之讥，但较之其他迅速出现的文学史之作，亦可将此视为王瑶本的特色之一。

《史稿》的编撰出版，迅速填补了高校文学史授课教材短缺的空白，亦引发了研究者对于新文学写作原则的激烈讨论。1952 年 8 月，出版总署和《人民日报》特意召集了该书上册的座谈会，在称赞的意见中吴组缃的发言颇有代表性，他肯定了王瑶把握复杂历史进程的能力和对资料的运用，"要能很明确很稳牢地掌握住政治、四项原则，贯彻到每一个具体问题和作家作品的分析研究里去，把历史发展的全貌真实正确、有血有肉、抓住要点而不流于繁琐地介绍出来，这实在是一个非常艰巨的工作"，"这部书还算掌握了一些材料，这也不容易"。① 批评的意见则集中于该书的政治性、思想性问题，即认为此书在绪论中虽强调新文学是由无产阶级领导的新民主主义性质的文学，但在行文中却体现得远远不够，在讨论作家作品时对无产阶级作家、资产阶级、小资产阶级作家一视同仁，如王独清、周作人、胡适、张资平、沈从文、徐志摩等所占篇幅与部分左翼作家基本相当，这种做法显然可以认为作者未能分清新文学发展的主流、支流和逆流，由此引发的问题便是作者对无产阶级对于新文学运动的领导权认识远远不够。正如黄修己所言，上述批评意见归根结底，便是新文学史的写作应该为谁树碑立传的问题。② 左翼作家、人民文艺无疑需要在新的文学史编撰中置于最为突出的位置，而所有被认为与政治上的反动势力有关联的文学活动则需要彻底加以批判。与政治上、军事上的国共对峙不同，文化领域有国民党官方背景的创作活动一则较为薄弱，二则尚未有过系统的整理和讨论，因此，此前相当部分被视为自由民主背景的作家及其创作便被划归为人民文艺的对立面加以批评。批评者的初衷无疑是要在新的历史时期根据新的观念重新划分文坛等级，从而保证新文学史的编撰和人民政权的建立与巩固具有高度同构性。自然，与此过程相伴的是对现代文学发展的历史状态和文学生产的特殊性的忽略。

---

① 《〈中国新文学史稿〉（上册）座谈会记录》，《文艺报》1952 年第 20 号。

② 黄修己：《中国新文学史编纂史》（第二版），北京大学出版社 2017 年版，第 94 页。

　　《史稿》出版后的几年中，随着学术研究的政治要求的不断强化，新的文学史著作和政治的紧密度也在不断增强，如 1952 年 11 月初版的蔡仪的《中国新文学史讲话》，特别强调阶级分析的原则，要分清革命与反动的文学，强调文学运动和新民主主义革命进程的同步关系以及中国共产党对于文化领导权的牢固把握。至 1955 年，随着文艺战线上三大批判的进行，尤其是胡风和"七月派"被视为反革命集团，牵涉广泛，很多作家就此被排除在文学史视野之外。写法上，文学史的编写和现实的政治斗争紧密结合在一起，在"史"与"论"之间，编写重心向后者急遽转变，完全以革命进程为参照、以政治性为标准，展现出较为彻底的以论代史的倾向，尤其是此年 7 月和 10 月，作家出版社先后推出的丁易的《中国现代文学史略》和张毕来的《新文学史纲》第一卷，二者展现出和王瑶《中国新文学史稿》不一样的风貌。

　　丁易任教于北京师范大学，1954 年在前往莫斯科讲学的过程中因病去世。《中国现代文学史略》严格来说是作者的一部遗稿，尚未得到最后的修订。与王瑶著作不同，丁易著作的编写原则和章节体例均向政治标准大幅度倾斜，它以中国革命史为纲，将新文学史作为革命史的附属部分来理解，认为"中国现代文学运动是和新民主主义革命运动分不开的，并且血肉相连而成为新民主主义革命运动的一部分"①。各章节标题都在强调文学运动对政治斗争的从属与同构关系，如"五四运动与新民主主义革命""中国共产党的成立及其所领导的革命运动的高涨在文学运动上的反映""土地革命运动的胜利和日本帝国主义发动九一八事变""在共产党领导下的积极抗战发扬民主的陕甘宁边区和广大敌后抗日根据地的抗战文学的蓬勃发展"……具体到章节的设定中，较之于王瑶著作，丁易著作突出了文艺思想的斗争所具有的比重和意义，每一章中运动和创作所占篇幅的比例约为 2∶3；对文艺论争的讨论更是与同时期政治斗争紧密

———————————

　　①　丁易：《中国现代文学史略》，作家出版社 1955 年版，第 2 页。

联系起来，如对胡风"主观战斗精神"的批判、对梁实秋"与抗战无关论"的批判等，均遵循此原则。丁易重新划分了作家的等级，按照"革命作家""进步作家"和"反动作家"分为三类，对于相关的文学社团流派也作了类似的处理，如新月派中的梁实秋、沈从文等均被划入反动作家之列；对于左翼作家的讨论，亦先审查其阶级立场和革命观点的正确性，并在评述中展示其细微差别。由于出版略晚，此前王瑶著作中被批评的若干问题在丁易著作中有所注意，如按照教育部教学大纲的要求，写入了苏区文学的发展情况；对鲁迅的意义和作用充分加以重视，赋予其至高无上的文坛地位。

作为一本政治性文学史著作，丁易将其评价标准贯穿始终，既展现出某些独具慧眼之处，亦有某些在著史方面较为典型的教训。前者如作者虽高度评价左联的创作，但对当时"左"倾盲动主义对于文学活动的干扰并不避讳，对瞿秋白等人批评的"革命罗曼蒂克"的创作方式也有深刻检讨，这些都展现出丁易较王瑶在政治把控上更为游刃有余的一面。但他极力将鲁迅的创作与现实政治斗争联系，对于鲁迅的思想认识、作品的政治内涵均无限拔高，在描述文坛发展状况时，也不是按照历史的本来面目，而是按照某种政治理念来加以取舍编排，亦违背了修史的基本原则。丁易实际是按照20世纪50年代的基本政治观念来重新结构组织新文学的发展历史，《中国现代文学史略》一书的特色与局限均源于此。

与丁易著作相似，稍后出版的东北师范大学张毕来的《新文学史纲》第一卷同样坚持了文学史编撰的政治化标准。丁易的文学史实际为革命史与文学运动的结合，而张毕来则更倾向于用无产阶级文艺理论观念来分析与统领文学的演进历程。从标题上看，如"1917年初《新青年》上的文学革命理论的阶级本质""《风波》、《明天》……等作品中的主人公的阶级性""鲁迅的现实主义的革命性及其历史根源和社会根源"等，基本上处于观念先行，而后选择作家作品加以印证的写法，涉及的文学现象、作家作品数量较之于王瑶著作急遽减少。

在丁易和张毕来之后，武汉大学的刘绶松也在 1956 年推出了他的《中国新文学史初稿》，此时正赶上政治氛围相对宽松的时期，因此，刘著展现出与丁、张的著作不尽相同的风貌，尤其是刘绶松较为重视文学社团的作用，并对新文学早期的重要社团组织，如文学研究会、创造社等给予较为充足的论述。此外，刘绶松也注意梳理文学现象自身的发展线索，如关于社会主义现实主义的描述，便由鲁迅的创作到左联诸作家，再到延安文艺座谈会讲话后的创作实绩，梳理出一条相对连续的线索。但刘著同样有着预设过强的问题，对于社会主义现实主义之外的无产阶级文艺的艺术方法关注较少，实则极大地限制了该作品的研究视野。同样，在历史进程和政治理念相冲突时，无条件遵从后者，对于胡适、徐志摩等人的历史成绩完全抹杀，也损伤了该著作的历史品格。

总之，中华人民共和国成立之初，随着对高等院校设置的重新整合，高校中文系的新文学课堂成为意识形态建设的重要阵地，如何有效地向新时期的大学生传递正确的革命历史观念，借此理解"五四"新文学运动的领导权在于无产阶级，并通过与各类错误或反动思潮的斗争，经历左翼文学和解放区文学的重要发展阶段，发展成为今日的人民文艺，这实则成为课堂教学和教科书编纂的核心议题。恰是为了适应教学的需要，为学生构建清晰明确的历史图景，文学史的编撰这一具有浓重历史主义本质特征的学术活动成为中国现代文学研究的重点。[①] 由于政治运动的不断升级，不断有新的作家被清理出无产阶级文艺队伍，从王瑶的《中国新文学史稿》开始，此后的文学史涉及的体量都在不断做减法，文学史有向革命史不断靠拢的趋势。加上高等院校已成为高度体制化的单位，教员的私人研究空间被压缩殆尽，科研活动和教学活动高度同构，作为教材的文学史研究编纂从一开始就摒弃了展现文学生态多样性的可能，换言之，它失掉了用自己的方式支持和丰富共和国意识形态的权力，

---

① 戴燕：《中国文学史：一个历史主义的神话》，《文学评论》1998 年第 5 期。

退缩为政治运动和现实斗争的注脚。

第二节　专门研究机构的设立与双轨并行的科研体系的确立

　　在中华人民共和国成立之初"一边倒"的外交格局中，中国国家科研及管理机构的设置仿照了苏联的学部制度，1955 年建立了中国科学院，郭沫若为第一任院长。文史哲等学科从属于中国科学院下属的哲学社会科学学部。在最初的构想中，学部不是一个单纯的学术机构，它更是一个领导机构，尤其是文史哲领域，它与国家的宣传机器密切合作，负责保障社会科学研究的正确导向，并制定该专业的发展规划。首届学部委员中，来自延安的知识分子成为哲学社会科学学部的主要组成部分，如陈伯达、胡乔木、周扬、胡绳、艾思奇、范文澜等，而如郭沫若、茅盾、郑振铎、邓拓等文化部门的官员也多在列。[①] 从哲学社会科学学部的设定方式和学部委员的人选看，它显然较之于普通高校更接近于新政权的核心部分，而其领导成员更是囊括了党内（以及中国共产党外围）文史领域的最为优秀的一批学者，他们对社会科学研究性质的体认，对于意识形态问题把握的分寸，都远非一般高校知识分子能比，学部在相当长的一段时间内，代表了中国哲学社会科学研究的最高水平。

　　而早在 1953 年 2 月，根据中央人民政府政务院文教委员会的决定，文学研究所便已经成立，郑振铎兼任所长，何其芳为副所长。该机构最初附属于北京大学，但其工作方针和高级科研人员的管理均由中宣部负责。它不承担教学工作，其《文学研究所计划》中所列建所方针和任务是"以马列主义、毛泽东思想的观点，对中国和

────────────

① 谢泳：《1949 年后的知识精英与国家的关系——从院士到学部委员》，《开放时代》2005 年第 6 期。

外国从古代到现代的文学的发展及其主要作家主要作品进行有步骤有重点的研究、整理和介绍"①。此后文学研究所由北京大学划归中国科学院领导，并于 1958 年开始，由中宣部直接领导，自此，文学研究所进入国家意识形态建设的第一线，在文学研究领域，提供了和高校完全不同的工作方案和学术成果。在 1957 年本所内部对自身定位的讨论中，何其芳提出为配合第二、第三个五年计划，文学研究所在未来十年内的七项任务，其中和中国现代文学学科密切相关的有三条：（一）研究我国当前文艺运动中的问题，经常发表评论，并定期整理出一些资料。（二）研究并编出一部包括新的研究成果和少数民族文学的多卷本中国文学史。（三）选编出一些中国文学的选集和有关文学史的参考资料。② 此后，文学研究所在此三个领域均有突出的贡献，并在不同历史时期有所侧重。

1958—1960 年，中国经济进入"大跃进"状态，学术领域同样如此。随着文学史与革命史的高度重叠，此领域的专业含量被压缩到了极低的水准，以致高校的学生索性甩开专家教授自己动手编写教材，自然这批著作存在有极为严重的简单化、概念化、庸俗政治化的倾向。20 世纪 50 年代末到 60 年代初，中央在各个领域采取一系列纠偏措施。时任中宣部副部长的周扬受命解决文科教材中存在的问题，1961—1964 年，周扬将主要精力投入到此方面。③ 此时，文学研究所已经划归中宣部直接领导，在接下来的文学史编写中发挥了重要作用。

1959 年 3 月，周扬提出文学研究所的定位应该是立足于"提高"而非"普及"，并在稍后的《文学评论》与《文学遗产》的编辑会中着重谈了如何提高学术水平的问题。这一年中，文学研究所

---

① 《文学研究所所志初稿（1953—2013）》，社会科学文献出版社（内部征求意见稿），第 4 页。

② 《文学研究所所志初稿（1953—2013）》，社会科学文献出版社（内部征求意见稿），第 53 页。

③ 吴敏：《周扬简谱初编（五）》，《现代中文学刊》2013 年第 6 期。

与作协、北京大学、北京师范大学联合召开研讨会，讨论北京大学中文系55级学生编写的《中国文学史》和北京师范大学中文系三、四年级学生编写的《中国民间文学史》《中国文学讲稿》，何其芳的发言极为引人注目，他以《文学史讨论中的几个问题》为题，明确提出一部文学史应具备三个基本特点：第一，准确地叙述文学历史的事实；第二，总结出文学发展的经验和规律；第三，对作家作品评价恰当。在发言中，何其芳委婉但清楚地批评了北京大学55级学生编写的文学史试图用"现实主义"和"反现实主义"这组公式去描述复杂文学现象所存在的弊端，对该书中存在的概念混淆、评价标准混乱、脱离历史实际苛求古人以及简单套用马列主义的表述、缺乏必要的历史常识的问题均有具体说明。① 何其芳发言的实际指向恰与周扬提到的提高学术水平的意见是一致的。正是在此会上，何其芳提到文学研究所也有文学史的写作计划，但其目标是学术性的。

1959年秋，唐弢由上海作协调入文学研究所，担任研究员和现代文学组组长。唐弢的经历和知识结构与王瑶、丁易、刘绶松等高校知识分子不同，他首先是一位作家，有着极为敏锐的艺术感悟力和文字才华；其次，唐弢是一位藏书家，他对现代文学期刊、著作的精熟远超同时代人，对于文坛本身也有更多了解，这使得他有可能对现代文学生态给予更多尊重；最后，唐弢还是一位"杂家"，非大学国文系科班出身，这也使他更容易绕过"文学史"这种知识方式本身具有的以简驭繁的陷阱。总之，即使考虑到时代所带来的不可避免的限制，唐弢也是何其芳所设想的学术型文学史最合适的承担者之一，而他本人的学术心愿也恰是撰写一部有特点的中国现代文学史，正如他在20世纪80年代多次提到的，"按我的设想，最好是以文学社团为主来写，写流派和风格"②。1960年年初，在中宣部

---

① 何其芳：《文学史讨论中的几个问题》，载《文学遗产选辑》（三辑），中华书局1960年版。

② 唐弢：《艺术风格与文学流派》，《社会科学战线》1983年第4期。

召开的加强理论批评工作会议上，决定由文学研究所编写《中国现代文学史》，具体工作由现代组承担。此工作一开始，便展现出与王瑶等学者的个人著述不一样的声势，除按照唐弢的要求，现代组成员着手熟悉资料外，唐弢在所内及各高校、作协借调了多位研究者来参与此项工作，同时陆续邀请了茅盾、夏衍、罗荪、黎澍、陶然等现代文学运动的亲历者进行座谈，以使参加编写者对于研究对象有切身感受，他们所谈内容使得那批年轻学者深感震撼。同时，现代组的成员也按照中宣部的要求，对1958—1960年各地高校所写的十几部文学史进行了研读和评述，对于本学科的发展概况作了全面普查。①

但事情很快就发生了变化。1961年4月11—25日，高等学校文科与艺术院校教材编选计划会议在北京召开，这次会议拉开了全国高校文科教材编写工程的序幕。现代文学史的规划几经曲折，最终于1961年9月中旬，高校文科教材办公室成立了新的《中国现代文学史》教材编写组，任命唐弢为主编，并从全国范围内调来若干教学人员，组织起以老带青的教材编写组。全书的章节结构也重新拟定，更多地强调教材所要求的知识性与稳定性，至此，何其芳所设想的学术型文学史最终为教学需要让步。

在周扬的直接过问下，《中国现代文学史》编写组集中起了国内该专业最为重要的一批学者，唐弢为全书主编，并具体负责"五四"时期和鲁迅两章，王瑶负责把关抗战时期，刘绶松负责把关左联时期，刘泮溪负责把关解放区文艺。其他成员则有北京师范大学的李文保、杨占升、张恩和、蔡清富、吕启祥、陈子艾、王德宽；文学研究所的樊骏、路坎、吴子敏、许志英、徐廼翔；北京大学的严家炎，厦门大学的万平近，以及华中师范学院的黄曼君。②

---

① 樊骏：《编撰〈中国现代文学史〉的若干背景材料》，《新文学史料》2003年第2期。

② 张恩和：《我知道的〈中国现代文学史〉编写的一些情况》，未刊稿。

在编写之初，唐弢与参与者共同确立了五条编写原则：一、必须采用第一手材料，作品要查最初发表的期刊，至少也应依据初版或者早期的印本，以防传辗因袭，以讹传讹。二、注意写出时代气氛，文学史写的是历史衍变的脉络，只有掌握时代的横的面貌，才能写出历史的纵的发展。报刊所载同一问题的其他文章，自应充分利用。三、尽量吸收学术界已有的研究成果，个人见解即使精辟，没有得到公众承认之前，暂不写入书内。四、复述作品内容，力求简明扼要，既不违背原意，又忌冗长拖沓，这在文学史工作者是一种艺术的再创造。五、文学史尽可能采用"春秋笔法"，褒贬要从叙述中流露出来。[①]

熟悉原始期刊、回归历史场域，意味着文学史编撰历史品格的回归；而对"春秋笔法"的强调则有避免简单粗暴的政治评判的意图，是对当时流行的"以论带史"乃至"以论代史"的编著方式的摒弃。这一切都使得这部文学史成为中华人民共和国成立后该领域的一部总结性的著作，有明确的重建文学研究的学术品格、避免政治单一标准的纠偏意图。从其编撰方式看，它对于学科的影响也不仅仅限于书稿本身，它可以视为中华人民共和国成立后第一、第二代学者在学术方法和知识培养方面最为集中的一次交流与训练，尤其是对第一手资料的强调，使得参与此项目的年轻学者对于该学科的家底和研究方法有了切实的了解，并由他们逐步推广开来，此后在新时期的研究生培养中发挥了巨大作用。在很大程度上，这些编写要求从根本上明确了中国现代文学学科的历史属性，并重塑了它的学术品格。特别应该提到的是，唐弢亲自执笔的"五四"时期和鲁迅两章可视为上述原则的具体展现，是全书水平最高也最能体现出作者论从史出、含蓄蕴藉风格的章节。

作为教材的唐弢本《中国现代文学史》命运多舛。1963年下半

---

① 严家炎：《唐弢先生对中国现代文学学科建设的贡献》，《中国现代文学研究丛刊》1992年第3期。

年，在外界诡谲多变的政治环境中，该书稿陆续完成，因为是集体项目，参与撰写者的学术功力、他们对于政治标准的把握并不一致，在 1964 年年初唐弢抽调北京大学的严家炎、文学研究所的路坎和樊骏，一同进行最后的定稿工作，至该年夏天，书稿基本改定。但此时，整个国家的政治形势发生了根本性变化，该教材被说成是为 20 世纪 30 年代文艺黑线树碑立传，尚未出版便受到批判。赶印出来的上册被束之高阁，而仅有手写稿的下册则在"文化大革命"中不知去向。直到 1978 年 9 月后，唐弢重组写作组，继续未了的工作，包括重写遗失的下册，全书总共 78 万字，于 1979 年 6 月开始，作为高校的文科教材陆续出版，每一卷的累计发行量均接近百万册。此后，又应外文出版社外译之需，邀请严家炎、樊骏、万平近三人将其压缩为 35 万字的简编，累计出版量亦近百万册。但在 20 世纪 80 年代思想观念大解放的背景下，这部保留着浓重"十七年"印记的文学史注定只是一个"历史的中间物"：它的学术积累成为更年轻的研究者的共识，它所采用的新民主主义的话语体系则为更为激进的现代性话语所代替，而唐弢等人以"春秋笔法"驾驭史料的精微处、将著史拓展为包括资料普查、人才培养等系统工程的用心，在新的历史时期反倒显得近乎"奢侈"，它代表着另一种学术风度，值得当下研究者细加体会。

第三节　1949 年后现代文学研究的重点板块及社会政治型批评的实践

1949 年 7 月召开的第一届文代会，对于中国现当代文学学科的发展影响巨大，会上郭沫若作了《为建设中华人民共和国的人民文艺而奋斗》的总报告，茅盾代表国统区文艺界作了《在反动派压迫下斗争和发展的革命文艺》的报告，周扬代表解放区作了《新的人民的文艺》的报告，三者均特别突出了革命文艺的历史地位，认为

"五四"新文学是无产阶级领导的人民大众反帝反封建的新民主主义文艺，其中延安的文艺实践在中国新文学历史发展中具有重要的价值与意义。第一次文代会确定了毛泽东文艺思想的领导地位，对于现代文学史上的运动、社团、作家则依照它们与无产阶级革命关系的亲疏重新划分了等级，从而开启了中国现代文学以阶级政治为基本评价标准的研究思路。

配合文代会的基本思路，1949 年 5 月起，新华书店推出了《中国人民文艺丛书》（周扬、柯仲平、陈涌等人编辑），开明书店则推出了"新文学选集"丛书。前者包括解放区文艺作品 58 种，共计170 多篇。

小说：赵树理的《李有才板话》《李家庄的变迁》，周立波的《暴风骤雨》，丁玲的《太阳照在桑干河上》，柳青的《种谷记》，欧阳山的《高干大》，刘白羽的《无敌三勇士》，草明的《原动力》，柯蓝的《洋铁桶的故事》，孔厥的《一个女人翻身的故事》，马烽、西戎的《吕梁英雄传》，邵子楠等人的《地雷阵》等。

通讯：华山的《英雄的十月》，周而复、师田手的《诺尔曼·白求恩断片》，刘白羽的《光明照耀着沈阳》等。

诗歌：李季的《王贵与李香香》，田间的《赶车传》，萧三、艾青等人的《佃户林》等。

剧作：贺敬之、丁毅等人的《白毛女》，阮章竞的《赤叶河》，柯仲平的《无敌民兵》，阿英的《李闯王》，傅铎的《王秀鸾》，王大化等人的《兄妹开荒》，马健翎的《穷人恨》《血泪仇》，魏风、刘莲池的《刘胡兰》，延安平剧院的《三打祝家庄》《逼上梁山》，韩起祥的《刘巧团圆》等。

开明书店的"新文学选集"丛书则是中华人民共和国出版的第一套"五四"以来作家的选集，按已去世和在世分为两辑，共收入作家 24 人，前者包括了鲁迅、瞿秋白、郁达夫、闻一多、朱自清、许地山、蒋光慈、王鲁彦、柔石、胡也频、洪灵菲、殷夫；后者包括郭沫若、茅盾、叶圣陶、丁玲、田汉、巴金、老舍、洪深、艾青、张天翼、曹禺、赵树理。

从总体上看，上述两套丛书基本划定了共和国现代文学学科的研究范围，"解放区文学备受主流意识形态的青睐而被确定为中华人民共和国文学的典范"①；而中华人民共和国成立前的若干作家，则依照与无产阶级革命的亲疏远近，有限度有选择地进入现代文学学科的视野。其中鲁迅无疑是研究的重点，现代文学的第一代研究者多有此方面的力作问世，如冯雪峰的《鲁迅的创作特色和他受俄罗斯文学的影响》、陈涌的《论鲁迅小说的现实主义》、唐弢的《鲁迅杂文的艺术特征》《论鲁迅的美学思想》、王瑶的《论鲁迅作品与中国古典文学的历史联系》、李长之的《文学史家的鲁迅》、林辰的《关于〈古小说钩沉〉的辑录年代》等。② 郭沫若同样备受关注，有代表性的研究论文包括了楼栖的《论郭沫若的诗》、陈瘦竹的《郭沫若的历史剧》等，此外如茅盾、郑振铎、老舍、巴金、赵树理、丁玲、田汉、曹禺、夏衍、闻一多、冰心、朱自清、郁达夫等人亦有相关的研究成果。自然，随着 1949 年后的历次批判运动，如 1955 年对胡风集团的批判，1958 年对丁玲、萧军、艾青等人的批判，1960 年年初对周扬、夏衍、田汉、阳翰生的批判，使得大批作家成为研究禁区，现代文学所能涉及的范围被迫逐步缩减。

被划为新民主主义文艺对立面的实际是小资产阶级文艺和自由主义流派，这使得曾在现代文学的发展中起到重大作用的胡适、徐志摩、梁实秋等人基本只在历次批判中出现，对他们真正有价值的研究付之阙如；新月派的后起之秀、在中华人民共和国成立之初尚处于创作黄金时期的沈从文等人则基本被剥夺了继续写作的权利。同样受此影响的还有都市通俗文艺，正如有的学术史研究者指出的，新民主主义文艺在此方面存在着矛盾的态度：对于传统的、农民的

---

① 陈改玲：《重建新文学史秩序：1950—1957 年现代作家选集的出版研究》，人民文学出版社 2006 年版，第 4—5 页。

② 参见张梦阳《中国鲁迅学通史》，广东教育出版社 2005 年版，第 451—487 页。

文艺活动往往会给出高度的评价，但对于当下的市民通俗文学则严加批判，[①] 如果考虑到新文学与国家意识形态的高度同构性，这种选择则有其必然性——当整个国家的基层组织被充分动员起来时，通俗文学只能保留其基本的形式，而它的内容则由国家重写和审核，以保证它不会与主流意识形态相抵牾。因此，以往鸳鸯蝴蝶派作家的创作基本被摒弃于文学研究的视野之外；张爱玲、苏青、梅娘、徐訏、无名氏等针对新市民读者群体进行写作的作家同样受此影响。

　　学科初建，基本资料的整理与话语方式的建构同等重要。新民主主义话语方式并未延续至今，但当年的基本资料建设却在重重困难中卓有实效，直接影响了此后现代文学学科的规模和成就。史料建设方面最为突出的个案无疑在鲁迅研究领域。

　　1952 年冯雪峰调任新成立的人民文学出版社社长，同年该社的鲁迅著作编辑室成立，成员包括王士菁、杨霁云、孙用、林辰四人。经过几年极为艰苦的努力，1956—1958 年，陆续出版了 10 卷本的《鲁迅全集》，和 1938 年版相比，这部全集专收鲁迅的创作、评论和文学史著作，收录了部分书信，最为重要的是，该版本带有详细的注释，极大地方便了鲁迅研究和教学的需要。

　　中华人民共和国成立后鲁迅的回忆资料大量结集，鲁迅二弟周作人撰写的《鲁迅的青年时代》（1957）和《鲁迅的故家》（1957），三弟周建人（乔峰）的《略讲关于鲁迅的事》（1954），夫人许广平的《欣慰的纪念》（1951）、《鲁迅的生活》（1954）和《鲁迅回忆录》（1961），学生冯雪峰的《回忆鲁迅》（1952）等，均提供了鲁迅生活及创作的大量细节以及当事人对于鲁迅的理解和评价，对于我们全面了解鲁迅的生平思想具有重大意义。值得一提的是，即使在"文化大革命"期间，鲁迅研究仍未止步，诸多研究者进行了大量扎实有效的资料梳理工作，如 20 世纪 70 年代，人民文学出版社

---

① 邵宁宁、郭国昌、孙强：《当代中国现代文学研究（1949—2009）》，中国社会科学出版社 2014 年版，第 43 页。

的鲁编室完成了二十多种鲁迅著作单行本的注释工作，为 20 世纪 80 年代新版《鲁迅全集》的出版打下了基础；按照地域划分，陆续整理出版了《鲁迅在绍兴》《鲁迅在北京》《鲁迅在日本》《鲁迅在广东》《鲁迅在杭州》《鲁迅在上海》《鲁迅在厦门》等资料汇编以及鲁迅与女师大学潮、鲁迅与三一八惨案等历史事件的资料集，为新时期鲁迅研究向纵深发展作了基础性的铺垫。特别值得一提的是，若干基层科研工作者对于鲁迅研究的发展作出了重大贡献，如绍兴鲁迅纪念馆的张能耿，从 1951 年起，陆续走访了鲁迅的亲友邻里，此后陆续结集出版了《鲁迅世家》《鲁迅亲友寻访录》《鲁迅亲友谈鲁迅》等著作，抢救性地保留了大量材料。又如鲁迅的学生许钦文，中华人民共和国成立后长期从事中学语文教学，针对教材中鲁迅作品的解读等问题，出版了《语文课中鲁迅作品的教学》一书，作者结合个人对于鲁迅的了解及中小学课程的特点与需要，对鲁迅作品的背景资料、写作风格、意象内涵等，进行了较为细致合理的串讲，极大地方便了中小学语文教师对鲁迅作品的把握和推广。

在期刊目录方面，1958 年阿英编辑了《晚清文艺报刊述略》。山东师范学院中文系在薛绥之、冯光廉等人的带领下，编写了《中国现代作家研究资料索引》《中国现代作家著作目录》和《1937—1949 年中国主要文学期刊目录索引》等资料，20 世纪 60 年代曾内部发行，后者成为 80 年代最为重要的学科工具书《中国现代文学期刊目录汇编》的资料来源。1961 年上海文艺出版社出版了《中国现代文艺期刊目录（初稿）》（1961）和《中国现代戏剧电影期刊目录》（1962），二者同属该社"中国现代文学史资料丛书"的部分。此外，1964 年湖北省图书馆等单位编写了《中国现代文学作家著作联合目录（1937—1963）》等。这些基础性的工作对于本学科清查"家底"意义重大。

上海文艺出版社的"中国现代文学史资料丛书"，从 1958 年开始出版，部分书目一直延续到 20 世纪 80 年代初期。该丛书分为甲乙两辑，甲辑主要是研究资料的编目，如《鲁迅研究资料编目》

《郭沫若著译书目》《左联五烈士研究资料编目》等，乙辑则是20世纪30年代的文学期刊的影印本，所选刊物以左翼期刊为多，如《我们》《北斗》《拓荒者》等，也包括如《文学》《语丝》等在文坛影响巨大的杂志，共计34种。同时，该社还影印出版了赵家璧的《新文学大系》。①

　　通俗文学方面的资料整理也卓有成效，尤其是郑逸梅撰写的《民国旧派文艺期刊丛话》等资料，较为系统地整理介绍了现代文学发展过程中鸳鸯蝴蝶派刊物的数量、分布及基本发展情况。上海文艺出版社的研究资料甲种里也有《鸳鸯蝴蝶派研究资料》。这些工作在"十七年"中不曾引人注目，但它们成为此后学科发展的坚实基础。

---

① 钱仲联等：《中国文学大辞典》，上海辞书出版社1997年版，第1676页。

第十一章

改革开放以来中国现代
文学研究的发展

从 1976 年粉碎"四人帮"开始，整个国家的政治生态重新回到正轨，中国现代文学学科则在反思中重启。原有的基础是"十七年"所确立的文学研究的革命史范式，具有一定规模的史料建设成果，若干以新民主主义为指导的文学史著作，以及两代人的学科梯队。与国家其他行业一样，文学领域也在进行拨乱反正，所谓"正"，即是排除"文化大革命"的干扰，回到"十七年"的传统中去。但原有的研究范式已经很难适应新的时代需要。此时海外汉学的研究成果大量涌入，夏志清、司马长风等人的文学史著作给研究者带来巨大的冲击，此前被屏蔽的作家作品重回历史地表，新的研究思路与方法，以及更具专业性的文学批评操作方式，都令中国现代文学的研究者震惊且压力重重。新的突破点在哪里？我们应该怎样应对海外学界的启发和挑战？这门与近现代史关系密切的学科应该如何加以管理和引导？……正是背负着上述的重重疑惑，中国现代文学研究开始了自己的再出发。

第一节　新时期的中国现代文学史料建设

1977 年，中国科学院哲学社会科学学部改为中国社会科学院，文学研究所划归社科系统管理。在 20 世纪 70 年代末到 80 年代中期，社科系统一如既往，在国家文科建设中发挥了核心作用。就现代文学研究领域而言，影响最大的便是由文学研究所主导的基础史料建设。

粉碎“四人帮”后，文学研究所现代室便在唐弢、陈荒煤等人的带领下，进行了一系列的资料编纂工作，如《鲁迅手册》《鲁迅论文学与艺术》《革命文学论争资料选》《两个口号论争资料选》《左联回忆录》等，以及大量的文学选本的编选，如《中国现代文学创作选》《中国现代短篇小说钩沉》《中国现代散文选》《中国现代经典诗库》《中国现代独幕剧选》等，上述工作可以视为接下来大规模史料工程的序幕。

从 20 世纪 70 年代末开始，现代文学的第二代研究者开始成为此学科的核心力量，在文学研究所工作的马良春等人着手进行一项大型史料整理项目，经过 1978 年北京日坛路全国总工会招待所会议和 1979 年山东青岛会议的筹备，项目的基本雏形得以确定。他们计划以“中国现代文学史资料汇编”为总标题，出版三套丛书，总计接近 200 种。这三套丛书包括：

甲种丛书：中国现代文学运动、论争、思潮流派、社团资料；

乙种丛书：中国现代作家作品研究资料丛书；

丙种丛书：中国现代文学期刊、报纸副刊总目、总书目、作家笔名录。

甲、丙两种丛书的选目，由马良春和徐迺翔开列，乙种丛书的作家名单则由张大明根据几种通用的现代文学史确定，最终定稿时包括约 180 人。

　　此类大型工程，自然需要动员全国该学科的研究者共同参与，此后文学研究所开始联络全国各高校及文化单位，征求意见，并寻找承编者。随后成立的编委会囊括了全国知名的现代文学方面的专家或资深编辑，如文学研究所的陈荒煤、许觉民、唐弢，北京的王瑶、孙玉石、杨占升、王景山、常君实，东北的孙中田，山东的薛绥之，江苏的芮和师、范伯群，上海的贾植芳、丁景唐、魏绍昌等。参与者则包括了三四十家大学的教授、副教授及有实力的讲师，各地研究所的研究员、副研究员，各地文联系统、作协系统的热爱文学的相关人员，各出版社的编辑，部分作家家属等。此后，又有约16家出版社参与了此书的出版工作。

　　在1983年3月的全国学科规划会议上，由陈荒煤主编、马良春具体负责的《中国现代文学史资料汇编》被列入国家"六五"期间重点科研项目，此后又进入"七五""八五"重点项目。在编写原则中，特别强调"《资料汇编》力求反映中国现代文学史上运动、思潮、论争与社团的发展变化面貌，努力加强革命的和具有进步倾向的文学运动、文学理论与社团资料的搜集和整理，兼顾不同倾向和流派的文学主张和文学活动的材料，同时注意过去被忽视的正面和反面史料的搜集"，要求编选者"务必注意资料的可靠性，应认真核查并尽量从最初发表的报刊或初版书籍上选录"，① 在很大程度上，此类原则正是唐弢的文学史观念的核心部分。早在20世纪60年代，唐弢便为来文学研究所进修人员开列过必要的期刊阅读目录，此后在文学史的编写过程中，也要求参与人员系统地阅读原始期刊，"文化大革命"后，唐弢的得力助手严家炎首先将此书目用于研究生的培养，并充分利用北京地区高校、图书馆的馆藏资源，要求现代文学专业的研究生阅读原始资料。从此意义上说，资料汇编项目也是对现代文学青年研究者的一次学术训练，形成了该学科某些研究方法上的共识，亦培养出一支有着自觉史料意识、精通资料整理和使

---

　　① 参见张大明《现代文学史料建设》，未刊稿。

用规范的学科队伍。

　　到目前为止，该丛书已经出版 80 来种，离原来规划虽尚有较大距离，但已有部分对整个学科的发展价值巨大。如丙编中的《中国现代文学期刊目录汇编》，便是由北京大学的唐沅、封世辉等人和山东师范大学的韩之友、顾盈丰等人合作完成，双方此前均在资料整理方面有一定积累，并参考了原山东师范学院内部出版的《1937—1949 年主要文学期刊目录索引》，《中国现代文学期刊目录汇编》共收录期刊 276 种，每种刊物前撰写有简介。期刊收录标准明确、核对极为严格准确，此书的出现极大地方便了现代文学研究者资料的查阅，几乎成为研究者案头必备资料。同样重要的还有贾植芳、俞元桂主编的《中国现代文学总书目》，内容分为诗歌、散文、小说、戏剧和翻译共五卷，辑录 1917—1949 年的现代文学著作约 13500 种。

　　"中国现代文学史资料汇编"项目不仅是中国现代文学的研究和教学必不可少的参考资料，它的编选过程，也是对全国图书馆藏资料（书籍、报纸、期刊）的较为彻底的普查，使得现代文学研究的从业者真正了解了学科的基本资料储备情况。文学研究所主持大规模的史料整理工作自有其历史传统，从第一任所长郑振铎开始，便着手整理出版《中国古本戏曲丛刊》《中国古本小说丛刊》等文献资料，他同时身兼国家文化部部长，这使得他可以依托文学研究所专业化的学术团队，并调动全国力量加以支持。现代文学领域，此类大型工程的开展正是在 20 世纪 70 年代末到 80 年代中期的"汇编"，在某种程度上，这也是文学研究所最后一次有效地组织动员全国的学术力量进行的大型项目建设，此后，随着高校的不断壮大，教育部和宣传体系职责的分离，以及社科系统科研管理职能的不断弱化（如社科基金的审批权限转交国家社科基金管理办公室），社科系统在整个学科中的影响力在逐步减弱，从现代文学专业看，80 年代的史料工程渐成绝响。

　　承续此前上海文艺出版社影印出版的传统，从 20 世纪 80 年代初期开始，上海书店以"中国现代文学史参考资料"的名义，系统影印出版现代文学作品集，一般每一辑包括十余种图书，如第一辑包括了胡适的《尝试集》、陈梦家编辑的《新月诗选》、陈源的《西滢闲话》等，极大地方便了现代文学研究者对原始期刊的需求。至90年代初，该社共影印160余种作品集，其中包括了许杰主编的"文学研究会作品集"、陈子善主编的"新月派文学作品集"、倪墨炎主编的"创造社作品集"、魏绍昌主编的"海派小说专辑"、姜德明主编的"京派文学专辑"、贾植芳主编的"现代都市小说专辑"，各收书10种，每辑前有主编者的题记，对该流派进行评介。此类出版活动较一般的文学史研究著作更有长久的价值。上海书店还曾影印过30多种现代文艺期刊。①

《新文学大系》的编撰工作也重新启动，从1982年起，在丁景唐、赵家璧的主持下，1927—1937年部分开始启动，至1987年陆续出齐，周扬为此书作序。此后，1937—1949年、1949—1976年、1977—2000年部分，分别于1991年、1997年、2009年出齐。山东大学孔范今主编的《中国现代文学补遗书系》则于1990年出版，所选篇目多为以往文学史较少关注的作家，对当时的科研工作颇有助益。此外，作家文集、全集的整理工作也陆续展开，1981年，人民文学出版社在1858年版的基础上推出了16卷本的《鲁迅全集》，除补充了《集外集拾遗补编》《古籍序跋集》《译文序跋集》三册外，又收录了1912—1936年的日记（1922年缺失），以及当时所能收集到的书信，并在以往研究基础上，调整了作品注释。该版本是目前影响最大、使用最为频繁的版本，极大地推动了鲁迅研究的兴盛。1982年起，《郭沫若全集》陆续出版，分文学编、历史编、考古编，至2002年出齐。因逸文较多，近年在郭沫若纪念馆的牵头下，又重新加以补充修订。《茅盾全集》也于1984年开始陆续整理出版，至2006年出齐，共计43卷。其他作家的全集、文集、选集等也在积极

---

① 俞子林：《艰难的历程——出版"中国现代文学史参考资料"的回忆》，《出版史料》2009年第1期。

的出版中，如 1984 年广州花城出版社出版了 12 卷本的《沈从文文集》、1992 年安徽文艺出版社出版了 4 卷本的《张爱玲文集》，都对当时研究工作的发展助益颇多。

综合性的资料也在大量汇编出版，如薛绥之主编的《鲁迅生平史料汇编》五辑于 1981 年出版。上海社会科学院文学研究所主编的《上海"孤岛"时期文学资料丛书》、广西社会科学院主编的《抗战时期桂林文化运动史料丛书》、中国社会科学院文学研究所鲁迅研究室主编的《1923—1983 年鲁迅研究学术论著资料汇编》以及《中国人民解放军文艺史料丛书》《新文学史料丛书》《江苏革命根据地文艺资料汇编》等，都在陆续出版。如樊骏所言，按照专题，将有关的各种材料汇集在一起，为深入探讨这类问题提供了极大便利。①

特别值得提及的是，1978 年《新文学史料》创刊，截至当前，此刊物为史料领域最为重要的期刊，发表了大量书信、日记、年谱、回忆录和研究之作。1985 年在经过数年筹备后，中国现代文学馆成立，大批量收集、整理、研究中国现代作家的著作、手稿、译本、日记、信札、藏书等文献资料，如唐弢等人的藏书均捐赠给该馆，此机构成为中国现代文学资料保存方面最为重要的机构。

从 20 世纪 80 年代开始，作家回忆录的撰写出版，为现代文学研究提供了新的动力，如 1981 年起茅盾的回忆录《我走过的道路》陆续发表，1985 年夏衍的《懒寻旧梦录》出版，此类作品再现了现代文学发展的生动细节，也对研究者理解文坛活动帮助巨大。与此相关，文献的考证辨析工作也卓有成效地展开，最有代表性的便是朱正为许广平《鲁迅回忆录》一书所写的《鲁迅回忆录正误》，为现代文学史料考证作出了范例。

文献资料方面的丰硕成果，也使得该领域的研究趋于自觉。

---

① 樊骏：《这是一项宏大的系统工程——中国现代文学史料工作的整体考察（上）》，《新文学史料》1989 年第 1 期。

1982 年唐弢提出"应该大力抢救资料"①，1985 年，马良春发表了《关于建立中国现代文学"史料学"的建议》。1986 年朱金顺的《新文学资料引论》出版。从方法论的角度对现代文学搜集整理、考证、版本、校勘、目录五个方面进行了归纳和阐述，规定了现代文学史料工作的范围、任务和方法，展现了现代文学的文献整理工作在方法论层面的成就。

从基础史料入手，重现现代文学原有生态，在很大程度上也是应对海外汉学界冲击的最为有效的方式。长时间的屏蔽，使得较为年轻的一代现代文学研究从业者，对于夏志清等人重点关注的沈从文、张爱玲、钱锺书等作者较为陌生，话语方式的转型也尚需时间，但大陆的现代文学研究界有其独有的优势，这里毕竟是中国现代文学的发生地，虽经历次运动，但文献资料的保存量，远非海外学界可比。从 20 世纪 80 年代初期开始的大规模的研究资料整理工作，无疑是中国现代文学研究再出发时的最佳原动力。

第二节　文学史观的更新与多样化
文学史著作的编写

20 世纪 80 年代中国现代文学研究成为"显学"，这门学科获得全社会的高度关注，很大程度上是因为它以自己的方式参与了国家意识形态的调整进程。

在最初，现代文学学科的关键词是"拨乱反正"，学科的复原和大批作家的平反密切相关，如 20 世纪 70 年代末，北京高校组织的对"国防文学"的讨论，80 年代初西鲁（鲁迅博物馆）、中鲁（人民文学出版社鲁编室）和东鲁（文学研究所鲁研室）之间有关左联内部人事纠纷的论争，以及徐州师范学院组织编写的《中国现代作

---

① 唐弢：《关于中国现代文学研究问题》，《文史哲》1982 年第 5 期。

家传略》，文学研究所组织的"左联回忆录"等资料项目，均使得大批被打倒的作家、被否定的文学路线，重回公众视野。此时的文学资料整理、文学论争讨论，对于作家有着落实政策的意味，获得了他们的热烈响应。

此后，随着资料整理项目的大规模展开，诸多作家、社团和文学流派的回归，大大丰富了现代文学研究所要涉及的内容，以往的新民主主义阐释框架无法涵盖如此丰富的文坛现象，重新找寻阐释体系及理论方法成为研究者的共识。夏志清等人的研究成果也产生了巨大的冲击力，研究范式的转型势在必行。新的研究范式需要在以下五个方面为学科提供支撑。

第一，能够充分关照到中国现代文学与外国文学的关系，将中国现代文学研究真正纳入到世界文学发展的主流中加以评价和考量。"十七年"期间，我们关注较多的是新文学与苏俄文学之间的关联，这个视野对于整个学科而言，过于狭窄，如实地呈现中国现代文学在发生、发展过程中所接受到的外来文化的滋养，与世界主流文化产生呼应，找寻中国文学融入世界文坛的契机，恰是此时期文学研究所要承担的任务之一。

第二，能够建立起中国现代文学与传统文化的关系，将"五四"新文学视为传统文化在近现代历史背景下的转型和创造性再生，而非断裂。此前的阐释框架对于传统文化资源作出了过于简陋的判断，在很大程度上制约了自身文化的传承，也无法全面理解现代作家复杂的文化背景。

第三，能够在文学的发展和历史的进程之间建立起更为有效的关联，如实地展现不同时段的历史发展需求对于文学形态的影响，对于不同历史时期、不同地理区域的文学活动都能够给予恰当的评价，将文学真正置放在中华民族现代化的进程中，评价其作用和意义。

第四，能够充分注意到文化的多个面相，能够从民俗的、语言的、思想史的多个层面去触及中国现代文学，对于文学的雅俗问题、地域形态问题、文体问题、语言表达问题都能够真正有所深入，对中国现代文学的内在丰富性进行重估。

第五，能够和此前的新民主主义学术范式产生有效的对话，对于该学术范式的价值和局限有明确的认知，在充分研究的基础上，对此前时段的成果进行有效的扬弃。

基于学科发展的上述诉求，贯穿整个 20 世纪 80 年代，对现代文学新的阐释角度和研究方法的关注一直备受瞩目。最为重要的是对社团流派的关注。唐弢在《艺术风格与文学流派》一文中，提出"应当有对五四以来的各种风格、各个流派进行深入研究和总结分析的经得起考验的现代文学史"，此应视为"我们这一代人的责任"。[①]1981 年和 1983 年，文学研究所现代室连续召开了两次"中国现代文学思潮流派问题学术交流会"，话题集中于现代文学思潮流派研究的理论问题及传统和外来文化对现代文学的影响，唐弢、王瑶、钱谷融、贾植芳、卞之琳、冯至、袁可嘉、敏泽、孙席珍、陈冰夷、丁守和、蒋和森、刘柏青、鲍昌、冯健男、严家炎等都就此问题发表了意见，会议论文结集为《中国现代文学思潮流派讨论集》。[②] 此后，该研究被纳入国家"七五"计划项目。以社团流派为切入点，80 年代的学术界迅速出现了大批突破性成果。在小说研究领域，1982 年，严家炎在北京大学率先开设"中国现代小说流派史"课程，其讲稿 1984 年起在报刊连载，在国内学界产生巨大影响。此领域更为详细的研究则有杨义在 1986 年开始陆续出版的《中国现代小说史》三卷，该书的写作曾查阅 2000 多种民国原版书，是对现代文学小说创作的全面普查；从研究视角上看，该书将社团流派的观点贯穿始终，恰是对唐弢从社团和流派角度著史思路的有效落实。诗歌研究方面，社团流派意识更为清晰自觉。1981 年，诗集《九叶集》和《白色花》出版，在袁可嘉和绿原分别写的序言中，对"九

---

① 唐弢：《艺术风格与文学流派》，《社会科学战线》1983 年第 4 期。
② 黄淳浩：《缅怀马良春同志》，《中国现代文学研究丛刊》1992 年第 2 期。

叶派"（中国新诗派）和"七月派"的流派特色和历史沿革有清晰的介绍，此后对此二课题的研究一直是现代文学领域最具活力的生长点之一。此后，孙玉石1983年出版《中国初期象征派诗歌研究》、陆耀东1985年出版《20年代中国各流派诗人论》、蓝棣之1988年出版《正统的与异端的》均为此领域坚实成果。社团流派的思路深刻地影响了新一代研究者的文学史观念，1988年温儒敏出版《新文学现实主义流变》一书、1989年吴福辉发表有关京海派研究的系列论文，在他们此后的文学史写作中，此原则延续至今。特别值得一提的是，由范泉主编的《中国现代文学社团流派词典》于1993年由上海书店出版，共收入"中国现代文学社团流派辞目1082条，其中社团1035条，流派47条；正目667条，参考415条"，为此领域的拓展提供了有效的推助。

对现代作家所受西方文学资源的影响的考察同样成为炙手可热的选题。此话题从当代文学的创作讨论起步，很快变成现代文学研究者重新接续文学传统的努力。诗歌领域成果最为集中，1983年，有着西南联大创作背景的王佐良、袁可嘉分别发表了《新诗中的现代主义》和《西方现代派与九叶诗人》，全面肯定了与西方现代派关系密切的20世纪40年代诗歌创作。在此前后，关于鲁迅的《野草》、李金发和戴望舒等人的诗歌所受西方现代派诗人的影响，也取得丰硕的研究成果。[①] 此后，田本相对于中国现代剧作家与西方各戏剧流派关系的考察，严家炎、叶渭渠、吴福辉等人对于30年代上海新感觉派的研究，引起学界对此课题的持久关注。[②]

---

① 参见孙玉石《〈野草〉研究》（中国社会科学出版社1982年版）、杜学忠等《论李金发的诗歌创作》（《中国现代文学研究丛刊》1983年第1期）、郑择魁《试论戴望舒诗歌的独特性》（《浙江学刊》1985年第5期）等。

② 参见田本相《论西方现代派戏剧对中国话剧发展之影响》（《南开大学学报》1983年第2期）、严家炎《论三十年代的新感觉派》（《中国社会科学》1985年第1期）、吴福辉《中国新感觉派的沉浮和日本文学》（《中国现代文学研究丛刊》1986年第4期）等。

在 80、90 年代之交，钱理群的著作《心灵的探寻》、汪晖的博士学位论文《反抗绝望》以及解志熙的博士学位论文《生的执着》更是展现了西方存在主义哲学对中国现代作家的巨大影响。

对于旧派文学的研究成果极为丰硕。20 世纪 80 年代初，苏州师范学院的范伯群和中国社会科学院文学研究所的刘扬体均有重要论文发表。① 范伯群对鸳鸯蝴蝶派文学的关注从中国社会科学院文学研究所主持的资料整理项目起步，得益于苏州当地丰厚的文献资源和研究者艰苦的资料爬梳工作。在范伯群的带领下，苏州大学迅速成为民国通俗文学研究的中心，培养了大批从事该领域研究的学者。

对文学区域的考察同样展现出巨大的活力。抗战时期，中国因政治因素被分割为解放区、国统区和沦陷区。尤其是后者，在此前的研究中几乎空白。1980 年，美国学者耿德华的《被冷落的缪斯——中国沦陷区文学史（1937—1945）》在美国出版，迅速引发国内对此话题的关注。沦陷区文学独特的生态景观以及所蕴藏的巨大潜能为国内学者提供了重新理解现代文学成就与活力的契机。沈卫威、黄万华、金训敏等人在 20 世纪 80 年代中后期均有重要论文发表，② 而此领域真正震撼人心的成果则在 90 年代陆续出现。

需要说明的是，近现代史、党史、思想史的最新研究成果同样对于现代文学学科产生了巨大的推动作用，影响最为明显的当推李泽厚在《中国现代思想史论》中提出的"救亡压倒启蒙"的观点，为文学研究者阐释现代作家心路历程提供了有力支撑。李新主编的《中华民国史》（13 卷，1988 年由中华书局出版）则为现代文学的

---

① 参见范伯群《试论鸳鸯蝴蝶派》（《中国现代文学研究丛刊》1981 年第 2 辑）、刘扬体《病态文学的盛衰——鸳鸯蝴蝶派初探》（《中国现代文学研究丛刊》1982 年第 1 辑）等。

② 参见沈卫威《试论东北流亡文学的独立体系和结构形态》（《学习与探索》1987 年第 6 期）、黄万华《研究沦陷区文学应重视文化环境的考察》（《文学评论》1988 年第 4 期）、金训敏《"回归"：沦陷区文学思潮的矛盾运动》（《文学评论》1989 年第 6 期）等。

研究提供了更为宏阔的历史背景。

1985 年前后是一个重要的时间点。经过此前一段时间的资料整理工作和专项研究的展开，新的文学史观渐趋明晰，在所有文章中，最有代表性的无疑是陈思和提出的《新文学研究中的整体观》和黄子平、钱理群、陈平原三人共同提出的"20 世纪中国文学"这一命题。在陈思和看来，"五四"以来的现代文学被政治分期截断成"现代"和"当代"两个部分，而忽视了其内在脉络的延续性，因此提出应将"五四"以来的新文学看成一个开放型的整体，从宏观上把握其内在精神和发展规律。① 陈思和的思路显然将"十七年"和"文化大革命"时段纳入到了现代文学的考察范围之中。黄子平等三人共同提出的"20 世纪中国文学"命题，其根本着眼点在于中国文学的现代转型，此前研究中那些令人瞩目的学术生长点，如外来文化、本土文化、政治空间、雅俗关系、流派特色等均被包含在内。在时间跨度上，它将现代文学的起点大大前提，将晚清民初的时段纳入到现代文学的考察范围之中，这实际是对"五四"起源观点的某种扬弃，而清末民初文学的研究在此后确实诞生了大批开创性的成果，极大地丰富了我们对于文学现代性的理解和认知，如陈平原 1989 年出版的《中国现代小说史》（第一卷）、刘纳 1998 年出版的《嬗变——辛亥革命时期至五四时期的中国文学》等均为此领域的力作。

文学史观的变化推动了重写文学史的实践。1988 年陈思和与王晓明在《上海文论》开设"重写文学史"专栏，针对以往文学史中的定论展开系统讨论，就发表的文章看，左翼文学、解放区文学和"十七年"文学成为"再解读"的主要对象，对于以往文学史观中较为狭隘的"文学为政治服务"、庸俗社会学方法有集中批评，对于此前文坛秩序和作家排名亦有较强的冲击，

---

① 黄子平、陈平原、钱理群：《论"20 世纪中国文学"》，《文学评论》1985 年第 5 期。

"重读"在很大程度上可以视为新旧研究范式之间的对话，是 20
世纪 80 年代新孕育的文学史观在对旧有研究范式的挑战中找寻
自身表达策略和发展空间的尝试。

新时期文学史观的调整也推动了专门史的编撰。20 世纪 80 年代
末，陈白尘、董健主编了《中国现代戏剧史稿》，此后该书的资料部
分又以《中国现代戏剧总目提要》（2003）为名出版，南京大学中
文系成为现代戏剧研究方面的中心。80 年代初期，中国社会科学院
林非出版了《中国现代散文史稿》，开创了现代散文史著述先河。此
后福建师范大学的俞元桂主编的《中国现代散文史》于 1988 年出
版，全书凡 50 余万言，资料详尽、体制宏大。其资料部分如《中国
现代散文总书目》《中国现代散文理论》等，亦对此领域研究的开
展帮助巨大，福建师范大学中文系逐步成为中国现代散文研究的中
心——从研究项目的偏重到学科中心的形成，此可视为新时期现代
文学学科再出发时的一大特色，亦形成了当代现代文学研究生态群
落的布局。散文中的杂文分支，历来为研究者青睐，80 年代末西北
大学张华主编的《中国现代杂文史》，加深了研究者对于杂文艺术特
征和历史演变的理解。小说史和流派史方面则有前面提到的杨义的
《中国现代小说史》三卷和严家炎的《中国现代小说流派史》。前者
共计 150 余万字，涉及作家 600 余人，以其社团流派的视角和对现
代小说艺术品格的深入开掘广受赞誉；后者则明确以社团流派为讨
论对象，亦可视为现代文学的第二代学者所进行的学术示范。由于
著史活动的相对滞后性，此时期新的学术观念的影响力将在此后数
年中陆续得以显现。

第三节　学术队伍、学会建设、学术项目与学科意识

20 世纪 80 年代与现代文学学科发展密切相关的还有三个重要因

素，即学术队伍的扩大、学会的成立、学术项目的持续增加。

首先，学科队伍的扩展，第三代学人成为学术骨干。如王富仁、钱理群、刘纳、杨义、赵园、吴福辉、温儒敏、蓝棣之、陈思和、王晓明、汪晖、陈平原、艾晓明等，他们是在 1979 年后随着高考和研究生学位制度的恢复而进入现代文学研究领域的。这批研究者非常迅捷地吸收了唐弢、王瑶这代学者的学术优长，又对西方的理论方法有着更为开阔的视野，同时在个人发展中，被称为第二代学人的樊骏、严家炎等人又给予他们积极的推助，这使得他们从 20 世纪 80 年代中期开始便迅速崭露头角，以较其师友辈更为急切的心态迅速推出了大量有质量的学术成果，在科研领域充分展现出改革开放所能释放的巨大活力。

其次，中国现代文学的学会成立。1979 年 1 月，在教育部现代文学教材审稿会上，与会学者倡议成立现代文学研究会。随后在西安现代文学教材会上，中国现代文学研究会正式成立，选举王瑶为会长，田仲济、任访秋为副会长，并创办《中国现代文学研究丛刊》作为学会会刊。王瑶为该刊物的主编，而具体编务工作由樊骏负责。学会的成立非常有力地增强了学者之间的横向联系，使他们在学术规划、师承关系等方面可使用的资源大大拓展，它改变了此前国家对于科研和高校教师队伍过于简单的垂直管理，更多地将操作主动权留给了学者所建立的共同体。在第二代和第三代学者的交接过程中，学会扮演了一个非常积极的角色，也推动了某些学术传统的继承和发扬。随着现代文学研究会的成立，以研究对象划分的各作家研究会也纷纷得以成立，规模较大的如鲁迅研究会、郭沫若研究会、茅盾研究会等。

最后，学术工程的项目化也成为主流。国家社科基金在 1983 年设立。在该年广西桂林召开的全国文学、艺术、外国文学学科规划会议上，总共确立了 28 个选题为"六五"计划期间国家重点科研项目。[①] 其中，中文方面有 13 项，和现代文学专业直接相关的为唐弢的《鲁迅传》和陈荒煤主编、马良春具体负责的《中国现代文学史料汇编》。[②] 后者作为一个大型资料整理项目，吸引了全国各院校的积极参与。

教育部人文社科项目从 1980 年开始设立，和中国文学学科相关的立项从 1986 年开始，共有 6 个课题被列入国家"七五"计划重点项目，占中国文学方向的绝对优势，分别如下——

1986 年　二十世纪中国小说史　北京大学　严家炎

1986 年　中国新诗思潮史　北京大学　谢冕

1986 年　中国新文学社团流派研究　华东师范大学　钱谷融

1986 年　二十世纪中外文学关系史　复旦大学　贾植芳

1986 年　中国近现代通俗文学史　苏州大学　范伯群

1987 年　近现代学者对中国文学研究的贡献及经验　北京大学　王瑶

一方面，从整体发展看，学术研究的"项目化"取代了以往的"任务化"，在 20 世纪 80 年代确立，90 年代成为主流，此后深刻影响了该专业的考评晋升机制，塑造了当代学界的基本面貌。另一方面，我们可以看到在 80 年代，社科体系在现代文学学科发展中的作用更为明显，他们是社科基金项目的主导者，项目规模更大，从而可以有效地动员高校教师参与。捎带的，这也影响了社科体系的研究者对自身角色的理解和定位，他们更愿意成为该学科发展的引导

---

① 《中国社会科学院文学研究所所志》中记录在此 28 个项目中有中文专业 13 项，其中文学研究所主持 6 项；《全国文艺学科规划会在桂林举行，外国文学方面确定九个重点项目》记录外国文学专业 9 项，其中外国文学研究所主持 3 项，合作主持 1 项，艺术研究院、北京大学、北京师范大学、北京外国语大学、人民文学出版社各 1 项。李若飞《国家社科基金艺术学项目 30 年发展进程研究》提及艺术学共 6 项，其中《中国话剧史》（葛一虹主编）和现代文学关系密切。

② 《文学研究所所志初稿（1953—2013）》，社会科学文献出版社（内部征求意见稿），第 181 页。

者，去做更基础、更具全局性的工作，从这种意义上讲，只有 80 年代的社科体系才能产生如樊骏这样的研究者，他不仅将这个学科视为研究对象，也将其视为管理和引导的对象，将个人的学术气质，通过对现代文学研究领域的跟踪评价和与更年轻一代学者的私人联系，深刻植入到该学科的发展蓝图之中。这种学术权力带来的优势在 90 年代初不复存在。

1953 年 8 月，樊骏毕业于北京大学，分配到中国科学院文学研究所工作。在"文化大革命"结束前，樊骏作为唐弢的助手，参与了《中国现代文学史》的编写和定稿工作。20 世纪 80 年代初，在中国现代文学研究会成立后，他从 1982 年至 1998 年长期担任中国现代文学研究会副会长及会刊《中国现代文学研究丛刊》的副主编和主编。樊骏是现代文学专业最早具备明晰的学科意识并大力加以提倡的研究者，他在新时期自觉承担了整理现代文学研究传统、总结学科经验、勾勒未来发展方向的战略性工作。这些工作恰是以学会为主要媒介来展开的。具体的方式有两类。

第一是学科年度综述的撰写。从 1980 年起，他以"辛宇"为笔名，带领现代室的青年研究者如张建勇、孟繁林等，对每年学科发展中的热点进行评述，不仅向同专业的研究人员展示学科发展的趋势，还对其中所存在的问题有直接的批评。年度综述成为现代文学学科的研究人员必读的文本，通过此方式，每个人也都被组织进了学科发展的进程中。在樊骏的坚持下，写作学科综述成为现代室年轻学者的"必修课"，一直坚持至今。此工作意在使写作者和阅读者真正了解自己所从事的学科，并在个人研究方向的选择上有的放矢。

第二是樊骏个人的研究多以现代文学学科为对象。这种主动选择与他对现代文学历史价值的估价和对学术工作的特殊理解密切相关，即强调研究工作是对真理的寻求、发现和捍卫而不是个人的自我表现；因此他以"科学工作"的标准来衡量文学研究，把学术工作看成凝聚几代人智慧的"社会化"的精神劳动。他经常思考的是现代文学学科的全局问题，并对学科建设发表战略性意见，对已有的研究成果则能站在公正的立场上进行直言不讳的批评以推进学术的发展。

中国现代文学研究会成立后，其发展处于樊骏的密切关注之下，在 1982 年的第二届年会上，樊骏回顾了该学科的产生发展历程，着重分析了 20 世纪 50 年代以来"左"倾思潮的干扰和危害，并总结了近几年学科的新的进展，并对如何推动该专业的发展提出了若干设想，此后，该演讲以《关于中国现代文学研究的考察和思索》和《马克思主义与中国现代文学研究》为题，分别发表于《中国社会科学》和《中国现代文学丛刊》上。在 1984 年的第三届学会上，樊骏又发表了《关于开创中国现代文学研究新局面的几点想法》长篇论文。结合他每年所坚持的年度学科述评工作，整个研究界的发展被较有计划地统筹起来。

此后，樊骏在学科研究方面还发表过《既要分工，又要综合》《论中国现代文学研究的当代性》《这是一项宏大的系统工程——关于中国现代文学史料工作的总体考察》《我们的学科：已经不再年轻，正在走向成熟》等文章，也系统总结过陈瘦竹、唐弢、王瑶等第一代学者对学科的贡献，如《唐弢与中国现代文学研究》《论文学史家王瑶》等。

在 20 世纪 80 年代学科的快速发展中，樊骏提供了某种难能可贵的自觉意识，他作为第二代学者，非常自觉地将马克思主义的思想资源、人文精神和严谨的科学态度融合在一起，在现代文学研究中坚持历史主义与当代性不可偏废的原则，前者强调现代文学学科必须"从单纯的文学批评向综合的历史研究的转化"，具备历史研究的成分和特点；后者要求学术研究要有现实的关怀，"把从实际出发，尊重历史和从今天的认识水平对历史进行新的审视结合起来，历史感和现实感并重，实现历史主义和当代性的统一，才是做好研究工作的基本要求和发展中国现代文学这门学科的必由之路"。① 在 80 年代开始的理论热、方法热中，樊骏有着积极的推助，他自己对此问题也有着更深入的理解，强调研究者应该打破过于狭隘的学科分工，尝试"多学科交叉的、多学科之间的边缘性的研究"，不仅要吸取外国美学和文学理论、文学批评的思维成果，而且应该将视野放得更为开阔，吸取自然科学方法论的成果，使得现代文学研究"看重它的学术内容学术价值，注意科学的理性的规范，使研究成果具有较多的学术品格与较高的学术品位，从而逐步成为真正意义上的学术工作"。②

对于研究中出现的斩断现实关联、过分狭隘化、晦涩化的倾向，樊骏也有非常严厉的批评，如"今天的资产阶级学者大多徘徊在社会解放、人类进步的时代洪流之外，躲进宁静的书斋，冥思苦想地创立同样宁静的缺乏时代气息的学术体系。他们并不是没有真知灼见，但几乎都有意无意地无视或者割断文学和社会现实的联系，将文学当作是一种单纯的人类思想感情的产物，一种十分抽象、不易捉摸的东西，一种仅仅供人享受娱乐的奢侈品，装饰品"③。樊骏的做法实际给快速成长的第三代、第四代学者确立了价值规范，使其成为现代文学研究界的共识。

樊骏作为"现代文学学科的守护者"，他所开创的"现代文学研究之研究"在此后更有深入的发展，且成果斐然；但他扮演的学科规划者和监督者的角色，随着社科系统和高校关系的变更，成为不可复制的存在。

---

① 樊骏：《论中国现代文学研究的当代性》，《中国社会科学》1986 年第 6 期。

② 樊骏：《我们的学科：已经不再年轻，正在走向成熟》，《中国现代文学研究丛刊》1995 年第 2 期。

③ 樊骏：《关于开创中国现代文学研究新局面的几点想法》，《中国现代文学研究丛刊》1985 年第 1 期。

第四节 文学研究的深化及其代表性成果的涌现

20 世纪 80 年代学科再出发之际提出诸多命题和学科理念，在 90 年代以至 21 世纪的近 20 年中一一得以兑现，并有深化拓展之势。

黄子平等三人提出的"20 世纪中国文学"概念，尽管有着诸多争议，赞同者对此概念的理解也不尽一致，但在实践中，此概念最为有力处便在于打通近代、现代和当代的界限，使得研究者可以在一个较为完整的历史时段中找寻文学自身的发展规律，因此无论在理论还是现实层面均被广泛地接受。《中国现代文学研究丛刊》对此有积极的推助，特开辟了近代文学与"十七年"文学栏目。而海外汉学界，尤以哈佛燕京学社为代表的中国现代文学研究者，如王德威，其学术立足点也恰是晚清，他的"没有晚清，何来五四"的提法在国内影响广泛，从交流的角度看，关注晚清等新的学术领域，亦便于双方的对话和相互启发。2002 年揭晓的首届王瑶学术奖中便有着眼于清末民初的力作：刘纳的专著《嬗变——辛亥革命时期至五四时期的中国文学》。与改革开放之初面临西方汉学界时的压力重重不同，经过近 20 年的学术快速发展，以及坚实的文献修养和积极的理论训练，中国学者在与海外汉学界的对话中占据了优势，能够提供更为厚重且具有权威性的研究成果。

从 20 世纪 90 年代至今的近 30 年中，随着高校中文系规模的不断扩大，现代文学研究界亦兴起了一个著史的热潮，以"20 世纪的中国文学"命名的通史、文体史、地区文学史著作在 15 种以上，如孔范今、黄修己分别主编的《二十世纪中国文学史》，朱栋霖、丁帆、朱晓进主编的《中国现代文学史：1917—1997)》，陈鸣树主编的《二十世纪中国文学大典》，黄曼君主编的《近百年中国文学理论批评史》，易新鼎主编的《二十世纪中国小说发展史》，姚春树、袁勇麟的《20 世纪中国杂文史》等。①

20 世纪 80 年代文学史观讨论中特别强调的社团流派、雅俗、外来影响和地域等视角，90 年代后均有相应的成果体现。如 1993 年温儒敏的《中国现代文学批评史》，1995 年马良春、张大明主编的《中国现代文学思潮史》，徐迺翔、黄万华合著的《中国抗战时期沦陷区文学史》，1997 年孙玉石撰写的《中国现代主义思潮史论》，1998 年朱寿桐主编的《中国现代主义文学史》，2000 年范伯群主编的《中国近现代通俗文学史》，2009 年杨义主编并由张中良、赵稀方、李今等人分别承担的六卷本《20 世纪中国翻译文学史》等，均为各专项研究的代表性成果。

20 世纪 80 年代便已提出的有关台港澳及海外华文文学研究的话题，在 90 年代随着香港、澳门的陆续回归，以及国内学术界与台港澳及海外汉学界交流的日益密切，在理论层面力图涵盖上述地区的文学史理念，也成为研究热点。而汉语媒介则成为研究首先关注的因素，如朱寿桐主编的《汉语新文学通史》（2010），便试图在语言载体和新文学的价值尺度的结合中找到拓展现代文学研究领域的契机。

当上述视角成为研究者的普遍共识，现代文学史著作包含的体量急速扩展，如学术型文学史著作张炯、樊骏等人主编的《中华文学通史》"现代文学"卷，有学者评析时便指出，该书"增添了以往现代文学史很少写到的通俗文学、电影文学、儿童文学、民间文学、少数民族文学、沦陷区文学等，并且分别设立专章专节"，此做法"不仅是一个叙述内容的简单增添与研究对象的扩大，而是意味着文学史观念的一个突破。其中最有意义的就是'新文学中心'的破除，引入了通俗文学的叙述；'汉文学中心'的破除，引入了少数民族文学的叙述；以及'大陆文学中心'的破除，引入了台湾文学

---

① 秦弓：《现代文学研究 60 年》，《文学评论》2009 年第 6 期。

的叙述；而儿童文学、电影文学、民间文学等的引入，则是意味着
‘现代文学’概念的扩张"。评论者进一步提出："将曾被排斥、遗
漏在外的文学重新纳入现代文学的叙述，这不应是简单的拼盘式的
‘1＋1'，它所引起的是一个研究格局的深刻变化：不再是孤立的分
别的研究，而是从‘新小说'与‘通俗小说'，‘新诗'与‘旧体诗
词'，‘话剧'与‘戏曲'二者的既对立、竞争、制约，又互相渗
透、影响的‘关系'中去把握中国现代小说、诗歌、戏剧的生态发
展，由此将会展现出一种新的文学景观。在这方面，有广阔的研究
前景，还有许多艰苦的工作要做。"①

　　钱理群、温儒敏、吴福辉合著的作为高校教材的《中国现代文
学三十年》（修订本）同样为通俗文艺、台港文学等内容提供了专
章，意味着此种文学史观念将在更大范围内成为全社会的共识。与
教学相关，对文学史本身的质疑也颇有意味，若干高校中文系对于
过分依仗文学史、忽略学生文本细读能力的问题有所警觉，因此刻
意避免文学史教学，而试图在文本细读和赏析课程中贯穿史的观念，
较为折中的做法如陈思和主编的《中国当代文学史教程》，以代表作
家和代表作品实现以点带面的教学效果；较彻底的则有陈平原提出
的"假如没有文学史"的思路，并试图通过复现民国时期的文学课
堂，为此构想找寻渊源。②

　　文学史编写形式方面还有两类极具启发意义的尝试。一个是由
杨义、张中良和中井政喜开启的"图志"形式，他们广泛收集现代
文学发展过程中较有特色的书影、封面、插图、作者像以及题词、
篆刻等图像资料，充分开掘图片本身包含的历史、文化意味，写法
上则借鉴唐弢的书话，强调"以图出史、以史统图"，较此前郑振铎
等人热衷的插图本操作，"图志"在图文关系上显然具有革命性的突

---

① 钱理群：《新的可能性——读近年出版的几本现代文学史笔记》，《中国现代文
学研究丛刊》1999 年第 2 期。

② 陈平原：《假如没有文学史》，《读书》2009 年第 1 期。

破。图志的出现正赶上世纪之交社会上兴起的读图热，因此在学术界内外均产生了广泛影响，以"图志"命名的文学史著作大量出现。这里面真正具有学术含量和文献价值的则是徐迺翔主编的大型图书《20 世纪中国文艺图文志》。另一个有启发性的思路则是编年史的写作。1949 年之后，"以论代史"还是"论从史出"，一直是治史者争论的焦点。编年史的倡导者显然试图将"论从史出"的思路做到极致，在对资料极其精熟的前提下，尽可能隐藏自己的观点，将倾向性尽数包含在对于资料的编排之中。编年史最早由卓如和鲁湘元在20 世纪 80 年代末提出，并以文学研究所现代室的集体力量编写，但此后命途多舛，直到 2013 年才由河北教育出版社以《二十世纪中国文学编年（1900—1931）》的名义出版。① 同年出版的还有北京大学出版社的由钱理群主编的《中国现代文学编年史：以文学广告为中心（1915—1927）》，以出版业的视角重组文坛发展走向，亦别具特色。但最具学术含量的则推刘福春个人编撰的《中国新诗编年史》，对 1917—2000 年的中国（含台港澳地区）新诗创作、出版、评论情况有全面的呈现。作者在新诗资料方面致力多年，对材料极其精熟，近 300 万言的编年史著作编排资料颇具匠心，既坚持资料直观的呈现，又通过将相关资料加以汇集的方式，拓展编年史的叙述能力。②

　　学术史的研究在 20 世纪 90 年代后亦有长足的发展，此领域成就最为显著的当推中山大学的黄修己教授。他在 1995 年出版《中国新文学编纂史》，2007 年又推出修订版。对现代文学史的编写情况有全面的记录和评析。温儒敏等人编写的《中国现当代文学学科概要》则在 2005 年出版，对于文学史观的变化和重点研究领域的进展

---

① 《二十世纪中国文学编年（1932—1949）》，河北教育出版社 2013 年版，"后纪"。
② 孙民乐：《不屈不挠的博学——评刘福春〈中国新诗编年史〉》，《现代中文学刊》2013 年第 5 期。

亦有较详细的讨论，为中文专业学生了解学科概况较好的入门书。更年轻的学者，如邵宁宁、郭国昌、孙强编撰的《当代中国现代文学研究（1949—2009）》，对不同学人、不同学术思路的传承有较为深入的开掘，展现出学术发展中自觉的流派意识。学术史研究中更具突破性的尝试则是洪子诚提出，并得到程光炜、贺桂梅响应的将"80年代作为方法"的学术思路。洪子诚非常敏锐地注意到80年代学术发展所包含的方法论因子，注意到当年的研究者将80年代和"五四"时代进行同构的心理趋向，并在此意义上反思现当代文学学科在发展理念和概念设定的过程中所具有的倾向与局限。如程光炜在讨论"十七年"文学的评价困境时，便提出了一个颇具代表性的看法："现代文学"这一概念实际是80年代新启蒙的产物，我们在认可了"现代文学"的合法性之后，又用同一套知识代码去解读中华人民共和国成立之后的文坛，从而将"十七年"变成了非人性和非文学性的文学年代。①"十七年"文学对研究者而言，不是一个是与否的问题，它意味着我们必须调整自身的知识结构，才可能打通现当代学科的壁垒。

　　资料建设方面，20世纪90年代至今亦有长足发展，最具突破性的成果无疑是1998年出版的钱理群主编的《中国沦陷区文学大系》，全书逾540万字，记录文坛大事记略1268条，涉及文艺社团466个，作家611人，报刊1200种，书籍1645种，对研究界而言具有填补空白的重大意义，为沦陷区文学系统研究的开展提供了厚重的资料基础。其中，尤以封世辉的史料卷最为坚实。此后，徐迺翔、黄万华、张泉、陈青生等人分别推出了关于东北、北京、华北、上海等地沦陷时期文学状况的研究专著。此外，各类作家文集、资料汇编等也大量出版，如周作人、沈从文、丁玲、周扬、冯雪峰、唐弢等，一方面推动了相关研究的迅速发展，另一方面也引发了研究者

---

　　① 程光炜：《我们如何整理历史——十年来"十七年文学"研究潜含的问题》，《文艺研究》2010年第10期

对于全集、文集编排体例、收录标准的深入讨论。2009 年文学研究所与知识产权出版社合作，将"中国现代文学史资料汇编"书目再版，并加入此前未能出版的若干部资料集，使其总量达到 100 部以上。这是目前最为完整的现代文学资料丛书。2010 年，由吴俊、李今、刘晓丽等人组织各高校博士生参与编写的《中国现代文学期刊目录新编》出版，收录期刊 657 种，总字数 700 万字，该书试图在 80 年代的《中国现代文学期刊目录汇编》的基础上有所拓展，以目录学的建设推动研究工作的发展。但该书的收录标准、内容的准确率亦引发研究者的广泛批评，当此前的学术组织方式解体，如何有效地组织大规模的史料建设工程，这实在是极具现实意义的话题。

资料建设方面的一大进展是文献数据库的建设，尤其是以"晚清民国期刊全文数据库"、"大成老旧刊"、CADAL 及民国报纸系列为代表的网络资源建设，对于研究者的帮助巨大。它们打破了资料垄断，使研究人员查阅民国文献极其便利。这些数据资源基本采用扫描的方式，保持期刊和书籍的原貌，从而保证资料的准确性；同时大多支持全文检索，极大地提升了资料查找的效率。樊骏在《这是一项宏大的系统工程》中便已预见到电子资源在推助学术发展中的优势，而此领域在当前更有广阔的前景。

在具体研究领域中，传媒研究成果丰硕。20 世纪 90 年代至今，对期刊和图书出版机构的关注长盛不衰，前者如对《新青年》《小说月报》《现代》《文艺复兴》等杂志的专题考察为数众多，后者则有刘纳的《创造社与泰东书局》、杨扬的《商务印书馆：民间出版业的沉浮》、陈树萍的《北新书局与中国现代文学》等专著问世。王本朝等人致力的文学制度研究同样关注者甚众，尤其是在对"十七年"文学的解读中，此切入方式颇有助益。对国民党民族主义文学运动的考察则有倪伟 2003 年出版的具有开创意义的著作《民族想象与国家统制》，引发了诸多研究者对国民政府官方文艺政策和创作实绩进行系统的清理，亦可补以往研究之空白。80 年代兴起的方法热，使得心理分析、叙事学、后殖民理论、翻译理论、女性主义等成为现代文学研究的常用工具，相关成果众多。

2000 年以后，几个传统的研究领域重趋活跃。首先是抗战文学。张中良对表现抗战正面战场和敌后战场的文学创作均进行了深入研究，特别值得关注的是他对衡阳保卫战、昆仑关战役等战记文学作品的系统解读。文学研究兼具人文属性和科学属性，在讨论历史性较强的话题时，研究者应该有责任也有能力拿出较为翔实周密的数据资料，确保讨论的精确性与严肃性。此实证精神在抗战文学研究的复兴中起到了关键作用。20 世纪四五十年代转折之际的研究也赢得研究者的充分关注，大批学人转向了该领域，在扬弃了以革命史和新民主主义理论结构文学史的偏执做法后，研究者重新注意到了毛泽东《在延安文艺座谈会上的讲话》精神塑造的文学传统对于共和国文学体制的深刻影响，此转折年代恰意味着文学生产方式的重塑，是我们真正打通现当代学科壁垒的关键点。重新思考讲话精神、探寻共和国文学经验，正是当前学术发展的重要生长点。左翼文学和解放区文学的研究也再度兴盛。随着近代史领域的拓展，研究者对此文学现象的研究，可以从中获得更多的政治与社会方面的资料支持，这使得他们对文艺和政治之间的关系不再作抵抗性的理解，而是充分意识到政治负载大大增加了文艺的社会历史内涵，进而影响到中国现代文学的审美形态。从抵抗到理解，亦可看出中国现代文学研究在观念层面的自我更新能力。

第十二章

我国当代文学学科的形成与发展

第一节　当代文学学科的历史
传承和研究对象

中国当代文学，是指 1949 年中华人民共和国成立至今的文学。作为一个学科，它经历了一个形成与发展的过程。

一个学科的成立，必须有相应的历史背景和时代印痕，有独特的和主要的研究对象，有本身必要的知识构成与积累，还要有相近学科的有关知识背景和理论的支持。因为需要积累和蓄势，中国当代文学从"十七年"间开始起步，在改革开放四十年来逐步形成和成熟，从而由之前的附属于现代文学学科，独立成为当代文学学科。

在中国文学大学科中，按历史分期形成多个二级学科。以中华人民共和国成立至今的七十年作为当代文学，以区别于 1919 年"五四"新文学运动至 1949 年的现代文学。文学史家的这种划分，借鉴于历史学家关于历史分期的某些标准，在学界自然有个约定俗成的历史过程。包括当代作家作品、当代文学现象、流派、运动、思潮和文学发展历程，都属当代文学学科的研究知识构成，而相关的文学理论、历史知识和资料积累，则是它的必要的理论和知识支撑。

对于当代文学学科的研究对象，曾有两种意见：大多数学者赞成以中华人民共和国成立后的文学为研究对象；也有主张以延安文艺座谈会后的人民革命根据地的文学为当代文学的起点，理由是中华人民共和国成立后的文学，其基本题材、主题、形式和风格均肇始于延安时期，其创作模式一脉相承。

我国当代文学是"五四"以来现代新文学的继承和发展。它继承了现代新文学许多积极传统，如以白话文学取代传统的文言文学，使之成为文学发展的主要形式，并且大量借鉴世界其他国家文学的取材视角、表现方法和技巧；在此基础上我国文学的题材、主题、形式和风格都空前多样化，更广泛地表现现实生活，表现人们复杂而丰富的思想情感、行为性格，特别是表现平民和走向平民，致力于文学形式、风格的民族化和大众化等。但当代文学毕竟产生和发展于我国的社会主义时代，表现革命历史斗争，歌颂社会主义建设成为其题材、主题的主旋律，广泛描写工农兵等人民群众的形象，特别是英雄人物的形象，构成当代文学人物画廊的主体，而形式、风格的民族化、大众化更成为众多作家的自觉追求。主旋律与多样化的共存互补，成为我国当代文学发展的突出历史特征。文学在20世纪80年代和90年代，进入了状态不尽相同的两个繁荣期。进入21世纪以来，以互联网为依托的文艺创作和文艺传播的大力发展，使中国当代文学产生了新群体，出现了新形态，进入了新时代。

在我国历史上，当代文学处于社会主义初级阶段，也即从半封建半殖民地的旧社会向社会主义过渡的历史时期，文学的思想内容必然呈现深刻的相应历史烙印，而改革开放所带来的中西文化的大规模撞击，西方现代社会思潮和文艺思想的涌入，也不能不给当代文学带来积极与消极的影响。在此时期，我国作家所表现的文学创造性在不同的具体历史阶段，也有不同的特色。而文学规模的极大发展，作家作品的空前增多，总体上进入人民文学的新时代，更是我国当代文学超越以往文学的划时代的突出标志。这一切都为当代文学的研究和学科建设，既带来新的机遇，又带来新的挑战，从而形成不同于别的学科的特点与难点。

第二节　当代文学学科的形成与发展的历史分期

我国当代文学学科的建设，从发展演进的情况看，可以分为如下几个历史阶段。

一　当代文学学科的创建期（1949—1978 年），**也即共和国前三十年**

这一时期的当代文学，以第一次"文代会"为标志，开启了新的征程。但由于种种社会的与文学的原因，在发展中经历了种种曲折，包括"文化大革命"十年对文学的伤害。这一阶段当代文学学科还处于胚胎的状态，主要的研究形式是当代文学评论。由于"左"倾文艺思潮的干扰，不断出现对特定文学思潮和作家作品的批判运动。如对创作中的"小资产阶级倾向"的批判、对"《红楼梦》研究"及胡适唯心论的批判、对胡风文艺思想的批判、对所谓"右派文艺思想"的批判、对所谓"修正主义"及人性、人道主义思想的批判，等等。因此，受到上述批判运动的影响，彼时的文学批评，也多处于不正常的状态。"文化大革命"前夕对《海瑞罢官》等作品的批判、对所谓"文艺黑线专政"等的批判以及后来对 20 世纪 30 年代以来许多作品和作家的全面否定，必然使当代文学的正常研究难以进行。尽管如此，20 世纪 50 年代到 60 年代初，文学评论家对于系列"红色经典"作品的肯定，对于农村题材创作的评论，至今看来还大多经得起历史的检验。那时还不存在当代文学史的研究。1959 年中国科学院文学研究所编写和出版的《十年来的中华人民共和国文学》一书，主要以作家作品的梳理与评论为主，现在看来大概属于共和国十年文学成就与成果的概述与简介。而同年华中师范学院（今华中师范大学）编写和出版的《中华人民共和国文学史稿》，实际上也只是对若干部影响较大的作品评论的汇集。对那个时期文学发展的历史状况仍缺乏深入的梳理和分析。"文化大革命"中，辽宁大学曾出版一部《文艺思潮三十年》一书，更具有当时"左"倾思潮的深刻烙印。因而，严格地说，当时当代文学作为一门学科还处于创建的初始阶段。

二　当代文学学科的发展期（1979—2000 年），也即国家进入改革开放的前期

当时高等院校恢复招生，迫切需要教材。而当代文学的发展已有三十年，新时期文学也方兴未艾，如何评价这三十年文学，以及面对新的文学发展，必须在大学的文学教学中有所回应。一些高校也开始从现代文学教研室和写作教研室分流出一部分教师，组建当代文学教研室。除独立编写教材外，还开始跨校联合，集中多所学校的教师力量，集体编写当代文学史的教材。前者的代表作是北京大学当代文学教研室编写的《当代文学概观》和华中师范大学中文系教师编写的《中国当代文学》三卷。后者则有以北京师范大学中文系郭志刚牵头的十所院校教师编写的《中国当代文学史初稿》和复旦大学中文系教师陆士清牵头的二十三所院校教师编写的《中国当代文学史》三卷。而当代文学评论方面，由冯牧等主编的《当代评论家丛书》，由湖南人民出版社出版，选编了当代二十多位著名评论家的评论选。由张炯主编的《当代学者评论家丛书》、洁泯主编的《青年评论家丛书》，汤学智、杨匡汉、张德祥主编的《新世纪文丛》等当代文学评论丛书相继出版，先后推出当代数十位知名评论家的著作。而中国社会科学院文学研究所当代文学研究室与复旦大学、杭州大学、苏州大学等数十所高校教师共同编选的《中国当代文学研究资料丛书》八十八卷陆续出版。还有中国社会科学院学者朱寨主编的《中国当代文学思潮史》、张炯主编的《中国当代话剧文学概观》和《中华人民共和国文学史》（上下卷）以及其他院校出版的当代文学史著作陆续问世。此外还有中国社会科学院文学研

究所当代文学研究室的《新时期文学六年》，高占祥、李准主编的
《新时期文学艺术成就总论》也带有阶段文学史的性质；赵俊贤主编
的《中国当代文学发展综史》对当代文学形态、主题、作家文学观
和文学思潮的发展作了史的考察；金汉、汪名凡分别主编的《中国
当代小说史》，洪子诚和刘登翰著的《中国当代诗歌史》，李鸿然主
编的《中国当代少数民族文学史稿》和吴重阳的《中国少数民族文
学概观》则填补了这方面的学术空缺。

上述著作的先后出版，从文学评论、文学史研究和文学史资料
积累三个方面，以扎实可观的学术著述与编著，标志着当代文学学
科建设的全面铺开与良好的发展势头。

三 当代文学学科的成熟期（2000 年至今），也即 21 世纪当代文学研究的新拓展期和学科样态的基本定型

20 世纪 80—90 年代，在改革开放与思想解放的不断促动之下，
中西文艺思潮的大规模撞击，使文学理论和文学创作都涌现了许多
新的视角、观点、方法和艺术风格，比较文学研究也重新恢复。文
学评论在宏观和微观方面都有新的开拓，文学史研究领域有些学者
提出重写文学史的主张。个人撰写当代文学史之风逐渐结出引人注
目的成果。20 世纪末至 21 世纪初，陆续出版了陈思和、洪子诚、孟
繁华、陈晓明、程光炜、贺绍俊等分别编写的当代文学史。还有金
汉主编的《中国当代文学史》、朱栋霖主编的《中国当代文学史》，
这些著作较之首批文学史只写到共和国前三十多年的文学不同，基
本延伸到了 20 世纪 90 年代，而且在观点与写法上各有自己的特点，
如陈思和将因各种原因没有发表过的作品命名为"潜在写作"也上
列文学史；洪子诚把中华人民共和国成立后作家协会建立后的体制
及其影响，也作为文学史的一个方面加以研究，朱栋霖等则对诸多
作家作品作出新的评价。而张炯在《中国文学通史》中主编的当代
文学史部分属集体撰写，不仅涵盖全国各民族、各地区（包括港澳
台）的文学，还涵盖诗歌、小说、散文、戏剧、电影、报告文学、

传记文学、儿童文学、科幻文学等各类体裁的作家作品的评介，其全面性和论述作家作品之多都超过以往的当代文学史。

同时，当代小说史、诗歌史、戏剧史、网络文学史和地区文学史（如丁帆主编的《西部文学史》、刘登翰主编的《台湾文学史》《香港文学史》、陈伯海主编的《上海文学史》、彭放主编的《黑龙江文学通史》等也都论述到当代）。此外，还产生了性别文学史、中外比较文学史的著作以及接受文学史的著作，如乔以钢主编的《20世纪中国女性文学史》（1995），范伯群、朱栋霖主编的《中外文学比较史》等。还有如谢冕、孟繁华主编的《百年文学书系》，陈国恩主编的《中国文学编年史·当代卷》，张炯主编的《中华人民共和国文学五十年》，杨匡汉主编的《共和国文学六十年》等，从各个方面和视角丰富了当代文学史的研究。而文学评论在宏观和微观方面以及评论视点和方法方面都比以往有显著的拓展，都说明新的二十年，当代文学学科的建设又有新的充实和新的拓展。

第三节　当代文学学科三足鼎立的格局及其变化趋势

当代文学发展七十年，从全国范围看，其研究力量及成果分布，大体维持着一种三足鼎立的格局，首先以中国社会科学院文学研究所为主要力量，包括各省市社会科学院相应科研队伍在内的研究机构。其次为各高校中文系，尤其是北京大学、复旦大学、南京大学、中国人民大学、北京师范大学以及华东师范大学等名校当代文学教研室的教师骨干。最后是以中国作协创研室为代表的各级作协创研室专业批评家构成的文学团体方阵。

中国科学院文学研究所（后隶属于中国社会科学院）早在20世纪50年代末60年代初，便开始重视当代文学学科建设工作。1958年，文学研究所就成立"中华人民共和国文学研究组"。翌年，编写出版《十年来的中华人民共和国文学》一书，首次从文学史的角度对共和国初期文学成就作了初步描述。1963 年，从现代文学组分出一部分人员组建当代文学组。中国社会科学院成立后，在当代文学组基础上成立了当代文学研究室，主要工作就是追踪当前文学发展，积极开展文学批评。关于胡风文艺思想的批判、关于人性人道主义问题的批判、关于历史剧问题的论争、关于现实主义与典型问题的争鸣等，关于批判"左"倾文艺思潮问题，关于伤痕文学问题，关于文学艺术的特征与形象思维问题，关于现实主义问题，关于新时期文学主潮问题，关于新观念与新方法问题，关于文学主体性问题，关于人文精神问题，关于柳青、路遥、陈忠实、莫言、贾平凹、余华、刘震云、阿来等重要作家作品论争，等等，文学研究所当代文学研究工作者都积极发声，产生良好的社会反响。

在追踪文学思潮变迁过程中，科研人员又为编写当代文学史做好充分准备。他们注意资料的收集与整理、编辑与出版。自 20 世纪 60 年代创办的《当代文学动态》因"文化大革命"而停刊后，80 年代初他们又派出专人支持中国当代文学研究会编辑《当代文学研究资料与信息》，每月一期，一直坚持近四十年，累积资料达两千万字以上。还主编《新文艺大系·史料集》（1949—1986），汇集历年对各种文艺门类创作的宏观性述评、重要文艺问题的争鸣文章与综述、全国文艺评奖的获奖名单与有关领导的讲话，还编有《中国文艺大事记》《中外文艺交流纪事》和全国性文艺团体、学术团体概况以及长篇小说出版目录索引、文艺研究著作出版目录索引等。在资料编纂基础上，完成了《文学十年》《新时期文学六年》《中国当代文学思潮史》《当代文学新潮》《中国当代文学史》等文学史类著作。

长期以来，研究机构尤其是中国社会科学院文学研究所的科研工作，以深度和文体专业度见长，在当代文学研究中占据举足轻重的地位。高校当代文学教师的学术范围基本囿于文学史以内，对当下文学实践介入较浅，除个别研究者外，大多话语权分量不重。近十几年来，高等院校不断加大支持力度，在政策优势、投入优势、人力优势、待遇优势、名誉优势等方面不断凸显。首先，他们开始建立细密严格的等级评价体系，引入权威期刊、核心期刊、一般期刊的分级，制定相应的评分计分策略，使之与晋级、奖励、待遇和荣誉等挂钩，将科研质量评价落实于一种分配制度。其次，一些著名高校利用高薪、头衔、职位等有利条件，从研究机构、文学团体或相对弱势的其他高校等其他单位，大力网罗精英人物。最后，通过吸引重要作家入校，教学、科研加强了与第一线文学实践的联系，同时，也借名作家加盟增强和扩大了该校当代文学学科的学科影响力。所有这一切都在说明，当代文学学科的格局正在发生深刻变化。

第十三章

当代文学学科的历史性成就

第一节　当代文学评论的广泛开展

文学评论向来是文学研究的重要组成部分。作为作家与读者的桥梁，文学评论不仅向读者阐述和评论作家的作品，而且向作家和创作反馈读者的反响。它既要独具慧眼地反映作家的创作成就与不足，又体现特定时代的某种文学理论观点和批评标准。宏观的文学评论还要对创作流派、文学现象、文学思潮、文学运动作具有历史眼光的评价与分析。因而文学评论又必然为文学史研究积累重要的参照，也为文学理论的发展提供思考的契机。中国当代文学评论同样起着上述的重要作用。

总体上说，虽然不同时期文学批评的发展并不平衡，但中华人民共和国成立七十年来文学评论的成绩是主要的。毫无疑问，七十年来文艺报刊在发展当代文艺评论方面起着重要的促进作用。像《人民日报》《光明日报》《文汇报》的文艺评论版，以及《文学评论》《文艺研究》《文艺争鸣》《当代作家评论》《南方文坛》《当代文坛》《小说评论》《文艺理论与批评》《扬子江评论》《文艺报》《文学报》等具有全国性影响的评论报刊，在组织开展评论，发表重要评论文字方面，都作出引人注目的贡献。在它们的培养下，成长起一代又一代卓有成就的文学评论家。

七十年间对当代文学评论作出贡献的评论家，既有"五四"时期和 20 世纪三四十年代即已著名的茅盾、成仿吾、冯雪峰、胡风、周扬、林默涵、陈荒煤、李何林、何其芳、蔡仪、以群、罗荪、秦兆阳、胡采等，也有 50 年代后产生影响的陈涌、朱寨、冯牧、李希凡、蓝翎、阎纲、严家炎、陈丹晨、谢冕、张炯、杨匡汉、刘锡诚、顾骧、缪俊杰、蔡葵、张韧、王愚、樊发稼、韩瑞亭、思忖等，更有 80 年代后成长起来的雷达、曾镇南、范咏戈、陈思和等。21 世纪以来，新一代的批评家也登上了文学舞台。这些批评家或者出版了多本评论集或作家、作品研究方面的专著，或者发表了不少有影响的文章，在文坛内外都产生了一定的影响。

第二节　当代文学学科资料的积累与编纂

当代文学学科所需的资料十分广泛，它既包括作家生平、作品创作、流派形成、思潮涌动方面的资料，也包括作品形成的社会历史环境的资料，如政治、经济、文化的重要活动对文学产生影响的资料，等等。涉及国家档案、作家回忆、记者采访以及文学作品出版、传播的状况等资料，散见于作家自述、报刊文章和书信、日记、采访记录等各种文字中。当然文学研究的最重要的资料乃是作家的作品呈现，包括作品创作的过程、出版的日期与不同的版本，作品在国内外产生的影响，等等。此外还有多种作品选集的出版，如《新文学大系》的当代诸卷、荒煤和冯牧主编的《新文艺大系》的当代部分、作家出版社邀请名家分别主编的《中华人民共和国五十年文学名作文库》、林非主编的《当代散文大系》、谢冕和杨匡汉主编的《中国新诗萃》、谢冕主编的《中国新诗总系》、谢冕和孟繁华合编的《百年中国文学总系》11 卷等，均深具选家眼光，也都为当代文学的研究提供了方便。

当代文艺报刊在资料积累方面起着很大的作用。特别是及时反映和追踪文学发展状况的报刊，如《文艺报》《文学报》，还有《人民文学》《诗刊》《当代》《十月》《收获》《钟山》《花城》等发表作品的报刊。它们都为当代文学资料的积累作了突出的贡献。各种出版文学作品、文学史料的出版社，同样功不可没。

此外，大量尚未公布的档案资料和内部刊物也保存有可供当代文学研究的大量资料，如各级作家协会的重要会议资料和刊登文学发展动态的资料（如《人民日报》文艺部、《文艺报》编辑部、文学研究所、中国当代文学研究会等编辑的内部资料刊物等）。

在资料的系统编辑方面，由中国社会科学院和高等院校出资支持编辑、由二十多家出版社承担出版的《中国当代文学研究资料丛书》具有重要的意义。该丛书分作家研究专集与作品体裁研究专集两类，前者收集作家生平传记（包括自述）、作品出版年表以及有关作品的评论。已出版87卷，所选均为有定评的作家。后者已出版《长篇小说研究专集》（山东人民出版社出版，共四卷）。尚有《诗歌研究专集》等五种已编就，因经费不足，未能出版。此套丛书最初由复旦大学唐金海、杭州大学何寅泰、苏州大学卜仲康等发起，联合33所高校教师分头编辑，后申请纳入中国社会科学院项目，文学研究所张炯和蒋守谦作为常务编委、何火任作为编委加入，历时十多年共同编辑出版。其后，王尧、吴义勤等继续推进此项工作，又出版了若干卷。上述已成规模的丛书编撰与出版，为中国当代文学发展留下了宝贵档案。此外，谢冕、洪子诚主编的《中国当代文学史料选》，张炯主编的《新文艺大系·理论·史料卷》的史料部分，也均选有当代文学发展的重要史料。

此外，中国社会科学院文学研究所编的《中国文学年鉴》、白烨主编的《年度文学纪事（1999—2018）》和《年度文情报告（2003—2018）》，还有中国当代文学研究会编纂出版的内刊《当代文学研究资料与信息》，坚持四十年之久，也为当代文学学科的建设提供了许多有益的资料。而像南开大学张学正等主编的《1949—1999 文学争鸣档案》，武汉大学於可训等主编的《文学风雨四十年——中国当代文学作品争鸣述评》等资料汇编，也为当代文学的研究提供了方便。

第三节　当代文学作家作品专题研究成果的出版

当代作家作品的专题研究，在建构当代文学学科方面具有重要的意义。它不仅有助于研究的深入和当代经典作品的形成，也为当代文学史的研究奠定重要的基础，并有助于促进文学理论的发展。

七十年来由于众多评论家和学者的努力，一大批对作家、作品的专题研究著作获得出版，包括作家论、作品论和作家评传。如晓雪的《生活的牧歌——论艾青的创作》，叶子铭的《茅盾的创作道路》，董健的《田汉传》，陈丹晨的《巴金传》，周良沛的《丁玲传》，曾镇南的《王蒙论》，於可训的《王蒙传论》，杨匡汉、杨匡满的《战士与诗人郭小川》《艾青传论》，戴光中的《赵树理传》，严家炎的《金庸小说论稿》，张炯、王淑秧的《丁玲创作论》，易彬的《穆旦年谱》，陈为人的《插错"搭子"的一张牌——重新解读赵树理》，赵勇的《赵树理的幽灵：在公共性、文学性与在地性之间》，刘可风的《柳青传》，邢小利的《柳青年谱》《陈忠实年谱》《陈忠实传》，李建军的《陈忠实的蝶变》，厚夫的《路遥传》，航宇的《路遥的时间》，王刚编著的《路遥年谱》，罗银胜的《杨绛传》，赵泽华的《史铁生传》，房伟的《王小波传》，郑恩波的《刘绍棠全传》，傅国涌的《金庸传》，张国华的《汪曾祺传》等，总共有数百种之多。

除了作家作品的专题研究外，还有对文学流派、现象和地域文学的研究，如关于以周立波为代表的"茶子花"派、以赵树理为代表的"山药蛋"派、以孙犁为代表的"白洋淀"派等都有不止一本研究著作问世。曹文轩的《八十年代文学现象研究》和其他著者的《雪域文化与雪域文学》《山西文学五十年纵横论》等便堪称文学现象和地域文学研究的著作。此外，张炯、吴子林主编的《闽籍学者文丛》近三十卷出版，也为研究当代闽籍文学评论家的成就，提供了丰富的成果和资料。大批当代作家文集和全集的出版，如《郭沫若全集》《茅盾全集》《巴金全集》《老舍全集》《曹禺全集》《艾青全集》《丁玲全集》《何其芳全集》《郭小川全集》《汪曾祺全集》《路遥全集》《史铁生全集》《王小波全集》《杨绛全集》《金庸全集》以及柳青、贺敬之、王蒙、宗璞、蒋子龙、铁凝、王安忆、贾平凹、韩少功等大批作家文集，都为研究这些作家的成就提供了可靠的作品根据。

第四节　当代文学史研究的进展和成果

对于当代文学史的研究，对我国当代文学学科的建设至关重要。这种著作必须从基本的文学史实——文学作品出发，反映国家、民族和地域文学的历史发展，揭示其发展的历史规律。它虽然与经济史、政治史、文化史有区别，却又并非与国家、民族、地域的经济、政治、文化发展无关。因此，文学史著作常常被认为是文学学科确立的必要形态。

曾经有种意见，认为当代不宜写史。因为距离太近，许多历史形态和历史情况尚难完全呈现。例如，到了 20 世纪 70 年代末，时任文学研究所常务副所长陈荒煤提出文学研究所应撰写中国当代文学史时，唐弢先生还认为当代文学距离太近，不宜写史。实际上，如上所述，50 年代末即有当代文学史性质的著作问世。到 80 年代初，更有大批当代文学史著作出版。先后不仅有综合性的文学史，还有诗歌、小说、戏剧、散文等分体裁的文学史和分地区、分民族的文学史等出版。

如上所述，七十年来当代文学史的撰写可分为以下几波：第一波是 20 世纪 50 年代末到 60 年代初。最早的著作初见于 1959 年，时值中华人民共和国成立十周年，与那时各条战线都需要总结十年成绩有关，文学战线也出版了中国科学院文学研究所编写的《十年来的中华人民共和国文学》一册，华中师范学院中文系则编有《中国当代文学史稿》一书。前者由毛星、陈伯吹、王燎荧、朱寨、王淑明、贾芝、邓绍基、樊骏、董衡巽、卓如、陈尚哲、张国民等十余人分别撰写，分绪言、小说、诗歌、话剧和新歌剧、散文、儿童文学等六章，附有《十年来中华人民共和国文学纪事》。全书 13 万字。诚如该书"编者说明"所言："负责编写的同志都不是专业从事当代文学研究工作的人，平时积累既少，编写过程中又研究得不够，因而虽经几次修改，仍然写得不能令人满意。现在送到读者眼前的这本小书，只能说是对我国十年间文学情况的一个很不全面的简略叙述，距科学的概括是很远的。所以把它出版，是设想它对于有些读者想了解这段文学历史的情况或者还多少可供参考。"当然，其中作者多为名家，有些作者其时还很年轻，所以各章写法和笔调也不一致，但可贵的是对十年重要的作家作品都有所介绍，而且包括少数民族作家的作品，对读者了解十年文学的发展概貌还是很有帮助的。

《中国当代文学史稿》由华中师范学院中文系编写，出版于 1962 年，应该是最早出版的叫"史"的描述当代文学的著作。但如上所述，像是重要作家作品的专论汇集，缺乏"史"的必要分析和梳理，还难以真正叫作"史"。而这个编写组后来执着地在当代文学领域耕耘和追踪，到 20 世纪 70 年代末 80 年代初，当代文学史编写潮的第二波掀起，他们又推出三卷本的《中国当代文学》，后来受国家教育部委托，又编写出《中国当代文学》（主编王庆生）两卷本的教材。如果说第一套只写了十年文学中的若干著名作家的作品，第二套参加编写的就有十六人，内容扩展到介绍中国当代文学的三十多年，具有真正的"史"的规模和内涵，出版于 1983 年。该书

"编后记"中说："考虑到高等学校特别是师范院校教学的需要，本书以分析、评论作家作品为主，兼及史的论述。当代文学教学与研究，以文学成品为主要对象。只有按照文学发展的脉络，紧密围绕每个时期的主要作家作品进行教学，才能使学生认识当代文学的特点和规律，提高鉴赏、分析、评论当代作家作品的能力，对当代文学有一个轮廓的了解。"这部文学史的第三套，基本上也体现上述要求，但内容延伸到改革开放后的新时期文学，而显得笔墨更为精练、扼要。

20 世纪 80—90 年代高校还出版有云南大学李丛中主编的《中华人民共和国文学发展史》、浙江师范大学金汉主编的《新编中国当代文学发展史》，而盛英主编的《二十世纪中国女性文学史》两卷中便有一卷撰写当代文学。

实际上掀起第二波当代文学史编写潮最早的是北京大学中文系张钟、佘树森、洪子诚等的《当代文学概观》（1979）。其后修改补充再版，改名《当代中国文学概观》（1986）。前者仅反映前三十年文学，后者延伸到新时期初年的文学。其间，由陈荒煤任顾问，北京师范大学郭志刚等联合 11 所院校老师共同编写《中国当代文学史稿》和复旦大学陆士清联合 22 所院校教师共同编写的《中国当代文学史》三卷也于 1980 年出版。上述两部史著都只写到中华人民共和国前三十年的文学，但论述的作家作品比以往的几部史著更多也更详细。

20 世纪 80 年代中外文化交流对文学学术界也产生明显的影响。随着思想解放的深入，西方现代主义、后现代主义文艺思潮和以个性解放为标志的人道主义思潮、新历史主义思潮迅速进入学坛，新的方法论和学术研究方式一时风靡。在此背景下，文学史研究界出现重写文学史的思潮。当代文学史研究领域代表这方面的著作出版不止一部。其中 1999 年出版的洪子诚著的《中国当代文学史》和陈思和著的《中国当代文学史教程》体现了个人写作的特点。洪著把中国作家协会作为中华人民共和国文学管理体制所产生的影响列为文学史研究对象，陈著则把"文化大革命"期间未能发表的作家作品列为"潜在写作"加以发掘和绍介。虽引起争议,却引人注目。这两部著作因篇幅适中,被多所高校作为教材,但因未能涉及我国少数民族和港澳台地区的文学,失于完整。90 年代全面书写当代文学发展的有张炯主编的《中华文学通史》10 卷本中的当代文学部分。该书主要由中国社会科学院文学研究所当代文学研究室科研骨干参加编写,还得到北京大学、中央民族大学、解放军艺术学院和福建省社会科学院、广东省社会科学院的支持,于 1997 年出版。到了 21 世纪该部分经过修改补充,列入《中国文学通史》12 卷本,于 2011 年重新出版。成为第一部涵盖中国各民族和港澳台地区的当代文学史。内容涉及诗歌、小说、戏剧、散文、报告文学、传记文学、杂文随笔以及电影文学、科幻文学、儿童文学。

当代文学史的编写从 20 世纪 80 年代到 21 世纪还出现分文体、分地区、分民族的史著。如洪子诚与刘登翰合作,出版了《中国当代新诗史》,金汉、汪名凡分别撰著的《中国当代小说史》,古继堂的《台湾小说史》,刘登翰主编的《台湾文学史》和《香港文学史》,袁良骏的《香港小说史》,还有吴海主编的《江西文学史》、黑龙江社会科学院文学研究所撰写的《黑龙江文学通史》、上海社会科学院文学研究所陈伯海主编的《上海文学史》,都涵盖当地的当代文学。80 年代中南民族学院李鸿然主编的《中国当代少数民族文学史稿》、中央民族学院吴重阳的《当代少数民族文学概观》、西北大学赵俊贤主编的《中国当代文学综史》和 90 年代以来河北师范大学李扬的《中国当代文学思潮史》和 21 世纪特·赛音巴雅尔主编的《蒙古族当代文学史》以及欧阳友权的《网络文学论纲》《网络文学本体论》在理论叙述中所含史的内容,都对填补当代文学史的空缺,起了积极的可贵的作用,从而为当代文学成果的整合作出各自的贡献。而王庆生主编的《中国当代文学大辞典》于 1996 年出版,全书190 万字,也为当代文学研究的进一步发展提供了有益的学术参照。大批当代文学史著作的问世,无疑为当代文学学科的建设奠定了扎实的基础。

在当代文学学科形成的过程中，由于学术会议和报刊讨论的彼此交流，以及众多文学史著作的出版，学界对当代文学分期问题逐渐产生比较统一的意见，大多学者都认可三分法：即中华人民共和国成立初十七年、"文化大革命"十年和改革开放后的新时期，后来又增加了新世纪文学，但对前三十年文学和后四十年文学的评价上却产生差异。由于两个时期的社会历史背景、价值取向以及思想与艺术标准的不同，学者中既有贬低"十七年"文学，否定十年"文化大革命"文学而全面肯定新时期文学的，也有肯定"十七年"文学而对新时期文学采取负面评价的，后来也有对"文化大革命"文学不一概否定，如肯定"样板戏"和某些未受"左"倾思潮影响的作品。重写文学史的浪潮便反映了当代文学研究者的分歧，但之后大多著作采取历史主义的态度，既不以新时期文学的眼光去否定以往的文学，也不以中华人民共和国成立初的思想和艺术取向来否定改革开放以后的文学。而论述不同时期文学产生的历史土壤及其取材、思想特色、表现形式和风格产生的原因，对不同时期的代表性作家作品成就作出比较客观的评价。

第五节　建构大文学：当代文学学科发展的基本经验与新的挑战

中华人民共和国成立七十年以来，尤其是在改革开放四十年的伟大进程中，当代的文学艺术取得了巨大的成就。以长篇小说创作而论，21世纪的头十年，年创作量达5000部以上，最近数年来，更是每年超过了8000部。而当代文学批评和文学研究也呈现出活跃的态势，形成了两个热潮和冲击波。

一个热潮和冲击波是20世纪80年代的"新时期文学"思潮。改革开放推动了文学的创作，也促进了社会思潮与变革。20世纪80年代的当代文学批评和当代文学研究贴近当代文学的现实，直面当代文学发展的问题，深入地梳理和分析了当代文学发展过程中发生的文学事件和文学争论，如关于胡风文艺思想的批判问题、人性和人道主义问题、历史剧问题、现实主义与典型问题、伤痕文学问题、文学艺术的特征与形象思维问题、现实主义问题、新时期文学主潮问题、新观念与新方法问题、文学主体性以及人文精神问题等，不仅提出了很多切合实际的学术见解，为人们提供了许多正本清源的观点，而且为当代文学的创作和研究营造了良好的环境和氛围。这一时期重要的研究成果有朱寨主编的《中国当代文学思潮史》（1987），张炯、蒋守谦编写的《新时期文学六年》（1985）。

另一个热潮和冲击波是"新世纪文学"新潮。进入21世纪，随着新媒体时代的到来，文学研究的跨界融合成为一种趋势，文学研究分工也趋于细化。伴随着新时代所提出的新任务、新命题与新问题意识，当代学科表现出了更加开放性的姿态，以及跨学科合作的基础。"新现实主义"和"打工文学"引起了读者和学者的广泛关注。"海外华文文学"也成为一时的研究热点。"网络文学"创作空前活跃，不仅超越了传统写作模式，而且表现出"多次元"、更复杂的写作风格；不仅产生了许多影响很大的网络写手，而且吸引了大量的网络读者群。同样，网络文学研究也吸引了很多学者的注意力，形成了活跃的研究态势。

"新世纪文学"新潮也体现在文学批评方面。新一代学者和批评家，密切关注当前的文学现状和问题，体现出更加尖锐的问题意识和更加成熟的求真态度，对重要的作家和作品，例如对柳青、王蒙、金庸、路遥、陈忠实、莫言、余秋雨、池莉、阎连科、贾平凹、余华、刘震云和阿来等作家及其作品，以及其他重要的文学问题和现象，例如对"如何评价中国当代文学"、"媒体批评与文学批评"和莫言获"诺贝尔奖"等问题和现象，发出了自己的声音，产生了良好的社会反响。

进入21世纪，随着改革的深化，国际文化和世界文学的交流也日益频繁。"请进来"和"走出去"成为当代文学创作和研究的两个重要的路向选择。这必然也给当代文学学科的研究和发展带来新的格局和新的挑战。我们必须总结以往的经验，不断拓展学术视野，扩大学术队伍，提高学术素质，以迎接新的挑战。

七十年的新中国文学，四十年的当代文学学科建设，从生成、发展到走向成熟，为我们积累了宝贵的经验。面对建设中国特色社会主义的新时代，面对新的挑战和机遇，当代文学研究和学科建设，在以下几方面进行了积极的探索，提供了值得重视的经验，但也要接受新的挑战，在更高的要求下，进行新的探索，将当代文学研究提高到新的阶段和新的高度。

第一，要有更加开阔的文学视野和文学意识，通过积极的沟通，打通多个领域的界限，实现文学研究的多元融合。文学研究上的封闭性意识，必然会影响中国当代文学研究的广度和深度。因此，只有将"现代文学"与"当代文学"打通，主体民族文学与少数民族文学打通，大陆文学与港澳台文学打通，北方与南方打通，中心与边缘打通，才能使我们的学科从"封闭的空间"走向"共享的空间"。张炯主编的《中华文学通史》及《新中国文学史》（三卷本），杨匡汉主编的《共和国文学 60 年》《20 世纪中国文学经验》等国家或院级课题的设计和研究成果，就体现了这种自觉的"打通"意识。洪子诚的文学史研究，重视文学的生产方式、文学环境、文学体制、作家存在等，在《问题与方法》《材料与注释》等著作中，体现出一种开放的研究意识。李兆忠的《喧闹的骡子——留学与中国现代文化》从异域文化的角度，考察了日本文化对中国作家精神结构和创作意识的影响，李建军的《重估俄苏文学》则从发生学的角度，深入地探讨了俄罗斯文学对中国当代文学的巨大而持久的影响。

第二，具有自觉的历史意识和强烈的现实感，致力于对当代文学历史经验的总结，对当下文学现状的描述和文情的把握，对未来文学发展路向的探索，从而形成了多向度、多样态的学术研究形态，产生了大量的研究成果。就文学史的研究成果来看，有朱寨主编的《中国当代文学思潮史》，张炯的《文学多维度》，李洁非的《解读延安》，杨匡汉的《中国当代文学路径辨正》，杨匡汉、孟繁华主编的《共和国文学50年》，张志忠的《中国当代文学艺术主潮》，刘平的《新时期戏剧启示录》等重要成果；从同步研究当下文学的角度看，则有曾镇南的《现实主义研习录》、程光炜的《文学想象与文学国家》、乔以钢的《中国当代女性文学的文化探析》、白烨的《文坛新观察》、陈福民的《批评与阅读的力量》、周瓒的《透过诗歌写作的潜望镜》、陶庆梅的《当代小剧场三十年（1982—2012）》等成果，以及《文学蓝皮书》等及时、准确地呈现当代中国文学态势新情况、新问题的年度报告。从文学价值观的建构和未来文学建构的角度看，则有李建军的《大文学与中国格调》、贺绍俊的《重构宏大叙述》、王绯的《21世纪新媒体与文学发展》、赵勇的《大众媒介与文化变迁》、田美莲的《博弈：女性文学与生态》、陈晓明与杨鹏的《结构主义与后结构主义在中国》等研究成果。

第三，立足本土，开掘中国文学的经验资源，建构具有世界视野的"中国大文学"。新时代当代学科面临诸多挑战，即我们的学科发展需要进一步挣脱僵化的类思维、陈旧学术壁垒的桎梏，因此，我们不仅要将目光集中到本土的学科文化建设，更需要有世界眼光，增强对外学术交流，继续处理好"本土"与"外来"的关系，并坚持"守正创新"，拓展研究空间，最终为当代文学的发展和繁荣，为复兴中华民族文化，为走向世界的"中国格调的文学"构建，贡献自己的力量。

第十四章

台港澳暨海外华文文学学科的兴起

第一节　学科起步的历史背景

　　作为一门特殊的学科，台港澳暨海外华文文学处于中国与世界交往的前沿地带。其中的历史文化内涵极为丰富，涉及殖民主义的不同形态与战后的去殖民化、内战和冷战背景下的两岸分隔与和解、海外华人的离散与反离散等问题。在相当长时期内，历史在曲折和颠踬中前行。随着中国大陆的改革开放，这一被忽视的领域越来越受到学界的重视。

　　1979 年元旦，全国人大常委会发表《告台湾同胞书》，宣示在新的历史条件下争取祖国和平统一的大政方针，提出结束两岸军事对峙状态、开放两岸"三通"、扩大两岸交流等一系列政策主张。与1950 年和1958 年发布的《告台湾同胞书》相比，这个版本跨越紧张的对垒，开启了两岸关系的历史新篇章。

　　这一文告标志着对台政策的重大转变，随即在国内外引起了强烈反响。横亘在台湾海峡的藩篱被打破，至 1987 年 11 月，两岸同胞的隔绝状态得到终结。由台湾民众赴大陆探亲开始，发展至今已形成全方位的两岸交流格局。并非巧合，中美正式建立外交关系也是在 1979 年的第一天。中美建交为中国与世界的全面交流开启了大门，在带动中外经济合作快速发展的同时，促进了东西方的文化交往。

台港澳与海外华文文学研究的起步，正是在这个特殊的时间节点上。1979 年 4 月《花城》创刊号上，曾敏之发表《港澳与东南亚汉语文学一瞥》，呼吁学界关注港澳和海外华人的汉语文学创作，倡导文学面向海外、促进交流，以呼应中国的开放与改革大政。回望历史，此时距 1936 年胡风编译《山灵——朝鲜台湾短篇集》、1945 年范泉发表《论台湾文学》，已经过去了三四十年。

引人注目的是，1979 年的大陆期刊上开始刊发台港澳与海外华人的文学创作。1979 年 3 月起，《上海文学》陆续发表聂华苓的《爱国奖券——台湾轶事》、於梨华的《涵芳的故事》等小说。1979 年 6 月，《当代》创刊号上发表了白先勇的名作《永远的尹雪艳》，之后陆续刊发杨青矗的《低等人》、聂华苓的《珊珊，你在哪儿?》、阮朗（唐人）的《玛丽亚最后一次旅行》等小说。《收获》在该年第 5 期上，重磅推出白先勇的《游园惊梦》、聂华苓的《台北—阁楼》、於梨华的《傅家的儿女们》。《作品》也发表了白先勇的《思旧赋》、陶然的《法庭上》等小说。1979 年，人民文学出版社编辑出版《台湾小说选》和《台湾散文选》，主要收录台湾 20 世纪六七十年代的文学作品。1981 年，中国社会科学出版社出版张葆莘编的《台湾作家小说选集》（四册），选收了 1926—1981 年有代表性的台湾中短篇小说。

对台港澳与海外华文文学的研究也开始起步。本学科的第一批学者跨过沉寂的三十年，以拓荒者的心态走进冷战的禁区。最初以介绍性文章为主，如《聂华苓二三事》等。自 1982 年暨南大学主办首届台港文学讨论会起，该领域逐渐形成了全国性的学术研讨传统。

随着研究的深化，诞生了本学科的第一批成果。白少帆等主编的《现代台湾文学史》于 1987 年出版，具有拓荒性的意义。古继堂的《台湾小说发展史》《台湾新诗发展史》于 1989 年出版，属于文类的专史研究。袁良骏的《白先勇小说艺术论》于 1991 年出版，是较早的作家专论。

第二节　现当代文学边界的突破

1987 年，陈思和的《中国新文学整体观》出版；1989 年，他与王晓明在《上海文艺》开设"重写文学史"专栏，掀起文学史讨论的热潮。在陈思和的新文学整体格局中，对台港与海外部分给予了充分的关注。他强调，中国现当代文学研究者的学术视野里必然包含台港和海外华文文学，而后者也不应从整个中国当代文学研究领域独立出来。

台港澳与海外华文文学的兴起，对于旧有的现当代文学框架带来了冲击。如何以整体性的思考处理不同区域文学之间的关系，成为文学史论述中富于挑战性的课题。在大陆早先通行的文学史著述中，比如钱理群等著的《中国现代文学三十年》、朱栋霖等编的《中国现代文学史 1917—1997》、黄修己编的《20 世纪中国文学史》、刘勇主编的《中国现当代文学》等，多以简化的方式把台港文学部分附于全书之末。近期的编撰思路有所调整，如严家炎主编的《二十世纪中国文学史》（2010），在整体格局上试图把台港文学融入中国文学史的框架。海外如王德威主编的《新编中国现代文学史》（2017），则尝试突破常规，采取较为新颖的散点式写作方法，以 150 个不同的时间点组成"星座图"，整合中国大陆、台港和南洋等地的文学现象和事件，勾勒现代中国文学的版图。

关于区域文学之间关系的讨论，在台港澳与海外华文文学领域乃是一个关键的议题。在殖民地和战后时期的台湾、马华文学领域，如张我军、方修和温瑞安等论者均曾提到"中国文学的支流"的说法。随着 20 世纪 80 年代以来本土化思潮的兴起，"支流说"受到了这些区域的部分学者如叶石涛、黄锦树等的拆解和质疑。在新的历史状况下，重新思考中国文学与这些特殊区域文学之间的关联，是本学科学者首先需要面对的课题。

作为积极的回应，刘登翰于 1990 年前后提出关于台湾文学史的"分流整合论"，以辩证的态度看待中国文学的整体性与特殊性，在整体审视的前提下，注重区域文学的特殊经验及其互补性。这一理念，从文学史视角出发提出了本学科需要面对的问题，即区域之间的阻隔和差异。① 杨匡汉主编的《扬子江与阿里山的对话：海峡两岸文学比较》，以宏观的视角对海峡两岸现当代文学进行多向度的比较研究，从文学事实出发，以美学分析为中心，论述了两岸的文学之缘和分流叠合态势。

第三节　学科体制和研究格局的建立

因应这一新兴的文学现象，台港澳暨海外华文文学的体制化建设提上日程。经过多年的发展，本学科的研究机构和人员构成，呈现出南部、中部、北部三方呼应的格局。南部以广东和福建为龙头，中部以上海、江苏、浙江和湖北为重镇，北部以北京、山东、吉林和陕西为中坚，形成了多元立体的研究态势。

1982 年，在暨南大学主办第一届台港文学讨论会后，由北京、上海、福建等地二十余所高校与研究机构共同发起成立中国世界华文文学学会筹备委员会，萧乾、曾敏之任主任，饶芃子任常务副主任，秘书处设在暨南大学。筹委会成立以后，与多所大学和研究机构共同主办了十五届世界华文文学国际学术研讨会。2002 年，中国世界华文文学学会成立，挂靠暨南大学，饶芃子当选为首任会长。

作为国家级文学研究机构，中国社会科学院文学研究所于 1989 年 3 月成立台港澳暨海外华文文学研究室，杨匡汉任主任，古继堂

---

① 刘登翰：《特殊心态的呈示和文学经验的互补——从当代中国文学的整体格局看台湾文学》，《文学评论》1987 年第 4 期。

任副主任。1993 年科研机构调整，成立世界华文文学研究中心，由文学研究所前所长张炯兼任中心主任。2004 年 3 月，文学研究所重建台港澳文学与文化研究室，黎湘萍担任主任。

在此前后，全国各地研究院和大学相继成立与台港澳暨海外华文文学相关的研究机构，培养出了一大批本学科的学术骨干。在福建一省，即有福建社会科学院、厦门大学、福建师范大学、华侨大学等机构，从事与本学科相关的学术研究，为学科发展积累了丰厚的知识资本。其他地区的相关研究也显示出各自的特色。

在学科发展初期，汕头大学、江苏省社会科学院分别于 1985年、1990 年创办了针对本领域的学术期刊《华文文学》《世界华文文学论坛》。前者是双月刊，获评 CSSCI（2014—2015）扩展版来源期刊、北京大学中文核心期刊（2014）；后者是季刊，获评江苏省优秀期刊。经过多年努力，两个刊物已成为展示世界华文文学最新研究成果的平台，促进了海内外学术文化的交流。

本学科的研究格局，建立在理论方法和文学史论述的基础上。在理论方法方面，第一代学者作出了开拓性的思考。刘登翰以"分流与整合"阐述两岸文学出现的离析形态，建构了 20 世纪中国文学的整体视野；又把"离散与聚合"并置，作为描述海外华人文学的基本概念。[1] 饶芃子把海外华文文学视作一种具有跨文化特色的世界性汉语文学现象，提出应在世界文学格局中，从多元文化的角度，对这一具有中外文化混融性的汉语文学世界进行学术性的诠释和建构；她倡导比较诗学的研究，认为海外华文文学为比较文学提供了新的探讨对象、新的对话模式和新的学术空间，拓展了比较文学的学术内涵。[2]

---

① 刘登翰：《分流与整合：二十世纪中国文学的整体视野》，《文学评论》2001年第 4 期。

② 饶芃子：《多元文化视野中的海外华文文学》，《社会科学战线》2011 年第 12 期。

在文学史论述方面，第一代学者展现了扎实的学术功底。刘登翰等主编的《台湾文学史》《香港文学史》《澳门文学概观》，堪称本学科的拓荒性成果。陈贤茂主编的《海外华文文学史》从海外华文作家的创作入手，对东南亚和欧美等区域的华文文学作了开创性的总体考察。饶芃子、杨匡汉主编的《海外华文文学教程》，论述了海外华文文学作为学科的必要性及其与本土汉语文学的关联。曹惠民主编的《台港澳文学教程新编》体现了整合两岸、兼容雅俗的学术胸怀。黄万华延续其在抗战文学、沦陷区文学研究中挑战冷门的勇气，完成了《双甲子台湾文学史》《百年香港文学史》《百年海外华文文学史》的写作。在古远清的《台湾当代文学理论批评史》《香港当代文学批评史》《台湾当代新诗史》《海峡两岸文学关系史》中，可领略私家著述的独到见地。第一代学者所建立的文学史研究范式，为学科研究视野的进一步拓展提供了必要条件。

第四节　多元化的台湾文学研究

在台湾近代文学研究方面，汪毅夫的《台湾近代文学丛稿》《台湾文学史·近代文学编》堪称开拓性的成果。他以史料的辑佚考证见长，注重文学的周边文化关系，即文学边缘的文体、文学外部的制度、文学圈外的事件等因素。[①] 他倡导研究台湾文学史的方法论，即语言的视角、民族学的视角、民俗学的视角、史料审查的视角。他关于台湾文学史的分期贯彻了上述观念，认为从文言到国语（白话）是台湾近代、现代和当代文学分野的显要标志，故以1923年作为台湾近代文学史的下限，光复初期（1945—1948）的国语运

---

① 汪毅夫：《文学的周边文化关系——谈台湾文学史研究的几个问题》，《福建师范大学学报》2004 年第 1 期。

动则是台湾现代文学毕其功于一役的时段。①

　　在日据时期文学研究方面，以范泉的论述为起点，形成了殖民地文学论述的脉络。范泉在 20 世纪 40 年代发表的《论台湾文学》等文章中，介绍了杨逵、吕赫若、杨云萍、龙瑛宗等台湾作家，认为殖民地时期的抵抗文化是台湾文化重建的出发点，并提出包括台湾在内的中华人民共和国的民主问题。范泉的论述，当时即引发了两岸文艺界关于台湾新文学的讨论，这次讨论在新时期的台湾文学研究中得到延续和深化。黎湘萍从时间和叙述的视角，考察台湾、香港和澳门地区的文学“殖民经验”，在时间从自我进入他者的转换过程中，文学叙述留下了“海洋中国”的记忆与梦想。② 朱双一对日据时期的研究，考察殖民前期文人的思想状况，如梁启超台湾之行对殖民现代性的观察及其对台湾文学的影响、魏清德岛外纪游对东亚各地文明状况的思考；分析殖民后期的文学倾向，如在台日本作家西川满、滨田隼雄和庄司总一小说中的殖民意识。③ 计璧瑞在《被殖民者的精神印记——殖民地台湾新文学论》中，讨论台湾新文学的殖民地处境、文化想象、殖民现代性、文学语言和殖民记忆等问题。肖成的《日据时期台湾社会图谱：1920—1945 台湾小说研究》认为，台湾小说源于日常生活的批判寄寓了一系列社会命题，对日本殖民者的“统合”与“同化”政策具有解构与消泯功能。

　　在战后台湾文学研究方面，在拓展思想视野的同时，打开了多元化的文学空间。黎湘萍的《文学台湾》从记忆入手，考察台湾知识者的文学叙事和理论想象。特别是对光复初期公共领域的究诘，

---

　　① 汪毅夫：《语言的转换与文学的进程——关于台湾文学的一种解说》，《中国现代文学研究丛刊》2004 年第 1 期。

　　② 黎湘萍：《时间与叙述———观察“殖民地”文学的一种方法》，《福建论坛》2014 年第 10 期。

　　③ 朱双一：《梁启超台湾之行对殖民现代性的观察和认知——兼及对台湾文学的影响》，《台湾研究集刊》2009 年第 2 期；《魏清德岛外纪游作品刍论——以对东亚各地文明状况的观察和思考为中心》，《福建师范大学学报》2016 年第 3 期。

关涉到战后台湾的发展路向问题，这一公共领域的建立充满着各种可能性，它的毁灭则带来严重的后果，两岸被迫纳入世界性的冷战结构。[①] 对于解严后台湾的理论思潮，刘小新的《阐释的焦虑——当代台湾理论思潮解读（1987—2007）》作了系谱化的梳理，疏通后现代主义、后殖民话语、本土主义和左翼论述等取向的历史演变，分析其本质结构和背后的社会政治根源。他批判性地解析台湾知识界的"南方问题"论，肯定这一视角对于重写台湾文学史的积极意义，同时指出本土主义意识的局限。[②]

大陆学界对台湾文学的研究，与台湾多元社会的建构是同步的。除了居于主流地位的现代文学、乡土文学之外，女性文学、原住民文学和自然写作等新类型也得到了关注。黄万华对 20 世纪 50 年代台湾小说的考察，揭示了文学作为主流意识形态之外的边缘形态，提供了政治高压下的个性空间。[③] 朱立立的《知识人的精神私史》对台湾现代派小说的解读，探究了小说现代意识的复调特征，以及战后台湾知识分子的认同焦虑与自我建构。对于台湾乡土文学的研究，第一代学者黄重添考察的是乡土文学的理论建设和陈映真、王祯和等的创作实践；[④] 新生代学者张羽关于"乡土文学"与"本土文学"的讨论，关切的则是台湾文学史论述的变迁过程及其背后的主观意识。[⑤] 曹惠民对台湾的原住民文学、自然写作和酷儿写作等给予特别注意，分析这些新的文学形态与既往写作模式的关系，衡定其文学价值，阐释其"颠覆之美"，并提出这些文学现象进入台湾文

① 黎湘萍：《台湾光复初期公共领域的建立与文学的位置：1945～1949》，《华文文学》2013 年第 1 期。

② 刘小新：《重写台湾文学史中的"南方问题"》，《东南学术》2019 年第 2 期。

③ 黄万华：《边缘突围中的多种叙事：1950 年代的台湾小说》，《陕西师范大学学报》2011 年第 1 期。

④ 黄重添：《简论台湾乡土文学的新进展》，《台湾研究集刊》1984 年第 2 期。

⑤ 张羽、张彩霞：《台湾文学史的撰述与文化认同研究》，《台湾研究集刊》2008 年第 3 期。

学史时的写作策略。① 在台湾女性文学研究方面，樊洛平的《当代台湾女性小说史论》系统梳理了当代台湾女性小说的流变历程，凸显了女性书写的价值。

对于台湾作家和作品的研究，历来是学界关注的重心。黎湘萍的《台湾的忧郁——论陈映真的写作与台湾的文学精神》，在台湾文学发展的三个历史阶段中考量陈映真的意义，以"台湾的忧郁"阐发其精神内涵，以"异端写作"界定其理性话语，以"最后的乌托邦主义"概括其思想价值，堪称大陆学界具有标志性意义的作家专论。刘俊的《悲悯情怀——白先勇评传》从情感、文化、历史、道德和政治五个视角，考察了白先勇的文学观念、艺术特质和思想情怀。赵遐秋和金坚范主编的 11 卷本"台湾作家研究丛书"，以作家论的形式总结了台湾文学在不同时期的文学实绩，包括刘红林的《台湾新文学之父——赖和》、田建民的《张我军评传》、樊洛平的《冰山底下绽放的玫瑰花——杨逵和他的文学世界》、石一宁的《吴浊流：面对新语境》、江湖的《乡之魂——钟理和的人生与文学之路》、沈庆利的《啼血的行吟——"台湾第一才子"吕赫若的小说世界》、周玉宁的《林海音评传》、汤淑敏的《陈若曦：自愿背十字架的人》、赵遐秋的《生命的思索与呐喊——陈映真的小说气象》、肖成的《大地之子：黄春明的小说世界》、白舒荣的《自我完成自我挑战——施叔青评传》。新生代学者李娜的《小说·田野——舞鹤创作与台湾现代性的曲折》，讨论了舞鹤特立独行的生活、写作方式及其对台湾社会各个层面的思考所触及的现代性问题。

对台湾文学文类和流派的研究，也是学界关注的重点。流沙河早在 20 世纪 80 年代就撰有《台湾诗人十二家》《台湾中年诗人十二家》和《隔海说诗》，开一时风气。李元洛的《缪斯的情人》评析余光中、洛夫等的诗歌艺术，意在探寻中国的新诗之路。沈奇的

---

① 曹惠民：《颠覆之美——台湾文学新地景与文学史书写》，《常州工学院学报》2006 年第 1 期；《台湾的自然写作及其研究》，《华文文学》2006 年第 3 期。

《台湾诗人散论》对台湾诗歌的品评出色当行，并建立了现代诗三大板块的框架。白杨的《穿越时间之河：台湾"创世纪"诗社研究》考察了创世纪这一文学社团的组织架构和运作机制。方忠对台湾文类研究情有独钟，《台湾散文纵横论》以品质阅读和价值阅读为研究路径，探寻台湾散文的文化诗学；《台湾通俗文学论稿》运用叙事学、文艺社会学等方法，阐释台湾通俗文学的演变、类型和价值。张重岗的《心性诗学的再生》从新儒家的文化论述入手，还原这一脉络与"五四"启蒙思想者的辩证性张力关系，研析了现代诗学理论的内涵、形态和可能性。陶庆梅与台湾学者侯淑仪合著的《刹那中——赖声川的剧场艺术》，以赖声川的剧场作品为主轴串联起了台湾近二十年的剧场发展史。李晨的《光影时代：当代台湾纪录片史论》切入纪录片的历史，分析了台湾社会转型中的影像生产和美学形式。

　　海峡两岸文学的比较研究、接受研究和区域文化研究，逐渐铺展开来。吕正惠、赵遐秋主编的《台湾新文学思潮史纲》（2002），是第一部由两岸学者合作完成的文学史论著。朱双一、张羽的《海峡两岸新文学思潮的渊源与比较》，讨论了大陆与台湾的文学渊源，认为二者在隔绝之后形成了各自的思潮脉络、生产接受体系，在重新发现对方之后，显示出双向交流、互为补充的特征。赵小琪以批评性阐释为视角分析了当代台湾小说在大陆的三种接受形态，即还原性批评、衍生性批评和创造性批评。[①] 在两岸文学研究的基础上，闽台区域文化的研究也取得了一系列成果，如刘登翰的《中华文化与闽台社会——闽台文化关系论纲》、汪毅夫的《闽台历史社会与民俗文化》、朱双一的《闽台文学的文化亲缘》等。

---

① 赵小琪：《当代台湾小说在祖国大陆的批评性传播与接受形态》，《社会科学辑刊》2008 年第 6 期。

第五节 跨文化的港澳文学研究

关于香港与澳门文学的研究，由于特殊的文化地缘关系，所涉及的议题有相近之处。其一是对文化属性和文化生态的关注，推动着两地的文学史书写和文学研究取向。其二是跨文化的视野，衍生出了殖民性与本土性、都市性与乡土性、雅文学与俗文学等论题。

香港地区是现代文学研究最为特殊的一个区域，它在政治倾向性方面较为超然，商业出版发达，由于港英政府的提倡，古典文学更具优势，直到 20 世纪六七十年代，中国现代文学还是被较少关注的一门学科。最早从事该领域研究的，基本是来自内地的一批现代文学作家，如曹聚仁、李辉英等，他们出版了一系列兼具研究意义和史料价值的文学史著作。曹聚仁的《文坛五十年》是香港地区第一部具有文学史性质的研究专著。曹聚仁的身份较为特殊，他和章太炎、吴稚晖、周氏兄弟、朱自清、陈望道等诸多文坛核心人物都有交往，与国共两党均有密切联系，熟悉文坛掌故，而评判态度又较为超然。曹聚仁不仅本人是新文学的作者之一，同时还是一位报人，经历并报道过诸多文坛事件，他的新文学史著作有着极为明显的保留历史资料的意图，对作家的评判，亦可超越意识形态的限制。在他的《文坛五十年》中，对于大陆文学史较少提及或持否定态度的吴稚晖、胡适、周作人、梁实秋等人，都能较为公允地评价其历史贡献，对于新文学的主将鲁迅，亦从朋友角度出发，议论其创作特色和人生掌故。作为报人，曹聚仁对于印刷出版及新闻事业对于现代文学发展的推动作用有着超乎常人的理解，《文坛五十年》成为同时期文学史著作中讨论报纸杂志最多的一种，为此后的研究者保留了大量资料线索。曹聚仁是一位极为多产的现代文学的记录者和研究者，除《文坛五十年》外，还有《鲁迅评传》《鲁迅年谱》《书林新话》《书林又话》《现代文艺手册》《现代名家书信》《现代中国报告文学选》等多部著作，对于中国现代文学研究有着独特贡献。

香港文学史的书写，在"九七"回归前后形成热潮。通史性质的著述，有王剑丛的《香港文学史》（1995）、潘亚暾和汪义生的《香港文学史》（1997）、刘登翰主编的《香港文学史》（1997）等；专史性质的著述，有古远清的《香港当代文学批评史》（1997）、袁良骏的《香港小说史》（第一卷）（1999）等。刘登翰以分流整合论对香港文学作了宏观的论述："香港文学与内地文学存在着复杂的分合关系，即内地新文学的发展轨迹与香港文学自身的发展道路的前期重合与后期分途（以中华人民共和国成立为界）。国际冷战格局的结束，中国大陆实行改革、开放，以一国两制的构想回归祖国的前景，使香港文学得以发挥自己的文化优势，逐渐确立自己的价值，即以开放的现代的国际性都市生活为基础的现代都市文学。"[1] 这样的说法有助于克服以边缘文学定位香港文学的大中原心态。在文学史撰述的史料储备和学术视野等方面，内地的香港文学史书写仍有提升的空间。

对于香港文学史撰述方面的成绩和问题，黎湘萍在评述刘登翰主编的《香港文学史》时有所触及：从文学生产与媒体的关系研究香港文学的历程，有助于揭示其潜在动力和浮出地表的特征；此外，应重视文学史叙事的同时性原则，港台的相互影响及其相似背景乃是文学史叙述的绝好空间。[2] 古远清在《香港文学史研究的七大误区》中对大陆学界的批评更为直率，指出了边缘文学论、殖民地文化观、南来作家的定位、回归的影响、美元文化的具体分析等方面存在的缺憾。[3] 香港学者卢玮銮、黄继持和郑树森等，则致力于香港文学史料学的建设。陈国球主编的《香港文学大系（1919—1949）》

---

① 刘登翰：《论香港文学的发展道路》，《文学评论》1997 年第 3 期。

② 黎湘萍：《毋忘香港——读刘登翰主编〈香港文学史〉》，《文学评论》2000 年第 3 期。

③ 古远清：《香港文学史研究的七大误区》，《南方文坛》2009 年第 2 期。

勾勒了香港文学的全貌，并在《文学史书写形态与文化政治》中省察了香港文学进入中国文学史的书写问题。

关于香港文学的文化内涵，学者们作了剖析。赵稀方在《小说香港》中，从香港不同类型的历史书写方式，观察香港文化身份的流动；从 20 世纪六七十年代以来香港的城市化过程，探究当代香港文学的发展动力，都市性及其反省可谓香港文学的命脉所在。在都市性和乡土性议题上，袁勇麟以舒巷城 60 年代初的小说《太阳下山了》为例，称作者将目光聚焦于香港社会底层，目的在于寻找温暖而坚强的人性力量，对城市文明的消极意义进行反拨和批判；① 袁良骏讨论 70 年代以来的香港文学，认为从表面上看乡土性在淡化，实则融入了都市性之中。② 就香港与冷战的关系，赵稀方认为香港在1949 年后成为文学的"第三空间"，延续了中国现代文学的基本格局；③ 翟韬审视在香港发生的文学冷战，称美国在冷战初期利用香港这一东亚传媒中心进行反共意识形态运动，其中的代表是大陆赴港"流亡者"撰写的中文反共小说。④ 除此之外，大陆学者对香港文学的文类流派和作家作品的研究也日益丰富。

与香港相比，澳门文学史的书写相对薄弱。刘登翰主编的《澳门文学概观》（1998）、饶芃子和莫嘉丽等撰写的《边缘的解读：澳门文学论稿》（2008）作了整体性的考察，但均未贸然称史。澳门学者郑炜明的《澳门文学史》（2012），可称第一部真正意义上的澳门文学史。

---

① 袁勇麟：《香港文学本土性的一个典型——重读舒巷城〈太阳下山了〉》，《世界华文文学论坛》2008 年第 3 期。

② 袁良骏：《都市性与乡土性的融合与衍进——香港小说艺术论之一》，《江汉论坛》2000 年第 5 期。

③ 赵稀方：《中国现代文学的"海外"延续——冷战结构下的香港文学》，《北方论丛》2018 年第 1 期。

④ 翟韬：《"文学冷战"：大陆赴港"流亡者"与 20 世纪 50 年代美国反共宣传》，《世界历史》2016 年第 5 期。

关于澳门文学的探究，拓展出了价值研究、文类研究和报章研究等面向。朱寿桐的《汉语新文学与澳门文学》，从汉语新文学的宏观视角审视澳门文学，认为澳门的文学和文化生态，为文学理论、文学史和文化社会学的研究提供了有价值的标本；澳门文学以独特的历史价值和审美价值，能健全澳门学的学术范式。张剑桦强调澳门文学的区域性意义，可为比较文学提供新的角度，比如澳门的古近代文学作为植入式的文学，折射出了东西方文化的独特交往形态。①

在文类研究中，除小说、散文和戏剧等传统体裁外，对女性文学、土生文学等的评析成为新的热点，促进了澳门本土文学的发展。代表性成果有陶里的《逆声击节集》、黄晓峰的《澳门现代艺术和现代诗评论》、廖子馨的《论澳门现代女性文学》等。对港澳文学的关联性考察也受到关注，《澳门离岸文学拾遗》的出版提供了 20 世纪六七十年代两地文学交往的史料。在文学与报刊的融合研究方面，王列耀、龙扬志的《文学及其场域：澳门文学与中文报纸副刊（1999—2009）》，从《澳门日报》的副刊文学入手，考察了澳门回归以来的文学观念因革、文坛秩序重组状况。在学术史方面，饶芃子、钱虹等学者追溯澳门文学研究的历程，对成绩和不足进行了反思。②

第六节　跨语境的海外华文文学研究

海外华文文学的研究，在诗学理论和区域经验两个层面的展开显示出突出的学科特色。在诗学理论研究方面，关于海外华文诗学、

---

① 张剑桦：《东西方互看的窗口——澳门古近代"植入"式文学的内涵》，《湖南大学学报》2010 年第 6 期。

② 饶芃子：《解读文学澳门》，《华文文学》2009 年第 6 期；钱虹：《从依附"离岸"到包容与审美——关于 20 世纪台港澳文学中澳门文学的研究述评》，《世界华文文学论坛》2004 年第 1 期。

华人文化诗学的论述具有明确的问题意识和方法论思考；在区域经验研究方面，以东南亚、欧美华文文学为两大重点板块，同时向全球其他区域扩展，形成了世界华文文学的整体研究格局。

随着海外华文文学研究的深入，对于诗学理论的要求日益迫切。饶芃子于 2003 年提出海外华文诗学的说法，试图把握其特殊诗学范畴的性质、功能、特征和系统性等问题，为建立一门经典学科奠定理论基础。她认为，这一诗学体系建立的关键，在于寻找该领域可以建构体系的"网结"和"基本词汇"。这些具有学科特殊性的诗学范畴和方法，具体表现在传统文论范畴的演变方式、异域汉语写作的话语模式、诗学范围的属性等方面。[①] 在研究方法上，饶芃子倡导文学的文化研究和比较研究。前者从文化的视角切入文学文本，讨论文学中的种族、性别、阶级和身份等问题，提炼出有新的价值归属的诗学话语和理论；后者引入比较文学的多维比较方法，从时空关系的维度对不同国家、地区的华文文学进行比较研究，以跨文化的眼光审视海外作家笔下的文化对话，发展新的理论研究空间。[②] 刘登翰、刘小新受到台湾亚裔美国文学研究中"华裔诗学"概念的影响，把文化诗学方法引入华人文学研究领域，于 2004 年提出华人文化诗学的构想。其主旨是借鉴新历史主义，发展出以华人性为研究核心、以形式诗学和意识形态批评的统合为基本研究方法的理论范式，在开放的社会科学视域中审视、诠释华人文学书写的族裔属性建构意义和美学呈现形式。[③]

在海外华文文学的整体研究方面，关注跨界叙说策略、整体性研究方法和学科性内涵等议题。杨匡汉从文化诗学的向度，分析海外华文作家从精神形态到思维方式的跨界叙说，表现为跨越地域、

① 饶芃子：《拓展海外华文文学的诗学研究》，《文学评论》2003 年第 1 期。

② 饶芃子：《海外华文文学与比较文学》，《暨南学报》2000 年第 1 期。

③ 刘登翰、刘小新：《华人文化诗学：华文文学研究的范式转移》，《东南学术》2004 年第 6 期。

文化、族群、性别和文本的界限等多种策略。① 他的《中华文化母题与海外华文文学》从文化母题的分析入手，对中国当代文学和海外华文文学作了跨学科跨文类研究的学术实践。黄万华试图打通不同板块和国别的华文文学的内在联系，从经典筛选、文学传统和母语写作等方法论视角，展开百年海外华文文学的整体性研究。② 张福贵审视世界华文文学从学术概念向学科概念的转变，从大文化、潜政治和真学术三个角度加以厘定和辨析。③ 刘俊注意到台港文学与海外华文文学在性质上的差异，试图以"跨区域华文文学"建立世界华文文学的整体观。④

在海外华文文学的区域研究方面，注重文化语境、族群关系和地域经验等视角。曹惠民提炼出日本华人作家的两种叙事方式，即"想象扶桑"与"记忆华夏"，与西方文化语境下的文本形成对照。⑤ 陆士清界定了马华文学的双重传统即"中国文学传统"和"本土华文文学传统"的价值。⑥ 王列耀针对东南亚华文文学的"异族叙事"，讨论了作为少数族裔的华人作家的"杂居经验"和言说策略。⑦ 朱文斌聚焦于"中国性"问题，梳理东南亚华文诗歌的嬗变。⑧ 陆卓宁注目于欧华文学自成一脉的队伍结构和文化气象，分析在冷战语境下东西方两大文明系统开展对话的跨文化经验，及其在

① 杨匡汉：《海外华文文学中的跨界叙说》，《文艺研究》2009 年第 2 期。

② 黄万华：《百年海外华文文学的整体性研究》，《山西大学学报》2012 年第 5 期。

③ 张福贵：《"世界华文文学"学科性的三个概念》，《江汉论坛》2013 年第 9 期。

④ 刘俊：《"跨区域华文文学"论——界定"台港暨海外华文文学"的新思路》，《江苏社会科学》2004 年第 4 期。

⑤ 曹惠民：《华人写作在日本》，《常州工学院学报》2007 年第 6 期。

⑥ 陆士清：《马华文学的双重传统》，《文艺报》2012 年 7 月 20 日。

⑦ 王列耀：《东南亚华文文学的"异族叙事"——以菲律宾、马来西亚、印度尼西亚和泰国为例》，《文学评论》2007 年第 6 期。

⑧ 朱文斌：《新马华文诗歌与中国新诗关系论析》，《华文文学》2009 年第 4 期。

互容互谅中走向文化融合的艺术境界。① 庄伟杰从历史文化背景与地缘因素、作家身份意识与知识结构、地域经验与文本书写形态等方面，考察了东南亚华文文学与澳美欧华文文学的关联性。② 朱崇科提出华语比较文学的概念，视之为打破学科藩篱、既破又立的连接地带，可为区域华文文学研究带来新的可能。③

　　海外华文文学的研究，在文艺思潮、作家作品、文类社团和传播传媒等方面的成果也颇为可观，为整体性和区域性的拓展打下了基础。近年来海外新移民文学成为学界关注的对象。公仲肯定了新移民文学在开掘历史文化、内心深度和艺术技巧方面取得的实绩，以此确认其对于文化中国的价值。④ 江少川通过对海外新移民作家的访谈挖掘了第一手资料，并从文学地理学的视角探讨新移民文学的跨域性、生命状态和意象类型。⑤ 王宗法、刘云勾勒海外新移民小说从物质追求、人性反思到寻找精神家园的发展轮廓，反映出不同文化之间由矛盾冲突走向交流融合的趋势。⑥ 吴奕锜、陈涵平着眼于新移民文学中的文化混杂现象，分析作家的文化身份意识及其对文化关系的探索。⑦

_____

① 陆卓宁：《冷战时期的欧华文学：忧患/裂变中演进与突围》，《华文文学》2017 年第 1 期。

② 庄伟杰：《东南亚华文文学与澳美欧华文文学比较》，《华侨大学学报》2012年第 4 期。

③ 朱崇科：《华语比较文学：超越主流支流的迷思》，《文学评论》2007 年第6 期。

④ 公仲：《论新世纪新移民小说的发展》，《小说评论》2010 年第 2 期。

⑤ 江少川：《新移民文学的地理空间诗学初探》，《华中人文论丛》2013 年第3 期。

⑥ 王宗法、刘云：《海外新移民小说的发展轮廓》，《华文文学》2007 年第 1 期。

⑦ 吴奕锜、陈涵平：《论新移民文学中的文化混杂形象》，《安徽大学学报》（哲学社会科学版）2010 年第 5 期。

民族文学编

绪　言

中国少数民族文学 70 年发展历程

　　党的十八大以来，以习近平同志为核心的中央领导集体，对少数民族文学在传承中华优秀传统文化，培育和铸牢中华民族共同体意识，弘扬中国人民伟大创造精神等方面的重要作用给予了前所未有的重视。习近平总书记多次高度评价以"三大史诗"为代表的少数民族文学创作在中国文化发展史上的地位。在文艺工作座谈会上，习近平指出："从老子、孔子、庄子、孟子、屈原、王羲之、李白、杜甫、苏轼、辛弃疾、关汉卿、曹雪芹，到'鲁郭茅巴老曹'（鲁迅、郭沫若、茅盾、巴金、老舍、曹禺），到聂耳、冼星海、梅兰芳、齐白石、徐悲鸿，从诗经、楚辞到汉赋、唐诗、宋词、元曲以及明清小说，从《格萨尔王传》、《玛纳斯》到《江格尔》史诗，从五四时期新文化运动、新中国成立到改革开放的今天，产生了灿若星辰的文艺大师，留下了浩如烟海的文艺精品，不仅为中华民族提供了丰厚滋养，而且为世界文明贡献了华彩篇章。"①在第十三届全国人民代表大会第一次会议上，习近平再次指出："中国人民是具有伟大创造精神的人民。在几千年历史长河中，中国人民始终辛勤劳作、发明创造，我国产生了老子、孔子、庄子、孟子、墨子、孙子、韩

---

　　① 习近平：《在文艺工作座谈会上的讲话》（2014 年 10 月 15 日），《光明日报》2015 年 10 月 15 日。

非子等闻名于世的伟大思想巨匠，发明了造纸术、火药、印刷术、指南针等深刻影响人类文明进程的伟大科技成果，创作了诗经、楚辞、汉赋、唐诗、宋词、元曲、明清小说等伟大文艺作品，传承了格萨尔王、玛纳斯、江格尔等震撼人心的伟大史诗，建设了万里长城、都江堰、大运河、故宫、布达拉宫等气势恢弘的伟大工程。"①

中华人民共和国成立伊始，"少数民族文学"这一术语便得以确立②，此后相关工作渐次展开。这给人带来这样的错觉：少数民族文学战线的开辟和学科的建设是制度安排的产物。其实不然。各民族文学既是客观存在的文化事实，也是文化多样性的生动见证。国际社会有这样的共识："文化在不同的时代和不同的地方具有各种不同的表现形式。文化多样性对人类来讲就像生物多样性对维持生物平衡那样必不可少"，"文化多样性是人类的共同遗产，应当从当代人和子孙后代的利益考虑予以承认和肯定"。③ 文化多样性的倡导，并不仅仅只是朝向人类社会可持续发展的一个"愿景"，而是基于长期存在的现实，能为促进文化间对话和构建人类命运共同体提供重要资源。假如说，语言的丰富性在一定程度上反映为文化多样性的指征，从当今全球语言使用情况就可以看出文化的纷繁复杂——据联合国教科文组织晚近的统计，目前世界范围内大约有 6000 种语言，分属 5000 多个族群。从民族的维度说，当今全世界的文学生产，都无一例外是"民族的"文学生产。只不过各民族人口有多寡之别，所处自然环境不同，社会经济生活条件各异，其文学的创作、传播、接受等形态也就有所差异，从而形成了不同的民族文学传统，呈现出各不相同的面貌。中国少数民族文学存在的合法性和合理性，就是建立在这个基本事实之上的。

---

① 习近平：《在第十三届全国人民代表大会第一次会议上的讲话》（2018 年 3 月 20 日），人民出版社 2018 年版，单行本，第 3 页。

② 茅盾：《〈人民文学〉发刊词》，《人民文学》1949 年 10 月创刊号。相关阐发参见李晓峰《"少数民族文学"构造史》，《当代作家评论》2017 年第 5 期。

③ 联合国教科文组织：《教科文组织世界文化多样性宣言》（2001 年 11 月 2 日）。

中国历史上各少数民族群体长期进行着丰富多样的文学创作传播活动，虽因多为口传大半湮灭无闻，但仍有少量作品通过记录或辑引得以存续至今，如《越人歌》便是迄今保存较完整的一首上古民歌，其汉字逐句记音歌词及汉文意译，载于汉代刘向《说苑·善说》①，成为研究 2500 多年前南方诸民族语言、历史和文化的重要资料。总体而言，少数民族（包括历史上已经消失的族群）所进行的文学创作活动，以口传居多，但也有不少民族创制了本民族文字，并以书写方式创作了数量可观的文学作品。

就少数民族的书面文学传统而言，可谓历史悠久，名家辈出，影响绵长。以藏族为例，敦煌藏文写卷《赞普传略》大致成形于 8—9 世纪。在上千年的文学传承传播过程中，有《道歌》《萨迦格言》《米拉日巴传》《仓央嘉措情歌》《勋努达美》等伟大杰作流存于世。文论方面，来自梵语传统的《诗镜》（檀丁著）作为文学创作指南，对藏族文学尤其书面文学传统和诗学实践发生了持久的影响。民间文学也有借助文字而得以记录、保存并传承至今的诸多范例，如藏族英雄史诗《格萨尔王传》，在藏族地区就有多种抄本和刻本流传。直到今天，民间依然保持着史诗缮写的传统。

在蒙古高原，随着蒙古文字的创制和使用，书面文学获得长足发展。作为颇具文学性的历史文献，《蒙古秘史》大约成书于 13 世纪初到上半叶，对蒙古族叙事文学传统有多方面的持续性影响。到了 19 世纪，尹湛纳希成为蒙古族作家文学的代表性人物。他受中原文学影响，结合本民族传统，创作了《青史演义》《一层楼》《泣红亭》等长篇小说和诸多诗作。而哈斯宝的《红楼梦》蒙古文译本及其评点，在"红学"传统中独树一帜，可以视为中原"评点"传统在塞外的另辟新境。

各民族文学在长期的互动交流中发展，形成了中华文学版图的

---

① （汉）刘向撰，向宗鲁校证：《说苑校证》，中华书局 1987 年版，第 277—278 页。

多元一体格局，同时又具有各自的民族文化特质。在中国历史上几度出现民族大融合的时期，族际之间的相互影响尤为明显。例如，元代以降，少数民族中用汉文从事创作并取得较高成就的作家代有人才，文学大家也更频繁地出现在中国文学史的篇章中。以元明清三代而论，就分别有诗人耶律楚材（契丹）、萨都剌（回族，一说蒙古族），散曲作家贯云石（维吾尔族），杂剧作家李直夫（女真）；文学批评家李贽（回族）；词人纳兰性德（满族），小说家蒲松龄（回族，一说蒙古族）、曹雪芹（满族）等。在白族、纳西族、彝族、壮族、土家族等南方民族中也有不少用汉文创作的优秀作家。这部分文人用汉文创作的作品，一方面丰富了汉语文学宝库，另一方面也推动了本民族文学的发展，有若干民族还形成了家族文学创作现象。① 也有一些少数民族作家用其他民族语言创作的情况，如蒙古族文人的藏文创作和文论研究就是一个突出的例子。②

　　在历朝历代的各民族文献中，还可以看到数量可观的翻译文学现象。梵语文论在蒙古地区广泛传播，深刻影响了主要由僧侣们创作的"厌世主义诗歌"体系。东部蒙古地区从清中叶勃兴的对汉语文学的大量翻译以及通过口头和书面的传播（如《封神演义》《三国演义》《水浒传》等的蒙译本以及蒙语说书）则是文学交流的一个生动见证。

　　伴随着"五四"新文化运动的发生，具有民主进步意识的少数民族现代文学逐渐发展起来。无论是用汉文还是用本民族文字创作的作品，都充溢着反帝爱国的激情，彰显出追求民主和光明的格调。有些作家则直接在革命队伍中成长起来，如苗族作家陈靖、壮族作家陆地；有些作家的影响是全国性的，如老舍（满族）和沈从文（苗族）等。

----

① 如多洛肯主持的"清代少数民族文学家族诗集丛刊"6 种等。
② 参见树林《蒙古族藏文文论体系研究》（蒙古文），辽宁民族出版社 2014 年版。

中华人民共和国成立后，少数民族作家文学进入一个快速发展的全新历史时期。在 20 世纪 50 年代的民族识别工作中得以正式认定的少数民族，通过国家宪法获得了政治上和法律上的地位。这就与前现代时期的族群有诸多不同。少数民族的国家主人翁意识和社会参与感大幅度增强，政治热情空前高涨。例如，按照巴·布林贝赫的总结，蒙古族诗歌自此进入社会主义政治抒情诗长足发展的阶段。概括地说，70 年来，一大批少数民族作家成长起来，他们在诗歌、小说、散文、报告文学、戏剧、电影等领域的创作成就引人注目，有些作品风靡全国，如玛拉沁夫的《茫茫的草原》、李乔的《欢笑的金沙江》、张承志的《黑骏马》、阿来的《尘埃落定》等。从民间文学改编的作品也蜚声文坛，如壮族的《刘三姐》、彝族的《阿诗玛》、傣族的《召树屯》等。社会主义民族文学建设的一个巨大的标志性成就，是经过几十年各方面的努力，今天中国境内的 55 个少数民族都有了自己的文学家。这是很了不起的成绩，改变了千百年来诸多少数民族的文学创作大都呈现为口传形态的面貌。

对"少数民族文学"的认定和边界的划分，在民间文学领域，没有太大问题。《江格尔》是蒙古族史诗，《仰阿莎》是苗族叙事长诗，阿肯弹唱则是哈萨克族口头文类，此类民族归属问题向无争议。但是在作家文学领域，情况就有点复杂。曹雪芹和老舍都是汉语文学传统中的有机一环，承上启下，不能轻易移出汉语文学史。立足少数民族文学研究立场，又有从中总结民族文化心理投射于文学作品的论见，且颇有道理。该如何拿捏？依笔者所见，随着人类文明的发展和文化间相互影响的增强，人们的文化身分大大超越了常见于早期人类社会的那种身分单一的情况。在文化交往频仍的地方，一个人具有多重文化身分认同的情况越来越普遍。以老舍而论，研究其"京味儿"固然并无不妥，研究其"满族文化心理"也属理之当然。各有所本，各有擅场，只会带来文学研究的繁荣，促进对文化多样性的尊重。中国是多民族国家，中华文化是多元一体的文化，历史上各民族长期保持密切交往，相互融合，彼此渗透，你中有我，我中有你，这是基本国情。那种非此即彼的想法，不仅在理论上站不住脚，在现实中也会处处碰壁。比较合理的处理方式是，在汉语文学中研究曹雪芹或老舍，也应该述及其旗人文化心理的方面；而在基于民族文学立场观照这类作家时，也要论及他们在汉语文学流脉中的地位和作用。即便在写工具书词条这种需要明确身分归属的情况下，亦当由此及彼，而非割裂开来。按照联合国开发计划署的总结，对多重文化身分的承认，并不会消解社会成员对国家的忠诚，反而会促进包容和理解，增进平等和互相尊重，也有利于社会和谐关系的建立。[①]

中华人民共和国成立以来，少数民族文学的发展在多个领域同时推进，如大范围开展民间文学资料和民族古籍文献的搜集、整理、翻译和出版，组织学术力量编纂各民族文学史和文学概况丛书，推动少数民族古代文论研究和当代文学批评，实施制度化发展规划（如建立研究机构、核定学科建制、推动教材建设和专门人才培养、创办文艺报刊、组织中青年作家研究班设立全国少数民族文学创作奖——"骏马奖"等），全方位地推动了少数民族文学事业的空前繁荣。

总之，现代学科意义上的中国少数民族文学研究迄今已走过70年的光辉历程。从古代文学到现当代文学，从民间文学到作家文学，从文学史书写到理论方法论探索，各方面取得的成就，远不是这里有限的篇幅所能涵盖的。本编的梳理，只能以粗线条予以大致勾勒，挂一漏万在所难免，诚望读者诸君不吝赐教。

---

① 联合国开发计划署：《2004年人类发展报告：当今多样化世界中的文化自由》，中国财政经济出版社2004年版，第2—5页。

第 一 章

新中国70年古代民族
文学研究概述

中华人民共和国成立七十年来，古代民族文学学科经历了三个发展阶段：一是中华人民共和国成立初期至 20 世纪 80 年代初期。1952 年中央民族学院语文系成立，1958 年中共中央宣传部召开座谈会正式提出编写各单一民族的文学史，这促进了中国少数民族文学学科的形成，也为古代民族文学学科的产生奠定了基础。二是 20 世纪 80 年代初期至 2000 年。民族文学文献资料挖掘整理逐渐丰富，中国少数民族语言文学硕士、博士点逐渐增多。1983 年《民族文学研究》创刊，90 年代以后古代民族文学研究论文逐年增多，这些都促进了古代民族文学学科的形成。三是 2000 年至今。国家社科基金项目对古代民族文学学科支持力度逐渐加大，中国辽金文学学会、中国元代文学学会、中华文学史料学学会民族文学史料研究分会等学术组织相继成立，中国传统古代文学学科与少数民族古代文学学科渐趋融合，研究队伍逐渐壮大，古代民族文学学科渐趋成熟。以下主要从五个方面，叙述中华人民共和国成立七十年来古代民族文学研究的成绩。

第一节　民族文学史料整理

　　20 世纪 80 年代以来，全国性的民族古籍整理出版工作开始实施。1983 年全国少数民族古籍整理工作座谈会召开。1984 年国家成立了少数民族古籍整理出版规划小组，并启动了"中国少数民族古籍总目提要"工程，经过三十多年的发展，全国少数民族古籍工作取得了很大的成就，其中大量的文学古籍的整理出版，为中国少数民族文学研究提供了丰富的资料。20 世纪 80 年代，《全辽文》① 出版。20 世纪 90 年代起，《全金诗》《全辽金诗》《全辽金文》《全元文》《全元诗》② 等陆续出版。辽金元诗文的出版，对学科基础薄弱的少数民族古代文学研究乃至中国古代文学的整体研究，都具有重要意义。周建江辑校的《三国两晋十六国诗文纪事》《南北朝隋诗文纪事》③ 梳理了汉末魏晋十六国南北朝隋的文学史料，诗文并举，南北同论。多洛肯的《元明清少数民族汉语文创作诗文叙录》（元明卷、清代卷)④ 共收录十余个民族、数百位作家作品，梳理了元明清少数民族汉语文创作的基本情况，摸清了现存诗文别集的流布现状。上述这些文献资料的出版，推动了民族文学文献学建设。

---

　　①　陈述辑校：《全辽文》，中华书局 1982 年版。

　　②　薛瑞兆、郭明志编纂：《全金诗》（全 4 册），南开大学出版社 1995 年版；阎凤梧、康金声主编：《全辽金诗》（全 3 册），山西古籍出版社 1999 年版；阎凤梧主编：《全辽金文》（全 3 册），山西古籍出版社 2002 年版；李修生主编：《全元文》（全 61 册），凤凰出版社 2004 年版；杨镰主编：《全元诗》（全 68 册），中华书局 2013 年版。

　　③　周建江辑校：《三国两晋十六国诗文纪事》《南北朝隋诗文纪事》，中州古籍出版社 2001 年版。

　　④　多洛肯：《元明清少数民族汉语文创作诗文叙录》（元明卷、清代卷），中国社会科学出版社 2014 年版。

第二节　作家及其作品研究

古代民族作家作品个案研究是古代民族文学学科的基础。根据《民族文学研究》等刊物发文情况，总结出少数民族作家研究主要集中在以下几个方面。

一是辽金文学研究。辽金文学作家研究主要集中在耶律家族文学以及完颜家族文学上。辽代契丹诗人萧观音、耶律铸、石抹宜孙，金代女真诗人完颜亮、完颜璹、完颜雍、完颜璟是重点研究的作家。[①] 元好问一直是研究的热点，学界着眼于中华文化视野，不断拓展元好问研究。[②]

二是元代多民族作家研究。元代是多民族作家文学繁荣的时代，元代多民族作家研究成为学术生长点。回纥文人萨都剌一直是研究的重点。[③] 此外，还有回纥文人廼贤、贯云石、薛昂夫，女真文人李直夫、石君宝，色目诗人马祖常、泰不华、金哈剌，蒙古戏曲家杨景贤，蒙古诗人达溥化，羌族作家余阙，契丹文人耶律楚材，鲜卑

---

① 代表论文有，刘达科：《金元耶律氏文学世家探论》，《民族文学研究》2003年第2期；和谈：《金元之际契丹文士的焦虑意识及文学表达——以耶律楚材家族为中心》，《东南学术》2019年第4期；杨忠谦：《金代文学家族的空间流动与文学交流》，《北方论丛》2012年第1期。

② 代表论文有，张晶：《鲜卑诗人元好问的诗歌成就及其北方民族文化基质》，《民族文学研究》1992年第3期；狄宝心：《金元之际文坛领袖元好问对中原文化传统的维护整合》，《民族文学研究》1999年第2期；胡传志：《论元好问的跨民族交往》，《民族文学研究》2011年第5期。

③ 代表论文有，王叔磐：《关于萨都剌的族属家世的考证》，《民族文学研究》1988年第1期；查洪德：《20世纪萨都剌研究述论》，《民族文学研究》2002年第2期；龚世俊：《日本刊〈萨天锡杂诗〉考论——兼谈萨都剌集版本》，《民族文学研究》2005年第2期；刘真伦：《陈垣先生〈萨都剌疑年〉补证》，《民族文学研究》2008年第3期。

文人元明善等，学界比较关注的作家有二十余人。

三是明清多民族作家研究。明代重要的民族作家有回族李贽、丁鹤年。其中，从多元文化视角研究李贽，一直是学术生长点。① 清代民族作家研究主要集中在纳兰性德②、尹湛纳希③。清代民族作家比较多，目前学界对满、蒙古、壮、回、维吾尔、哈萨克、侗、达斡尔、彝、门巴、布依、白、羌、土家、苗、藏等民族的五十余位作家、诗人进行了比较深入的研究。明清少数民族家族文学比较丰富，21 世纪之后，少数民族家族文学成为研究重点。④ 多洛肯围绕这些民族的家族文学发表了一系列论文。⑤ 李锋的《容美土司家族文学交往史考论》⑥ 从对象补考、交往情况、交往特征、交往的影响及

---

① 代表论文有，汤晓青：《回族文学批评家李贽的多元文化背景》，《民族文学研究》2003 年第 2 期；赵志军：《多元文化视野中的李贽的自然观》，《民族文学研究》2004 年第 2 期；李珺平：《李贽儒学思想的内在矛盾——兼评黄仁宇对李贽的论述》，《民族文学研究》2012 年第 2 期。

② 代表论文有，禹克坤：《论纳兰性德的文艺思想》，《民族文学研究》1986 年第 1 期；陈水云、陈敏：《纳兰性德文学接受述论》，《民族文学研究》2007 年第 2 期。

③ 代表论文有，额尔敦陶克陶：《蒙古族近代文学的高峰——纪念尹湛纳希诞生一百五十周年》，《民族文学研究》1987 年第 1 期；额尔敦哈达：《尹湛纳希小说观念论探析》，《民族文学研究》2012 年第 5 期。

④ 陈友康：《古代少数民族的家族文学现象》，《民族文学研究》2004 年第 3 期；李小凤：《少数民族家族文学研究的兴起与路径思考》，《北方民族大学学报》（哲学社会科学版）2015 年第 2 期。

⑤ 多洛肯：《清代八旗蒙古文学家族汉语文诗文创作述论》，《民族文学研究》2013 年第 3 期；多洛肯、安海燕：《清代壮族文学家族及其诗文创作》，《广西民族大学学报》（哲学社会科学版）2014 年第 1 期；多洛肯、吴伟：《清代满族文学家族文学创作叙略》，《中国文学研究》2014 年第 1 期；多洛肯、李静妍：《明清回族文学家族文学创作述略》，《兰州文理学院学报》（社会科学版）2015 年第 5 期；多洛肯、朱明霞：《明清彝族文学家族谫论》，《民族文学研究》2016 年第 1 期；多洛肯：《"改土归流"后的土家族文学家族述论》，《民族文学研究》2017 年第 1 期；多洛肯：《明清白族文学家族诗歌创作述论》，《西南民族大学学报》（人文社会科学版）2017 年第 1 期；多洛肯：《论明清纳西族家族文学》，《西南民族大学学报》（人文社会科学版）2018 年第 10 期。

⑥ 李锋：《容美土司家族文学交往史考论》，中国社会科学出版社 2018 年版。

意义四个方面系统地对容美土司家族的文学交往史进行了历时性梳理。

此外，学界对《福乐智慧》《蒙古秘史》《儿女英雄传》《红楼梦》等古代民族文学作品也比较关注。①

第三节　中华文学史书写

古代民族文学是中华文学史的重要组成部分。1958 年，国家启动了编写族别文学史或文学概况的工作，这些各族别文学史、文学概况里包含了古代民族文学部分，为中华文学史的书写奠定了坚实基础。

马学良、梁庭望、张公瑾主编的《中国少数民族文学史》② 对中国古代少数民族的文学作了全面系统的总结。全书按原始社会、奴隶社会、封建社会、半殖民地半封建社会四个历史发展阶段论述各民族在不同的社会形态中文学发展的状况和特点。对中国古代少数民族文学的特点、成就、规律作了较为全面的探讨，在理论、方法和史著体制方面，对此后编撰中华文学史具有重要的参考意义。

---

① 代表论文有，李陶：《〈福乐智慧〉的文学思想》，《民族文学研究》1990 年第 2 期；热依汗·卡德尔：《〈福乐智慧〉与北宋儒学》，《民族文学研究》2007 年第 2 期；乔·贺希格陶克陶：《成吉思合罕与札木合薛禅——谈〈蒙古秘史〉的人物》，《民族文学研究》1987 年第 4 期；杭爱：《论〈蒙古秘史〉文学性结构——与〈史集〉、〈圣武亲征录〉、〈元史〉之比较研究》，《民族文学研究》1995 年第 1 期；刘荫柏：《文康〈儿女英雄传〉源流论考》，《民族文学研究》1985 年第 3 期；关纪新：《〈儿女英雄传〉管见》，《民族文学研究》2011 年第 1 期；张菊玲：《产生〈红楼梦〉的满族文化氛围》，《民族文学研究》1989 年第 2 期；李陶：《哈斯宝评〈红楼梦〉的艺术辩证法》，《民族文学研究》1997 年第 1 期；姚颖：《子弟书对〈红楼梦〉人物性格的世俗化改编》，《民族文学研究》2006 年第 2 期。

② 马学良、梁庭望、张公瑾主编：《中国少数民族文学史》，中央民族学院出版社 1992 年版。

祝注先主编的《中国少数民族诗歌史》① 以中国古代诗歌传统为参照，论述了十六国时代至清代少数民族诗歌成就，勾勒出少数民族诗歌发展线索。寻找有少数民族族属身份的作家、作品，重点分析了用民族文字创作的文学作品、汉语翻译记录的少数民族诗歌、汉字记音的少数民族诗歌、汉语创作的诗词等。

20 世纪 80 年代中期以来，学界开始尝试将多民族文学纳入中华文学发展史的整体框架。少数民族古代文学研究成果，推动了主流中国文学史观念的转变。1997 年，张炯、邓绍基、樊骏主编的《中华文学通史》② 从先秦到近代文学共计 182 章，其中少数民族文学部分有 41 章，接近四分之一篇幅。这是少数民族文学研究与汉文学研究的一次比较深入的融合，进一步深化了中国文学是中华各民族共同创造的文学史观。

21 世纪之初，在重写文学史的学术思潮中，杨义提出"重绘中国文学地图""民族文学的边缘活力"说，撰写了《中国古典文学图志》（宋、辽、西夏、金、回鹘、吐蕃、大理国、元代卷）③，借文学史的新形态来考量中华多民族文化共同体的整体特征和动态过程，呈现了多元文化共存的文学发展面貌，为中华文学史的编写提供了生动的案例。

梁庭望的《中国诗歌通史·少数民族卷》④ 从先秦到近代，以史为线索，用丰富的诗歌史料说明了少数民族诗歌繁荣在明清，而汉民族诗歌繁荣在唐宋，少数民族文化紧随汉族文化不断发展壮大，反映出中国少数民族诗歌史的独特进程。并按照四大板块阐明少数民族诗歌与汉民族诗歌的关系，这部少数民族诗歌史成为连通古今中华各民族的诗歌通史。

---

① 祝注先主编：《中国少数民族诗歌史》，中央民族大学出版社 1994 年版。

② 张炯、邓绍基、樊骏主编：《中华文学通史》，华艺出版社 1997 年版。

③ 杨义：《中国古典文学图志》（宋、辽、西夏、金、回鹘、吐蕃、大理国、元代卷），生活·读书·新知三联书店 2006 年版。

④ 梁庭望：《中国诗歌通史·少数民族卷》，人民文学出版社 2012 年版。

第四节　各民族文学关系研究

各民族文学关系研究是中国古代文学的重要组成部分。2003年，中国社会科学院民族文学研究所"中国各民族文学关系研究"重点学科建立，刘亚虎、邓敏文、罗汉田的《中国南方民族文学关系研究》[①] 和郎樱、扎拉嘎主编的《中国各民族文学关系研究》[②] 先后出版。这两部著作从文学史的角度，以专题形式对古代民族文学关系进行了深入探讨，对中华文学研究作出了重要贡献。长期以来，中国古代多民族文学关系研究备受关注，主要集中以下几个话题。

（一）文化认同

自 20 世纪末台湾学者萧启庆提出"元代多族士人圈"之后，在大陆学界逐渐产生影响。刘嘉伟的《元代多族士人圈的文学活动与元诗风貌》，考察多族士人圈文人的文学活动，将宏观研究与微观分析相结合，揭示了多元文化交融下的元代文化精神与诗歌新貌，探讨多族士人圈互动对于彼此文化修养、诗文风貌、政治追求的深刻影响。他还发表了《元大都多族士人圈的互动与元代清和诗风》，提出元代清和诗风的形成，与多族士人圈中各族诗人的涵化影响有着紧密的联系。[③] 张建伟的《元代大都廉园主人廉野云考论》[④] 认为高昌廉氏的大都廉园雅集延续了数十年，是元代多族士人圈的重要组成部分。作为诗坛的东道主，廉氏两代四人既是畏吾人华化的典型

---

① 刘亚虎、邓敏文、罗汉田：《中国南方民族文学关系研究》，民族出版社 2001年版。

② 郎樱、扎拉嘎主编：《中国各民族文学关系研究》，贵州人民出版社 2005年版。

③ 刘嘉伟：《元代多族士人圈的文学活动与元诗风貌》，人民出版社 2016 年版；刘嘉伟：《元大都多族士人圈的互动与元代清和诗风》，《文学评论》2011 年第 4 期。

④ 张建伟：《元代大都廉园主人廉野云考论》，《民族文学研究》2015 年第 6 期。

代表，又是元代雅集发展三个阶段的见证。查洪德的《"华夷一体"：元代文坛特征》① 认为，蒙古、色目士人与汉民族文人，在大元治下具有相同的国家观念与文化观念，有着共同的国家认同与文化认同。朱万曙的《空间维度与中华文学史的研究》② 指出，从空间维度出发研究中国文学史，可以将视野延展到各民族文学，从而建立起"中华文学"的大格局。

（二）文化融合

文化融合并非一蹴而就，而是有着曲折的过程，这成为古代民族文学关系研究的重点。王树森、余恕诚的《提升民族精神的诗史——唐代有关吐蕃诗歌的一个侧面》③ 认为，唐代有关吐蕃诗歌是一部培育民族精神的诗史，通过对唐与吐蕃两个半世纪交流碰撞历史的记录，展现了中华民族直面挑战的血性担当、不离不弃的执着守望、正视矛盾的自我省察与和谐包容的博大胸怀。王文科的《论苏辙的使辽诗》④ 提出，苏辙使辽诗涉及宋辽关系、边疆风貌、异族生活、旅途思乡等多方面内容，尤其是反映宋辽关系的诗作，体现了宋朝官员对契丹从持有偏见到有所了解的转变历程。邱瑰华、涂小丽的《中唐前后胡人形象的抒写转变》⑤ 指出，安史之乱前，文人以一种包容的心态抒写异质文化的渗入，体现了自信向上的主人翁精神；安史之乱后，文人对胡人文化带有明显的排斥心理，作品情调哀伤，更多抒发兴衰之感。我们应肯定中唐前文人对胡人形象的抒写，同时也要对中唐后文人对胡人形象的抒写加以区分。

---

① 查洪德：《"华夷一体"：元代文坛特征》，《民族文学研究》2017 年第 4 期。

② 朱万曙：《空间维度与中华文学史的研究》，《民族文学研究》2016 年第 4 期。

③ 王树森、余恕诚：《提升民族精神的诗史——唐代有关吐蕃诗歌的一个侧面》，《民族文学研究》2014 年第 6 期。

④ 王文科：《论苏辙的使辽诗》，《河南大学学报》（社会科学版）2015 年第 2 期。

⑤ 邱瑰华、涂小丽：《中唐前后胡人形象的抒写转变》，《民族文学研究》2015 年第 6 期。

（三）经典传播

研究汉族经典在少数民族文学当中的传播成为学界的重要方向。梁庭望的《汉族题材少数民族叙事长诗综论》① 指出，汉族题材少数民族叙事诗在题材的选择、体裁的更新、主题的切换、身份的变化、情节的改变等方面具有明显特征。聚宝的《毛评本〈三国演义〉蒙古文诸译本汇论》② 认为，全面搜罗毛评本蒙古文新旧译本，系统梳理诸译本之异同关系和流播轨迹，不仅是科学地构建《三国演义》蒙译本版本体系的前提和基础，而且对《三国演义》在蒙古地区的传播研究以及蒙汉文学关系史研究具有重要的学术意义。秀云的《满译〈金瓶梅〉研究述评》③ 就满译《金瓶梅》研究情况，分别从目录介绍、专门研究以及其他相关研究等方面，进行了介绍。莎日娜的《红楼隔"语"相望冷——蒙语地区〈红楼梦〉传播个案探析》指出，蒙语地区《红楼梦》的传播与接受，以哈斯宝的《新译红楼梦》、尹湛纳希兄弟在文学创作中对《红楼梦》的模仿学习和蒙古王府本《石头记》的收藏三个案例最为令人瞩目。由于翻译的难度较大，《红楼梦》在蒙语地区始终受众不广，但却极大地促进了蒙古族文学理论和创作的发展，也开启了《红楼梦》跨语种传播的先河。④ 吴刚的《"长坂坡赵云救主"中的赵云形象在达斡尔族、锡伯族说唱中的变化——兼论人物形象民族化》⑤ 认为，赵云形象在达斡尔族、锡伯族说唱中的变化是人物形象中华民族化的过程。徐

---

① 梁庭望：《汉族题材少数民族叙事长诗综论》，《贵州民族大学学报》（哲学社会科学版）2015 年第 1 期。

② 聚宝：《毛评本〈三国演义〉蒙古文诸译本汇论》，《中国文学研究》2015 年第 4 期。

③ 秀云：《满译〈金瓶梅〉研究述评》，《赤峰学院学报》（汉文哲学社会科学版）2015 年第 1 期。

④ 莎日娜：《红楼隔"语"相望冷——蒙语地区〈红楼梦〉传播个案探析》，《红楼梦学刊》2015 年第 6 期。

⑤ 吴刚：《"长坂坡赵云救主"中的赵云形象在达斡尔族、锡伯族说唱中的变化——兼论人物形象民族化》，《明清小说研究》2015 年第 4 期。

希平的《李杜诗学与民族文化论稿》① 通过李白、杜甫与多元文化关系的个案解剖展现中华文化发展演变规律。汉文学经典通过少数民族文学传播到周边国家。朱春洁的《〈妆台百咏〉对〈玉台新咏〉的接受及其在越南的传播》② 指出，晚清壮族诗人黎申产仿《玉台新咏》而作《妆台百咏》，被越南文人接受，产生范廷煜的《百战妆台》和阮盎庄的《增补妆台百咏》，表明汉文学经典在对外传播过程中少数民族文学起到了积极作用。

第五节　古代民族文论研究

20 世纪 80 年代初，郭绍虞提出，应该扩大我们的研究领域，改变长期以来较少注意兄弟民族的理论的状况。③ 80 年代，古代民族文论资料陆续整理出版。买买提·祖农、王弋丁主编的《中国历代少数民族文论选》④ 是第一部少数民族文艺理论著作选，收录了 15 个少数民族 36 位文论家的 66 篇作品。《中国历代少数民族文论选》的续编《少数民族古代文论选释》⑤ 收入了部分口头文论，弥补了原有文论选的不足。《中国少数民族古代美学思想资料初编》⑥ 选入蒙古、藏、维吾尔、彝、壮、傣、白、纳西等民族古代美学论著

---

① 徐希平：《李杜诗学与民族文化论稿》，民族出版社 2011 年版。

② 朱春洁：《〈妆台百咏〉对〈玉台新咏〉的接受及其在越南的传播》，《民族文学研究》2018 年第 5 期。

③ 郭绍虞：《建立具有中国民族特色的马克思主义文艺理论》，《人民日报》1980 年 11 月 5 日。

④ 买买提·祖农、王弋丁主编：《中国历代少数民族文论选》，新疆人民出版社 1987 年版。

⑤ 王弋丁、王佑夫、过伟主编：《少数民族古代文论选释》，新疆人民出版社 1993 年版。

⑥ 中国少数民族古代美学思想资料初编编写组：《中国少数民族古代美学思想资料初编》，四川民族出版社 1989 年版。

55 篇（部），为少数民族文论研究提供了重要资料。彭书麟、于乃昌、冯育柱主编的《中国少数民族文艺理论集成》① 辑录了自先秦以来古今 48 个民族 200 余篇（部）文艺论著。

20 世纪 80 年代，族别文论资料也陆续整理出版。巴·格日勒图的《蒙古族文论选》《蒙古文论精粹》② 均为蒙文版。岩温扁搜集翻译的《论傣族诗歌》③ 出版。彝族理论家举奢哲和阿买妮撰写的《彝族诗文论》，漏侯布哲、实乍苦木撰写的《论彝族诗歌》，布麦阿钮撰写的《论彝诗体例》④，这三部著作收录了自南北朝始近十位彝族文论家的文论。2015 年，沙马拉毅、李文华主编的《彝文古籍经典选译》⑤ 出版，选译的文献有举奢哲的《彝族诗文论》、布独布举的《纸笔与写作》、举娄布佗的《诗歌写作谈》、实乍苦木的《彝诗九体论》、漏侯布哲的《谈诗说文》、布阿洪的《彝诗例话》，以及《论彝族诗歌》《诗音与诗魂》（作者不详）。20 世纪 90 年代以后，其他民族文论资料也相继出版，主要有《诗镜》（藏文）、《福乐智慧》（维吾尔文）、《突厥大词典》（维吾尔文）等。王佑夫主编的《清代满族诗学精华》⑥ 收有清代满族文论家著作。

古代民族文论资料的整理出版推动了研究工作。1991 年，全国第一届少数民族文学理论研讨会召开，会议认为中国少数民族古代文论研究已处于起步阶段，以后数年各族学者对会议所论问题应进

---

① 彭书麟、于乃昌、冯育柱主编：《中国少数民族文艺理论集成》，北京大学出版社 2005 年版。

② 巴·格日勒图：《蒙古族文论选》，内蒙古教育出版社 1981 年版；《蒙古文论精粹》，内蒙古人民出版社 1985 年版。

③ 岩温扁搜集翻译：《论傣族诗歌》，中国民间文学出版社 1981 年版。

④ 举奢哲、阿买妮：《彝族诗文论》，贵州人民出版社 1988 年版；漏侯布哲、实乍苦木：《论彝族诗歌》，贵州民族出版社 1990 年版；布麦阿钮：《论彝诗体例》，贵州民族出版社 1988 年版。

⑤ 沙马拉毅、李文华主编：《彝文古籍经典选译》，民族出版社 2015 年版。

⑥ 王佑夫主编：《清代满族诗学精华》，中央民族大学出版社 1994 年版。

行专题研究。① 王佑夫是长期关注少数民族古代文论研究的学者，他的《中国古代民族文论概述》② 是我国第一部古代少数民族文学理论著作，概括性总结了中国少数民族古代文论所涉及的理论问题；《中国古代民族诗学初探》③ 对少数民族古代文论学科的形成与发展、价值与地位等基本问题进行了论述。黄绍清的《中国少数民族古代文论述要》④ 梳理了中国少数民族古代文论的发展历程，指出我国古代少数民族文论涉及文学的社会功能、文学与社会生活的认识功能等。于乃昌的《中国少数民族文艺理论概览》⑤ 论述了少数民族文论及其理论体系的形成。孙纪文的《中国古代少数民族文论的汉语表达系统》⑥ 提出，中国古代少数民族文论的汉语表达系统至少具有互文性、参与性、认同性和民族性四个文本特性。李锋的《南方少数民族古代文论研究的回顾与思考》⑦ 认为，可以围绕南方少数民族古代文论的发生、发展过程，以及其中涉及的明、清边疆政策对文论形成和发展的影响，各族别文士的交流对文论的影响，口头诗学等专题展开进一步研究。

　　20 世纪 90 年代以后，各族别古代文论研究成果逐渐增多，主要集中在彝、蒙古、满、白、回、傣、纳西、壮等民族的文论研究上。彝族文论研究专著和论文比较多，巴莫曲布嫫的《鹰灵与诗魂——

　　① 尹虎彬：《全国第一届少数民族文学理论研讨会综述》，《民族文学研究》1991 年第 4 期。

　　② 王佑夫主编：《中国古代民族文论概述》，中央民族学院出版社 1992 年版。

　　③ 王佑夫：《中国古代民族诗学初探》，民族出版社 2002 年版。

　　④ 黄绍清：《中国少数民族古代文论述要》，《民族文学研究》1992 年第 2 期。

　　⑤ 于乃昌：《中国少数民族文艺理论概览》，《云南民族学院学报》（哲学社会科学版）1999 年第 5 期。

　　⑥ 孙纪文：《中国古代少数民族文论的汉语表达系统》，《北方民族大学学报》（哲学社会科学版）2015 年第 3 期。

　　⑦ 李锋：《南方少数民族古代文论研究的回顾与思考》，《湖北民族学院学报》（哲学社会科学版）2015 年第 2 期。

彝族古代经籍诗学研究》^① 是第一本研究彝族古代经籍诗学的专著。从宗教人类学的角度切入诗学理论的探究，寻绎出巫术与诗歌同生共长、宗教与文学交互升沉的演进轨迹与规律。《彝族古代经籍诗学的学术流变》^② 一文提出，彝族古代诗学基本理论一脉相承、前后贯通，诗学先贤举奢哲和阿买妮所开创的诗论方向、诗学主张在后出的诗论著作中得到承继和发展，并逐步趋于系统化的阐述和综合。何积全的《彝族古代文论研究》^③ 系统介绍了彝族古代文论的特点。龙珊、郭锐瑜的《彝族古代诗论中的诗学功能与价值》^④ 提出彝族诗学厚重的学理意蕴与独特的风格，彰显了彝族诗学别具特色的表达方式，诠释了彝族诗学功能理论的普遍意义与价值。蒙古族文论研究著作主要有王满特嘎的《蒙古文论史（17—20 世纪初）》《蒙古文论发展概论》、巴·格日勒图的《蒙古文论史研究》、宏伟的《蒙古族古代汉文文论研究》、树林的《蒙古族藏文文论体系研究》^⑤等。王欢的《论白族文论对中国古代文论的贡献》^⑥ 认为，白族文论中的"诗歌导源于妇女之哭""诗乃独造之物""以境论工拙""因情会境"等观点具有独创性，发展出了中国古代文论的许多重要观点。孙纪文的《明清回族文论的话语融通问题》^⑦ 指出明清时期

---

① 巴莫曲布嫫：《鹰灵与诗魂——彝族古代经籍诗学研究》，社会科学文献出版社 2002 年版。

② 巴莫曲布嫫：《彝族古代经籍诗学的学术流变》，《贵州社会科学》1998 年第 1 期。

③ 何积全：《彝族古代文论研究》，民族出版社 2012 年版。

④ 龙珊、郭锐瑜：《彝族古代诗论中的诗学功能与价值》，《中央民族大学学报》（哲学社会科学版）2015 年第 6 期。

⑤ 王满特嘎：《蒙古文论史（17—20 世纪初）》，内蒙古人民出版社 1996 年版，《蒙古文论发展概论》，内蒙古文化出版社 2008 年版；巴·格日勒图：《蒙古文论史研究》，内蒙古大学出版社 1998 年版；宏伟：《蒙古族古代汉文文论研究》，辽宁民族出版社 2011 年版；树林：《蒙古族藏文文论体系研究》，辽宁民族出版社 2014 年版。

⑥ 王欢：《论白族文论对中国古代文论的贡献》，《昭通学院学报》2015 年第 1 期。

⑦ 孙纪文：《明清回族文论的话语融通问题》，《苏州大学学报》（哲学社会科学版）2015 年第 4 期。

回族文论话语融通之状貌，话语融通背后显示出文化认同性与文化自主性。张佳生的《清代满族文学论》① 抓住满族文学清峻疏放的特色，视满族诗歌为北方诗派的主要代表。还有一些学者把少数民族文论与汉族文论进行比较研究，满全的《汉族文论中的"诗味说"对蒙古族文论的影响》、东人达的《阿买妮"诗骨"论与刘勰"风骨"论比较》、李祥林的《多民族视野中的彝族文论与中国文论》②，这些文章将古代民族文论与汉族文论进行对话与沟通。

结　语

中华人民共和国成立七十年来，古代民族文学研究成绩显著。不过，未来依然任重道远，以下两方面值得关注。

一是要促进中国传统古代文学学科与中国少数民族古代文学学科的融通。中国传统古代文学学科与中国少数民族古代文学学科各有优势，中国传统古代文学学科积累雄厚，有一套成熟的研究方法，中国少数民族古代文学学科重视民族文字文献，从业人员往往能够使用民族文字文献进行研究。这两支队伍应该互相学习、取长补短，既要重视学习借鉴传统古代文学的研究方法，也要重视学习民族语言文字。这种融通能力，应是学者的努力方向。

二是要重视古代民族文学研究的文学史、文化史意义。少数民族文学研究基础薄弱，目前出版的各族别文学史以及中国少数民族文学史、中华文学史，很多还是概述性质，要推动文学史研究，必须要加大作家作品个案研究力度。古代民族文学确有许多优秀的作

---

① 张佳生：《清代满族文学论》，辽宁民族出版社 2009 年版。

② 满全：《汉族文论中的"诗味说"对蒙古族文论的影响》，《民族文学研究》2005 年第 3 期；东人达：《阿买妮"诗骨"论与刘勰"风骨"论比较》，《中央民族大学学报》（哲学社会科学版）2007 年第 5 期；李祥林：《多民族视野中的彝族文论与中国文论》，《四川大学学报》（哲学社会科学版）2013 年第 6 期。

家作品，不过，还有一些作家作品从质量而言尚无法与汉文学相比，即便如此对其研究仍然具有文学史、文化史意义。不把这些作家作品放在文学史、文化史大背景中去审视，其个案意义很难凸显。要把古代民族文学研究纳入汉文学、中华文学视野中去认识，立足国家观念，树立中华文学意识，在统一的文学观念之下，才能更清晰地看到所处的位置。还要把古代民族文学研究纳入周边国家汉文化圈、跨国民族文化圈中去认识。总之，不能忽略文学史、文化史背景，古代民族文学研究的理论生长点可能就孕育其中。

第 二 章

中国少数民族书面文学研究70年

少数民族文学研究的发生与确立，与中国民众及中国共产党从旧民主主义到新民主主义革命过程中的实践密切相关，并在取得民族解放与民族独立进而走向社会主义改造与建设的历史进程中确立下来。它的诞生与发展具有明确的政治性，显示了社会主义国家试图将包含着多样来源的"传统文化"与启蒙运动以来尤其是社会主义想象的"现代性规划"进行兼容整合，并锻造出一种新型文化政治的意图。这种意图及其实践落实在一系列的文学制度建设与文学组织活动之中，链接起历史经验与现实变革、社会革命与文学革命，并且将社会主义的理念具体化到少数民族的文学观念与知识生产之中。在中华人民共和国成立后的七十年间，少数民族文学知识与理念的认知与生产时有参差起伏，但总是与时代主潮之间发生微妙的互动。"少数民族文学"作为社会主义政治平等、文化正义的产物，追求在多民族统一国家内部与外部的"积极的多样性"，在不同历史阶段兼顾"理"与"势"之间的辩证，为全球性语境中的中国文学乃至世界文化提供了"多元普遍性"①的启示。回顾、总结与展望少数民族文学研究的演进脉络，可以发现，它既是对本土固有学说

---

① 较早讨论"多元普遍性"观念的文章，参见陈来《走向真正的世界文化——全球化时代的多元普遍性》，《文史哲》2006年第2期。

的继承与扬弃，也是与外来其他观念的对话与修正，同时也是应对现实语境的文化创造。

第一节　社会主义初期：平权、人民文艺与少数民族文学史

1947 年 5 月 1 日，内蒙古自治政府成立，这可以说是中国共产党民族区域自治政策胜利的标志。在民族问题的处理上，民国政府屡经颠沛而终究未能贯穿其原初的政策设想（三民主义中"中国境内各民族一律平等"），有其复杂的内部与外部的历史原因。就 20 世纪三四十年代国民政府的民族政策本身而言，试图以国族主义融合诸不同族群（将少数民族视为"宗族"①），乃迫于殖民主义和帝国主义入侵的应激之举，民族主义话语必然要对内部的差异性进行压抑，实际践行中则更因为对各族群的剥削与压迫，而造成了其必然失败的命运。实行民族区域自治是中国共产党结合本土的历史与现实，运用马列主义关于民族问题的理论解决境内诸多族群问题所创立的基本政策，它区别于苏联实行的"民族自决"政策，是对马克思主义的新发展。以此为肇端，在东北、新疆、西藏、广西、云南、贵州、四川、海南等各地各民族同胞的共同协力下，中国民众完成了全境的解放，缔造了中华人民共和国。

1949 年中华人民共和国成立前夕召开的中国人民政治协商第一届全体会议通过了《共同纲领》，将民族区域自治作为各少数民族聚居地区的法律规定下来。中华人民共和国中央人民政府成立不久就设置了中央一级的民族工作机构。1949 年 10 月 19 日，中央人民政府委员会第三次会议任命李维汉、乌兰夫、刘格平、赛福鼎·艾则

---

① 毛泽东：《论联合政府》，《毛泽东选集》第三卷，人民出版社 1991 年版，第 1083 页。

孜等多民族成员组成的民族事务委员会，于 10 月 22 日开始办公，此后在西北、西南、中南、东北、华北等大行政区和民族事务较多的省、市、行署、专区、县各级政府也陆续成立相应的主管机构。1950—1952 年，中央人民政府政务院领导推进了一系列与民族相关的工作：派出中央慰问团、访问团遍访民族地区；各地方政府也派出民族贸易工作队、医疗工作队到少数民族地区开展工作；组织少数民族上层参观团、观礼团到国内各地参观；颁布了多款体现民族平等的指示与方针，如《中央人民政府政务院关于处理带有歧视或侮辱少数民族性质的称谓、地名、碑碣、匾联的指示》（1951 年 5 月 16 日）、《中华人民共和国民族区域自治实施纲要》（1952 年 2 月 22 日）；陆续创办了中央民族学院、西北民族学院、贵州民族学院、西南民族学院、中南民族学院、云南民族学院、广西民族学院、新疆民族学院等八所院校；展开大规模的民族历史、社会调查和民族识别工作。

这些政策与措施是开展少数民族文学研究的政治背景与基础，其中最为重要和直接的工作是 1956—1959 年由政府组织的少数民族历史、社会和语言文字调查，"不仅为中国共产党和国家了解少数民族历史、语言，把握少数民族现状，确定正确的民族政策，顺利进行民族工作提供了大量的参考资料，而且通过类似的社会实践和科学研究培养了一批民族研究和民族语言研究的骨干力量"[1]。从工作形式到具体方法，从人员梯队建设到采集整理经验，这项具有文化普查意味、集体协作特征和总体性思路的社会主义文化实践构成了少数民族文学研究的雏形与底色。

少数民族文学研究从属于社会主义时代文化变革与构建工作，而其背后所遵循的文艺理念则来自毛泽东 1942 年 5 月在延安文艺座谈会上的讲话以及其后文化领导机构所陆续形成的"人民文艺"观

---

[1]　陈连开等主编：《中国近现代民族史》，中央民族大学出版社 2011 年版，第 746 页。

念。"讲话"指出文艺要为"中华民族的最大部分"人民大众服务，即站在无产阶级的立场上为工人、农民、士兵和城市小资产阶级服务，注重普及与提高相结合，打造文艺界的统一战线，其具体方法是文艺批评，要求"政治和艺术的统一，内容和形式的统一，革命的政治内容和尽可能完美的艺术形式的统一"。[①] 这个解放区的讲话精神也得到了来自国统区文化精英的回应，如郭沫若的《人民的文艺》（1945）、《走向人民文艺》（1946）[②]。1949 年 6 月 30 日至 7 月 19 日中华全国文学艺术工作者代表大会（第一次文代会）的召开，表征着解放区和国统区文艺代表的联合。此次会议继承并对"讲话"作了发扬，被视为"现代文学"的终结和"当代文学"的开端，会上的几个为新中国文艺确立方向和目标的重要报告包括郭沫若的《为建设新中国的人民文艺而奋斗》、茅盾的《在反动派压迫下斗争和发展的革命文艺》和周扬的《新的人民的文艺》[③]。少数民族作为"人民"的有机而多元的组成部分，其文艺自然也是属于人民文艺的组成部分，而对于少数民族文艺的研究，也顺理成章地成为社会主义文化建设系统工程的架构组合成分。

作为人民文艺的一分子，"少数民族文学"最初的命名来自 1949 年 9 月茅盾为《人民文学》创刊所作的发刊词，其中指出该刊作为全国文协机关刊物的任务之一是"开展国内各少数民族的文学活动，使新民主主义的内容与少数民族的文学形式相结合，各民族间互相交换经验，以促进新中国文学的多方面的发展"，其中对文艺界的要求之一则提到"要求给我们专门性的研究或介绍的论文。在这一项

---

① 毛泽东：《在延安文艺座谈会上的讲话》，《毛泽东选集》第三卷，人民出版社 1991 年版。

② 郭沫若著作编辑出版委员会编：《郭沫若文集·文学编·第十九卷》，人民文学出版社 1992 年版，第 542—543 页；郭沫若著作编辑出版委员会编：《郭沫若文集·文学编·第二十卷》，人民文学出版社 1992 年版，第 87—91 页。

③ 中国全国文学艺术工作者代表大会宣传处编：《中华全国文学艺术工作者代表大会纪念文集》，新华书店 1950 年版，第 35—98 页。

目之下，举类而言，就有中国古代文学和近代文学，外国文学，中国国内少数民族文学，民间文学，儿童文学……"①。显然这种分类并置的方法并没有统一的标准，文中提到的"少数民族文学"与并列的其他门类文学多有重叠之处，但它之所以被单列出来，有其特殊性，因为除了藏、蒙古、维吾尔等为数不多有着自身书面文学传统的民族之外，此际的少数民族现代意义上的文学写作还处于草创阶段，存在参差不齐的情况，单独的学术研究也尚未建立，而散布在语言学、民俗学、民族学等学科之中。

从现代学术分科而言，少数民族文学研究最初是从民间文学学科中分离出来的。1955 年 5 月，中国作家协会邀请了包括彝、侗、东乡、维吾尔、蒙古、满、苗、朝鲜、汉等不同民族的作家座谈兄弟民族文学工作。1956 年老舍在中国作家协会第二次理事会（扩大）会议上的报告《关于兄弟民族文学工作的报告》② 吸收了座谈会的成果，谈论少数民族文学遗产整理、翻译、研究的工作，更多内容集中于"民间文学"（史诗、故事、山歌等）——"新文学"（作家文学）虽然在兴起，但创作只占很小的篇幅。1958 年 7 月 17 日，中共中央宣传部召集到北京参加"全国民间文学工作者大会"的各自治区及有少数民族聚居的省的部分代表和北京有关单位，座谈了编写中国少数民族文学史或文学概况的问题。时任中国科学院文学研究所领导的何其芳提出，中国的文学史不能仅仅是汉族的文学史，编写民间文学史和少数民族文学史的动议成为共识。周扬在该次会议上提出在少数民族地区实施"三选一史"（即歌谣选、故事选、谚语选和文学史）的计划。中宣部于当年 8 月 15 日将《关于少数民族文学史编选工作座谈纪要》转发各

① 茅盾：《人民文学·发刊词》，《茅盾全集》第 24 卷，人民文学出版社 1996 年版，第 88 页。

② 老舍：《关于兄弟民族文学工作的报告》，初载 1956 年 3 月 23 日《民间文学》3 月号及 3 月 25 日《文艺报》第 5、6 号合刊。1956 年 3 月 25 日《人民日报》摘要刊载。

地，推动了中国少数民族民间文学大规模搜集研究工作的展开。这次座谈会的初步考虑是首先编写蒙古族、回族、藏族、维吾尔族、苗族、彝族、壮族、朝鲜族、哈萨克族、锡伯族、白族、傣族、纳西族等少数民族文学史；要求从古至今，写到"大跃进"为止，采用历史唯物主义的观点和阶级分析的方法，要强调劳动人民的创造和各民族人民之间的团结和友谊；除编写各少数民族的文学史或文学概况外，在有少数民族的省份要编写一套少数民族文学作品选集；这些选集和少数民族文学史或文学概况要在中华人民共和国成立十周年以前交稿或出版，作为国庆节的献礼；贾芝与毛星具体负责这一工作。这是少数民族文学研究的起点，它最初确立的秩序和框架影响直至当下。

到 1960 年 8 月第三次全国文代会期间，已经有白族、纳西族、苗族、壮族、蒙古族、藏族、彝族、傣族、土家族等九个少数民族写出了文学史，布依族、侗族、哈尼族、土族、赫哲族、畲族等六个少数民族写出了文学概况，中国科学院文学研究所在此期间召集了第二次少数民族文学史编写工作座谈会，除了交流、总结各地编写文学史、文学概况的经验，在探讨各地写史过程中所遇到的一些带有共通性的问题之外，还决定嗣后召开一次少数民族文学史初稿讨论会；在陆续翻译、编选、整理各民族的优秀作品之外，决定尽快编印各省（区）各民族文学资料；并要求发扬共产主义大协作的精神，互相帮助支援——事实上也确实只有在社会主义制度下才有可能让曾经沉默者发声、让无名者获得命名、让被侮辱与被损害的人们树立文化尊严与自信，同时在实际工作中能统筹安排，实行大规模的动员、组织和知识生产工作。

1961 年 4 月 17 日，中国科学院文学研究所召开了少数民族文学史编写工作讨论会，各有关省区、各有关工作单位七十余人出席，结合 1960 年已经写成或出版的《蒙古族文学简史》（中国科学院内蒙古分院语言文学研究所编写）、《苗族文学史初稿》（贵州省民间文学工作组编）和《白族文学史》① 讨论了编写少数民族文学史和文学概况的一些原则问题。会议达成的编写基本要求包括：第一，材料丰富，叙述力求客观、准确；第二，对各种文学现象的说明和论断力求符合马克思主义；第三，经过调查研究，社会历史和文学历史的发展脉络均比较清楚者，写文学史；条件不具备者，写文学概况；第四，根据实际情况，既写出本民族文学的特点，又写出各民族文学之间的相互影响；第五，体例统一，文字精练。会议认为写入文学史和文学概况的作家，应是对本民族的文学发展有一定贡献或有比较显著的社会影响的作家；判断作品所属民族，应以作者的民族成分为依据，作者无法考察的民间文学，以在本民族中流传并有本民族文学特色的作品为限。同一作品在两个以上的民族中流传、无法判断其所属民族者，可作为几个民族的共同的文学遗产来叙述。至于各民族文学史的分期，会议认为应根据各民族社会历史发展的大的分期划分，能与全国社会发展的大的分期一致者尽可能一致，但不强求一律；至于小的发展段落，则可按照本民族文学历史本身的具体情况划分。作家作品的时代的断定，有文字记载者以文字记载为依据；无文字记载但经过各方面的考察可以确定其产生时代者，根据考察的结果断定；无法考察或经过考察仍不能确定其产生时代者，不要勉强断代，可以附在适当的历史时期后面加以叙述。会议还讨论了与编写少数民族文学史或文学概况关系密切的搜集整理工作问题，因为这是编写的基础：对各少数民族的文学作品必须全面搜集，忠实记录，反对篡改；不应该见到少数民族的民间文学作品中有某些消极的部分，就毫无事实根据地断定这些部分是剥削阶级篡改的结果，并按照今天的观点加以删改。再有就是，编写少数民族文学史或文学概况，观点是非常重要的，倾向性必须鲜明；但是观点必须和资料统一，倾向性应当表现在对客观事实的叙

---

① 云南省民族民间文学大理调查队编写：《白族文学史（初稿）》，云南人民出版社 1960 年版。

述中。马克思列宁主义观点是指南，指导如何去研究历史和现状，但要对一些问题得出具体的结论，却要在对资料研究以后，不能先后倒置。会议就编写少数民族文学史时如何正确对待过去的和今天的文学，围绕"厚古薄今"的问题、民间文学中有无两种文化斗争的问题、对具体作品的评价问题也达成了共识。① 此次会议可以说是社会主义初期关于少数民族文学研究最为重要的一次会议，制定了《中国各少数民族文学史和文学概况编写出版计划（草案）》《中国各民族文学作品整理、翻译、编选和出版计划（草案）》《〈中国各少数民族文学资料汇编〉编辑出版计划（草案）》三大草案，设定了少数民族文学研究的目标、方案、具体的操作方式和实施规划。

中华人民共和国成立十年间，少数民族文学研究从无到有、开榛辟莽，形成自己草创期的学术形态：注意到不同地域和民族之间文学发展的差异性和不平衡，以实事求是为基础，侧重既有文化遗产和现实文化状况的普查与了解。与此同时，它也开始逐渐取得自己的命名。1956 年老舍在中国作家协会第二次理事会（扩大）会议上发表的《关于兄弟民族文学工作的报告》和 1960 年在中国作家协会第三次理事会（扩大）会议上发表的《关于少数民族文学工作的报告》在称谓上发生了细微的变化，1959 年黄秋耘的《突飞猛进中的兄弟民族文学》等文中还有着关于"少数民族文学"和"兄弟民族文学"名称不统一的情况，到 1960 年之后，伴随着中国科学院文学研究所和各地研究机构的确立，"少数民族文学"的名称基本确立下来，但关于"少数民族文学"的划分标准或者说范围界定却一直存在争议。何其芳曾经提出"判断作品所属民族一般只能以作者的民族成分为依据"②，这是合理的看法，但从 20 世纪 80 年代直至今

① 《关于少数民族文学史写作的讨论》，《人民日报》1961 年 6 月 28 日。

② 何其芳：《少数民族文学史编写中的问题——一九六一年四月十七日在中国科学院文学研究所召开的少数民族文学史研讨会上的发言》，《文学评论》1961 年第 5 期。

天，不能说就变成了普遍的共识而被广泛接受，我们并不赞同的将其内涵与外延窄化的倾向一直存在，比如毛星将"民族文学"细化为其一作者是该民族的，其二作者具有该民族特点或反映民族生活①；刘宾提出界定少数民族文学的三条标准，作家是少数民族，作品所反映的内容是少数民族生活，作品的语言是民族语言②。如果按照这些细化与窄化标准，从逻辑上说，否定了少数民族文学中的语言选择自主性和题材选择中的同时代性；从现实中的少数民族文学发展而言，难以涵盖蓬勃发展的少数民族汉语创作；从学理上说，则显示了一种被彼时现代主义为根基的美学自足所束缚的文学认知，具有某种过分强调民族立场和民族色彩的文学观。这些变化与不同文学范式中的文学观念有关，显示出社会主义"大跃进"时期与后革命年代的不同政治、社会、文化语境中，由不同文学观念所带来的认知差异；也显示出少数民族文学研究在一些基础问题上没有形成公共性常识，直到 21 世纪还在重申概念与划分标准的问题③。纠缠于概念、词语和表述，而不是话语实践本身，一方面表明了学术理路的陈旧和僵化，另一方面也意味着"少数民族文学"学科在社会主义初期确立的正当性，在后革命年代所遭遇的备受质疑的命运。

　　无论如何，到 20 世纪 60 年代初，中国少数民族文学研究的制度建设与组织构成已经初具形貌，其中包括少数民族创作上的制度建设、教育与激励，少数民族文学遗产的搜集、整理、翻译与出版，族别文学史与文学概况的书写，乃至少数民族影视文学的生产与评论。少数民族影视文学的生产与评论是令人瞩目的新兴媒体文化现象。1950 年，王震之编剧、干学伟导演的《内蒙春光》由东北电影

---

　　① 毛星：《中国少数民族文学·前言》，湖南人民出版社 1983 年版。

　　② 刘宾：《对界定"少数民族文学"范围问题之管见》，《中央民族学院学报》1984 年第 2 期。

　　③ 李鸿然在经过辨析之后提出"不能以作品是否使用了本民族语言或是否选择了本民族题材为标准，正确的标准只能是作者的民族成分"，见其《中国当代少数民族文学史论》，云南教育出版社 2004 年版，第 13 页。

制片厂摄制完成，但因为对片中王爷的形象处理不当，在公映一个月后被明令停映。当年 5 月，文化部部长茅盾召开了有一百多人参加的审片会，周恩来总理亲自参加讨论，并提出修改方案的指导思想。在当事人回忆中，中央领导认为该片最初版本的错误是没有意识到对于少数民族王公和上层分子要争取，他们虽然是残酷的统治者，但不是主要敌人。① 此后按照这一思路的修改版本由毛泽东亲自改名为《内蒙人们的胜利》，于 1951 年重新上映。这部影片修改后成为少数民族题材电影的剧作技巧和叙事策略的奠基性作品，此后在"十七年"时期一系列少数民族题材电影从剧作冲突和情节展开中逐渐形成较为一致的形态：用阶级认同替代民族认同，从而教育和启迪各少数民族人民认识到民族差异和文化差异的更深层次是阶级差异；在表现少数民族抗日题材影片中用国家意识和民族大家庭的观念代替少数民族意识，强调党所领导的各民族共同的统一战线；在反映农业合作化到人民公社的社会主义建设题材影片中，用进步与落后的区别消解许多植根于少数民族历史中的宗教、宗法和文化矛盾，从而使之与整个国家、社会进步的主题相联系；在尊重少数民族信仰自由的前提下，以阶级分析的方法取代少数民族的神话传说、巫术民俗的统治地位，用社会主义无神论思想教育少数民族人民反对封建宗教迷信。② 从指导与评判的理念而言，移风易俗的主基调覆盖在差异性之上，一体性的意识形态笼罩在多元化的文化之上，这也是此时期少数民族文学研究与评论的基本逻辑和语法。

作为统一多民族国家多样性文化风貌的呈现，族别文学史和文学概况的书写是此阶段少数民族文学研究的重心所在。在经过多次研讨后确立的叙事框架中，要求叙述各民族的文学现象时，需要适

---

① 齐锡宝：《晶莹的记忆，深切的思念》，《电影艺术》1980 年第 4 期。

② 李奕明：《"十七年"少数民族题材电影中的文化视点与主题》，载中国电影家协会编《论中国少数民族电影——第五届中国金鸡百花电影节学术研讨会文集》，中国电影出版社 1997 年版。

当地介绍本民族的社会历史、一般文化艺术和民族风俗习惯；而分析文学现象时，不仅要指出它们和经济基础的关系，还应说明它们和其他上层建筑（政治、哲学和宗教等）的相互作用。当然，这些均以说明本民族的文学发展情况为目的，并不是喧宾夺主或离开文学而过多地谈社会历史和其他方面。从少数民族文学史和文学概况写作的一般体例原则而言，其设计理念体现了以马克思主义为世界观和认识论的方法与原则。

具体体现为：第一，在史观上，采用革命史的叙述语法，尽管各民族发展的历史阶段、生产力水平与文化发展状况存在较大差异，但都以阶级斗争为主线，突出民间与底层的创造性。第二，因为许多民族都是过去的文学历史较长，现代的文学历史较短，所以各民族的文学史如果要呈现文学发展的全貌，就应给予过去的重要作家、作品以应有地位。而按照意识形态的要求，现代的特别是社会主义文学历史又是应该重视的，所以古今的篇幅分配就相当重要。在书写的古今比重上，要根据各民族文学的实际情况具体对待，没有统一的规定，但明确不能偏于厚古薄今或者厚今薄古。在对古代作品的评价上，一方面主张应看到它们的时代和阶级的局限性，不应以今天的标准来要求；另一方面对于内容有显著毒害，不利于社会主义事业和民族团结者，则加以删除或删节，而判断标准当然是时代的主导性政治话语。第三，在分期原则上，因地制宜，针对性处理，兼顾中原王朝变迁与地方族群历史的特殊性，历史朝代名称或本民族的特殊历史时期称号可以并用，同时注明公元纪年。出于学术严谨性考虑，作家、作品的断代，要求有可靠根据。第四，在叙述方法上，以各个时期的重要作家或作品为线索，叙述具体少数民族的文学发展过程，但部分章节也可按照某一时期的文学体裁集中叙述。至于文学概况则灵活使用不同的叙述方法：或者写成带有文学史性质的著作，或者按特殊文类叙述，努力以现代文学观念梳理历史文学现象，但也实录具体民族的独有文学形式。这一切都是为了力求比较客观地叙述各民族文学发展的过程或文学状况，介绍各民族文学的重要作家作品，给读者以比较丰富的有关各民族文学的知识，而让观点和倾向性从客观叙述之中表现出来。

应该说，在20世纪50年代末到60年代初的族别文学史与文学概况的宏观学术规划中，已经具备比较严格的学术规范，尤其强调材料需要经过鉴别和考证，引用作品、论著和重要史料，要求注明出处（包括作者、调查者、口述者、记录者、整理者、作品流传地区，特别重要的材料还应注明保存者等）。虽然具体写作中因为书写者水平参差不齐，并未完全达到要求，有的甚至略显粗陋，但这些最初的成果毕竟开创了风气，树立了典范，一直影响到此后半个世纪的少数民族文学史写作。

除了与现代以来一般的主流"中国文学史"共通的体例与规范之外，少数民族文学史、文学概况及其研究还有特殊的层面。首先，因为许多少数民族书面文学出现较晚，无文字民族的文学传承更多体现在口头文学上，因而长篇的民间史诗、叙事诗、歌谣、故事等文体，不同于汉文传统的诗词歌赋，也溢出了近现代以来的小说、诗歌、戏剧、散文、报告文学等体裁，将它们纳入一般文学史而不仅是专门的"民间文学史"，体现了少数民族文学的主要特征——"民族"与"民间"往往并称，这源于"五四"新文化运动以来新知识分子对"民间文学"的发现，同时也结合了新建立的共和国对于建构社会主义新文化、提升普通民众的文化与文学地位的诉求——这与颠覆既有政治与文化秩序，让被压迫与被侮辱的无产阶级获得翻身、当家作主的政治结构转换形成同构。也正因为不同文类文体的进入，使得由近现代西方传入的文学观念在面临中国文学现实时不得不作出调适，从而塑造了社会主义中国的本土文学观念。其次，少数民族文学涉及多民族共享的作家作品以及跨境民族作家作品。在处理这些问题时的原则是，判断作品所属民族以作者的民族成分为依据，但当作者无法考察的作品，以在本民族中流传并有本民族文学特色的作品为限。同一作品在两个以上的民族中流传，无法判断所属民族者，则作为它们共有的文学遗产来叙述，比如藏族与蒙古族共享的史诗《格萨(斯)尔》。同一口头文学作品在中国和邻国同一民族中都有流传,则作为两国或多国人民共同的文学,但叙述时应以在中国流传者为依据,比如中国柯尔克孜族与吉尔吉斯斯坦共有的史诗《玛纳斯》。中国和邻国同一民族如曾有共同的历史阶段,在这一阶段产生的作品,也应作为两国人民共同的文学遗产来叙述,比如蒙古族与蒙古国共有的《江格尔》。但从邻国移居中国成为中国民族大家庭的一员的民族,应以叙述在中国产生的文学为限,比如现当代的朝鲜族移民作家。最后,因为多语言的存在,各民族文学之间的交流、翻译与传播也是不容忽视的中国文学多样性的体现。少数民族族别文学史和文学概况中包含了大量译自不同语种的口头与书面文学。在力求忠于原作的内容和风格的指导方针下,诗歌作品原来为格律诗者,译文也用适当的汉文的格律诗翻译;无法严格进行格律转化的,则在序文或注释中说明。这些在实践中摸索出来的具体做法,建立了民汉文学翻译的基本规范。

因为口头文学与翻译文学的大量存在,大力开展调查研究,记录各民族口头文学,搜集民间流传的口头文学的记录稿、刻本、改编本、手抄本、寺庙经典、文人著作,以及有关的各种史料,并且系统地加以编纂,是少数民族文学史与文学概况写作的重要内容,并因此逐渐形成了配套的整理工作方法,同语言学、翻译学、民俗学形成交叉影响,形成了堪称方法论的范例。比如少数民族口头与书面文献的整理工作以忠实记录和可靠版本为基础,力求保持作品原来的面目、语言、叙述的方式、结构和艺术风格。根据不同语种和流传情况,整理采取了不同的方法:或者选取一种比较完整的记录或版本加以整理;或者以一种记录或版本为主,接受同一民族或同一地区的其他记录或版本的某些部分,整理成内容和形式较为完美的作品;对内容基本相同、情节差别较大的作品,则整理为两种以上的不同本子。同时,也注意到整理和改编、再创作之间的区别,虽然整理采用因地制宜的不同方法,但均以可靠的记录或版本为根据,不得掺入整理者个人杜撰的成分,不改变原来的体裁。作品中的方言土语、风俗习惯、历史事实和一般读者不易理解的地方，尽可能在整理稿中加以说明和注释。尤其是民间口头创作，强调注明其流传地点、所属民族、口述者的姓名、性别、年龄、籍贯、职业以及记录者、整理者、改编者的姓名和职业。这些资料汇编工作的实践，成为"新时期"之后1984 年开始的"民间文学三套集成"（《中国民间故事集成》《中国歌谣集成》《中国谚语集成》）的先声，并且开启了 21 世纪少数民族资料库建设的方法和理论的雏形。

各民族文学普查工作中的具体措施也建立起了完整、立体、系统的认知，调查、采录和搜集的范围包括口头创作、书面文学以及有关的图片、史料和实物。文学调查工作与社会历史调查、语言调查、各种民间艺术调查协同进行——这表明"文学"尚没有化约为部分文人精英的局部文化，而同生活之间有着完整性联结。从调查到写书，开创性地发明了"四结合"的方法：专家与群众相结合，专业与业余相结合，集体写作与个人研究相结合，书写文学史、文学概况与建立各民族的科学研究工作相结合。其中在培养干部和建立机构上，从学校和工作部门征调与社会考核选拔相结合，在实地调查研究和写书的过程中加以培养，使得各省、市、自治区逐渐涌现了一批专业人员，建立了专业机构专门从事少数民族文学的调查工作和翻译工作。各少数民族地区科学分院的哲学社会科学研究部门，纷纷设立专业的少数民族文学研究机构；没有哲学社会科学研究部门的地方，则在文联、作协、民族学院或综合大学中文系内设立专业研究机构。这显示了组织协作的优势，各地区、部门分工合作，搭建了覆盖全国的少数民族文学研究网络，为后来的少数民族文学研究积蓄和储备了人才。

以文学史为中心，少数民族文学研究从一开始就带有跨学科色彩，那些最初动议、规划与建立基本学术框架与方向的人物，除了来自文化界的官员、领导、作家、学者（如郭沫若、周扬、老舍、冯牧、何其芳、贾芝、毛星）之外，还有社会学家费孝通、民族学家吴文藻、语言学家马学良、历史学家翁独健、藏学家于道泉、民俗学家钟敬文等诸多学科学者的学术参与。少数民族文学史和文学概况的整理、写作与研究有其鲜明的时代特征，是政治史、社会史与文学史的结合，而关于"文学"的认识也并没有后来被强化的自律性或者审美自足论观念，更多是将其作为整全性的生活有机组成部分。这些工作是在党的领导下进行的，并且以政治挂帅、百家争鸣为开展工作的指导原则，体现出社会主义中国建设初期的整体性特征。少数民族文学研究在此际是蓬勃发展的社会主义学术研究的新兴学科，作为文化多样性的因素积极加入到总体性学术潮流之中，并在主导性学术思想与观念中开始了其从最基础的材料搜集、历史脉络梳理到综合研究和跨语际翻译传播的旅程。与"现代文学"在发生时刻意要树立"古典文学"并与之断裂不同，少数民族文学是要将"现代文学"和"古典文学"都纳入到自身的"人民文学"式的书写系统之中——最为突出的是将"民族/民间"这些原先被排斥在"文学"之外的口头传统内容涵括进来——它是一种"新中国"的创造性发明。

第二节　从"新时期"到"后新时期"：
族别研究与综合研究并进

20 世纪 60 年代中期之后，由于激进的文化与政治实践超脱了生产力与生产关系的实际，造成了共产主义试验阶段性的失败，从而也使得少数民族文学研究事业与其他文化建设陷于停滞。到 70 年代末，尤其是 1978 年 12 月中国共产党第十一届中央委员会召开的第三次全体会议，决定"全党工作的重点应该从 1979 年转移到社会主义现代化建设上来"。这意味着革命话语向现代化话语的转型。

伴随着改革开放时代的到来，一度中断的少数民族文学研究得以恢复，相应在文学界与学术界展开的各项举措包括：1979 年 6 月，中国少数民族文学学会成立；9 月，中国社会科学院少数民族文学研究所成立（首任所长是贾芝，继任为王平凡，再接任为刘魁立）；1980 年，中国作家协会成立了少数民族文学委员会；第一次全国少数民族文学创作会议召开；1981 年，中国作家协会与国家民委举办了第一届全国少数民族文学评奖；国家级文学期刊《民族文学》创刊；中国作家协会文学讲习所（1984 年定名为鲁迅文学院）开设了少数民族作家班；1983 年，中国社会科学院《民族文学研究》杂志创刊。

由于少数民族文学创作和研究与政治之间的密切关联，国家主导性话语在其中显示了强韧的延续性，如同玛拉沁夫所言："少数民族新文学从它兴起的那一天起，就是作为我国社会主义文学的一个重要组成部分而显示出它的旺盛的生命力。"① 从未间断的多民族中国形象，一直是少数民族文学研究所要建构的国家文化形象，而这在 20 世纪 80 年代依然是一个有待完成的任务。可以看到随着高校与科研院所的建设，少数民族文学逐渐从"民间文学"到"民族文学"，摆脱了民间文艺学的学科束缚，开始谋求自己的学科主体性。具体体现为民族高校民族文学学科建设和人才培养的逐级推进，中央级的中央民族大学，地区级的民族高校包括西北民族大学、西南民族大学、中南民族大学、大连民族学院、北方民族大学，省级民族高校包括内蒙古民族大学、广西民族大学、青海民族大学、西藏民族学院、贵州民族大学、云南民族大学、湖北民族学院、四川民族学院等，分别利用各自地缘与语言优势，开设相应的少数民族文学课程，培养少数民族文学研究的专门人才，一些之前不被重视的民族文学研究也逐渐浮出水面。这一学科还辐射到地方其他院校如

---

① 玛拉沁夫：《〈中国新文艺大系（1976—1982）少数民族文学集〉导言》，载《中国少数民族文学经典文库 1949—1999——理论评论卷》，云南人民出版社 1999 年版，第 25 页。

广西师范大学、内蒙古大学、内蒙古师范大学、延边大学、新疆大学、新疆师范大学、伊犁师范学院、宁夏大学等,① 甚至一些原本没有少数民族文学学科的综合性院校如四川大学、苏州大学、南开大学等,也陆续出现了相关的专业和研究人员。

　　从 20 世纪 50 年代肇端的少数民族文学史与文学概况的书写重新接续起来,并且从族别文学史的单一化模式转向综合整体研究。1979 年 2 月,中国社会科学院文学研究所(原中国科学院文学研究所)在昆明召开第三次全国少数民族文学史编写工作座谈会。来自云南、贵州、四川、西藏、新疆、青海、甘肃、宁夏、内蒙古、黑龙江、吉林、广西、广东、湖南、福建等省区的代表,同国家民族事务委员会、中国民间文艺研究会、中央民族学院、人民文学出版社、中国青年出版社的代表,交流了自 1961 年以来各地组织编写少数民族文学史和文学概况工作的情况、经验与问题,修订与落实今后的工作计划。1980 年,色道尔吉的《蒙古族文学概况》②、广西壮族自治区民间文学研究会编印的《广西少数民族文学概况》、吴重阳与陶立璠编的《中国少数民族现代作家传略》③ 相继问世。1981 年,《蒙古族文学简史》④《苗族文学史》⑤ 先后出版。1982 年,《壮族文学概论》⑥ 《朝鲜族文学艺术概观》⑦ 《仫佬族毛南族京族文学概

---

① 梁庭望主编:《中国民族文学研究 60 年》,中央民族大学出版社 2010 年版,第 65—117 页。

② 《内蒙古社会科学》1980 年第 1 期至第 4 期连载。

③ 吴重阳、陶立璠编:《中国少数民族现代作家传略》,青海人民出版社 1980 年版。

④ 齐木道吉、梁一孺、赵永铣等编著:《蒙古族文学简史》,内蒙古人民出版社 1981 年版。

⑤ 贵州民间文学工作组编著:《苗族文学史》,贵州人民出版社 1981 年版。

⑥ 胡仲实:《壮族文学概论》,广西人民出版社 1982 年版。

⑦ 延边文学艺术研究所编:《朝鲜族文学艺术概观》,延边人民出版社 1982 年版。

况》①《蒙古文学概要》（蒙文版）② 相继出版，王沂暖、唐景福合著
的《藏族文学史略》开始在《西北民族学院学报》连载。1983 年，
中国社会科学院少数民族文学研究所接手文学研究所的编写少数民
族文学史及文学概况的任务，同年 7 月，毛星主编的《中国少数民
族文学》出版，这是综合性概况书写的开端。该书包含了中国 55 个
少数民族的文学概况，第一次比较全面系统地介绍了各民族的文学
成就，"就像为五十多个兄弟民族各开一个文学创作展览馆"③。同
年，《傣族诗歌发展初探》④、《白族文学史》（修订版）⑤、《布依族
文学史》⑥、《少数民族民间文学概况》⑦ 等也陆续出版。

　　此类文学史编写工作在 1984—1986 年在中央文化主管部门的扶
持下达到高潮。1984 年 2 月，中共中央宣传部发出《关于加强少数
民族文学研究和资料搜集工作的通知》（中宣通〔1984〕7 号），指
出"六五"期间（1981—1985）的工作重点"仍然放在对民族地区
民间文学的抢救工作上面"。当年 11 月，中国社会科学院少数民族
文学研究所在北京召开第四届全国少数民族文学史编写工作座谈会，
讨论了关于编辑出版"中国少数民族文学史、文学概况丛书"和
"中国少数民族文学资料丛书"的计划。1985 年 6 月，中共中央宣
传部、中国社会科学院、国家民族事务委员会、文化部联合发出
《关于转发〈1984 年全国少数民族文学史编写工作座谈会〉的通
知》。1986 年 10—11 月，全国哲学社会科学"七五"（1986—1990）

　　①　王弋丁：《仫佬族毛南族京族文学概况》，广西人民出版社 1982 年版。

　　②　策·达姆丁苏荣、达·呈都：《蒙古文学概要》（蒙文版），内蒙古人民出版社
1982 年版。

　　③　毛星主编：《中国少数民族文学》，湖南人民出版社 1983 年版。

　　④　王松：《傣族诗歌发展初探》，中国民间文艺出版社 1983 年版。

　　⑤　张文勋主编：《白族文学史》（修订版），云南人民出版社 1983 年版。

　　⑥　田兵、黄世贤、罗汛河、陈立浩主编：《布依族文学史》，广西民族出版社
1983 年版。

　　⑦　朱宜初：《少数民族民间文学概况》，云南人民出版社 1983 年版。

规划会议在北京召开，"中国少数民族文学史、文学概况丛书"被列为重点项目，由刘魁立、邓敏文主持。同月，即 1961 年会议之后时隔二十五年，第二次全国少数民族文学史学术讨论会由中国社会科学院少数民族文学研究所在北京主持召开。1988 年 2 月，"中国少数民族文学史丛书"评审委员会在北京召开第一次评审工作会议，委员会包括刘魁立、马学良、王平凡、邓绍基、邓敏文、刘宾、李赞绪、田兵、关纪新、贾芝、徐昌汉、拉布坦、樊骏等人。这套丛书工作旷日持久，到 1993 年，分别在北京、云南、陕西、四川、广西、新疆召开了 14 次评审工作会议，先后对纳西、布依、黎、普米、拉祜、基诺、布朗、阿昌、珞巴、羌、赫哲、京、仫佬、乌孜别克、塔吉克、鄂伦春、蒙古、满、保安、东乡等 22 个少数民族的文学史或文学概况进行了评审。如果从 1958 年算起，这是一个持续了将近四十年的学术工程，尽管中间因为种种原因中断多年，其编写观念也发生了一些调整，但国家文化宏观规划保持了其连续性和一贯性。如果对比彼时在主流文学史评价和书写领域中已经悄然兴起的，以人道主义话语替代革命与阶级斗争话语的模式转型，这种连贯性就尤为醒目。

　　1992 年，马学良、梁庭望、张公瑾主编的《中国少数民族文学史》[①] 可以说是从"新时期"到"后新时期"[②]，从单一族别文学史到综合性整合研究的尝试。尽管这套文学史还是按照"原始社会""奴隶社会""封建社会""半封建半殖民地时期"的历史阶段分期，并且所用材料多为民间文学，但它已经有意识地对过往文学史与文学概况书写进行总结，也预示了新一个阶段即"各民族文学关系"研究范式的来临。这个渐变的过程暗示了一种比较立场的介入，也

---

　　① 马学良、梁庭望、张公瑾主编：《中国少数民族文学史》，中央民族学院出版社 1992 年版。

　　② 一般认为"新时期文学"到 1989 年就结束了，而"后新时期"的命名和讨论兴起于 1994 年。

即走出孤立的、封闭的族内人视角，而将各少数民族文学置入中国的各族群彼此交往、相互融合的历史与现实语境中加以观照。单一族别文学史的视角其实是模仿现代以来"中国文学史"的形式，从文类到叙事逻辑、从分期到重点作家作品、从史观到文学观都属于一种迟到的文学史，此类文学史归根结底是移植了民族主义话语模式，要塑造某个族群主体连绵不绝、赓续不断的文学承传流变脉络，因而就在一个多民族国家内部整体性文学史构造而言，未能形成有力支撑，不利于形成不同文学传统之间的广泛联系和交流互动的场景。比较文学视角的切入，带来了转变的可能。1989 年，季羡林从本土文学实际出发说过："西方一些比较文学家说什么比较文学只能在国与国之间才能进行，这种说法对欧洲也许不无意义。但是对于我们这样一个多民族的大国来说，它无疑只是一种教条，我们绝对不能使用。我们不但要把我国少数民族的文学纳入比较文学的轨道……而且我们还要在我国各民族之间进行比较文学活动。"① 这是从比较文学"中国学派"的角度着眼的表述，就文学实际而言，由于地理的接近、历史与现实中的交流甚至血缘上的关系，少数民族与汉族、少数民族与域外他民族文化文学的比较是切实可行的命题。当然，早期的研究在很大程度上缺乏理论的自觉，停留于罗列材料、简单类比的层面。马学良、梁庭望、李云忠主编的《中国少数民族文学比较研究》② 是此类比较研究的综合之作，分别就少数民族的神话、民歌、民间传说与故事、民间叙事长诗、作家文学五个方面进行了国内和域外的比较。

　　20 世纪 80 年代整体语境是以现代化为底色的新启蒙主义占据思想主流位置，学术话语重寻"五四"新文化运动的理路，取得了在

---

　　① 季羡林：《少数民族文学应纳入比较文学研究的轨道》，《季羡林文集》第八卷，江西教育出版社 1996 年版，第 464 页。

　　② 马学良、梁庭望、李云忠主编：《中国少数民族文学比较研究》，中央民族大学出版社 1997 年版。

观念上的启蒙"态度一致性",少数民族文学研究可谓亦步亦趋。在"新时期"之前,少数民族当代文学创作较少,到此时少数民族文学创作现场呈现出繁荣的局面。这些新兴少数民族作家作品带动了作品批评与研究的兴起,从而引发了少数民族文学主体性问题的思考,也激发了对一些少数族裔出身的现代文学作家从族群文化和民族心理视角的再研究,比如关纪新从满族文化角度进行的老舍研究①,以及许多论者从苗族文化角度出发的沈从文研究等。

　　不过,现场批评和作家作品论尚没有形成少数民族文学研究的原生理论,在国家总体性方案与个体化评论之间,显示出政治与审美交织、理性判断与感性体悟混杂的情形,批评话语往往集中在对于民族风情、文化特质乃至"民族性"的讨论之中。与时代主潮共振的结果,是少数民族文学批评挪用主流文学的话语。在 1985 年现代派兴起之前,少数民族文学评论与研究基本上延续了阶级斗争和社会主义现实主义话语,1986 年发表的一篇署名"《民族文学研究》、《民族文学》评论员"的文章《民族特质、时代观念、艺术追求——对少数民族文学创作理论的几点理解》② 可以视作对此前三十年少数民族文学创作的风貌勾勒,意在进行少数民族文学创作的"主体建设"。1985 年之后,中国当代文学整体上转入现代主义和纯文学话语,强调审美的自律和文学的自主性,这也对方兴未艾的少数民族文学创作及其批评产生了影响,新出场的少数民族作家和批评家热衷于在"寻根""民族文化"的话语中,谈论意识流和魔幻现实主义之类时髦技巧与概念,但并无太多学理上的推进。

　　《多重选择的世界——当代少数民族作家文学的理论描述》③ 一书是彼时为数不多自觉描述少数民族作家文学理论建设的成果。该

---

　　① 关纪新:《老舍评传》,重庆出版社 1998 年版。
　　② 该文由关纪新执笔,白崇人修改,玛拉沁夫审阅修订,发表于《民族文学研究》1986 年第 4 期。
　　③ 关纪新、朝戈金:《多重选择的世界——当代少数民族作家文学的理论描述》,中央民族大学出版社 1995 年版。

书分为七章，第一章"当代少数民族文学的历史定位"，考察中国少数民族文学历史沿革，认定中国境内全部的少数民族随着历史发展普遍拥有了各自的书面文学创作这一划时代文化事象的意义，提出为了推进民族文学的高质量持续拓进，须着力加强相关理论的系统建构；第二章"民族作家与民族文学"，在梳理此前关于界定"民族文学"概念各种意见的基础上，认为投射在文学中的民族文化心理，才是判定民族文学的深层的稳定的标记；第三章"少数民族作家与民族文化传统"，就少数民族出身的作家与本民族传统文化的相互关系来考察，将他们大致区别为"本源派生—文化自律""借腹怀胎—认祖归宗"和"游离本源—文化他附"三种类型，论述少数民族作家取得多重文化参照系统的必要性与重要性；第四章"少数民族文学创作的双语问题"，探讨了民族文学中出现双语文学现象的历史根源、创作优势、积极意义和发展前景；第五章"民族文学的审美意识"，强调民族生活的特殊性对于形成特定民族的审美心理结构的规定性作用，民族审美意识是民族文化和民族文学中的可贵成分，需要保护和发展；第六章"少数民族文学的历史文化批判意识"，肯定少数民族作家为推进民族进步所坚持的启蒙主义写作精神，鼓励民族文学创造者们在人类现代文明的基点上打造起科学的民族文化观；第七章"各民族文学互动状态下的多元发展"，指出迄今各少数民族的文学发展范式各不相同，在以后一个相当长的时期里也将选择不同的道路，世界文学作为文学的崇高理想还远未取得实现的条件。客观而言，这本著作并非是搭建起理论框架来讨论问题，而更趋向于以文学现实中若干重要问题为重点展开议论。不过，若是将这里的学理性思考放在整个少数民族文学研究领域中来考察，它的开创意义就凸显出来了。

从真正意义上解决缺乏主体自觉和理论滞后状况的是 1988 年费孝通提出的中华民族"多元一体"理论。他从历史出发，得出结论："中华民族作为一个自觉的民族实体，是近百年来中国和西方列强对抗中出现的，但作为一个自在的民族实体则是几千年的历史过程所形成的……它的主流是由许许多多分散孤立存在的民族单位，经过接触、混杂、联结和融合，同时也有分裂和消亡，形成一个你来我去、我来你去、我中有你、你中有我，而又各具个性的多元统一体。"[1] 这个论说及"文化自觉"的表述极具概括力，成为此后研究中国少数民族文学的基本认知框架，平衡了国家政治话语与个体美学话语之间的张力，使得启蒙主义与多元主义得以并行不悖。从族别文学史的"各美其美"到综合性比较视野的"美美与共"，在历史与实践两个层面有效地推进了研究的进一步拓展。

多元一体论在少数民族文学研究领域的直接影响是中国社会科学院少数民族文学研究所"中国各民族文学的贡献及其相互关系研究"项目，这是"九五"期间（1996—2000）国家哲学社会科学规划的重大课题。中华民族多元一体格局的理论已经得到了研究者的广泛认同，并作为前提接受下来：在中华民族文学发展进程中，各民族文学的发展是一个有机整体，中华民族文学宝库中的丰富遗产是各民族共同创造、共同奉献的。郎樱、扎拉嘎带领的少数民族文学研究所团队秉持的理念是，由先秦直至清代的文学史发展过程中，众多的民族以不同的方式参与其中，为自己的民族文学以及汉语文学的发展作出了贡献。这个项目从民族融合，民族文化交流、碰撞与整合的角度出发，将涵盖诸多民族特色的中华民族文学作为一个有机整体来把握，根据不同时期民族关系的变化，分析其对于文学发展的影响。这可以说是对马学良、梁庭望等前辈开创的综合研究的继承与发展。各民族文学关系研究涉及历史学、民族学、文化人类学、神话学、民俗学、美学、文艺学、心理学、语言学等诸多学科；并且20世纪80年代以来引入了系统论、结构主义、接受美学、精神分析、阐释学、比较文学等研究方法、思维方式和学术思路。它们集结的成果在21世纪初年陆续出版，包括刘亚虎、邓敏文、罗

---

① 费孝通：《中华民族的多元一体格局》，《费孝通文集》第11卷，群言出版社1999年版，第381页。

汉田的《中国南方民族文学关系史》①，扎拉嘎的《比较文学：文学平行本质的比较研究——清代蒙汉文学关系论稿》②，郎樱、扎拉嘎主编的《中国各民族文学关系研究》（先秦至唐宋卷和元明清卷）③，关纪新主编的《20世纪中华各民族文学关系研究》④ 等著作。这种研究范式也辐射到跨境民族文学的研究，比如由杨富学在北京大学东方学研究院从事博士后研究的出站报告经过增补修订而成的《印度宗教文化与回鹘民间文学》⑤。

　　"中国各民族文学关系"研究的集束性成果也是一项在变化了的文化语境中的系统性学术工程。不同朝代的民族关系有不同的特点，不同民族的经济、文化发展水平也不均衡。面对可能迥然不同的研究对象时，学者们区别对待，掌握其各自有别的发展规律。例如，同样是北方游牧民族入主中原，鲜卑人建立的北魏与蒙古人建立的元朝，抑或满洲人建立的清朝，统治者都各自奉行不同的文化政策，各民族间交往与融合的程度有所区别，没有一种固定的模式可以用来解释发生于不同时期、不同地域的各民族文学关系。这也正是"大一统"的文化传统与"因其教不易其俗，齐其政不易其宜"治理观的具体实践结果。研究者们从大量的文献史料中悉心钩沉，谨慎求证，力求客观地反映不同历史时期民族文学发展的样貌。注重中国各民族文学之间的关系是该研究的重心，按照郎樱的概括，首先，把握住中华民族文学发展史的普遍规律与各民族文学特殊性的关系。各民族文学关系研究是在中华民族文学的大背景之下展开的，无论探讨某一个历史时期、某一个地区、某一个民族、某一种文学

　　① 刘亚虎、邓敏文、罗汉田：《中国南方民族文学关系史》，民族出版社2001年版。

　　② 扎拉嘎：《比较文学：文学平行本质的比较研究——清代蒙汉文学关系论稿》，内蒙古教育出版社2002年版。

　　③ 郎樱、扎拉嘎主编：《中国各民族文学关系研究》，贵州人民出版社2005年版。

　　④ 关纪新主编：《20世纪中华各民族文学关系研究》，民族出版社2006年版。

　　⑤ 杨富学：《印度宗教文化与回鹘民间文学》，民族出版社2007年版。

现象，都是将其作为中华民族文学整体的有机组成部分，论述的重点在于彼此之间的联系，但同时也描述了各民族文学的发展状况和个性。其次，强调处理好少数民族文学与中原汉语文学的发展、各少数民族之间文学发展的关系。在中华民族多元一体的文化格局中，各民族之间的文化交流与文学发展，呈现出一种双向交流、互动互补的趋势。以金代文学为例，女真族接受了汉语文化，同时由于女真文化的南渐，北方民族文化也以清新自然的本色受到中原汉人的喜爱，金代文学是女真文化与汉文化优势互补、相互吸收与融合的产物。明清时期的长篇小说《三国演义》《西游记》《水浒传》等作品被翻译成蒙文后，成为蒙古族民间艺人说唱的文本，并不断被改造、加工，有机融入蒙古族文学的发展中。中国各民族文学关系研究将各民族的优秀文学遗产作为中华民族文学宝库中的有机组成部分。自从秦统一中国后，统一与分裂在中国历史上交替进行，对于中华民族文化传统的形成有着深刻的影响，研究这个过程中各民族文学的关系，深化了人们对于中华文明多元一体格局的认识，对于当代中国的文化建设也具有现实意义。但由于少数民族文学研究起步较晚，学科积累相对薄弱，文献资料相对匮乏，研究工作往往要从搜集资料甚至田野调查开始。加之，涵括先秦至当下的少数民族文学历史，其中涉及的部落、族群、民族众多，文学现象也极为复杂，一些重要的论题仍无法纳入其中，比如对于《诗经》的研究、魏晋南北朝时期南方民族文学的研究、吐蕃文学的研究、西夏文学的研究、敦煌文献的研究等。而且以中国古代史的朝代更替作为文学发展的分期，本身就有局限性，少数民族文学的发展有其独特性，成果写作框架的设计以朝代分期，有不够合理之处。尽管如此，以"中华民族"这一观念统摄的各民族文学关系研究系列已经重绘了中国文学的版图，并且启迪了后来"中华文学"观念的发明。

20 世纪 50 年代中后期开始的少数民族族别文学史、文学概况写作，到 80 年代综合比较研究结出的果实，最终体现为十卷本《中华文学通史》①　这样的皇皇巨著。从资料积累的角度来说，有《中国历代少数民族文论选》②《少数民族古代文论选释》③《中国少数民族文艺理论集成》④（尽管该书颇多错讹）。从史论而言，有邓敏文的《中国多民族文学史论》⑤ 与李鸿然的《中国当代少数民族文学史论》⑥，前者从文学史与文学概况写作，后者从少数民族文学组织、制度与创作角度，分别标志着一个时代与一种学术范式的终结，尤其是《中国多民族文学史论》分总论、内容论、体例论、关系论、专题论、著者论以及别论，几乎穷尽了少数民族文学史和文学概况书写所涉及的所有可能性内容，此后在这一领域已经很难推陈出新，必须寻找创造性的替代范式了。

　　值得一提的是，从 20 世纪 80 年代中期之后，随着各种西方现代学术思潮的传入，解放与革命的宏大叙事逐渐褪色，经过了科学转向与语言学转向，结构主义之后的各种"后学"观念如后现代主义、解构主义、后殖民主义、新历史主义、女性主义等的引介，极大地改变了中国学术界对于政治、历史、社会、文学的认知。少数民族文学研究固然与主流意识形态之间有着直接的关联，也不能不受此种整体风气的影响，观念的转型缓慢、弥散却又似乎是事有必至。于是，在 90 年代之后少数民族文学研究的"多元一体"总体框架中，可以看到一种"多元共生"所隐含着的对于"一体"的些许动摇——如果说"多元一体"是立足于主流核心价值观的社会主义

　　①　张炯、邓绍基、樊骏主编：《中华文学通史》，华艺出版社 1997 年版。

　　②　买买提·祖农、王戈丁、王佑夫主编：《中国历代少数民族文论选》，新疆人民出版社 1987 年版。

　　③　王戈丁、王佑夫、过伟主编：《少数民族古代文论选释》，新疆人民出版社 1993 年版。

　　④　彭书麟、于乃昌、冯育柱主编：《中国少数民族文艺理论集成》，北京大学出版社 2005 年版。

　　⑤　邓敏文：《中国多民族文学史论》，社会科学文献出版社 1995 年版。

　　⑥　李鸿然：《中国当代少数民族文学史论》，云南教育出版社 2004 年版。

文化多样性的体现，那么在 90 年代伴随着市场、新自由主义和消费主义的兴起，一种建基于自由主义观念的文化多元主义已露出端倪。在 20、21 世纪之交，众声喧哗、众神狂欢，不同话语与价值观纷出，随之而来的则是新世纪之后少数民族文学研究的多元主义范式及其内卷化，它一方面扩大了自由，增进了包容；另一方面族别文学研究也助推了对差异性的热衷，带来了具有文化主义倾向的趋势。

第三节　新世纪的多样性与总体性潜能

21 世纪最初几年的中国学术界目睹了少数民族文学研究堪称戏剧性的转折。从 20 世纪 90 年代开始，计划经济体制的改革给整个人文社会科学带来的冲击，严重挤压了少数民族文学创作与研究的生存空间，前节论及的"九五"国家社科基金规划课题的结项与出版是为数不多的由中央科研机构主持运行的成果，地方民族院校、科研机构、文联组织已经较少出现有分量的科研成果，这种情形大约持续到 2008 年中国综合国力大幅度提升之前。非营利性的少数民族文学研究较少具有商业潜质，一旦失去政府的支持，就会举步维艰，所幸这种状况很快得到了改善。2009 年是一个转折点，该年发生了一系列对于少数民族文学研究具有节点意义的事件：6 月中国少数民族比较文学学会恢复，隶属于中国比较文学学会；8 月由中国社会科学院民族文学研究所、中央民族大学、中国少数民族文学学会、中国作协《民族文学》杂志社联合在通辽内蒙古民族大学召开"中国少数民族文学 60 年学术研讨会"，9 月中国少数民族文学馆在内蒙古师范大学开馆。

此后，无论在国内还是国际，无论在学术界还是在大众文化层面，少数民族文学都日益受到重视。其原因是多方面的：从政策上说，得益于政府对边疆及民族问题因为现实中出现的症候而相应加大的关注和资助力度；从理念上说，源于全球化视野中文化多样性共识的形成；从学术脉络自身发展来说，少数民族文学研究日益获得学科自觉并追求自身的主体性，大量的从业人员也由原先以汉族为主，到少数民族学者越来越多的态势；从市场角度而言，少数民族文学也具备成为一种具有符号价值的消费文化的潜质，这从传播与市场的角度也生发出对研究的刺激。多方合力的结果，是自上而下的制度设计与扶持同自下而上的自我阐释对接起来，历时的学术传统水到渠成地隐然成型，横向的外来目光也投注于此，少数民族文学研究迅疾在 21 世纪迈入一个快速发展而又话语分歧的新时代繁荣期。

文化多样性和非物质文化遗产话语，成为 21 世纪少数民族文学研究的合法性依据与大力发展的重要内因。1972 年联合国教科文组织已通过了《保护世界文化和自然遗产公约》等先驱性文件，但"文化遗产"话语在中国语境尤其是政府、社会与学术界中产生较大影响力还是进入 21 世纪之后的事，尤以 2003 年联合国教科文组织通过的《保护非物质文化遗产公约》和 2006 年中国非物质文化遗产元年为标志。① 文化自由、文化多样性与文化自主权等提法，无疑与 20 世纪 80 年代后期以来的文化多元话语形成了呼应，并因此使得后者具有了似乎不证自明的时代文化语法意味。少数民族文学领域在此际也发生了两个标志性事件：一是 2004 年中国社会科学院民族文学研究所《民族文学研究》编辑部创办的"中国多民族文学论坛"，陆续与地方综合性院校、民族院校及作协与文联组织联手合办，每年一届，推动少数民族文学理论思考、现场批评、学科建设、教育普及。二是 2006 年中国作家协会《民族文学》杂志的改版，以"民族风格，中华气派，世界眼光，百姓情怀"为宗旨，发现培养少数民族文学新人，策划人口较少民族文学、少数民族女性文学、少数民族儿童文学等专号，举办培训班、改稿班、作品研讨会，鼓励母

---

① 王文章：《非物质文化遗产概论》，文化艺术出版社 2006 年版，第 36—75 页。

语创作，2009 年还创办了蒙古文、藏文和维吾尔文版，2012 年又创办了哈萨克文版和朝鲜文版，并向民族地区、贫困山区牧区、寺庙、学校、文化机构赠送刊物。《民族文学研究》与《民族文学》在研究与创作两条路径上齐头并进，共同的努力是将"少数民族文学"发展为"多民族文学"。

"少数民族文学"以"多民族文学"的主张进行某种置换，这并不仅仅是词语的游戏，其背后的理念在于推动少数民族文学研究的跨学科对话，试图从少数民族文学的角度提炼出具有理论辐射意义的命题。"中国多民族文学论坛"在 2006 年之后集中讨论"中国多民族文学史观"问题，《民族文学研究》杂志配合推出专栏刊发相关研究文章，从延续了半个世纪的少数民族文学史与文学概况书写实践中淬炼出史观的蜕变。"多民族文学史观"可以概括为多民族（语言、地方、文化、心理、信仰、传统）、多文学（体裁、文类、美学）、多叙述（历史的不同书写方式）的多元共生，因而它就不仅是民族观，也是中国观，不仅是文学观，也是历史观，这极大地丰富甚至改写了既有对于中国文学、中国文学史乃至中国文化史的思维定式。21 世纪之后最重要的少数民族文学研究学者与著作基本上都来自这个论坛，2014 年出版的《全球语境与本土话语：中国多民族文学论坛十年精选集》①，囊括了这个松散群体的代表性人物和作品。论坛持续到 2015 年，积累的学术资源此后被中国少数民族文学学会的年会所继承。

"中华多民族文学史观"研究的代表性成果之一是《中华多民族文学史观及相关问题研究》②及其修订版《多民族文学史观与中

---

① 汤晓青主编：《全球语境与本土话语：中国多民族文学论坛十年精选集》，社科文献出版社 2014 年版。

② 李晓峰、刘大先：《中华多民族文学史观及相关问题研究》，中国社会科学出版社 2012 年版。

国文学研究范式转型》①。该著立足于中国多民族共同发展的历史和
中国是一个统一的多民族国家的现实，阐述中华多民族文学史观在
中国文学史研究中的地位和价值；辨析中国各民族文学多向影响的
复杂关系，探讨如何在中华多民族文学史观的指导下，将少数民族
文学有机地融入中国文学史，既突出汉族文学的主体地位，又凸显
其他民族文学的独特价值，还原中国文学多民族共同创造的历史现
场和发展轨迹。在全面阐释多民族文学史观的理论基础、基本内涵、
结构要素、现实价值和学术意义的基础上，重新探讨了中国文学的
时间、空间、中国文学史的国家知识属性等中国文学研究的基本问
题，总结了多民族文学史观与中国历史哲学转型的关系，考察了世
界主要多民族国家的文化政策与多元文学生态。此书是对于半个多
世纪以来少数民族文学史、文学概况、中华各民族文学通史书写经
验的总结，并有着鲜明的理论自觉："多民族文学"不是少数民族内
部的"多民族文学"，而是指多民族国家的多民族文学的客观形态。
因此，其追求不仅在于促进中国少数民族文学研究的理论转向，更
在于立足多民族文学史观的理论基点，重新审视中国文学多民族、
多历史、多传统、多形态、多语种的特征以及冲融交汇、多元并存、
共同发展的历史规律，进而促进中国文学研究范式的根本转型和世
界意义上的文学话语革故鼎新。徐新建的《多民族国家的文学与文
化》② 则是吸纳人类学的一些方法与理论，从民族关联与历史透视的
角度关注中国文学和文化的多民族性，并由此阐述与多元一体相关
的文学史观。内容包括"国家、边界和族群""文本、表述和民族
志"与"地域、世界和跨文化对话"三编，论述了国家地理与族群
写作的相互关联及当代中国的身份认同问题，国家与底层双向叙事
的互动关系等。该书以多元互动的视野审视多民族国家的文化与文

---

① 李晓峰、刘大先：《多民族文学史观与中国文学研究范式转型》，中国社会科
学出版社 2016 年版。

② 徐新建：《多民族国家的文学与文化》，人民出版社 2016 年版。

学，力求将由古至今的中国历程建构为从石器时代的"星斗满天"以及依托生态分解而形成的"牧耕交映"，直至如今以政治平等为前提的"民族团结"等纵横类型。

从"少数民族文学"到"多民族文学"范式的转移具有跨学科的自觉，试图重接将"和而不同"的古典理念解释为新时代的"不同"而"和"，其中包含着同一性与差异性之间的辩证。与此同时，将地方性与族群性融合的区域少数民族文学研究，将性别理论引入的少数民族女性文学研究，少数民族母语文学研究，台湾少数民族文学研究，少数民族文学翻译、传播与媒介研究，以及新兴的少数民族网络文学研究等从不同路径切入的研究也纷纷兴起。姚新勇的《寻找：共同的宿命与碰撞》①就是转型期中国文学多族群及边缘区域文化关系研究的一个代表，该书有着强烈的现实关怀，对"少数民族文学性"建构的反思、"异域中国"的后殖民话语、转型期彝族现代诗派、藏族汉语诗歌、少数族裔题材小说中的"土地改革"等话题进行了较为深入的探讨。黄晓娟、晃正蓉、张淑云等的《中国当代少数民族女性文学研究》②和任一鸣等的《新疆当代少数民族女性文学初探》③则基本上以点带面地从女性作家角度勾勒了少数民族女性写作的当代风貌。罗庆春（阿库乌雾）的《双语人生的诗化创造：中国多民族文学理论与实践》④立足于自身的彝汉双语诗歌创造与研究，较为系统地对"双语书写""第二母语""文化混血""濒危语种写作"等提法和理论进行了述介。杨彬的《当代少数民

---

① 姚新勇：《寻找：共同的宿命与碰撞》，中国社会科学出版社2010年版。

② 黄晓娟、晃正蓉、张淑云等：《中国当代少数民族女性文学研究》，上海文艺出版社2014年版。

③ 任一鸣等：《新疆当代少数民族女性文学初探》，新疆人民出版社2016年版。

④ 罗庆春：《双语人生的诗化创造：中国多民族文学理论与实践》，民族出版社2015年版。

族小说的汉语写作研究》① 研究当代少数民族小说汉语写作的发展现状、当代少数民族小说汉语写作现象形成的原因、当代少数民族小说汉语写作策略及其对促进民族沟通理解和民族团结的贡献，同时从文化语言平等的角度，研究了族际共同语汉语同各民族语言相互交融的现状，认为少数民族汉语小说写作扩展了汉语的范畴，并描绘了汉语文化和少数民族语言文化的双向互动图景。李瑛的《台湾少数民族作家文学论》② 对台湾少数民族作家文学的兴起原因及发展道路作了论证，展示了它们的风貌和艺术特点：苦难的主题、失落的痛楚、民族文化的追恋、人文精神的表现、传统原始观念的奇异、道德伦理的古朴、原生语言的精妙、意象的流动表达、变形的魔幻色彩、象征的隐喻使用，以及由背离与对比现象带来的美学取向上的悲情风格，书中还分析了台湾少数民族作家文学与台湾文学的相通默契之处。王志彬的《山海的缪斯：当代台湾少数民族文学研究》③ 以当代台湾少数民族汉语文学创作为主要研究对象，运用族群、文化人类学等理论，在把握中国多民族文学发展以及台湾地区社会和族群关系变迁的基础上，对当代台湾少数民族文学的历史成因、发展规律、美学品质、发展困境及其文学史意义等方面展开了研究。陈祖君的《汉语文学期刊影响下的中国当代少数民族文学》④ 从传播媒介的角度探讨当代少数民族文学的发生、发展和演变，在实证基础上探析了汉语文学期刊对中国少数民族文学的现代转型、当代少数民族文学传播空间的生成和演变、当代少数民族文学的族群经验及作家身份认同等的作用和影响，并以《民族文学》等为个

---

① 杨彬：《当代少数民族小说的汉语写作研究》，中国社会科学出版社 2018年版。

② 李瑛：《台湾少数民族作家文学论》，民族出版社 2007 年版。

③ 王志彬：《山海的缪斯：当代台湾少数民族文学研究》，中国社会科学出版社2015 年版。

④ 陈祖君：《汉语文学期刊影响下的中国当代少数民族文学》，中国社会科学出版社 2009 年版。

案考察其具体联系，解释当代少数民族文学的外部生存环境及社会文化内涵。樊义红的《文学的民族认同特征及其文学性生成：以中国当代少数民族小说为中心》① 从语言、叙事、文体、形象等角度切入民族认同建构的问题。马季、肖惊鸿等人开展的少数民族网络文学批评与梳理也在资料积累等方面作了开拓。②

与新兴方法与视角切入的研究并行，20 世纪 90 年代以来的各民族文学关系研究得以继续和深化，体现在梁庭望的《中华文化板块结构与中国文学关系研究》③ 一书中。该书将中华文化划分为北方森林草原文化圈（包括东北文化区、内蒙古高原文化区和西北文化区）、西南高原农牧文化圈（包括青藏文化区、四川盆地文化区和云贵文化区）、中原旱地农业文化圈（包括黄河中游文化区和黄河下游文化区）、江南稻作文化圈（包括长江中游文化区、长江下游文化区和华南文化区）四大板块十一大区，各民族之间经济相依，政治相从，文化相融，血缘相通，形成了不可分割的纽带，进而在少数民族文学关系中呈现出"从区域共生到中华趋同"的风貌。这项研究视野开阔，清晰凝练，尽管板块划分过多依赖于静态地理而于动态流动着墨不多，但无愧于从多元到整合的理论尝试。族别文学和族别题材写作的研究已经超越一般族别文学史的写作而进入专题性层面。关纪新的《满族小说与中华文化》④ 将满族小说创作的总体业绩与满族历史上的民族文化流变相联系，对满族曾经普遍接受中原汉族文化而又注意葆有自己的审美特征加以探究，对满族小说整体成就作出梳理，旨在展示满族小说与汉族小说的"同"和"异"；既认定汉族文化给予满族小说创作的重要影响，也区分出满族小说创作与中原汉族文化的审美差异，从而阐释了满族小说创作回馈给

---

① 樊义红：《文学的民族认同特征及其文学性生成：以中国当代少数民族小说为中心》，中国社会科学出版社 2016 年版。

② 马季：《读屏时代的写作——网络文学十年史》，中国工人出版社 2008 年版。

③ 梁庭望：《中华文化板块结构与中国文学关系研究》，民族出版社 2011 年版。

④ 关纪新：《满族小说与中华文化》，社会科学文献出版社 2014 年版。

中华文化的多重价值。关纪新的《满族书面文学流变》① 以中华多民族文化交相互动为参照系，宏观把握与微观细读相结合，将满族书面文学作为自成民族文化体系的具有自身流变规律的历史事实来观察，由文本入手总结"后母语阶段"满族文学的审美呈现，对满族历史上经典的作家作品从满学视角加以解读，对以往未受重视的作家作品给予民族文学视角下的观照。张春植的《日据时期朝鲜族移民文学》② 则系统地介绍 20 世纪二三十年代至 1945 年日本投降这一段时期的中国朝鲜族移民文学的发展历程。汪荣的《历史再现与身份认同——以新时期以来的"蒙古历史叙事"为中心》③ 在多民族比较诗学的视野下，对"蒙古帝国叙事"进行了深入分析，凸显了"历史再现"与"身份认同"之间的紧密联系。

以人口较少民族文学作为学术命题的论著也在 21 世纪出现。中国各少数民族中人口在 10 万人以下的有 22 个，一般被通称为人口较少民族。21 世纪初，国家民委推出了"兴边富民行动"和重点帮助人口较少民族群众摆脱贫困的战略决策。2000 年，北京大学、中央民族大学和国家民委民族问题研究中心共同组成了"中国人口较少民族经济社会发展研究课题组"，对这些民族的经济和社会发展问题进行了专题调查研究。2005 年，加快人口较少民族发展成为中央民族工作会议关注的核心问题，国务院还通过了《扶持人口较少民族发展规划（2005—2010）》。随着这一工作的深入开展，对这些民族的文化教育发展研究，也逐步提上议事日程。《中国人口较少民族书面文学研究》④ 对鄂温克、普米、阿昌、毛南、京、撒拉、鄂伦春、裕固、德昂、赫哲、保安、乌孜别克、塔塔尔、塔吉克等人口较少民族书面文学的整体发展情况作了简要的分析综述。李长中的

———————

①　关纪新：《满族书面文学流变》，中国社会科学出版社 2015 年版。

②　张春植：《日据时期朝鲜族移民文学》，民族出版社 2005 年版。

③　汪荣：《历史再现与身份认同——以新时期以来的"蒙古历史叙事"为中心》，社会科学文献出版社 2017 年版。

④　钟进文主编：《中国人口较少民族书面文学研究》，民族出版社 2012 年版。

《当代人口较少民族文学的审美观照》① 对当代人口较少民族文学现代性转型过程中生成的诸多殊异性审美现象与其叙事经验加以理论概括及实践总结，从而对当代人口较少民族文学的审美生成及其相关问题加以探源，以呈现出该类型文学与其他文学不同的特征。应该说，这个学术命题与中国特色的少数民族政策息息相关，也充分显示了社会主义文化组织和制度的优越性，否则这些少数者的声音与表述在市场化与商业化的夹击中只会处于自然放任的状态，而不会得到集中的展示与关注。

可以观察到，随着中国综合国力的增强，少数民族文学研究与其他人文学科一样分享了改革开放和经济发展所带来的红利，得到了较为充足的经费支持和长足的发展，其中尤为突出地体现于一系列丛书的出版以及新生代学者的出场。略举颇具代表性的丛书，如"文学理论与民族文学研究丛书"中的《生态批评与民族文学研究》② 《本土的张力：比较视野下的民族文学研究》③ 等。"少数民族文学研究丛书"中的《中国少数民族现当代文学研究》④《中国少数民族母语文学研究》⑤ 等。"多元一体视域下的中国多民族文学研究丛书"中的刘大先的《千灯互照：新世纪少数民族文学创作生态与批评话》⑥、孙诗尧的《锡伯族当代母语诗歌研究》⑦、邱婧的《凉山内外：转型期彝族汉语诗歌论》⑧、林琳的《族

---

① 李长中：《当代人口较少民族文学的审美观照》，社会科学文献出版社 2015 年版。

② 李长中编：《生态批评与民族文学研究》，中国社会科学出版社 2012 年版。

③ 刘大先主编：《本土的张力：比较视野下的民族文学研究》，中国社会科学出版社 2013 年版。

④ 吴重阳：《中国少数民族现当代文学研究》，中央民族大学出版社 2013 年版。

⑤ 钟进文主编：《中国少数民族母语文学研究》，民族出版社 2014 年版。

⑥ 刘大先：《千灯互照：新世纪少数民族文学创作生态与批评话》，暨南大学出版社 2017 年版。

⑦ 孙诗尧：《锡伯族当代母语诗歌研究》，暨南大学出版社 2017 年版。

⑧ 邱婧：《凉山内外：转型期彝族汉语诗歌论》，暨南大学出版社 2017 年版。

性建构与新时期回族文学》① 等。

　　不过，在蓬勃涌现的研究成果之中，很大一部分的方法论和范式（比如女性文学、身份认同和传播媒介研究）来自对主流文学学科的移植，也存在着研究话语"内卷化"的问题：缺乏理论创新与范式突破，日益受限于既有思维定式和沿袭已久的学术套路，大量研究成果停留在资料的叠加、数量的累积、封闭式的精耕细作、孤立化的内向生长，而没有横向开拓和质的飞跃，无法在"少数民族文学学科"之外对当代文学研究产生影响或与之进行对话，也就丧失了文化生产的功能与意义，只是成为一种半封闭的教条。少数民族文学研究的内卷化具体表现为：方法论上生产性不足，多借用兄弟学科的理论与方法，较少由自身材料中生发，存在着机械搬用后殖民理论、北美少数族裔文学理论、女性主义理论的现象，往往使得少数民族文学鲜活的材料成为佐证外来理论的材料。囿于"民族性"话语与身份政治，往往无法突破某种族群身份的限制，以身份要求作家与作品，自觉不自觉地试图寻找某个作家、某部作品的"民族特质"，这就倒果为因，没有从实际出发，而是从观念出发。个中原因在于，一部分少数民族学者在模仿式民族主义的观念中，刻意强化少数民族的差异性并以之作为文化资本，另一部分则是汉族学者潜在地谋求风情化，拒绝少数民族的同时代性，将少数民族文学的合法性建立在它必须具备"民族性"之上。这两种思路都形成了路径依赖，以致少数民族文学研究的"民族性"问题始终是一个根本性的纠结。而"民族性"其实并非某种固化、停滞、静止的本质性存在，它总是随着外部环境和内在自我的变化而变化；另外，少数民族的族群"民族性"与"中华民族"意义上以及国家意义上的"民族性"在逻辑层面上并不等同，不加辨析地使用，容易造成错置。

　　已经有学者注意到少数民族文学中存在的"单边叙事"问题，即将某个族别的文学话语孤立进行讨论，而忽略了关系性的视野，

---

　　① 林琳：《族性建构与新时期回族文学》，暨南大学出版社 2018 年版。

不是双边、多边的文化交流与融合，而是刻意地建构独特性。欧阳可惺、王敏的《"走出"的批评——当代少数民族文学批评的阐释与实践》[①] 具有很强的现实感，注意到现代性背景下，尤其是经济开发与消费社会中少数民族文学批评中的民族身份认同与国家认同、私人领域与公共领域的割裂，提出了作为社会公共领域的少数民族文学学科的公共性诉求，在边疆与民族关系的现状中这种提醒非常重要。因为事实上20世纪90年代之后，"文化多元主义"几乎成了一种政治正确的话语，这种话语建基于新自由主义和微观政治与文化政治之上，与社会主义中国早期的积极的文化多样性话语在内在理路上截然不同，它在二十余年的发展中对于学术话语潜移默化的影响已经显出其水土不服的端倪。事实上，中国少数民族文学研究作为一种国家学术规划，在对多元共生格局进行描摹、概括与展望的同时，对于中国文化共同体的强调，在启蒙共识断裂、多元话语分歧的语境中极具现实意义。少数民族文学在学术史上跨越了现代转型，同时又是依然在鲜活发展着的现实，对未来中国的文化建构与走向有切实的影响。《现代中国与少数民族文学》[②] 中提出一种"作为中国研究的少数民族文学研究"就是出于此种考虑，一方面是对既有学术史上诸种话语的综合，另一方面也是现实的考量。该书以现代思想史中"少数民族文学"发生的问题意识为导向，以概念辨析为关节点，梳理从"天下"式帝国到现代"民族—国家"建构的历史过程中的学术史，站在"前现代—近现代—现当代"的时间维度上，对"少数民族文学"概念的形成进行了深度反思。其中既有"史"的透视，又有"论"的引申，对中国少数民族文学研究之现代学术的确立与走向作出了系统的清理。该书在文献资料的发掘上、在方法论的架构上、在学术史的钩沉与论评中形成了多方面的

---

① 欧阳可惺、王敏：《"走出"的批评——当代少数民族文学批评的阐释与实践》，新疆大学出版社2011年版。

② 刘大先：《现代中国与少数民族文学》，中国社会科学出版社2013年版。

突破，体现了敏锐的学术眼光和事件阐释的理论力度，"揭示出少数民族文学对于构建中国当代文学理论话语所提供的新鲜资源、生产可能与另类的选择"（巴莫曲布嫫语），也为补阙和完善中国文学研究的学科史构建了一种可资参照的工作框架。

国家文化的统一性与国家内部文学的多样性之间天然存在着一定的张力，如何处理两者之间的关系，有民族学学者试图提出重叠共识的理念，这当然因应着 20 世纪 90 年代以来的自由主义思想背景。从少数民族文学研究的角度而言，《文学的共和》①一书则是试图对传统文化进行创造性转化与创新性发展，并结合中国现代革命以来所形成的一系列本土理念的尝试。该书切入当代中国少数民族文学的创作生态与批评现场，力求以"史"带"论"，以在通过历时性线索勾勒自晚清至当下的少数民族文学发展轨迹的基础上，考察所涉及的学术脉络、文本个案、影像呈现和田野作业，结合对于"和而不同"理念的创造性阐释，最终提出"文学共和"的理论性命题。全书分为史、论、文本、影像、田野五个部分，形成立体结构。"史"的部分从现代民族转型与少数民族文学的诞生入手，描述总结从革命中国的少数民族"人民"话语的建立，到新启蒙时代各民族文学多元化与现代性的产生，再到文化多样性视域里的各民族文学的差异性与融合性，最后讨论新媒体时代的多民族文学的形态变化，揭橥少数民族文学与"时代精神"之间的关联。作者指出："文学共和"（价值的共存、情感的共在、文化的共生、文类的共荣、认同的共有、趣味的共享）是由"人民共和"（政治协商、历史公正、民主平等、主体承认）扩展与推衍而来的。通过彰显多元共生的"不同"来抵达"和"的目标，意味着各民族文化在自我发声之后向多民族国家文化的集体性的皈依与升华。"文学共和"是"人民共和"在文学领域的延长线，两者具有政治、伦理与情感的连带性。中国多元族群文学的历史遗产与发展现实，显示了重新定义

---

① 刘大先：《文学的共和》，北京大学出版社 2014 年版。

"文学"、正典标准、批评律则、美学风格的可能性。该书尝试通过"文学共和"的本土批评创造，探讨全球史与新媒体语境中的文学人类学、区域政治、地方知识、性别意识、身份认同、文化遗产、社会记忆、影像表述、仪式书写和文学生活，丰富中国文学话语的多样性存在，希冀它生发出来的理念可以扩展与推衍为可供其他学科参考的精神资源。但这种理念只是理想类型的归纳，如何在现实中发生效用还需要创作现场的实践。

新时代的少数民族文学研究呈现出诸多可能性和巨大的潜力，也得到了来自创作与研究、官方与民间、汉族与少数民族不同部门、机构、人员构成、学理脉络的合力推进。2012年被视为"少数民族文学年"，标志性事件是同年9月第5届全国少数民族文学创作会议的召开和第11届全国少数民族文学创作"骏马奖"的颁奖。同时，各个民族地区也纷纷组织了各类文学奖和文学活动。作为国家宏观政策"十二五"规划（2011—2015）的重要时间节点，繁荣发展文化事业的党的十七届六中全会续后之年，党的十八大的召开年度，对于少数民族文学的体制建设、市场推广和美学传播，这都是继往开来的一年，既是阶段性的收官，也是瞻望性的开局。在中宣部、财政部的大力支持下，中国作协从2013年开始实施"少数民族文学发展工程"，就少数民族文学培养人才、鼓励创作、加强译介、扶持出版、理论批评建设等方面给予政策支持和经费投入。此后，少数民族作家重点作品扶持、少数民族文学人才培训、少数民族文学优秀作品翻译出版、少数民族文学作品对外翻译工程扶持项目、"新时期少数民族文学作品选集"丛书编辑出版项目等纷纷展开。

其中"少数民族文学重点作品扶持"和2018年新设的"中国少数民族文学之星"项目都包括理论评论部分，而作为少数民族文学系统发展工程的一部分，"少数民族当代文学论坛"对于评论与研究的推进最为直接。2013年11月，由中国作家协会创联部、中国作家协会少数民族文学委员会和中国社会科学院民族文学研究所联合举办的"'中国梦'的多民族文学书写——2013·中国少数民族当代文学论坛"召开，围绕社会转型背景下的少数民族文学，少数民族文学创作的国家、民族、社会责任，少数民族文学与全球视野，少数民族文学的生态意识与生命气象，少数民族文学创作的历史、文化追寻，少数民族文学创作的精神坚守与形式创新六个议题展开论述。这开启了此后每年的"中国少数民族文学当代论坛"的序幕。2014 年中国少数民族当代文学论坛 8 月在银川举办，主题为"中国梦的多民族影视文学呈现"，旨在促进少数民族文学和影视艺术创作互动，扩大少数民族文学艺术的影响力。2015 年中国少数民族当代文学论坛 8 月在兰州召开，主题为"丝路文学语境下的多民族文学审美"，旨在加强少数民族文学理论批评建设，发现和挖掘少数民族在古丝绸之路上的文学实践和成就，探讨和拓展少数民族文学对新时期"一带一路"建设的现实作用和历史担当，深化少数民族文学对丝路文学书写的参与，加强少数民族文学对中华民族文化复兴及人类进步事业的贡献。2016 中国少数民族当代文学论坛 8 月在新疆库尔勒举行，主题为"审美天堑五彩桥——多民族文学翻译"，旨在加深对中国少数民族文学翻译事业重要性及价值意义的认识，并且把它扩及为世界和平、人类进步事业，提升到作为我国实现"两个一百年"奋斗目标与中华民族伟大复兴中国梦的领域而存在的高度；健全中国少数民族文学翻译体制，使之既有党政领导体系，又有组织实施主体，更有法律保障及监督制度、市场运营秩序，实现从人才培养、实际操作、成果推广，到学术研讨、学科建设、国际交流等都配置合理、有制可依、有法可循、有度可遵、有纪可守；加强中国少数民族文学翻译工作总体规划，并与国家"十三五"（2016—2020）经济社会发展纲要、国家文化发展纲要相一致，给予切实有效的政策支持、资金保障，使之有组织、有目标、有任务、有监督、有验收地运营；完善少数民族文学翻译机制，进一步鼓励教育培训、评奖激励、宣传推介等方面的硬件建设与软件建设，调动一切有效手段，协调各方积极因素，配合好少数民族文学原创，并推动二者间的良性互动。2017 年中国少数民族当代文学论坛 8 月在呼伦贝尔举行，主题为"中国少数民族网络文学会议"，探讨了中国少数民族文学如何适应网络文学异军突起这种迅猛发展的形势，面对这场文学浪潮的冲击并进行突围，如何在坚持传统创作的前提下建设自己的网络文学园地，在网络时代获得更大发展空间，创新文学观念及样式，壮大中国少数民族网络文学队伍，提高少数民族网络文学的审美水平，建立独具特色的中国少数民族网络文学传播、交流、评价体系等话题。2018 年中国当代少数民族文学论坛 12 月于北京召开，与会者围绕"改革开放 40 年来的中国少数民族文学"展开研讨，回顾四十年来少数民族文学取得的辉煌成绩，探讨少数民族文学创作的民族性追求和多样性发展、少数民族文学发展的机遇与挑战、少数民族文学理论批评现状与发展对策、少数民族"走出去"的策略、母语文学创作与翻译问题、少数民族女性文学与人口较少民族文学创作等。以上逐年论坛的论文都结集出版，留下了史料与见证。

　　学术界具有节点意味的事件是，2015 年 3 月由中国社会科学院《文学评论》《文学遗产》《民族文学研究》三家编辑部联合主办的"中华文学的发展、融合及其相关学科建设"学术研讨会。诸多从事古代文学研究的学者与会发言，探讨、总结中华文学在不同历史时期呈现出来的不同特色、演变规律，及其在推动中华民族文化、文学的交流与融合过程中的巨大作用，并对其未来进行展望。[①] 其后，《文史知识》于当年第 6 期开辟"'多元一体'的中华文学"栏目陆续发表相关论述。"中华文学"的提出，接续"中国各民族文学关系"和"中华文学通史"等综合研究的理路，试图全面继承中国多民族文学的遗产与经验，并在前人基础上萃取理论概念，预示了新一轮的总体性研究范式的到来。2017 年 11 月，由中国社会科学院文哲学部主办，中国社会科学院民族文学研究所及其口头传统研究中

---

① 马昕：《"中华文学的发展、融合及其相关学科建设"学术研讨会综述》，《文学评论》2015 年第 3 期。

心联合承办的第七届"IEL 国际史诗学与口头传统讲习班：图像、叙事及演述"在北京举行。来自中国、美国、葡萄牙、蒙古国的 12 位学者就诸多问题进行了互动交流，包括视觉转向，即从语言学研究方法到文化创造力的转向，强调口头叙事传统中的视觉创造力；口头实践与传承中的图像、文本及叙事模式，包括这三个维度在认识论方面的联动考察；叙事话语和接受中的视觉经验、空间再现及口头演述；活形态史诗演述中的口头叙事之音声化与视觉化；语言—图像表达创造的多重叙事途径；交流诗学中的互动性叙事及其视觉表达等。[①] 可以说，少数民族文学研究以口头文学为切入点向整个文学研究提出了观念上的挑战与更新，朝戈金在讲习班中提出"朝向全观的口头诗学"，实际上是一种将口头文学置入文学生活实践中的尝试，摆脱了书面文学的单一形态、功能与意义，这无疑对各民族文学实况和"少数民族文学"兴起之初的"泛文学"观念的回归，在媒介融合时代，面对日益发展变化的文学现实，此种转型是势所必然，也将推进新一轮学科、方法与理论的整合。

　　从七十年来的少数民族文学研究的总体发展趋势来看，由最初带有"一体化"意味的顶层设计，到 20 世纪 80 年代以降的多元共生，再到 21 世纪第一个十年之后又出现了分化重组后的"合"的趋势。从族别文学史、文学概况的书写，到作家作品论与多种思想与方法的引入，再到"多元一体"论的奠基和多民族文学史观的兴起，少数民族文学研究日益走出单向度的研究范式，突破学科框架和观念束缚，呈现出区域联合、横向学科互补、多媒体介质与跨文化交流的态势。少数民族文学研究从来都不是立足于审美自律的"纯文学"学术，而是密切联系着政治身份、社会转型与时代变迁——它在缘起之初就具有国家文化普查与普及、文学组织与建设、文学教育与提高的内涵，对于"文学"的认知也带有"泛文学"或者说

---

　　① 孟令法：《图像、叙事及演述——"第七届'IEL 国际史诗学与口头传统讲习班'"综述》，《民族文学研究》2018 年第 2 期。

"大文学观"的意味，中间经过 20 世纪 80 年代被现代西方文学观念所简化的阶段，如今在媒体融合语境中重新让文字文本之外的图像、音声、表演、仪式等文本的意义呈现出来——这更符合中国文学存在样貌的实况，进而也会逐步影响到研究范式乃至文化观念的迭代更新。任何文学研究都不是由某种超越于历史实践的纯粹个人趣味所决定的，少数民族文学的正当性和学理性，建基于中华人民共和国成立以来的本土文化实践，一方面致力于多民族传统文化的继承与弘扬，另一方面着眼于新兴文化的创造与发展。就学科生产性和可能性而言，少数民族文学研究尝试中国气派与中国风格的理论话语体系构建，提供了回顾历史、展望未来的多个视角与维度，对于整个人文社科研究方法与观念的更新，对于认识中国各民族文化彼此交流融合的历史与现实，对于想象与筹划文化复兴的远景都具有深远的意义和生动的启示。

第 三 章

国家话语与多民族民间文学
理论的建构(1949—1966)

　　19 世纪中叶开始，中国在西方以船坚炮利为后盾的优势文化攻击下，渐趋改变了原初以"天朝"为中心的世界秩序观，开始积极吸纳西方文化，其中西方的"民族国家"观念被知识分子积极引入，即"以西方的'国族国家'（nation-state）为典范，着手从事中国'国族'的塑造"①。梁启超从 20 世纪初就开始提倡民族主义和国家意识，1901 年他撰写《国家思想变迁异同论》一文，认为西方列强之所以强大，就是因为他们强大的"民族主义"，"民族主义者，世界最光明、正大、公平之主义也，不使他族侵我之自由，我亦毋侵他族之自由"，但是中国"于所谓民族主义者，犹未胚胎焉"。② 民族是"想象的政治共同体"③，即使对于西方而言，它也是近代资

① 沈松侨：《我以我血荐轩辕——黄帝神话与晚晴的国族建构》，《台湾社会研究季刊》第 28 期（1997 年 12 月）。作者将 nation 译为国族，笔者将其等同于"民族"，与下文表述中的"民族国家"内涵一致。

② 梁启超：《国家思想变迁异同论》，《清议报》光绪二十七年（1901）9 月 11 日；又见梁启超《饮冰室合集·文集之六》第 1 册，中华书局 1989 年版，第 20 页。

③ 参见吴叡人《认同的重量：〈想象的共同体〉导读》，载［美］本尼迪克特·安德森《想象的共同体：民族主义的起源与散布》，吴叡人译，世纪出版集团、上海人民出版社 2005 年版，第 8 页。

本主义社会的产物，与民族国家的建构紧密相连。1949—1966年少数民族民间文学的发展与新的民族国家的建构与社会历史进程相伴。

第一节　"新中国形象"塑造与民间文学学科重构

1949—1966 年的文学开启了在文学领域重新塑造"社会主义新中国""社会主义人民"的旅程。对于文学作品，关注的是影响文学的思潮，而不是作品本身。民间文学处在了文学领域的前沿，成为铸造新的国家形象的重要平台，因此首要任务就是从政治体制与意识形态领域重构民间文学。

一　"民族形式"论争与新中国民间文学话语的源起

1949—1966 年的民间文学话语与学术位置发生了巨大变化，其根源学界一般都追踪到延安时期民间文学功勋卓著，在梳理中国民间文学学术史时，将何其芳、周文、吕骥、柯仲平等归纳为"延安学派"[1]。而对"延安学派"或者新中国民间文学话语的源起——"民族形式"论争则较少论及，当然这一论题在中国现代文学史研究中的讨论已较为充分。[2]

1939 年，中国共产党的宣传部和文化界领导在延安有意识地发起了以"旧形式利用"为基础创造"民族形式"的文艺运动。毛泽东在中共中央六届六中全会上作了题为《中国共产党在民族战争中

---

① 刘锡诚：《20 世纪中国民间文学学术史》，河南大学出版社 2006 年版。
② 汪晖：《汪晖自选集》，广西师范大学出版社 1997 年版；石凤珍：《文艺"民族形式"论争研究》，中华书局 2007 年版；袁盛勇：《民族—现代性："民族形式"论争中延安文学观念的现代性呈现》，《文艺理论研究》2005 年 4 期；等等。

的地位》的报告①，报告讨论的核心问题就是马克思主义在中国的具体化问题。这篇讲话在文艺界引起了关于文艺"民族形式"的讨论，内容涉及文艺的民族形式、民间形式、大众化等问题，其背后隐含着对于"五四"新文化运动的重新审视以及"如何在语言和形式上具体理解地方、民族和世界的关系"的深入思考等。②

"民族形式"命题来源于斯大林的"民族文化"理论，其核心就是"无产阶级的文化，并不取消民族的文化，而是以它为内容。反之，民族的文化，也不取消无产阶级的文化，而是以它为形式"③，主张通过"民族形式"来推行和发展无产阶级的文化。早在文艺"民族形式"论争期间，郑伯奇、郭沫若等对此即有论述④，并阐述了毛泽东"民族形式"是对苏联民族文艺政策的理解与发挥，这一思想与现代民族国家的构建直接相关。"我们共产党人，多年以来，不但为中国的政治革命和经济革命而奋斗，而且为中国的文化革命而奋斗；一切这些的目的，在于建设一个中华民族的新社会和新国家。在这个新社会和新国家中，不但有新政治、新经济，而且有新文化。这就是说，我们不但要把一个政治上受压迫，一个经济上受剥削的中国，变为一个政治上自由和经济上繁荣的中国，而且要把一个被旧文化统治因而愚昧落后的中国，变为一个被新文化统治而文明先进的中国。一句话，我们要建立一个新中国。建立中华民族的新文化，这就是我们在文化领域中的目的。"⑤ "中国文化应有自

---

① 这篇报告于 1938 年 11 月 25 日以《论新阶段》为题发表于延安《解放》周刊第 57 期。

② 参见汪晖《汪晖自选集》，广西师范大学出版社 1997 年版，第 342 页。

③ [苏] 斯大林：《论民族问题》，张仲实译，生活书店 1939 年版，第 342—343 页。

④ 徐迺翔：《文学的"民族形式"讨论资料》，广西人民出版社 1986 年版，第 486—487 页。

⑤ 毛泽东：《新民主主义论》，《毛泽东选集》第二卷，人民出版社 1991 年版，第 707 页。

己的形式，这就是民族形式。民族的形式，新民主主义的内容——就是我们今天的新文化。"① 现代民族国家作为一种政治形式、社会化网络，更要依赖由法律、道德、伦理和信仰构成的文化结构，在这个意义上，民族认同意味着对国家的认同。② 而这一民族的含义，重视的是其政治含义。安德森将民族看作"一种想象的政治共同体——并且，它是被想象为本质上有限的，同时也享有主权的共同体"③。霍布斯鲍姆则认为："民族不但是特定时空下的产物，而且是一项相当晚近的发明。'民族'的建立跟当代基于特定领土而创生的主权国家是息息相关的。若我们不将领土主权国家'民族'或'民族性'放在一起讨论，所谓的'民族国家'将会变得毫无意义。"④ 由此可知，现代民族国家的建构离不开"民族文化认同"，而新民主主义文化的提出、建构与新民主主义国家紧密相连，承载着新构建的现代民族国家的意识形态，它所蕴含的文化理念对新中国文艺产生了直接影响，尤其影响了中国民间文学的发展轨辙。

20 世纪 10 年代开始，学人从不同视域出发对民间文学进行探讨；尤其文学领域表现出对"民间"的极大关注。"到民间去"、乡村建设运动，到 30 年代这些话题聚焦于"民族形式"与"地方形式"的关系。现代"民族—国家"的建立就是中国各个民族和各地共同构建并完成"新"的"文化的同一性"，而文学及其形式成为形成"民族"认同和进行"民族"动员的重要方式。⑤ 这一文学形

---

① 徐迺翔：《文学的"民族形式"讨论资料》，广西人民出版社 1986 年版，第 663—677 页。

② 徐迅：《民族主义》，中国社会科学出版社 1998 年版，第 36—38 页。

③ ［美］本尼迪克特·安德森：《想象的共同体——民族主义的起源与散布》，吴叡人译，世纪出版集团、上海人民出版社 2005 年版，第 5 页。

④ ［英］埃里克·霍布斯鲍姆：《民族与民族主义》，李金梅译，上海人民出版社 2000 年版，第 10 页。

⑤ 汪晖：《汪晖自选集》，广西师范大学出版社 1997 年版，第 345 页。

式不是现成的,而是民间形式、地方形式、多数或少数民族形式等共同整合构建"新形式"。所以 10—30 年代兴起的民间文学学术轨辙到 40 年代发生了改变。而中华人民共和国成立后民间文学话语与其一脉相承,并且强调"我们的伟大祖国,是多民族的国家。各少数民族的文学艺术,是丰饶而多彩的,值得很好地搜集和学习"①。民间文艺的重心突出"人民性""多民族"等特征。

"民间文学源头论"是 20 世纪 50 年代至 60 年代中期文学史的基本理论,那一时期甚至出现了"民间文学主流论""民间文学正宗论"的偏至。中华人民共和国成立初期,新的民族国家需要新的文学即人民文学,学人的眼光首先就落在了民间文学。蒋祖怡的《中国人民文学史》就将"人民文学"等同于"民间文学"②。钟敬文、克冰(连树声)等在论著中都一再强调民间文学是人民的口头创作,突出它与"人民性"的契合,并努力诠释其内涵。③ 他们的思想一方面受到苏联的影响,另一方面也与国内文学艺术领域人民性的讨论直接相关。人民性成为文学作品艺术性的标准,"我们说某某作品是富有人民性的,这应当是一个很高的评价"④。民间文学无论在作品审美与批评,还是在资料搜集中都强调其"人民性";尤其在 20 世纪 50 年代中期开启的内蒙古、新疆、西藏、四川、云南、贵州、广东、广西等地少数民族文学调查中积极践行这一标准。⑤

二 1949—1966 年少数民族民间文学的搜集

1949—1966 年,搜集与整理成为民间文学领域的核心话语之一。1950 年中国民间文艺研究会(以下简称民研会)成立后,开始采集

---

① 《编后记》,《民间文艺集刊》第三册,人民文学出版社 1951 年版。
② 蒋祖怡:《中国人民文学史》,北新书局 1950 年版。
③ 克冰(连树声):《关于"人民口头创作"》,《民间文学》1957 年 5 月号。
④ 记哲:《略谈文学的人民性问题》,《山东师范学院学报》1959 年第 3 期。
⑤ 参见王平凡、白鸿编《毛星纪念文集》,学苑出版社 2004 年版,第 92 页。

全国一切新的和旧的民间文学作品，搜集的具体要求：

　　①应记明资料来源、地点、流传时期及流传情况等；②如系口头传授的唱词或故事等，应记明唱者的姓名、籍贯、经历、讲唱的环境等；③某一作品应尽量搜集完整，仅有片断者，应加以声明；④切勿删改，要保持原样；⑤资料中的方言土语及地方性的风俗习惯等，须加以注释。①

　　在民间文学领域，更多地把资料搜集当作获取民间文学研究文本的一种方式，同时也是中国民间文学领域学人工作的重要部分，他们努力将口头资料转为文献文本，在这一过程中，出现了资料搜集与理论研究的分离。它的弊端是明显的，正如韦勒克所言："这种将'研究'和'鉴赏'分割开来的两分法，对于既是'文学性'的，又是'系统性'的真正文学研究来说，是毫无助益的。"② 但就当时的历史情境而言，这五条搜集资料的规定，符合基本的学术规范，在实地搜集资料过程中，特别就少数民族民间文学资料的搜集而言，研究者根据具体情况对其进行阐释与演化。1951 年贵州贵定县委发出搜集万首民歌的通知，参与搜集工作的有文工团员和政治部工作人员。这里是多民族的县份，全县人口百分之六十以上是苗族、彝族等。"这些民族中所藏着的文艺财富，不论文学、美术、音乐、舞蹈各方面都极为丰富。"③ 所搜集的民歌以"花歌"（即情歌）最多，其中反映新生活的约占百分之二十。钟华在编选《民歌集》时，把贵州各族人民土地改革后表现新生活的歌谣收入其中，这些

---

　　① 《征集民间文艺资料办法》，《民间文艺集刊》第一册，新华书店 1950 年版。
　　② ［美］勒内·韦勒克、［美］奥斯汀·沃伦：《文学理论》，刘象愚等译，江苏教育出版社 2005 年版，第 4 页。
　　③ 钟华：《关于民间文学的通信（二篇）》，《民间文艺集刊》第三册，人民文学出版社 1951 年版。

歌谣是"伟大时代的历史记载"①。在歌谣采录中，提倡将"唱歌人的名字、地点和时间"标注清晰，并对疑问之处进行注解。在 1951年《民间文艺集刊》第三册的"编后记"中强调：

> 各地宣传部门或文艺机关，如果都能够重视民间文艺对宣传工作和艺术创作的需要，在搜集工作上能加以组织和领导，那么，对于民间文艺宝藏的发掘是非常有帮助的，对于宣传教育工作以及新文艺、新艺术的建设事业乃是重要贡献。
>
> 在来稿中，我们发现有不少是辗转抄袭的，有的抄报纸，有的抄自习见的旧书。这既消耗人力，对民间文艺的发掘、整理上也很少补益。我们愿意向一切热心民间文艺工作的同志建议：请深入到劳动人民和各少数民族中间去罢，那才是最丰富的民间文学艺术宝藏所在的地方！

1956 年全国人民代表大会民族事务委员会制定了"关于少数民族地区调查研究各民族社会历史情况的初步规划"，同年 8 月相继组成了内蒙古、新疆、西藏、四川、云南、贵州、广东、广西等八个少数民族调查小组，于是各地的调查工作开始走上了正轨。1956 年8 月，中国科学院文学研究所和中国民间文艺研究会共同组成联合调查采风组，由毛星带队，文学所有孙剑冰、青林，民研会有李星华、陶阳和刘超参加，到云南少数民族地区进行调查，调查的宗旨是"摸索总结调查采录口头文学的经验，方法是要到从来没有人去过调查采录的地方去，既不与人重复，又可调查采录些独特的作品和摸索些新经验"。②在资料搜集中，他们注重民间文学的思想性与社会历史价值。采录工作中，毛星注重总结采录口头文学的经验，

---

① 《民歌征集工作简报——摘自贵定县中共县委〈工作通讯〉》，《民间文艺集刊》第三册，人民文学出版社 1951 年版。

② 王平凡、白鸿编：《毛星纪念文集》，学苑出版社 2004 年版，第 92 页。

在民间传说故事搜集中，重视英雄的传说，这些传说都是"具有战斗性和反抗性的故事"，而且英雄大多出身于劳动人民。①《白族民歌集》②《纳西族的歌》③ 中搜集了大量阶级意识显著，反映民族压迫与阶级压迫、歌颂毛泽东的歌曲。另外他们关注民间故事、传说、民歌与各民族风俗习惯的关系，重视民歌与演唱者生活的关系等。

　　此次调查采录工作成果显著，每篇故事、传说、民歌都标注了采录地点、讲述人，对所涉及的方言土语、地名都进行了注释。李星华记录整理的白族民间故事传说影响极大，特别是该书出版时，毛星《关于白族的几点情况（代序）》以及他本人在书后附加的《关于白族的民间故事传说》，这两篇文章全方位地呈现了调查者采录整理的思路。毛星以文献资料与口头资料为基础，对白族的历史、文化、风俗习惯、宗教信仰及白族与汉族的关系等进行了论述。他注重文献与调查资料结合，这在当时的研究中"开风气之先"④。李星华提到在云南的具体时间以及采录过程，特别提到"多记同一故事的不同讲法，不仅对故事会有全面的了解，便于研究和整理，同时也可以看出群众是怎样依照自己的生活经验和看法来修改一个故事；也可以了解到民间文学跟群众生活是怎样密切地结合在一起"⑤。可见，本次调查采录在全国民族调查的情境中展开，同时契合民间文学的基本原则与理念，并在中国少数民族民间文学调查史上具有标志性意义。

　　1958 年，因受"大跃进"的激发、党中央的号召而掀起新民歌

---

　　① 李星华记录整理：《白族民间传说故事集》，人民文学出版社 1959 年版，第146—147 页。

　　② 杨亮才、陶阳记录整理：《白族民歌集》，人民文学出版社 1959 年版。

　　③ 刘超记录整理：《纳西族的歌》，人民文学出版社 1959 年版。

　　④ 刘锡诚：《对中国文学模式的颠覆——纪念毛星先生》，《民族文学研究》2004 年第 4 期。

　　⑤ 李星华记录整理：《白族民间传说故事集》，人民文学出版社 1959 年版，第 163 页。

运动，蓬勃发展的群众创作促进了民间文学工作的迅速发展。1958年4月14日，《人民日报》发表社论《大规模收集全国民歌》。同日，民研会主席郭沫若发表了《关于大规模收集民歌问题答本刊编辑部问》。他认为：对民间文学"研究文学的人可以着眼其文学价值方面；研究科学的人可以着眼其科学价值方面。可以各有所主，没有一个秦始皇可以使它定于一尊"；"从科学研究来看，必须有忠实的原始材料"；"忠实的原始记录是工作的基础"；"但是从文学观点上来说，加工也很重要"；"两者可以并行不悖"；① 等等。

　　1958年全国民间文学工作者代表大会上提出了"全面搜集、重点整理、大力推广、加强研究"的任务和"古今并重"的原则，针对采录具体提出"全面搜集、忠实记录、慎重整理、适当加工"的方针（简称"十六字方针"）②，强调要将整理工作和属于个人创作的改编与再创作区别开来，并提出编撰科学资料本与文学读物本，以适应不同读者的不同需要。"在广泛的搜集整理工作中，我们首先看到了我国各地方、各民族的民间文学的丰富多彩……像内蒙古地区汉族的爬山歌，蒙古族的各种民歌、好力宝和英雄叙事诗"③，四川彝族史诗、叙事诗《勒俄特依》《玛木特依》《妈妈的女儿》等，之后编成《大凉山彝族长诗选》《大凉山彝族故事选》；壮族则有《刘三姐》《百鸟衣》等。最后经过选编出版了《中国民间故事选》（第一、第二集），第一集中收入30个民族121篇作品，第二集中收入31个民族的故事125篇。当时的调查有很多不成熟之处，但它的学术意义难以抹杀。正如日本学人所述：他们"采集整理的方法和技术虽然还有不足之处，但是中国各民族的民间故事如此大量而广

---

　　① 郭沫若：《关于大规模收集民歌问题答本刊编辑部问》，《民间文学》1958年5月号。

　　② 2006年8月14日访谈刘超，访谈人：毛巧晖。

　　③ 贾芝：《采风掘宝，繁荣社会主义民族新文化——一九五八年七月九日在全国民间文学工作者大会上的报告》，载贾芝《民间文学论集》，作家出版社1963年版，第88页。

泛地加以采录，这在中国历史上还是第一次。尽管这一工作进行得还有些杂乱，但是这标志着把各民族所创造的神话、传说、民间故事这一个有机的民间口传文学世界，作为一个活生生的整体，而不是零敲碎打地加以把握的一个开端"①。

1961 年 3 月 25 日至 4 月 2 日，中国科学院文学研究所在北京召开少数民族文学史编写工作座谈会。会议由何其芳、毛星、贾芝主持，制订了《中国各少数民族文学史和文学概论编写出版计划》《中国各少数民族文学作品、翻译、编选和出版计划》《中国各少数民族文学资料汇编编辑计划》。这次会议在中国文学史上具有里程碑的意义。中华人民共和国成立以后，"编写一部包括各兄弟民族文学成果、文学经验、文学发展史，因而名实相符的中国文学史，是全国各族人民的共同需要和要求"。1961 年 4 月，成立了整理和研究调查报告的中央机关——中国科学院民族研究所，召开了全国各少数民族社会历史调查组工作会议。根据调查研究的结果刊印出的资料有数十种之多。这些有助于"调查产生民间故事的环境"。②

总之，1949—1966 年国家在文艺方面重视劳动人民的口头创作，民间文艺进入国家意识形态主流，纳入文艺学的研究模式与轨道，学人在特定的历史情境中，突出民间文艺的思想性与社会历史价值，而少数民族民间文艺具有典型意义。再加上 1956 年开始的全国范围内民族识别与各民族历史调查为少数民族民间文艺搜集提供了极好的契机。这样各个民族的民间故事、传说、民歌等结集成册，大量成果都是首次面世，为丰富中国文学作出了巨大贡献，同时对建立民间文学完整的资料体系有重大意义。

---

① 中国民间文艺研究会研究部编：《民间文学参考资料》第八辑，内部资料，1963 年，第 6 页。

② 同上书，第 7 页。

第二节　机构与刊物:少数民族
民间文学研究导引

　　1949年7月召开了第一次"文代会",这次大会既是文艺界大会师,同时也树立了解放区文艺在全国文艺界的领导位置。中华人民共和国成立后,延安时期文艺与民众结合的新样式——通俗文艺受到极大重视。同时所有的文艺工作纳入了政府工作体系,民间文艺研究领域成立全国性的领导机构民研会,组织全国各民族民间文艺的搜集、整理与研究。民研会成立后不久,1955年创办了《民间文学》杂志。《民间文学》既刊发中国各民族的民间文学作品,也发表民间文学领域的研究文章。在民研会与《民间文学》的导引下,20世纪50年代的民间文艺进入了新的文化实践轨道。

一　民研会:中华人民共和国成立初期民间文艺重构的组织与导引

　　民研会成立之时所通过的《中国民间文艺研究会章程》(以下简称《章程》)与《征集民间文艺资料办法》都专门阐明了对于民间文艺资料的搜集。民研会的宗旨是"搜集、整理和研究中国民间文学、艺术,增进对人民的文学艺术遗产的尊重和了解,吸取和发扬它的优秀部分,批判和抛弃它的落后部分,使其有助于新民主主义文化的建设"[1]。

　　从成立至今,民研会一直致力于组织全国民间文艺的研究活动,开展有益于中国各族民间文化发展的搜集与整理工作。它的成立与"人民政府""人民政权"息息相关,也意味着中国文学局面的变革。尽管从20世纪10年代民间文学研究就开始兴起,但民研会的

---

[1]　《中国民间文艺研究会章程》,《民间文艺集刊》第一册,新华书店1950年版。

成立，则正式确定了民间文学在中国文学格局中的地位。最初在民研会成立之时，吕骥也向周扬申请成立音乐研究会，但其还是被纳入民研会。① 这是对解放区"民间文艺"理念的承继，强调文艺对于民众生活的意义，重视创作民众喜欢与欣赏的文艺，比如当时的新秧歌、说书等文艺活动。这种文化氛围20世纪30年代在陕甘宁边区就已形成，"无论文艺评论家还是文学史家，都不应该忽视这段历史，也不能离开民间文艺而谈革命文艺的发展和产生"②。只是1949年以后，随着学术研究的进一步专门化以及学科分类的发展，"艺术"部分渐趋从中剥离，由各个专门研究会（协会）负责。

民研会成立之前，民间文艺的相关研究已经集中刊出③，所发文章主要阐释民间文学具有的特殊思想性与社会历史价值。④ 它们为民研会《章程》的草拟以及《征集民间文艺资料办法》提供了一定的学术支持。民研会成立后，首先主办了《民间文艺集刊》。该刊1950—1951年不定期出了三册。它是新中国第一个民间文艺丛刊，所刊文章兼顾民间文学理论与民间文学作品。第一册民间文学作品以土地革命时期的民歌、传说、故事为主，理论部分则是围绕民研会成立以及新中国民间文艺的特性展开。其中《口头文学：一宗重大的民族文化遗产》⑤ 等对民间文学的内涵与价值进行重新定位，重点剖析民间文学作为民族文化遗产与优良传统的重要价值与意义。

---

① 起初民研会的活动范围包括了民间文学、民间音乐、民间舞蹈、民间戏剧、民间美术等一切艺术门类，实际上除民间文学外，其他艺术门类的研究，由后来成立的中国音乐家协会、中国舞蹈家协会、中国戏剧家协会、中国美术家协会兼管。

② 贾芝主编：《延安文艺丛书·民间文艺卷》，湖南文艺出版社1988年版，第1页。

③ 如《光明日报》从1950年3月1日开办了"民间文艺"专栏，到同年9月20日停止，共27期。

④ 毛巧晖：《20世纪下半叶中国民间文艺学思想史论》，上海文化出版社2010年版，第22—23页。

⑤ 钟敬文：《口头文学：一宗重大的民族文化遗产》，《民间文艺集刊》第一册，新华书店1950年版。

第二册 1951 年 5 月 15 日出版，当时中国正处于"抗美援朝运动"。从目录可知这期作品以"朝鲜民间文艺特辑"为主；理论文章则突出了民间文艺的政治意识与国家意识。第三册以西藏的和平解放为主题，刊出了"藏族民间文艺特辑"和《继承民族文学艺术优良传统》。这是在学术期刊中第一次较为集中地出现少数民族民间文学作品以及理论研究。三册《民间文艺集刊》从目录到封面、封底、插页都可以看到民研会以及当时民间文艺兼顾文学、艺术的大视野。《民间文艺集刊》所载民间文学作品具有较强的时效性，理论文章则突出民间文艺新特性，对中华人民共和国成立初期民间文艺的研究工作具有一定的引领意义。这在当时已有相关评论，据孙剑冰回忆，"集刊反映很不错。第二期出版以后，赵树理同志对研究会的人说：'那十三首歌谣，篇篇都值得背。'艾青对我说：'游国恩的文章（笔者按：《论〈孔雀东南飞〉的思想性及其他》，载第一册）写得蛮好！'"[1] 游国恩等相关文章注重对于民间文学特殊文学性的论述，强调其在文学上的特殊价值。《民间文艺集刊》所刊发文章注重对民间文艺作品思想内涵与民族文化价值的剖析，并成为中华人民共和国成立后民间文学研究方向的导引。

　　民研会 1955 年主办《民间文学》，从创刊号到 1966 年"文化大革命"爆发停刊，共出 108 期，它与民间文学的"文艺学"转型、多民族民间文学格局的建构等有着直接关系。

二　《民间文学》与少数民族民间文学发展图景

　　1955 年 4 月民研会主编的《民间文学》创刊。该刊物不仅刊登民间文学作品，同时发表民间文学的理论文章，在当时属于民间文学主要学术阵地，其导向并呈现了民间文学研究的学术格局与学术动态。它在当时文学界、艺术界以及国外的民间文学界，都有极大

---

　　① 孙剑冰：《回忆演乐胡同 74 号》，载中国民间文艺家协会编《真情呼唤　共铸辉煌——庆贺贾芝百岁文集》，中国文联出版社 2016 年版，第 294 页。

的影响。日本的君岛久子、加藤千代等认为《民间文学》刊物是世界上少有的民间文学专门刊物，有重要的学术价值。①

《民间文学》的发刊词提到：

> 过去人民所创造和传承的许多口头创作，是我们今天了解以往的社会历史，特别是人民自己的历史的最真实、最丰饶的文件……在这种作品中，记录了民族的历史性的重大事件，记录了广大人民的日常生活和斗争，记录了统治阶级的专横残酷和生活上的荒淫无耻……作为古代社会的信史，人民自己创作和保留的无数文学作品，正是最珍贵的文献……我们今天要比较确切地知道我国远古时代的制度、文化和人民生活，就不能不重视那些被保存在古代记录上或残留在现在口头上的神话、传说和谣谚等。②

《发刊词》以学术团体和官方的语气全面而充分地论述了民间文学的文学意义，即它的思想性和社会历史价值，而其"学术"研究也就是民俗学的研究虽有所提及，但已经置于无足轻重的位置，或许只是为了兼顾国统区不同的学术见解而已。

1955 年 4 月《民间文学》创刊，其主办单位民研会积极参与少数民族调查。如前文所述及的 1956 年中国科学院文学研究所和民研会联合调查采风组的调研成果——白族、纳西族民歌、民间故事等作品即时地刊发于《民间文学》。《民间文学》从创刊几乎每期都有少数民族民间文学作品，具体的数量与比例参见表 1。创刊号就刊载出《一幅僮锦》（广西壮族民间故事）③，后又改编为剧本，获得了

---

① 加藤千代还编了一本《民间文学》分类目录，由日本中国民艺之会编印。目前保存在北京大学图书馆"民间文化阅览室"中。

② 《发刊词》，《民间文学》1955 年 4 月号。

③ 萧甘牛：《一幅僮锦》，《民间文学》1955 年 4 月号。

全国电影优秀剧本奖,据该剧本拍摄的影片获 1965 年卡罗兹·发利第十二届国际电影节荣誉奖,影响颇大。其他诸如阿凡提故事、巴拉根仓故事、苗族古歌、梅葛、娥并与桑洛等都是这一时期搜集,并在《民间文学》发表,当时所发表文章涵盖蒙古族、藏族、维吾尔族、彝族、瑶族、壮族、羌族、白族、纳西族、傣族、赫哲族等诸民族。这一时期《民间文学》搜集了大量阶级意识显著、反映民族压迫与阶级压迫、歌颂中国共产党的歌谣、民间故事、传说等。另外,搜集者也关注民间故事、传说、民歌与各民族风俗习惯的关系,重视民歌与演唱者生活及生存情境的关系等。

表 1 1955—1966 年《民间文学》少数民族民间文学作品与研究比例

《民间文学》期刊号	总篇数	少数民族所占篇数	少数民族所占比率
1955 年 4—12 月号	143	45	31%
1956 年 1—12 月号	230	85	37%
1957 年 1—12 月号	278	111	40%
1958 年 1—12 月号	209	41	20%
1959 年 1—12 月号	290	63	22%
1960 年 1—12 月号	269	41	15%
1961 年 1—12 月号	283	109	40%
1962 年 1—6 月号	164	48	29%
1963 年 1—6 月号	127	31	24%
1964 年 1—6 月号	210	3	25%
1965 年 1—6 月号	210	69	33%
1966 年 1—3 月号	89	18	20%

总之,从 1955—1966 年《民间文学》刊发的文章以及主要内容,可以看出中华人民共和国成立后民间文学不再沿袭 20 世纪 20—40 年代的学术道路,逐步从民俗学、人类学领域剥离,转向文艺学的学术体系,同时在少数民族识别与社会历史调查的情境中,逐步构建了多民族民间文学的研究格局。

第三节 少数民族民间文学
发展的多文类呈现

1949—1966 年的民间文学在新的体制内获得了一席之位，同时也纳入国家管理体制，在民研会的领导下，民间文学搜集与研究全面发展。"文类的概念对于民俗学者、学生和民俗解释者来说，都至关重要。不只是他们，还应包括民俗的使用者，即那群需要用民俗进行文化交流的人。"[①] 这一时期，一方面，民间文学不同文类，如民间故事、歌谣、民间传说等都得到发展。藏族的《格萨尔》、蒙古族的《格斯尔》、柯尔克孜族的《玛纳斯》、苗族的《仰阿莎》等开始采集，各少数民族民间故事如维吾尔族的《英雄艾里·库尔班》《木什塔克山的传说》、彝族的《阿果斗智》、保安族的《三邻舍》、朝鲜族的《千两黄金买了个老人》、傣族的《双头凤》等亦大量刊出。另一方面，民间文学成为新的国家话语与国家形象塑造的一个重要领域，基于民间文学材料改编的戏曲、影视蓬勃发展，尤其是中华人民共和国成立后，随着少数民族政策的全面实施与推广，壮族的《一幅僮锦》《刘三姐》、彝族的《阿诗玛》、傣族的《召树屯》、侗族的《秦娘美》等兴盛一时。此外，民间文学作品与研究进入各个领域，除了民间文学的专门性研究刊物《民间文学》外，《光明日报》《诗刊》等党政机关报以及主流文学的刊物都大量刊载民间文学作品及研究文章。因此可以说，1949—1966 年民间文学不仅各个文类都得到发展，而且研究辐射范围全面拓展，本节主要围绕史诗、神话、传说等进行论述。

---

① Lauri Honko, "Folkloristic Theories of Genre," Pekka Hakamies and Anneli Honko (eds.), *Theoretical Milestones: Selected Writings of Lauri Honko*, Academia Scientiarum Fennica, 2013, p. 56.

一　少数民族史诗的搜集与理论移译

从晚清开始，来华传教士就引介和传播西方的古典诗学，如《东西洋考每月统计传·诗》所言，"人怀魂、抱神，二者若不以文诗养之，虽有粟衣岂得补灵魂之缺。是则诗之所以为教者。欧罗巴兴，诗流传于世"。文中还论述了国风、李白以及"希腊国和马之诗词"、英国"米里屯"（即弥尔顿）等。[①] 传教士中较早系统介绍史诗的是艾约瑟（Joseph Edkins），他在"伟烈亚力等人创办的上海第一份近代性综合刊物《六合丛谈》发表了《希腊为西国文学之祖》、《希腊诗人略说》、《罗马诗人略说》、《和马传》等诸多与史诗内容相关联的文章，且在《西学略述》、《希腊志略》等著作中以专文或专节的形式介绍荷马和荷马史诗"[②]。只是当时他将"epic"译为"诗史"，这与中国传统相连接。后罗存德（Wilhelm Lobscheid）在《英华字典》编纂中将"epic"翻译为"史诗"。[③] 随着国人自己"睁眼看世界"，梁启超、王国维、章太炎等亦论述了希腊罗马史诗。19 世纪末 20 世纪初，民间成为社会各领域思潮的聚焦处，引起了各界学人的关注，从"到民间去"到左翼文化运动，从启蒙到激发民众，民间文艺的意义与价值进一步被挖掘。民歌、童话、传说、民间故事、曲艺等民间文艺种类引起了知识人的关注，其中对于史诗，关注者亦不少，胡适、鲁迅等都对其进行了论述，当然在论述中所用名称略有差异，如胡适称其为故事诗。对于中国是否有史诗，哪些可称得上史诗，众说纷纭。例如，吴宓将弹词视作史诗，郑振铎

---

① 爱汉者等编，黄时鉴整理：《东西洋考每月统记传》，中华书局 1997 年版，第195 页。

② 冯文开：《中国史诗学史论（1840—2000）》，中国社会科学出版社 2016 年版，第 35 页。

③ 参见唐卉《"史诗"词源考》，《江苏师范大学学报》（哲学社会科学版）2015 年第 5 期。

则持反对意见，其他如陆侃如、茅盾等亦对史诗进行了讨论。[①]

　　1949 年以后，民间文艺沿承了延安时期解放区的基本理念与指导思想，进一步强化它在新的人民文艺、社会主义多民族文艺建构中的意义。这一时期的史诗除了继续翻译、研究《荷马史诗》外，还加强了对印度史诗《罗摩衍那》《摩诃婆罗多》的翻译与研究[②]，以及它们与中国文学的关系，更多从比较文学的视野进行阐述。对此比较文学、文学史等学术史论者较多，在此笔者不予多论，重点希冀阐述这一时期少数民族史诗的搜集、研究以及 1962 年至 1964 年民研会研究部所编纂的《民间文学参考资料》（以下简称《参考资料》）对史诗理论的集中翻译。

　　中国少数民族史诗类型多样、蕴藏丰富，"北方民族如蒙、藏、维、哈、柯等，以长篇英雄史诗见长，南方傣族、彝族、苗族、壮族等民族的史诗多为中小型的古歌……中国的大多数史诗是在 20 世纪 50 年代后才被陆续发现的"[③]。当时少数民族史诗的发现与 1956 年民族识别、各民族历史调查直接相关。国家号召编纂各民族历史丛书，文学领域则积极推动各民族文学史编纂以及中国少数民族文学史的编写工作。如壮族史诗《布洛陀》，最早 1958 年采录者以之作为民间故事《陆驮公公》发表，后编入《广西僮族文学》[④]，作为壮族远古文学的一部分，当时将其视为神话。当然对其分析更多从

---

　　①　冯文开对 20 世纪 20—40 年代史诗的学术史以及鲁迅、胡适、陆侃如、闻一多、陈寅恪、郑振铎、茅盾等史诗论述予以归纳，笔者在撰写中亦参照了他的论著。具体可参见冯文开《中国史诗学史论（1840—2000）》，中国社会科学出版社 2016 年版。

　　②　如季羡林对《罗摩衍那》的翻译、研究，黄宝生对《摩诃婆罗多》的翻译、研究等。

　　③　尹虎彬：《中国少数民族史诗研究三十年》，《中国社会科学院研究生院学报》2009 年第 3 期。

　　④　当时壮族尚用"僮族"一词，此处保留了原书名的用法。参见广西僮族文学史编辑室、广西师范学院中文系编著《广西僮族文学》，广西僮族自治区人民出版社1961 年版。

马克思、高尔基的神话观进行论述，强调"对劳动人民集体智慧和力量的歌颂"①。藏族史诗《格萨尔王传》、蒙古族的《格斯尔传》等的采集也是如此，不过其研究都以"人民性"为旨归。徐国琼的《藏族史诗〈格萨尔王传〉》论述《格萨尔王传》"是一部极其珍贵的富有高度人民性和艺术性的民间文学作品"，认为藏族《格萨尔》和蒙古族《格斯尔》各具民族特色，是不同的民间文学作品；并就其口传异文以及从清朝开始的相关研究进行分析，他还提到了 20 世纪 50 年代苏联、英国对《格萨尔》的研究论集、重新翻译等。② 桑杰扎布在《格斯尔传·译者前言》中亦谈道："从喜马拉雅山到贝加尔湖，从黑龙江岸到帕米尔高原，蒙、藏两族的广大人民对于格斯尔这一英雄形象，可以说是家喻户晓，尽人皆知的。史诗《格斯尔传》是一部富于人民性和艺术性的民间文学作品，它不仅是我国人民极其宝贵的文化遗产，而且是世界文化宝库的瑰宝之一，可以与古代希腊和印度的神话比美……蒙族人民每当牲畜遭到暴风雪疫病之灾，必请高龄识字的人念诵《格斯尔传》，大家围炉倾听这一善于使牛羊迅速繁殖的英雄放牧者的故事。"③ 对于柯尔克孜族史诗《玛纳斯》的搜集，更是引人注目。当时的参与者陶阳撰述了当时的搜集工作，详述了采录《玛纳斯》的计划：

> 　　这次《玛纳斯》工作组是由新疆作协分会，克孜勒苏柯尔克孜自治州、中国民间文艺研究会三个单位组成的，并邀请中央民族学院语文系参加。领导这个工作组的同志是新疆文联党组书记刘肖芜、克孜勒苏柯尔克孜自治州党委副书记塔衣尔、

---

①　当时壮族尚用"僮族"一词，此处保留了原书名的用法。参见广西僮族文学史编辑室、广西师范学院中文系编著《广西僮族文学》，广西僮族自治区人民出版社 1961 年版，第 25 页。

②　徐国琼：《藏族史诗〈格萨尔王传〉》，《文学评论》1959 年第 6 期。

③　桑杰扎布：《格斯尔传·译者前言》，人民文学出版社 1960 年版，第 1 页。

中国民间文艺研究会秘书长贾芝。[①]

调查中对于被调查人的采录资料要求详细记录，同时也就翻译、校录制定了具体细则，其中特别提到"要准确记录原文和需要进行社会历史、风俗的调查以备注释"[②]。由此可知对于史诗搜集、研究除了文学性分析外，亦关注到它与历史、民族、风俗等的紧密关系。1962 年至 1964 年民研会研究部编纂了九辑《民间文学参考资料》（以下简称《参考资料》），它们是《一九五六——一九六七哲学社会科学规划纲要（修正草案)》对民间文艺发展规划、组织以及民间文艺学新体系设想的集中呈现，也是中华人民共和国成立后十余年民间文学发展的整体反映。其中第四辑和第九辑翻译引入了苏联 A. A. 彼得罗祥、K. 达甫列托夫、B. 普罗普、耶·麦列丁斯基、符·M. 瑞尔蒙斯基、瓦·嘎察克等的史诗理论，关注史诗人民性、英雄史诗起源的研究，同时对于史诗比较研究的方法也较为关注，当然在第九辑的编纂"说明"中带有明显的时代特色，"由于选自苏联人的论著，因此文中涉及材料以俄罗斯民族及苏联其他民族的为多，偶也论及世界其他民族史诗"，并强调对比较方法的批评。[③]但这一辑集与翻译显示了 20 世纪 50 年代至 60 年代初国内民间文艺领域对史诗研究的关注。

二　民族国家与文化遗产的共构——1949—1966 年中国少数民族神话研究

关于少数民族神话传说的搜集整理，在 19、20 世纪之交已

---

① 《柯尔克孜史诗〈玛纳斯〉调查采录计划》，内部资料，1964 年 7 月 16 日。转引自陶阳《史诗〈玛纳斯〉的调查采录方法》，载《中芬民间文学搜集保管学术研讨会文集》，中国民间文艺出版社 1987 年版，第 53 页。

② 同上。

③ 中国民间文艺研究会研究部编：《民间文学参考资料·说明》第九辑，内部资料，1964 年，第 1 页。

经开始。1896 年英国传教士克拉克在苗族人潘秀山的协助下记录了苗族民间故事《洪水滔天》《兄妹结婚》《开天辟地》等，他以及当时的西方学人如斯坦因、阿列克谢耶夫等均运用西方人类学理论与方法探索中国文化，希望可以丰富世界文化。从神话学兴起之时，研究者就注意到少数民族神话，只是当时焦点在各民族认同。正如顾颉刚在《古史辨·自序》中所言，要打破华夏民族自古一元和华夏地理铁板一块的传统偏见。[①] 至 20 世纪 40 年代，神话学研究与民族学、人类学相关调查交叉渗透，并行发展，例如凌纯声的《松花江下游的赫哲族》；凌纯声、芮逸夫在湘西的调查；[②] 李方桂的《龙州土语》《天保土歌——附音系》等。总而言之，20 世纪 10—40 年代，无论从文学、民俗学、人类学、民族学等哪一领域，西南、东北的少数民族的民间文学已经开始了被搜集与研究的历程，少数民族地区的神话研究，为当时的学人提供了一个新的研究领域，同时大大丰富了他们的研究材料，在对各民族神话研究的基础上，他们进一步论证了中国各民族文化的一体性和连续性。1949 年以后，这一思想内化到民族识别工作中，大量的神话资料独立成册或者被重新搜集、编撰，成为各族文学、历史资料的来源。

　　1949—1966 年，国内发表有关少数民族神话论文与书籍 130 余篇（部）[③]，其内容大致可以分为四类：一为少数民族文学史或民族史志的编撰，如《云南各族古代史略》《苗族的文学》《藏语文学史简编》等，为配合 1956 年启动的中国大陆少数民族识别工作，在文学领域掀起少数民族文学资料搜集以及文学史编撰热潮，这也成为

---

① 刘宗迪等：《多维视野中的中国现代神话研究》，《民间文化论坛》2005 年第 2 期。

② 凌纯声、芮逸夫：《湘西苗族调查报告》，商务印书馆 1947 年版。

③ 根据贺学君、蔡大成、樱井龙彦编《中日学者中国神话研究论著目录总汇》（中国社会科学出版社 2012 年版）所收目录统计。

"新的民族国家文学实验的重要场域"①。二为少数民族民间文学的搜集，如《关于〈布伯〉的整理》《评壮族民间叙事诗〈布伯〉及其整理》《丰富多彩的少数民族民间文学》等。三为民族学视野的研究，如《畲民图腾文化的研究》《盘瓠传说与瑶畲的图腾制度》等，这一类研究主要集中于台湾地区。四为神话本体的研究，这部分主要有 22 篇（含台湾地区）②，其中涉及西南少数民族神话综述、洪水神话、人祖神话、战争神话、动物神话等母题与类型，当然此处所述本体研究主要是以文学为旨归，重视其作为文学作品的思想性与社会价值，适应新的文学实验的要求。它们整体而言，具有显著的阶级意识色彩，内容以歌颂中国共产党和凸显民族压迫与阶级压迫为主；但也关注到神话叙事与各民族风俗习惯的关系，如《试论苗族的洪水神话》③，重视神话与民族历史、民众生活及生存情境的关系等。另外值得提出的一篇是《云南各少数民族的民间文学》④，文章主要论述了云南各少数民族的神话传说，阐述了 1949—1955 年少数民族民间文艺工作所经历的三个不同时期，即从最初的"发展少数民族文艺的方针不明确"到"有计划有步骤的搜集整理民族文艺"。少数民族文艺由于其特殊性，特别是没有文字的民族，他们的民族文艺主要就是口头文学，因此搜集口头文学的主要目的是构建和发展民族文艺，在此基础上逐步确立和丰富中国多民族文艺的宝库。而李乔本人后来也成为彝族著名的作家，其创作的《欢笑的金沙江》获得好评。这一时期少数民族神话（口头文学）的研究，主要就是为了在文学上呈现"革命中国"这一"想象的共同体"，通过文学的路径使得新的民族国家的理念触及各

---

① 刘大先：《革命中国和声与少数民族"人民"话语》，《中外文化与文论》第23 辑，四川大学出版社 2013 年版。

② 该数字主要依据贺学君、蔡大成、樱井龙彦编《中日学者中国神话研究论著目录总汇》（中国社会科学出版社 2012 年版）所收目录统计。

③ 吕薇芬：《试论苗族的洪水神话》，《民间文学》1966 年第 1 期。

④ 李乔：《云南各少数民族的民间文学》，《民间文学》1955 年第 6 期。

个民族的全体人民。①

三　创编与重塑：20 世纪 60 年代刘三姐（妹）传说之考察

刘三姐（妹）传说是"我国南部著名传说之一"②，广泛流传在我国西南一带，特别是壮族聚居区，在故事流传地也将该人物称为刘三姑、刘三娘、刘娘、刘仙娘、刘三婆、刘三、刘仙、刘王、刘山妹、农梅花等。③ 这个传说记录于明朝，但在五代两宋时期就已经开始流布。从明清到民国时期，刘三姐的影响主要局限于两广一带或者通过文本流传于文人官员之中，正如蒋士铨可以将其写入昆曲《雪中人》；民国时期虽然传统文学秩序被打破，刘三姐为戏剧、歌谣、传说等不同文类共享，但是其影响依然局限于两广之地，仍然是知识人对于岭南文化的想象、叙事与阐释，其传承者与享有者并未参与其中，也没有掀起大范围影响，直到20 世纪五六十年代彩调、歌舞剧以及电影《刘三姐》的推出，刘三姐成为家喻户晓的人物，其影响绵延至今，现在刘三姐依然是广西的文化名片。歌仙刘三姐成为勤劳美丽、勇敢机智、疾恶如仇的壮族女性，经过了新的历史语境的改造与重构，彩调剧、歌舞剧和电影等多种艺术形式对其主题与内容进行了重塑，构建成为"新的人民文学"的典范之一。

《刘三姐》的创编，缘于彩调剧。④ 根据"柳州市《刘三姐》创作组"的回忆：1958 年冬，为了参加广西壮族自治区"向国庆十周年献礼"的会演，柳州市召开了筹备会演剧目的座谈会。在座谈会

---

① 刘大先：《文学的共和》，北京大学出版社 2014 年版。

② 钟敬文：《刘三姐乃歌圩风俗之"女儿"》，载巴莫曲布嫫、康丽编《谣俗蠡测：钟敬文民俗随笔》，上海文艺出版社 2001 年版。

③ 覃桂清：《刘三姐纵横》，广西民族出版社 1992 年版，第 21—22 页。

④ 彩调剧的崛起又与戏曲改革紧密相关，此处不予阐述。

中对《刘三姐》并无特殊青睐。① 1959 年 3 月，在柳州的文艺会演中，彩调剧《刘三姐》一改"搭桥戏"，采用了大家排大家改大家导的方式。剧本由文化馆干部曾昭文执笔，剧中矛盾冲突以莫怀仁与刘三姐为主线，这契合了历史语境的需求。刘三姐的形象从"智慧"转向了"斗争"，顺应了国家新的文学构建的需求，这也使其成为新歌剧"发展过程中的第二个里程碑"②。作为国庆献礼，《刘三姐》剧目的情节必然纳入新的文化意识形态，刘三姐兄妹之间的矛盾和刘三姐与教书先生的仇恨就不能纳入情节体系，而只有歌颂劳动人民憎与恨的情节可以纳入全国的政治情形，阶级仇恨是全国认同与审美的共同点，其作为主要情节和矛盾冲突必然被各种文艺形式所采纳，而成仙则被编撰为鲤鱼升仙，采用当时革命浪漫主义以及喜剧结局方式，避免成为神怪剧，"神话剧"或"神怪剧"在当时戏剧改革运动中是个新的课题，要求将戏曲中大量的神仙鬼怪去除，如当时要求将《白蛇传》《天仙配》等变为人情戏。所以传说中刘三姐（妹）成仙的传说在此被理想化或时代化处理。

歌舞剧和电影《刘三姐》推出后，何其芳、贾芝、蔡仪、陶阳、鲁煤等从民歌、民间传说、戏剧、文学、影视等领域在《诗刊》《文学评论》《剧本》等刊物发表评论与研究文章，并召开《刘三姐》座谈等，不同学人从民间文学、戏曲艺术、文艺理论等视域对这一文学成果进行了评析，他们在评论中将其视为"新的人民文艺"的成果。

总之，1949—1966 年民间文学进入国家意识形态主流，国家话语不仅影响着少数民族民间文学的研究，它本身亦成为其研究的一部分。在特定的历史情境中，形成了多民族民间文学的格局，各个民族的史诗、神话、传说、民间故事、民歌等结集成册，大量成果

---

① 柳州市《刘三姐》创作组：《彩调剧〈刘三姐〉创作始末》，载邓凡平主编《刘三姐评论集》，广西民族出版社 1996 年版，第 482 页。

② 蔡仪：《论刘三姐》，《文学评论》1960 年第 5 期。

都是首次面世，但为了适应国家话语要求以及当时文艺学研究模式的影响，民间文学作品的选择标准都以社会历史价值为核心，这样一些民间文学样式与作品被遮蔽，这对全面研究少数民族文学以及建立完整的资料体系产生了一定的影响。

第 四 章

民间文艺学的恢复与研究的多元取向
（1978 年至 20 世纪 90 年代中期）

　　中华人民共和国成立后，民间文艺学得到迅速发展，特别是1958—1966 年。1966—1976 年，作为学术研究的民间文学停滞，1978 年开始恢复，新时期民间文学进入了另一个发展期。

第一节　少数民族民间文学研究的恢复

　　1949—1966 年是民间文艺学高扬时期，它的基本问题与社会—历史情境都有利于具有自主性的民间文学思想的出现与推进，但由于学人在作家文艺学模式下的思考造成了其某种程度的停滞与偏差，后经历了十年沉寂期。当然不是说这十年作为研究对象的民间文学消失，而是民间文艺学不复存在（学人自己的研究还是有零星成果，如钟敬文对民间文艺学学术史的探索）。新时期首要的任务就是恢复少数民族民间文学的学术研究，同时重新审视 1949 年以后的民间文艺学。这一时期少数民族民间文学的发展主要围绕少数民族民间文学的基本特征、民间文学的分类、民间文学搜集与资料保存等基本问题展开。

一　民间文学基本特征的再讨论

20 世纪 70 年代末，民间文学开启恢复旅程，首先就围绕民间文学基本特征的重新探讨展开。长期的停滞，造成高校相关专业教师、教材的短缺，对于民间文学基本特征的探讨较早出现于北京师范大学举办的暑期讲习班中，在钟敬文主编的《民间文学概论》一书里论述了民间文学的基本特征：集体性、口头性、传承性与变异性，这"四性"特征从 80 年代初期开始一直处于高校民间文学系统教育的基础位置。其他关于这一问题的讨论主要有：姜彬认为民间文学的基本特征为集体性、口头性、变异性与匿名性。[①] 这"四性"特征基本上承袭了 20 世纪 20 年代以来的传统说法，只是在具体论述中加入了关于阶级与时代的背景。另一条途径则是从民间文学与作家文学（亦称为纯文学）的区别角度着手，强调它的复合性。[②] 这也是钟敬文思想的延续，但由于当时具体学术环境的影响，他们的研究指向没将其置于民间文学的文学特性，而是逐步滑向民俗学，注重对民间文学的文化学意义的探讨。此外就是段宝林关于民间文学立体性特征的强调。他指出"立体性是民间文学区别于作家文学的主要特点"，强调异文，民间文学与表演、人民生活，以及民间文学的多功能性、实用性、多种科学价值等。[③] 老彭则将其进一步具体化为"全程的口语性、创作的沿袭性、讲唱的立体性、情意的真挚

[①]　参见姜彬《论民间文学的特征》，载中国民间文艺研究会研究部编《民间文学论丛》，中国民间文艺出版社 1981 年版，第 22—23 页。

[②]　如陈子艾认为"民间文学作为一种特殊的文学，它与一般书面文学的不同之处，除体现在作者队伍的组成、作品主要靠口头创作与流传、作品艺术方面的独有特点、作品与社会生活有着最为紧密的联系从而具有多方面的功能等外，它那相当部分作品所具有的文学与非纯文学的双重组合性质，应是最为重要的本质特征"。参见陈子艾《民间文学本质特征新议》，《民间文学》1986 年第 12 期。

[③]　段宝林：《中国民间文学概要》，北京大学出版社 1981 版，第 18—20 页。

性、艺术的淳美性、学科的多元性"①。

　　在学界对民间文学基本特征的讨论中，少数民族民间文学研究亦参与其中。20世纪80年代初期，少数民族民间文学领域出版了概论性著作——朱宜初、李子贤的《少数民族民间文学概论》②。该书不仅为少数民族民间文学理论体系构拟了基本框架，也为当时高校少数民族文学教育提供了特色教材。③ 之前少数民族民间文学尚未专门编写概论，正如江应梁所言："编写《少数民族民间文学概论》，是一件开创性的工作"，"本书编写者在现实条件下已作了力所能及的努力，如尽可能占有民族民间文学资料，试图结合民族学、民俗学去探讨民族民间文学的基本理论问题等"。④ 在这部概论中，对少数民族民间文学定义、内涵、起源与发展以及分类（下文再详述）都进行了论述。其中对于民间文学基本特征，该书提到"少数民族民间文学，具有民间文学的特征，又具有少数民族的民族特征"⑤，基于此总结出其基本特性有人民性、民族性、集体性、口头性、变异性、匿名性和传统性等。其中对于人民性的论述为："人民性是少数民族民间文学的一个重要标志。少数民族民间文学的人民性，从本质上体现出它本身的规律。"⑥ 同时强调人民性是个历史概念。而少数民族的民间文学又是少数民族人民所创作的，与本民族的生活、习俗、风土人情、民族性格、宗教信仰、民族语言等不可分离，具有突出的民族性特征。其他特征则在一般性民间文本特征的讨论中都有提及。

---

　　① 老彭：《论民间文学的特征》，《山茶》1988年第4期。
　　② 朱宜初、李子贤：《少数民族民间文学概论》，云南人民出版社1983年版。
　　③ 参见罗汉田《大胆的实践　勇敢的探索——读〈少数民族民间文学概论〉》，《民族文学研究》1985年第1期。
　　④ 江应梁：《少数民族民间文学概论·序》，载朱宜初、李子贤《少数民族民间文学概论》，云南人民出版社1983年版，第2页。
　　⑤ 同上书，第3页。
　　⑥ 同上。

1990 年，陶立璠出版了《民族民间文学理论基础》。陶著对少数民族民间文学基本特征的论述则是"直接的人民性和民族性""集体性""口头性""变异性"。对于人民性和民族性的论述，主要强调两者的相辅相成，各民族的民间文学是"直接扎根于人民群众生活土壤的文学"，"与人民的生活保持着血肉般的联系。它不仅直接地反映了社会的历史和现实，而且直接表现了人们对生活的态度、思想、感情和愿望"。① 同时也论述了"直接人民性"内涵的复杂性及其历史局限性。而民族性恰是"直接人民性"的一个表现。对于民族性的论述陶著提到了"社会生活"，尤其是民族风情，如蒙古族的祝赞词、傣族的《泼水节》故事等；"人物形象塑造和民族性格刻画"，如藏族的格萨尔、珠毛，彝族的阿诗玛和阿黑，傣族的召树屯和兰吾诺娜等，以及各民族的机智人物故事等；"民族语言"，如各民族叙事诗中的押韵形式、词汇等。②

综上可知，两部概论都强调了少数民族民间文学的"人民性"和"民族性"。这是对当时以汉族民间文学为主要研究内容的补充与推动。对于人民性的论述，沿承了 1949 年以来民间文学基本特性的讨论，但在 20 世纪学术史梳理中，它被所谓的主流讨论所遮蔽。民族性的讨论，则与民间文学地域性相似，"各民族的民间文学更加显示了它们的同一性和千姿百态的多样性"③。当时的讨论多以凸显民族差异为主，而没从整体上关注不同地域、不同民族民间文学的"共同性"。

二 民间文学分类之再论述

20 世纪 70 年代后期民间文学研究恢复之后，有关汉族地区的民

---

① 陶立璠：《民族民间文学理论基础》，中央民族学院出版社 1990 年版，第 56 页。
② 同上书，第 59—64 页。
③ 贾芝：《中芬民间文学搜集保管学术讨论会文集》，中国民间文艺出版社 1987 年版，"序"第 2 页。

间文学研究中民间文学范围的讨论成为热点，也是其基本问题。对于民间文学范围的讨论是为了厘清它的边界，从民间文学出现这一问题就一直伴随着它。就当下所见资料而言，民间文学最早的理论文章中就涉及这一问题，如胡愈之的《论民间文学》①，该文主要参照英国民俗学的范围对"民间文学"进行了罗列，这一问题的含糊与争执造成了民间文学与作家文学、民俗学、俗文学等之间的交叉。新时期关于民间文学范围的讨论主要聚焦于：（1）民间文学与文学领域其他文学的区别。如魏同贤认为"民间文学与文人文学、群众创作、通俗文学、流行创作、民间语言、民间文艺、原始素材不同"②。（2）民间文学不能完全排斥书写。对民间文学口头性的狭隘理解，有将其简单化的趋向，特别是将它与书面文学完全对立。③（3）集体性与口头性是民间文学范围厘定的基本。"与专业作家文学和通俗文学相比，民间口头文学有一个明显的特点，即它是人民大众自己直接创作和传播的文学，它是一种世代相传集体性的创作，因此，在任何情况下，它的选择和方向都掌握在广大群众自己的手里，它是他们的生活、心理、意志、理想、趣味的直接反映，并经常同他们的物质生产和日常生活的需要、习俗、礼仪、信仰等密切结合，又是他们的舆论工具和自我娱乐的手段，口头方式是民间文学创作与传播的基本方式，在长期历史发展中它也形成自己一套体

---

① 　胡愈之：《论民间文学》，《妇女杂志》1921 年第 1 号。

② 　魏同贤：《社会主义时期民间文学的范围界限琐议》，《民间文学》1981 年第 11 期。

③ 　如有学者认为："把书面因素从民间文学中排除出去，是不符合中国民间文学的实际情况的。尽管民间文学从创作到流传，口头形式是主要存在形式，但它不是全部存在方式。"参见蜀客《关于"民间文学是什么"的思考》，《民间文学》1986 年第 8 期。通过对中国民间文学概念的探讨，强调中国民间文学中特殊的口头与书面之间的转换。"它们普遍深入地在人民中间流传，经过世代的加工修改：第一，口头的加工修改；第二，书面的加工修改；第三，口头到书面再回到口头的加工修改；第四，书面到口头再回到书面的加工修改。"参见高国藩《略谈"中国民间文学"的概念》，《民间文学论坛》1985 年第 1 期。

裁，大致可以区分为三个层次。"① 少数民族民间文学因为限定较多，再加上有些少数民族没有文字，其文学以口头流传为主，因此上述问题在当时争论较少。因此无论是概论性著作还是其他学术性成果，较少以此为论题。但基于民间文学范围的民间文学分类则成为其讨论的基本问题。

"民间文学的分类理论是民间文艺科学的重要组成部分。民间文学作品品种多样，在形态上既相近似，又有不同，既有整体特征，又有个体表现。民间文学的分类学正是在这同和异中间求出规律。因此，分类的建立有赖于结构学与形态学的发展。"② 对于民间文学的分类，从 20 世纪二三十年代起就一直伴随着民间文学范围的讨论，神话、故事、传说、歌谣、谚语、谜语以及郑振铎对于俗文学的讨论等都涉及这一问题，但并未形成专门的体裁学讨论。1949 年以后，民间文学的研究纳入社会主义新文学建设的体系，重点吸纳了苏联的民间文学、口头文学、劳动人民的口头创作等理论，民间文学的分类基本参照作家文学体裁，但当时对神话、传说、民间故事、史诗等并未专门进行讨论，比如当时对于"神话故事""传说故事"等的并用，当下民间文学领域普识性的"四大传说"，在当时则为"四大传统故事"③。到了新时期，随着民间文学研究的发展，尤其是国家开启对民间文学的全面搜集工作后，民间文学保存就直接与分类相关。在 1986 年 4 月 4—16 日，中芬两国学者在广西南宁和三江侗族地区进行了学术交流和联合考察。研讨会论文共计30 篇，其中专门讨论民间文学分类的有 7 篇，话题如此集中，可见分类对于中芬民间文学研究领域都是重要问题，尤其与民间文学资

---

① 许钰：《关于民间文学范围的思考》，《民间文学论坛》1987 年第 5 期。

② 张紫晨：《民间文学的分类学和分类体系》，载《中芬民间文学搜集保管学术讨论会文集》，中国民间文艺出版社 1987 年版，第 181 页。

③ 《上海文学研究所民间文学组 1962—1971 年工作规划》，其规划要点中提到："有重点地进行专题性的理论研究，如'历代民间歌谣的思想倾向'、'我国四大传统故事的特点'等。"另参见施爱东《"四大传说"的经典生成》，尚未刊发。

料的保管、搜集直接相关。在 7 篇讨论文章中，参与讨论的中国学者有马名超、富育光、乌丙安、张紫晨、李扬，除了后两位，其他学者的论文基于赫哲族、鄂伦春族、满族、蒙古族等少数民族民间文学研究。乌丙安的《分类系统》以赫哲族的《满斗莫日根》（Manduo melgen）、达斡尔族的《阿波卡提莫尔根》（Apekati Melgen），彝族阿细人的《阿细卜》为例，指出在传统的分类体系中，这三者被归入英雄叙事诗、英雄故事和英雄祖先传说三种不同的类别。当然在那一时期，为了民间文学资料的细化，对民间叙事作品中神话、传说、民间故事希冀能细化，这在当下须再讨论。但当时在少数民族民间文学的实地调查中，各民族、各地区体裁的特殊性已经引起了思考。尤其对于少数民族中某些特殊体裁，如史诗，在上文述及的两部概论性著作中都单章论述，而非如其他非少数民族民间文学的体裁分类，将其与民间叙事诗归入一部分[1]，或无专门提及，如汪玢玲等编纂的《民间文学概论》。因此在朱宜初、李子贤合著的《少数民族民间文学概论》出版后，学人对其回应中特别强调："在编排方面，最引人注目的是，《少数民族民间文学概论》将少数民族史诗和少数民族叙事长诗分别从歌谣里划分出来，单立章节，用一定的篇幅作了专门的介绍。"[2] 在具体的讨论中还对史诗的概念有所推进，过去对史诗的研究，主要就是英雄史诗，甚至有人认为中国只有《格萨尔》《江格尔》《玛纳斯》三大史诗，而否认或忽视南方少数民族的史诗，如苗族的《苗族古歌》、纳西族的《创世纪》《黑白战争》、彝族的《梅葛》《勒俄特依》《阿细的先基》以及前文提及的赫哲族、达斡尔等东北少数民族的史诗。

　　少数民族民间文学研究中对于分类的重视，既可推动民间文学

---

　　[1]　参见钟敬文主编《民间文学概论》，上海文艺出版社 1980 年版，第 281—311 页。

　　[2]　参见罗汉田《大胆的实践　勇敢的探索——读〈少数民族民间文学概论〉》，《民族文学研究》1985 年第 1 期。

理论的发展，如"以口头作品的题材、体裁和表现方法三结合的标准作为分类的出发点，在实践中可以比较准确地分辨作品的异同，也便于集中归纳资料形成的类别"①。当然，那一时期对于民间文学分类的探讨出现了很多"削足适履"的现象，尤其是文类名称不结合"地方性知识"，还有劳里·航柯（Lauri Olavi Honko）所批评的"孜孜于孤立文化现象的研究，文化特征独立于人和社会之外，仅能从书面上研究而脱离了其社会环境。实体被分割成越来越小的片段，并且不依照其在文化中的功用和结构而依其内容和形式予以分类整理"②。但总体而言，少数民族民间文学分类的讨论推动了分类学以及民间文学基本理论的发展。

三　民间文学普查与资料保存

民间文学研究，广义而言也兼及对它的搜集、记录与编纂等科学的初步作业。③少数民族民间文学的资料从 18 世纪传教士进入中国就有零星记载，而真正的搜集，则从 20 世纪 10 年代伴随北京大学歌谣运动兴起。1949 年以后文学格局重塑，民间文学进入国家意识形态，再加上全国范围内民族识别与各民族历史调查的契机，各个民族的民间故事、传说、民歌等结集成册，大量成果在 1949—1966 年期间首次面世，这些为丰富中国文学作出了巨大贡献，同时对于建立民间文艺学完整的资料体系有重大意义。"建国后的三十多年来，是我国多民族的民间文学在全国范围内进行广泛而深入搜集

---

①　乌丙安：《分类系统》，载《中芬民间文学搜集保管学术讨论会文集》，中国民间文艺出版社 1987 年版，第 157 页。

②　［芬］劳里·航柯：《中央和地方档案制》，李扬译，载《中芬民间文学搜集保管学术讨论会文集》，中国民间文艺出版社 1987 年版，第 110 页。

③　钟敬文：《钟敬文民间文学论集》（上），上海文艺出版社 1982 年版，第 404 页。

采录的时期，也是打开各民族文化宝库的时期。"①

　　但在 20 世纪 50—60 年代，由于特殊情境以及调查者对民间文学缺乏系统、科学的知识，出现了众多记录资料时的修改与润色，他们将创作民众读本作为研究旨归。正如钟敬文所说："建国后，我们这方面的工作，是有成绩的。但是，不可讳言，它也存在着明显的缺点或不足之处。在搜集、整理方面我们有较大的成就，特别是发现和刊行了许多兄弟民族的民族史诗。这是世界文学史上的一宗新收获。但是，在记录、整理的忠实性方面始终存在着一些问题。"②80 年代开始，资料搜集中重点探讨的就是"忠实记录"的问题。吉星提到民间文学中存在失真的现象，其主要表现在：任意改变人物、情节、拔高主题思想；用写小说、散文的方法，着意描绘编写自己认为艺术性强的情节。他提出：

　　（1）希望能办一个经常发表原始记录稿的定期刊物，或以丛刊形式，系统编发原始记录稿。
　　（2）希望各地民间文学专业机构，也尽量把征集和编印原始资料的工作，列入重点工作之一。
　　（3）各地群众艺术馆、文化馆、站等文化事业单位，希望也能担负一定的征集、保管民间文学原始资料的任务。③

　　从他的论述中可以看到，1949 年以后民间文学资料搜集与整理中存在的问题，新时期学界意识到民间文学资料搜集中忠实记录为第一步，强调原始稿对于研究的意义。这一时期《中国民间故事集成》《中国歌谣集成》《中国谚语集成》三套集成

---

①　贾芝：《关于中国民间文学的搜集整理——为中、芬联合调查而作》，载《中芬民间文学搜集保管学术讨论会文集》，中国民间文艺出版社 1987 年版，第 3 页。
②　钟敬文：《钟敬文民间文学论集》（上），上海文艺出版社 1982 年版，第 406 页。
③　吉星：《为忠实记录民间文学呼吁》，《民间文学》1981 年第 5 期。

(以下简称三套集成) 工作开始启动。"我们现在正在展开从来没做过的全国普遍搜集、记录工作,将编辑成百卷以上的民间文学宝库。"① 三套集成要具有 "科学性、全国性、代表性",既要求汇编优秀的作品,同时又要求具有较高的科学性。具体调查中则要贯彻 "全面搜集" 和 "忠实记录、慎重整理" 的原则,关键是忠实记录;建议采用现代化的科学技术进行调查、采录,同时要建立档案。② 马学良则提出作品的真实性和为 "集成" 作品加注释。他认为:"口头文学既是靠语言流传下来,那么搜集口头文学就要通过语言作忠实的记录。搜集是为整理和翻译准备素材,因而在搜集时能否作到忠实记录直接关系到整理翻译的好坏与可靠性的程度。"③

苏联关于民间文学搜集的方法强调 "表演的同时记录",力求提供作品的演出背景。④ 段宝林对其进一步推进,认为民间文学的立体性特点决定了立体描写与立体研究的方法。它不只是一种调查研究方法,也是一种搜集整理民间文学的重要方法,是二者很好的结合。⑤

上述关于搜集资料思想的阐述中,大都提到了资料搜集后的保存与保管,这也是世界民间文学研究中共同的问题与难题。中国早期对于少数民族民间文学资料的保存部分留存于史书,如《史记·西南夷列传》以及文人的笔记、小说、诗歌等。现代学术意义的民间文学兴起之后,歌谣运动时期的民间文学搜集就蕴藏了建立民间文学资料总藏的思想,其保存理念与中国传统文献相近。1937 年胡

---

① 钟敬文:《素园集·序》,载马学良《素园集》,中国民间文艺出版社 1989 年版,第 5 页。

② 贾芝:《民间文学的普查与记录》,《民间文学论坛》1986 年第 3 期。

③ 参见马学良《关于忠实记录的问题》,《民间文学论坛》1986 年 3 期;马学良《素园集》,中国民间文艺出版社 1989 年版,第 131 页。

④ [苏] 科鲁格洛夫:《民间文学实习手册》,夏宇继译,中国民间文艺出版社 1985 年版,第 32 页。

⑤ 段宝林:《民间文学的立体描写与研究方法》,《民间文学》1988 年第 1 期。

适提议在全国范围内进行歌谣调查，希望同人在现有基础上，用二三十年的时间"完成全国各省县的歌谣收集和调查"①，这一思想到20世纪80年代编民间文学三套集成时期在全国范围内全面实践。与此同时，"在我国民间文学论坛上提出一个很活跃的问题：如何加强民间文学资料管理，迅速建立起我国民间文学和民俗学资料中心？对这个问题的探讨，显示我国的民间文学事业跨入一个更科学化的崭新历程，也是我国民间文学事业兴旺发展的生动体现，令人振奋"。而民间文学的资料与保管是"关系到民间文学事业健康发展的基因和条件"。② 研究者在具体实践中既重视民间文学口碑资料、手抄本的保存，也注重征收民间文化实物，对所收藏的资料按照民族、民间文学类别加以分类、立宗、存档、造册、制卡等。在民间文艺搜集中，从延安时期就关注到民间艺人的特殊意义，如盲艺人韩起祥等，1949年以后，民间歌手、民间诗人受到文艺界的重视，在调查中也注重他们在一地对民间文化的影响，如前文所述陶阳在调查史诗《玛纳斯》时，对"玛纳斯奇""交毛客奇""额尔奇""桑吉拉奇"等进行集中访谈，并撰写歌手小传。1979年召开了民间歌手、诗人座谈会，更是突出了他们在民间文艺中的特殊位置。1982年乌丙安在《论民间故事传承人》一文中提到，"常见的故事转述人固然也能起到传播故事的作用，但是，真正传播民间故事、发挥民间故事作用的，主要还是民间故事传承人"③。贾芝在讨论民间文学搜集整理时也提到"以故事家、歌手为对象进行搜集。故事家、歌手是民间文学传承的代表人物"④。马名超在关于民间文学田野采

---

① 胡适：《全国歌谣调查建议》，《歌谣周刊》1937第1期。
② 富育光：《试论民间文学资料的保管》，载《中芬民间文学搜集保管学术讨论会文集》，中国民间文艺出版社1987年版，第117—118页。
③ 乌丙安：《论民间故事传承人》，载中国民间文艺家协会辽宁分会编《民间文学论集》第1集，内部资料，第159页。
④ 贾芝：《关于中国民间文学的搜集整理——为中、芬联合调查而作》，载《中芬民间文学搜集保管学术研讨会文集》，中国民间文艺出版社1987年版，第10页。

集方法论的论述中强调"从横向联系上，考察出一个本区间以传承人为中心、文化内涵十分丰富的民间文学分布网络"，并分析了城乡传承人的分布关系等。①并且指出对歌手、故事家传承世系表的制作及将此作为资料留存的重要性。贾木措与顿珠、李朝群就《江格尔》《格萨尔王》的搜集与资料保存则提出要关注"江格尔奇"的演唱传统、演唱习俗以及如何进行录音资料保管、手稿分类等。对于民间文学资料的另一种保存方式就是"编辑出版"，张文对 1949 年到 20 世纪 80 年代中期的民间文学资料出版进行了大致统计，"贵州分会已出版了近七十集，广西已出版了八集，云南出版了六集，湖北省各个地区都出版了自己的故事集，《黑龙江民间文学》已出版到第十七集，《辽宁民间文学资料》也已问世"。还有就是以某一作品为中心的专题资料集，如"新疆出版的《江格尔》（用蒙文出版），《玛纳斯》资料本（用柯尔克孜文出版），青海、四川、西藏等地出版的《格萨尔》资料集；马学良先生编辑的《阿诗玛》专题资料集已用彝、汉文对照的形式问世，中国民间文艺研究会还编辑了《中国歌谣资料集》和《中国谚语资料集》。此外还有《孟姜女》资料集，《白蛇传》资料集，等等"②。

　　此外在中芬联合调查与研讨会上，芬兰学者劳里·航柯谈到联合国教科文组织对民间创作保护的问题，并提到联合国教科文组织总干事为 1985 年 10 月索非亚大会准备的文件《关于保护民间文学国际通用规则中技术、法律和行政方面的初步研究》以及他为联合国教科文组织 1985 年 1 月在巴黎举行的保护民间文学政府专家第二委员会会议所写的工作文件。航柯还强调了"民间文学的真实性和保存这种真实性至关重要"，"人们可能并不会单纯为民间文学的缘

　　① 马名超：《民间文学田野采集方法论——中国东北冰缘区人民口头创作的综合性社会考察》，载《中芬民间文学搜集保管学术研讨会文集》，中国民间文艺出版社 1987 年版，第 83 页。

　　② 张文：《中国民间文学的编辑出版》，载《中芬民间文学搜集保管学术讨论会文集》，中国民间文艺出版社 1987 年版，第 261 页。

故而对民间文学感兴趣，他们关心保护自己民间文学或传统文化的创作和成果，很可能是因为这些创作和成果象征着他们自己的文化和社会。他们还可能对民间文学所传达和流传下来的准则及价值观念比对民间文学作品本身更为感兴趣"。① 航柯还谈到民间文学资料搜集中的分类、民间文学档案库建设等问题。劳里·哈尔维拉赫蒂（Lauri Harvilahti）、马尔蒂·尤诺纳霍（Martti Junnonaho）等则对资料的技术保护规范、利用计算机保护资料的先进方法进行了介绍。这些对当时中国丰富的民间文学资料，尤其是所搜集的少数民族民间文学资料的保存具有重要指导意义，直到今天保存资料依然是民间文学研究中的重要问题与难题之一。

第二节　少数民族文学研究的重构与学科建设

1949 年以后，中国逐步形成多民族民间文艺研究格局，少数民族民间文学为民间文学研究提供了丰富的资料与鲜活的研究场域，云南、广西、新疆、内蒙古、贵州等少数民族区域成为研究聚合之处，少数民族历史、语言、文学交融发展。20 世纪 70 年代末，民间文学工作恢复很快，尤其是中国文学艺术工作者第四次代表大会后，民间文学"抢救"工作被强化，接着在全国很多地区开展了搜集工作。少数民族民间文学研究积极参与全国民间文学研究对话，如 1978 年仁钦道尔吉、祁连休搜集整理了《蒙古族英雄史诗专辑》②，再如《蒙古族民间故事》《达斡尔族民间故事

---

① ［芬］劳里·航柯：《民间文学的保护——为什么要保护及如何保护》，载《中芬民间文学搜集保管学术讨论会文集》，中国民间文艺出版社 1987 年版，第 17—18 页。

② 文学研究所各民族民间文学组编：《民间文学资料》第一集，内部资料，1978 年。

选》的搜集整理、编选等①，中国社会科学院文学研究所各民族民间文学组及其他少数民族文学研究者积极推动少数民族民间文学研究与学科建设。

1979 年 6 月中国少数民族文学学会在成都成立。同年 7 月，国家民族事务委员会、中华人民共和国文化部、中国民间文艺研究会联合申请：

> 我国各少数民族都有优良的歌唱传统，每个民族都有自己的歌手。他们是本民族诗歌的创作者，也是本民族文化遗产的保存者。各民族民间歌手诗人同人民群众保持着最广泛最密切的联系，他们为人民而歌唱，受到广大群众的欢迎，为社会主义革命和建设做出了重要贡献……为了创造条件积极开展抢救各民族文化遗产；为了进一步调动民间歌手踊跃创作、放声歌唱，发挥为"四化"服务的积极性……拟在八月底九月初联合召开一次少数民族民间歌手诗人座谈会。这次会议对于增强民族团结，提高民族自信心，繁荣和发展民族文化，提高整个中华民族的科学文化水平，都会有重要作用。②

会议于 1979 年 9 月 25 日召开，来自十八个省（自治区）的四十五个民族的一百二十多位代表参加了开幕式。会议与中华人民共和国成立三十周年大庆联结在一起。9 月 30 日上午，参加座谈会的代表在总政招待所礼堂举行全体会议，代表们表达了 29 日参加"人大会堂庆祝建国三十周年大会的激动心情"。③ 这一类型会议在中华

---

① 仁钦道尔吉搜集，仁钦道尔吉、尼玛整理：《蒙古族民间故事》（蒙古文），辽宁人民出版社 1979 年版；孟志东编：《达斡尔族民间故事选》，上海文艺出版社 1979 年版。

② 贾芝主编：《新中国民间文学五十年》，大众文艺出版社 2004 年版，第 47 页。

③ 中国社会科学院少数民族文学研究所：《全国少数民族民间歌手诗人座谈会简报》第 7 期，内部资料，1979 年 9 月 30 日。

人民共和国成立后首次召开，歌手们"来北京开会，像进了一个大花园，大学校，学到了不少好经验……回去以后，一定要好好地编，大声地唱，为实现四个现代化贡献一份力量"①。

同一时期，中国社会科学院少数民族文学研究所（后改名为民族文学研究所）②正式成立。全国少数民族民间歌手诗人座谈会会议的主要发言、宣传由少数民族文学研究所以简报形式向全国发布。根据《一九五六——一九六七哲学社会科学规划纲要（修正草案）》所言，"各专门学会，应该和中国科学院各有关研究机构建立密切联系"③。在社会科学领域的恢复期，中国社会科学院在各学科的学术联络与导引作用得到延续。少数民族文学研究所在成立后积极致力于各民族文学的编纂、民间口头文学的搜集整理等；尤其是积极推动《格萨尔》《江格尔》《玛纳斯》等史诗的搜集、研究，从20世纪80年代初就举办全国性的格萨尔研究会，引起贺敬之等的关注，他强调："少数民族文学的科学研究，对于我们这个多民族国家具有重要意义。"同时积极助推少数民族文学所提出的《加强〈格萨尔〉工作的报告》在全国范围内扩布。④另外在少数民族文学研究所成立，以及70年代末期少数民族文学研究的恢复与发展中，周扬起了较大影响。1979年10月3日，周扬在"全国少数民族民间歌手、民间诗人座谈会"上作了报告，他强调"少数民族文学艺术要加强"，并提出"要注意民俗学的研究"。报告完后，安徽农民歌手姜秀珍、

---

① 中国社会科学院少数民族文学研究所：《全国少数民族民间歌手诗人座谈会简报》第9期，内部资料，1979年10月3日。

② 少数民族文学研究所成立后，经胡乔木提名，贾芝任第一任所长，马学良任副所长；刘魁立任第一届学术委员会主任，仁钦道尔吉任副主任。第二章内容所涉时段名称为少数民族文学研究所，相关论述保留这一时期该所的名称，不与全文统一。

③ 国务院科学规划委员会办公室印：《一九五六——一九六七哲学社会科学规划纲要（修正草案）》，内部文件，1956年7月。

④ 《贺敬之同志关于加强少数民族文学研究工作的一次谈话记录》《如何建设民族文学研究所——给李铁映院长的信》等，均载于王平凡口述，王素蓉整理《文学所往事》，金城出版社2013年版。

青海花儿歌手朱仲录、广东黎族歌手符其贤、广西瑶族歌手潘爱莲、湖北工人诗人黄声笑、新疆哈萨克族歌手苏尔坦·马吉提、云南傣族歌手庄相、西藏藏族歌手边巴扎西、广西壮族诗人黄勇刹、新疆维吾尔族歌手夏满买提、内蒙古鄂伦春族歌手金迈、湖南土家族歌手田茂忠、贵州苗族歌手唐德海在会上即兴赋诗，并与周扬进行了交流。[①] 1981 年 8 月，周扬会见了出席中国少数民族文学学会首届年会的全体代表，并谈到有关民族文学的研究问题。他强调：

> 民族文学的研究还可以广一些。不但民间的，而且古典的、作家的，都要研究。大的民族，譬如蒙古族、维吾尔族、回族，还有彝族，都有古老的文化，应该研究这方面的遗产……各民族的文化应同样受到重视……中华民族悠久的丰富的文化遗产，是各个民族文化长期交流、融合而形成的，应该包括各少数民族文化在内……民族文学的书，民间文学的书，要适当多出版一些，现在还是太少……关于民族文学的借鉴交流，我们还是强调民族团结，互相交流，而不是民族隔绝，互相排斥。[②]

少数民族文学研究所对全国民族文学研究的引领与学科建设的影响可通过一系列研究成果和组织工作凸显，因篇幅有限难以一一列举。在此只以少数民族文学研究所承担的《中国少数民族文学史、文学概况》丛书之编纂，对少数民族全国性学会的组织管理，通过编辑刊物、资料集等推动少数民族民间文学搜集、研究、国际交流工作等为例。

首先，少数民族文学研究所承担了主持编纂《中国少数民族文

---

① 中国社会科学院少数民族文学研究所：《全国少数民族民间歌手诗人座谈会简报》第 10 期，内部资料，1979 年 10 月 3 日。

② 贾芝：《周扬谈民族文学工作》，载贾芝主编《新中国民间文学五十年》，大众文艺出版社 2004 年版，第 87—88 页。

学史、文学概况》丛书的任务。少数民族文学史的编纂从 20 世纪 50 年代就已开启，它的推动与周扬关系密切。70 年代末 80 年代初，周扬又多次提到要重启少数民族文学史的编纂工作。1983 年 2 月 25 日中国社会科学院文学研究所向中共中央宣传部请示，将编写少数民族文学史的任务交给新成立的少数民族文学研究所。3 月 7 日，中共中央宣传部根据文学研究所报告批复："少数民族文学研究所已经成立，编写少数民族文学史、文学概况的任务，可移交给少数民族文学所。"① 1984 年，中共中央宣传部下发《关于加强少数民族文学研究和资料搜集工作的通知》，要求"各级党委宣传部和文化部门加强对少数民族文学研究和资料工作的指导"，工作重点"仍然放在对民族地区民间文学的抢救上面"。同年，少数民族文学研究所在北京召开第四次全国少数民族文学史编写工作座谈会，决定组织全国各个省区的学术力量编写《中国少数民族文学史、文学概况丛书》，1986 年 10 月该项目被纳入哲学社会科学"七五"规划重点项目，由刘魁立、邓敏文主持。具有书面文学传统的民族，在文学发展中梳理"史"的线索；没有书面文学传统的民族则以当代采录的民间口头文学为主体撰写文学概况，如《赫哲族文学》《鄂伦春族文学》等，截至 1999 年年末共计出版 46 个民族的 82 种文学史。该项目与丛书对建构中华民族多元一体的意识形态具有重要意义，因为"民族文学史的编写工作……就本质言是一种国家的学术行为，服务于建构多元一体民族国家这一现代性意识形态"②，同时也为 90 年代末期多

---

① 邓敏文：《破天荒的基业——中国少数民族文学史和文学概况编写工作述略》，载贾芝主编《新中国民间文学五十年》，大众文艺出版社 2004 年版，第 138 页。

② 吕微：《中国少数民族文学史研究：国家学术与现代民族国家方案》，《民族文学研究》2000 年第 4 期。另外，本段撰写还参照了《中国社会科学院少数民族文学研究所关于〈中国少数民族文学史、文学概况〉丛书编写工作的说明》、王平凡《开创少数民族文学研究的新局面——在中国少数民族文学学会第二届年会上的发言》等资料，这些资料载于中国社会科学院少数民族文学研究所编印《中国少数民族文学史编写参考资料》，内部资料，1984 年，第 369—372 页。

民族文学史观的构建奠定了坚实基础，正如邓敏文所言："从编写组的规模：由集体向个人转化，也可说明此项工作正在向着独创性的方向发展。"① 90 年代该所研究者邓敏文、关纪新、朝戈金等出版了多民族文学理论的著作。② 21 世纪初期，这一思想在文学研究领域全面推广。

其次，少数民族文学研究所还主管中国少数民族文学学会、中国维吾尔学会、中国蒙古文学学会、中国《江格尔》学会、《格萨尔》学会、侗族文学学会、东北满族文学学会，"对整个学科的繁荣与发展起到了组织及管理的作用"③。此外还积极参与或协同西藏、甘肃、云南等地举办少数民族口头文学调查和民族文学作家创作、翻译等讲习班。1981 年 8 月 15—19 日在中央民族学院召开了"中国少数民族文学学会首届年会"，参加会议的有来自 13 个省、市、自治区的 93 人。会议集中讨论了如何划分少数民族文学、民间文学"改旧编新"等问题。会议期间中宣部副部长周扬、民委副主任江平等参加了民族文化宫举办的茶话会，会议最后钟敬文作了学术报告，贾芝作了总结报告。与会者一致认为此次会议"将有力地促进少数民族文学、科研工作的发展和繁荣"④。这一时期，西藏自治区文联（筹）举办了第一期民间文学讲习班，拉萨、山南、日喀则、那曲地区和自治区文化局、文联（筹），格萨尔小组群艺馆的民间文学工作人员和爱好者 19 人参加。中国民间文艺研究会甘肃分会、甘肃省民

---

① 参见邓敏文批注，转引自吕微《中国少数民族文学史研究：国家学术与现代民族国家方案》，《民族文学研究》2000 年第 4 期。

② 邓敏文：《中国多民族文学史论》，社会科学文献出版社 1995 年版；关纪新、朝戈金：《多重选择的世界——当代少数民族作家文学的理论描述》，中央民族大学出版社 1995 年版。

③ 《如何建设民族文学研究所——给李铁映院长的信》，载王平凡口述，王素蓉整理《文学所往事》，金城出版社 2013 年版，第 433 页。

④ 中国文艺年鉴社编：《1981 中国文艺年鉴》，文化艺术出版社 1982 年版，第 290—291 页。

委、甘肃群众艺术馆、甘南州文联、临夏州文化局联合举办了甘肃省第一次少数民族民间文学工作者训练班，参加训练班的有专业和业余民间文学工作者 30 人。贵州省民委、中国作家协会贵州分会、贵阳市文联、《山花》编辑部、《花溪》编辑部共同举办了贵州省首次少数民族文学讲习会，其中包含对民间文学的搜集、整理的研讨与讲授。此外民研会还与云南分会合作在德宏举办了翻译训练班、在大理举办了培训班等。20 世纪 80 年代初召开的与少数民族民间文学学术发展相关的会议还有："傣族文学讨论会""蒙古族文学学会""全国少数民族史诗学术讨论会""中国少数民族神话学术讨论会""畲族民间文学学术讨论会"等。这些都有中国少数民族文学学会的支持与参与。

最后，少数民族文学研究所成立之初就开始创办相关研究刊物、编辑研究资料。1983 年成立了全国性民族文学研究刊物《民族文学研究》。1983 年 4 月 6 日，周扬会见少数民族文学研究所、中国少数民族文学学会和《民族文学研究》编辑部的部分工作人员，在听取了王平凡、马学良等有关少数民族文学研究所的工作、《民族文学研究》的创建和中国少数民族文学学会第二届年会的筹备等方面的情况汇报后，再次谈到少数民族文学研究的重要性，"许多工作，在开始的时候，常常不能很快地引起社会上普遍的关心，只有较少的人去搞……这些在开创时只有少数人去搞的工作，可以是有普遍影响的，有重大社会意义的"。少数民族文学研究即是如此。并指出进一步加强民间文学研究"首先要抓好研究队伍的建设……希望少数民族文学研究所要特别重视这个问题。要注意培养少数民族研究人才"。提出专业干部培养、研究生、研究生班、出国交流等多方面人才培养计划，强调了少数民族文学作品翻译问题。[①] 正如前文所言周扬虽然没有实际参与少数民族民间文学研究工作，但他的思想在当

---

① 《一项开创性的事业——周扬同志谈少数民族文学研究》，《民族文学研究》1983 年创刊号。

时对民间文学学术领域具有引领作用。他积极参与中国少数民族文学年会，并与全体代表见面、交流（由于身体问题，未能参与第二届中国少数民族文学年会），从民族文学研究设想、中国社会科学院少数民族文学研究所的长期人才培养、研究规划到对全国性民族文学研究性刊物《民族文学研究》创刊的支持等都反映了当时少数民族民间文学发展的历史境遇以及国家文化建设层面的推进。《民族文学研究》从创刊以来就着力于组织全国少数民族作家文学与民间文学的研究工作，全面呈现全国民族文学研究现状；同时亦积极译介国外史诗学、神话学等研究成果，它对于全国民族文学研究格局、学科建设具有重大意义。另外，该所还编辑了内部资料《民族文学译丛》《格萨尔》等。尤其是《民族文学译丛》翻译引入法国石泰安（Rolf Alfred Stein）、德国海希西（Walther Heissig）等有关《格萨尔》、蒙古史诗研究，并沿承 20 世纪五六十年代的史诗研究传统，引入蒙古国、苏联的史诗研究，同时分主题集中编辑仁钦道尔吉及国内其他学者有关史诗研究的文章，既全面呈现了全国乃至世界史诗研究的概貌，也为国内史诗研究提供了理论参照。

此外钟敬文、刘锡诚等也积极提倡或推动少数民族民间文学研究。钟敬文从 20 世纪三四十年代就关注少数民族民间文学，并撰写过关于刘三姐、盘瓠神话的文章。1983 年 7 月 22 日至 8 月 16 日，中国少数民族文学学会在北京举办了中国当代少数民族文学讲习班，钟敬文作了关于少数民族神话的讲座，这对当时参加培训的人员影响极大。[①] 刘锡诚则从 20 世纪 50 年代末就参与了苏联民间文艺的翻译工作，后在 80 年代的中国民间文艺研究会第四次会员代表大会及中国少数民族文学年会多次提到少数民族民间文学研究及其对于中

---

① 2018 年 9 月 25—30 日，笔者到湖南泸溪进行盘瓠神话调研，在调研中当地盘瓠神话研究者侯自佳陈述了自己对盘瓠神话研究兴趣的源起时，提到当时他到中央民族学院参加这一培训活动（他误记为 1983 年 8 月至 9 月，而且记成了 45 天），听了钟敬文的报告后，感触很深。回到泸溪后就开始从事当地盘瓠神话调研。后来在他的积极推动下，1991 年湖南泸溪举办了首届全国盘瓠文化学术研讨会。

国文艺、民间文艺的意义。

第三节　少数民族民间文学
研究的多元交融

20 世纪 80 年代中期文艺学领域兴起的"方法热",迅速扩展到民间文学领域,甚至民间文学研究出现了直接移植自然科学的方法,如"系统论"等的现象,但在各种方法中影响最大的是"文化学"。

一　民间文艺学的文化学走向

民间文学比一般作家文学与日常生活关系更为密切;再加上在欧美,民间文学就属于民俗学领域,所以在"文化热"中,它迅速找到了契合点,在其思想发展史中出现了一次大的转向。以钟敬文为首的民间文学研究者开始从文化的视角解析民间文学的特殊性,并提出民间文化学、民俗文化学等新术语,但民间文学并未将其内化与吸纳。民间文学也像作家文学领域一样,学派纷呈、混乱交叉。但是它没有像作家文学领域那样紧接着出现"观念热",对文学本体论及与之相关的主体性问题进行深入探讨。在民间文学系统理论的建构中,它只有定向,而且是从文化的视野出发,而没有具体的定位,这样必然使得其逐步将自己从文学领域剥离,在"文化热"的历史进程中,开始转向民俗学。民间文学与民俗学的关系特殊,中国现代民俗学的兴起是以民间文学为开端的,它们在最初阶段并没有区别,基本上继承了英国文化人类学思想,民间文学属于民俗学,在名称的运用中,两者是通用的,都是 folklore 的对译。两者内涵发生差异主要从 20 世纪 40 年代开始的。《在延安文艺座谈会上的讲话》发布之后,中国的民间文学思想发生了变化,解放区形成了自身的独立系统,并奠定了中国民间文学学科独立性的历史基础;中华人民共和国成立后民间文学在学科体制与教育体制中取得独立位置，民俗学逐步隐去。新时期随着对既往历史和理论的整体反思，学术思想发生了大的转折。在西学引进中，民俗学的学术地位与理论在学界逐步恢复，当时民俗学从学科与学术上从属于民间文学，这样它的理论必然会影响民间文学，再加上由于顾颉刚、钟敬文等著名民间文学研究者 20 世纪二三十年代的学术背景，使得两者的对接顺理成章。但是在具体学术思想的推进中，民间文学的自主性被忽视，在"文化热"的浪潮中，它逐步被纳入民俗学的资料系统。

二　民俗学视域下的少数民族民间文学

民间文学可以作为很多学科的研究对象，这与民间文艺学①并不矛盾。民俗学将其视为研究的一部分，英美文化人类学传统一直如此，正如布鲁范德（Jan Harold Brunvand）所述，这种理念在中国也由来已久②，在民间文艺学学术史上被称为"民俗学派"③。中国现代意义上的民俗学从民间文学研究开始，20 世纪二三十年代曾经历了一个高峰发展期，到 80 年代中期开始恢复，90 年代它成为民间文学的主流，直至实现学科独立，并将民间文学纳入其学科涵盖之下。

20 世纪 80 年代中期开始，民间文学就采纳民俗学的研究方法，但是那一时期民间文学尚保持和坚守自身的研究本位，民俗学与其他新的研究方法为民间文学开辟了更广阔的空间与视域，推动了学术的进展，使得民间文学出现了又一个发展高峰。90 年代随着民俗学的兴盛，它逐步成为民间文学研究方法的主流，原本的民间文学

---

①　此处为了区分民俗学视域的民间文学与文学视域的民间文学，将后者表述为"民间文艺学"，与全书所述"民间文学"内涵一致，但为了说明这一时期的学术发展，不予统一。

②　［美］J. H. 布鲁范德：《美国民俗学》，李扬译，汕头大学出版社 1993 年版，第 6 页。

③　笔者沿用刘锡诚《中国民间文艺学史上的民俗学派》一文中的术语，该文载于《湖北民族学院学报》（哲学社会科学版）2004 年第 1 期。这个称谓到底是否合适尚待进一步探讨。

学者转型为民俗学者，正如后来学人所称"一套班子，两块牌子"①。在少数民族民间文学研究中，由于其突出的民族性特征，民俗学乃至民族学、人类学的分析具有普遍性，"少数民族民间文学的主要组成部分是民歌和神话故事。它拥有广泛的群众基础、深远的社会影响和强大的生命力。但是，对其中占有很大数量的表现男女爱情的情歌，描述风俗习惯的风习歌，以及涉及国王、鬼神等内容的民间故事，究竟如何看待呢？"②　对这些民间文艺现象的分析，需要结合各民族的风俗习惯、宗教生活等进行阐述。20 世纪 80 年代初期，民间文学与宗教的关系引起了众多学人关注，"祭坛就是文坛"，原始文学（民间文学）以及傣族文学、阿銮故事与佛教的关系③，佛教对白族观音故事建构的影响④，"在宗教观念笼罩着的原始社会里，人民的生产、生活和战争无不受宗教的影响……许多神话既是宗教观念的基础，也是民间文学推广的泉源"⑤；壮族歌圩"源于远古对偶婚制时代"⑥；图腾理论再次引起热议⑦；等等。20 世纪 90 年

---

① 周星语，参见施爱东《"概论教育"与"概论思维"》，《西北民族研究》2004年第 1 期。

② 马学良：《迎接少数民族民间文学研究的春天》，《素园集》，中国民间文艺出版社 1989 年版，第 26 页。

③ 黄惠焜的《祭坛就是文坛——论原始宗教与原始文学的关系》、岩峰的《贝叶寄语——试探傣族文学与佛教的关系》、方峰群的《浅谈阿銮故事与小乘佛教》等均载于中国少数民族文学学会云南分会编《云南少数民族文学论集》第一集，中国民间文艺出版社 1982 年版。

④ 王明达、何真：《论佛教文学对白族观音故事的积极影响》，载中国少数民族文学学会云南分会编《云南少数民族文学论集》第二集，中国民间文艺出版社 1983年版。

⑤ 马学良：《民族民间文学与宗教》，《素园集》，中国民间文艺出版社 1989 年版，第 35—36 页。

⑥ 农学冠：《壮族歌圩的源流》，载中国少数民族文学学会编《少数民族文学论集》第一集，中国民间文艺出版社 1983 年版，第 266 页。

⑦ 张旭：《白族图腾漫笔》，载中国少数民族文学学会云南分会编《云南少数民族文学论集》第一集，中国民间文艺出版社 1982 年版。

代初，在联合国教科文组织所属国际民间艺术组织（IOV）秘书长
亚历山大·法格尔的倡导下，中国文联、云南省文联主办了"少数
民族文化艺术国际研讨会"，探讨"如何在现代条件下，保护和发展
少数民族文化艺术"①，会议论文以少数民族民间文学的文化分析与
民间文学、艺术的发展为主体，民间文学分类（如神话的分类）、民
间文学发展则只有零星两三篇。在概论性著作中，亦专章论述"少
数民族民间文学与民俗的关系""少数民族民间文学与宗教的关系"
等。这样民间文学研究基本成为民俗学之民间文学，以致很长时间
造成了学术用语的混淆、学科的混乱，本来不成问题的"民间文学"
与"民间文艺学"需要进行辨析才能清晰梳理民俗学、民间文学的
脉络。另外，民间文学与物质民俗、社会民俗、精神民俗的差异，
使得它长期难以与民俗学其他领域的研究接轨。20 世纪 80 年代末民
俗学暴露出了深刻的学科危机。为了摆脱危机，学人提出要寻找新
的学术生长点，那就是借助文化人类学。民俗学的人类学走向，并
没有使民俗学理论得以提升，反而使其在这种研究中逐步迷失自我；
同时民间文学与其他的民俗事象存在显著差异，人类学视野中的民
俗研究进一步将民间文学边缘化，民间文学研究理论更加薄弱。钟
敬文在民俗文化学思想论述和阐释过程中，民间文艺学（或称为口
头文艺学）话语逐步消失与隐匿，民俗学话语全面张扬，但不能将
他的思想误读为民间文艺学属于民俗学，他还是一直坚持民间文艺
学的独立位置：

　　　民间文学与作家文学尽管有许多关系，但是，我们必须看
　　到：民间文学作为民族文学的一部分，它是一种特殊存在，它
　　与一般被视为文学正统的作家文学（或精英文学）有着显然区
　　别。民间文学有它相对的独立性，反对将其消解在"中国古代

---

　　① 史宗龙：《少数民族文化艺术国际研讨会论文集》，云南民族出版社 1993 年
版，"序言"第 1 页。

文学"及"中国现当代文学"等学科中……那是一种历史的倒退。①

同样，他在民俗学理论及思想的阐释中也没有涵盖民间文艺学，包含的只是民间文艺（或称为口头文艺）。1996年云南大学中文系和《思想战线》编辑部联合召开关于民间文学基础理论建设的学术讨论，其中专门提到学人学术转向的问题（当然也暗含学科研究的学术转向），指出民间文学研究者把坐标调整到民俗学、民族文化学等外学科的角度，短期内难以构建新的理论体系与构架。20、21世纪之交学人开始对民间文艺学这一困境进行反思。

基于民俗学的少数民族民间文学研究，最基本与主流的思想就是：民间文学是各民族、各地域民俗事象的承载，同时它与物质民俗、社会民俗、信仰民俗有着密切的关系。这一时期学人的研究更多关注民间文学中的民俗事象梳理与探析，这类论述从20世纪80年代后期到90年代中期占民间文学研究的份额逐渐上升。此外，民间文学领域的资料搜集与民俗学又有着差别，完全转化为田野作业极其困难，面对如此情境，认为民间文学理论停滞的声音在学界越来越高。

三　文艺学视域下的少数民族民间文学

中国民间文学的兴起与新文学运动有着渊源，最早从事民间文学研究的也大多是在文学上颇有成就之辈，这就注定了现代民间文学研究的文学化倾向。1922年创刊的《歌谣周刊》明确提出，搜集歌谣的目的有两个，其中之一就是"文艺的"，具体阐释为"由文艺批评的眼光加以选择，编成一部国民心声的选集。意大利的卫太而曾说：'根据在这些歌谣之上，根据在人民的真感情之上，一种新

---

① 钟敬文：《谈谈民间文学在大学中文系课程中的位置》，《北京师范大学学报》（社会科学版）1996年第6期。

的民族的诗也许能产生出来.' 所以这个工作不仅是在表彰现在隐藏着的光辉，还在引起将来的民族的诗的发展"①。从最初参与者胡适、周作人、刘半农等到后来的常惠、钟敬文，再到 20 世纪三四十年代的参与者闻一多、郑振铎、何其芳等，文艺视域的民间文学研究思想一脉相承，1949 年以后，民间文学成为社会主义中国新的人民的文艺建构的重要部分，再加上受到苏联民间文学研究的影响，民间文学逐渐发展为独立学科。20 世纪 70 年代末，民间文学研究恢复后，亦恰逢文学领域大规模接纳、借鉴、消化、融会域外理论，"在借鉴和改造外来文明成果的基础上，创造更富有现代性，更切合中国文学发展实际的文学理论批评体系"②。随着政治社会向消费社会的全方位转型，90 年代初期中国的文化状况发生了巨变，它推动着以"新启蒙"为标志的新时期文化主导倾向走向"终结"。在近十年时间，文学理论批评所涉及的主要问题包括：人文精神、批评话语建构、大众文化、后现代主义、文学的现代化和现代性、个人化写作等问题，"论争的焦点说到底就是社会转型的文化选择问题"③。少数民族民间文学亦在此大的文化、文学语境中发展。

　　20 世纪 70 年代后期少数民族民间文学研究沿袭"十七年"时期的文艺批评传统，重视对作品的文艺思想的分析，如对民间文学不同文类，像史诗、民间歌谣、神话、传说等文艺思想的分析、艺术特点的总结以及不同民族之间民间传说、民间歌谣等艺术特点的比较等在这--领域的研究中占较高比重。从 80 年代中期开始，大量新的理论被运用到少数民族民间文学的分析中，如运用弗洛伊德精神分析法对兄妹婚故事的研究；运用原型批评理论对少数民族民间文学所蕴含的集体意识的探讨。同时随着国际交流的增加，注重跨

---

① 《发刊词》，《歌谣周刊》1922 年"创刊号"。
② 黄曼君：《中国 20 世纪文学理论批评史》（下），中国文联出版社 2002 年版，第 742 页。
③ 同上书，第 812 页。

境民族的民间文学比较，等等。另外就是在文学史的编纂中进一步推进"整体文学观"。1956年，随着民族识别的进行，相关人员编纂了各民族的文学概况，并启动对少数民族民间文学史的编写（前文已提及）。1979年钟敬文提出民间文学是总的文学的一个方面或一个部分，它与作家文学、通俗文学共同构成文学。[①] 他这种大文学思想酝酿于20世纪30年代，到80年代末随着文化分层论的提出，逐步成熟，对于中国民间文学的发展产生了深刻影响。毛星的整体文学思想则是对钟敬文大文学思想的一个推进。他从50年代中期开始在少数民族地区进行民间文学调查起，就一直努力实践自己的整体文学观思想，后来则与贾芝、钟敬文、马学良等一起推进中国少数民族文学研究，他主持编写的《中国少数民族文学》填补了中国文学史的空白，对于中华完整文学史的建构更是意义重大。他的思想集中体现在为《中国少数民族文学》所写的序言中。

在文学这块园地，每个兄弟民族都有自己的贡献，都有自己的独特创造。如果离开汉族文化和生活的圈子，到兄弟民族中去，只要稍稍接触这些民族，接触他们的艺术创造，就会惊喜地发现感到这些民族文学的矿藏极为丰富，就会真正体会到什么叫"目不暇接"。可是很长时间以来，这些兄弟民族的珍宝，没有受到应有的重视以至被轻视、忽视了。因此，迄今为止，我国过去、现在编写的许多中国文学史，无一例外，实际上都只是中国汉族文学史……缺少了兄弟民族的内容，中国文学史就缺少了许多珍贵的东西，遗漏了重要的部分。

编写一部包括各兄弟民族文学成果、文学经验、文学发展历史，因而名实相符的中国文学史，是全国各族人民共同的需要和要求，是全面繁荣、发展我国社会主义文学的一项重大的

---

① 钟敬文：《钟敬文民间文学论集》（上），上海文艺出版社1982年版，第412页。

基本建设性工作。

既然不是历史，不探索、清理和表述文学发展的线索和规律，而是博览会似的珍品展览，因此这部书所介绍的作品都是思想和艺术很好或比较好的。有些作品虽然在这个民族的文学发展中起过重大作用，或一定历史阶段，在政治上发生过重大的、积极的影响。如果艺术性太差或较差，也不列入介绍范围。①

这一思想影响着民间文艺学领域，最显著的就是在《中华民间文学史》的编纂过程中，从体例到布局都是对《中国少数民族文学》的继承与发展。正如为编纂该书所召开的研讨会的纪要所述：

整体性应当是此项研究的立足点之一，即把中国各个民族的民间文学作为一个相互联系、相互影响的整体来宏观把握，这也正是本课题设计的优势所在。同时，也要把中国民间文学置于世界文化的广大背景之下来考虑，才能确定其在世界文化总格局中的地位，提高本书的学术境界。②

从大文学理论到整体文学观，与韦勒克总体文学理念相吻合，可见中国民间文学自身的发展与西方也有可对接之处，只是后来的研究者在引进西方理论时一味强调西学，忽略了中国民间文学自身的发展，这就使中国民间文学思想中的自主性因素没有得到进一步的发展与深化。

新时期民间文学研究在当时的学术复兴大潮得以恢复。1978年4月，钟敬文、贾芝、毛星、马学良、吉星、杨亮才组成筹备组，

---

① 参见中国社会科学院科研局组织编选《毛星集》，中国社会科学出版社2002年版，第357、370、371、372页。

② 吕微：《〈中华民间文学史〉编写研讨会纪要》，《文学遗产》1995年第2期。

筹备恢复民研会的工作。最初恢复后的民间文学是对 1949—1966 年思想的继承，同时承担着相关政治任务，属于拨乱反正工作的一部分。民间文学比一般文艺学受到"文化大革命"影响更严重，学科几乎处于停滞状态。在国家新的文化建设格局中，少数民族民间文学领域学人积极推动中国少数民族文学学会等学术组织的建立与学科发展，并对学界存在的问题进行了反思，民间文学的基本特征、范围与分类、资料搜集与保存等基本问题成为学界交流的热点，经过讨论基本上厘定了民间文学的界限，民间文学的学术研究亦逐步恢复。在 20 世纪 80 年代伴随着哲学社会科学领域的"方法热""理论热"的兴起，少数民族民间文学民俗视域、文艺学视域的研究、批评交织相融，但无论从哪一角度，到 90 年代中期民间文学研究中理论滞后、研究与问题错位、文学本位缺失等不足渐趋凸显。

第 五 章

走向新时代：从事实清理到
学科建设（1995—2019）

从 20 世纪 90 年代中后期到进入 21 世纪以来，中国少数民族民间文学研究发生了若干重要变化，从文学事实的清理到学术观念的转型，从回归文学传统的田野研究到学术范畴的重新界定，从注重地方知识的文类辨裁到民间话语的意义传达，从口承与书写的民俗过程到传承与传播的文学接受，民间文学的理论建构和方法论自觉在口头传统研究的本土化进程中逐步实现了研究范式的多重转换。这一时期，资料学建设和研究成果之丰硕、观点和方法之多样、学术队伍之壮大，都当属史无前例。本章仅从整体上梳理学术研究转型过程中知识生产的重组方式，在国家愿景与学术实践的张力之间，以点带面地描摹学科建设的若干标志性成就；进而以非物质文化遗产保护工作为背景，大致归总少数民族民间文学遗产化进程的整体面貌和学术取向。

第一节　国家愿景：清理家底与资料学建设

正如陈寅恪所说："一时代之学术，必有其新材料与新问题。取用此材料，以研求问题，则为此时代学术之新潮流。"① 因此，我们有必要回顾 20 世纪 90 年代中后期以来的民间文学资料学建设路径，以探察从 21 世纪走向新时代的少数民族民间文学发展格局及其内在理路。从宏观看，正是随着民间文学集成和少数民族古籍整理出版工作的有序推进，各民族文学史与文学简况丛书的陆续面世，有更多的民族院校设置少数民族文学专业课程，国家社会科学基金专题立项逐年增量，少数民族民间文学研究的基本问题在民俗学②、民间文艺学和少数民族文学等学科互涉领域的对话中逐步走向深入，并在非物质文化遗产保护工作中获得多重激发。

从国家文化建设的宏观视野看，中华人民共和国成立以来由政府主导的中国少数民族文学资料学和史料学建设大致通过以下工作路径得以组织和实施：（1）1950—2005 年，主要由国家民族事务委员会组织开展的"民族问题五种丛书"编写工作；（2）1984 年至今，由全国少数民族古籍整理规划领导小组主持的民族古籍搜集、整理、翻译、出版、研究工作；（3）1979—2009 年，由原文化部民族民间文艺发展中心牵头推进的《中国十部民族民间文艺集成志书》（以下简称"十部集成"），包括 1984—2004 年开展的《中国民间故事集成》《中国歌谣集成》《中国谚语集成》（通常简称为"民间文学三套集成"）；（4）2002—2010 年，由中国民间文艺家协会发起的"中国民族民间文化抢救工程"；（5）2006 年至今，由文化和旅游部主导开展的"非物质文化遗产记录工程"；（6）2018—2025 年，由中国文联总负责、由中国民间文艺家协会组织实施的《中国民间文学大系》出版工程。这一系列工作的陆续开展反映了中华人民共和国成立以来的国家愿景，从"民族—国家"的制度诉求、文化治理

---

① 陈寅恪：《陈垣〈敦煌劫余录〉序》，《金明馆丛稿二编》，上海古籍出版社 1980 年版，第 236 页。

② 需要说明的是，在中国学科建制中有民俗学和民间文学（或称民间文艺学）两个概念，但在教育部学科目录中统称为民俗学（含：中国民间文学）。因而本章述及民俗学的地方包括民间文学。

及政策制定，汲取了前40年积累的经验教训。与此同时，来自个人采集或机构组织搜集的民间文学资料也以单本和多卷本形式陆续出版，其体裁之丰、数量之多、规模之大也令人瞩目。因而，新时期以来的民间文学搜集、整理和出版工作迎来了前所未有的收获期，尤其是"55个少数民族的民间文学被记录下来，受到了出版界和学术界的空前重视"①。

　　"十部集成"以行政区划按省（市、自治区）立卷，经过全国数十万文艺工作者30年的努力，298部省卷（400册，每册100万—130万字）、约4.5亿字（含简谱曲谱）的大型系列丛书，于2009年10月全部出版。此后，香港、澳门各卷的编纂工作也在陆续展开。就"民间文学三套集成"而言，共收集民间故事25万则左右，正式出版2万则；以文字方式收集记录民间歌谣约20万首，正式出版10万首；谚语收集出版45万条。② 因此，这项前无古人的集成工程被誉为"中国文化的万里长城"，乃实至名归。

　　随着互联网技术的兴起，学术领域的知识生产也出现了新的取向。面对各民族民间文学的资源富矿，如何钩沉、爬梳、整理和研究也为学界带来了诸多挑战，其中数字化、数据化及网络化成为资料学建设和获取利用之间的重要关隘。

　　在"十部集成"海量资源的基础上，文化和旅游部民族民间文艺发展中心主持建设的"中国记忆——中国传统文化艺术基础资源数据库"取得了阶段性进展。该库规划内容包括文学、音乐、舞蹈、曲艺、戏曲等多个文学艺术门类，涉及文字、图片、音频、视频等各类介质，其核心资源来自"十部集成"。目前，已入库核心数据来

---

① 详见刘锡诚《新时期民间文学搜集工作概况》，《民间文艺学学科建设讲演录选》，上海文艺出版社2019年版，第235—285页。文章归纳了1988—1999年十年间的民间文学资料学的重要成果。另参汪立珍《20世纪中国少数民族民间文学资料建设回顾》，《西北民族大学学报》（哲学社会科学版）2010年第4期。

② 此据文化和旅游部民族民间文艺发展中心前主任李松提供的统计结果。此外，"十部集成"中与民间文学相关的卷本至少还有音乐卷、曲艺卷和戏曲卷。

源于《中国民间歌曲集成》《中国戏曲音乐集成》《中国民族民间器曲乐集成》《中国曲艺音乐集成》《中国歌谣集成》《中国谚语集成》《中国民间故事集成》七部集成志书，资源类型以文本为主，兼有图片、乐谱等，资源总量近百万条（文本类86万余条、图片和乐谱类10万余条）。由中国民协实施的"中国口头文学遗产数字化工程"，对60年来采集的民间文学资料进行了数字化。截至目前，两期工程已形成了11000余册、约18亿字资料，涉及神话、传说、民间故事等体裁，其中50%完成数字化转化，成为《中国民间文学大系》出版工程雄厚的资料基础。① 当前，以上两个资源型数据库项目尚在建设中。

从国家社会科学基金的立项来看，涉及少数民族民间文学研究的项目共有221个，其中涉及资料学建设的课题共23项。一类是数据库建设，共有10项，包括：内蒙古民族民间文学遗产数据库；蒙古族民间故事类型研究与数据库建设；中国少数民族口头传统专题数据库建设：口头传统元数据标准建设；傣、佤、景颇等云南跨境民族文学资源数据建设与研究；英雄史诗《格萨（斯）尔》图像文化调查研究及数据库建设；语料库的格萨尔史诗语言研究——以《霍岭》为例；中国少数民族神话数据库建设；明清民国歌谣整理与研究及电子文献库建设；藏族谚语信息化资源库建设；贵州民族民间故事类型数据库建设与应用研究。另一类是资料搜集、整理及研究，共有13项，包括：中国古代歌谣整理与研究；中华多民族谚语整理与研究；史诗《格萨尔》视觉文化的数字化保护与研究；贵州彝族神话调查整理与研究；史诗《亚鲁王》的搜集整理研究；满—通古斯语族民族文学资料整理与研究；布依族史诗典籍《安王与祖王》珍善本搜集整理研究；藏族神话资料搜集整理与研究；川滇地区东巴史诗的搜集整理研究；彝族英雄史诗《支格阿鲁》学术史资

---

① 张志勇：《中国民间文学大系出版工程启动实施》，《中国艺术报》2017年2月24日。

料整理与研究;遗产旅游与中国神话资源的创造性转化研究;蒙古族与阿尔泰语系诸民族星辰神话综合研究与资料集成;"十七年"时期的少数民族民间文学资源整理工作研究。因此,我们有理由相信,少数民族民间文学的信息化建设已经从政府行动走向学术机构和高等院校,可望在不久的将来取得实质性进展,从而切实促进资料搜集向资源利用、信息共享和学术创新的转化。

第二节　整理国故:少数民族古籍与 民间文学经典化

中华人民共和国成立以来,抢救保护了一大批濒临消亡的少数民族古籍。1984 年成立全国少数民族古籍整理规划领导小组以来,民族古籍工作机构已形成体系。全国少数民族古籍重点项目出版规划已先后制定并实施了七个五年规划,民族古籍的搜集、整理、翻译、出版、研究工作也取得了显著的成绩,并向纵深发展。① 据国家民委民族古籍整理研究室不完全统计,近年来抢救、整理了流存在民间的少数民族古籍 30 万种(不含馆藏及寺院藏书),公开出版了5000 余部,其中就有大量的少数民族文学古籍。民间文学方面的代表作当属三大英雄史诗,即藏族和蒙古族史诗《格萨(斯)尔》、柯尔克孜族史诗《玛纳斯》和蒙古族史诗《江格尔》。

实际上,1990 年出版的《中国少数民族文学古籍举要》② 就已收入 375 则作品概述,其中过半属民间文学范围,但有的来自古籍文献尤其是民间抄本,有的则是中华人民共和国成立以后采录的口

---

① 相关沿革参见黄建明、邵古主编《中国少数民族古籍保护与发展报告:1982—2012》,民族出版社 2013 年版。另参朱崇先《中国少数民族古籍文献整理研究》,商务印书馆 2017 年版。

② 吴肃民、莫福山主编:《中国少数民族文学古籍举要》,天津古籍出版社 1990年版。

头文本。因此，涉及民间文学内容的少数民族古籍基本可划分为"文献古籍"和"口传古籍"两大类。2008 年，国家民委、文化部出台《关于进一步加强少数民族古籍保护工作的实施意见》，专门对"加快优秀少数民族民间口传古籍传承人的抢救工作"作出了规定，要求按照"救人、救书、救学科"的原则和抢救非物质文化遗产的有关要求，及时做好"救人"工作，切实推进民间口传古籍的保护和利用。

在过去的 25 年间，除了《中国少数民族古籍集成》（2002 年）、《中国少数民族文字珍稀典籍汇编》（2017 年）、《中国少数民族古籍总目提要》（1997 年至今）等全国性大型编纂成果外，云南、广西、贵州、内蒙古、新疆、西藏、黑龙江、吉林等地，都有系列化的文学古籍集成类成果面世，不胜枚举。云南省共有 25 个世居少数民族，是民族成分最多的一个省。近年来，在云南省少数民族古籍整理出版规划办公室的领导下，该省已抢救保护民族文献古籍 3 万余册（卷），口传古籍 1 万余种，翻译、整理、出版了彝、纳西、傣、回、哈尼、白等民族古籍 500 多册 4000 余种，其中包括以下大型出版成果：《云南少数民族古典史诗全集》（3 卷，2009 年，收录 58 种史诗）、《云南少数民族叙事长诗全集》（3 卷，2012 年，收录 186 部叙事长诗）、《云南民族口传非物质文化遗产总目提要》（3 卷，2008 年，收录口传非物质文化遗产 19600 种，800 余万字）、《哈尼族口传文化译注全集》（计划 100 卷，2009 年启动，其中包括史诗 12 卷，神话、传说、故事 14 卷，歌谣 16 卷，祭词 29 卷，现已出版 35 卷）。此外还有《纳西东巴古籍译注全集》（100 卷，1999—2000 年，5000 余万字）、《中国贝叶经全集》（100 卷，2006—2010 年，收录典籍 139 部）及《彝族毕摩经典译注》（106 卷，2007—2014 年，收录 400 余部彝文古籍），这类经籍文献承载着大量的史诗、神话、叙事诗、祭词、仪式歌等。壮族是中国人口最多的少数民族，主要居住在广西壮族自治区。经过 30 多年的发展，广西民族古籍事业呈现出良好的发展势头，截至目前已抢救、搜集少数民族古籍 10000 多册（件），翻译整理出版各少数民族古籍成果 800 余种。其中，以《壮族麽经布洛陀影印译注》（8 卷本，2004 年，收入麽经抄本 29 种）和《壮族麽经布洛陀遗本影印译注》（3 卷本，2016年，共收录麽经抄本 13 种）为代表性成果。① 而以民族古籍整理成果为基础建设的"布洛陀文化""密洛陀文化""侗族琵琶歌""仫佬族依饭节"等也已成为广西民族文化品牌。以上两个省区的文学古籍整理出版工作反映了 21 世纪以来的国家文化建设的制度化举措和取得的巨大成就。

由上所述，过去随风飘散、自生自灭的各类"具有历史文化价值"的民间文献在古籍整理工作中经相关政府机构和专家学者的确认和认定后进入国家文化遗产的范围。例如，《中华大国学经典文库》（2016 年）不但包含传统概念上的经、史、子、集类汉文典籍，还涵盖了 55 个少数民族共 44 种"传世作品"。其中，既有藏族的《红史》《萨迦世系史》、蒙古族的《元朝秘史》《汉译蒙古黄金史纲》、维吾尔族的《福乐智慧》等历史名著，也有藏族史诗《格萨尔王传》、蒙古族史诗《江格尔》、彝族叙事诗《阿诗玛》和创世史诗《查姆》《梅葛》、傣族叙事诗《召树屯》、壮族创世史诗《布洛陀经诗》和英雄史诗《莫一大王》、瑶族史诗《盘王歌》等民间文学作品。这一双重并置无疑凸显了少数民族民间文学作品的经典化价值和文化传播意义。

全国范围内的少数民族民间文学资料学建设也从各地和相关机构持续性开展的古籍整理、翻译、编纂和出版工作中受益匪浅。通过几十年来长时段的广纳博收、拾遗补阙、搜辑重辑，大量散藏在民间的籍载文献和口传古籍得到了抢救和保护，长期以来因种种因素被遮蔽的许多重要文本由此成为相关民族的"文学经典"，提升了当地民众的文化自信和文化自觉，促进了公众和社会各界对少数民族文化的认知和尊重，对学术研究和相关科研活动也形成了多方面的推进作用。

---

① 布洛陀是壮族先民信仰崇拜的人文始祖；"麽经"即布洛陀经书，为布洛陀文化的重要载体和核心内容，被誉为壮族文化百科全书和创世史诗。

第三节　登堂入室:大文学观与
少数民族民间文学

　　有关族别文学史或文学概况写作的讨论,大都面临民间文学作品的时代划分之难题,而阶段研究一直是学科结构的历时性支柱。20世纪80年代末期到90年代中期的讨论结果,集中反映在邓敏文基于当时四十多种族别文学史写作而完成的《中国多民族文学史论》一书中。① 自马学良、梁庭望、张公瑾主编的《中国少数民族文学史》于1992年面世以来,民族民间文学已全面进入总体文学史、语种文学史、族别文学史、区域文学史、分体文学史及民族文学关系史②的书写实践中,许多代表性文类尤其是地方文类和口头文类获得了应有的彰显。刘魁立早年提出的多民族文学史撰写的“三个台阶”(族别文学史、文学关系史、多民族文学史)③ 得到了落实。吕微从国家话语权力角度,剖析了早期少数民族文学史书写所具有的多重向度和复杂策略,展现了

---

　　① 邓敏文:《中国多民族文学史论》,社会科学文献出版社1995年版。另参吕微《中国少数民族文学史研究:国家学术与现代民族国家方案》,《民族文学研究》2000年第4期;文中述及,据邓敏文《中国少数民族文学史、文学概况总目提要》和后补充的信息,截至1998年,民族文学史著作(不包括民族文学概况类书籍)已经出版了54种。孟令法近期做过一次不完全统计,这类著作已经上百种。这里仅以《中国少数民族文学史丛书·云南少数民族文学史系列》(第2版)为例。该丛书收入云南13个民族(彝族、哈尼族、傣族、傈僳族、拉祜族、佤族、布朗族、阿昌族、普米族、怒族、基诺族、德昂族、独龙族)的族别文学史或文学简史,经云南省社会科学院民族文学研究所编纂,由云南民族出版社于2014年推出,共计450.8万字。
　　② 就民族文学关系史而言,可参耿金声《西北民族文学史》,天津古籍出版社1995年版;李炳海《民族融合和中国古典文学》,东北师范大学出版社1997年版;刘亚虎、邓敏文、罗汉田《中国南方民族文学关系史》,民族出版社2001年版;郎樱、扎拉嘎《中国各民族文学关系研究》,贵州人民出版社2005年版等论著。
　　③ 刘魁立:《继往开来——全国少数民族文学史学术会上的发言片断》,《民族文学研究》1987年第2期。

国家现代建构过程中民族性的历史坚守与时代精神的呼应。①

在"大文学观"的书写框架下,少数民族文学包括民间文学首次进入中国社会科学院文学研究所与民族文学研究所合力完成的《中华文学通史》②。主编之一张炯在该书"序言"中指出:"完整意义上的中华文学史应该是涵盖中华各兄弟民族的文学贡献的文学史,也应该是涵盖中国各地区的文学史,即包括台湾、香港、澳门在内的文学史,而不仅仅是大陆地区的汉族文学史。"③ 根据梁庭望的统计,《中华文学通史》凡281章,其中含少数民族文学专章54章,占19%,专章内各节及其他章所包含的少数民族文学专节一共150节。梁氏认为:"虽然这部巨著将汉文学与少数民族文学共处于一书,但尚未能浑然一体,布局也不平衡,有游离之感,但它迈出了重要的一步,标志着真正的中国文学史的编撰已经提到日程。"④ 笔者作为参与者,见证了这部通史构合的复杂过程,尤其是各类少数民族民间文学"作品"入史的断代难题及其处理策略。朝戈金指出,这一开山之作"首次将少数民族文学纳入整个中国文学史的总格局之中,使之成为中华民族文学发展的有机组成部分,其意义特别巨大"⑤。刘跃进从"初步实现文学史古今打通、多种文体打通、多民族文学打通"的"三通"肯定了这部通史的总体价值,而这正是文学史家郑振铎的一个理想。⑥

----

① 吕微:《中国少数民族文学史研究:国家学术与现代民族国家方案》,《民族文学研究》2000年第4期。

② 张炯、邓绍基、樊俊主编:《中华文学通史》(10卷),华艺出版社1997年版。

③ 张炯:《走向完整的中国文学史研究——〈中华文学通史〉导言》,《文学评论》1996年第4期。

④ 梁庭望:《20世纪的中国少数民族文学研究》,《中南民族学院学报》(人文社会科学版)2001年第1期。

⑤ 朝戈金:《中国少数民族文学学科的概念、对象和范围》,《民族文学研究》1998年第2期。

⑥ 刘跃进:《中国古典文学研究四十年》,《深圳大学学报》(人文社会科学版)2019年第1期。

随着"民间文学三套集成"等资料性成果的陆续出版,从少数民族故事、神话、传说、史诗、叙事诗等民间文学"新材料"发现"新问题"成为治史的内在理路,《中华民间文学史》(祁连休、程蔷主编,1999 年)、《中国民间故事史》(刘守华,1999 年)、《中国神话史》(袁珂,2005 年)、《20 世纪中国民间文学学术史》(刘锡诚,2006 年)、《中国古代民间故事类型研究》(祁连休,2007 年)、《中国民间故事史》(祁连休,2015 年)、《中国民间叙事诗史》(贺学君,2016 年)、《简明中国文学史读本》(刘跃进主编,2019 年)等学科化前沿性著作都充分地给予了详略不同的关注、呈现和阐释。赵敏俐主编、梁庭望撰写的《中国诗歌通史·少数民族卷》① 立足于"中华民族文化版图说",在共时性关系上把中国各少数民族按其所居住的地域分为中原旱地文化圈、北方森林草原狩猎游牧文化圈、西南高原农牧文化圈和江南稻作文化圈四大板块;进而通过历时性的考察,探查少数民族诗歌的发展历程,描摹文人诗作与民间歌诗的文化生境、民族气质和互动生成。由此,"可以更好地认识各文化圈之间的政治一体、经济互补、文化互动和血缘互渗的关系,进而更全面地认识中华民族诗歌创作中多元一体的文化格局"② 。另外,就少数民族戏剧和戏曲史而言,新时期以来出版过几种专书③ ,其中曲六乙的《中国少数民族戏剧通史》④ 堪称代表性成果,该书改写并矫正了以往学界的诸多错误和成见,印证了少数民族文学之于大中华文学史的价值和意义。

族别文学史(或概况)和族别民间文学概论类著述众多,难以逐一列举。尽管这些努力大多没有突破社会进化论和"概论

---

①　梁庭望:《中国诗歌通史·少数民族卷》,人民出版社 2012 年版。

②　赵敏俐:《多民族特点与世界性眼光——略论新世纪的中国诗歌史观》,《文史哲》2012 年第 4 期。

③　王文章、刘文峰、李悦主编:《中国少数民族戏曲剧种发展史》,学苑出版社 2007 年版;赵志忠:《中国少数民族文学史·戏剧卷》,人民文学出版社 2017 年版。

④　曲六乙:《中国少数民族戏剧通史》,中国民族摄影艺术出版社 2014 年版。

思维"① 预制下的书写模式，但为呈现中华民族多元一体的文学格局并映射你中有我我中有你的互动交融展现了纷繁多样的知识图景，同时推动并深化了民间文学的比较研究，并将学术视野从中国文学扩展到了世界文学彼此交汇的大道小径上。② 杨义曾在"大文学观"的理论视野下使用"文学地图"这一新概念与既往文学史书写相区别，由此从"边缘的活力"阐释中国文学发展的动力：诸多要素的发生、成长、碰撞、交流、移位、重构，都是中国文学生命活力的源泉，而其中最值得重新估量的，莫过于少数民族文化，以及民间文化对于中国文学的意义。③ 以上各类文学史的书写，也从不同向度呈现了少数民族文学传统之于中华多元一体文学版图的重要价值。

第四节　遗产化进程中的少数民族民间文学

2004 年 12 月中国加入联合国教科文组织《保护非物质文化遗产公约》（以下简称《非遗公约》）。2005—2009 年，文化主管部门在全国范围开展非物质文化遗产（以下或简称非遗）普查工作，其成果表明中国境内存续的非遗项目约有 87 万项。这次普查也成为民间文学步入"后集成时代"（刘锡诚语）的一个转接性标志。

2006 年以来，文化主管部门按国家、省（市、区）、地市、区县设立了非物质文化遗产代表性项目的四级名录体系和代表性项目

① 施爱东：《"概论教育"与"概论思维"》，《西北民族研究》2004 年第 1 期。

② 这里仅举几种比较研究成果。雷茂奎、李竟成主编：《丝绸之路民族民间文学研究》，新疆人民出版社 1994 年版；马学良等主编：《中国少数民族文学比较研究》，中央民族大学出版社 1997 年版；李子贤主编：《多元文化与民族文学：中国西南少数民族文学的比较研究》，云南教育出版社 2001 年版；陈岗龙：《蒙古民间文学比较研究》，北京大学出版社 2001 年版；郎樱：《中国北方民族文学比较研究》，民族出版社 2011 年版。

③ 杨义：《重绘中国文学地图通释》，当代中国出版社 2007 年版；相关评价见施爱东《让边缘活力成为中心话语》，《中华读书报》2007 年 11 月 14 日。

代表性传承人认定制度；2011 年，国家颁布和实施《中华人民共和国非物质文化遗产法》（以下简称《非遗法》），各省、市、自治区也相继出台了非遗保护条例。此外，在文化政策和法律法规层面，各级政府还通过一系列制度化措施与国际法和国内法一道为非遗保护提供了法律框架和法理依据。

截至 2014 年 11 月，国务院公布的四批国家级非遗代表性项目共1372 项，少数民族非遗项目 613 项，占 45%；其中民间文学 73 项，但尚无民间文学类项目列入的民族多达 24 个。2007—2018 年，国家文化主管部门先后认定了五批国家级非物质文化遗产代表性项目代表性传承人，共计 3068 人，民间文学类共 123 人。前四批共 1986 人，其中少数民族 463 人，占 23%，远低于项目量占比；十大类别的少数民族国家级非遗项目代表性传承人占比最高的是民间文学，共计 77人，其中少数民族 57 人，占 74%；从性别角度来看，女性传承人的数量明显少于男性传承人，其中民间文学女性传承人仅有 10 人，占17%。[①] 截至 2018 年 12 月，全国共设立国家级文化生态保护实验区21 个，涉及省份 17 个，其中民族地区 11 个，占 52%，其中格萨尔文化（果洛）生态保护实验区直接以藏族史诗传统命名。文化主管部门先后于 2011 年和 2014 年公布了两批国家级非物质文化遗产生产性保护示范基地，共计 100 个，其中涉及少数民族地区的基地 28 个，占28%。此外，2008 年以来，中国列入教科文组织非物质文化遗产名录的非遗项目共 40 项，其中人类非物质文化遗产代表作名录共 32 项，含少数民族族别项目 10 项，即蒙古族长调民歌、中国新疆维吾尔木卡姆艺术、侗族大歌、格萨（斯）尔史诗、玛纳斯、呼麦、热贡艺术、藏戏、中国朝鲜族农乐舞、藏医药浴法；多民族共享项目 4 项，涉及花儿、雕版印刷技艺、中国剪纸、二十四节气。此外，列入急需保护

---

① 王丹：《少数民族非物质文化遗产保护现状和问题研究——基于国家级非遗项目和代表性传承人的分析》，《文化遗产》2018 年第 2 期。需要说明的是，这篇文章中的少数民族民间文学传承人统计尚未纳入第五批中的 46 人。

的非物质文化遗产名录共 7 项，其中 4 项属于族别项目，即羌年、黎族传统纺染织绣技艺、麦西热甫及赫哲族伊玛堪。从项目与项目的互涉关系来看，直接或间接涉及少数民族民间文学的非遗项目共有 18 项，占 45%；族别项目 14 项，占 35%。这些数字表明，在遗产化进程中，少数民族民间文学艺术作为非遗项目进入国家知识体系和话语体系中，进一步得到社会各界的重视和国际社会的关注，尤其是少数民族民间文学类非遗项目和代表性传承人得到了优先支持和重点扶助。

国内外的非物质文化遗产保护热潮对少数民族民间文学研究也产生了多方面的影响。一方面，有越来越多的各民族专家学者参与到国家文化建设的具体实践过程中，在《非遗公约》和《非遗法》搭建的保护框架下参与政策咨询、提供智力支持、开展学术研讨，以各自的专业经验为非遗保护贡献力量已经成为工作常态。尽管非遗保护工作不能等同更不能替代学术本身，但学者们因此拓宽了研究范围，将视野进一步扩展到国家文化政策、当下的民间文学生态、传承人及其所在社区和群体的口头实践和交流艺术等方面，反过来也能丰富自身的学问和问学。比如，施爱东根据非遗保护的基本宗旨出发，基于民间文学艺术作品的基本特征、各民族民间文化艺术的交融互动的规律，结合国际国内的立法实践，多次为国家版权局2014 年发布的《民间文学艺术作品著作权保护条例（征求意见稿）》提供学理分析和具体建议，认为不宜在著作权法框架下处理民间文艺作品的著作权保护问题。① 又如，姚慧从《非遗公约》的基本宗旨出发，结合中国非遗保护实际中存在的观念问题进行反思，对人们常常谈论的热词如"原生态""原汁原味""本真性"等并不符合非遗活态性与动态性的不当用词和使用误区，进行了深入分析和阐

---

① 施爱东:《"非物质文化遗产保护"与"民间文艺作品著作权保护"的内在矛盾》,《中国人民大学学报》2018 年第 1 期。

扬。① 但如何保持学术的独立性则一直是大家争论的一个焦点。另一方面，在民间文学类非遗保护研究成果大量出现的同时，资料学建设也取得了丰硕的成果。一批批新材料的搜集和出版接续并衔接了"集成"时期的采录工作，多向度地弥补了其中的缺项，尤其是当时尚未纳入的各民族史诗和经籍文献中流存的口传文本。此外，从锡伯族乌春、达斡尔族乌钦、赫哲族伊玛堪、鄂伦春族摩苏昆、满族说部，到壮族布洛陀和嘹歌、瑶族密洛陀、苗族史诗亚鲁王、汉族题材少数民族叙事诗等，有的是在进入21世纪之后的"新发现"，有的是文本集成有了大幅度的扩展和充实。在全国上下的非遗保护氛围中，少数民族民间文学领域的系统性、成规模的资料搜集、采录、集成、重刊工作在各民族地区大面积铺开，并与少数民族古籍整理工作形成合力。国家非遗项目记录工程也取得阶段性进展，尤其是代表性传承人的抢救性记录工作更加科学和规范，诸多少数民族传承人的口述史和民族志访谈以影像记录方式得以数字化建档。

2019年7月15日，正在内蒙古考察的习近平总书记在赤峰博物馆亲切接见了国家级非物质文化遗产代表性项目格萨（斯）尔传承人代表。在观看一段说唱展示后，习近平指出，你们的演唱让我们感受到历史文化的厚重。56个民族不断交流交往交融，形成了多元一统的中华民族。我们中华文明历史悠久，是世界上唯一没有中断、发展至今的文明，要重视少数民族文化遗产的保护传承。我今天来看你们，就是要表明党中央是支持扶持少数民族非物质文化遗产保护和传承的。② 为深入贯彻习近平新时代中国特色社会主义思想以及党的十九大和十九届二中、三中全会精神，落实中共中央办公厅、国务院办公厅《关于实施中华优秀传统文化传承发展工程的意见》

---

① 姚慧：《何以"原生态"？——对全球化时代非物质文化遗产保护的反思》，《文艺研究》2019年第5期。

② 习近平：《要重视少数民族文化遗产的保护传承》，新华社"新华视点"微博2019年7月16日。

和中宣部、文化和旅游部、财政部《非物质文化遗产传承发展工程实施方案》有关要求，充分发挥非遗对增进中华民族文化认同的重要作用，文化和旅游部已于 2019 年 7 月出台《曲艺传承发展计划》，从扶持"曲艺书场"到保护"曲艺生态"，对曲艺类非物质文化遗产传承发展工作进行专项部署。由此，我们可以期待少数民族民间文学艺术的生态保护也将开启一个新的篇章。

综上所述，从搜集、整理到采录、出版①，从抢救到保护，持续了半个多世纪的各民族民间文学资料学建设，一直伴随着中华大文学史观的构合，为当下乃至将来的学术研究奠定了基石。钟敬文、贾芝、马学良等老一辈拓路人和几代各民族学者的不懈努力，既为一批批文学史和民间文学概论的书写提供了大量"证明自身"的文学事实和文本阐释依据，也为少数民族民间文学研究从新世纪走向新时代的有序展开和纵深发展建立了整体格局、提供了基本方向。

在这个四分之一世纪的发展时段内，少数民族民间文学研究出现了诸多新气象。总体上看，随着中国哲学社会科学和人文学术从新世纪走向新时代，中国少数民族文学的学科建设在整体格局上发生了重要的变化。各民族优秀传统文化和文学资源的不断发掘和持续积累，传统领域的继承与新领域的出现，理论建设和方法论的多学科性整合，学术话语和研究理念的开放性对话，研究课题的生发与推演，学位教育项目的增设和专业细化，研究机构与专业学会的定位与互补，为少数民族民间文学研究带来了持续性的创造活力，使 20 世纪 90 年代中期出现的理论建设滞后、问题导向错位、研究本体缺失等方面的不足有了极大的改观。诚然，理论方法论的自觉在今天看来依然是一个不能回避的问题。

────────────────

① 20 世纪 80 年代初，在编纂"民间文学三套集成"期间，为增强民间文学工作的科学性，一律用"采录"来取代原先的"搜集整理"。参见刘守华《论民间文学的"改写"》，《民俗研究》2019 年第 2 期。这种工作原则的更变，也为后来的资料利用和学术反思带来了不同的声音。

　　从研究趋向上看，民间文学研究界的理论方法论自觉和学术观念更新，打开了回归田野、回归传统、回归民间、回归文本、回归生活实践的反身性思考空间和此起彼伏的辩论场域。尽管回归路线存在多个方向，但作为"家乡"的民间文学不再是没有"遗产"可资依凭的一门"新"学科，而且是"多民族一国民俗学"的老家底。在非遗保护的时代背景下，如何看护好这份老家底，如何通过学术研究将之传给下一代，也是民间文学工作者的责任和使命。

第 六 章

从本土走向世界的中国史诗学

　　自20世纪50年代少数民族文学学科成立以来，民间文学研究便关涉其中，至今已近70年，各方面的学术成果丰厚。而晚近25年间的科研活动、学术思潮、话语关系的复杂变动已经极大地改变了前45年的总体面貌，尤其是20世纪西方民俗学"三大理论"（口头程式理论、演述理论及民族志诗学）①的渐次引入和本土化实践，为中国民间文学研究带来了知识生产的创造性活力，出现了若干新的气象。伴随着新一代学者的成长和渐趋成熟，学术的格局、理路、方法、追求都发生了一些变化。民族文学研究的族别视角和区域视野，以及基于民间文学文类划界的研究，例如神话、传说、民间故事、史诗、叙事诗、歌谣等文类的专门探讨都获得了长足的发展，

---

　　① 口头程式理论（Oral Formulaic Theory），肇始于20世纪30—40年代，因其是由哈佛大学两位古典学者米尔曼·帕里（Milman Parry）和阿尔伯特·洛德（Albert Bates Lord）共同创立，故也称作"帕里—洛德学说"，或"哈佛学派"。在后来的发展中，该学说一方面与演述理论（Theory of Performance，也译作展演理论、表演理论）和民族志诗学（Ethnopoetics）共同构成20世纪西方民俗学"三大理论"；另一方面又被广泛运用到了超过150种语言传统的跨学科领域，深刻地影响了国际人文科学的发展。需要说明的是，关于"演述理论"这一学派的名称翻译问题，国内民俗学界有过很多讨论，即便在民族文学研究所学者中也有过从"表演"到"演述"的用法更变；鉴于performance一词来源于语言学，具体是指"语言运用"，我们认为"演述"更接近该术语的本义。相关的"名实"之辩，可一并参考杨利慧、彭牧、朱刚等人的关联文章，这里恕不一一赘述。

其中史诗研究当属成就最大，影响也最广。从一定意义上说，正是以史诗研究的观念突破为发端、以口头诗学为基本理念的跨学科综合研究，引领了少数民族民间文学的研究范式转换。因此，我们不妨以"机构—学科"为视角，就史诗研究领域的知识生产和学术治理进行考察，结合世纪之交的学术反思、学术观念的革新、理论方法论的拓展以及研究范式的转换，来勾勒少数民族民间文学研究的大致轨辙和学科建设的若干相面。

但说到史诗研究在国内的有序展开，还不得不简短地交代一下学科化之肇端。中国国内对少数民族史诗的发掘、搜集、记录、整理和出版起步于20世纪50年代，其间几经沉浮，大致厘清了各民族史诗的主要文本及其流布状况。① 但成规模、有阵势的史诗研究是从20世纪80年代中期才开始的。这种"延宕"的终结多少与中国社会科学院少数民族文学研究所（2012年更名为民族文学研究所，以下简称民文所）于1980年成立伊始就将长期缺乏系统观照的史诗这一"超级文类"设定为重点研究方向有密切关联。

党和国家历来就非常重视少数民族史诗的搜集、整理、翻译和研究，先后将相关科研工作列入国家社会科学"六五""七五""八五"重点规划项目。1996年以来，中国社会科学院又将中国少数民族史诗研究列为"九五""十五""十一五""十二五""十三五"规划的重点管理项目，"中国史诗学"也先后成为所、院两级规制的重点学科建设目标。因此，自民文所创建以来，少数民族史诗的搜集、整理及研究就一直是学科创设、治理和发展的重要方向之一。②

在21世纪的学科建设进程中，民文所致力于推进以"资料库/

---

① 参见毛巧晖《国家话语与少数民族民间文学资料搜集整理——以1949年至1966年为例》，《广西民族师范学院学报》2012年第2期；冯文开《20世纪中国少数民族史诗的搜集整理与出版》，《中国出版》2015年第22期。

② 巴莫曲布嫫：《中国史诗研究的学科化及其实践路径》，《西北民族研究》2018年第4期。

媒资库/档案库"为学术资源依托，以口头传统田野研究基地为信息增长点，以中国民族文学网为传播交流平台的整体发展计划。这一实施于 2000 年的"资料库/基地/网络"三位一体方略，为中国史诗研究的学科化实践和制度化建设提供了前瞻性视野和持续性治理的长线发展路线图。今天看来，这一顶层设计的提出和坚持取得了预期效果，相关举措对少数民族民间文学研究事业和口头传统研究的在地化实践也起到了主导性的学科规制作用。

以上简略的描述，或许能为我们理解史诗研究何以在并不算长的几十年间发展成一门具有中国特色的专门学提供大致的学科制度化背景。

第一节　从"中国少数民族史诗研究" 到"中国史诗研究"

在百年中国民俗学发展历程中，相较于其他民间文学文类，史诗研究起步较晚，学科基础也相对薄弱。这大体上反映了中国史诗研究从萌蘖、兴起到发展也是 20 世纪后半叶才逐步形成的一种学术格局。而这种"行道迟迟"的局面，一则与整个东西方学界关于"史诗"的概念和界定有直接的关联，二则这种迟滞也潜在地驱动了 20 世纪 50 年代和 80 年代两度发生的大规模的史诗"生产运动"[①]。目前我们见到的许多少数民族史诗"作品"（文学出版物），大多正是这两个时期自上而下的民间文学搜集浪潮中"发现"或"命名"的产物。大量"作品"的面世，既为研究工作积累了丰厚的学术资源，提供了更多的理论生长点，同时也为后来的文本阐释、学理规

[①]　因当时条件尚不成熟，前文述及的"民间文学三套集成"（故事卷、歌谣卷、谚语卷）编纂工作（1984 年启动，2009 年完成出版），在整体规划上并没有考虑收纳史诗和长篇叙事诗。但有的省卷本在歌谣集成中还是收入了部分史诗的节选。

范、田野实践建立了代际对话的自反性视野。①

　　1983 年 8 月,"第一届全国少数民族史诗学术讨论会"在青海西宁召开,堪称少数民族文学领域的史诗研究总动员,与会人数过百,会前民文所也做了大量准备工作。但相关文献显示,会议收到的论文中涉及理论研究的仅占 3.5%,主要理论视角是马克思主义史诗观。②后有学者在述评文章中总结说:"当然,这次全国少数民族史诗学术讨论会也反映出了我国史诗学研究中的一些弱点,例如:从面上看,理论水平还比较偏低,研究队伍还比较单薄,尚难以胜任对我国丰富的史诗蕴藏的全面发掘和研究的任务,材料的搜集整理和翻译工作也还不能完全适应进行综合研究的需要,等等。"③值得注意的是,这次会议虽然没能在理论上形成深入研讨,但其中也有若干文章涉及史诗类型这类重要问题的讨论。④

　　在这样的背景下,民文所专门组建了史诗课题组,以仁钦道尔吉、降边嘉措、杨恩洪、郎樱为代表的第一代史诗学者勇担重任,开启了比较系统的学术探索之路。他们基于近二十年的田野调查和文本研究,形成了一批梳理资料全面、论述有一定深度的论文、研究报告和著述。与此同时,在史诗富集区内蒙古、新疆、青海、甘肃、云南等地也出现了一批孜孜矻矻的各民族学者。他们在那个时段发表或出版的若干学术成果丰富了史诗理论研究的内涵,尤其是

---

　　①　巴莫曲布嫫:《民间叙事传统"格式化"之批评》(上、中、下),《民族艺术》2003 年第 4 期、2004 年第 1 期及第 2 期连载。

　　②　王克勤:《第一届全国少数民族史诗学术讨论会在西宁召开》,《民族文学研究》1984 年第 1 期。

　　③　扎拉嘎:《一九八三年全国少数民族史诗学术讨论会述评》,《民族文学研究》1987 年第 S1 期。

　　④　例如,李子贤将"原始性史诗"划分为以下四大类型:"创世神话型;创世—文化发展史型;创世—文化发展史型加'古代的战争描写';迁徙型。"参其《略论南方少数民族原始性史诗发达的历史根源》,《民族文学研究》1984 年第 1 期。

在史诗类型问题上形成了持续性讨论，至今依然具有张力。① 但从总体上看，民文所史诗课题组依靠中国社会科学院的资源和国家社会科学重点课题的制度化支持，有组织、有计划、有分工地开展集体科研活动，学术机构的决策导向和团队力量也由此得以显现。史诗课题组相继推出了"中国少数民族史诗研究丛书"（1990—1994年）② 和"中国史诗研究丛书"（1999年）③ 两批成果，其间杨恩洪有关格萨尔史诗说唱艺人的专著（1995年）也适逢其时地面世了④。这些研究成果集中地体现出了这一时期的学术面貌和整体水平，也呈现出改革开放背景下的哲学社会科学研究课题设置的时代特征。例如，"中国史诗研究丛书"立足于三大英雄史诗和南北方

① 据目前所见资料而言，创世史诗、原始性史诗、神话史诗、迁徙史诗等类型是李子贤、潜明兹、史军超等学者较早提出来的。虽然观点不尽相同，但他们在20世纪80年代发表的若干文章客观上形成了持续性讨论，随后也有更多的学者参与进来，深化了史诗研究乃至民间文学研究的本体论思考。限于篇幅，这里列举几篇论文为证，不作孰先孰后的判断。李子贤：《创世史诗产生时代刍议》，《思想战线》1981年第1期；潜明兹：《创世史诗的美学意义初探》，《思想战线》1981年第2期；史军超：《读哈尼族迁徙史诗断想》，《思想战线》1985年第6期。

② "中国少数民族史诗研究丛书"由内蒙古大学出版社于1990—1994年推出，包括《阿尔泰语系民族叙事文学与萨满文化》（仁钦道尔吉、郎樱主编，1990年）、《〈玛纳斯〉论析》（郎樱，1991年）、《原始叙事艺术的结晶——原始性史诗研究》（刘亚湖，1991年）、《蒙古人民的英雄史诗》（［苏］谢·尤·涅克留多夫，徐诚翰、高文风、张积智译，1991年）、《〈江格尔〉论》（仁钦道尔吉，1994年）、《〈格萨尔〉与藏族文化》（降边嘉措，1994年），一共6种著述。

③ "中国史诗研究丛书"是在前一套丛书的基础上重新规划并继续由内蒙古大学出版社分两批出版的。在1999年推出的5种专著系国家社科"七五"重点研究课题成果，包括《〈江格尔〉论》（仁钦道尔吉）、《〈玛纳斯〉论》（郎樱）、《〈格萨尔〉论》（降边嘉措）、《南方史诗论》（刘亚虎）及《〈江格尔〉与蒙古族宗教文化》（斯钦巴图）；2011年又增加了2种，即《蒙古英雄史诗源流》（仁钦道尔吉）和《当代荷马：〈玛纳斯〉演唱大师——居素普·玛玛依评传》（阿地力·朱玛吐尔地、托汗·依沙克合著）。因此，这套丛书共有7部，著者中还有3位青年学者。这也是前后两套丛书之间的区别，需要予以厘清。

④ 杨恩洪：《民间诗神——格萨尔艺人研究》，中国藏学出版社1995年版。该著的增订本于2017年由中国社会科学出版社出版。

数百部中小型史诗的丰富资料，较为全面和系统地论述了中国史诗的总体面貌、重点史诗文本、代表性演唱艺人，以及史诗研究中的一些理论问题，并提出了建立中国史诗研究体系的工作目标①。

仁钦道尔吉的《江格尔》和蒙古族英雄史诗研究、降边嘉措和杨恩洪的《格萨尔》研究、郎樱的《玛纳斯》研究，以及刘亚虎的南方史诗研究构成这一时段最为彰显的学术格局：在工作路径上，研究者大都熟悉本地语言文字和民俗文化传统，注重田野调查与文献研究的互证；在史诗观念上，从口头史诗文本、演唱史诗的艺人、热爱史诗的听众三个方面提出"活态史诗"的概念，突破了过去偏重于参照书面史诗的局限；在传承人问题上，从特定的社会文化语境中考察艺人的习艺过程及其传承方式，提出了艺人类型说和传承圈说；在文类界定上，不再"取例"西方，从英雄史诗拓展出若干史诗类型和分类方法②，兼及同一语系或语族内部或文化区域之间的史诗比较研究。而两套丛书的先后推出，从"中国少数民族史诗研究丛书"到"中国史诗研究丛书"，也从"题名"上折射出这一时期史诗学者"孜孜策励，良在于斯"的学科创设蓝图。

2000 年 6 月，民文所与内蒙古大学出版社联合举办了"中国史诗研究丛书首发式暨学术座谈会"。各方专家对"五部专著"的出版意义和中国史诗研究格局的初步形成有一致的评价。钟敬文在发言中特地用了一个比喻来表达他的欢欣：

---

① 仁钦道尔吉、郎樱：《〈中国史诗研究〉前言》，"中国史诗研究丛书"，内蒙古大学出版社 1999 年版，第 1—5 页。

② 仁钦道尔吉和郎樱两位学者就史诗分类有如下说明："在我国史诗中，存在着早期史诗与晚期史诗共同流传，小型史诗、中型史诗与长篇史诗并存的特殊现象。在早期史诗中，有原始性创世史诗、迁徙史诗、神话史诗、氏族复仇史诗等等，它们的内容十分古老。"同前揭，第 3 页。而这种划分显然与前文述及的类型不尽相同。

大家都知道有很多民族在庄稼收割开始的时候，把最初的收获叫"初岁"，要献给神灵，表示庆祝。那么这五部书就是中国将来要建成的雄伟的学术里面的一个"初岁"，预兆着未来的更伟大的收获。①

当然，这个"初岁"的来临与史诗观念的转变密切相关。正如尹虎彬所言："中国学术界把史诗认定为民间文艺样式，这还是1949年以后的事情。这主要是受到马克思主义美学和文艺学观念的影响的结果。20世纪80年代后，学术界开始把史诗作为民俗学的一种样式来研究，其中受人类学派的影响最大。进入20世纪90年代中期以后，学者们开始树立'活形态'的史诗观，认为中国少数民族史诗属于口头传统的范畴。"② 的确，这段话中提到的"口头传统"（oral tradition）作为一个外来术语，那时已经"登陆"中国了。

第二节　从史诗传统走向口头传统

2000年，新世纪伊始就有了新气象。1月，美国史诗学者弗里（John Miles Foley）一向负有盛名的"口头传统简明教程"——《口头诗学：帕里—洛德理论》的中文版面世（朝戈金译，社会科学文献出版社）；11月，朝戈金的博士学位论文《口传史诗诗学：冉皮勒"江格尔"程式句法研究》（广西人民出版社）以专著形式出版；12月，《民族文学研究》增刊《北美口头传统研究专辑》集7篇论

---

① 参见史克《中国史诗研究正走向世界——"中国史诗研究丛书首发式暨学术座谈会"综述》，《民族文学研究》2000年第4期。

② 尹虎彬：《史诗观念与史诗研究范式转移》，《中央民族大学学报》（哲学社会科学版）2008年第1期。

文、2 则弗里所撰的"附录"、3 个关键词及 1 份有关"跨学科意义"的简明阐要接踵而至。此后的数年间，一系列有关口头传统研究的译著或译文也得以陆续推出，20 世纪西方三大民俗学理论——口头程式理论、民族志诗学和演述理论——的代表性人物及其若干关键著述陆续进入中国学界①。在译介活动兴起的同时，民文所学者走向田野的步伐也在加快，队伍也愈加壮大起来，域外理论与本土实践的抱合、学术话语与地方知识的碰撞生发，就这样一步步延展开来。

但如果稍稍回顾一下世纪之交的学术研究历程就不难发现：20世纪 90 年代，在老一辈学者推进史诗研究的同时，民文所的青年学者也开始陆续译介西方民俗学理论②；恰巧也是在 1990—1999 年间，口头程式理论的引介和评述经朝戈金和尹虎彬的手笔，逐步进入学者们的视野，成为口头传统研究这一"新"领域在中国的滥觞。2000 年以后，译介范围的扩大，进一步带动了口头传统研究在中国的发展，影响从史诗研究波及民俗学和民间文艺学，进而扩展到多个学科。从平行方向上看，有关演述理论这一学派的系统引介，当

---

① 民文所史诗团队的译著有：［美］约翰·迈尔斯·弗里（John Miles Foley）：《口头诗学：帕里—洛德理论》，朝戈金译，社会科学文献出版社 2000 年版；［美］阿尔伯特·贝茨·洛德（Albert B. Lord）：《故事的歌手》，尹虎彬译，中华书局 2004 年版；［匈］格雷戈里·纳吉（Gregory Nagy）：《荷马诸问题》，巴莫曲布嫫译，广西师范大学出版社 2008 年版；［德］卡尔·赖歇尔：《突厥语民族口头史诗：传统、形式和诗歌结构》，阿地里·居玛吐尔地译，中国社会科学出版社 2011 年版。国内同行的关联性译著主要有：［美］理查德·鲍曼（Richard Bauman）：《作为表演的艺术》，杨利慧、安德明译，广西师范大学出版社 2008 年版；［美］沃尔特·翁（Walter J. Ong）：《口语文化与书面文化：语词的技术化》，何道宽译，北京大学出版社 2008 年版。

② 民俗学领域对西方理论的译介由来已久。钟敬文写过多篇文章予以专门讨论，其中也述及 20 世纪 80—90 年代的译介工作及其意义，同时也给出了警示性的建议。钟敬文：《谈谈民俗学的理论引进工作》，《清华大学学报》（哲学社会科学版）2003 年第 1 期。

推杨利慧和安德明与鲍曼的学术访谈为信号①；此后在他们的积极推动下，该学派也引起了学界的广泛关注，拥趸众多。加之此前已初见端倪的演述理论和民族志诗学到了这时也有了进一步译介和评述，便一并被学者们纳入借鉴的范围；原本彼此之间就有亲缘关系的"三大理论"在口头传统的研究视野下构合成一个更为完整的参照系。民文所学者也从理论的"视野融合"和方法论整合中受益匪浅，并逐步走出了一条在认识论上有立场转换、在方法论上有拓展创新、在技术路线上有改弦更张的学术探索之路，进而以史诗理论话语的更新、研究观念的转变带动民间文学朝向口头传统的学术转型。

实际上，"三大理论"在一个时段内相对集中地出现在中国绝非偶然。从 20 世纪 90 年代中后期开始，一批有着民俗学背景的著译者先后负笈西行，前往欧美民俗学重镇或高等学府作中长期访学和研修②，对西方民间文学、民俗学、人类学等互涉学科有了切近的了解，回国后又有机会深入民间进行田野调查。这种知识背景和跨语言经历，令这一代学者从一开始就走上了与老一代学者颇为不同的道路，尽管各自的路径和关注点都有所侧重。

---

① 　杨利慧、安德明：《理查德·鲍曼及其表演理论——美国民俗学者系列访谈之一》，《民俗研究》2003 年第 1 期。此外，杨利慧的《语境、过程、表演者与朝向当下的民俗学——表演理论与中国民俗学的当代转型》（《民俗研究》2011 年第 1 期）一文，对演述理论在中国民俗学领域近 30 年间的传播和实践状况进行了比较全面的清理和总结。另参彭牧《实践、文化政治学与美国民俗学的表演理论》，《民间文化论坛》2005 年第 5 期；刘晓春《从"民俗"到"语境中的民俗"——中国民俗学研究的范式转换》，《民俗研究》2009 年第 2 期；朱刚《从"语言转向"到"以演述为中心"的方法——当代民俗学理论范式的学术史钩沉》，《民族文学研究》2014 年第 6 期；毛晓帅《中国民俗学转型发展与表演理论的对话关系》，《民俗研究》2018 年第 4 期。

② 　详见朱刚《哈佛大学燕京学社与中国口头传统研究的滥觞——以中国社会科学院民族文学研究所为例》，《民族文学研究》2018 年第 6 期。该文对民文所学者与口头诗学"结缘"于哈佛大学的来龙去脉作出了较为全面的清理，许多细节一经爬梳也成为一段段学术历程的呈现，其中有关"师生"之谊和代际差序的"故事讲述"也是研究主体间性的线索。

　　就学术转型而言，钟敬文在其为朝戈金专著①所写的序文中已经作了要义阐发："所谓转型，我认为最重要的，是对已经搜集到的各种史诗文本，由基础的资料汇集而转向文学事实的科学清理，也就是由主观框架下的整体普查、占有资料而向客观历史中的史诗传统的还原与探究。"② 正是以问题意识为导向，以矫正史诗"误读"③ 为出发点，以回归文本背后的传统为内在理路，并在积极的学术史批评意义上开展自我反思和代际对话，促成了史诗研究的方法论自觉，由此形成的研究理念和具体实践引导了学术转型的发生和发展。朝戈金的专著，基于江格尔史诗传统和传承人冉皮勒演述录记本建立起田野再认证程序、文本解析模型及诗学分析路径，特别是对"文本性"与"口头性"的剖析鞭辟入里，改变了既往基于一般文艺学的文本观念，为后续的田野实践和文本研究建立了典范，其专著的出版在学术转型过程中恰如先行者投出的一枚"引路石"，敲开了通往口头传统研究的关键之门。吕微在其"著作出版推荐意见"中对朝著作出了以下评价：

　　　　这些理论思考的成果，已超出狭义的史诗学、民间文学的范围，甚至对经典的文学范畴本身，都提出了有力的质疑和冲击。作者对史诗"创—编"方法的细致辨析已然破除人们对民间文学传承方式的简单化理解；作者关于史诗编创使用"非日常口语"的判断，已迫使经典民间文学理论重新检讨民间文学口头性质、口头形式的传统结论。总之，本书大大丰富了人们

---

　　① 朝戈金：《口传史诗诗学：冉皮勒〈江格尔〉程式句法研究》，广西人民出版社2000年版。

　　② 朝戈金：《口传史诗诗学：冉皮勒〈江格尔〉程式句法研究》，广西人民出版社2000年版，"序"第5页。另外，钟敬文对中国南北史诗的研究及其布局提出过前瞻性的意见，参钟敬文、巴莫曲布嫫《南方史诗传统与中国史诗学建设——钟敬文访谈录》，《民族艺术》2002年第4期。

　　③ 有关讨论见廖明君、朝戈金《口传史诗的"误读"——朝戈金访谈录》，《民族艺术》1999年第1期。

关于史诗、民间文学，乃至文学的认识，将有助于推动学界文学观念的更变。(2000 年 8 月 8 日，电子版文件)

今天看来，这段文字对我们理解"文学观念"的改变正中要害，加上以"口头性"为问题导向的讨论，对于民间文学研究本体的认识和定位依然有着醍醐灌顶般的点通意义。

2003 年 10 月，联合国教科文组织在巴黎通过《保护非物质文化遗产公约》之际，民文所在该组织驻华办事处的支持下成立国内首家口头传统研究中心还不到一个月，可谓适逢其时。作为统摄非遗五大领域的口头传统，原本只是学术话语，在继起的保护热潮中也得到政府部门和公众的了解、认知和重视。在中心成立仪式上，所外同行和专家们指出，民文所立足于本土口头传统的学术实践不仅引领了国内口传文化研究，而且标志着"中国学术正在发生深刻变化"(刘铁梁语)[①]。与中心成立同步，民文所在西部地区建立口头传统田野研究基地的计划也付诸行动。诚然，以"变化"为趋向的学术转型远非一蹴而就，其实现经过了学者们多年的持续性探索，直到 2008 年，朝戈金才就研究范式的突破作过这样的几点概括：

以何谓"口头性"和"文本性"的问题意识为导向，突破了以书面文本为参照框架的文学研究模式；以"史诗传统"而非"一部史诗作品"为口头叙事研究的基本立场，突破了苏联民间文艺学影响下的历史研究模式；以口头诗学和程式句法分析为阐释框架，突破了西方史诗学者在中国史诗文本解析中一直偏爱的故事学结构或功能研究……[②]

---

① 巴莫曲布嫫、刘宗迪、高荷红：《口头传统研究中心在京成立》(会议综述)，《口头传统研究通讯》第 1 期，中国社会科学院民族文学研究所口头传统研究中心编印，2003 年 9 月。

② 朝戈金：《朝向 21 世纪的中国史诗学》，《国际博物馆》(中文版) 2010 年第 1 期。

述及文本观念的转变，还需将 20 世纪 90 年代中期民间文学研究存在的"本体缺失"① 与 20、21 世纪之交民俗学界的学术史反思联系到一起来加以回观。2003 年 7 月，"萨斯"（SARS，即传染性非典型肺炎）余流未尽，北京大学民间文化青年论坛计划召开的"第一届学术会议"只能通过在线方式进行。但这场以"中国民间文化的学术史观照"为主题的学术研讨会，随即演变为持续半年之久的"网络学术大论战"②。网络会议期间发生激辩的论域正好是"田野与文本"及其二者之间的"孰轻孰重"，民文所的多位学者也"卷入其中"。最后，在"告别田野"③ 与"走向田野"④ 这两种观点的张力之间，田野与文本的关系、文本与语境的关系、演述事件与社区交流的关系、传承人与受众的关系、研究对象与研究主体的关系等问题，其实都得到了全面强调。尽管个人观点和立场都有所不同，甚至相左，但由此建立的反身性思考、学术对话和学术批评精神，一直是当代中国民俗学发展的动力所在。在次年 8 月召开的第二届"民间文化青年论坛学术会议"期间，

> 与会者则不再是简单地高声疾呼告别田野、回归文本，而是通过自己切实的学术实践强调我们究竟需要什么样的田野研究和文本研究。而那些原本就坚持田野研究、语境研究的学者也不再把田野、语境看做是纯粹属于被研究对象的客体性范畴，而是突出地把研究者本人的因素加入到田野、语境当中，用民族文

---

① 毛巧晖：《20 世纪下半叶中国民间文艺学思想史论》（修订版），学苑出版社 2018 年版，第 203—208 页。亦见本编第二章。

② 这次网络学术会议论文收入陈泳超主编《中国民间文化的学术史观照》，黑龙江人民出版社 2004 年版；后续论争及余波见施爱东整理《作为实验的田野研究：中国现代民俗学的"科玄论战"》，中国社会科学出版社 2016 年版。

③ 施爱东：《告别田野》，《民俗研究》2003 年第 1 期。

④ 陈建宪：《略论民间文学研究中的几个关系——"走向田野，回归文本"再思考》，《民族文学研究》2004 年第 3 期。

学研究所巴莫的话说就是研究者在研究事件中的"在场"。①

　　这两次辩论及其余波，也深深嵌入了史诗学术转型的背景之中。换言之，民文所学者正是在学术共同体的集体反思中汲取前行的动力，从而才能走得更远、更坚定。正如刘宗迪所说："唯有在走向田野的同时，以对民间口头文本的理解为中心，实现从书面范式、田野范式向口头范式的转换，才能真正确立民间文艺学和民俗学的学科独立地位。"② 中青年史诗学者成长起来，老一辈学者开创的中国史诗研究在口头传统的学术新格局中有所继承，也有所发展，学科化的内在理路日渐清晰起来。主要表现为：以民俗学田野实践为导向，"以演述为中心"的一批史诗研究成果相继面世，大都能以厚重的文化深描和细腻的民族志写作来阐释和透视处于社会急遽转型时期的少数民族史诗传统及其历时性传承和共时性传播，同时在当下的文化生境中把握民俗交流事件、民众生活世界，以及传承人群体的生存状态，用口头诗学的基本理念及其过程性观照统摄传统研究方法，将参与式观察、民族志访谈、个人生活史书写、在语境框架中解析文本、定向跟踪史诗演述人及其与所在群体和社区的互动等多种田野作业法并置为多向度、多层面的整体考察，从个案研究走向理论方法论建设，从学术话语的抽绎走向工作模型的提炼，进而开启了中国史诗研究的新范式，也引领了民间文学研究范式的转换：从文本走向田野，从传统走向传承，从集体性走向个人才艺，从传承人走向受众，从他观走向自观，从目治转向耳治之学③。

---

　　① 吕微：《反思民俗学、民间文学的学术伦理》，《民间文化论坛》2004 年第 5 期。
　　② 刘宗迪：《从书面范式到口头范式：论民间文艺学的范式转换与学科独立》，《民族文学研究》2004 年第 2 期。
　　③ 朝戈金：《朝向 21 世纪的中国史诗学》，《国际博物馆》（中文版）2010 年第 1 期。有关"目治"与"耳治"的讨论，最早见于沈兼士《今后研究方言之新趋势》，《歌谣周刊纪念增刊》（单行本），1923 年 12 月。另参钟敬文《"五四"时期民俗文化学的兴起——呈献于顾颉刚、董作宾诸故人之灵》，《北京师范大学学报》1989 年第 3 期。

　　本土化的学术实践在很大程度上更新和丰富了史诗研究的学术话语，为少数民族民间文学整体纳入学科建设奠定了坚实的基础。朝戈金借鉴民俗学三大学派共享的概念框架，结合蒙古族史诗传统表述归纳出史诗术语、概念和文本类型①；尹虎彬立足于古代经典与口头传统之间的互动关联，将西方史诗学术的深度审视转接为中国史诗研究的多向度思考②；巴莫曲布嫫提炼的"格式化问题"、演述人和演述场域、文本性属与文本界限、叙事型构和叙事界域，以及以"五个在场"同构的田野研究工作模型等③，大都来自本土知识体系与学术表述在语义学和语用学意义上的接轨。这些实践在史诗学理论建构上有融通中外的视域，为少数民族文学学科的可持续发展提供了重要的学术支撑。随后，斯钦巴图、阿地里·居玛吐尔地、诺布旺丹、塔亚、乌·纳钦、博特乐图（杨玉成）、陈岗龙、吴晓东等，沿此方向发表了多种研究成果，与其他民俗学者的实证研究一道，从整体上形成了中国民间文学研究的新格局。

第三节　从口头传统走向头诗学

　　21 世纪的中国史诗研究在口头传统研究的学术格局中形成了全新的定位，并在田野实践中从偏重一般文艺学的文本研究走向口头诗学（oral poetics）的理论建设。中国史诗学的制度化经营、学科专业化的主导原则和实践路径也在推动学科发展的过程中超越了既有边界，使人文学术的知识生产呈现出跨界重组的动态图景。正是在

---

　　①　朝戈金：《口传史诗诗学：冉皮勒"江格尔"程式句法研究》，广西人民出版社 2000 年版，第 11—19 页。

　　②　尹虎彬：《古代经典与口头传统》，中国社会科学出版社 2002 年版。

　　③　巴莫曲布嫫：《叙事语境与演述场域——以诺苏彝族的口头论辩和史诗传统为例》，《文学评论》2004 年第 1 期；《叙事型构·文本界限·叙事界域：传统指涉性的发现》，《民俗研究》2004 年第 3 期。

口头传统通向口头诗学的道路上，学术共同体得以塑造，也得以发展，并将学术思想的种子播撒到更多的学科。①

民族文学研究所建所四十年来，逐步形成了一个老中青相结合、语言门类布局合理、研究重点突出、人员优化组合的史诗研究队伍；成员来自若干研究室，这种跨室的力量整合与中国社会科学院众多重点学科很不相同。近十年来，中国史诗学团队的人员队伍规模有所增加，平均年龄有所年轻化，语言传统和史诗传统的布局有所扩展，显示了良好的发展态势；尤其是青年学者的加盟和学科互涉领域（民族音乐学、古典语文学、史学）人才的相继引入，为史诗研究的学科化格局调整和完善，注入了新的活力。

就学术传统和代际传承而言，仁钦道尔吉、降边嘉措、郎樱、杨恩洪等老一辈学者，倾注一生心血，开创了中国史诗学的基本格局，至今依然笔耕不辍。朝戈金、尹虎彬、巴莫曲布嫫、斯钦孟和、旦布尔加甫、阿地里·居玛吐尔地、黄中祥、斯钦巴图、诺布旺丹、李连荣、乌·纳钦、吴晓东、杨霞等"50后"和"60后"学者，很好地接续了田野路线与文本路线并重的学术传统，在理论方法论、学术史、史诗演述传统、传承人及其群体、科学资料本和史诗学史料等方面都取得了相应的突破，以团队协作和集体实践促进了学术转型和范式转换。一批"70后"和"80后"学者正在积极成长，各有专攻。满族说部传承研究（高荷红）、达斡尔族乌钦叙事研究（吴刚）、传统歌会与交流诗学研究（朱刚）、藏蒙史诗音乐研究（姚慧）、纳西族东巴史诗研究（杨杰宏）、壮族史诗布洛陀研究（李斯颖）、傣族史诗和阿銮故事诗研究（屈永仙）、柯尔克孜族史

① 有关中国史诗学术史的发展，可参考以下文献。朝戈金主编：《中国史诗学读本》，中国社会科学出版社2016年版；冯文开：《中国史诗学史论（1840—2010）》，中国社会科学出版社2016年版；尹虎彬：《中国少数民族史诗研究三十年》，《中国社会科学院研究生院学报》2009年第3期；高荷红：《口头传统·口头范式·口头诗学》，《贵州民族大学学报》（哲学社会科学版）2015年第5期；意娜：《论口头诗学对传统文学理论的超越》，《民族文学研究》2016年第5期。

诗传承研究（巴合多来提·木那孜力）、维吾尔族达斯坦叙事传统研究（吐孙阿依吐拉克）、格斯尔史诗诗部的异文比较研究（玉兰）、蒙古族图兀里叙事传统研究（包秀兰）、格萨尔史诗抄本和缮写传统研究（央吉卓玛）、口头传统数字化建档和元数据标准研究（郭翠潇），从多个向度弥补了过去研究中的短板或缺项，也让我们看到了中国史诗学的代际对话、专业细化和发展空间。① 总之，老中青三代学者构成的史诗学术梯队，从工作语言布局到专业知识结构，基本覆盖了三大史诗和南北方典型的史诗传统和史诗类型。这个团队既有长期的田野研究实践，也有广泛的国际学术联系，尤其是有历史使命感和代际传承的学术担当，成为中国史诗学从新时期走向新时代的一支重要力量。

从学术转型到范式转换，从人才培养到梯队建设，这一进程也给史诗研究带来了新的格局。2010 年以来，随着研究范畴的进一步界定和拓展，学科建设的顶层设计、整体布局和具体工作路径也有了相应的调整。民文所史诗团队着力开展的工作主要包括"格萨（斯）尔""玛纳斯""江格尔"三大史诗诗系研究；北方史诗带研究和南方史诗群研究②；专题研究则涉及中西方史诗研究的理论方法论和学术史，史诗的演述、创编和流布，传承人及其受众，史诗的文本与语境，史诗的文化意义与社会功能，史诗文本的采录、整理、翻译和比勘，史诗演述传统的数字化建档，口承与书写的互动关联，研究对象与研究主体的田野关系与学术伦理，当下史诗传统的存续力与非物质文化遗产保护，以及中国史诗学学科体系建设等诸多环

---

① 这里，我们还当述及所外的诸多青年学者。求学或访学经历让他们与民文所这个集体有了不解之缘：从中国社会科学院研究生院少数民族文学系毕业的硕士和博士研究生，在民文所博士后流动工作站进行过独立研究的青年学子，还有在民文所驻足半年到一年的访问学者。他们中有许多人同样在自己的科研教学中继续口头诗学的实践，并在各自的治学道路上有所建树。

② 参见朝戈金、尹虎彬、巴莫曲布嫫《中国史诗传统：文化多样性与民族精神的"博物馆"》，《国际博物馆》（中文版）2010 年第 1 期。

节。与此同时，超越对史诗本身的研究，进而总结"以口头传统为方法"的学科化规律，以口头诗学的理论建构为突破，从本体论、认识论及方法论层面，深拓少数民族文学传统的学术发展空间，也逐步成为史诗团队的共识。

研究范式的转换，带来了更多的本体论思考和进一步的理论自觉，而"以口头传统为方法"的学术实践也在走向深入。口头诗学在中国的专门提出和倡立始于 2002 年，以朝戈金从文艺学角度讨论口头诗学的一篇文章为表征，① 继而以民文所史诗学者的学术实践和学理研究形成了持续性的接力和对话。在此过程中，朝戈金和弗里合作完成的长篇专论，曾就口头诗学的"五个基本问题"（何谓一首诗、大词、诗行、程式、语域）在四大传统之间开展比较研究，当属在东西方口头诗学与比较诗学之间形成"视野融合"的一次尝试。② 其后他接着发表了一系列研究文章，专门探讨口头诗学的要义和规则，而其主张"'回到声音'的口头诗学"③，从文学创作、传播、接受等维度，大略讨论了从书面文学与口头文学之间的规则性差异来阐释口头艺术的必经之路，显示出建设口头诗学的理论自觉和深耕其间的一贯努力。

公允地说，口头传统理论和方法论的引入及其本土化实践在很大程度上深化了中国史诗研究，而口头诗学的倡立和讨论不仅为学科化的制度建设和理论创新奠定了本体论基础，也为学科整体的可持续发展提供了重要的学术支撑，进而对文艺美学、民间文艺学、民俗学、古典文学、比较文学等许多学科产生了不同程度的影响。截至目前，口头诗学在中国已经走过十多年的历程，也有不少实际运用的研

---

① 朝戈金：《关于口头传唱诗歌的研究：口头诗学问题》，《文艺研究》2002 年第 4 期。

② 朝戈金、［美］约翰·弗里：《口头诗学五题：四大传统的比较研究》，《东方文学研究集刊（1）》，湖南文艺出版社 2003 年版，第 33—97 页。

③ 朝戈金：《"回到声音"的口头诗学：以口传史诗的文本研究为起点》，《西北民族研究》2014 年第 2 期。

究案例见诸期刊论文、硕士博士学位论文和研究专著，其中以"口头诗学"为论题者也呈增长态势。这里不妨列出相关评论以窥一斑：

> 作为人文科学和社会科学研究的一种独特的理论与方法，口头诗学尤其在"口头传统"（oral tradition）研究领域（包括诗歌及其他口头表演样式），取得了极为丰硕的成果，产生了相当广泛的影响。借鉴现代西方口头诗学的视角、理论和方法，有助于我们深入审视中国古代白话小说的生成、传播的历史过程，也有助于我们重新评判中国古代白话小说的文化价值。①

> 从研究对象来看，口头诗学提供了全新的视角和范式来观察中国文学。以程式为核心的帕里—洛德理论的引入，更新了传统的研究方式，用全新的视野来观察文学，有利于打破因循的旧观点，使我们的认识由遮蔽走向澄明。在中国古代文学研究领域，学者引入口头诗学对《诗经》、敦煌变文等进行研究，皆有新见，使我们的研究更加全面。在这一点上，最重要体现在中国民间文学的研究方面。②

郭翠潇通过可视化统计法对口头程式理论在中国的应用和发展进行了研究，计量分析结果表明，2000—2015 年间文献发表数量为668 篇文章，年均41.75 篇；2014 年出现峰值，达80 篇。在这一时段内，该理论被来自文学、民俗学、语言学、音乐学、戏曲、古代文学等领域的学者应用到国内上百种传统或文本的研究中。③ 此后，她还以2000—2017 年的133 篇硕士、博士学位论文作为研究样本，

---

① 郭英德：《"说—听"与"写—读"——中国古代白话小说的两种生成方式及其互动关系》，《学术研究》2014 年第 12 期。

② 胡继成：《口头诗学的中国"旅行"——一个比较诗学的个案考察》，《理论界》2016 年第 3 期。

③ 郭翠潇：《口头程式理论在中国的译介与应用——基于中国知网（CNKI）期刊数据库文献的实证研究》，《民族文学研究》2016 年第 6 期。

用量化和可视化方法呈现了口头程式理论在中国研究生学位教育领域的应用情况及研究发展走势，样本文献的研究对象近百种，至少涉及中国境内 28 个当代民族，覆盖口头传统、古典文学、民间戏剧和戏曲、古代典籍、宗教典籍、学术史、外国文学、语言教学等多个领域；其中运用于史诗、叙事诗、民歌、民间说唱等口头文类研究的论文占大多数，史诗类最多，共 39 篇①。诚然，以上统计仅以可获取的文献为样本，作为观察影响走向及其表征的证据提供也有必要，至少我们从中看到口头诗学与不同学科展开对话的可能性已经出现。比如说，如何看待历史上留存下来的"口传古籍"（如前一章所述），怎样理解像荷马史诗这样被束之高阁的"古代经典"，或者说，怎样继续回应中国汉语文学史上是否出现过"史诗"这样的老问题？

> 以中国社会科学院民族文学研究所为代表的我国一批中青年学者，从理论和方法上对中国史诗进行了深入研究，取得了突破性进展，实现了中国史诗研究由西方史诗理论的"消费者"到中国本土史诗理论的"生产者"的重大转变……本文正是在以上认识的基础上，认为从五帝中晚期到夏商西周两千年历史长河中，汉民族也有着丰富发达的早期口传史诗与到商周以后出现的"雅"、"颂"类文本史诗，从而形成了"史诗传统"。②

当然答案未必只有一种。又比如，民文所史诗学者立足于中国实际对史诗文本作出了更细致的自主性划分，在民间文学界形成了进一步的讨论和生发。由此，陈泳超不仅提出了"第四种"文本，

---

① 郭翠潇：《口头程式理论在中国研究生学位教育领域的应用（2000—2017）——基于 133 篇硕士、博士学位论文的计量分析》，《民族文学研究》2018 年第 6 期。

② 江林昌：《诗的源起及其早期发展变化——兼论中国古代巫术与宗教有关问题》，《中国社会科学》2010 年第 4 期。

即"新编地方文本"，还倡导建立民间文学的"文本学"：

> 史诗学界对于文本的这一分类尽管主要是针对史诗的实存状态所进行的概括相当程度上可以扩展到民间文学的诸多领域。事实上，许多其他类别的民间文学研究，也已关注、借鉴了史诗的这一分类法，比如林继富就曾消化这一分类法将其研究的民间故事分为：演述文本、采录文本、整理文本和重构文本四类。
>
> 史诗学界对文本分类有许多较为成熟的见地，这些分类原则引申到整个民间文学界，在相当程度上也是有效的，但还存在较多问题需要深入探讨。针对民间文学界文本情况相对比较紊乱甚至时常错位的现状，应该倡立科学的"文本学"，尽可能地按照统一标准为各类文本设定一个较为明晰的语系，以使各类文本有所归属，并在各自特定的条件下产生认识和美学的效用。①

归根到底，口头程式理论的译介和口头诗学理念的影响，主要在于较为彻底地改变甚或颠覆了我们既有的文本观，让我们学会"以口头传统作为方法"去理解民众的口头交流实践和口头艺术，在"以演述为中心"的交流过程中去捕捉的意义的生成和传达，从而在文本阐释中形成自反性或反身性思考；而倡立口头诗学，也是为了"探索人类表达文化之根"（弗里语）这一学术责任作出中国学界应有的贡献。或许我们可以这样认为，引导大家重新审视研究对象，从不同角度去形成探索中国民间文学本体研究的"文本学""叙事学""形态学"等学术取向，可能远比口头程式理论的具体应用案例有多少要重要。而观念的改变大抵也是无从计量的，这是问题的一个方面；另一方面，我们依然要重视的是，文本观的改变给学术

---

① 陈泳超：《倡立民间文学的"文本学"》，《民族文学研究》2013年第5期。

研究带来的深层影响是否会接着改变我们认知生活世界、认知口头艺术、认知人类表达文化的实践方式和意义空间，从而更加接近我们早已确立却又在各种"声浪"中不断游离的研究本体。

就如何理解和建设口头诗学，朝戈金近期给出了如下概括："口头诗学的学术方向和学科建设，离不开几个基本问题的厘清：第一，口头诗学的早期开创者们，分别具有文艺学、古典学、语文学、人类学、信息技术、文化哲学等背景，于是，该学术方向从一开始，就有别于一般文艺学的理论和方法。第二，口头诗学的发展，离不开两个基本的维度：一个是对口头性的认识，这是在与书面性相比照的维度上发展的。再一个是对占据支配地位的书面文学传统的大幅度超越。第三，口头诗学在理论和方法论上，在认识论上，都追求在社会关系网络中理解文学活动的取向，于是，其理论体系就更具有开放的特点。第四，只有在更为广阔的人文背景上理解口头诗学，才能够理解其文化的和学术的意义。最后，因为将人和人的言语行为、全官感知、认知心理及身体实践纳入考量，口头诗学由此便更具有人文的色彩和人性的温度。"[①] 在此基础上，他进一步提出"全观诗学"的研究方向，意在打通涉及民间文学艺术多个学科之间的藩篱，进入民众审美交流的各个通道来建立阐释口头艺术、听觉艺术、视觉艺术、身体艺术乃至味觉艺术的全观诗学。

习近平总书记曾多次强调，"加强话语体系建设，着力打造融通中外的新概念新范畴新表述"。发展新时代中国口头诗学绝不是简单照搬照抄西方理论，而是要在汲取和借鉴东西方思想模式的基础上，建立以"通古今之变"和"观中西之别"为核心的中国民间文学研究观，放下身段从口头传统中采撷地方知识和民间智慧，重塑学术的概念、范畴、术语及表述系统，将本地经验运用到国际语境中以沟通中外。正如康丽所言："关于经典研究范式的当代适用性的讨

①　朝戈金：《口头诗学》，《民间文化论坛》2018 年第 6 期；另参其近期论文《作为认识论和方法论的口头传统》，《内蒙古社会科学》（汉文版）2019 年第 2 期。

论，最终要归结到的是复合了学术立场的选择、研究视角的转换与术语体系的兴建等多元要素的方法论认知变革的梳理。"① 因此，总结过去，我们还应进一步向各民族口头文论和历代诗学理论学习，向各民族传承人取经，认真体认地方知识、民间经验和口头艺术，以丰富学术研究和学术表述的话语体系。

第四节　立足本土面向世界的中国史诗学

"十二五"以来，随着中国社会科学院创新工程的实施，中国史诗学重点学科既定的总体目标得到进一步落实，即通过长期的制度化建设，推动中国史诗学术研究，构筑可持续性发展的"中国史诗学"体系，建立口头传统研究的"中国学派"；与此同时，结合田野研究基地建设、国家文化主管部门委托任务，以及院所两级国情调研，进一步推动田野实践与理论研究，参与国际学术对话，使学科化治理融入国家文化建设和国际人文学术的大格局中。

从中国少数民族史诗研究到中国史诗研究，从口头传统研究到口头诗学，民文所的学科建设也在逐步成长和发展。今天，这个聚集了 18 个少数民族和汉族学者的科研机构已成为少数民族文学研究的学术中心和口头传统研究的旗舰，影响也及于国外。从 2001 年美国《口头传统》学刊推出"中国口头传统"专辑，到 2010 年教科文组织《国际博物馆》（中文版）出版"中国口头史诗传统"专号，再到 2017 年《美国民俗学学刊》（JAF）刊布"中国和内亚的活形态史诗"专号，说明中国史诗研究已进入国际学术对话。此外，民文所学者的研究著述以多种文字刊发于美国、俄罗斯、英国、德国、日本、蒙古国、吉尔吉斯斯坦、哈萨克斯坦、越南、马来西亚等国

---

① 康丽：《民间文艺学经典研究范式的当代适用性思考——以形态结构与文本观念研究为例》，《清华大学学报》（哲学社会科学版）2016 年第 1 期。

家的学术刊物；代表性学术成果在国内本领域已形成普遍影响，同时也为十多个国家的学者引证、参考或介绍，在专业领域有国际知名度。这些关于口头传统，特别是上升到口头诗学的讨论，已引起学界关注。美国学者本德尔（Mark Bender）将以朝戈金为首的"中国口传团队"概括为口头传统研究的"语用学学派"（the pragmatic school）——立足于中国学术传统（钟敬文、马学良等），吸收欧美理论（航柯、帕里、洛德、弗里等），形成了综合性的口头诗学解析框架。① 这些评价既是对中国史诗学建设的肯定，也说明只有在立足于本土的同时又能保持开放性的理论自觉，才能融入国际学术的对话——

其一，立足于长期田野调研的资料学建设取得丰硕成果。民文所在西部地区相继建立了 13 个口头传统田野研究基地和 3 个国情调研基地，大多依托当地史诗传统和其他代表性口头文类而设立，特别是在史诗学以及与史诗具有共生关系的地方文类调查、搜集、整理工作方面取得突破性进展，相继出版了系列化资料学成果，尤其是在科学版本的校勘、出版和研究方面，成绩斐然，多种史诗资料本赢得了国际国内同行的普遍赞誉和尊重。除科研人员自身的田野资料建档和部分资料学成果陆续出版外，以课题组方式或跨部门协作完成的大型资料集有《格萨尔艺人桑珠说唱本》（40 卷、48 册，郎樱、次旺俊美、杨恩洪主持，2001—2014 年）、《藏文〈格萨尔〉精选本》（40 卷、50 册，降边嘉措主持，2002—2013 年）、《蒙文〈格斯尔〉全书》（12 卷，斯钦孟和主持，2002—2014 年）、《蒙古英雄史诗大系》（4 卷，仁钦道尔吉、朝戈金、旦布尔加甫、斯钦巴图主持，2007—2010 年）、《蒙古口传经典大系》（上百万字，朝戈

---

① Mark Bender, 2003, "Oral Narrative Studies in China", *Oral Tradition*, Vol. 18, No. 2, pp. 236 – 238. 亦见 Mark Bender, 2001, "Book Review of *Oral Poetics*: *Formulaic Diction of Arimpil's Jangar Singing* by Chao Gejin", *Asian Folklore Studies*, Vol. 60, No. 2, pp. 360 – 362。

金主持，2007—2010 年，待出版），以及"中国少数民族神话母题系列工具书"（6 种、8 册，王宪昭主持，2007—2019 年）等。与此同时，《蒙古英雄史诗大系》和《中国神话母题 W 编目》两个专题数据集已完成，可通过纸质出版物和电子在线方式交互使用。此外，由民文所主办的中国民族文学网和中国少数民族文学会网作为学科门户网站专门辟出口头传统、中国史诗、中国神话等专题栏目或集中推出系列论文传播信息、集纳成果并推动交流。在国家社会科学基金的支持下，两个重大委托项目"中国少数民族语言与文化研究"（朝戈金主持）和"格萨（斯）尔抢救、保护与研究"（朝戈金主持）和三个重大项目"柯尔克孜百科全书《玛纳斯》综合研究"（阿地里·居玛吐尔地和曼拜特·吐尔地共同主持）、"中国少数民族口头传统专题数据库建设：口头传统元数据标准建设"（巴莫曲布嫫主持）及"中国少数民族神话数据库建设"（王宪昭主持）走在了资料学建设的前列，尤其是专业元数据标准建设的远期意义不能低估。①

其二，积极参与国家重大项目的执行和实施，为弘扬和传承中华优秀传统文化提供学术支持。值得述及的是，国家社科基金重大委托项目"中国史诗百部工程"于 2012 年正式启动，课题由文化和旅游部民族民间文艺发展中心规划执行，民文所史诗团队参与执行，提供智力支持，"以演述为中心"的文本制作理念和过程性建档原则得到强调，"五个在场"田野研究工作模型也在项目培训中成为示范案例。该工程按形式分"中国史诗影像志""中国史诗资料集""中国史诗数据库"三部分，侧重于濒危的第一手史诗资源的抢救与挖掘，以仍在民间活态传承的史诗为主要对象，以高质量影音摄制为主要记录手段，全面记录史诗传承的仪式、民俗、文化生态，以保留直观的、真实的、有价值的文化资源为最终目标。截至目前，共

---

① 巴莫曲布嫫、郭翠潇、高瑜蔚、宋贞子、张建军：《口头传统专业元数据标准定制：边界作业与数字共同体》，《民间文化论坛》2018 年第 6 期。

有 79 个子课题获得立项，其中有多个项目为民文所青年学者主持。自《中国民间文学大系》出版工程史诗专家组于 2018 年 7 月成立以来，民文所学者负责牵头制定《史诗卷编纂体例》并参与了多个省卷本的审稿工作，力图将共识性的学理思考落实为编纂工作的基本路径。由此，史诗团队与全国各民族史诗学者再次携手走向新时代国家文化建设的具体实践。

其三，巩固学科化专业培训品牌项目，培养了一批有发展前景的代际人才。2009 年，民文所继举办两届"国际史诗工作坊"之后，创办了长线发展的口头传统研究跨学科专业集训项目"IEL 国际史诗学与口头传统研究系列讲习班"（简称 IEL 讲习班）。截至 2017 年秋天，在北京相继举办了七届培训活动，课程主题涵盖"理论、方法论和学术史""文化多样性及研究范式的转换""口头文类与跨文类""创编、记忆和传播""文本与语境""传承人与社区""田野研究和数字化建档""口头传统与 IT 技术和互联网""史诗传承的多样性与跨学科研究""图像、叙事及演述"等多学科研究领域，教学案例涉及中外古今数十种语言传统，汇集了超过 70 所国内外高等院校和科研机构的 800 名专家、青年学者和研究生，在国际交流、学位教育、学术对话及人才培养方面取得了预期效果。①

其四，面向东西方国家的双边和多边合作已取得积极成效。民文所先后与美国密苏里大学口头传统研究中心、哈佛大学希腊研究中心、俄亥俄州立大学东亚语言与文明系、芬兰文学学会民俗档案库、日本神奈川大学非文字资料研究中心、越南科学院、韩国学研究院等机构建立了合作关系，还先后与蒙古国科学院语言文学研究所、匈牙利科学院民族学研究所、俄罗斯科学院西伯利亚分院蒙古学和佛学研究所、日本千叶大学文学部欧亚文化科、俄罗斯科学院卡尔梅克历史文化研究所分别就定期开展人员交流、资料复制、合

---

① 2019 年 9 月 18—22 日，第八期 IEL 讲习班将以"口头诗学的多学科视域"为主题继续展开学科间研讨，也是向中华人民共和国成立 70 周年献礼的一种表达。

作研究等事宜正式签署了合作协议。组织实施中国社会科学院与荷兰皇家科学院合作研究项目"中国少数民族文化中的史诗与英雄"、中欧社会科学合作研究项目"口头传统的记录与归档：跨学科研讨"等。通过保持次区域、区域和国际层面的学术对话和开展合作项目，提升了学术影响，也为青年学者创造了更多"走出去"的机会，由此也奠定了中国史诗学在国际史诗学和口头传统研究领域的学术地位。

中国史诗学在多方面取得的实质性进展，为一些周边国家史诗研究和非遗保护提供了重要的参考，为促进国际史诗学领域的多边合作和学术交流创造了空间。为此，民文所策划了不定期国际史诗研究系列论坛，以召集全球范围内不同学科及研究领域的学者共同研讨当前史诗研究中的前沿问题。这一计划通过"中国社会科学论坛（文学）"实现，并已连续举办 4 届，主题依次为"世界濒危语言与口头传统跨学科研究"（2011 年）、"史诗研究国际峰会：朝向多样性、创造性及可持续性"（2012 年）、"现代社会中的史诗传统"（2014 年）和"口头传统数字化"（2015 年），先后邀请了 30 多个国家和地区的上百名学者与会，讨论范围涉及亚太、西欧、中东欧、中亚、非洲和拉丁美洲以及中国多民族的数十种从古至今的史诗传统。作为国际史诗学术交流的一个标志性事件，在 2012 年召开的"史诗研究国际峰会"上，来自近 30 个国家的 76 名学者共同倡议成立"国际史诗研究学会"，朝戈金当选首任会长。该学会在中国的成立，不仅体现了国际同行对中国史诗学术的期许，也促使我们为更好地开展国际合作和学术对话采取进一步的后续行动。

其五，通过学术研究和科研活动深度融入"一带一路"倡议的实施。近年来，在"一带一路"倡议的框架下，民文所非遗团队与核心期刊《西北民族研究》联合开设"一带一路"专栏；截至目前，团队成员在多家核心期刊共发表 12 篇专题学术论文。姚慧"以丝绸之路的东西方学术交流为鉴，认为由西方到中国的理论传播在单向输出的话语关系中已基本完成架构，而在中国'一带一路'倡议的背景下，当下乃至未来更需要推进的工作乃是将东西方史诗传统研究纳入多向交流的学术对话之中，在国际合作的视野中重建沿丝绸之路的口头传统研究及其理论和方法论的话语意义"①。2017 年以来，北方民族文学研究室在创新工程项目中持续开展"'一带一路'跨境民族文学与文化比较研究"，对跨境共享的史诗传统和民间文学类非遗项目的保护进行了追踪调研。2018—2019 年，蒙古族文学研究室与中国社会科学院"一带一路"国际智库、中国社会科学院亚太与全球战略研究院合作，组织举办了两届"丝绸之路传统文化国际学术年会"，分别围绕"丝绸之路文化研究""《江格尔》及史诗学研究""巴·布林贝赫史诗学与诗学思想研究""丝绸之路沿线各民族神话与仪式"等主题展开研讨，同时还推进了英文辑刊《丝绸之路文化研究》的创刊工作。2019 年 5 月 15 日，亚洲文明对话大会在北京开幕。习近平主席在主旨演讲中提出要加强世界上不同国家、不同民族、不同文化的交流互鉴，夯实共建亚洲命运共同体、人类命运共同体的人文基础；5 月 16 日，由中国社会科学院国际合作局主办、民文所负责执行的"中国史诗传统巡回展"第一站便走进了哈萨克斯坦阿里—法拉比哈萨克国立民族大学，成为深化中哈两国人民之间的人文交流互鉴，促进民心相知相通的一种新型学术对话形式。

其六，深度参与地方、国家和国际层面的非遗保护工作。2003 年 9 月，民文所受联合国教科文组织驻华办事处的委托在新疆实施"沿丝绸之路少数民族口头传统紧急调研项目"；2012 年 2 月，民文所成为联合国教科文组织亚太地区非物质文化遗产国际培训中心合作机构。2004 年以来，朝戈金、巴莫曲布嫫、朱刚等多位学者深度参与了地方、国家和国际层面的非物质文化遗产保护工作，为解决该领域的学术史、关键概念、政策制定、保护理念、话语系统、国

―――――――――

① 姚慧：《重建丝绸之路在东西方学术交流中的话语意义——〈美国民俗学刊〉"中国和内亚活形态史诗"专号述评》，《西北民族研究》2018 年第 1 期。

内外工作路径等重大问题提供了基础性、前瞻性、战略性的科学理论依据、国际经验和实践方略。在他们的努力下，中国民俗学会于2012年成功跻身联合国教科文组织保护非物质文化遗产政府间委员会咨询机构，获得向该委员会提供咨询意见的地位（目前经缔约国大会批准的中国学术团体仅有2家）；2014年经竞选，中国民俗学会进入委员会审查机构，在3年任期内完成了145个国际项目的评审工作（2015—2017年）；该团队由朝戈金和巴莫曲布嫫负责，朱刚则为辩论代表。2018年，朱刚经教科文组织认证，成为全球《非遗公约》培训师网络中的一员。这三个事件堪称中国民俗学学科和专业学术组织迈上国际舞台的重要标志。此外，民文所口头传统研究中心主持和参与过"格萨（斯）尔史诗传统""玛纳斯""赫哲族伊玛堪""中国珠算""二十四节气""藏医药浴法"等十多个遗产项目列入教科文组织非物质文化遗产相关名录的申遗工作。

回顾中国史诗学走过的道路，我们认为，今天学科有良好的发展态势，至少有几方面的因素。第一，立足本土文化多样性去探索"人类表达文化之根"（弗里语）。中国少数民族史诗的存续力及其活态性和动态性，对于揭示史诗形成和演化规律，对于把握史诗传承和变异规律，对于理解史诗传播和接受过程，对于阐释史诗在特定社会中的形态和功能，都提供了独一无二的类比关联，历来受到海内外学界的高度重视。第二，民文所史诗团队大多为本民族学者，民族传统文化的给养、国际学术视野和跨语际工作能力，让他们善于从多角度阐发口头诗学的法则和地方知识的认识论意义，并以口头传统为方法，力倡和践行民族志诗学的基本观照，基于本土化实践的系列成果得到中外学者普遍肯定。第三，对理论方法论的自觉借鉴和学理性转换有明确的目标，旨在解决中国史诗学术自身的问题，从而让学科建设步伐走得更脚踏实地。有学者说过这么一段话："或许他们的引介已经超越了学术思想和研究方法的范畴，而是一种学科发展的经验，其中集合了对于学术共同体、通识教育、人文传统、学科建设等制约现代学术发展之重要因素的深度反思。"① 这一看法部分地回应了前文所述的学术史激辩由来，也与中国民俗学界长期未能化解的"学科自危"问题相关。当然，这是另外一个话题。

结语　"不忘本来，吸收外来，面向未来"

习近平总书记在党的十九大报告中指出："文化是一个国家、一个民族的灵魂。文化兴则国运兴，文化强则民族强。没有高度的文化自信，没有文化的繁荣兴盛，就没有中华民族的伟大复兴。"这就要求哲学社会科学工作者将"不忘本来，吸收外来，面向未来"作为重要方针落实到学术体系、学科体系、话语体系的各个方面，更好构筑中国精神、中国价值、中国力量，为人民做好学问。习近平总书记还多次在重要会议上述及"三大史诗"，并将这些史诗作为中华优秀传统文化的代表性成就给予高度评价，称之为"震撼人心的伟大史诗"，是"中国人民伟大创造精神"的生动体现。这些话字字珠玑，凝聚着党和国家领导人对弘扬中华民族优秀传统文化的价值表述和意义传达，也给史诗研究、民间文学研究、少数民族文学研究乃至中国文学研究提出了更高的要求。

2016 年 6 月，中国社会科学院启动"登峰战略"，民文所的"中国史诗学"作为"优势学科建设"获得立项资助，研究力量从几年前的院级重点学科 12 人扩展为 18 人；平均年龄 43.6 岁，其中高级职称人员 12 人。"中国史诗学"作为优势学科的再次出发，令学统得以承继，令学科发展获得更多制度性保障。中国史诗学建设是一个长期的系统工程，依然面临着诸多的挑战：当前史诗研究较以往增添了若干新的关联域，如音乐、戏剧、曲艺、绘画、建筑、

---

① 朱刚：《哈佛大学燕京学社与中国口头传统研究的滥觞——以中国社会科学院民族文学研究所为例》，《民族文学研究》2018 年第 6 期。

传统体育、文化翻译、现代传媒、语料库建设及词频分析等，需要集纳更多的跨学科人才；南方史诗和满—通古斯语族诸民族史诗的知识体系建构还需进一步拓展；中外和域外史诗理论的比较观照尚显薄弱，经典性著述的译介工作滞缓；各民族史诗的汉译工作远远落后于民族文字的出版，在很大程度上也限制了文本研究的广度和深度。这些问题既然存在，就不能置之不理，需要大家共同应对。

2017 年，朝戈金在比利时召开的世界人文大会开幕式上讲过这样一句话："机器人可以写诗，但永远不能取代荷马和普希金。"在信息传播技术高速发展和日益普及的今天，尽管史诗、神话、传说、民间故事等传统文化表现形式通过新的技术手段得以传播、记录、保存、建档，或进入数据库和互联网，或在电影、歌剧、音乐剧、网络文学、微信、快手等各种当代艺术创作和新媒体形式中找到跻身的机会，但不能取代各民族的史诗演述人、故事讲述家和歌手，更不能替代民间生活世界中气韵生动的口头交流艺术。我们更要警醒的是，口头传统历经代代相承，其文化生态却在不到一个世纪的技术进步中连续遭遇各种冲击和挤压，史诗或其他民间文学形式的存续力已然面临诸多的威胁和风险。在今后学科发展规划中，我们拟重点实施一系列研究计划，包括田野基地建设与资料学建设并重；传承人的跟踪调查与田野研究；特定史诗传统的长线研究；重点史诗文本的搜集、整理、翻译等；跟踪中外史诗研究的前沿成果，编译经典性史诗学理论读本；民俗学和口头诗学的理论方法论研究；积极探讨非物质文化遗产保护与加强史诗传统存续力的对策性研究，同时结合国家"一带一路"倡议，加强三大史诗、南北方诸民族跨境史诗传统的调查研究；等等。我们将继续秉持民文所优良的学术传统，坚持在调整中发展，突出优长，整顿队伍，明确方向，保持开放，形成合力，砥砺前行，从而让中国史诗学今后的步履更为稳健。

在即将迎来中华人民共和国七十华诞之际，回看光辉岁月，我们唯有谨记过去的曲折，面对今天的责任，不忘初心，牢记使命，为后代守护好中华优秀传统文化和人类共同遗产。

绪　言

格物致知，信而有征；厘清源流，以裨发展。学科史梳理是学科发展的基础工作，因而也是行之有效的文化积累工程。通过竭泽而渔式的梳理，即使不能见人所未见、言人所未言，至少也可将有关研究成果（包括研究者的立场、观点和方法）总结整理、传之后世。

从学科史的角度看，外国文学同中国现代文学本是一枚钱币的两面，难以截然分割。首先，"百日维新"（康有为、梁启超等）"托洋改制"的"体""用"思想是改良派取法西方文艺复兴运动（"托古改制"①）思想的一个显证。1898年林纾翻译《巴黎茶花女遗事》也是我国第一次自主引进外国文学，从而与严复、梁启超和王国维等人殊途同归。严复与梁启超分别于"百日维新"期间倡导中国文学的改革路径应以日本与西方文学为准绳。严复提出了译事三字经"信、达、雅"，而且亲力亲为。"信"和"达"于翻译不必多言，而"雅"字不仅指语言，还应包含遴选标准，即价值判断和审美取向。王国维则直接借用叔本华悲剧理论创作了《〈红楼梦〉评论》（1904）。

其次是"五四"运动。关于这场"反帝反封建的爱国运动"，中国共产党党史明确视其为直接影响了中国共产党诞生和发展的旧民主

---

① 典出康有为《孔子改制考》，中华书局1958年版，第267页。马克思的《路易·波拿巴的雾月十八日》也有类似说法。

主义革命和新民主主义革命的分水岭。① 同时，它也是中国思想史的一个分水岭："五四"运动故而又称新文化运动。如果说"维新变法"取法的是"中学为体，西学为用"，那么"五四"运动显然是更为明确的"别求新声于异邦"（鲁迅语）了。同时，"五四"运动以"忧国感时""反帝反封建"为己任，强化了文学的意识形态属性。同为"五四"新文化运动的主将，胡适在评论陈独秀时就曾说过，陈独秀对五四"文学革命"作出了三大贡献：一、由我们的玩意儿变成了文学革命，变成了三大主义；二、由他才把伦理道德政治的革命合成了一个大运动；三、由他一往直前的精神，使得文学革命有了很大的收获。② "五四"运动以降，外国文学被大量介绍到中国。这快速改变了中国的文学生态和中国知识分子对文学的认知，起到了除旧布新、引领风气的功用。鲁迅在《我怎么做起小说来》一文中写道："因为所求的作品是叫喊和反抗，势必至于倾向于东欧，因此所看的俄国、波兰以及巴尔干诸小国家的东西就特别多。"③

　　《新青年》《小说月报》等刊物利用外国文学宣传科学、民主和民族独立思想。如此，英、法、德、意、西文学和俄苏文学、东欧被压迫民族文学以特刊形式得以评介。到了 20 世纪 30 年代，鲁迅还联手茅盾创办了《译文》④ 杂志。除国外现实主义文学外，方兴

---

① 《中国共产党党史》上册，中央党史出版社 2011 年版。

② 《胡适学术文集·新文学运动》，中华书局 1998 年版，第 192 页。

③ 《鲁迅全集》第 4 卷，人民文学出版社 2005 年版，第 525 页。

④ 1934 年初夏，茅盾来到鲁迅寓所，谈起《文学》杂志推出了两期外国文学专刊，激发了同人的翻译热情。鲁迅听后，认为应该创办一份译文刊物。茅盾恰好也有此意；随后，在商议《译文》出版事宜时，鲁迅表示："编辑人就耶上黄源吧！对外用他的名义，实际主编我来做。"9 月 16 日，《译文》在上海面世。内容以翻译外国现实主义文学作品为主，创作和评论并重。1935 年 9 月，《译文》至第二卷第六期因故停刊。翌年 3 月，《译文》得以复刊（卷期号另起），鲁迅写了《复刊词》。到 1937 年 6 月，由于时局动荡，《译文》出至新三卷第四期被迫终刊，共印行二十九期。在《译文》出版期间，鲁迅倾注了许多心血；许广平在《最后的一天》中提到，先生在病逝前一天还强撑着仔细看了《译文》刊发在报章上的告示。1953 年，在中央领导的大力推动下，《译文》再次复刊，茅盾先生亲任主编。1959 年，《译文》更名为《世界文学》。

未艾的现代主义文学也一股脑儿进入我国，后者在上海等地掀起了现代派诗潮。从鲁郭茅、巴老曹到以冯至为代表的抒情诗人和以卞之琳、穆时英为旗手的新诗派，中国新文学大抵浸润在蜂拥而至的外国文学和本国现实两大土壤之中。而且，多数中国现代文学的代表作家也大抵是一手翻译、一手创作的"双枪将"。故此，围绕外国文学翻译，作家鲁迅和瞿秋白曾同梁实秋和陈源等人进行辩论。鲁迅在1931年写给瞿秋白的信中，系统阐述了他的翻译观。鲁迅主张"凡是翻译，必须兼顾这两面，一当然力求易解，二则保存着原作的丰姿"；他针对一些主张"宁顺不信"的人，提出了"宁信而不顺"的意见（所谓"硬译"说便是梁实秋对鲁迅的反诘，而"直译"才是鲁迅倡导的方法）。瞿秋白进而提出了"信顺统一"说。这些都是他们在翻译实践中得出的基本判断。这已经牵涉到文学翻译的"归化"和"异化"问题。而外国文学的翻译和译学、出版和评价等极大地推动了我国的新文学，乃至白话文和马克思主义的传播。

出于革命斗争和思想启蒙的需要，外国文学的译介一直十分注重思想性。鲁迅自《摩罗诗力说》起便以特有的洞察力和战斗精神激励外国文学工作者。茅盾关于外国文学的不少见解也主要基于社会功能和思想价值。茅盾的《西洋文学》、瞿秋白和蒋光慈的《俄罗斯文学》、郑振铎的《俄罗斯文学底特质与其略史》、周作人的《欧洲文学史》、吴宓的《希腊文学史》等是当时较有影响的专题著述。虽然这些作品还称不上多么深入的研究，但即便如此它们的出现也并不一帆风顺。俄苏文学和东欧被压迫民族文学的介绍，先是受到了"学衡派"的攻击，后来又受到林语堂等人的讥嘲。苏联文学和马克思主义文艺理论还遭到了国民党政府的封杀与追剿。就连"创造社"和"太阳社"的左翼知识分子也一度嘲讽鲁迅为"中国的堂吉诃德"。由是，鲁迅曾赞誉苏联文学的译介者为普罗米修斯式的盗火者。郑振铎认为"灌输外国的文学入国中，使本国的文学，

取材益宏，格式益精，其功正自不可没"①。从"娜拉的出走"到
《钢铁是怎样炼成的》，大批热血青年在外国文学的感召下走向革命
或抗日救亡运动。

尽管大批作家参与了译介外国文学的工作（其中有胡适、鲁迅、
茅盾、周作人、刘半农、郑振铎、赵元任、李青崖、谢六逸、沈泽
民、张闻天、夏丏尊、陈大悲、欧阳予倩、陈望道、李劼人、王鲁
彦、李霁野、宋春舫、郭沫若、成仿吾、郁达夫、田汉、巴金、周
立波、穆旦、沈从文、丁玲、冰心、艾芜、萧军、萧红、端木蕻良、
路翎、冯至、周扬、卞之琳、李健吾、贺敬之，等等。这个名单几
可无限延续），但经费不足、出版混乱、良莠不齐和研究缺失②等问
题始终存在。而这样的问题直到 1949 年以后才得到基本改观。

一　最初十年：向苏联学习

中华人民共和国成立之后，我国的外国文学翻译和研究跃上了
新的台阶。尤其是在研究领域，最初十年大体上可分为三个阶段。
开始四五年是准备时期。当时中华人民共和国刚成立不久，了解外
国文学的学者不一定熟悉马克思列宁主义、毛泽东思想。因此，他
们在参加一般知识分子初期思想改造运动的同时，被规定从毛主席
《在延安文艺座谈会上的讲话》开始，进行马克思主义文艺观的补
习。联系外国文学工作的实际，他们同时需要借鉴苏联同行的经验。
为此，不少人还自学了俄语，以便直接阅读有关原著，甚至翻译苏
联学者的外国文学史著作。经过这段时期的准备，在 1955—1956
年，党中央提出了"向科学进军"的号召。"百花齐放、百家争鸣"
等方针也相继出台，外国文学研究工作真正进入了发展阶段，一大

---

①　《民铎杂志》第 3 卷第 2 期，1922 年 2 月 1 日。
②　也许只有俄苏文学研究是个例外。20 世纪三四十年代，我国学者对别林斯基、
车尔尼雪夫斯基、杜勃罗留波夫和托尔斯泰、高尔基等俄苏作家的研究已经达到了很
高的水准。

批研究成果陆续发表。但是，工作刚取得了一些经验，成果还来不及得到检阅，1957年就开始了全民整风运动。翌年，学术批判运动迅速展开，外国文学研究工作中的"一部分残余的资产阶级学术思想"受到了批判。然而，与此同时，时任中央宣传部部长的陆定一提出要引进一套外国文学名著。嗣后，"三套丛书"计划启动。它们是"外国文学古典名著丛书""马克思主义文艺理论丛书"和"西方古典文艺理论丛书"。随着时间的推移，有关丛书的名称略有调整，但围绕"三套丛书"所展开的外国文学研究工作全面推进。1964年，根据毛主席的指示，外国文学研究所成立，并接手"三套丛书"工程。这为新中国外国文学学科建设奠定了基石，同时也为中国文学的发展、繁荣奠定了基础。

总体说来，以鲁迅为旗手的新文学运动固然十分关注外国文学，但从研究的角度看，20世纪20—40年代虽不乏亮点，却并不系统。出于特殊的意识形态和社会主义建设的需要，中华人民共和国成立初期我国的外国文学研究几乎可以说是一次重新出发。而社会主义苏联则顺理成章地成了我们的榜样。"向苏联老大哥学习，沿着社会主义现实主义道路前进"，无疑是50年代我国外国文学研究的不二法门。除迅速从苏联引进马克思、恩格斯、列宁、斯大林的文艺思想外，我国学者还适时地翻译介绍了别林斯基、车尔尼雪夫斯基、杜勃罗留波夫及一系列由苏联学者编写或翻译的文艺理论著述，同时对俄苏及少量的西方文学开展了介绍和研究。颂扬苏联主流文学自不必说，当时还将批判的矛头指向了西方。1959年的十年总结与反思，除了肯定与借鉴苏联、东欧文学，以及一些亚非拉革命文学的有关斗争精神，其他文学和研究方法都不同程度地受到了批判。首先是对西方人性论和人道主义思想的批判，其次是过于强调文学的政治属性。但是，值得肯定的是，当时的外国文学研究筚路蓝缕，为我国的文学及文化事业积累不少经验，引进了大量可资借鉴的观点和方法。更值得注意的是，外国文学研究并没有被极"左"思潮吞噬。明证之一是对姚文元的批评。姚文元在《从〈红与黑〉看西欧古典文学中的爱情描写》（1958）中以偏概全地全盘否定西方古典文学，外国文学界的有关同志就曾旗帜鲜明地对其进行了反批评。

二　1960 年：历史的分水岭

虽然分歧早已存在，但从 1960 年起中苏矛盾开始公开化。此后，苏联文学被定性为修正主义。极"左"思潮开始在我国的外国文学研究领域蔓延，其核心思想便是"以阶级斗争为纲"。也正是在 1960 年，我国的外国文学界在批判修正主义的同时，也给西方文学普遍地戴上了帝国主义或资产阶级意识形态的帽子。20 世纪 50 年代由中宣部直接领导的"三套丛书"步入停滞状态。自此至 1977 年，外国文学研究进入了休克期。但外国文学并没有销声匿迹，它以非常形式，如手抄、口传、黄皮书等隐秘或半隐秘方式成为一股温暖的潜流。

由于众所周知的历史原因，外国文学研究因中苏关系恶化和极"左"思潮干扰开始陷入低谷，持续至"文化大革命"结束。在长达十几年的历史进程中，外国文学被扫进了"修正主义"和"资本主义"的垃圾堆，极少数幸免于难的作品也成了简单的政治工具。正常的研究完全处于瘫痪和终止状态。

三　近四十年：天光云影共徘徊

1978 年，党的十一届三中全会如春风化雨，给中华大地带来了勃勃生机。外国文学研究工作再一次全面启动。"三套丛书"重新出发，古今各国文学研究遍地开花，可谓盛况空前。外国文学史、国别文学史和经典作家作品研究成果不胜枚举。从传统现实主义到先锋派、从现代主义到后现代主义，外国文学研究思潮喷涌，流派纷杂。设若没有外国文学和外国文学研究井喷式地出现在我们面前，中国文学就不可能迅速告别"伤痕文学"，快速衍生出"寻根文学"和"先锋文学"。事实上，20 世纪 80 年代中国的改革是缓慢的、渐进的，本身远不足以催生类似的文学。但当时我国文学翻译、研究和吸收的速度又远远高于其他领域的"改革开放"步伐。这一定程度上成就了 20 世纪 80 年代中后期的中国文学并使之快速融入世界文学中。在这里，电影起到了重要的媒介作用。而我国学者关于西方现代派的界定（如"深刻的片面性"和"片面的深刻性"等观点）不可谓不深刻。同时，设若没有外国文学理论狂飙式地出现在我们身边，中国文学就不可能迅速摆脱政治与美学的多重转型，演化出目下天光云影共徘徊的多元包容态势。应该说，90 年代以来我国的改革依然是缓慢的、渐进的，其市场经济体制并非一蹴而就，但我们的文学及文学理论却率先进入了"全球化"与后现代的"狂欢"。这一步伐又远远大于其他步伐。我国学者关于后现代文学及文化思想的批评（如"以绝对的相对性取代相对的绝对性"等观点）不可谓不经典。

　　"改革开放"四十年，外国文学的大量进入不仅空前地撞击了中国文坛，而且在拨乱反正、破除禁锢方面起着某种先导作用，从而为我国的思想解放运动提供了借鉴和支持，并直接或间接地对我国的文学创作、文化事业，乃至"改革开放"产生了巨大的催化作用。此外，围绕人道主义的争鸣一定程度上为"以人为本"思想奠定了基础。1978 年年初，朱光潜先生从外国文艺切入，在《社会科学战线》上发表了《文艺复兴至十九世纪西方资产阶级文学家艺术家有关人道主义、人性论的言论概述》，开启了最初的论争。虽然开始的论争仅限于人性与阶级性问题，但很快发展到了人道主义及异化问题的大讨论。1983 年，时任中宣部副部长的周扬同志在中央党校的有关人道主义的讲话引起强烈反响。是年，有关人性、人道主义和异化问题的讨论文章多达七百余篇。这无疑是对"文化大革命"践踏人权、草菅人命的一次清算。两年后，讨论再度升温，并且加入了存在主义和现代主义等多重因素。虽然用人道主义否定阶级斗争有一定的片面性，但诸如此类的讨论为推动我国与国际社会在人本、人权等认识问题上拉近了距离，并一定程度上对丰富这些价值和认知发挥了巨大作用；也为我们构建社会主义核心价值体系提供了不可或缺的借鉴。尤其是四十年来对外国文学的译介和研究，极大地丰富了我国人民的精神文化生活、推动了中国文学母体的发展和繁荣，为中国文学登上高原创造了条件。

然而，综观七十年外国文学研究，我们不能不承认两个主要事实：一、前三十年基本上沿袭了苏联模式，从而对西方文学及文化传统有所偏废，其中有十几年还受到了极"左"思潮的影响。后四十年又基本上改用了西方模式，从而多少放弃了一些本该坚持的优秀传统与学术范式；而且饥不择食、囫囵吞枣、盲目照搬，以致泥沙俱下的状况也所在皆是。当然，这是另一种大处着眼的扫描方式。具体情况却要复杂得多。借冯至先生的话说，我们好像"总是在否定里生活，但否定中也有肯定"。二、建立具有国际影响的外国文学学科体系依然任重而道远。可以毫不夸张地说，总结和反思不仅有助于厘清学科自身的经验和教训，构建以我为主、为我所用的外国文学学派；对于共同推进具有世界影响的中国人文社会科学、建设中国特色社会主义精神文明和同心圆式的人类命运共同体也将大有裨益。

四　继往开来　任重道远

后现代主义解构的结果是绝对的相对性取代了相对的绝对性。于是，在许多人眼里，相对客观的真理消释了，就连起码的善恶观也不复存在了。于是，过去的"一里不同俗，十里言语殊"成了如今的言人人殊。于是，众声喧哗，且言必称狂欢，言必称多元，言必称虚拟。这对谁最有利呢？也许是资本吧。无论解构主义者初衷何如，解构风潮的实际效果是：不仅相当程度上消解了真善美与假恶丑的界限，甚至对国家意识形态，至少是某些国家的意识形态和民族凝聚力都构成了威胁。然而，所谓的"文明冲突"归根结底是利益冲突，而"人权高于主权"这样的时鲜谬论也只有在跨国公司时代才可能产生。

在后现代语境中经典首当其冲，成为解构对象。因此它们不是被迫"淡出",便是横遭肢解。所谓的文学终结论也正是在这样的背景下提出来的。它与其说指向创作实际,毋宁说是指向传统认知、价值和审美取向的全方位的颠覆。因此,经典的重构多少具有拨乱反正的意义。

正是基于上述缘由,中国社会科学院外国文学研究所于 2004 年着手设计"外国文学学术史研究工程",并于翌年将该计划列入中国社会科学院"十一五"规划,嗣后又被列为国家"十二五"和"十三五"重点出版项目。这是一项向着学术重构的研究工程,它的应运而生标志着外文所在原有的"三套丛书"的基础上又迈出了新的一步,也意味着我国的外国文学研究开始对解构风潮之后的学术相对化、碎片化和虚无化进行较为系统的清算。

如是,"外国文学学术史研究工程"立足国情,立足当代,从我出发,以我为主,瞄准外国文学经典作家作品和思潮流派,进行历时和共时的双向梳理。其中第一、第二系列由十六部学术史研究专著、十六部配套译著组成;第一系列涉及塞万提斯、歌德、雨果、康拉德、庞德、高尔基、肖洛霍夫和海明威,第二系列包括普希金、茨维塔耶娃、狄更斯、哈代、菲茨杰拉德、索尔贝娄、左拉和芥川龙之介。第三系列则由针对莎士比亚、巴尔扎克、托尔斯泰、陀思妥耶夫斯基、泰戈尔、乔叟、《圣经》文学、《一千零一夜》等的学术史研究及其相应的研究文集组成。

学术史或学科史的梳理与研究不仅是温故知新的需要,同时也是端正学术思想的基本方式,而且它最终是为了面向未来:总结经验、吸取教训,为明天的学术发展铺平道路。从这个意义上说,由中国社会科学院倡导的这项学术工程既必要又及时,它必将对中国学术的发展和"三个体系"的形成产生重大的影响。

习近平总书记指出,我们既不走封闭僵化的老路,也不走改旗易帜的邪路。并且指出要"不忘本来,吸收外来,面向未来"。这是新时代中国特色社会主义文化的发展方向,自然也是我国外国文学研究的发展方向。

总之，七十年来我们的外国文学译介和研究成绩斐然；尤其是党的十八大以来，外国文学研究界体悟"四个自信"，沿着"二为方针"和"二为方向"不断进取。但反躬自问，我们的工作距离习近平总书记提出的"四个坚持"还有一定的距离。首先，无论如何，外国文学学科牵涉多语种、多国别，加之时间仓促，本著所反映的或许只是我国这一领域的冰山一角，因此比例失当、挂一漏万在所难免；其次，限于时间和篇幅，成绩说够不易，问题说清更难，因此不足和疏漏在所难免，在此恳请读者方家不吝指正。

需要特别说明的是，篇幅有限，庶乎既见树木又见森林实属不易。此外，黄梅、石南征、吴岳添、李永平、余中先、周启超、聂珍钊、彭青龙等① 所有参与本课题的所内外有关新老同人在课题的立项和写作过程中给予了大力支持，编者对他们心存感激。但因出版要求和时间、技术方面的原因，有关章节和字句或有较大改动，倘因此而美玉生瑕或狗尾续貂，则责在编者。

---

① 其余作者见附录，在此恕不一一列举。

第 一 章

最初十年①

引 言

中华人民共和国成立后，一方面，党中央对于外国文学翻译、研究工作的关心和支持极大地促进了我国的文学事业和社会主义精神文明建设；另一方面，随着经济建设的全面展开以及文化教育事业的发展，广大人民群众的精神文化需求迅速增长，从而使外国文学翻译、研究工作迎来了新机遇、新高潮。这个高潮无论就广度还是深度而言，都大大超过了前半个世纪。外国文学成为一门显学，外国文学研究工作也不再是"冷门"。此外，新的历史条件使外国文学翻译和研究队伍不断壮大，研究人员的思想境界和业务水平也迅速提升。因此，"五四"运动以来的优良传统得到了发扬，外国文学翻译和研究工作的面貌焕然一新。

从数量看，据出版事业管理局的不完全统计，1949—1959 年我国翻译出版的外国文学艺术作品计五千三百五十六种，而中华人民共和国成立前三十年间的全部文学翻译仅有两千种。从印数看，中华人民共和国成立前翻译文学每种在一两千册，多者不过三五千册，

① 编者对有关敏感话题（包括所牵涉具体人等）略有改动。

而中华人民共和国成立后十年内外国文艺作品的总印数为一亿一千多万册，平均每种两万多册。

就类型而言，我国翻译出版的外国文学作品几呈包罗万象之势。不同国家、不同时代、各种流派、各种思潮的代表作陆续与广大读者见面。过去我们翻译了不少俄苏和一些东欧国家的文学，也翻译了不少英、法、德、日、美、西等国的作品。但若放在整个外国文学的天平上，这些作品仅仅是沧海一粟，"面"谈不上，"点"也是寥若晨星。中华人民共和国成立后，经过短短十年的努力，外国文学的星空开始形成。满天星斗的局面开始出现。许多重要作家的多卷本（集）也逐渐出版。苏联作品的翻译和研究更是盛况空前。东欧人民民主国家的作家也被大量介绍进来。阿尔巴尼亚文学在我们的翻译地图上也不再是空白。至于东方国家，从"五四"运动到中华人民共和国成立前的三十年内，朝鲜文学只被介绍过寥寥几种，越南文学只有散见于刊物的个别篇什，蒙古文学干脆阙如。中华人民共和国成立后，蒙古文学作品已有单行本出版，越南文学则出版了三四十种单行本，朝鲜文学作品已经达到七十多种。其他亚非国家文学，过去除了日本文学以外，我国一般读者知道的只是印度作家迦梨陀娑和泰戈尔的少量作品、土耳其希克梅特的几首诗、波斯的一本《鲁拜集》、阿拉伯的《一千零一夜》当中的寥寥几"夜"。1949年以后，印度古今文学作品已经翻译出版了六七十种，十卷本《泰戈尔选集》已经翻译完毕。希克梅特的诗作也已结集出版。伊朗作品的译本已不止一种，从原文译出的《一千零一夜》（三卷本）也已问世。这一时期翻译出版的还包括以下亚非国家的文学作品：印度尼西亚、柬埔寨、马来西亚、泰国、缅甸、锡兰、巴基斯坦、阿富汗、伊拉克、阿联酋、黎巴嫩、约旦、以色列、喀麦隆、马达加斯加、埃塞俄比亚、南非，等等。通过中译本，我国读者对拉丁美洲各国的文学也有了更好的了解，而不再只是智利的聂鲁达和古巴的纪廉了；墨西哥、危地马拉、哥伦比亚、委内瑞拉、巴西、阿根廷等国的文学作品也陆续得到了翻译介绍。这些国家的文学作品都是第一次以单行本的形式出现在我国读者面前。论国别，翻译工作已经达到了如此广泛的程度。论时代，则既有当代的作品，也有过去各时代的经典。翻译以苏联为首的社会主义阵营的文学是如此；翻译西方及资本主义国家的文学也有同样的情形：例如读者可以从译本里读到拉伯雷和阿拉贡，乔叟和奥卡西，安徒生和尼克索……就流派而言，社会主义阵营的文学作品不在话下，即使英美国家的文学也得到了广泛的关注，古典作品固不成问题，不同流派的都会有译本，当代作品也呈现出五彩缤纷的景象。

以上是就总体情况而言。需要着重说明的有两点：一是方向，二是质量。

1949 年以前，我国翻译的西方文学作品中，带有颓废主义、低级趣味等不良倾向的不是个别，有时甚至不在少数。1949 年以后，由于社会制度的改变，这些作品失去了市场，这是自然而然的。如日本文学的翻译，从表面看来，好像有点"今不如昔"。应该肯定，过去翻译界确曾从日本引进了不少进步的外国文学作品和革命的文艺理论，但是总的说来，当时的介绍鱼龙混杂、泥沙俱下，不少作品具有明显的形式主义和颓废主义倾向，译法上的失当之处也所在皆是。而新中国重点介绍现实主义和富有革命精神的作家作品，虽然新译著作的数量有所减少，但质量却明显提高，大多数作品是经过了去粗存精、细致筛选的。计划翻译的《源氏物语》等古典名著也是在中华人民共和国成立之后才提上日程的。这一切正说明我国的翻译方向发生了根本性的变化，也说明社会的发展使我国的外国文学界已经完全融入我国的社会主义建设事业。

这一时期，对"五四"优良传统的继承和发扬远非过去所能企及。这首先表现在苏联文学翻译和研究的突出比重上。据出版事业管理局的不完全统计，1949—1959 年，我国翻译出版的苏联（包括俄国）文学艺术作品达三千五百余种，占这个时期翻译出版的外国文学艺术作品总数的百分之六十以上；总印数更是达到了八千二百多万册，占整个外国文学译本总印数的百分之七十以上。值得指出的是，这里也有以我国某些少数民族文字出版的译本。这个惊人的数字和突出的比重是社会发展的需要。它说明我国对苏联社会主义文学的青睐。十年间，我国进行了许多政治运动和思想改造运动，社会主义建设蓬勃展开，苏联社会主义现实主义文学成为我国思想教育和艺术借鉴的首选。就注重翻译人民民主国家文学这一点而论，我国翻译界也在原有优良传统的基础上迈出了一大步。1949—1959 年，我国翻译出版的苏联文学作品达六百余种，总印数逾千万册。此外，东欧社会主义国家的文学作品也得到了充分的重视。这不仅增进了我国与东欧国家人民的团结和友谊，而且对我国的社会主义建设产生了积极的影响。人民之间相互理解、互相鼓舞，取长补短、彼此促进。过去我国翻译东欧国家的文学作品，主要是为了了解这些民族和人民被奴役被压迫的状况，希望了解他们争取独立建国的愿望和斗争。优良传统的这个方面在中华人民共和国成立之后还逐渐表现为翻译界对亚非拉文学的重视。为了革命和建设的需要，同时增进与各被压迫民族之间的了解和友谊、巩固世界和平、破除欧洲文化中心主义，外国文学界作出了应有的贡献。

　　另一个优良传统是联系实际。而这个实际在当时便是社会主义革命和建设。因此，为政治服务、为社会主义建设服务被确定为所有外国文学工作者的应尽义务。根据这一方针，并遵循毛主席《在延安文艺座谈会上的讲话》精神，外国文学界十分强调翻译工作的指导思想。当然，出于了解和批判地继承，外国文学界既注意欧美资本主义国家的当代进步文学，也重视它们的古典文学遗产。虽然社会条件不同了，以我为主、为我所用的主动性得到了提高，但20 世纪 50 年代的西方文学介绍主要侧重于古典作品。当代作品的引进不仅数量有限，而且选题集中在反帝反封建思想明确的作家作品上。即便如此，那些内容在一定程度上反映现实、技巧可供参考的一般作品也被少量地介绍进来。这都是符合我国文学发展的实际要求的。

第一节　研究方法讨论

中华人民共和国成立最初十年，外国文学研究工作迈出了坚实的第一步，它在马克思列宁主义文艺思想的指导下摸索出一些初步的方法，厘清了一些基本的问题。外国作家作品的研究开始全面展开并且逐渐找到了一些门径。实际需要和现实经验使我国的外国文学工作者认识到：研究外国文学，自有其特点；研究苏联文学，也不例外。首先，就这十年外国文学研究而论，为了辅助我国的思想教育运动、适应我国文学及文化发展的进程，研究外国文学，就不是任何外国专家所能替代的。其次，伟大的文学往往既是民族的，又是世界的。因此我们大可以从自己的角度，提出自己的看法，以丰富人类的认知。最后，长远说来，文学虽然不同于自然科学，但文学研究也是一种特殊的科学研究，关系到我国读者科学文化水平的提高，以及我国悠久而丰富的文学传统的发扬。外国文学亦即世界文学的研究，只有采取科学的方法，才能作出独特的贡献。这一认识将有助于改变研究工作者多少存在的某些错误心理：对于苏联文学，单凭苏联同行的观点，单凭他们的经验，单凭他们对于材料的熟悉掌握，就可以了。这显然是错误的。因此，这个问题的提出有助于改变我国的苏联文学研究现状。这个问题的提出也有助于我国对于其他国别文学研究的开展。十年间，尤其是后几年，我国在西欧古典文学研究方面，取得了较多的经验，因此较多地认识了这方面所包含的复杂问题，同时也认识到了外国文学研究从旧到新、从幼稚到成熟的发展过程中某些不可避免的基本问题。提高到文艺理论的层面来反观这些问题，分析和解决这些问题，不仅对于我国的西欧文学研究工作大有帮助，而且对于其他国别文学的研究工作也会大有裨益。

1959 年，有关学者从文学反映现实问题切入，对外国文学中的人物形象、思想性和艺术性及其相互关系等方面的讨论进行了梳理，并提出了自己的看法。① 他们认为：

一、文学是社会现实的反映。文学是特殊的意识形态，属于上层建筑。文学自有其社会根源和社会意义。这在理论上已经被外国文学研究工作者所接受。但是在研究实践中，怎样审视文学作品的社会背景？怎样分析文学作品的时代精神？那些针砭时弊的作品又有什么意义？怎样评价文学的时代特色？重大历史事件是否在重要作家的重要作品里都有直接的反映？

中华人民共和国成立以后谈论外国作家和作品，特别是外国古典作家和作品都不忘交代当时的社会背景。把产生作品的社会背景研究清楚，对于了解作品本身，的确大有帮助。但是社会对于文学，并非只充当背景，起衬托的作用，"犹水之于鱼"②。鱼不等于水，而从有价值的文学作品却能看到社会的缩影。文学作品与社会有内在的血缘关系。因此必须从这种联系来分析作品，探讨作家的创作思想和艺术风格的发展，而不能只泛泛交代一下背景了事。由此出发，有学者对孙梁的《论罗曼·罗兰思想与艺术的源流》③ 提出了批评，认为其所探讨的罗曼·罗兰的"思想与艺术的源流"大有问题：声明一下罗兰的"思想矛盾是有它的社会背景与阶级根源的"，"在一定程度上"反映了"时代的矛盾"，于是泛泛讲了一些历史背景和社会条件以及罗兰的反应，一笔带过，而在另一方面，即罗兰

---

① 探讨这些问题有时需要从公开发表的专门论文、一般评论、译本序文以至读书笔记等当中举例或援引字句。这里不是对于所有这方面论著的总评。更不是总评其中的缺点。因此不一定涉及有严重缺点的文章，倒可能涉及基本上优秀的文章，涉及的文章可能还有很多别的问题，也可能别的方面全无问题。因为讲问题，而问题不等于缺点，有时也会提到对于问题的解决有所启发的文章。我们着眼在问题，不在文章。

② 孙梁：《论罗曼·罗兰思想与艺术的源流》，《华东师范大学学报》（人文科学版）1958 年第 2 期。

③ 同上。

所受的文学（书本）的影响方面，却大做文章。这是本末倒置。就说从古希腊一直到现代法国许多思想家和文学家对于罗兰思想和艺术的影响，需要知道的是确曾起过深刻作用、关键作用的影响。事实上，说罗兰思想和艺术处处都受到别人的"影响"或"感染"，就等于什么也没说，因为没有联系罗兰自己由当时社会条件决定的思想意识来分析他真正从前人接受的决定性影响。至于罗兰为什么同时接受前人的理性主义和神秘主义的影响也便无从说起，更不能说明罗兰为什么接受了这些影响而没有接受别的影响。这样倒好像反驳了他开宗明义所讲的道理。不仅效果如此，其中隐含的结论和引申的观点也只能是这样：罗兰的思想和艺术全是从别人那里拿来的，没有这些东西就没有罗兰的思想和艺术。这就是所谓的"源流"考：从思想产生思想，从艺术产生艺术。西方现代研究莎士比亚的学者当中的一些"历史派"的"比较研究"，正是这样"比较"来"比较"去，把莎士比亚的艺术创造全部摊派给了前人，什么都不剩了。我国当代也发生过没有《西厢记》就没有《红楼梦》的错误议论，原因也在于此。由此可见，讲清楚社会背景，就是要进一步探讨时代社会与作品内容的内在联系或者进一步联系社会、历史条件来分析作家思想、艺术的发展过程。

同时，由于强调阶级分析方法，有学者对杨绛论菲尔丁的文章①提出了不同意见，认为它一开头就笼统肯定"欧洲 18 世纪是讲求理性的时代"，英国 18 世纪主流思想的特点是"在开明趋势里采取保守态度"；因此，作者自然而然地把"充分表现了时代精神"的菲尔丁的小说看成对于社会现实的纯客观反映，而且总是"不免歪曲了人生真相"的反映。批评者认为，不作阶级分析，抽空社会内容，结果当然只看见这位现实主义小说家作品里反映的一些表面现象，却看不见那里所反映的本质方面，故而多少贬低了菲尔丁小说的意义，也曲解了现实主义的概念。同样，有学者对李健吾纪念《包法

---

① 杨绛：《菲尔丁在小说方面的理论和实践》，《文学研究》1957 年第 2 期。

利夫人》成书百年的文章进行了诟病，① 认为它一开头就确定 19 世纪以科学精神为特色，因而被指忽略了时代精神里更重要的方面；进而认为文章由此出发，讲法国当时现实主义小说艺术的发展，自然也就把自然科学对于它的影响放在决定性地位上，从而看不见法国小说创作中批判现实主义的发展主要是由当时的历史条件和阶级斗争所规定的，并且把现实主义同受自然科学影响较深的自然主义混淆起来，尽管过去的作家常常将这两种概念混为一谈。即使就自然主义而论，它的发生也有它自己的阶级根源和社会意义。抽象谈论时代精神、时代特点，因为超阶级，也就超时代，落实到文学作品或者文学潮流的分析，也便模糊了其中的时代感觉、时代面貌。西方的批评家经常这样做。

作为斗争的武器，文学作品被认为是现实的反映，而且对时代的社会问题、思想问题有明确的针对性。大作家看问题尤其深刻，在他们的文学创作中处理这些问题也就较能深入到本质的方面。而他们的作品在完成了现实任务以后，之所以能有长远的价值，主要也就是因为它们用高度的艺术手段，对当时的社会现实作了深入本质的反映。研究古典作品当然更不应该停顿在探讨它们对时事时论的表面针砭上，而要进一步看它们对现实本质的艺术处理，否则就容易发生偏重考证古典作品类似于"影射"作用的倾向，从而模糊了作品的更为深广的意义。例如，可以肯定地说，狄更斯在他的一些小说里对当时的资本主义"哲学"进行了斗争，但是与其这样看，不如把这些小说看作对资本主义社会制度的揭发更显得切合实际。有学者认为，从这个更为全面的角度去探讨狄更斯小说的意义才会更深入，更说明问题；不然，像《读狄更斯》那样的文章，② 把探

---

① 李健吾：《科学对于十九世纪现实主义小说艺术的影响》，《文学研究》1957年第 4 期。

② 全增嘏：《读狄更斯》，《艰难时世》，新文艺出版社 1957 年版，第 363—394 页。

讨的目标局限在这些小说对几种资产阶级学说——"马尔萨斯主义、功利主义和曼彻斯脱学派的政治经济学"——怎样的批评层面上，结果只能缩小了这些小说的意义，不但如此，为了那样的目标而在这些小说里找例证、找线索，有时还不免自陷于牵强附会。确定《艰难时世》的"宗旨就是在给功利学派与曼彻斯脱学派一个狠狠的打击，而它的主题就是在说明这些资产阶级哲学的毒害"，这已经偏狭了，由此进行探索，自会限制了小说揭露的社会矛盾的深刻性。说狄更斯在他的从《奥利佛·推斯特》到《圣诞小说》一系列小说里都是在批判马尔萨斯主义，那就更不容易令人信服。这种看法和那种追究小说人物的"影射"意义的做法是一脉相承的。同一篇文章里也见到了拿"狄更斯书中许多人物都是有所本的"这一点作为理由来辩护狄更斯描写人物的夸张手段的情形。文学反映现实的斗争意义，从阶级观点出发，被认为最能接触到研究对象的一些本质的问题，但仍需摆脱资产阶级治学方法的牵制，才能深入问题而不至于舍本逐末，又浮光掠影。

　　文学反映社会现实，越是深刻，就越是具有广泛的意义。这也是 20 世纪 50 年代普遍流行的一种观点。所以如此，还是因为文学所表现的时代特征。文艺复兴时期的英国剧作家本·琼孙赞扬他的同时代剧作家莎士比亚，说他是"时代的灵魂"，又是"属于所有的时代"，道理也在于此。欧洲资本主义社会的兴起、发展已经有几百年的历史，每一个阶段都有自己的特色。这种特色规定了艺术反映的特色。研究它们，固然要指出它们的广泛意义，又要不放过它们所表现的时代特征。例如，不把司汤达的小说《红与黑》所反映的社会现实局限于它所直接描写的法国第二次王政复辟时期的范围，这是应该的。但是又不能将此观点推到另一个极端，即把这部小说所反映的社会现实和欧洲 19 世纪以前一二百年的社会现实等同起来。实际上，对《红与黑》的评论中就有了这种情况。有学者认为把于连·索黑尔悲剧的基本精神解释为：一个有才能有理想、平民出身的青年，原是要做一番大事业，"去伸张正义，消灭罪恶"，于是对黑暗社会采取孤军奋斗的方式，结果演出了一场悲剧——也就是"时代的悲剧"，[①] 这就片面了。这个公式，除去平民出身这一点，也完全适用于莎士比亚笔下的悲剧人物哈姆雷特，而且显然在那里还更合适一些。正因为如此，从细节上说，发现自己"唯一信任和热爱的女人竟会背信弃义，成为敌对阶级的帮凶，把他出卖了"这一个理由，只要把"敌对阶级"换成了不那么严格的"敌对方面"，与其说适用于于连谋杀德·瑞那夫人的场景，不如说更适用于哈姆雷特用疯话侮辱莪菲丽雅的场景。同时，因为于连入狱以后发现德·瑞那夫人还信任他、爱他，所以就说"这个发现恢复了他的人生美好的理想"，也不如说在哈姆雷特后来发现他的母亲并不知道他的父亲是被他的叔父谋杀，还比较恰当。于连对德·瑞那夫人尽管有真情，但是其中已经掺杂了别的东西，绝不像哈姆雷特对他的情人和对他的母亲的感情那样单纯了。于连对人生的"理想"也绝不像哈姆雷特那样具有人文主义精神的"理想"。于连固然有他反抗当时社会进行斗争的一面，却也有他以当时统治阶级为目标而向上爬的一面。19 世纪上半期欧洲小资产阶级知识分子，一般说来，和文艺复兴时期近于"文化巨人"一类的人物，情形也已经大不相同。对各时代的资产阶级恋爱观也应有所区别，但归根结底，资产阶级恋爱观本质上是一样的，都是个人主义的。但是从资本主义关系初兴起的时期和资本主义长足发展的时期，即使在同一个反封建的立场上，资产阶级的恋爱观就已经有了不小的变化。因此，不能照另一篇评论（姚文元：《从〈红与黑〉看西欧古典文学作品中的爱情描写》）[②] 的做法，把"欧洲古典文学作品中的爱情描写"都一概说成是"恋爱自由和自私自利、互相玩弄以至狂热地追求生活的放荡等等结合在一起，通奸、乱搞男女关系作为对封建社会的反抗"。这

---

① 黄嘉德：《司汤达和他的代表泎〈红与黑〉》，《文史哲》1958 年第 3 期。
② 姚文元：《从〈红与黑〉看西欧古典文学作品中的爱情描写》，《论斯丹达尔的〈红与黑〉》，人民文学出版社 1958 年版，第 51—63 页。

当然不是为资产阶级"恋爱至上"这一类思想辩护。问题是《红与黑》所表现的于连的恋爱观根本不是什么"恋爱至上"。于连最后"被逼得几乎发了狂，枪击德·瑞那夫人"绝不是由于他的"爱情遭到教会和贵族残酷的破坏"，而是因为他想在事业上实现他的个人野心的企图功亏一篑，遭到了无情的打击。他对玛特尔的爱情比诸他对德·瑞那夫人的爱情，更是不纯，更由他的作为"征服"手段同时也作为进身阶梯的动机占了不小的上风。不分清这一点，就会把于连这样的人物和莎士比亚悲剧中的罗密欧那样的人物相提并论，就会把于连深夜进德·瑞那夫人房间的这个场面当作对罗密欧攀登朱丽叶露台的那个场面的讽刺了。忽略了时代特色，既不能说明《红与黑》的问题，也不能由此说明西欧古典文学作品的一般问题。文学作品既然是通过特殊来反映一般的，探究具体文学作品所反映的社会现实的本质方面，就必须抓住具体时代的具体特征。

二、文学反映现实，往往通过典型人物的塑造。这在理论上对于我国的外国文学研究工作者已经不成问题。但是，根据十年的实际经验，问题在于：如何理解典型人物形象的概括性和"人性化身"论的区别；典型环境典型性格的创作方法和作品的具体写作布局的区别和联系；关于阶级性和社会性质的科学概念对于人物艺术形象的衡量标准；人物艺术形象的多重作用和统一效果；等等。

恩格斯的"典型环境中的典型性格"之说对于我国的外国文学研究者而言是耳熟能详的。但是"典型环境"的含义既深且广，又和"典型性格"不可分割。这里涉及的是一个认识现实、概括现实的创作方法问题，而不是一个简单的写作技巧问题。因此，分析典型人物的时候，不能仅从所谓的"典型职业"等配置来证明环境的典型性，更不能"选择"环境以"配合"典型性格。但是，作家掌握了正确表现"典型环境中的典型性格"的创作方法，也就会在写作设计上有所体现。因此，与世界观密不可分的创作方法是恰如其分地分析作家创造人物的艺术技巧的关键。

文学作品中的典型人物，既不同于一定社会中生活着的真人，也不同于分析一定社会各阶层、各阶级所得出的科学概念。他们在作品中自有其特殊的艺术作用。因此，用正确的科学概念来解释典型艺术形象，必须恰如其分。恩格斯在《反杜林论》中说过的一段话，常为文学理论家和批评家援引来说明资产阶级文学作品中的人物形象问题。发挥马克思关于资本主义生产条件下的分工使劳动者成为畸形儿的理论，恩格斯说："随着这种分工，人自己也分成几部分。为着行动的某一方面的发展，一切其它肉体的和精神的能力，就遭受了牺牲。人身的残缺，与分工同时并进……大工业的机械，更把工人从机器的地位转变为机器附属品的角色……不仅是工人，而且直接或间接剥削工人的阶级，也都因分工而被自己的活动的工具所奴役：精神上空虚的资本家，为自己的资本及自己的利润欲所奴役；律师为自己的化石似的法律观念所奴役，这种观念，作为独立的力量支配着他；一般的'有教养的阶级'，为各种地方限制性和片面性所奴役，为自身肉体上和精神上的近视性所奴役，为自己的残缺的专门教育和终身束缚于这一专门技能的事实所奴役，——虽然他们的专门技能，只是在于坐吃现成，无所事事。"① 这段话往往被引来说明不反对资本主义社会现实的资产阶级作家不可能创造出伟大的人物形象、人物性格。但是，绝不能据此来推论批判现实主义小说家在他们的小说里不能创造出活生生的富有艺术效果的典型人物。有论文作者为狄更斯辩护，批判资产阶级的贬抑说法，在所谓狄更斯人物都是"平面人物"的指责面前，没有弄清楚真相如何，却借恩格斯关于分工影响的这段话作为盾牌了。他当然不能负全部责任，因为他只是赞成英国一位进步批评家的做法，只是转述了这样的意思："狄更斯把他的人物画成平面的，因为在他看来，这些人根本就是平面的，而这些人所以是平面的缘故，就因为他们所处的那个社会已经把他们压扁，使他们不能恢复原状了。"② 这番话并不

---

① 《反杜林论》，人民出版社 1956 年版，第 308—309 页。
② 全增瑕：《读狄更斯》，《艰难时世》，新文艺出版社 1957 年版，第 365 页。

准确。照此说来，所有杰出的欧洲 19 世纪批判现实主义小说家都应该把人物画成平面的，要不然就不符合现实，其价值也就不及狄更斯了，哪怕他是巴尔扎克或者托尔斯泰。照此说来，如果相信只有到共产主义社会，人类才能全面发展，个性才能真正分明，那么就不能承认过去的现实主义优秀作品里写出了个性分明的人物吗？说旧社会漆黑一团，是否要在纸上涂一团黑漆，才算表现了这一特点？现实和现实的艺术反映，究竟不完全是一回事。事实很明显，现代资产阶级作家自己创造不出狄更斯笔下那样的鲜明突出的典型人物，反而指责他们是"平面人物"，这正是掩饰自己的人物灰色苍白罢了。小说家写人物，可以用"平面"方法（也即突出一面）；也可以用"圆形"方法（也即多面浑成）。反映社会现实的积极面是如此，消极面也是如此。成功与否就看他写的人物是否鲜明、生动，社会现实是否准确、深刻。而这种鲜明性、生动性和这种准确性、深刻性是有密切关系的。正是在这个关系上，对于社会现实的科学认识才可以用来衡量对于社会现实的艺术反映的价值，典型人物形象的价值。

历来文学作品中的典型人物的确有很多不能简单地分为正面或者反面的例子。但是不能因此就赞美作家"笔底的人物，便是最好的也会有阴影方面，坏人也能'具有某些人性'"①。这种"人性论"观点是错误的。这暂且不谈。实际生活里每一人都会有一定的缺点。文学作品里的典型人物却是集中表现的产物。作家塑造正面典型人物，施展高度集中的概括本领，无须兼顾人物身上的瑕疵。读者或者听众如果被一个正面艺术典型形象所吸引、所感动，也就不在乎能不能在他身上找出几个斑点。反面典型艺术形象的成败也不在于他能不能"具有某些人性"。不论是正面的还是反面的，典型人物的成功都系于他不是概念或者概念的化身，而是有血有肉的；不只有

---

① 张威廉：《威廉·布莱德尔作品的风格特征和社会意义》，《南京大学学报》（人文科学版）1958 年第 1 期。

共性，而且更有个性。人物是会发展的，正反面也会互相转化。这也是另一回事。这里要考虑的典型人物在作家笔下的双重作用是这样的：有一路正面人物，例如堂·吉诃德，在无碍于作家通过他显出爱憎分明的情况下，会使我们哭笑不得。有一路人物可以说是中间人物，例如莎士比亚喜剧《皆大欢喜》中的杰魁斯。有一篇文章虽然不无缺点，却指出了这个人物的"双重作用：一方面他是讽刺的对象，另一方面他又是讽刺者"①。另一路人物是肯定作为反面人物的，例如莎士比亚历史剧里的福斯塔夫，歌德《浮士德》里的靡非斯托雷斯。巴尔扎克《高里欧老爹》里的伏脱冷，也起着这样的双重作用。也有论文指出："在他们揭发世情时，也的确说出一些真理，大快人心，在他们为非作歹时，则与他们所看不起的高高在上的人们没有两样。这种人物的言行有时使人感到痛快淋漓，有时使人感到可厌可憎。"②

就这种双重作用的目标而言，在欧洲资本主义关系兴起和上升时期或者资产阶级革命时期的古典作品里，作家往往使用这几路典型形象，在主要揭发封建阶级的同时也揭发资产阶级与生俱来的阴暗本质。对待这种典型人物，不能简单化；一旦简单化，就会有失真相。现有的《堂·吉诃德》译本序文所作的解释因此并不全面。要说明《堂·吉诃德》这部作品的人民性，不深入分析堂·吉诃德这个典型人物，那是说不清楚的。不指出这个正面典型人物本身的丰富内容和他在塞万提斯笔下的双重甚至三重作用，尤其说不清楚。以为堂·吉诃德的典型意义仅限于"脱离实际要使［骑士制度］僵尸复活"③，就看不出这个人物有多大用武之地了。这样，序文作者

---

① 李赋宁：《莎士比亚的〈皆大欢喜〉》，《北京大学学报》（人文科学版）1956年第 4 期。

② 冯至：《略论欧洲资产阶级文学里的人道主义和个人主义》，《北京大学学报》（人文科学版）1958 年第 1 期。

③ 孟复：《塞万提斯和他的〈堂·吉诃德〉》，《堂·吉诃德》第一部，人民文学出版社 1959 年版，第 14 页。

单纯强调了塞万提斯这部小说的反封建意义，而在当时的广大人民当中，只记起了当时可以列入人民范畴的新兴资产阶级，并把它美化了。塞万提斯借堂·吉诃德之口，说古人所谓的"黄金时代"不是因为黄金"可以不劳而获"，而是因为当时人们还不知道什么叫"你的"和"我的"。这段名言也被归功于资产阶级给予他的启发——"塞万提斯看到了当时上升时期的资产阶级一般是凭劳动而得到生活数据的情况，就把这看作是公平的人类的理想！"[①] 相反，分"你的"和"我的"，正好也反过来揭露了以自私自利的阶级性闻名的资产阶级。即此一点，也可以看出塞万提斯不但可以用堂·吉诃德来进行"两面斗争"（当然以反封建为主），而且可以用来表达自己的统一理想：人民大众的理想。

三、文学作品，通过典型人物反映社会现实，总要表达一定的思想。1949年以后，外国文学研究者一致反对为艺术而艺术。为了批判地接受、批判地借鉴外国文学遗产，特别重视其中的思想倾向。外国当代文学作品的思想面目，还比较容易看得分明。由于时间的距离，古典作品需要花更多的工夫才能识别其思想意义。站在时代的高度，本着"政治标准第一"的精神，分析外国古典文学作品的思想倾向，也就成为特别迫切的课题。外国文学研究工作者责无旁贷，承担了这个迫切而艰巨的课题。

从中华人民共和国成立最初十年发表的外国文学评论和研究文章看来，只谈艺术不及思想的情形几乎销声匿迹。只谈艺术，实则是只谈技巧。谈技巧当然也有好处。但是单纯谈技巧，谈得好，也还是说不清作家是如何通过人物塑造来反映现实本质、表达思想意图的。谈得不好，还会歪曲了作家的艺术表现方法。即使并不单纯地谈技巧，在注意技巧的时代，稍不留神，突出了作家的艺术表现方法的某一细节或者非关键因素，也极易落入曾经流行的烦琐或老

---

① 孟复：《塞万提斯和他的〈堂·吉诃德〉》，《堂·吉诃德》第一部，人民文学出版社1959年版，第25页。

套。譬如，写美人一定要在她脸上着一点疤痕，写英雄一定要在他性格上涂一些阴影，仿佛唯有如此才贴切自然、合乎"人性"。但这样可能恰好不切合作家的艺术主张和主旨，从而必然不切合作品艺术力量的关键所在。

就思想和艺术的关系而论，探讨外国文学作品，即使是古典作品，问题也不在只谈思想、不及艺术的做法。众所周知，不及艺术而只谈思想，严格说来，也是不可能的。分析作品里的思想总要根据作品里的人物、情节和语言。而一触及人物、情节和语言，也就势必要涉及艺术问题。这方面的实际问题在于：有时候我们一想到思想，就不去想人物、情节、语言在艺术上是统一体，从中表达出来的思想也应是完整的，而只想到从人物、情节、语言中把思想割裂出来。如果不成体系，就加以整合，使之自成体系。着手这样做的时候，又很容易照思想流露显而易见的不同程度，一反创作规律的自然顺序，首先抓语言和情节，然后用得着才抓人物本身。这样找思想，必然很容易在语言上限于字面，在情节上限于细节，如果轮得到人物本身，也仅限于找寻性格上的一些片面。马克思为说明问题，从莎士比亚或者歌德的作品援引，虽然所引的也是片段，却和作品的基本精神或思想是一致的，而他这样做也并不等于他在单纯地分析这些作品的思想。研究作品的思想性，哪怕只是一些作品所表现的一个方面的思想，就不能只从其中摘取有关的条条，有如类书。

马克思和恩格斯在他们对拉萨尔谈革命悲剧的时候，[①] 讲到莎士比亚和席勒的问题也就说明了文学作品中思想和艺术的关系问题。他们认为必须"莎士比亚化"，而不要犯"席勒式"的毛病，认为"不应该为了理想而忘掉现实，为了席勒而忘掉莎士比亚"。这并不是说席勒代表了思想，莎士比亚代表了艺术。固然，恩格斯谈到"德国戏剧的巨大的思想深度和意识到的历史内容"，"同莎士比亚

---

① 《马克思恩格斯列宁斯大林论文艺》，人民文学出版社 1958 年版，第 10—16 页。

式的情节的生动性和丰富性"三者的完美融合，很容易令人误解为莎士比亚以艺术见长。但是不应该忘记马克思在这个场合还说了不应当让"那些代表革命的贵族们"在剧本里"占去了全部的兴趣"，"而农民（特别是这些人）与城市革命分子的代表倒应当成为十分重要的积极的背景"。恩格斯在同样的场合还说了"介绍那时候五光十色的平民社会，会提供十分新的材料以使剧本生动，会给予贵族的国民运动在舞台前部的表演以一幅无价的背景，会使这个运动本身第一次显出真正的面目"；接下去又说，"在封建关系崩溃的时期，我们从那些叫化子似的居于统治地位的国王们、无衣无食的雇佣的武士们和各种各类的冒险家们中间会发现许多各色各样的特出的形象：一幅福斯塔夫式的背景，它在这种类型的历史剧［革命悲剧］里会更富于效果！"这里显然就不单是艺术的考虑。虽然马克思和恩格斯并不反历史主义地要求莎士比亚像他们同时代人写历史题材的革命悲剧那样地具有思想，但是能构思出"一幅福斯塔夫式的背景"，也就涉及了思想问题，也就说明了莎士比亚作品的思想性。这里说明的不仅是一个对于社会现实的艺术反映问题，而且是一个对于历史现实的思想认识问题。

固然，文学作品里的思想和艺术也可以有所侧重。文学史上思想和艺术不相称的作品也是有的。但是重要作品，一般说来，总是思想内容和艺术形式的统一体，总是深刻的思想和优秀的艺术的统一体。分而评价文学作品的思想（严格分而说之只能是抽象的概念）和艺术（严格分而视之也只能是单纯的技巧），标准只能是相对的：思想（特别是抽象的概念）总是昔不如今，艺术（特别是单纯的技巧）也会后来居上。文学作品里的思想和艺术的统一性却是绝对的标准，可以古与今比。而正是这个统一性才使得重要的古典文学作品能恒久动人，也才特别值得后人学习。这也正是研究工作中的关键所在。从此出发，研究外国文学作品，特别是外国古典文学作品，就可以由浅入深、由表及里。由此出发，也可以使有关苏东坡和王安石的评价问题及诸如此类的争论得到进一步深化。

四、通过艺术形式反映现实、表达思想感情的简单道理在古今文学创作实践中都是适用的，但是根据这个道理来研究作家和作品，特别是古典作家和作品，就绝不是轻而易举的事了。外国文学研究工作者，由于研究的对象是外国作家和作品，研究基础十分薄弱，对这项工作的艰难程度是有过充分估计的。开始是自己摸索，并逐渐对基本的文学理论有了认识，同时也发现了工作中存在的问题。从以上总结来看，当时的主要问题是"一些研究工作者既表现了资产阶级文艺观点和治学方法的影响"，另一些则"表现了庸俗社会学倾向"。二者之中，"简单化倾向又占了主导地位"。推究原因，既有新经验缺少的幼稚病，也有旧影响未除的障碍。二者之中，老毛病却是占主要地位。不立不破，不破不立，互为因果，也就说明了外国文学研究工作中的问题。实质上，生搬硬套和牵强附会，一般化和钻牛角尖，机械和片面，等等，在观点或方法上都是相生相长的，甚至是一而二、二而一的。

总而言之，就运用反映现实的原则而论，不能仅仅交代作品的社会背景，而且还要（更要）注意作品中的社会内容（内在关系），对于作品所表现的时代精神，要有阶级分析，要注意作品在时代社会斗争中的意义，也不应忽视它的更为深广的价值，同时又不能因为考量作品的深广意义而忘记它的时代特色。深入研究重要作品怎样反映现实的本质方面，总会发现它们与当时促使重大历史事件发生的主要社会矛盾的某种联系，尽管他们不一定直接反映了这些主要矛盾或重大历史事件。就运用人物塑造的原则而论，分析人物应该着眼于通过他们所达到的对于一定社会的历史发展的本质反映，而不是孤立抽象地考虑他们的性格，在一两点质量的概念上兜圈子；应该把"典型环境中的典型性格"的原则理解为不仅涉及艺术问题，而且涉及思想认识问题；不能直接用社会分析所得出的科学概念来衡量作为艺术形象的文学作品里的人物；分析通过人物塑造所表达的思想意义，不一定都能分正面人物和反面人物；应该注意作为艺术形象的人物在作家笔下的双重乃至多重作用。就思想和艺术的关系而论，要从全面看问题，从发展看问题，从作品的人物、情节和语言的统一性看问题，从思想和艺术的统一性看问题，因为这样才能了解作品的思想问题和艺术问题，因为文学作品终究不可能为艺术而艺术。同时，文学作品不同于政治论文或者历史文献。这三方面的问题实际上可以归结为：（1）文学和社会的关系问题，（2）思想和艺术的关系问题，而人物形象问题正是集中说明了两方面问题的关键。有此推导，那么研究抒情诗等门类以外的一般文学作品，就知道应该首先抓什么环节和怎样抓了。这就是文学研究的科学观点和科学方法，适用于外国文学研究。

研究外国文学当然必须联系实际。研究本国文学当然也需要联系实际。但是外国文学研究有自己的特点，外国文学研究如何联系实际也有一定的特殊性。研究外国文学联系实际的原则应该是宽泛的。简单说来，从实际需要出发，运用科学观点和科学方法，结合具体问题和传统经验，阐明外国文学作品或者具体文学潮流对于思想教育、文学借鉴的意义，同时从不同角度了解世界文明成果和世界人民的心志——这就是研究外国文学联系实际的基本原则。根据这条原则，中华人民共和国成立最初十年的外国文学研究工作总的说来并没有脱离实际。研究选题和选题重点，总体上是符合实际需要的。但是，外国文学的普及工作做得不充分，对人民群众的需要也缺乏了解。此外，研究成果并不很多。但外国文学界不必妄自菲薄，更不能因为偶有从外国古典文学作品中找攻击新社会的弹药者，就反过来把外国文学作品当作反面教材。也不能因为一小部分青年读者受到了某些不良影响而对外国文学作品都来一通"大批判"，并全盘否定之。

第二节　苏俄文学研究

20世纪50年代初，苏联的文艺理论和文艺政策几乎未遇任何阻碍地长驱直入中国，"全盘苏化"在文艺上得到了最鲜明的体现，苏联的理论译著占据了中国的图书和报刊。如与新中国同时诞生的《人民文学》杂志，在它的创刊号的"发刊词"中谈到"要求给我们译文"时就强调"最大的要求是苏联和新民主主义国家的文艺理论"；创刊号的社论是《欢迎苏联代表团，加强中苏文化的交流》；该期刊出的三篇理论文章是冯雪峰的《鲁迅创作的独特性和他受俄罗斯文学的影响》、周立波的《我们珍爱苏联文学》和苏联理论家柯洛钦科的《在艺术和文学中高举苏维埃爱国主义底旗帜》。而当时中央主管文艺的领导人更是明确表态：中国要"坚定不移"地和"不能动摇"地"在文学艺术工作上学习苏联"①。苏联在 20 世纪 50 年代的文艺理论和文艺政策对中国的影响是多方面的，其中当然有有益的成分，但是 50 年代初期的盲目接受，加之中苏当时的特定状况，因而"日丹诺夫主义"也在中华人民共和国成立初年的中国文坛打下了深深的烙印。

就像当时苏联文学作品蜂拥而入一样，苏联的文艺理论著作也大批进入中国。除了报刊上的译载外，影响较大的单行本有：季莫菲耶夫的《文学原理》、毕达可夫的《文艺学引论》、叶皮洛娃的《文艺学概论》、柯尔尊的《文艺学概论》、涅多希文的《艺术概论》和契尔柯夫斯卡雅的《苏联文学理论简说》等。与此同时，一批苏联文艺学专家还被请来直接为中国的文艺理论工作者和青年学生授课。苏联的文学理论一时间被趋之若鹜，不管是其中合理的部分还是错误的内容，一概照单全收。而这一时期的苏联文论恰恰又是处在与西方文论尖锐对立、自身又沉淀和融入了 20 世纪三四十年代许多"左"的观点之中。年轻的中国文艺理论界"全盘苏化"的结果是割断了自己与西方文论对话和从自身的传统文论中汲取养料的可能，而在吸纳苏联文论时对"左"的东西的某种嗜好，使得其合理的部分尚未消化而直接庸俗化、机械化的内容则得到了认可。这必然导

---

① 习仲勋：《对于电影工作的意见》，《电影创作通讯》1953 年第 1 期。

致一种不正常的状态，即理论的僵化、分辨力的退化和批评的棍子化的出现，乃至不久后苏联文艺理论发生重大转折时，中国的理论界却开始坚守其放弃的阵地（当然，这里还有其他复杂的因素在起作用）。

20世纪50年代中期，苏联社会发生了巨大的变化，苏联文学也进入了一个新的时期。中国文坛同样涌动着春潮，理论界相当活跃。作协主办的《文艺报》接连讨论起"写真实""典型""形象思维"等问题。秦兆阳的《现实主义——广阔的道路》、钱谷融的《论"文学是人学"》、巴人的《论人情》等一批切中时弊、富有创见的理论文章相继发表。从这些文章所涉及的问题看，它们大抵与当时苏联作家和理论家所关注的问题是一致的。如1956年9月《人民文学》发表的《现实主义——广阔的道路》一文开宗明义地要"以现实主义为中心，来谈一谈教条主义对我们的束缚"。文章批评了苏联作协章程中关于"社会主义现实主义"的定义，认为这一定义把思想性当成了外于生活和艺术的东西，并建议用"社会主义时代的现实主义"来取代"社会主义现实主义"的概念；文章指出，当前文艺上的庸俗思想突出表现在"对于《在延安文艺座谈会上的讲话》的庸俗化的理解和解释，而且主要表现在对于文艺与政治的关系的理解上"，并呼吁"必须少用行政命令的形式对文学创作进行干预"；文章还认为，片面强调歌颂光明就必然会导致"无冲突论"，简单地用艺术去图解政策就只会产生公式化、概念化的东西；应该鼓励"作家的个性和创造性"，应该塑造"普通而同时又极为独特的人物"；文章最后写道："教条主义对于文学艺术的束缚，这不光是中国的情况，而且是带世界性的情况。也许正因为它是带世界性的情况，所以才更加难以克服吧？"可以看出，作者在提出这一系列重要问题的时候，他的目光始终是把中国的文艺问题和世界性的文艺现象联系在一起考虑的（而这时不仅在苏联而且在东欧各国，反教条主义的斗争都在如火如荼地进行）。

1956年10月的匈牙利事件对中苏两国震动都很大，阶级斗争之弦又一次绷紧了。表现在文学上，最突出的就是所谓保卫

"社会主义现实主义"。苏联开始大量发表这方面的文章，中国的报刊也予以转载，如《译文》第 12 期上就载有多斯达尔的《保卫社会主义现实主义》一文。① 1956 年年底，苏联《消息报》又刊出了指责杜金采夫的小说《不是单靠面包》的文章。从第二年年初开始，苏联的《共产党人》杂志、《真理报》和《文学报》纷纷撰文批评文艺界的"不健康倾向"。中国的报刊迅速报道了上述动向，一度潜伏起来的极"左"思潮又有所抬头，理论界围绕着"社会主义现实主义"等问题的争论也渐趋激烈，有人在刊物上发表题为《社会主义现实主义可以怀疑吗?》的文章批驳秦兆阳的观点，并公然提出："我们主张两条战线的斗争，政治也要，艺术也要。但是如果在必不得已的时候，我们宁要政治，而不要艺术!"不过，从总体上说，1957 年上半年的中国文坛反对极"左"思潮的斗争仍未停止。这时，从维熙、刘绍棠和邓友梅等作家仍发表了对"社会主义现实主义"质疑的文章。

与此同时，苏联和俄国的几乎所有重要作家都受到了我国批评界的关注，有关评论如雨后春笋般涌现。但无论是批评范式还是立场观点基本上都是照搬苏联老大哥的。②

与翻译出版的火热相比，研究领域显得相对冷清。究其原因，首先可归结为当时俄罗斯文学作为学科还处于起步阶段，其学术属性和意义尚未得到充分认识。学术与政治、研究与时评往往浑融于一体。从研究主体看，专业化的俄罗斯文学研究者很少。高校的俄罗斯文学课教师的职责是教学，基本不承担研究任务。值得注意的是，众多非俄罗斯文学专业领域的中国作家、戏剧家、文艺界头面人物对思考和评论俄苏文学热情很高。他们的声音往往压倒学界的声音。除一般报纸和综合性文学杂志，以及译作前言与后记外，发

---

① 《译文》编辑部还编辑了二辑近百万字的《保卫社会主义现实主义》，后由作家出版社于 1958 年出版。

② 陈建华主编：《中国俄苏文学研究史论》，重庆出版社 2007 年版。

表研究成果的专业化园地十分欠缺。当然，学术不景气的根本原因还在于20世纪50年代逐渐向"左"的政治大背景、大趋势。在研究成果上，值得提到的有戈宝权、王忠淇等人的普希金研究，戈宝权、张羽、王智量、倪蕊琴等人的托尔斯泰研究，萧三、钱谷融等人的高尔基研究，朱光潜、汝信、刘宁、辛未艾等人的别林斯基、车尔尼雪夫斯基、杜勃罗留波夫研究，蒋路等人的卢那察尔斯基研究，陈燊等人的沃罗夫斯基研究，等等。

第三节　英美文学研究

中华人民共和国成立初期，外国文学译介研究工作总的来说尚处在"学步"阶段。在"学习苏联"的口号下，我们大量翻译、介绍了苏联学者以及其他各国进步作家的著述。其中论及英美文学的有苏联的阿尼克斯特、伊瓦肖娃，英国的A. 凯特尔、福克斯，美国的S. 西伦和舍丽·格雷厄姆及捷克的A. 察佩克等许多作家。他们的论文对英美古典文学大都给予肯定评价，对现当代作家则基本上以政治态度决定取舍，着重介绍、赞扬进步作家。如美国的法斯特、马尔兹和黑人作家，英国的杰克·林赛、奥尔德里奇等；对于像奥尼尔、阿瑟·密勒、格雷厄姆·格林等地位重要而又倾向复杂的作家有所涉及，没有全盘否定。对"现代派"文学没有深入介绍或研究，仅在一些小文中以否定的态度批判责罚。尽管这些苏联评论存在主观主义、机械论的偏向，但在当时学习苏联是很自然、很必要的步骤。那时我们对于如何运用辩证唯物主义和历史唯物主义的观点来认识、研究、评价外国文学作品还没有经验或经验甚少，苏联以及其他各国的学者、作家在这方面的尝试可为我们提供一种参考和借鉴，有助于我们在外国文学研究工作中摸索出一条自己的道路。

中华人民共和国成立后最初四五年中，我国一些作家、翻译家曾撰文纪念菲尔丁、莎士比亚等文学大家。但总的来说，文章数量不多、分量也较轻，多属于一般介绍。1955 年年底，周扬就《草叶集》出版一百周年、《堂·吉诃德》出版三百五十周年在纪念大会上的讲话，表达了积极继承外国古典文化遗产的意向，其中说道："《草叶集》是属予美国的人民大众的，也是属于世界进步人类的"，从形式上、内容上肯定了惠特曼的诗作，指出其在思想感情上与我们相通的地方。全国各大报刊也先后纷纷载文纪念惠特曼和塞万提斯。

当时的一些主导的思想和观点虽有片面性，但仍有不少可取之处，那个"八股"本身也还只是个宽松的枷锁。同时也有不少学人或多或少地突破了教条主义、形而上学思想的束缚，因此仍有效地进行了大量艰苦的工作，取得了可贵的成绩。1956 年毛泽东同志提出"百家争鸣"，逐渐出现了一些在思路、文风上另辟蹊径的著述。如杨绛论菲尔丁的论文较早地提出了文学史上艺术形式的继承性问题。李赋宁的《论乔叟的形容词》，许国璋的知识性、趣味性并重的杂文《鲍士威文稿及其他》，王佐良的涉及文学的论文《论现代英语的精练》和随笔《读蒲伯》等都别具风格，侧重作品的艺术特点和艺术成就的研究、品评，逸出了上述的八股格式。

总的说来，中华人民共和国成立最初十年当中我国文化界对美国文学严重忽视。对重要作家如霍桑、马克·吐温、斯陀夫人、杰克·伦敦、欧·亨利、海明威等，虽有一些作品翻译出版，但并没有系统研究，只以译本的前言后记等给出了一定的介绍；而另一些作家如麦尔维尔、福克纳等，则基本没有研究成果面世，只偶有零星短文提及，被完全忽略的作家更是不胜枚举。得到较多关注的仅有惠特曼和德莱塞。评论德莱塞的文章一般着重指出他的作品如何揭露了美国资本主义社会的罪恶；有关惠特曼的文章有杨耀民的《惠特曼——歌颂民主自由的诗人》和华中一的《惠特曼与格律诗》及《论惠特曼与格律诗》等。

在有关英国文学的论文中以研究莎士比亚的为最多。

卞之琳发表了两篇论莎士比亚悲剧的文章，其中《莎士比亚的悲剧〈哈姆雷特〉》一文指出，该剧表现了人文主义理想与伊丽莎白时期英国现实的冲突，歌颂了为理想而奋斗的精神，也说明"代表人民的先进思想和脱离人民的斗争行动产生了悲剧"。吴兴华在《莎士比亚的〈亨利四世〉》一文中认为福斯塔夫之所以成为受到英国人民热烈欢迎的不朽的喜剧形象，是因为他反映了广大人民模糊意识到的一种愿望，代表一定程度的反抗精神，从而说明《亨利四世》不只是写王权对贵族的胜利，而且通过福斯塔夫式的背景，"更深一层揭示了统治者和被统治者之间的矛盾"，这反映出莎士比亚对"理想君主"的态度是有保留的。

李赋宁的《莎士比亚的〈皆大欢喜〉》通过具体分析，指出该剧标志着莎士比亚创作的转变：从对族长制的田园牧歌社会抱有幻想进入到对资本主义原始积累时期英国社会关系加以深刻分析和严厉批判。陈嘉的《莎士比亚在"历史剧"中流露的政治见解》、戚叔含的《莎士比亚的悲剧人物塑造和他的现实主义》等文也分别从不同角度阐述了自己的见解。

综上所述，对莎士比亚的研究还是较为深入细致的，也能就不同观点展开论争。当时对莎士比亚的基本认识受苏联观点影响，一直从"绝不受资产阶级局限的"、文艺复兴时期的"巨人"这样一个认识出发，不断地力图证明莎士比亚既反对封建主义又批判资本主义，远远超越了他的时代。这种观点固然富有启发性，但是否中肯还有待探究。

英国的几位"革命的""进步的"诗人也得到了我国研究者较多的注意。有关的论文有殷宝书的《诗人密尔顿的革命精神》、杨周翰的《英国资产阶级革命诗人密（弥）尔顿》、卞之琳的《谈威廉·布莱克的几首诗》、戴镏龄的《谈威廉·布莱克的〈伦敦〉》、王佐良的《伟大的苏格兰人民诗人彭斯》、袁可嘉的《彭斯与民间歌谣》、张月超的《英国的革命浪漫主义诗人拜伦》，等等。这些文章都强调诗人的政治倾向。

在英国 18—19 世纪的小说家中，菲尔丁、斯威夫特、狄更斯、萨克雷等人得到了较多关注。杨绛的《菲尔丁在小说方面的理论和实践》摘引散见于菲尔丁作品中议论小说（即他所谓的"散文体滑稽史诗"）创作的种种见解——与古希腊史诗、亚里士多德、贺拉斯的理论等相对照、比较——从文学发展的源流来探讨菲尔丁在小说方面的贡献。并根据菲尔丁的小说进一步作了分析评价，指出他可以被称为"英国小说的鼻祖"。杨耀民在《〈格列佛游记〉论》中对原始材料进行分析后提出了自己的独立见解。他认为尽管斯威夫特思想中充满种种矛盾，但总的说来，他主要的讽刺对象是统治集团，而不是全人类。张月超的《英国讽刺小说家斯威夫特》一文认为，斯威夫特对"人"的失望反映了当时爱尔兰人民"憧憬过去、嫌恶现在、对将来绝望"的心情。

有关狄更斯的论文并未全面讨论他的作品，而是主要着眼于工人题材小说。有的文章以三篇小说为例说明狄更斯与资产阶级哲学思想进行了论战和斗争，虽然言之成理并有一定思想深度，但把描写生活的小说归结为反对某个法律某个主义，恐怕不免失于片面，而且论文还常常一厢情愿地夸大狄更斯与资产阶级的对立和他对工人及劳动人民的同情。爱尔兰现代剧作家奥凯西也因其政治态度而得到了一定介绍。《论旭恩·奥凯西》和《当代爱尔兰伟大剧作家旭恩·奥凯西》等文章全面介绍了剧作家的创作道路和主要作品，指出他的作品以工人及下层人民的生活与斗争为题材，也肯定了他在戏剧技巧上的一系列尝试和创新。这两篇论文比较强调奥凯西的革命的政治观点。

1957 年下半年以后，由于反"右"斗争扩大化和"左"的思潮的干扰，在文化教育、文学研究领域中大规模地开展了所谓"拔白旗"的运动，许多著名学者受到批评，一些略有"出轨"的文章都被批判。批评意见中的许多具体见解本是对治学目的、方式、方法的探讨，或是不同学术观点的争论，可说是正常的。然而批评的总倾向是维护前面提到的八股框框，并且在当时形势下采取了以势压人、轻率地给对方扣帽子的做法。这种不恰当的政治化批评严重地破坏了"百家争鸣"，使得初步形成的繁荣局面不能进一步发展下去，并从此染上了宁"左"勿右的沉疴。

1958—1959 年在英美文学范围中虽仍有一些研究、评论文章相继发表，但数量上已比 1956—1957 年大大减少，而且其中多数或是介绍、研究具有明显的进步政治倾向的作家、作品（如弥尔顿、彭斯、奥凯西、宪章文学），或是以明显的"左"的激进态度来进行评论。不过，尽管态度越来越"左"，但对西方古典文学基本肯定的评价、对人道主义和现实主义的肯定态度并没有改变。当时的状况可以描绘成：脑袋在极力向"左"转，但脚跟尚未离开原来的立足点。中华人民共和国成立后最初十年的外国文学研究工作大体就在这种"左"的音调中结束。

第四节 其他相关研究

中华人民共和国成立初期，除苏俄和英美文学批评外，其他国别或语种的文学研究队伍还比较薄弱。相形之下，德语和法语人才比较集中。德语方面有陈铨、廖尚果、凌翼之、贺良诸教授，焦华甫讲师，德国女教师陈一荻和作家布卢姆等。再加上南京大学德文专业本来已有的商承祖、张威廉等人；北京大学德文专业的领军人物为冯至，另有杨业治、田德望、严宝瑜等。就当时的德文学科格局来说，南大北大倒真的是名副其实，形成了最初德文学科的基本格局，这也符合中国现代学术史传统里的"南北对峙"。① 这样一种

① 早在 1917 年时，北京大学校长蔡元培当其履新之初开始轰轰烈烈的北大改革之际，东南大学（南高师）就有与北大分庭抗礼的意味。而相对胡适等人掀起的新文化运动的热潮，吴宓等在南方以东南大学为基地主张文化保守，虽然寂寞，但就文化史发展的意义来说却并不逊色。有论者提出"南雍学术"的概念，溯源历史，强调国子监是国家教育最高行政机构兼最高学府，并以明代南京、北京国子监并立的状况作比。认为在 20 世纪头二十年，南雍具有新的含义，即特指当时南京的最高学府南京高等师范学校、东南大学（此皆今日南京大学之前身）等。并引述论证，或谓"北大以文史哲著称，东大以科学名世。然东大文史哲教授实不亚于北大。"或谓东大与北大，"隐然成为中国高等教育上两大支柱"。参见王运来《留洋学者与南雍学术》，载田正平、周谷平、徐小洲主编《教育交流与教育现代化》，浙江大学出版社 2005 年版，第 187—188 页。

状态基本上一直保持到 1964 年中国科学院设立外国文学研究所。

法语及法国文学领域也是人才济济，活跃着李健吾、罗大冈、傅雷、梁宗岱等一批法国文学的翻译和研究人才。大量的法国经典小说被翻译或重译，通常都有译者写的前言或后记，对小说家及其作品进行简要的评述，因此报刊上关于法国文学的评论也多了起来。但是重译介而忽视研究的状况并未改变，几乎没有出版过研究法国文学的专著。在这一时期，北京大学在 1956 年最早设立了法语语言文学硕士点，中山大学在 1957 年成立了法语专业，但当时的法语专业通常以教授法语为主，文学研究仅是少数教授的个人行为。1957年的"反右"运动之后，仅有的一点研究工作也因受到批判而处于相对的停滞状态。

西班牙语、意大利语等重要西方语种及北欧的一些语种都是在 20 世纪 50 年代后期才开始设立专业的，因此其文学基本上都是从俄语或其他语言转译的。即便如此，有关译作上往往附有序言或后记，以便简要介绍作家作品，也有不少短评散见于报刊，但基本流于一般性的推介，真正的研究尚未开始。

这一时期，特殊的政治原因使东欧文学继续受到重视。东欧文学译介也就享受到了特别的待遇。1950—1959 年，东欧文学作品源源不断地被译成汉语，掀起了东欧文学翻译的又一个高潮。光罗马尼亚小说就翻译出版了二十六部。时隔几十年，一些中国老作家依然记得萨多维亚努的《泥棚户》《漂来的磨房》《斧头》等小说。当时进入中国读者视野的东欧作家还有罗马尼亚作家格林内斯库、爱明内斯库、阿列克山德里、谢别良努，波兰作家奥若什科娃、柯诺普尼茨卡，南斯拉夫作家乔比奇、普列舍伦，捷克斯洛伐克作家狄尔、聂姆曹娃、马哈、爱尔本，等等。由于政治因素的影响，译介的作品良莠不齐，不少作品的艺术价值值得怀疑，政治性大于艺术性，充满说教色彩。尽管如此，我们还是读到了一批优秀的作品。比如罗马尼亚剧作家扬·路卡·卡拉迦列的代表剧作《失去的信》。曲折多变的情节，辛辣尖锐的笔锋，妙趣横生的语言，滑稽可笑的人物，所有这些确保了《失去的信》的艺术性、思想性和战斗性。一百多年来，该剧始终是罗马尼亚各大剧院的保留剧目，一直受到广大观众的喜爱，已成为罗马尼亚戏剧中的绝对经典。当这部剧作于1953年同中国读者见面时，同样受到了热烈的欢迎。五年后，它还被武汉人民艺术剧院搬上了舞台。此外，罗马尼亚小说家萨多维亚努的《斧头》、捷克小说家狄尔的《吹风笛的人》、捷克诗人爱尔本的《花束集》、捷克女作家聂姆曹娃的《外祖母》、捷克小说家哈谢克的《好兵帅克》、捷克诗人马哈的《五月》、波兰作家显克维奇、普鲁斯的不少小说和散文等也都具有相当高的艺术价值，不愧为东欧文学中的经典。在此我们还要特别提一下"三套丛书"，其选题中包括一些优秀的东欧文学作品。因此，对那一特殊时期译介的东欧文学作品，我们恐怕还不能一概而论，全部否定。有点审美水准的读者，定会发现不少令他们耳目一新的闪光文字。由此，我们能感觉到一些有眼光、有品位、有修养的专家和出版家的良苦用心。在此之前，东欧文学作品都由日语、德语、英语、法语、俄语等语言转译成汉语，基本上都绕了一个弯，有些还绕了几个弯。介绍和研究文章也都是根据二手或三手材料而写成的。艺术性和准确性都有可能遭到损害。这自然只是无奈之举和权宜之计。因为，很长一段时间，我国根本没有通晓东欧国家语言的人才。中华人民共和国成立后，为了更好地进行文化交流，国家先后多次选派留学生到东欧各国，学习它们的语言、历史和文化。这就意味着一批专门从事东欧文学教学、翻译和研究的人才即将诞生。后来，这些人才主要集中在北京外国语学院东欧语系和中国社会科学院外国文学研究所。外国文学研究所东欧文学研究室也应运而生。鼎盛时，它几乎拥有东欧各语种的专家学者：波兰文的林洪亮和张振辉，捷克文的蒋承俊，匈牙利文的兴万生、冯植生和李孝凤，保加利亚文的樊石和陈九瑛，罗马尼亚文的王敏生，南斯拉夫文和阿尔巴尼亚文的高韧和郑恩波。此外，《世界文学》编辑部和北京外国语学院东欧语系等单位还涌现出了杨乐云、易丽君、冯志臣、陆象淦、李家渔等优秀的翻译家和学者。从 20 世纪 50 年代末开始,人们就从《译文》(1959年后改名为《世界文学》)上陆续读到一些东欧文学作品,直接译自东欧有关语言。一些介绍文章也都出自第一手材料。

必须说明的是,1949 年中华人民共和国成立之后,中国政府在国际政治格局中采取与亚非拉结盟的政策,这极大地促进了我国学界对东方文学的翻译与研究。季羡林先生于 1946 年创建的北京大学东方语言文学系为我国东方文学的翻译与研究培养了大批人才。但由于种种原因,真正的东方文学或亚非拉文学研究还无从谈起。

第 二 章

峥嵘岁月

引　言

　　1960 年起，中苏开始公开交恶。同时，极"左"思潮愈演愈烈。"三套丛书"步入停滞状态。自此至 1977 年，外国文学研究进入了休克期。然而，恰恰也是在这个时期，中国科学院在毛主席的直接关怀下成立了外国文学研究所。它主要由原中国科学院文学研究所所属的苏联文学、东欧文学、西方文学和东方文学四个研究组室及中国作家协会所属的《世界文学》（原《译文》）编辑部组成。著名诗人、研究家冯至任首任所长。当时，外文所大师云集，有卞之琳、李健吾、罗大冈、罗念生、杨绛、戈宝权及借留文学所的钱锺书等。不幸的是，建所伊始，有关人员便被调离北京，参加"四清"运动，之后即是众所周知的"文化大革命"。

　　但是，以中国科学院外国文学研究所建立为标志（1977 年后更名为中国社会科学院外国文学研究所），外国文学的学科地位确立了。作为由毛泽东指示建立的对外学术研究机构之一，外国文学研究所的创建在那个时代或可理解成一种"政治需要"，但如果将其置于更为宏阔的学术视野中去考察，则无疑可以认为，它同时也是现代学术传统传承与发展的契机。当初，蔡元培兴建中央研究院，就

颇以人文社科方面规模较窄为憾，即仅有"历史语言研究所"与
"社会科学研究所"两个独立机构。他对此解释说："因实科的研究
所比较的容易开办，只要研究员几人，仪器若干，即可从事研究。"①
而中国科学院虽然以"科学"为名义，但毕竟组建了"哲学社会科
学部"，在这方面大有弥补，是值得充分肯定的。而1964年一批涉
外人文社科研究所的建立，虽然在名义上有领袖意愿为标志，但实
质上对推动科学院传统人文社科领域发展具有重大促进意义。

　　此外，外文所的建立对外国语言文学学科发展的意义还在于：
一、显示了科研与教学的不同。一方面这样一种国家最高学术机构
的专门研究所建制继承了中国现代学术传统的科学院学统，使得由
蔡元培奠立轨辙的中央研究院传统在新时期以另类"萧规曹随"的
方式得以发展，并进而拓展到外国文学研究领域。这同时也符合德
国学术传统中前洪堡传统的"科学院/大学两分原则"。② 二、以当
时我国政治体制的优势，能够以行政手段迅速聚集起全国范围的第
一流学者，譬如冯至就在北京大学西语系主任位置上被直接调任中

---

　　①　蔡元培：《在中央研究院招待二届全教会会员宴会上的致词》（1930年4月17
日），《蔡元培全集》第6卷，浙江教育出版社1998年版，第481页。
　　②　科学院传统从17世纪早期就已发源。如同大学一样，科学院的发端亦在欧洲，
首先还是在意大利，然后在法、英、德等国相继出现。17世纪早期，就有比较小规模
的各种团体与协会，它们将数学家、自然研究者、文学家、史学家、哲学家等各种不
同领域的学者集结在一起。进入17世纪下半期，这些团体和协会越来越多地被收归国
有成为科学院，如巴黎、伦敦、都柏林、柏林、彼得堡、马德里、斯德哥尔摩、哥本
哈根、罗马等。但具体落实并具有重大意义者，仍当推由莱布尼茨倡议成立的柏林科
学院（1700）。柏林科学院（Deutsche Akademie der Wissenschaften zu Berlin）迅速成为
著名的科学研究中心，不仅对自然科学研究与语言、文学研究不加限制，而且致力于
各种科学的分门别类的研究。1740年起，更名为"普鲁士科学院"（Die Preußische
Akademie der Wissenschaften zu Berlin）。当年莱布尼茨拒绝进入大学，看重的正是科学
院给予学者优游自在的自由创造氛围；日后费希特与施莱尔马赫不约而同反对洪堡的
大学理念，看重的也是科学院与大学各司其责、术业专攻的原则坚守。[德]彼得·克
劳斯·哈特曼：《神圣罗马帝国文化史——帝国法、宗教和文化》，刘新利等译，东方
出版社2005年版，第507页。

国社会科学院，而如钱锺书、李健吾、罗大冈、卞之琳、罗念生、杨绛、戈宝权等一流学者的荟萃，这在资本主义社会是不可想象的。

当然，从另一角度看，这样一种发展其弊端也是显而易见的。譬如当时的政治语境也非常深刻地作用于外文所及其学者身上。1964 年建所伊始，冯至等研究人员旋即被通知去安徽寿县参加"四清"运动，直到 1965 年 2 月才返回北京，且翌年就爆发了"文化大革命"。长达十余年的光阴被付诸东流。虽然许多学人仍偷偷进行学术工作，但总体上十三年的光阴只能算作一个预备期，譬如德语文学学科建设的实质性推进，就一直处于设计和徘徊阶段。

然而，即使是在"文化大革命"那样恶劣的政治环境下，外国文学或其他广义、狭义的文学依然像一股温暖的潜流在人群中悄悄流淌。"黄皮书"也罢，手抄本也罢，恰是应了"野火烧不尽，春风吹又生"。

第一节　苏俄文学研究

20 世纪 60 年代初期至"文化大革命"前夕，我国对俄苏文学的译介明显呈现出逐年递减的颓势。1962 年以后，不再公开出版任何苏联当代著名作家的作品；1964 年以后，所有的俄苏文学作品从公开出版物中消失。

20 世纪 60 年代上半期，在某些"左派"的眼中，以托尔斯泰为代表的 19 世纪俄罗斯文学当属"封资修文艺"之列，在高扬阶级斗争旗帜的年代里，这些作家的作品不说有害也至少是没用了。因此 60 年代俄国古典作家（实际上也包括其他外国古典作家）的被排斥，虽说与中苏政治关系的恶化有一定的联系，但那显然不是主要的因素。

在当时的文坛上曾发生过一场怎么评价外国古典作家的争论。有一个署名谭微的人在《新民晚报》上发表了一篇题为《托尔斯泰

没得用》① 的文章，并抛出了一串用心险恶的理论。由于 20 世纪 50
年代末 60 年代初言路尚未完全堵塞，一些有胆识的作家和理论家还
能在报刊上对极"左"谬论给予还击，因此张光年的《谁说"托尔
斯泰没得用"?》② 这样的很有力度的反击文章在《文艺报》上刊出
了。作者首先批驳了谭文中"漠视托尔斯泰的三大理由"，即所谓托
尔斯泰"不会反映我们的时代"，他的"慢条斯理的写作方法""不
能符合我们这个时代要求"，作为"饱食终日、无所事事"的贵族
老爷的托尔斯泰"占了社会停滞的便宜"。

　　20 世纪 60 年代初期，中国文坛对别林斯基、车尔尼雪夫斯基、
杜勃罗留波夫倒情有独钟，前一阶段出版过的别林斯基、车尔尼雪
夫斯基、杜勃罗留波夫的论著这时基本都有了重印本，他们的文艺
思想仍受重视。当时出版的影响很大的由以群主编的《文学的基本
原理》一书，行文中大量引用别林斯基、车尔尼雪夫斯基、杜勃罗
留波夫的言论，其数量仅次于马克思主义经典作家，仅此一例足见
别林斯基、车尔尼雪夫斯基、杜勃罗留波夫在当时中国文坛的地位
尚未动摇。这主要得益于当时的文坛尚未成为极"左"思潮的一统
天下，得益于别林斯基、车尔尼雪夫斯基、杜勃罗留波夫的革命民
主主义者的身份（尤其是车尔尼雪夫斯基反抗沙皇专制制度的"俄
国的普罗米修斯"的形象），得益于他们的某些文艺观点经修正或片
面强调（有的则是基于其自身的矛盾）后尚能为当时的文艺政策服
务，尽管经过变形后的别林斯基、车尔尼雪夫斯基、杜勃罗留波夫
与其原型已存在不小的差距。对此，朱光潜先生在这一时期所作的
研究和提出的见解充分显示了他的敏锐和胆识。他在论述别林斯基
和车尔尼雪夫斯基的美学思想时，一方面高度评价了两位思想家的
历史功绩，另一方面又通过深入细致的分析对他们美学思想上存在
的矛盾和不足提出了切中肯綮的批评。

---

① 谭微:《托尔斯泰没得用》,《新民晚报》1958 年 10 月 6 日。
② 张光年:《谁说"托尔斯泰没得用"?》,《文艺报》1959 年第 4 期。

刚跨进 20 世纪 60 年代时，因中苏两国的裂痕虽日益扩大但表面上仍保持友好，所以文坛对苏联文学仍谨慎地接纳，译介的数量尚未锐减。在 1960 年北京出版的《苏联文学是中国人民的良师益友》一书中，作为文艺界主要领导人之一的茅盾还撰文总结 20 世纪 50 年代中国译介苏联文学的成就和向读者推荐一批优秀的读物，并对在中国"将出现一个阅读苏联作品和向苏联作品中的英雄人物学习的新的高潮"充满信心。书中另有许多高度评价包括肖洛霍夫《静静的顿河》在内的不少苏联文学作品的文章，尽管这些文章都深深地打上了那个时代的烙印。

值得一提的是，20 世纪 60 年代上半期公开出版渠道日渐狭窄乃至完全闭锁之际，内部出版却自成小气候。中国科学院文学研究所苏联组（外国文学研究所前身）从 50 年代末开始编辑出版几种文艺理论译丛——《苏联文艺理论译丛》、《现代文艺理论译丛》（不定期刊）、《现代文艺理论译丛》（双月刊）、《现代文艺理论译丛》（双月刊增刊，黄皮书）。在这几种刊物和增刊中，有的一开始就是内部发行，有的中途转为内部发行。《现代文艺理论译丛》名为汇集各国文艺理论，实际绝大部分是苏联文艺理论。每一期或一辑译丛，每一本黄皮书，各领专题，如：《苏联作家论社会主义现实主义》《关于文学中修正主义、客观主义、党性、中立主义、人道主义和苏联文学中的问题》《苏联文学与人道主义》《苏联青年作家及其创作问题》《苏联文学中的正面人物、写战争问题》《苏联文学中与党性、时代精神及其他问题》《苏联一些批评家、作家论艺术革新与"自我表现"问题》《人道主义与现代文学》等。此外，作家出版社和中国戏剧出版社内部出版了一批外国文学作品，其中苏联文学作品数量可观。

同时期的"黄皮书"中，有些译作是颇具文学价值的（如这一时期由作家出版社和中国戏剧出版社内部出版的装帧简单的外国文学作品）。这些内部出版物均系苏联当代文学作品，而且基本上都是苏联国内最有影响的或最有争议的作品，介绍得又相当及时和准确。

这种及时充分说明中国文坛对当代苏联文坛的动向极为关注，而选择的准确性又充分说明中国的译者对当代苏联文学的熟悉。与此同时，20 世纪 60 年代上半期中国还内部出版了一批苏联当代的文艺理论著作，涉及的也均是苏联当代著名的作家和理论家对当代文学中重要的文学现象和理论问题的评价。这些著作有：《人道主义与现代文学》《关于文学与艺术问题》《苏联一些批评家、作家论艺术革新与"自我表现"问题》《苏联文学中的正面人物、写战争问题》《苏联文学与人道主义》《苏联文学与党性、时代精神及其他问题》《苏联青年作家及其创作问题》《新生活——新戏剧（苏联戏剧理论专辑)》《戏剧冲突与英雄人物（苏联现代戏剧理论专辑)》《关于〈山外青山天外天〉》《关于〈被开垦的处女地〉第二部》《关于〈感伤的罗曼史〉》等。由此可见，中苏文学的表面联系中断了，可实际上中国文学界的目光并没有离开苏联文学，它们是一股温暖的潜流。

20 世纪 60 年代中期对中国社会来说是灾难性的。1965 年，由江青一伙炮制、姚文元署名的《评新编历史剧〈海瑞罢官〉》出笼；1966 年春，林彪、江青一伙以中央名义向全党下发了所谓的《部队文艺工作座谈会纪要》；紧接着，《解放军报》发表《高举毛泽东思想伟大红旗，积极参加社会主义文化大革命》的社论，向全社会公布了"纪要"的内容。一时间"黑云压城城欲摧"，一场历时十年之久的文化浩劫开始了。苏联当代文学成为禁区，著名作家肖洛霍夫成了"苏修文艺"的总头目，批判"苏修文艺"成了中国文艺界的一大任务。报刊上出现了不少全盘否定和随意评判外国古典文学作品的文章。例如，有一篇文章用"阶级斗争的大棒"横扫屠格涅夫的小说《前夜》。

1970 年 4 月，在姚文元的策划下，由上海的写作班子抛出，并在全国报刊上刊发的题为《鼓吹资产阶级文艺就是复辟资本主义》

的文章以及随后出现的风波，就是十分典型的例子。① 及至"文化大革命"中后期，社会秩序有所恢复，出版业也重新启动。在这几年里公开出版了高尔基的《童年》和《人间》、绥拉菲莫维奇的《铁流》、法捷耶夫的《青年近卫军》和奥斯特洛夫斯基的《钢铁是怎样炼成的》等少数几部被视作纯真的无产阶级文学作品。与此同时，一些西方的当代文学作品开始以"供内部批判之用"的形式重新出现，苏联当代文学作品也在此时以同样的方式再次进入中国。撇开20 世纪 50 年代和其后的 80 年代巨大的译介浪潮不谈，仅与 60 年代前五年相比，这时期内部出版的苏联文学作品的数量似乎不能算少：计有单行本二十五种，出版量大体等于其他西方国家的文学作品之和。另外在上海人民出版社内部出版的期刊《摘译》（1973 年 11 月创刊，1976 年 12 月终止）中也载有一定数量的苏联文学作品。此外，上海和北京等地公开或内部出版的《学习与批判》《朝霞》《苏修文艺资料》《苏修文艺简况》《外国文学资料》和《外国文学动态》等杂志为批判"苏修文艺"也有部分作品译介。由此可见，即使在这一非常时期，苏联文学依然是中国译介者主要的关注对象，自然这是带有排斥心态的接受。

第二节　英美文学研究

20 世纪 60 年代初，国家面临空前经济困难，政治矛盾和思想压力趋于缓和，外国文学的译介和研究也进入一个平稳发展的新阶段。同时，由于中苏关系的恶化，我国外国文学研究逐渐摆脱苏联影响，走上了探索之路。这一时期出现了一批学术价值较高的研究成果，在质量上和数量上都达到了新的水平，特别是在 1963 年前后可以说

---

① 这篇文章核心论点是："古的和洋的艺术，就其思想内容来说，是古代和外国的剥削阶级的政治愿望和思想感情的表现，是必须彻底批判和与之彻底决裂的东西。"

形成了中华人民共和国成立后第二个繁荣期。

早在 20 世纪 50 年代末，为学习借鉴世界文学的优秀文化遗产，应中宣部的倡议，"外国古典文学名著丛书"列上日程。而在 60 年代初正式贯彻实施的过程中，又逐渐完善成为后来影响深远的"三套丛书"的编选计划，其间出版的英美文学作品有《鲁宾逊漂流记》、《名利场》、萧伯纳的《哈克贝利·费恩历险记》以及《戏剧三种》等。这时，一批质量较高的评价文章相随推出。如杨绛的《萨克雷〈名利场〉序》。又如，由于萧伯纳戏剧选本出版，1965 年还陆续发表了几篇关于萧伯纳的论文，计有王佐良的《萧伯纳和他的戏剧》《萧伯纳的戏剧理论》和蔡文显的《萧伯纳戏剧创作的思想性和艺术特点》等。

当时外国文学研究的一个核心课题就是如何批判地继承优秀外国文学遗产。英国方面，评论对象包括从莎士比亚到 19 世纪浪漫主义诗歌与现实主义小说等，美国方面主要是从 19 世纪开始的现实主义小说。文章大都在作者的生辰或忌辰发表，有相对的集中性。莎士比亚在这一阶段仍然是最受关注的作家，在 1964 年莎士比亚诞生四百周年的前后发表了不少文章，而且形成了一定的争鸣格局。其中最值得关注的或许是吴兴华的《〈威尼斯商人〉——冲突和解决》。文中虽也隐约可见时代局限的痕迹，但其笔锋腕底的余韵与精湛的辩证思维却使这篇文章即使在今天也堪称文学研究的典范。卞之琳在《〈里亚王〉的社会意义和莎士比亚的人道主义》中分析了《李尔王》所表现的人道主义理想与现实的矛盾，认为它同时也反映了理想本身的矛盾，指出人道主义的内在矛盾正是这些资产阶级先行者两面性的表现。其他还有卞之琳的《莎士比亚戏剧创作的发展》、王佐良的《英国诗剧与莎士比亚》、杨周翰的《谈莎士比亚的诗》、陈嘉的《从〈哈姆莱特〉和〈奥赛罗〉的分析来看莎士比亚的评价问题》、赵澧等的《论莎士比亚的社会政治思想及其发展》和《论莎士比亚的伦理道德思想及其发展》，以及张健的《论莎士比亚的〈尤利斯·凯撒〉的结构和思想》等，多达数十篇。

　　另有一类文章把莎士比亚看作一个地地道道的资本主义社会中的资产阶级作家，认为第一类文章对莎士比亚评价过高，忽视了他"那些所谓自然、真理、人性、理想背后的资产阶级内容和个人主义实质"。尤其是怀疑莎士比亚到底能不能达到对资本主义有所批判的水平。与之相随还有对资产阶级人道主义的批判性看法。这些文章在今日看来无论在观点还是在材料的掌握方面都已显得过时，但它们作为一种学术方面的认识，一种历史的记录，仍能让我们体会当时的整个意识形态氛围和价值取向。

　　1962 年是狄更斯诞生一百五十周年，在这前后介绍了一些他的作品，发表了二十多篇纪念他的文章。杨耀民的《狄更斯的创作历程与思想特征》对狄更斯进行了全面的分析，认为他在作品中对社会的批判是逐步深入的，越来越接触到社会问题的本质。此外还有范存忠的《狄更斯与美国问题》、海观的《董贝父子》译后记，以及《狄更斯的〈双城记〉和人道主义》和《欧洲 19 世纪资产阶级文学中的劳动人民形象》等文。1963 年在萨克雷逝世一百周年纪念日前后有若干相关文章面世，先是《世界文学》介绍了他的《势利小人集》，后有朱虹的《论萨克雷的创作》系统地阐述了他的创作发展过程和思想艺术特色。张健的《论萨克雷的〈亨利·艾斯芒德的历史〉》分析了作品的政治历史背景、萨克雷的人道主义观点和唯心主义思想方法。

　　英国浪漫主义诗人中，布莱克与雪莱获得的评价较高，论述前者的如范存忠的《英国进步浪漫主义的先驱——威廉·布莱克》。关于雪莱的文章比较多，有的是单写雪莱的，有的是把雪莱与拜伦合在一起写的。如范存忠的《论拜伦与雪莱的创作中现实主义与浪漫主义相结合的问题》、袁可嘉的《读雪莱的〈西风颂〉》等，他们一致赞扬了空想社会主义的诗人雪莱，特别是他作为"天才的预言家"的革命乐观主义精神。对拜伦，学界的评论则稍微复杂些。主要是围绕着怎样正确地、历史地评价遗产的问题进行的。拜伦的思想与作品引起的争议最为广泛，焦点是拜伦式英雄的反抗的实质。袁可嘉的文章《拜伦和拜伦式的英雄》在这方面引起了一场不了了之的争论。

在马克·吐温逝世五十周年的 1960 年，报纸杂志纷纷撰文介绍和评论。如老舍在纪念会上的报告《马克·吐温——"金元帝国"的揭露者》、周珏良的《论马克·吐温的创作及其思想》、陈嘉的《马克·吐温——美帝国主义的无情揭露者》等文都肯定了马克·吐温是美国杰出的批判现实主义作家，是帝国主义侵略行径和资本主义虚假文明的揭露者，他的艺术风格带有浓厚的人民气息。其他带有纪念性的还有 1962 年欧·亨利诞生一百周年时的一些文章，如王佐良的《一位善于讲故事的作家》。

海明威也是经常被提起和介绍的美国作家。董衡巽的《海明威浅论》是一篇全面地分析他的文章，认为海明威是美国 20 世纪以来最重要的作家，"迷惘的一代"的代表，并且详细分析了他的以含蓄为最大特点的艺术风格，认为他的艺术才华超过了对生活的认识能力。还有个别文章对其他英美作家及作品进行了介绍与研究，如乔叟、培根、笛福、斯威夫特、哥尔斯密、司各特、科贝特、萧伯纳、高尔斯华绥、斯陀夫人、希斯德烈斯、德莱塞、阿瑟·密勒，等等。

宪章派文学，特别是宪章派诗歌较受重视，如袁可嘉的《英国工人阶级的第一曲战歌》。第二次世界大战后英国反殖民小说在新形势下如雨后春笋般地发展，这类作品的思想基础只是资产阶级民主主义，但由于它们有现实的政治意义，在我国得到的评价还是比较高的。这方面的文章有撷华的《在殖民主义崩溃的时代中——略谈英国的反殖民主义作家与作品》，徐育新、董衡巽的《英国进步小说的一个特色》等。属于这一类的还有《皮市巷的革命》《穿破裤子的慈善家》等写工人阶级的小说，关于它们也有个别评论文章。

美国方面的重点是黑人文学，这方面做了相当多的介绍工作，《世界文学》于 1963 年 9 月还出了黑人文学专号。主要文章有黄星圻的《在斗争中成长的美国黑人文学》、施央千的《一股革命的火焰在燃烧——读反映美国黑人生活与斗争的文学作品》、施咸荣的

《战斗的美国黑人文学》等，文章一致高度赞赏美国黑人文学的成就与战斗性，其中第一篇具体叙述了美国黑人文学的发展历史。王佐良的《疾风劲草——谈谈 50 年代美国几位进步作家的几部优秀小说》分析了包括黑人文学在内的 20 世纪 50 年代美国文坛对阶级斗争的反映和进步文学在思想性、艺术性方面取得的新成就。

同样具有鲜明时代特色的还有对西方现当代文学的评介。对于西方现代派文学，当时的态度基本是否定的，往往是以对作家政治立场的抨击代替对作品的细致分析；以传统的文学形式或狭隘理解的现实主义的创作手法为标准来评价现代派艺术。如当时对于"新批评"、"意识流"、现代诗歌以及艾略特的评介都不同程度地受到这样的局限。不过，饶有意味的是，每每在简单甚至粗暴的断语下，会有丰富的新知、些许灵慧的体悟和隽永的片言只语。如袁可嘉的一系列内容丰富的介绍批判文章：《"新批评派"述评》《略论美英"现代派"诗歌》以及《英美"意识流"小说述评》等都有颇多可取的内容。

"文化大革命"期间，几乎所有的外国文艺作品都被定性为资本主义或修正主义，不分青红皂白遭到否定和查禁。在如此大批判的高压下，外国文学的介绍和研究基本处于停滞状态。但这不等于在那个时段里外国文学书刊及其社会功用就此消失了，譬如"皮书"的出版和流行。这些皮书最初问世于 20 世纪 60 年代初，是专"供内部参考"的当代外国文学译作，因当时统一用黄色封面，俗称"黄皮书"。这批内部书主要介绍当时有影响的苏联东欧的文学、理论书籍，但其中也包括被我国评论界大批特批的美国"垮掉的一代"和英国"愤怒的青年"的名作，如克鲁亚克的《在路上》、塞林格的《麦田里的守望者》以及《往上爬》和《愤怒回顾》等。后来，在 70 年代初，有关部门再次出版了一批类似的内部读物，用的是白皮或灰皮。

应该说，这些书和"文化大革命"前出版的其他外国文学作品在这期间的"地下流通"速率之高，或许是空前绝后的。一本书常能在短短数月内经过几十甚至上百人转手阅读，对许多年轻人的思想和生活产生深刻影响。在这一时期，一些年轻人对西方语言、西方文化产生了发自内心的兴趣，开始了自发地、刻苦地学习和追求。大家失了学，才有了"自学"。外国文学的这种效用在"文化大革命"之中甚于"文化大革命"之前。"于无声处听惊雷"和"思想解放"或许正是在这个时期开始酝酿的。

第三节　其他相关情况

进入 20 世纪 60 年代后，政治运动直接干扰和影响了外国文学翻译和研究的进程。就连不少东欧文学学者也没来得及施展自己的才华，坐起了冷板凳，而且一坐就是十几年。"文化大革命"期间，整个国家都处于非正常状态，外国文学翻译和研究事业基本进入停滞阶段。在此期间，几乎再也读不到什么东欧文学作品了，唯有少数阿尔巴尼亚、罗马尼亚和南斯拉夫的电影如《伏击战》《第八个是铜像》《多瑙河之波》《勇敢的米哈伊》《齐波里安·波隆佩斯库》《桥》《瓦尔特保卫萨拉热窝》等在某种意义上或可称作文学作品的延伸。

同样，亚非拉文学研究（除了极少数作品的翻译介绍外）也开始进入了休眠期。这里既有政治的原因，也有原本底子较弱、人才严重匮乏之故。值得指出的是，1964 年冯至从北京大学西语系主任的职任上调往中国科学院，出任新建的外国文学研究所（以下简称外文所）所长。虽然这必然有着相当程度的政治考量，但冯至的任命毕竟也有着学术上的意味。这表明德语文学研究在整个外国文学学科群中擢升至相当高的地位，这与冯至的《杜甫传》受到毛主席的表扬不无关系。事实似乎也证明了这一点，相比较其时具有强势地位的俄文、其后具有强势地位的英文，德语文学学科在外文所始终颇受重视；而中北欧室的创建与立名，也反映了冯至的学术眼光。

它使一批德语文学学者聚集到了一起。应该说，这是任何一所大学所不具备的条件。回过头来看，冯至也确实没有辜负这一大好时机，他不但领导学科发展，而且对外国文学研究起到领军作用，这不仅表现在他自己的著述和领导能力，而且体现于他的人才培养思路——造就了改革开放以后的中坚力量。

第三章

黄金时期

引 言

1976 年，"文化大革命"结束。1977 年中国社会科学院成立。1978 年年底，中共十一届三中全会召开，吹响了解放思想、改革开放的号角，中华民族迎来了伟大的历史性转折。在之后的四十余年间，外国文学研究蓬勃发展。外国文学和外国文学思想的大量引入不仅空前地撞击了中国文坛，而且在整个思想解放进程中起到了某种先导作用，从而为我国的改革开放提供了不可多得的精神借鉴和情感支持。

随着政治上"拨乱反正"，打破禁忌，解放思想，中断已久的"三套丛书"在外文所的协调下重新鸣锣开张。它始于 1959 年，讫于 1999 年，历时四十年。1958 年，时任中宣部部长的陆定一提出，为了学习借鉴世界文学的优秀遗产，提高我国青年作家的艺术修养和创作水平，满足人民的文化需求，提高人民的文化素质，繁荣社会主义的文学艺术，需要编选一套外国古典文学名著丛书，并责成中国科学院文学研究所主持这项工作（1964 年外国文学研究所成立后即从文学研究所全面接过了这项工作）。中宣部领导周扬、林默涵都曾先后出席最初的几次编委会会议。"文化大革命"后重新启动丛书工作时，编委会的主要工作是重新制定选题。1961 年制订了"三套丛书"的编选计划，初步确定《外国古典文学名著丛书》一百二十种，《外国古典文艺理论丛书》三十九种，《马克思主义文艺理论丛书》十二种。编选计划中除选目外，还确定了部分译者和序言作者，随后就分工展开组稿工作并制订年度出版计划，定期检查进展情况。1966 年"文化大革命"开始，出版工作被迫中断。但在此前的四五年中已经组织了一批译者，有些译者在"文化大革命"期间也尽可能地悄悄坚持工作。1978 年 5 月，中宣部批准恢复"三套丛书"的出版工作。同年 10 月，在北京召开"文化大革命"后的第一次工作组扩大会议，传达了中宣部的指示，遵循拨乱反正、重建文化工作的精神，对过去工作中的问题重新讨论、审查，如修改选题、制订出版计划和出版分工方案、编委会职责和工作组条例，进一步讨论并明确译文质量和序文的要求等诸多问题。会议的主要议题之一是对选题进行调整，《外国古典文学名著丛书》和《外国古典文艺理论丛书》作了扩充，并分别删去两种丛书中的"古典"二字，改为《外国文学名著丛书》和《外国文艺理论丛书》。工作组扩大会议后，又于 1979 年 2 月、1980 年 12 月和 1985 年 12 月分别在上海、成都和杭州召开三次编委会。在历次编委会上工作组分别汇报了进展情况与有关问题，提请编委会讨论并作出决定。1985 年之后，因经费困难，多数编委又年迈离退，便不再召开编委会，由工作组承担了各种责任。

此后，"三套丛书"列入国家社会科学发展规划的"六五""七五"重点项目。截至 1999 年，丛书共出版《外国文学名著丛书》一百四十五种，《马克思主义文艺理论丛书》十一种，《外国文艺理论丛书》十九种。如此规模宏大而又是系统性的外国文学和理论著作，在我国是空前的创举，在国际上也属罕见。丛书不仅以规模宏大取胜，而且质量上乘。

与此同时，外文所等单位和有关同行共同努力，先后推出了《外国文学研究集刊》《现代文艺理论译丛》《春风译丛》《西方文艺思潮论丛》，以及国家"六五"和"七五"社科基金项目《外国文学研究资料丛书》和《20世纪欧美文论丛书》等丛书或丛刊。它们的相继出现，使外国文学研究界领风气之先，为我国的改革开放事业奠定了思想基础。其中，由外文所主持的《外国文学研究资料丛书》发轫于20世纪70年代末，累计出版各类研究资料凡八十种，其庞大的容量、精审的编选眼光，嘉惠学人并使无数读者受益。冯至、季羡林、王佐良、杨周翰等前辈学人极其重视这套书的编撰，并为之付出了很多辛劳。为保证质量，"资料丛书"邀集了众多名家参与其事，如季羡林先生选编了《印度两大史诗评论汇编》、杨周翰先生选编了《莎士比亚评论汇编》、袁可嘉先生选编了《现代主义文学研究》，并适时地吸纳了当时的一大批中青年学者的成果，如董衡巽编的《海明威研究》、朱虹编的《奥斯丁研究》、李文俊的《福克纳评论集》、瞿世镜编的《伍尔夫研究》、叶廷芳的《卡夫卡研究》，等等。另外，丛书特别强调理论导向，出版了钱锺书、杨绛先生参与选编的《外国理论家作家论形象思维》、陆梅林编选的《西方马克思主义美学论文选》等。时间跨度从古希腊至20世纪，地域空间从欧洲到美洲，每一种资料几乎都涉及好几个语种。90年代以降，由于众所周知的原因，丛书出版几近停顿。陈燊等有关负责人虽竭尽全力，但结果仍不尽如人意。所幸者"资料丛书"早已超出它自身的意义，它使我国读者得以在新的高度、新的层面上反观百余年来外国文学、文化的输入，提供了大量第一手资料，使读者体会到了外国文学的深层肌理和学术质地。同时，有关评论、资料以及理论的翻译构成了传统学术向现代学术转型的重要因素。许多大学生、研究生正是通过"资料丛书"明白了文学评论的写作方式和存在价值。同时，现代学术翻译自严复译《天演论》起，就有介入现实、参与论争的优秀传统，"资料丛书"在80年代初推出加罗蒂的《论无边的现实主义》就包含这样的考虑，引发了不少争议，其他如《欧美古典作家论现实主义和浪漫主义》《文艺学中的形式主义》则更有其观照现实的着眼点。正是通过这一独特方式，一代代翻译家显示出他们的见识和思考、介入感和使命感。

此外，中国外国文学学会于 1978 年正式成立，俄罗斯（苏联）、法国、德国、意大利、西葡拉美、日本、印度、阿拉伯等有关国别或语种研究会相继成立。是年，随着外国文学作品的大量推出，全国各地出现了万人争购的热烈场面。《世界文学》杂志复刊（其印数一度突破三十万份），《外国文艺》、《外国文学研究》、《外国文学报导》、《译林》（以此命名的专业出版社迅速与人民文学出版社、上海译文出版社形成三足鼎立之势）、《当代外国文学》、《外国文学动态》（其前身为《外国文学现状》）、《世界文艺》、《译海》、《国外文学》、《美国文学丛刊》、《苏联文学》（后更名为《俄罗斯文艺》）、《日本文学》、《外国文学》、《中国比较文学》、《外国文学评论》等翻译、介绍、研究外国文学的刊物也相继创设。北京十月出版社、漓江出版社、花城出版社、浙江文艺出版社等纷纷加入外国文学翻译、研究的出版工作。1986 年，中国译协召开了第一次全国代表大会。

20 世纪 90 年代，我国正式加入国际版权组织，同时拉开了出版社转轨、改制的序幕，加上市场经济等因素，外国文学的出版在经历了阵痛之后开始呈现出复苏的迹象。这主要体现在人民文学出版社、上海译文出版社、译林出版社等传统外国文学出版机构的战略调整，以及众多民营出版机构的介入。

世纪之交，我国的外国文学研究部分出现西化和碎片化现象；但最近十年来，又逐渐摆脱西化和碎片化倾向，开始呈现出越来越鲜明的主体意识和家国情怀。尤其是在习近平总书记一系列讲话[①]之后，我国外国文学研究在"四个自信""四个坚持"方面有了明

---

① 《在文艺工作座谈会上的讲话》（2014 年 10 月 15 日）、《在哲学社会科学工作座谈会上的讲话》（2016 年 5 月 17 日）、《在中国文联十大、中国作协九大开幕式上的讲话》（2016 年 11 月 30 日）和《在看望参加全国政协十三届二次会议的文化艺术界、社会科学界委员时的讲话》（2019 年 3 月 4 日）。

显的自觉，尽管某些立场和方法上的问题尚未完全解决，建立"三大体系"依然任重道远。

第一节　重要理论思潮和文论家研究

20 世纪被誉为批评的世纪，从现代主义到后现代主义，各种思潮、各种流派杂然纷呈，相互交织；不同观点、不同方法争奇斗艳，各领风骚。象征主义、印象派、意识流、表现主义、存在主义、荒诞派、黑色幽默，以及结构主义、形式主义、新批评、符号学、叙事学、精神分析学、新历史主义、接受美学、后结构主义、后女权主义、后殖民主义、生态批评、文学伦理学等，它们或多或少对我国的文学及文化研究产生了影响。但必须指出的是，这些影响并不都是正面的、积极的，比如某些"后主义"，其所造成的负面效应必须引起注意。

"后主义"的一个重要特征是对意识形态的"淡化"（或谓"终结"）。而这说穿了只不过是冷战一方的淡出（或终结）而已，客观上顺应了跨国资本主义的发展。

"后概念"的提出，可以追溯到 20 世纪六七十年代。1973 年，美国学者丹尼尔·贝尔在《后工业社会的来临》一书中明确指出美国等西方国家已经进入后工业时代。在他看来，后工业社会的主要特征首先是服务型、资本型经济取代生产型经济，其次是控制技术、信息技术的飞速发展。此外，在贝尔看来，迄今为止人类社会的发展过程主要由前工业社会、工业社会和后工业社会三个阶段构成。这些观点不久即演变成了轰动一时的所谓《大趋势》（1982）或《第三次浪潮》(1984)。此外，贝尔早在 1960 年就开始主张淡化意识形态，认为意识形态对峙犹如传统殖民方式，正明显阻碍生产力的发展。即便白宫并未从一开始就接受贝尔的意见，但是到了 80 年代，美国政府明显开始两条腿走路，即在保持军事和经济优势的同时，有意放松了对意识形态的控制，为冷战时期乃至 60 年代的内部矛盾（如在越南战争、代沟、学潮等问题上的对抗）和 70 年代的反共政策蒙上了面纱。

奇怪的是这些带有"未来学"色彩的理论虽然早在 20 世纪 80 年代就已登陆我国，且颇为一些人所津津乐道，但迄今为止我们尚未建立自己的"未来学"（即以我为主、从我出发，用马克思主义的立场、观点和方位作指导，立足现实、背靠历史，并在有关学科的微观研究和科学预测的基础上，对未来进行更为宏观的战略研究）。再者，上述美国学者虽然不把马克思主义挂在嘴边，但基本方法却是唯物主义的，其主要思想观点也基本建立在经济基础和生产力发展的诉求上。这不是很值得我们深长思之吗？

总之，西方社会的发展及贝尔等人的理论在一定程度上为后现代主义的风行创造了条件。20 世纪 90 年代初，随着冷战的结束，美国政府全面接受了贝尔等人的思想，在"淡化"意识形态、加强跨国资本运作的同时，开始实施"信息高速公路"战略。当时日本正沾沾自喜地发展传真机。然而，以互联网为核心的信息技术一日千里，不仅迅速淘汰了传真机，而且创造了一个又一个的利润奇迹，并使世界变成了名副其实的"地球村"。

与此同时，法国学者利奥塔于 1979 年发表了《后现代状态》一书。他从认知的多元性切入，夸大了认识的相对性，并由此阐述了后工业时代文化的无中心、无主潮特征，从而引发了后现代主义热潮。就西方文化而言，从古代的神话传说、歌谣史诗到近代的人文主义、浪漫主义、现实主义、自然主义和现代主义，每个时代都有特定的文学或文化主潮（用我们的话说是主旋律）。而后现代文化的特征恰恰是多元并存，在利奥塔看来，无所谓谁主谁次、谁中心谁边缘。于是，到了 20 世纪 80 年代，法国学者德里达、雅克·拉康、福柯和美国耶鲁学派的德曼、米勒、布鲁姆和哈特曼等几乎同时对以语音（逻各斯）中心主义和理性主义为核心的传统认知方式发起了解构攻势。于是解构主义大行其道。解构主义也称后结构主义，它是针对结构主义而言的，是对结构主义的扬弃。

于是，解构、消解、模糊、不确定这样一些概念开始大行其道，从而否定了认识和真理的客观性，从而导致绝对的相对性取代了相对的绝对性。

相对于现代主义，后现代主义具有强大的意识消解作用。如果说现代主义的主要特征是：（一）认为真理是可以认识的；（二）认为现实是可以表现的，并致力于探索各种形式。那么，后现代主义的主要特征则表现为：（一）真理是不存在或不确定的；（二）认识是破碎的，即碎片化的、不断变化的、难以捉摸的。由于后现代主义没有统一的定义，也没有完整的理论体系，一般的理解只能建立在其主要倾向上，比如它们大都是虚无的、极端的和否定性的，并且普遍具有非中心化、反正统性，和强调不确定性、非连续性和多元性的特征。

然而，一方面，文学作为一种特殊的意识形态，不完全受制于生产力和社会发展水平。而且文学大都来自作家的个体劳动，所面对的也是作为个体的读者，因此是一种个人化的审美和认知活动，取决于一时一地的作家、读者的个人理智与情感、修养与好恶。但另一方面，无论多么特殊，文学又毕竟是一种意识形态，终究是时代、社会及个人存在的反映。从历史的角度看，世界文学（从最初的神话传说到歌谣或诗，从悲剧、喜剧、悲喜剧到小说）体裁的盛衰或消长印证了这一点；以个案论，也没有哪个作家或读者可以拽着自己的小辫离开地面。但是，文学的个性体现却是逐渐实现的（由集体经验或集体无意识向个性或个人主义转化）。在西方，在古希腊文学当中，个性隐含甚至完全淹没在集体性中。从古希腊神话传说到荷马史诗乃至希腊悲剧，文学所彰显的是一种集体意识。个人的善恶、是非等价值判断是基本看不见的。神话传说不必说，在荷马史诗中，雅典人和特洛伊人之间并不存在谁是谁非的问题。帕里斯带走了海伦，阿伽门农发动战争，但无论是帕里斯还是阿伽门农，都是大英雄，基本没有谁对谁错、谁好谁坏、正义和非正义的问题。在古希腊悲剧中，比如三大悲剧作家笔下，个性和价值观也都是深藏不露的，甚至是稀释难辨的。如果有什么错，那也是命运使然。俄狄浦斯没有错，他的父亲母亲也没有错，他们是命该如此，而一切逃脱命运的企图最终都成为实现命运的条件。因此，当时关注的焦点是情节。亚里士多德的《诗学》用了近三分之一的篇幅来讲情节，而且认为情节是关键，位居悲剧的六大要素之首，然后才是人物、语言、性格、场景和唱词。

古罗马时期，尤其是在以基督教文化为核心的善恶观确立之后，西方取得了相对统一的世界观，而这种世界观几乎贯穿了整个中世纪。作家的个性和价值取向一直要到人文主义兴起才开始凸现出来。是谓"人文主义的现实主义"。到了浪漫主义时期，作家的个性得到了空前的张扬，甚至开始出现了主题先行、观念大于情节的倾向。正因为如此，相对于席勒的观念化倾向，马克思、恩格斯十分推崇情节与内容完美结合的"莎士比亚化"。但主题先行的倾向愈演愈烈，许多现代派文学作品几乎成了观念的演示。情节被当作冬扇夏炉而被束之高阁。于是文学成了名副其实的传声筒及作家个性的表演场。因此，观念主义、形式主义、个人主义大行其道。

与此同时，文学主观空间恰好呈现令人困惑的悖论式发展态势。一方面，文学（包括作家）的客观空间愈来愈大（从歌之蹈之的狭小区域逐渐扩展至整个世界），但其主观空间却愈来愈小。比如文学（尤其是人物）的视野从广阔的外在世界逐步萎缩到了内心深处。也就是说，荷马时代的海陆空间逐步变成了卡夫卡式的心理城堡。而今，互联网的虚拟空间又迅速取代了这个心理城堡，从而使人与人的交流变得更加困难。每个人都在自说自话，从而形成了众声喧哗的狂欢景象。表面上人言喷喷，但实际谁也听不见别人的真实心声。犹如身处高分贝噪音之中，无论你如何扯着嗓门喊叫，也无法使别人听到。这就是说，一方面世界变成了"地球村"，但另一方面人与人的关系愈来愈冷漠。生活越来越依附于物质，而非其他。竞争取代了互助。这在农牧社会即前工业时代是不可想象的。人与人的关系发生了质变。文学中，"小我"取代了"大我"。

当然，文学终究是复杂的，它是人类复杂本性的最佳表征。就拿貌似简单的"作家是人类灵魂的工程师"这个老命题来说，我们所能看到的竟也是一个复杂的悖论，就像科学是悖论一样。比方说，文学可以改造灵魂，科学可以改造自然。但文学改造灵魂的前提和结果始终是人类的毛病、人性的弱点；同样，科学改造自然的前因和后果永远是自然的压迫、自然的报复。因此，无论是文学还是科学，都常常自相矛盾，是人类矛盾本质的鲜明体现。文学的灵魂工程恰似空中楼阁，每每把现实和未来构筑在虚设的过去。问题是：既有今日，何言过去？用鲁迅的话说是"人心很古"。科学的前进方式好比西绪福斯神话，总是胜利意味着失败，结果意味着开始，没完没了。问题是：既有今日，何必当初？用恩格斯的话说，"我们对自然界的胜利"总是导致"自然界的报复"①；胜利愈大，报复愈烈。

我们不妨以生态批评为例，来说明问题的复杂性。生态批评确实对生态保护起到了积极作用，这毋庸讳言。但极端的环境保护主义就未必具有普世效应了。加西亚·马尔克斯于1982年在诺贝尔奖领奖台上说过这么一番话：当欧洲人正在为一只鸟或一棵树的命运如丧考妣的时候，两千万拉美儿童，未满两周岁就夭折了。这个数字比十年来欧洲出生的人口总数还要多。因遭迫害而失踪的人数约有十二万，这等于乌默奥全城的居民一夜之间全部蒸发。无数被捕的孕妇，在阿根廷的监狱里分娩，但随后便不知其孩子的下落和身份了……② 马尔克斯的这番话置于今天也难说过时。可见，对于发展中国家而言，重要的是保证人的生存：一种近乎文明的体面生活，也即发展权问题。想当初伦敦不就是因为工业革命而成了

---

① 《马克思恩格斯选集》第四卷，人民出版社1972年版，第339—347页。

② 加西亚·马尔克斯：《拉丁美洲的孤独》，斯德哥尔摩，1982年。

雾都吗？可现如今由于发达国家产业结构的调整，温室气体已经得到了有效的控制，从而一方面把高能耗、高资源消耗和劳动密集型产业转移到发展中国家，另一方面又指责后者的能源消耗及温室气体排放过多。近年来，欧美的一些人文学者甚至对发展提出怀疑和否定，这更是站着说话不腰疼、饱汉不知饿汉饥的极端姿态。但反过来说，没有节制的开发肯定是一种明知故犯：对人对己对未来的犯罪。

世界就是这么矛盾和莫衷一是。同理，英国伯明翰大学的文化研究所在 2002 年 6 月 27 日被正式撤销被一些人说成是"多元文化的终结"，而事实上世界正在进入前所未有的跨国狂欢时代：不同声部、不同色彩融会化合，不分主次，不分你我，或者你中有我、我中有你。近年来我国的文学创作和批评不也是如此吗？老的、新的、土的、洋的，杂然纷呈。尤其是近年兴起的网络文学和博客写作，更是五花八门、令人目眩。由此，与英国最具盛名的布克奖（Booker）并列，又出现了博克奖（Bloger），以奖掖方兴未艾的网络文学。

其次，代表本土利益的第三世界作家并没有真正参与到这个跨国公司时代的狂欢当中。那些所谓的后殖民作家，虽然生长在前殖民地国家，但他们的文化养成和价值判断未必有悖于西方前宗主国的意识形态。像近年来获得诺贝尔奖的加勒比作家沃尔科特、奈保尔和南非作家库切，与其说是殖民主义的批判者，不如说是地域文化的叛逆者。沃尔科特甚至热衷于谈论多元文化，说那些具有强烈本土意识的作家是犬儒主义和狭隘民族主义。①

这往往会使我们联想到歌德关于世界文学的说法。在歌德看来，世界文学的远景正是你中有我、我中有你，各民族文学并存交流的美好的、和谐的图景。而歌德恰恰是在读了《好逑传》《花笺记》

---

① 沃尔科特：《黎明怎么说》（*What the Twilight Says*），New York：Garrarm Straus & Giroux，1998，p. 37。

《玉娇梨》等清代小说或者还有印度的《沙恭达罗》等之后，大受启发，认为人类感情的相通之情远远超过了异国之理。然而，马克思不相信这种盲目的乐观主义态度。马克思在《资本论》中预见和描绘过垄断资本主义，认为"各国人民日益被卷入世界市场网，从而资本主义制度日益具有国际的性质"。① 如今，事实证明了马克思的预见，而且这个世界市场网的利益流向并不均等。它主要表现为：所谓"全球化"，实质上是"美国化"或"西方化"，形式上则是"跨国公司或跨国资本化"。据有关方面统计，20 世纪 60 年代以降，资本市场逐渐擢升为世界第一市场。到 90 年代后期，世界货币市场的年交易额已经高达六百万亿美元，是国际贸易总额的一百倍；全球金融产品交易总额高达两千万亿美元，是全球年 GDP 总额的七十倍。② 其中的泡沫显而易见，利益流向也不言而喻。此外，资本带来的不仅是利益，还有思想，即意识形态和价值观。凡此种种，极易使第三世界国家陷入两难境地。逆之，意味着失去发展机会；顺之，则可能被"化"。

可见，全球化和多元文化并不意味着平等。它仅仅是文化思想领域的一种狂欢景象（多数后现代主义者甚至是以反对西方制度或西方文化传统为初衷的），很容易让人麻痹，以为这世界真的已经自由甚至大同了。而这种可能的麻痹对谁最有利呢？当然是跨国资本。虽然后现代主义留下的虚无状态不只是在形而上学范畴，其怀疑和解构却明显具悲观主义，甚至虚无主义倾向已经对世界造成了深远的影响，客观上造就了跨国资本主义时代全球化背景下的文化及文学的多元性和发散态势。而整个后现代主义针对传统二元论（如男与女、善与恶、是与非、美与丑、西方和东方，等等）的解构风潮恰恰顺应了跨国资本的全球化扩张：不分你我，没有中心。于是，

---

① 马克思：《资本论》第一卷，人民出版社 2004 年版，第 874 页。
② 王建：《对当代资本主义全新形态的初步探索》，《文化纵横》2008 年第 12 期。

网络文化推波助澜，使世界在极端的文化相对主义和个人主义狂欢面前越来越莫衷一是。于是，我们很难再用传统的方式界定文学，回答文学是什么这个古老而又常新的问题。借用昆德拉关于小说的说法，或可称当下的文学观是关乎自我的询问与回答。这就回到了哲学的千古命题：我是谁？从哪里来？到哪里去？只不过哲学的这个根本问题原本是指向集体经验的，而今却越来越局限于纯粹的个人主义或个性化表演了。

但与此同时，我国作为全球化的参与者和受益者（尽管代价不菲），又必须坚定地捍卫全球化和多边主义，否则就会断送来之不易的发展机遇。于是，同心圆和人类命运共同体理念由习近平总书记适时提出。

以上只是当代文学文化景象的大而化之的一种概括，实际要复杂得多。与此同时，无论是理论界还是创作界，高扬主旋律、孜孜拥抱现实主义传统的还大有人在。历尽解构，从认知到方法的重构也越来越为学界所期待。再说生活是最现实的；跨国公司在全世界取得的业绩和利润也是实实在在的，一点都不虚幻。比尔·盖茨们才不管那些玄而又玄的理论呢，尽管这些理论如何违背初衷并客观上不同程度地帮了他们的忙：消解传统认知（包括经典）及其蕴含的民族性与区域或民族价值与审美认同。

总之，第二次世界大战以后，随着民族解放运动的高涨，传统殖民方式已经难以为继，而业已完成资本的地区垄断和国家垄断的帝国主义正以跨国公司的形式，即所谓"全球化"对第三世界实施渗透和掠夺。因此，前面的这些理论大都朝着有利于跨国资本主义的方向发展：模糊意识形态，消解民族性。这些思潮首先于20世纪80年代对苏联东欧产生了影响：导致了文化思想的多元，意识形态的淡化以及随之出现的新思维，等等。90年代以来，网络技术的迅猛发展所带来的虚拟文化又对上述"后主义"起到了推波助澜的作用，或者从某种意义上说，美国于90年代实施的信息高速公路战略多少包含着贝尔等人对于世界发展态势的估量。像"人权高于主权"

以及亨廷顿的文明冲突论等，只有在资本完成了地区垄断和国家垄断并实行国际垄断的情况下才可能提出。

此外，在全球化时代，在"去精英化"的大众消费时代，在人类从自然繁衍向基因工程和 AI 实验、从自然需求向制造需求转化的时代，文学及所有人文工作者任重道远：是听之顺之、随波逐流呢，还是厚古薄今地逆历史潮流而动？马克思对此早有回答。马克思深谙资本主义是人类社会发展过程的必然环节，却并不因此而放弃站在代表未来社会发展的要求和大多数人的立场上批判资本主义的不合理性。也就是说，存在的并非都是合理的。这应该是人文学者的一个起码的共识，也是经典重构、学术重构、价值重构的基本前提。

然而，"后主义"的喧嚣和以互联网为标志的信息技术的飞速发展，使世界变成了众声喧哗的自慰式狂欢。其中的极端个人主义、极端虚无主义、极端相对主义模糊蒙蔽了不少人的视域。从这个意义上说，站在中国学者的立场上重新梳理有关流派思潮、观点方法无疑是十分必要的。如是，20 世纪 80 年代以来相继出现了大量综合性成果。就数量而言，虽不能说是汗牛充栋，但确实也到了难以尽述的地步。值得一提的有袁可嘉先生发表于 80 年代的《欧美现代派文学概论》（2003）、张隆溪的《20 世纪西方文论述评》（1986）、盛宁的《人文困惑与反思——西方后现代主义思潮批判》（1997）、王宁的《超越后现代主义》（2002）、聂珍钊的《文学伦理学批评导论》（2014）、程正民和童庆炳主编的《20 世纪马克思主义文艺理论国别研究》（2012）、傅其林的《东欧新马克思主义文艺理论的核心问题》（2017），等等。

限于篇幅，本书只能展示其中一部分流派思潮、作家作品的中国接受与批评。

一　叙事学在中国

国内外对于叙事结构和技巧的研究均有着悠久的历史，然而，在采用结构主义方法的经典叙事学（叙述学）诞生之前，[①] 对叙事结构技巧的研究一直从属于文学批评、美学或修辞学，没有独立的地位。当代叙事学于 20 世纪 60 年代首先产生于结构主义发展势头强劲的法国，但很快就扩展到其他国家，成为一股独领风骚的国际性叙事研究潮流。经典结构主义叙事学将注意力投向文本内部和互文关系，着力探讨叙事作品的结构规律和各种要素之间的关联。众多叙事学家的研究成果使叙事研究趋于科学化和系统化，深化了对叙事作品的结构形态、运作规律、表达方式或审美特征的认识，提高了欣赏和评论叙事艺术的水平。

由于"文化大革命"的影响，20 世纪 80 年代经典叙事学才开始引起国内部分学者的关注，出现了一些评介论文[②] 和王泰来编译的《叙事美学》（1987）、张寅德编选的《叙述学研究》（1989）等译著。在西方经典叙事学处于低谷的 20 世纪 90 年代，国内的经典叙事学翻译和研究则形成了第一个高潮。西方叙事学家著于 20 世纪七八十年代的书不断以译著的形式在中国的 90 年代出现，这些译著包括 1990 年面世的热奈特的《叙事话语，新叙事话语》（1972/1983）和马丁的《当代叙事学》（1986）、1991 年面世的里蒙－凯南的《叙事虚构作品：当代诗学》（1983）、1995 年面世的巴尔的《叙

---

① 国内将法文的"narratologie"（英文的"narratology"）译为"叙事学"或"叙述学"。"叙述"一词与"叙述者"紧密相连，宜指话语层面上的叙述技巧，而"叙事"一词则更适合涵盖故事结构和话语技巧这两个层面。在《叙事学辞典》（Univ. of Nebraska Press，1987）中，普林斯（Gerald Prince）将"narratology"定义为：（1）研究不同媒介的叙事作品的性质、形式和运作规律，以及叙事作品的生产者和接受者的叙事能力。探讨的层次包括"故事"与"叙述"和两者之间的关系。（2）将叙事作品作为对故事事件的文字表达来研究（以热奈特为代表）。不难看出，第二个定义中的"narratology"最好译为"叙述学"（聚焦于叙述话语）。第一个定义中的"narratology"则应译为"叙事学"（涉及整个叙事作品），这样也可以和"叙事作品""叙事文学"更好地呼应。

② 最早的研究论文有张隆溪发表于《读书》2003 年第 11 期的《故事下面的故事——论结构主义叙事学》。

述学：叙事理论导论》（1977）等。与此同时，国内学者经典叙事学方面的研究论著纷纷问世，出版的专著包括徐岱的《小说叙事学》（1992）、傅延修的《讲故事的奥秘：文学叙述论》（1993）、罗钢的《叙事学导论》（1994）、胡亚敏的《叙事学》（1994）、赵毅衡的《苦恼的叙述者》（1994）、董小英的《叙事艺术逻辑引论》（1997）、申丹的《叙述学与小说文体学研究》（1998）等。采用经典叙事学来研究文学作品的博士学位论文和硕士学位论文也明显增多。

20世纪90年代还出现了以杨义的《中国叙事学》（1997）为代表的本土叙事研究的热潮，旨在建构既借鉴西方模式，又有中国特色的叙事理论，或将西方的理论概念运用于对中国文学作品的分析。[①] 学者们将西方的经典叙事学与我国的叙事研究传统相结合，取得了不少成果。美国普林斯顿大学汉学家浦安迪在北大的学术演讲集《中国叙事学》（1994）和旅英学者赵毅衡的《苦恼的叙述者：中国小说的叙述形式与中国文化》（1991）在国内出版后，也产生了一定影响。

北京大学出版社于2002年开始推出"新叙事理论译丛"，所翻译的包括女性主义叙事学的代表作：苏珊·兰瑟的《虚构的权威》（1992）、修辞性叙事学的代表作：詹姆斯·费伦的《作为修辞的叙事》（1996）、多种跨学科叙事学的代表作：戴卫·赫尔曼主编的《新叙事学》（Narratologies[②]）（1999）、后现代叙事理论的代表作：马克·柯里的《后现代叙事理论》（1998），以及费伦和拉宾诺维兹合编的全面反映叙事学研究新进展的《当代叙事理论指南》（2005）。[③] 这套译丛的出版对于我国学者将注意力转向后经典叙事

---

① 陈平原的《中国小说叙事模式的转变》（上海人民出版社1988年版）则是较早的借鉴西方叙事学来进行本土化叙事研究的代表性成果。

② "Narratology"（叙事学）这一名词一直被视为不可数名词，但这本书的书名却采用了该词的复数形式，这旨在强调书中叙事研究方法的多样性，这些研究方法基本都是将叙事学与其他学科相结合的产物，具有很强的跨学科性质。

③ 该译丛还包括跟叙事学既有关联又形成对照的希利斯·米勒的《解读叙事》（1998）。

学起了较大促进作用，越来越多的学者展开后经典叙事学的翻译、研究和应用，逐渐形成了经典叙事学和后经典叙事学互相促进、共同发展的良好态势。不少中国学者将注意力转向了文本与读者和社会历史语境的关联，但与此同时，形式审美研究仍然很受重视。

2004 年 12 月，由漳州师范学院、《文艺报》报社、《文艺理论与批评》杂志社联合主办的"全国首届叙事学学术研讨会"在福建召开，会上的议题之一是经典叙事学与后经典叙事学之间的关系。会议论文集由中国社会科学出版社于 2006 年出版。这次研讨会为我国叙事学研究者的定期聚会交流作了一个很好的铺垫。此后，国内又召开了若干次叙事学会议，开启了叙事学研究的高潮；其间出版的专著有申丹的《叙事、文体与潜文本——重读英美经典短篇小说》（2009）、傅延修的《中国叙事学》（2015）等，而同时期中国文学批评界运用叙事学方法研究古典文学的著述不可胜数。

二 接受美学的中国接受

20 世纪 60 年代后半期，接受美学在德国康士坦茨大学崛起并迅速在欧美产生影响之时，正当中国处在社会政治风云动荡的岁月，大批判运动所造成的"反文化"高压，窒息了任何正常的理论活动。直至新时期到来，正处于鼎盛期的接受美学也趁我国改革开放、思想解放以及文艺学美学方法论热潮进入了中国学术界视野。

接受美学的介绍起始于 1983 年，至 20 世纪 80 年代末都是接受美学的介绍、移植期。《文艺理论研究》1983 年第 3 期率先刊载了意大利学者弗·梅雷加利介绍接受美学的文章《论文学接收》（冯汉津译）。继而，张黎发表了《关于"接受美学"的笔记》（1983）；张隆溪的比较文学论文《诗无达诂》（1983）也将我国古代文论中的"诗无达诂"与接受美学、解释学相互阐释、相互发明，接着又发表《仁者见仁，智者见智》（1984）对阐释学、接受美学和读者反应批评作了概述；罗悌伦以《接受美学简介》为题摘要翻译了德国学者 G. 格林的《接受美学研究概论》（1985）；章国锋则在《国外一种新兴的文学理论——接受美学》（1985）中，较为细致地介绍了接受美学重要学者姚斯、伊瑟尔、瑙曼的理论。

　　紧跟理论介绍，理论翻译也迅速展开。周宁、金元浦翻译的《接受美学与接受理论》作为李泽厚主编的"美学译文丛书"之一，于1987年出版，其中收入了姚斯的代表作《走向接受美学》和霍拉勃的《接受理论》。1988年，霍桂桓、李宝彦翻译的伊瑟尔的代表作《阅读活动：审美反应理论》（书名改为《审美过程研究》）出版。该书于1991年又经金元浦、周宁和金惠敏等翻译出版。1989年，刘小枫编《接受美学译文集》、张廷深编《接受美学》、中国艺术研究院马克思主义文艺理论研究所外国文艺理论研究资料丛书编委会编《读者反应批评》出版。进入20世纪90年代后，姚斯的《审美经验与文学解释学》、赫鲁伯的《接受美学理论》、斯坦利·费希的《读者反应批评：理论与实践》、瑙曼等的《作品、文学史与读者》也相继翻译出版。自此，接受美学在中国找到了一块极为相宜的文化沃土，在文学理论、古代文论、文学史、比较文学和翻译理论研究，以及文学教学、教育、艺术诸方向得到了多方位的发展。

　　随着接受美学的介绍翻译，理论研究也逐步深入。汤伟民的《浅议接受美学中的反馈思想》（1985），程伟礼的《谈谈接受美学及其哲学基础》（1986），朱立元的《文学研究新思路——简评尧斯的接受美学纲领》（1986），易丹的《接受美学：作品本体的毁灭》（1987），蚁布思、伍晓明的《接受理论的发展：真实读者的解放》（1988），金元浦、周宁的《文学阅读：一个双向交互作用的过程——伊瑟尔审美反应理论述评》（1988）等论文，从不同角度对接受美学作了探讨。

　　1989年，朱立元的《接受美学》收入"新学科丛书"出版，并产生了广泛影响。金元浦是从当代解释学角度来研究接受反应理论的，他先后出版了《读者：文学的上帝》（与杨茂义合著，1996）、《文学解释学：文学的审美阐释与意义生成》（1997）、《接受反应文论》（1998）。

继出版《文学解读与美的再创造》（台湾时报文化出版企业有限公司，1992）、《读者反应理论》（1997）之后，龙协涛又在《文学解读与美的再创造》的基础上修订增补，出版了《文学阅读学》（2004）。

其他如张杰的《后创作论》（1992）剖析了作为审美对象的文学作品所具有的非自足性和读者审美创造的心理机制，以及读者与作品相互作用的具体过程和规律。丁宁的《接受之维》（1992）结合精神分析学来研究艺术接受的心理过程及其与文化机制的关系。谭学纯、唐跃、朱玲的《接受修辞论》（1992）从语言修辞角度研究文学接受。此外，出版的专著还有胡木贵、郑雪辉的《接受美学导论》（1989），马以鑫的《接受美学新论》（1995），林一民的《接受美学》（1995），谭学纯、朱玲的《修辞研究：走出技巧》（2004），廖信裴的《文学鉴赏探踪》（2005），刘月新的《解释学视野中的文学活动研究》（2007）等。胡经之、张首映的《西方20世纪文论史》（1988），周忠厚主编的《文艺批评学教程》（2002），赵炎秋主编的《文学批评实践教程》（2007）等诸多教材都列专章介绍"接受美学"。童庆炳主编的《文学理论教程》（1992）作为影响极其广泛的文科教材，则将"文学消费与接受"列为第五编，该编的内容实质上属于接受美学，而并没有把文学作为商品来讨论它的消费性。

西方接受美学对中国古代文论研究的影响，经历了中西文论相互比较发明到建构中国古代接受诗学的历程。钱锺书完成于1983年的《谈艺录》（补订本）就将中国古代文论中的"诗无达诂"与西方接受美学相互比较阐释。此后，随着接受美学的译介，用接受美学的理论视野来重新审视、阐释、整理中国古代文论，很快引起国内学术界的重视。

1986—1987年，叶嘉莹应《光明日报·文学遗产》之邀撰写"随笔"，其中，《从现象学到境界说》《作为评词标准之境界说》

《张惠言与王国维对美学客体之两种不同类型的诠释》《三种境界与接受美学》等篇运用西方现象学、解释学、接受美学、读者反应理论作了探讨。1988 年撰写的《对传统词学与王国维词论在西方理论之观照中的反思》又以西方解释学、符号学、接受美学对王国维词论作了别开生面的阐发。其后，结集为《中国词学的现代观》于1990 年出版并引起很大反响。张思齐的《中国接受美学导论》(1989)是较早出版的阐述中国古代文论中接受美学思想的专著。徐应佩的《中国古典文学鉴赏学》(1997)讨论了鉴赏接受理论与实践，阐述了民族审美思维及规律。蒋成瑀的《读解学引论》(1998)从作者、文本、读者、语言四个环节，分别将中国古代以及近现代的阅读鉴赏理论与西方解释学、形式主义文论、接受美学相互对照、发明。

以上探讨催生了大量有关中国文学、中国诗学的接受或影响考辨，在此不再一一列举。

三　精神分析学在中国

众所周知，精神分析学批评（psychoanalytic criticism）在整个20 世纪西方文学理论批评界的影响，恐怕是任何其他学派都无法比拟的，这不仅是因为它的创始人西格蒙德·弗洛伊德（Sigmund Freud，1856—1939）在 20 世纪世界思想史和科学史上的显赫地位，而且因为这一学派有着众多的实践者，也就是说，在文学理论批评界，有着一大批批评家自觉地运用精神分析学批评理论，或从精神分析的视角对文学史上的一些老问题提出自己的新见解，或对一些当代文学文本进行精神分析式的阅读，从而不仅使文学批评的方法趋于多元，同时也丰富了精神分析学批评理论本身。再者，精神分析学批评与其他批评学派的不同之处还在于，当传统的以人为本的精神分析学批评处于衰落状态时，法国的结构主义和后结构主义精神分析学理论家雅克·拉康（Jacques Lacan，1901—1981）异军突起，通过对弗洛伊德理论的改造和重新阐述而使得这一处于危机的批评理论又产生了勃勃生机。时至今日，尽管后现代、后殖民理论五花八门，文化研究的崛起又再度恢复了西方文学理论史上的文化批评传统，但精神分析学批评仍在理论批评界占有一席之地。

首先应提及的一位是翻译家董秋斯，他的主要贡献在于，在20世纪三四十年代中国的思想文化界盲目崇拜弗洛伊德学说的所有方面时，敢于实事求是地评价弗氏的理论，既不否定其合理因素，同时也从辩证的角度提出自己的批判性见解。他主张让广大读者阅读弗洛伊德的原著以及西方学者的最新研究性著述，以便于对之有较为全面的、辩证的了解。他在 1940 年翻译出版了英国左翼知识分子 R. 奥兹本（R. Osborn）的一本研究专著《弗洛伊德和马克思》（*Freud and Marx：A Dialectical Study*，1937），并在这本书的译后记中对弗洛伊德的贡献和局限作出了自己的评价。但令人遗憾的是，像董秋斯这样以严肃的态度来译介精神分析学的学者和批评家实在是太少了。

现当代著名学者兼作家钱锺书博览群书，他对弗洛伊德的精神分析学说也十分熟悉，不仅和夫人杨绛曾翻译过弗洛伊德的《释梦》节选，他本人也在《中国固有的文学批评的一个特点》等论文中引证并涉及弗洛伊德的理论。此外，还分别在初版于 20 世纪 40 年代和再版于 80 年代的《谈艺录》中数次引征弗洛伊德和拉康的著作，在 1979 年推出的巨著《管锥编》中多次引征弗洛伊德的好几部主要著作，包括《精神分析学引论》《精神分析学引论新编》《图腾与禁忌》《释梦》等。从钱锺书引文的上下文来看，他对精神分析学并无任何嘲讽之词，只是告诫国内学者和批评家，现代西方文学批评理论并非一家独秀，切莫把精神分析学当作当代放之四海而皆准的一种批评理论来盲目套用。他的这些点到即止的评介对我们在一个广阔的中西比较文化背景中来认识精神分析学批评无疑有着重要的指导意义。

朱光潜承认，精神分析学的两个独特之处在于"压抑"和"移置"这两个概念的使用；有关文艺创作是无意识欲望升华的观点无疑对唯美主义的"为艺术而艺术"是一种反动；无意识和梦的理论在某种程度上是言之成理的；因此总的说来，精神分析学对治疗精神病也许是有用的假说。但是，朱光潜在介绍精神分析学的同时，出于对弗洛伊德理论的谬误的清醒认识，对这一学说的错误假说予以了尖锐的批判。在文艺创作与欲望的关系上，他不赞成弗洛伊德的本能欲望升华说，他指出，弗洛伊德及其门徒们的"错处在把艺术和本能情感的距离，缩得太小"。[①]

　　此后，旅美学者张京媛的英文博士学位论文《精神分析学在中国：1919—1949 年的文学变革》（*Psychoanalysis in China：Literary Transformations*，1919 - 1949，1992）和尹鸿的中文博士学位论文《徘徊的幽灵：弗洛伊德主义与 20 世纪中国文学》（1994）堪称较为扎实的研究，并且在某种程度上反映了中国的文学学术界对弗洛伊德及其精神分析学说研究的较高的水平：前者基于比较文学的影响研究和平行研究的理论视角，通过对翔实资料的考证和追踪，向英语文学界提供了一些难得的第一手资料，对于西方学术界了解精神分析学在中国的传播和接受起到了重要的作用。此外，余凤高的《"心理分析"与中国现代小说》（中国社会科学出版社，1987）、吴立昌的《精神分析与中西文学》（学林出版社，1987）和王宁、戴锦华、张卫等人的文本阐释，也在运用拉康的精神分析学理论和女权主义理论的同时，糅进了一些文化研究的反精英批评思想，对于中国当代电影话语的建构作出了具有开拓意义的贡献。同时，成知辛的《关于现实主义作品中的变态心理描写》、许文郁的《弗洛伊德的精神分析与袁静雅的心理结构：兼谈爱情观念的转变与发展》、杨斌华的《生命的苦闷与即刻：读王安忆的中篇〈小城之恋〉》、王纪人的《心理批评：〈爱，是不能忘记的〉》、宋剑华的《苦闷与自责：对于曹禺及其作品的精神分析》、方平的《平庸低俗的次品小说：评〈离婚指南〉》大多提取精神分析学批评理论的某一方面，

---

① 参见《朱光潜美学文集》第 1 卷，上海文艺出版社 1982 年版，第 29 页。

将其用于当代文学文本及人物心理结构的分析和阐释，对于读者从一个新的角度理解这些作品不无帮助。王宁的《深层心理学与文学批评》（1992）以及据此修改扩充的《文学与精神分析学》（2002）对弗洛伊德和拉康的精神分析学说在西方的起源和发展演变以及对中西方文学的影响进行追踪的同时，从精神分析学理论的角度对中西方文学史上的一些文本进行了分析。

在我国港台地区的文学批评界，一批新崛起的学院派批评家对包括精神分析学批评在内的当代西方文学批评理论在实践中的应用颇感兴趣，并在一定程度上取得了突破性的进展。例如台湾籍香港学者林幸谦就在弗洛伊德和拉康的精神分析学批评理论的研究中颇有造诣，他不仅自觉地将这两位大师的批评理论糅合在一起，而且加进了一些后结构主义/女权主义的因素，这样用于张爱玲小说的研究就能取得突破性的进展。他的专著《生命情结的反思》（麦田出版有限公司，1994）是其成功地运用精神分析学对白先勇的小说的重新阐释。正如港台批评界所认为的那样，白先勇的小说在美学上的成就尽管早已受到评论界的普遍肯定，但若涉及小说中的主题，大陆和港台的批评界则一直有着争议，其中的一些难解之处便有待于精神分析学的分析。林幸谦从阅读白先勇的文本入手，研究他的文学主题及其深层意义，并站在时代和历史的背景上探讨白先勇小说中有关生命情结的历史意义、民族文化精神、人生悲痛及其挣扎，并从根本上来系统地阐释白先勇的文学关怀及作品主题，以便以自己独特的批评实践向广大批评家提供一种有效的文学阐释方法和方向。由于林幸谦的一些论文用英文在国际刊物或文集中发表，从而从对本土作家的阐释出发，达到了以本土文学实践与西方批评理论进行对话的境地。

此后，精神分析方法被用于剖析中国文学，产生了大量成果。

四　文学伦理学在中国

在我国，文学批评有着深厚的道德批评传统，对西方伦理学批评似乎不言自明。但在相当长的一个历史时期，伦理学批评被忽略了。直至 2009 年周宪主编的《修辞的复兴：韦恩·布斯精粹》一书由译林出版社出版，局面才根本扭转。当然，此前在外国文学研究中还是可以见到一些研究文学伦理问题或从伦理视角研究文学的论文，如聂珍钊的《哈代的"悲观主义"问题探索》（1982）、唐涛的《中世纪文学与伦理思想：爱、信、从》（1988）、程锡麟的《当代美国文学理论》（1990）、苏桂宁的《伦理价值与中西方古代文学批评》（1994）、李文钟的《伊朗、中国文学中伦理观念比较谈》（1994）、徐晓的《报恩与复仇——中日文学中被伦理强化了的主题》（1995）、程锡麟的《试论布斯的〈小说修辞学〉》（1997）、夏茵英的《试论基督教伦理在西方文学中的演变》（1997）、李建军的《论布斯小说修辞理论的贡献和意义》（1999）、王立的《尊严维护与伦理实现——中西方复仇文学中主体动机意志比较》（1999）、李迎丰的《在破译中重建秩序——试解西方文学阅读中的伦理难题》（2000）、向玉桥的《论环境文学中的生态伦理思想》（2000）、江龙的《〈魔鬼与上帝〉——萨特伦理思考的文学断案》（2000）、冉毅的《日本文学三鼎足作品中的伦理理念剖析》（2000），等等。

2000 年，程锡麟发表《析布斯的小说伦理学》一文，第一次全面系统地把布斯的《小说伦理学》介绍到中国。2001 年，程锡麟和王晓路共同出版了《当代美国小说理论》一书。这是我国第一本系统研究美国小说理论的专著，对于我国后来文学伦理学批评的发展起了重要作用。

2004 年，聂珍钊发表《文学伦理学批评：文学批评方法新探索》。同年 6 月，江西师范大学外国语学院、《外国文学研究》杂志社、江西省外国文学学会联合主办了"中国的英美文学研究：回顾与展望"全国学术研讨会，对我国改革开放以来中国的英美文学研究所走过的历程进行梳理和总结。在这次会议上，吴元迈以《从另一个角度走进英美文学研究的回顾与展望》为题发言，以钱锺书与卞之琳的学术研究和学术品格为例，阐述了文学理论与文学批评实践的关系问题。聂珍钊附议吴元迈提出的问题,在大会上作了《文学批评方法新探索:文学伦理学批评》的主题发言,指出在改革开放的 20 多年里,尽管西方新的文学批评方法对于我国的文学批评的影响和贡献有目共睹,但是我国在接受和运用西方批评方法过程中出现的问题也暴露无遗,这就是全盘接受西方理论而无自己的建树以及理论脱离实际,认为这就是导致我们不能与西方学术界进行平等对话的原因。

　　2005 年年初,《外国文学研究》第 1 期发表了一组专题论文,共六篇,分别从不同的视角讨论了文学伦理学批评。聂珍钊从总体上对文学伦理学批评的起源、方法、内涵、思想基础、适用范围、实用价值和现实意义进行了论述。挪威奥斯陆大学克努特教授以易卜生的戏剧为例,不仅讨论了易卜生戏剧中的伦理道德问题,而且还就文学伦理学发表了自己的重要意见。王宁把生态批评同文学伦理学批评结合在一起,为文学伦理学批评同其他批评相结合提供了范例。刘建军以人对自身认识的发展所经历的三个时期为基础,用比较的和多学科的观点对文学伦理学批评作了进一步阐释。邹建军从文学伦理学批评的三维指向讨论了它的历史价值、现实意义和方法论启示。这些论文试图说明,要实现文学伦理道德价值的回归,文学伦理学批评就是达到这一目标的重要方法。这组论文为文学伦理学批评在中国的勃兴奠定了基础,其学术价值及现实意义都是十分重要的。

　　自 2005 年以来,全国有众多学者参与了文学伦理学批评的讨论,并运用这一批评方法研究作家作品和探讨文学中的理论问题,发表了大量的研究论文,出版了一批学术专著和学位论文,国家也资助了一批与文学伦理学批评有关的研究课题。

　　运用文学伦理学批评的方法研究作家作品的学术专著的出版,无疑有其重要意义。自 2005 年以降,这类学术专著的出版无疑对将文学伦理学批评推向深入发挥了作用。华中师范大学出版社推出的文学伦理学批评建设丛书,至今已出版论文集《文学伦理学批评:文学研究方法新探讨》(2006),以及聂珍钊的《英国文学的伦理学批评》（2007）、王松林的《康拉德小说伦理观研究》（2008）、邹建军的《和的正向与反向：谭恩美长篇小说中的伦理思想研究》（2008）、刘茂生的《王尔德创作的伦理思想研究》（2008）共 5 种。其他著作如杜隽的《乔治·艾略特小说的伦理批评》（2006）、姜岳斌的《伦理的诗学：但丁诗学思想研究》（2007）、马惠琴的《重建策略下的小说创作：爱丽斯·默多克小说的伦理学研究》（2008）、丁世忠的《哈代小说伦理思想研究》（2009）等，也都从不同角度运用文学伦理学批评展开对作家作品的研究。同时，国家社科基金资助了一批有关课题，如朱卫红的《情感伦理与叙事：理查生小说研究》（2006）、李玫的《新时期文学中的生态伦理精神》（2007）、王慧荣的《日本女性道德观的衍变研究》（2007）、祝平的《索尔·贝娄小说的伦理指向》（2007）、胡强的《爱德华时代英国社会小说的伦理主题研究》（2007）、袁雪生的《菲利普·罗斯小说研究》（2008）。教育部人文社科基金和一些省级社科基金，也资助了一批有关文学伦理学批评研究与运用的课题。

五　女性主义批评在中国

女性主义批评（Feminist Criticism）兴起于 20 世纪六七十年代的欧洲，是伴随女性主义运动的第二次浪潮、以建立女性价值系统为目标的一种批评潮流。它的问世，动摇了西方男权中心文化的社会基础和思想观念。在女权运动的实践中，女性们意识到局部利益的得失（诸如女性获得"教育权""参政权"及"婚姻自由""性解放""男女同工同酬"等权利）并不能改变女性在整个男权中心社会中严重缺席的状况，便逐渐摆脱了早期女权主义者的狭隘，自觉地将斗争的策略由争取男女平权的女权运动调整到女性主义批评上来。它并不局限于对女性受歧视现象的针砭或对女人特殊性的强调，而是努力厘清妇女的本质和文化构成，对西方知识传统和男权文化进行一次总的清算。

国内较早从事西方女性主义文学以及理论译介工作的学者是朱

虹。1981 年，她在《世界文学》第 4 期上发表了《美国当前的"妇女文学"——〈美国女作家作品选〉》，介绍了美国具有女性主义色彩的"妇女文学"。1983 年，她还编选了《美国女作家短篇小说选》。朱虹还介绍了美国各科研机构和大学关于妇女研究及妇女研究课程的开设情况，让中国理论界对国外的女性研究状况有了初步的认识。朱虹的工作，对中国女性主义批评起到了奠基石的作用。1984 年，丹尼尔·霍夫曼主编、裘小龙等译的《美国当代文学》出版，其中有六万多字的篇幅讨论美国妇女文学。这是首次对于西方女性主义文学的较为集中的论述。

当时比较有影响的论文主要有谭大立的《"理论风暴中的一个经验孤儿"——西方女权主义批评的产生和发展》、李小江的《英国女性文学的觉醒》、黄梅的《"女人与小说"杂谈三篇》、黎慧的《谈西方女权主义文学批评》、朱虹的《"女权主义"批评一瞥》和王逢振的《关于女权主义批评的思索》等。此外，1987 年辽宁人民出版社出版了孙绍先的《女性主义文学》，这是中国学者第一本以"女性主义"命名的文学研究专著。1989 年，孟悦、戴锦华合著的《浮出历史地表——中国现代女性文学研究》由河南人民出版社出版。该书是中国第一部系统运用女性主义批评方法考察中国现代女作家创作的研究专著，在海内外产生广泛影响，被誉为中国女性批评和理论话语"浮出历史地表"的标志性著作。

张京媛主编的《当代女性主义文学批评》（1992）一书是国内学者编辑的第一本西方女性主义文学批评论文集，主要收录了 20 世纪 80 年代以后发表的十九篇论文，基本反映出国外女性主义文学批评的最新成果，极大地推动了中国女性主义文学的发展。张京媛在该书的序言中提出，"'女权主义'和'女性主义'反映了妇女争取解放运动的两个时期"；她将"女权"与"女性"相区别，将 Feminism 一词翻译为"女性主义"。该书出版后，"女性主义"这一提法在国内盛行起来。

1995 年前后，国内掀起了女性主义批评的第二次浪潮。这一年，第四届世界妇女大会在北京召开；首届中外女性文学国际学术研讨会在天津召开。这两次会议标志着中国女性主义文学和批评走向了繁荣。这一年，中国出版界成批量地出版了有关女性主义的著作。首先是商务印书馆出版了英国现代女权主义奠基人玛丽·沃斯通克拉夫特的经典之作《女权辩护·妇女的屈从地位》（王蓁、汪溪译），接着生活·读书·新知三联书店出版了德语女性主义神学的代表 E. M. 温德尔的《女性主义神学景观》（刁承竣译），还出版了鲍晓兰主编的《西方女性主义研究译介》。此外还有李银河主编的《妇女·最漫长的革命——当代西方女权主义理论精选》（1997），王政、杜芳琴主编的《社会性别研究选译》（1998）和张岩冰的《女权主义文论》（1998）等。

　　与此相对应，国内知识界也掀起了整理、出版女性文化与文学丛书的热潮，如王绯与孙郁主编的"莱曼女性文化书系"、王蒙主编的"红罂粟丛书"、陈晓明主编的"风头正健才女书"、陈骏涛主编的"红辣椒女性文丛"、钱满素等主编的"蓝袜子丛书"等，都产生了较大反响。随着对西方女性主义的理论的不断阐发和本土学者自我意识的强化，国内女性主义文学批评实践也不断拓展，涌现出一大批学术成果。

　　进入 21 世纪以后，女性主义批评在中国日益走向本土化，逐步形成了自身发展的特点。一方面，对当代西方女性主义理论的介绍和分析仍在继续，翻译出版了贝尔·胡克斯著/晓征、平林译的《女权主义理论：从边缘到中心》（2001）；罗斯玛丽·帕特南·童著/艾晓明译的《女性主义思潮导论》（2002）；约瑟芬·多诺万著/赵育春译的《女权主义的知识分子传统》（2003）；钟雪萍、劳拉·罗斯克主编的《越界的挑战——跨学科女性主义研究》（2003）等，保持了与西方女性主义同步发展的态势。与此同时，中国女性主义文学批评延续了 20 世纪 90 年代以来的发展势头，成果卓著。

　　2007 年，乔以钢、林丹娅主编的普通高等教育"十一五"国家级规划教材《女性文学教程》，由河北教育出版社出版。作为我国第一部高校女性文学教材,《女性文学教程》标志着中国女性文学研究正式作为一门具有学科规范的课程进入高等教育的课堂。

六　后殖民理论在中国

20 世纪 80 年代以来,后殖民理论成为后现代之后的西方主流文化批评思潮。后殖民主义在中国的出场要追溯到詹姆逊。80 年代中期,詹姆逊以在中国引入后现代思潮而著名。1989 年《当代电影》第 6 期发表詹姆逊的论文《处于跨国资本主义时代中的第三世界文学》,文章认为,由于有遭受殖民主义和帝国主义侵略的经验,第三世界的文学必然是民族主义的,其叙述方式必然是民族寓言式的。[①]在詹姆逊提出的世界文化的新建构中,第三世界文学应该按照自己的选择和解释发展自身。这篇论文在中国学界引起了不大不小的波澜,《电影艺术》《文艺争鸣》《读书》等杂志随后发表了一批以"第三世界"为题的文章。在全球化语境中,在中国追求现代性而西方已发展到后现代的情况下,中国文化如何自立,如何与第一世界文化打交道,如何构造新的民族文化正是中国学界的焦虑所在,文学批评界就此问题提出了不同的解决方法。在这些文章中,张颐武的《第三世界文化与中国文学》一文主张以来自第三世界的本土经验建构第三世界文化理论,其中暗含以第三世界对抗第一世界的民族主义倾向,[②] 为中国后殖民批评的登场埋下伏笔。1992 年第 10 期《读书》发表刘禾的文章《黑色的雅典》,介绍美国最近关于西方文明起源的论争。[③] 在文章的末尾,刘禾介绍了美国后殖民批评。《文汇报》1992 年 10 月 14 日刊登王干的文章《大红灯笼为谁挂?》,首次从东方主义视角对张艺谋提出批评,指出张艺谋电影的潜在观众

---

① ［美］杰姆逊:《处于跨国资本主义时代中的第三世界文学》,张京媛译,《当代电影》1989 年第 6 期。

② 张颐武:《第三世界文化与中国文学》,《文艺争鸣》1990 年第 1 期。

③ 刘禾:《黑色的雅典》,《读书》1992 年第 10 期。

不是中国人而是外国人。① 1993 年第 3 期《当代电影》刊登的张颐武的论文《全球性后殖民语境中的张艺谋》奠定了中国后殖民批评对张艺谋的定位。然而，中国后殖民主义文化批评的转折性事件是1993 年第 9 期《读书》上发表的三篇文章。张宽的《欧美人眼中的"非我族类"》概述了萨义德两本书的内容，梳理了西方人眼中的东方形象史，文章提到了西方主义这一概念，即中国学界对西方的非理性看法和态度。文章还指出了中国当代一些艺术家以东方的落后丑陋去迎合西方人的文化优越感等现象。② 钱俊的文章专门论述萨义德的《文化与帝国主义》一书，指出萨义德的缺点是排斥了文化的其他维度如美感体验。③ 潘少梅的文章《一种新的批评倾向》介绍了后殖民批评的基本要点，讨论了萨义德的理论适用于中国文化的限度问题。④ 在人文学者中影响甚大的思想性学术刊物《读书》在一期刊登三篇介绍西方后殖民理论的文章在中国学界掀起了巨大的声浪，此后，《读书》《文艺争鸣》《文艺评论》《文艺报》《光明日报》《外国文学评论》等报刊对后殖民理论展开研究和讨论，介绍、推崇、否定、质疑之声皆有之。

此后，后殖民理论被广泛移用于中国文学批评。

七　生态批评在中国

1962 年，美国女生物学家瑞秋·卡森（1907—1964）发表文学性的长篇科普作品《寂静的春天》，标志着生态文学的正式诞生。生态批评是始于生态哲学思想指导的文学批评。美国生态文学批评的倡导者之一格罗费尔蒂认为，生态批评是指"对文学与自然环境的关系的研究"。美国学者威廉·鲁克尔曼于 1978 年在《文学与生态

---

① 王干：《大红灯笼为谁挂?》，《文汇报》1992 年 10 月 14 日。

② 张宽：《欧美人眼中的"非我族类"》，《读书》1993 年第 9 期。

③ 钱俊：《谈萨伊德谈文化》，《读书》1993 年第 9 期。

④ 潘少梅：《一种新的批评倾向》，《读书》1993 年第 9 期。

学：一次生态批评实验》（《衣阿华评论》1978年冬季号）中，将
"文学与生态学结合起来研究"，明确提出了"生态批评"这一概
念，强调批评家"必须具有生态学视野"，认为文艺理论家应当
"构建出一个生态诗学体系"。

我国当代最早明确提出"生态文学"概念的是许贤绪于1987年
在《中国俄语教学》上发表的论文《当代苏联生态文学》，这是我
国严格意义上的生态批评的开始。三十年来，随着对国外生态文学
批评理论的引介、呼应、阐释与互动，随着我国自觉意识的生态文
学创作的逐渐兴盛，我国生态文学及生态批评的概念范畴与研究领
域不断拓深和丰富。这里运用多媒体数据挖掘技术，对国内期刊
1980—2009年发表的生态批评文献进行了分类统计，充分利用现有
的计算机技术，通过一系列精确数字分析，从文献学的角度，借助
文献的各种特征的数量，采用数学与统计学方法描述、评价我国生
态批评的发展现状并预测其发展趋势。[1]

为尽可能真实完整地反映出1979年至2009年8月生态批评论
文在国内各种学术刊物上的发表数量、被引用情况，本研究选取了
中国知网的《中国学术文献网络总库》中的中国学术期刊网络出版
总库、中国博士学位论文全文数据库、中国优秀硕士学位论文全文
数据库为调查范围。前者包括国内正式出版的7516种学术期刊的
2740万篇文献，数据完整率达到99%；后二者收录来源为1984年以
来的全国博士、硕士学位论文88万余篇，文献完整率为91%和96%。
在这么大的范围内调查生态批评文献的发表与被引用情况（学术期刊
评价指标），数据的准确性和可信度是可以得到基本保证的。

通过数据检索分析可知，1979年至2009年8月，生态批评文献

---

① 作为生态文学研究的重要形式，学术专著、译著具有重要的价值和意义。考
虑到学术期刊的学术先锋性、前沿性和敏锐性，这里主要以学术期刊论文为关注点，
因此忽略对学术专著和相关学者的旁逸论述。事实上，三十年来，尤其近些年，生态
文学专著、译著成果斐然，在此不加以展开。

共 1552 条，图 1 给出了历年文献的数量分布情况。1994 年的研究文献开始呈现出它的学术生命力，2005—2009 年的研究达到峰值。1979—1990 年是 17 篇（内容覆盖传统论题：人与生态、文学、文学生态化问题等，此时的研究多不属于西方"原初"意义上的生态批评）；1990—1995 年是 31 篇（内容包括政治生态、性与精神生态，由于此时适值全国领域的思想解放潮流，研究多侧重于精神领域的自由与生态思考）；1995—2000 年是 99 篇；2000—2005 年是 445 篇；2005—2009 年是 960 篇。最早提出生态文学概念的是许贤绪 1987 年在《中国俄语教学》上发表的论文《当代苏联生态文学》，这是严格意义上的生态批评的开始；早期重要的生态批评论文是 2002 年发表的《生态批评的知识空间》（鲁枢元）、《生态批评：发展与渊源》（王诺）；2003—2005 年有分量的批评文献大量出现，综述性文献也比较多，如李洁的《生态批评在中国：十七年发展综述》。

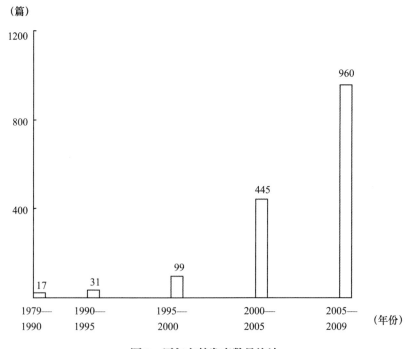

图1　历年文献发表数量统计

　　基于对"中国学术期刊文献评价统计分析系统"中"中国学术期刊单篇文献引用情况统计表"（时间截至 2008 年 8 月）的统计，并增补了 2008 年 8 月到 2009 年 8 月的新引用数据：从影响因子考察，在发表的 1552 篇文献中，所有被引用过的生态批评文献，总索引频次为 1130 次，被引用频次超过 8 次的文献有 53 篇，频次前十位的引用总频次达 440 次，占总索引率的 38.4%。

表 1　　　　　　　单篇文献引用情况统计（仅列前十位）

文献标题	作者	刊名	出版年	出版期	引用频次
《生态批评：发展与渊源》	王诺 .	《文艺研究》	2002	3	91
《美国生态文学批评述略》	朱新福	《当代外国文学》	2003	1	69
《方兴未艾的绿色文学研究——生态批评》	韦清琦	《外国文学》	2002	3	58
《打开中美生态批评的对话窗口——访劳伦斯·布依尔》	韦清琦	《文艺研究》	2004	1	49
《生态女性主义与文学批评》	罗婷、谢鹏	《求索》	2004	4	32
《为人类"他者"的自然——当代西方生态批评》	陈晓兰	《文艺理论与批评》	2002	6	28
《生态批评的知识空间》	鲁枢元	《文艺研究》	2002	5	27
《美国生态文学及生态批评述评》	刘玉	《外国文学研究》	2005	1	23
《雷切尔·卡森的生态文学成就和生态哲学思想》	王诺	《国外文学》	2002	2	13
《征服与回归：近代生态思想的文学渊源》	马凌	《外国文学研究》	2003	1	13

　　1979—2008 年，相关生态文学文献共有 11 篇属于国家基金项目科研成果。省级 57 篇，2008 年 13 篇，2007 年 29 篇，2005 年 8 篇，2004 年 4 篇，2002 年 1 篇，2001 年 2 篇。基金项目论文比例十分小，但是，项目数量绝对值逐年提升，生态文学研究有从学术边缘向中心靠拢的趋向，参见图 2。

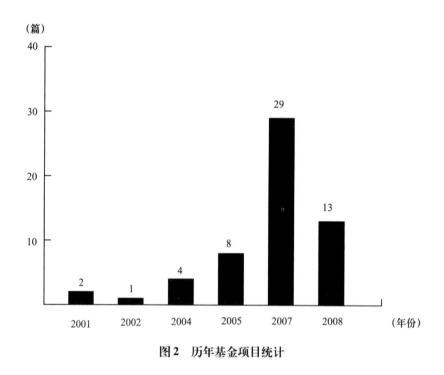

图 2　历年基金项目统计

　　文献半衰期是指某学科（专业）现时尚在利用的全部文献中较新的一半是在多长时间内发表的。文献半衰期不是针对个别文献或某一组文献，而是指某一学科或专业领域的文献总和而言的。生态批评文献至 2006 年共被引用 841 次，其被引文献的年代分布累计百分比如表 2 所示。

表2 被征引文献的年代分布

出版年份	2006	2005	2004	2003	2002	2001	2000	……	全部
被引用次数	28	106+28	134+162	169+296					841
累计百分比	3.33%	15.93%	35.20%	55.29%					
年数	1	2	3	4					

由表2可见,最接近50%的引用累计百分比是在2003年达到的55.29%,距统计的2006年为4年,由此可计算出该刊的被引半衰期为:

$$被引半衰期 = 4 + \frac{50 - 55.29}{77.53 - 55.29} = 4 - 0.21 = 3.8 （年）$$

被引半衰期是测度期刊老化速度的一种指标。一般来说,中文文献老化期为6年,外文文献为5年,因此可以清晰地看到:生态批评老化期短,信息更新快,此领域发展迅猛。

此后,江汉大学文艺学学科近来推出了国内第一套"文艺生态探索丛书"(包括《中国文艺生态思想研究》《20世纪中国文学生态意识透视》《小说因素与文艺生态》)。此外有毕光明的《社会主义伦理与"十七年"文学生态》、陈玉兰的《论中国古典诗歌研究的文学生态学途径》、鲁枢元的《文学艺术家的生境——生态学视野中的文学艺术创造主体》、王涛的《文化生态学视野下的"80后"文学创作》,等等。比较而言,王宁提出的"文学的生态环境伦理学"(2005)目前应该说只处于理论构想阶段。

随着我国越来越强调生态文明建设,生态批评必将成为长期的文学批评实践。理论不断深化,方法日益丰富。

八 比较文学及其理论在中国

比较诗学(Comparative Poetics),如果不考虑其复杂的学科历史而只是作简略的学科概括,其实就是从跨文化和国际性的学术视野去展开的,有关文艺理论问题的专门性比较研究。它既研究具有历史事实联系的，国际的文学理论关系史，也研究并未有事实联系，但基于人类文学共生共创关系的多元文化间的文学理论问题。它与一般意义上文艺研究的核心差别，主要就在于其特有的"跨文化"立场和从事比较研究者的"多语种"和"跨学科"的知识背景。

1979 年中华书局一举推出钱锺书四巨册的《管锥编》，开启了我国比较文学的新纪元。作者以《周易正义》《毛诗正义》《左传正义》《史记会注考证》《列子张湛注》《焦氏易林》《老子王弼注》《楚辞洪兴祖补注》《太平广记》《全上古三代秦汉三国六朝文》等十种经典为对象，旁涉中英德法多种语言，千余种中外著述的材料，旁征博引，探幽索微，针对中国学术和文论话语的表达和存在特点，力求从中探讨那些"隐于针锋粟颗，放而成山河大地"的文艺现象和规律性问题，并且将它们置于国际学术文化的语境和材料中加以现代性的处理和确认。

同时，王元化的《文心雕龙创作论》（1979）、宗白华的《美学散步》（1981）、周来祥的《东方与西方古典美学理论的比较》、蒋孔阳的《中国古代美学思想与西方美学思想的一些比较研究》，以及杨周翰的《攻玉集》（1983）等，都具有明显的比较诗学研究特点。

20 世纪 80 年代中期以后，思想的解放带来了学术的普遍复兴。1985 年秋季，中国比较文学学会在改革开放前沿城市深圳成立。当时的国际比较文学学会会长佛克玛曾经在 1988 年于德国慕尼黑召开的第十二届国际比较文学学会年会的开幕致辞中，高度评价了这一时期中国比较文学研究复兴的意义，他说："我们学会近期的一件大事，就是中国比较文学学会于 1985 年秋季成立。中国人在历经数载文化隔绝后对文学的比较研究和理论研究的兴趣，是预示人类复兴和人类自我弥补能力的有希望的征兆之一。"①

此后十余年间，陆续有较多专门的成果问世。据不完全统计，

---

① 中译文见北京大学比较文学与比较文化研究所编《中国比较文学通讯》1988 年第 3 期。

仅仅 1988—1998 年，出版的相关专著和论文集就已经超过了五十种。主要的著述有：曹顺庆的《中西比较诗学》（1988）、刘小枫的《拯救与逍遥》（1988）、张法的《中西美学与文化精神》（1994）、张隆溪的《西方文论述评》（1986）、黄药眠和童庆炳主编的《中西比较诗学体系》（1991）、卢善庆的《近代中西美学比较》（1991）、狄兆俊的《中英比较诗学》（1992）、周来祥和陈炎的《中西比较美学大纲》（1993），以及乐黛云、叶朗、倪培耕主编的《世界诗学大辞典》（1993），等等。

20 世纪 90 年代末，中国比较诗学研究又出现了具有研究疆域突破性的扩展。首先，是研究的范围不断扩大，如曹顺庆的《中外文论比较史·上古时期》（1998）、王晓平等的《国外中国古代文论研究》（1998）、钱中文等主编的《中国古代文论的现代转换》（1997），以及叶舒宪、萧兵等人对中国古典文学的文学人类学诠释，王一川的形象学诗学研究，等等。

世纪之交，我国学界开始关注和清理中国传统文论在本土以外的传播、影响和意义。如张隆溪的《道与逻各斯》（1998）、余虹的《中国文论与西方诗学》（1999）、陈跃红的《比较诗学导论》（2004）、张辉的《审美现代性批判——20 世纪上半叶德国美学东渐中的现代性问题》（1999）、曹顺庆等编写的《中国古代文论话语》（2001）、史成芳的《诗学中的时间观念》（2001）、代迅的《断裂与延续——中国古典文论现代转换的历史回顾》（2002）、刘耘华的《阐释学与先秦儒家之意义生成》（2002）、张沛的《隐喻的生命》（2004），等等。而作为"北大—复旦比较文学学术论坛"成果的论文集《跨文化研究：什么是比较文学》（2007）也广泛涉及比较文学，此外《比较文学与世界文学——乐黛云教授 75 华诞特辑》（2005）则收录了十多万字的专题论述；与此同时，由周启超主编，中国社会科学院外国文学研究所文艺理论室集体著述，达八十万字的两册《跨文化的文学理论研究》（2006—2008），以其不同语种、不同国别专业学者的研究实力，对俄罗斯以及斯拉夫文学理论、印度古典诗学、日本文学思想、欧美古典和现代文学理论及其与中国古典和现代文学理论发展的关系，进行了深入的探讨，成为这一时期比较诗学研究的重要收获。

近年来，中国比较文学界结合西方比较文学研究存在的危机和问题，开始理性地反思自身的学术文化身份、问题意识确立和方法论的结构问题。

九　巴赫金的中国之旅

苏联学者米哈伊尔·巴赫金（1895—1975）的学术思想在新中国的登陆与旅行，或者说，我国学者对巴赫金这位外国学者理论学说的"拿来"与接受，已然走过了三十个春秋。巴赫金文论的一些关键词，诸如"复调""对话""狂欢化"等，巴赫金文论的一些核心范畴，诸如"多声部""参与性""外位性"等，已经成为我国学者文学研究乃至人文研究的基本话语。三十年来，我们一步一步地引进巴赫金学说：在小说诗学界面引进巴赫金的"复调理论"，在哲学人类学界面引进巴赫金的"对话理论"，在文化学界面引进巴赫金的"狂欢化理论"，在超语言学界面引进巴赫金的"话语理论"，并加以积极的阐发与运用，运用于外国文学文本的解读，也运用于中国文学文本的解读，运用于文学自身的建设，也运用于美学、哲学等人文学科方法论的反思，取得了十分丰硕的成果。如果说，"复调理论"推动了我们的叙事诗学与小说美学探索，"对话理论"激活了我们的文化学乃至整个人文研究的反独断反霸权的自由精神与独立意志，"狂欢化理论"的应用深化了我们对经典作品深层意蕴与文化价值的发掘，那么，"话语理论"的探讨，正在推动我们对文论乃至整个人文知识生产机制与文化效应机理的探究，巴赫金理论学说的"语境研究"则以其丰厚的"互文性"，将我们的视野卷入当代文论乃至整个人文科学多种思潮流脉交织纠结、多种学派学说互动共生的磁力场。

1979—2009 年是巴赫金研究的集中展示期，我国学者发表的

"巴赫金研究"论文有多少？综合几种统计资料，可以说，我国已经刊发的"巴赫金研究"论文，至少也有六百篇。[①] 著述围绕巴赫金"复调理论""对话理论""狂欢化理论""话语理论"，发表了真知灼见。同时，围绕巴赫金与马克思主义、巴赫金与形式主义、巴赫金与后结构主义、巴赫金与诠释学、巴赫金与文化研究等话题，也产生了不少著述。

十　巴尔特的中国之旅

巴尔特的文学思想和理论，最初是在新时期中国知识界崇尚"方法论"变革的背景下，搭着译介"结构主义"的便车进入中文语境的。据我们目前掌握的资料，袁可嘉发表于《文艺理论研究》1980 年第 2 期的译文《结构主义——一种活动》应该是国内学界第一次译介巴尔特结构主义思想的尝试。次年开始，有关巴尔特文论思想的介绍陆续出现于一些介绍结构主义文论的文章中。王泰来在发表于 1981—1983 年的两篇关于结构主义文学批评的文章[②]中均强调了巴尔特对法国结构主义文学批评发展所作的贡献。1984 年，被视为巴尔特结构主义文学理论扛鼎之作的《叙事作品结构分析导论》被译成中文。

此后，张隆溪、董学文、黄天源、王东亮、李幼蒸、张智庭、杜任之、宁一中、兰珊珊等一大批学者或著或译，将巴尔特

---

① 梅兰在其于 2002 年 12 月通过的题为《巴赫金哲学美学和文学思想研究》博士学位论文中所列的巴赫金研究论文（1980—2002）已达 148 篇（不包括巴赫金研究概况述评）；张素玫在其于 2006 年 5 月通过的题为《与巴赫金对话：巴赫金与中国当代批评》博士学位论文中列出的"国内巴赫金研究论文"（1981—2004）已达 188 篇（不包括巴赫金研究综述之类的文章）；赵淳在其《话语实践与当代西方文论引介》（南京大学出版社 2008 年版）一书中统计，2001—2008 年，我国期刊上发表的"巴赫金研究"论文有 308 篇。也就是说，21 世纪这八年来，中国学者每年发表的"巴赫金研究"论文三四十篇。

② 《关于结构主义文艺批评》，《外国文学研究》1981 年第 2 期；《一种研究文学形式的方法——谈结构主义文艺批评》，《国外文学》1983 年第 3 期。

推向了前台。

十一　韦勒克的中国之旅

雷纳·韦勒克（René Wellek，1903—1995）是 20 世纪世界文学界最杰出的文学理论家、批评史家、比较文学家和思想史学者之一。中华人民共和国成立以来，韦勒克的文论著作与文学思想对中国当代文学理论与批评界产生了重要的影响。中国当代文学研究七十年间，中国学界对韦勒克文学理论与批评进行了全方位的译介与深入的研究。与此同时，汉语语境中的韦勒克研究也出现了一些问题与不足，韦勒克文论在中国所产生的话语变异尤其值得关注。

新时期中国学界最早提到韦勒克并给予很高评价的是著名学者朱光潜先生。1979 年，朱光潜先生修订了他最早出版于 1963 年的《西方美学史》，在新版书末的"简要书目"中提到了韦勒克的《近代文学批评史：1750—1950》。1979 年，钱锺书出版《管锥编》，其中数次引用韦勒克与沃伦的《文学理论》，并运用"中西打通"的基本方法将韦勒克的文学观念与中国传统文论进行平行比较。[①]

此后，提及韦勒克和新批评的中文文献日渐增加。其中有杨周翰的《新批评派的启示》（1981）、赵毅衡的《新批评——一种独特的形式主义文论》（1982），以及一批评介文章，如张隆溪的《作品本体的崇拜——论英美新批评》（1983）、伍蠡甫和程介未的《现代西方文论简评》（1984）等。它们对中国学界理解和领会新批评和韦勒克起到了引导性作用。

与此同时，关于韦勒克和韦勒克的著作（译文）开始出现在各种报纸杂志等出版物中。黄源深、周纯、沈于、干永昌、刘象愚、李广成、伍蠡甫、胡经之、孙景尧、韩冀宁、周宁、汤永宽、杨正润、赵毅衡、史亮、林骧华、丁泓、余徽、刘让言、杨自伍等一大批学者参与了评介和翻译工作。其中，韦勒克八卷本《近代文学批

---

① 钱锺书：《管锥编》，中华书局 1979 年版，第二册第 748 页，第四册第 1421 页。

评史》（杨自伍译）于 1992—2006 年全部出版。及至 2009 年，韦勒克最重要的学术著作基本全部译成中文，中国学者的评论和研究也随之深化，成果不计其数。

十二　最近十年

近年来，随着我国改革开放的深入、综合国力的增强，以及"一带一路"倡议和中国文化"走出去"战略的实施，尤其是在习近平总书记关于文学艺术的一系列讲话的引领下，我国的外国文学理论研究界坚持"四个自信"，不但在文学理论家研究、文学理论思潮研究等传统研究领域不断进取，频频推出高质量著述，成功实现了译介、阐释与研究的协同发展，而且有效启动了令人欣慰的学术转型，彰显了有关研究的主体性、此在性和对话性。首先，就外国文学理论家研究而言，有关研究人员在继续挖掘柏拉图、亚里士多德、本雅明、阿多诺、伊塞尔、福柯、德里达、阿尔都塞、巴赫金、穆卡罗夫斯基、燕卜荪、威廉斯、伊格尔顿、韦勒克、杰姆逊、布鲁姆、米勒、萨义德、斯皮瓦克等"老朋友"的理论富矿的同时，不约而同地聚焦巴丢、齐泽克、阿甘本等"新近崛起"的理论家，因而丰富了外国文艺理论研究的内容，拓展了外国文艺理论研究的视野，产生了一批代表性著作，如屈冬的《哈罗德·布鲁姆的"新审美"批评》（2017）和毕日升的《阿兰·巴丢"非美学"文艺思想研究》（2014）。前者基于学界的既有研究成果，详细梳理了布鲁姆的批评论著，系统地分析、概括和阐释了布鲁姆"新审美"批评的主要理论命题和观点，在揭示"新审美"批评基本内涵和理论特质的同时，对"新审美"进行了共时与历时的比对；后者首先以通俗易懂的语言概述了巴丢艰涩的哲学思想，然后通过关键词方式把握其哲学基本思想，分析了巴丢文艺思想与其哲学思想的内在关系，继而又以其文艺思想的核心术语"非美学"为切入点，阐释了"非美学"概念提出的背景及其含义，梳理了巴丢"非美学"的文艺解读方式及其"介入"当下的当代艺术批判。其次，在外国文艺理论思潮研究方面，学界一方面对现实主义、浪漫主义、现代主义、后现代主义、英美新批评、新历史主义、后殖民主义、女性主义等"旧"思潮依然充满热情，另一方面则俯身考察直接关乎人类现实生存状况的自然文学、生态批评等"新"思潮。其中代表性著作有程虹的《美国自然文学三十讲》（2013）、王诺的《生态批评与生态思想》（2013）等。前者是关于美国自然文学的教材，主体为中文，附有大量的英文参考资料，既基于美国自然文学的发展状况，又从中国学生可以理解的角度对自然文学发展脉络进行梳理，并就其经典作家和代表性作品进行理论解释，使中国学生和有兴趣的专业人士掌握美国自然文学的概貌和基本内涵；后者基于对生态批评与生态文学的界定，论述了生态审美的基本原则、生态文学和生态批评代言自然之合法性、生态批评与环境批评之区分等问题，其中有关生态主义与环境主义的区分、生态正义与环境正义的区分、生态中心主义与生态整体主义之辨、生态主义与生态人文主义之辨、可承受发展与可持续发展之辨等重要理论问题的论述，不但为学者们培育了一个新的学术增长点，而且将有助于推动我国生态文明思想研究走向深入，对我国生态文明建设和完善生态友好型发展战略具有一定的参考价值，因而备受学者们的关注。

同时，作为我国外国文艺理论思潮研究的重点，马克思主义文艺理论思想研究近年来正呈现出前所未有的发展势头，其中最为引人注目的应该是由程正民、童庆炳领衔多位学者联袂完成的重大项目"20世纪马克思主义文艺理论国别研究"，包括童庆炳的《20世纪中国马克思主义文艺理论研究》（2012）、吴琼的《20世纪美国马克思主义文艺理论研究》（2011）、高建为和钱翰的《20世纪法国马克思主义文艺理论研究》（2011）、王志松的《20世纪日本马克思主义文艺理论研究》（2011）、程正民等的《20世纪俄国马克思主义文艺理论研究》（2011）、曹卫东的《20世纪德国马克思主义文艺理论研究》（2011）、付德根和王杰的《20世纪英国马克思主义文艺理论研究》（2011）。该系列堪称以国别为视角建构20世纪马克思主义文艺理论发展史的有效尝试。此外，长期没有得到足够重视的东欧新马克思主义文艺理论思想也浮出了水面，并集中见诸傅其林的《宏大叙事批判与多元美学建构——布达佩斯学派重构美学思想研究》（2011）、《东欧新马克思主义美学研究》（2016）和《东欧新马克思主义文艺理论的核心问题》（2017）等。透过这些著作我们可以看到，东欧新马克思主义文艺理论内容丰富，尽管它们侧重点有所不同，但皆以马克思主义人道主义为旨归，继承并试图超越传统美学研究，"实践""人道""存在""异化"是其关键符码。在考察和研究马克思主义文艺理论的过程中，一些学者重点探析了马克思主义文艺理论与中国元素之间的关系，尤其是 20 世纪之后欧美左翼学者对中国文艺、美学和文化元素的思考，其中比较重要的成果有曾军主编的《欧美左翼文论与中国问题》（2016）。中国的社会主义革命、建设理论和实践及其相关的传统文化问题已然构成第二次世界大战后左翼学者关注中国问题的焦点：他们中有的受到毛泽东思想的启发，有的受到中国革命文艺的吸引，有的则及时跟踪当代中国文化生产和发展状况，有的还到中国古代文化中去发掘理论资源。

总之，十年来，随着改革开放的深入，欧美左翼文论构成了我国学界引进和研究的主要部分。需要说明的是，我国的外国文学理论研究者近年来显在地关注外国文艺理论的本土化问题，不但通过总结、反思改革开放以来的外国文艺理论学科发展和建设成就，形塑和建构了"强制阐释批判"、"公共阐释论"（以张江为代表）、"伦理学"（以聂珍钊为代表）、"侨异学"（以曹顺庆、叶隽为代表）等新理论、新方法，而且千方百计地把它们介绍到了欧美，如德国、法国、俄罗斯，这在一定程度上丰富了"世界文学"讨论，开启了新的"东学西渐"。此间姑且不论这些"中国造"的新理论和新方法是否尽善尽美，但毋庸置疑的是它们乃中国学者旨在通过借用和批判外国文学理论建构中国文学理论、文学批评话语的努力，因而有助于我们思考中国文学理论向何处去、文艺理论研究的"中国道路""中国体系"等重要问题。

　　此外，20 世纪 90 年代漂洋过海来到中国大陆的文化研究呈现出了"产业化"发展势态，尤其是最近几年。文化研究学者们笔耕不辍，著述不断面世，其中既有被首次译介的外国名家名作，比如伯明翰学派文化研究创始人之一理查德·霍加特的发轫性著作《识字的用途》（2018）、美国文化研究先驱之一劳伦斯·格罗斯伯格的《文化研究的未来》（2017）、约翰·哈特利和贾森·波茨的《文化科学：故事、亚部落与革新的自然历史》（2017），同时出现了中国学者的介入，如徐德林的《重返伯明翰：英国文化研究的系谱学考察》（2014）、章辉的《伯明翰学派与媒介文化研究》（2016）、和磊的《文化研究论》（2016）和《伯明翰学派：文化研究的源流与方法》（2017）、何卫华的《雷蒙·威廉斯：文化研究与"希望的资源"》（2017），以及温铁军和潘加恩主编的《中国乡村建设百年图录》（2018）。尤其值得注意的是，中国大陆的文化研究学者开始以英文著述跻身世界文化研究共同体之中，如戴锦华的 *After the Post-cold War：The Future of Chinese History*（2018）、周志强的 "Problematization and De-Problematization—30 Years of Cultural Studies and Cultural Criticism in Mainland China"（*Cultural Studies*，No. 6，2017），等等。这些著述不但凸显了文化研究，尤其是伯明翰学派文化研究依旧不失为有关学者的学术生长点，而且促成了沉寂数年的中国大陆文化研究共同体走向国际的努力。

　　再则，我国的外国文学理论研究者们也基于新的社会和文化现实，对"世界文学""后理论时代"的文学理论与全媒体技术等关系进行了深入探讨。中国社会科学院外国文学研究所积极发挥了其"国家队"作用，组织实施了"外国文学学术史研究"项目。作为研究结晶的数十部成果不但有效地推进了外国文学学术史的书写，而且在一定程度上阻止了文学研究的碎片化倾向。同时，《外国文学评论》积极倡导新社会历史批评，常务副主编程巍研究员身体力行，发表了《泰坦尼克号上的"中国佬"——种族主义想象力》（2014），以翔实的第一手资料为我国公民昭雪。

虽然我国的外国文学理论研究在过去十年间取得了不俗的成就，我们也完全有理由为之感到骄傲，但同时我们也必须清醒地看到文学理论的批判锋芒有所减弱、学科的边缘化、文学理论研究人才的后继乏人、引进多于批评等问题依然存在。唯其如此，我国的外国文学理论研究才大有可为。

限于篇幅，本著无法详细展示近十年其他流派思潮、作家作品研究成果，只能点到为止。惯性使然，影响较大的仍有叙事学、接受美学、精神分析、女性主义、文学伦理学、后殖民主义、生态批评，以及涵盖面更为宽泛的比较文学研究等。同时，巴赫金、巴尔特、韦勒克、詹姆逊、福柯、萨义德等著名理论家也继续得到关注，更为年轻的新锐理论家更是层出不穷。有关成果之丰富，断非三言两语可以概括，并且考虑到有可能厚此薄彼、挂一漏万，本著不再罗列相关著作名称。[①]

第二节　国别、语种（区域）文学研究

1978 年以后，外国文学译介和研究工作全面复兴。东方各国文学也得到了较多的关注和译介，所涉国家之多、语种之广，可谓史无前例。同时，学术研究工作全面展开，尽管由于种种原因，较之同时期西方文学，东方文学的翻译与研究仍稍显薄弱。

然而，这一时期译介的东方文学包括古今代表作家作品，几乎涵盖了所有流派思潮、国别语种。综合性成果主要有中国社会科学院外国文学研究所主编的《东方文学专集》（两卷，1979），它是我国第一部译介和研究东方文学的综合性、开创性成果，具有十分重要的意义；此外还有朱维之等主编的《外国文学简编（亚非部分）》（1983），即我国第一部东方文学史。其他重要成果有元文琪

---

① 详见《新中国外国文学研究》，中国社会科学出版社 2019 年版。

等翻译的《亚非拉短篇小说集》（1980）、李玉琦等翻译的《血谷》
（西亚北非短篇小说集，1981）、沈春涛等翻译的《东方短篇小说选》
（上、下，1988）、刘寿康等翻译的《亚洲民间故事集》（1980）、陶
德臻主编的《东方文学简史》（1985）和《东方比较文学论文集》
（1987）等。

1990—2009 年东方文学研究渐入佳境。20 世纪 90 年代以来，
国内的东方文学翻译与研究日趋兴盛，很多高校都开设了东方文学
课程，授课老师从事东方文学研究，同时招收东方文学硕士博士研
究生，由此形成了一个阵容较为庞大的从事东方文学研究的学术群
体。其中中国社会科学院外国文学研究所东方文学研究室，以其高、
精、深、专，在国内享有盛誉，在方兴未艾的东方文学研究中占有
十分重要的地位。在这个阶段，东方文学研究取得了较为丰硕的成
就。这一阶段的整体综合性成果除了各种外国文学教材和外国文学
史中的东方文学部分之外，重要成果有：高慧勤和栾文华主编的
《东方现代文学史》（1994）、季羡林主编的《东方文学史》（1995）、
薛克翘等主编的《东方神话传说》（1999）、何乃英主编的《东方文
学概论》（1999）、王向远编著的《东方各国文学在中国》（2001）、
张玉安和陈岗龙主编的《东方民间文学比较研究》（2003），以及王
邦维主编的《东方文学集刊》（4 辑）、孟昭毅等撰写的《印象：东
方戏剧叙事》（2006）等。与过去相比，这一阶段的整体综合性成
果以研究为主，显示出我国学界在东方文学研究方面有突飞猛进的
发展。

需要说明的是，蒙古民族丰富的史诗和民间文学属于蒙古民族
（包括内蒙古和外蒙古）的共同文学财富，我国民族文学研究的相关
机构和学者对之倾注了心血，这里不再涉及。从苏联独立出来的中
亚和高加索诸国由于其文学长期划在苏联文学范畴，故而 21 世纪之
前尚未引起东方文学研究者的足够关注。

西方文学研究，包括后起的拉丁美洲文学研究，取得了长足的
进展。英美文学研究因为历史和现实的原因继续保持强劲的势头，

成果十分可观，可谓不胜枚举。俄苏文学在我国具有得天独厚的地位，近四十年虽然不再一枝独秀，但其影响力绝对不可低估，俄苏文学研究队伍更是不容小觑。其他西方国别、区域或语种文学无论古今，则在不同时期因为不同的作家作品或流派思潮而受到我国文学界、读书界的关心，甚至青睐；相关研究成果也随之大量涌现。拉丁美洲文学虽然早在 20 世纪 50 年代就受到了重视，但真正的研究却是在 1978 年以后方始展开的。

这一时期，不仅有关西方文学的综合性研究成果大量涌现，而且出现了不少外国文学史著作。这些著作集中了我国几代学人的文学史研究成果，并以北京大学李赋宁、刘意青等主持的《欧洲文学史》（1999），外文所吴元迈主编的《20 世纪外国文学国别史丛书》（1998）和《20 世纪外国文学史》（2004）影响最大。其中《20 世纪外国文学史》还获得了首届出版政府奖。最近十年，外国文学通史类教科书和综合性著作大量涌现。其中尤以中华人民共和国成立 60 年为主题的《当代中国外国文学研究》和以作家作品学术史研究为取法的《外国文学学术史研究》（陈众议主编，2011—　）、《新中国 60 年外国文学研究》（申丹、王邦维主编，2015）和《中国外国文学研究的学术历程》（陈建华主编，2016）最为引人注目。

一　英美加文学研究

作为新时期规模最大、力量最强的分支学科，英语文学教育和科研都极为活跃，成果也非常突出。一批有较高学术价值的著作也陆续问世，如杨周翰、吴达元、赵萝蕤主编的《欧洲文学史》上册修订再版，下册初次出版。新问世的有董衡巽、朱虹、施咸荣、郑土生编著的《美国文学简史》上、下册，刘炳善编写的英文版《英国文学简史》，以及老一辈专家杨绛的文学论文集《春泥集》，范存忠的《英国文学史纲》和《英国文学论集》，杨周翰的《17 世纪英国文学》，索天章的《莎士比亚——他的作品和时代》，贺祥麟的《莎士比亚研究文集》（1982），陈嘉的中、英文版英国文学史和英国文学读本（三卷），等等。苏联研究单位撰写的在我国影响很大的英国文学史的译本也得到再版。在教学和研究领域发挥了重要作用。朱虹（《英美文学散论》）、陈焜（《西方现代派文学研究》）等一批当时年富力强的中年学者推出一系列介绍评议文章。这些论文提出了一系列外国文学研究中的重要问题——典型问题、文学源流问题、现实主义和现代主义问题等。杨周翰、王佐良等人就《美国文学简史》发表了书评，在肯定成绩的基础上还探讨了文学史的规律以及美国文学发展的一些问题。另外像《外国名作家传》等丛书，也适时为广大读者介绍了英美著名作家。

与此同时，大量作品研究也陆续出现，这些研究大致可以分为古典文学和现代文学两个范畴。如孙家琇的《莎士比亚的〈李尔王〉》和杨周翰的《威廉·莎士比亚》等。方平的论文《谈〈温莎的风流娘儿们〉的生活气息和现实性》和《论夏洛克》对莎剧人物如福斯塔夫、夏洛克的阶级本质进行了探讨。也有人对一些问题提出了不同的见解，尤其表现在对《威尼斯商人》的争论上。如阮坤在《〈威尼斯商人〉简论》中对有些评论中认为安东尼与夏洛克的冲突反映了资本主义发展早期商业资本与高利贷资本之间的矛盾的论点提出异议，指出"作者主观上绝不是要反映阶级斗争或剥削阶级的内部斗争"。方平的文章则从阶级本质指出，代表商业资本的安东尼与代表高利贷资本的夏洛克是一丘之貉。

对英国18—19世纪作家作品的评论十分活跃。如赵萝蕤的《批判的现实主义杰出作家狄更斯》、王佐良的《雪莱诗一瞥》，再如朱虹的《〈简·爱〉——小资产阶级抗议的最强音》、施咸荣为司各特的《艾凡赫》所作的序言、濮阳翔的《18世纪英国最杰出的作家菲尔丁》和《菲尔丁的〈汤姆·琼斯〉》、张中载的《托马斯·哈代：思想与创作》等。对美国文学名著的评论也日见增多，如荒芜的《漫谈惠特曼》、董衡巽为辛克莱的《屠场》所作的序言、朱虹关于霍桑的浪漫主义小说的评论《略谈霍桑的浪漫主义》等。

这一时期，外国文学研究取得的一个可能是最重要的突破就是对西方现当代文学，尤其是对过去否定得最多的现代派文学的探讨。中国社会科学院外国文学研究所较早提出了这个问题，并展开了一系列有启发意义的讨论。其中有袁可嘉的《略论西方现代派文学》等一组文章，陆凡、李文俊、梅绍武、朱虹、陈焜、董衡巽、杨熙龄等纷纷发表著述。袁可嘉、董衡巽、郑克鲁主编的《外国现代派作品选》（共四册八本）于 1980—1985 年由上海文艺出版社出版。印数累计十五万册，影响巨大。不少文学青年由此走上创作之路。

此外，侯维瑞的《现代英国小说史》，董衡巽、朱虹、李文俊、施咸荣共同完成的《美国文学简史》属于改革开放后中国人最早独立撰写的外国文学史，对现当代文学和通俗文学给予了必要的重视。郑敏的《英美诗歌戏剧研究》、瞿世镜的《意识流小说家伍尔夫》和钱满素主编的《美国当代小说家论》于 20 世纪 80 年代中后期推出，是当时尚不多见的文学史和作家作品研究。

进入 20 世纪 90 年代以后，外国文学翻译出版的"版图"已初步形成，出版了大批水平较高的文学史类或系统性研究著述。其中包括陆续面世的由王佐良、何其莘、周珏良等编写的多卷本《英国文学史》，朱虹、文美惠、黄梅和陆建德分别编写的四卷本英国小说研究论集（《英国小说的黄金时代》《超越传统的新起点》《现代主义浪潮下》《现代主义之后》），侯维瑞的《英国文学通史》（1999），张中载的《当代英国文学论文集》（1996），瞿世镜等的《当代英国小说》（1998），李文俊、董衡巽和薛鸿时分别撰写的福克纳、海明威和狄更斯的传记，黄仲文、张锡麟的《加拿大英语文学简史》（1991），郭继德的《加拿大文学简史》（1992），黄源深的《澳大利亚文学史》（1997），以及赵一凡、钱满素、盛宁、桂杨清、郝振益、张子清、王长荣、金莉、秦亚青、傅浩、殷企平、鲍屡平、赵彦秋、肖明翰、阮炜、蒋洪新、石坚、刘意青、韩加明等人的著述。这一时期还出现了一批专业刊物和外国文学论丛（如《英美文学研究论丛》）。

2000 年以后，论文、专著及学术散文等不仅数量大幅增加，其广度和深度都有明显拓展。在传统的研究视域之外，更出现了诸多更新颖独特的研究视角和对象，如女性主义文学研究、后殖民文学研究、叙事学、文体学、文学理论、文化研究、生态文学、学术史研究以及中外文学交流等。这里从五个方面加以归纳。一、对经典作家作品的研究日渐深入、多样，而且涵盖了从远古至当代的诸多体裁和文类，探讨的视角和方法路径百花齐放；二、英美以外的其他英语国家的文学受到更大重视；三、部分研究工作与出版安排、市场走向以及广大读者需求的关联度有所加强；四、英语文学研究向纵深发展的表现之一是对"理论"本身的关心、理解和探讨开始深入；五、另一个值得重视的趋势是文化研究的兴起。

最近十年，随着我国的日益崛起并走近世界舞台的中央，文学研究的世界意识逐渐凸显。"世界文学"（World Literature）的概念以及本土文学与外国文学之间的接触和交流受到空前的重视。在此语境下，有不少学者将目光转向具体的英语文学作品，着重考察作者对世界主义理想或状态的再现、表述和反省。张楠、王庆、袁晓军、王玉明、虞又铭、林萍、段波、刘英、汉松、龙云、侯铁军、周颖、肖云华等从不同角度假借英语文学探讨有关问题。

与过去相比，当代社会文化生活体验在最近十年的英语文学研究中留下了更为明显的痕迹。也就是说，从当代社会文化生活体验中的关键概念入手来审视文学作品，更新和拓展文学理论，在最近十年英语文学研究中，是十分常见的批评思路。在这些关键概念中，有一组来自现代物理学说，譬如"相对论""量子力学""可能世界说"等。它们在英美文学研究著述中出现的频率远高于十年前。"可能世界说"与叙事学的结合催生了不少解读后现代诗歌或小说的论文。张新军的《可能世界叙事学的理论模型》（2010）和邱蓓的《可能世界理论》（2018）着重介绍"可能世界说"如何拓展人们对文学作品以及叙事复杂性的认识，是这十年里关乎这个理论议题的两篇重要论文。《精神混沌的可能世界与现代"人"形象》（2013）、《越界的叙事者——〈微暗的火〉中的可能世界模型》（2016）、

《"真实"与"虚构"之外——〈法国中尉的女人〉的可能世界真值》（2017）是将"可能世界说"运用于分析英语文学作品中真实世界与虚构叙述世界的关系以及多重虚构叙述世界的代表性论文。还有一组与"空间"相关的概念活跃在这十年的学术著述里，譬如"风景""旅行""跨界"（或"越界"）等，其中李彤的《爱伦·坡恐怖小说的空间再现》（2013）是较有代表性的一篇。

最近十年我国英语文学研究主要集中在那些已经在英美加各国文学中确立稳固经典地位、思想艺术成就较高、对世界文化有或深或浅影响的作家。国内对这些国家每个时期的经典作家的研究呈现出不同的特点。16—17 世纪英国文学研究中频次最高的仍然是莎士比亚、弥尔顿、多恩等大诗人。与前两个阶段相比，浪漫主义和维多利亚文学在国内得到更多关注和讨论。简·奥斯丁的小说依然是一大热点。2017 年适逢奥斯丁逝世两百周年，黄梅研究员的中国社会科学院创新工程项目"简·奥斯丁学术史研究"已于 2017 年结项。她与龚龑合著的《简·奥斯丁学术史研究》以及众多学者协同翻译的《奥斯丁研究文集》也都即将面世。这些著作对国内的奥斯丁研究有追溯前人足迹，指明未来方向之意义。同时，维多利亚时期的女小说家伊丽莎白·盖斯凯尔进入更多研究者的视野。除了涌现不少以盖斯凯尔的作品为研究对象的著述，如程巍的《反浪漫主义：盖斯凯尔夫人如何描写哈沃斯村》（2014）、陈礼珍的《盖斯凯尔小说中的维多利亚精神》（2015）、丁宏为的《真实的空间——英国近现代主要诗人所看到的精神境域》（2013）等。

在 20 世纪英国现代文学中，关于福斯特、曼斯菲尔德、劳伦斯、T. S. 艾略特、伍尔夫等人的研究成果占据半壁江山，如高奋的《走向生命诗学：弗吉尼亚·伍尔夫小说理论研究》（2016）、陈姝波的《碎片人生：二十世纪五六十年代英国知识女性生存状态的文学构想》（2015）等。

在 19 世纪美国文学作家中，爱伦·坡、霍桑、梅尔维尔、惠特曼、狄金森、马克·吐温依然是国内评论界的焦点。与 20 世纪头十年相比，最近十年美国文学研究出现了一个新热度，那就是对以"9·11"事件为题材的文学创作的关注和反思。"9·11"事件之后，全球性的反恐和后冷战思维催生了一种反思生命意义、深度观照历史并使历史与现实交融的文学文本，即"9·11"文学。虽然这类文学作品从 20 世纪初就已陆续面世，但由于需要国外评论的发酵，国内学界的关注后延到了 20 世纪第二个十年。

最近十年加拿大文学研究最突出的成果与艾丽丝·门罗和玛格丽特·阿特伍德这两位被誉为加拿大文学"双姝"的作家有关。自从 2013 年门罗获得诺贝尔文学奖，关于门罗短篇小说的研究论文的数量呈直线式上升，且大多聚焦于作品里的女性问题或作者的女性主义思想（如生态女性主义、后现代女性主义）。2014 年，国内首部研究门罗的专著《艾丽丝·门罗：其人·其作·其思》问世。与门罗相比，阿特伍德对流行文化的影响更深。自从她的《使女的故事》被拍成电视剧并获多项艾米奖后，这部作品在学术期刊或社科类报纸上得到更频繁、更密集的讨论。除此以外，国内对加拿大文学关注较多的，是少数族裔文学（如非裔加拿大文学、华裔加拿大文学）以及加拿大文学批评理论（弗莱依然是这十年最常被论及的加拿大文学理论家）。与英美文学研究相比，加拿大文学研究在国内尚属"冷门"。除了少数国际知名的作家外，很多出色的作家没有得到国内学术期刊和研究者应有的关注。反而是《世界文学》这样非纯学术期刊一直在向学术界和普通读者推介优秀的加拿大作家。

近年来，中国社科院外文所在创新工程引领下，发表了不少著述，其中尤以程巍、傅浩、乔修峰、周颖、何恬等人的成果引人注目。由于量化标准的改变，全国"核心期刊"论文大量产出，有关英国、美国、加拿大文学研究的文字不计其数，在此恕不一一罗列。此外，需要强调的是，英语语言文学学科作为我国目前外国文学第一大学科，其从业人员之多、产出成果之众实在数不胜数；因此，挂一漏万在所难免。

二 俄苏文学研究

改革开放有力地推动了俄苏文学研究向更深更广的领域拓展。这一时期所取得的成果既表现在数量上（超过了以往全部成果的总和），也表现在质量上（研究的视野、角度、方法和规模都是以往无法比拟的）。这里，且从文学史和文学思潮研究、作家作品研究这两个方面来对研究状况作简要描述。

文学史和文学思潮研究，往往是研究者综合实力的一种体现。从 1986 年开始，在短短几年里先后出现了《俄国文学史》（易漱泉等编写）、《苏联文学史略》（臧传真等主编）、《俄苏文学史话》（周乐群编）、《苏联文学史》（雷成德主编）、《19 世纪俄国文学史纲》（刘亚丁著）、《苏联小说史》（彭克巽著）、《苏联当代文学概观》（李明滨等主编）、《俄罗斯诗歌史》（徐稚芳著）、《苏联文学》（贾文华等主编）、《当代苏联文学》（马家骏等主编）和《俄国文学史》（曹靖华主编，此书后为三卷本《俄苏文学史》）等一批俄苏文学史著作。这里既有纵览俄苏文学发展的全过程的大部头著作，也有断代史、文体史、简史和史话等。

这一时期不少中国学者对苏联文学思潮进行了多侧面的研究，并出现了吴元迈的《苏联文学思潮》和李辉凡的《苏联文学思潮综览》两部研究著作。这两本著作都有相当的理论深度。俄苏作家的研究也有长足的进展。在活跃的学术空气下，中国学者撰写了大量的论文，对许多重要的俄苏作家进行了深入的研究。1980 年适逢列夫·托尔斯泰逝世七十周年，上海和杭州等地相继召开了纪念托尔斯泰的学术讨论会，并分别汇集出版了《托尔斯泰研究论文集》和《托尔斯泰论集》，从而掀起了新时期中国托尔斯泰研究的高潮。在十年时间里，中国学者发表的论文与译文达四百余篇（其中论文三百六十三篇）。

文学史和作家作品研究，在资料的编撰方面，都有一大批论文、论著和译著问世。比较重要的论著还有：《苏联文学史论文集》（叶水夫等)、《五、六十年代的苏联文学》（吴元迈等）、《苏联文学论集》（北京师范大学苏联文学研究所编）、《论苏联当代作家》（吴元迈等）、《普希金创作评论集》（戈宝权等）、《屠格涅夫研究》（陈燊等）、《屠格涅夫与中国》（孙乃修）、《果戈理及其讽刺艺术》（钱中文）、《论普希金、屠格涅夫、托尔斯泰》（王智量）、《短篇小说家契诃夫》（朱逸森）、《高尔基美学思想论稿》（陈寿朋）、《鲁迅前期小说与俄罗斯文学》（王富仁）和《苏联当代戏剧研究》（陈世雄）；比较重要的译著还有：《苏联文学史》（叶尔绍夫）、《苏维埃俄罗斯文学》（斯洛宁）、《陀思妥耶夫斯基诗学问题》（巴赫金）、《当代苏联文学中的人道主义问题》、《苏联现实主义问题讨论集》、《苏联当代作家谈创作》、《俄苏形式主义文论选》、《继往开来》（梅特钦科）、《文学原理》（波斯彼洛夫），以及北京大学出版社80年代初期出版的一套"俄罗斯苏联文学研究资料丛书"（其中有《关于〈解冻〉及其思潮》《必要的解释》和《西方论苏联当代文学》等）、《苏联文学纪事》、《70年代社会主义现实主义问题》、《"拉普"资料汇编》、《无产阶级文化派资料选编》和《苏联文学词典》等，重要的论著和译著不下百本，足见成果之丰。作家研究中还值得一提的是，中国学者几乎与苏联文坛同步开展了对"复活的苏联作家群"的研究。在这方面突出的成果是薛君智的《回归——苏联开禁作家五论》。

　　20世纪90年代初期开始的中国市场经济大潮和1991年苏联的解体，对历经一个世纪风雨的中俄（苏）文学关系产生了巨大影响。最表层的现象是苏联当代文学作品和近期的俄罗斯文学作品译介量的锐减，这里除了中国加入世界版权公约而受到制约外，读者兴趣的转移（不单单对苏俄文学）也许是更直接的原因。80年代原有的四家俄苏文学专刊，在进入90年代后仅剩下以北京师范大学为依托的一家（先是改名为《苏联文学联刊》，后又更名为《俄罗斯文艺》）。

　　进入20世纪90年代以后，中国俄苏文学研究界每年都有一些扎实的新意迭出的研究成果问世，这些由老中青三代学者撰写的成果表明中国的俄苏文学研究充满着活力，并在一系列重要的领域有了新的进展和开拓。这主要表现在以下几个方面。

一是以俄罗斯文化为大背景来研究俄国文学，有任光宣的《俄国文学与宗教（基辅罗斯——19 世纪俄国文学）》（1995）、何云波的《陀思妥耶夫斯基与俄罗斯文化精神》（1997）、高莽的《灵魂的归宿——俄罗斯墓园文化》（2000）、文池主编的《俄罗斯文化之旅》（2002）、林精华的《民族主义的意义与悖论：20—21 世纪之交俄罗斯文化转型问题研究》（2002）和《想象俄罗斯》（2003）、金亚娜等的《充盈与虚无——俄罗斯文学中的宗教意识》（2003）、王志耕的《宗教文化语境下的陀思妥耶夫斯基诗学》（2003）、汪介之的《远逝的光华——白银时代的俄罗斯文化》（2003）等。

二是对作家的研究更加深入，如朱宪生的《论屠格涅夫》（1991）、汪介之的《俄罗斯命运的回声——高尔基思想与艺术探索》（1993）、张铁夫等的《普希金的生活与创作》（1997）、高莽的《帕斯捷尔纳克——历尽沧桑的诗人》（1999）、吕绍宗的《我是用作试验的狗——左琴科研究》（1999）、曾思艺的《丘特切夫诗歌研究》（2000）、何云波的《肖洛霍夫》（2000）、查晓燕的《普希金——俄罗斯精神文化的象征》（2001）、黎皓智的《高尔基》（2001）、赵桂莲的《陀思妥耶夫斯基与俄罗斯传统文化》（2002）、刘文飞的《布罗茨基传》（2003）、冯玉芝的《肖洛霍夫小说——诗学研究》（2001）、张铁夫等的《普希金新论——文化视域中的俄罗斯诗圣》（2004）等。

三是对俄国"白银时代"（1890—1917）的文学，特别是俄国现代主义文学的研究更具力度。20 世纪 90 年代以来在这一领域已有多部著作问世，如周启超的《俄国象征派文学研究》（1993）、郑体武的《危机与复兴——白银时代俄国文学论稿》（1996）、周启超的《白银时代俄罗斯文学研究》（2003）、曾思艺的《俄国白银时代现代主义诗歌研究》（2004）等。此外，刘文飞的《20 世纪俄语诗史》

（1996）、刘亚丁的《苏联文学沉思录》（1996）和刘文飞的《墙里墙外——俄语文学论集》（1997）等著作中也均有专门的章节谈到了"白银时代"的文学现象。

四是继续关注苏俄当代文学，特别是解体前后的文学。20世纪90年代以来，除在前一阶段基础上继续推出的曹靖华主编的《俄苏文学史》第三卷（1992）和叶水夫主编的《苏联文学史》中的当代部分（1994）外，中国又陆续出版了几部苏俄当代文学方面的著作，如黎皓智的《苏联当代文学史》（1990）、许贤绪的《当代苏联小说史》（1991）、倪蕊琴和陈建华的《当代苏俄文学史纲》（1997）、李辉凡等的《20世纪俄罗斯文学史》（1998）、李毓榛主编的《20世纪俄罗斯文学史》（2000）、何云波的《回眸苏联文学》（2003）和王丽丹的《乍暖还寒时："解冻"时期苏联小说》（2004）等。

五是中俄文学关系研究取得了长足的进步。在20世纪中外文化的交流中，俄苏文学与中国文学的关系无疑是最为密切的，因而它历来为中外研究者所重视。如前所述，这方面的研究实际上从"五四"时期已经开始。进入20世纪90年代，国内学者在这一领域取得了十分可喜的收获。出版的著作除了戈宝权的《中外文学因缘》（1992）属以往研究成果的集锦外，倪蕊琴主编的《论中苏文学发展进程》（1991）、王智量等的《俄国文学与中国》（1991）、汪介之的《选择与失落——中俄文学关系的文化观照》（1995）、陈建华的《20世纪中俄文学关系》（1998、2002）、汪剑钊的《中俄文字之交——俄苏文学与20世纪中国新文学》（1999）、汪介之和陈建华的《悠远的回响——俄罗斯作家与中国文化》（2002）、赵明的《历史的文学与文学的历史——五四文学传统与俄罗斯文学》（2003）等著作都是90年代以来推出的研究成果。

六是关于"20世纪俄语文学的新架构"的讨论。1993年《国外文学》第4期上刊出周启超的《"20世纪俄语文学"：新的课题，新的视角》一文，引起了学术界的关注。

此外，20世纪90年代以来，国内学界取得的成果是多方面的。

除了前面提到的角度外，还有诸多不能纳入上述角度的著述，如程正民的《俄国作家创作心理研究》（1990）、胡日佳的《俄国文学与西方》（1999）、张冰的《陌生化诗学——俄国形式主义研究》（2000）、黎皓智的《俄罗斯小说文体论》（2001）、林精华的《想象俄罗斯》和《民族主义的意义与悖论：20—21 世纪之交的俄罗斯文化转型问题研究》、刘文飞的《文学魔方——20 世纪的俄罗斯文学》（2004）、王加兴的《俄罗斯文学修辞特色研究》（2004）等。此外，李延龄主编的《中国俄罗斯侨民文学丛书》（五卷）、汪剑钊主编的《20 世纪俄罗斯流亡诗选》（两卷）等也是从独到的角度为深入研究进行的资料铺垫。此外，论文数量之多、内容之丰富，以及所体现的研究的水准，同样是以前所无法比拟的，这里因篇幅关系无法具体提及。

　　值得一提的是围绕苏联文学展开的讨论。张捷在《苏联解体后的俄罗斯文学》（1995）和《俄罗斯文学界在文化问题上的争论和对文化市场的看法》（1995）中指出，当下的俄罗斯文坛过于暴露社会黑暗面，"把过去的生活看成一团漆黑，而在表现它时不厌其详地展示各种消极现象和丑恶行为而不注意提炼和概括，显露出了某种自然主义的倾向"；市场的操纵使得文学再一次陷入了迷茫，虽然俄罗斯文学与市场的关系还处在调整之中，但是大量的"色情文学"和"黑色文学"已经影响着俄罗斯的出版业。他在《朝多极化方向发展的俄罗斯文学》（1997）中进一步分析了苏联解体五年以来的俄罗斯文坛的特点。相反，余一中的《90 年代上半期俄罗斯文学的新发展》（1995）、《20 世纪 90 年代下半期俄罗斯文学的新发展》（2001）和《俄罗斯文学发展的另一面》（2002）认为，当下俄罗斯文学发展的消极面主要是：旧式的苏联官方的文学观念、旧式的公式化和模式化的文学创作。此外，张建华的《世纪末俄罗斯小说的"泛化"现象种种——20 世纪 90 年代俄罗斯小说现象观》（2001）揭示的是经过历史涤荡之后的俄罗斯文学的困惑。篇幅所限，其他跟踪研究文字恕不一一罗列。

需要补充的是李辉凡和张捷的专著《20 世纪俄罗斯文学史》
（1998）、李毓榛主编的《20 世纪俄罗斯文学史》（2000）、严永兴
的《辉煌与失落——俄罗斯文学百年》（2005）等，对 20 世纪文学
进行了全面回顾。此外还有张捷的《俄罗斯作家的昨天和今天》
（2000）等。

21 世纪甫始，专题研究和代表作家研究成为主要热点。专题如
现实主义文学、后现代主义文学、女性文学、大众文学等，代表作
家如邦达列夫、拉斯普京、马卡宁、佩列文以及女作家彼特鲁舍夫
斯卡娅、乌利茨卡娅和托尔斯塔娅等研究。而最近十年来本学科除
对传统领域持续关注，进行更加深入、细致的挖掘外，同时也推陈
出新，拓展研究视野，创新研究视角，涉足全新领域，既彰显俄罗
斯文学的真正魅力，完善本学科的全面推进与发展，也顺应时代潮
流，促进中俄文学文化沟通互鉴，为我国构筑人类命运共同体的思
想理念和大政方针贡献出巨大力量。

19 世纪经典作家中陀思妥耶夫斯基最受关注，有关著述颇成规
模，如田全金的《言与思的越界——陀思妥耶夫斯基比较研究》
（2010）、郭小丽的《陀思妥耶夫斯基的救赎思想：兼论与中国文化
思维的比较》（2012）、田全金的《陀思妥耶夫斯基与白银时代俄国
文化》（2014）、陈思红的《论艺术家—心理学家陀思妥耶夫斯基》
（2015）等。相关论文也颇为可观，从论述陀氏作品的思想到叙事策
略到其与其他作家的关系等，共有数十篇之多。

其次是契诃夫研究，有马卫红的《现代主义语境下的契诃夫研
究》（2009）、许立的《契诃夫笔下的知识分子形象研究》（2011）、
董晓的《契诃夫戏剧的喜剧本质论》（2016）、徐乐的《雾里看花：
契诃夫文本世界的多重意义探析》（2015）和《契诃夫的创作与俄
国思想的现代意义》（2018）等。

其他较受关注的还有普希金、列夫·托尔斯泰、莱蒙托夫、屠
格涅夫等。有关研究成果主要有张铁夫等的《普希金：经典的传播
与阐释》（2009）、张铁夫的《普希金学术史研究》（2013）、陈建华

所编的《文学的影响力——托尔斯泰在中国》（2009）、连丽丽和吴维香的《思想的沉重与技巧的轻盈：果戈理与契诃夫作品研究》（2018）、吴嘉佑的《屠格涅夫的哲学思想与文学创作》（2012）、朱红琼的《屠格涅夫散文诗研究》（2013）、顾蕴璞的《莱蒙托夫研究》（2014）、黄晓敏的《莱蒙托夫戏剧研究》（2014）、高荣国的《冈察洛夫长篇小说艺术研究》（2012）、叶红的《蒲宁创作研究》（2014）、万丽娜的《轻盈的呼吸：布宁小说的现代主义文学诠释》（2018），以及曾思艺的《丘特切夫诗歌美学》（2009）、《丘特切夫诗歌研究》（2012），等等。

现当代重要作家研究同样成果丰硕，最为突出的布尔加科夫研究，如谢周的《滑稽面具下的文学骑士：布尔加科夫小说创作研究》（2009）、钱诚的《米·布尔加科夫》（2010）、许志强和葛闻的《布尔加科夫魔幻叙事传统探析》（2013）、梁坤等的《布尔加科夫小说的神话诗学研究》（2016）、淡修安的《普拉东诺夫的世界：个体和整体存在意义的求索》（2009）、李志强的《索洛古勃小说创作中的宗教神话主题》（2010）、刘琨的《圣灵之约——梅列日科夫斯基的宗教乌托邦思想》（2010）、管海莹的《建造心灵的方舟：论别雷的〈彼得堡〉》（2012）、刘文飞的《普利什文面面观》（2012）、汪介之的《俄罗斯命运的回声（高尔基的思想与艺术探索）》（2012）、李毓榛的《肖洛霍夫的传奇人生》（2009）、刘祥文的《肖洛霍夫在中国》（2014）、孙玉华等的《拉斯普京创作研究》（2009）、陈辉的《纳博科夫早期俄文小说研究》（2014）等。

对苏联解体后的重要作家进行系统研究成为一大热点，主要成果有段丽君的《反抗与屈从——彼得鲁舍夫斯卡娅小说的女性主义解读》（2010）、程殿梅的《流亡人生的边缘书写——多甫拉托夫小说研究》（2011）、温玉霞的《索罗金小说的后现代叙事模式》（2014）、李新梅的《现实与虚幻：维克多·佩列文后现代主义小说的艺术图景》（2012）等。

此外，耿海英、刘锟、任光宣、李新梅、王志耕、董晓、李毓榛、汪介之、韩捷进、张晓东、谢春艳、徐葆耕、赵杨、吴承笃、宋春香、王建刚、周启超、王彦秋、王加兴、邱运华、杨明明、姚霞、张海燕、朱涛、张杰、郑永旺、张冰、张建华、郑体武、王丽丹、李瑞莲、孙超、陈方、王宗琥、武晓霞、曾思艺、朱建刚、季明举、李毓榛、侯玮红等在文化理论和文学史研究方面成果卓著。其他还有数量可观的个人文集、文学修辞、比较研究、论文集和文学文化对话等内容的著述恕不在此罗列。

三 法国文学研究

我国法国文学研究的春天始自 1978 年。改革开放伊始，即有柳鸣九主编的《法国文学史》（1979）问世。此后，其《超越荒诞：法国 20 世纪文学史观（20 世纪初——抵抗文学）》和《从选择到反抗：法国 20 世纪文学史观（50 年代——新寓言派）》（2005），张容的《当代法国文学史纲》（1993），郑克鲁的《法国诗歌史》（1996）、《现代法国小说史》（1998）和《法国文学史》（2003），张泽乾等的《20 世纪法国文学史》（1998），郭麟阁著、刘自强校订的《法国文学简史》（法文版，2000），吴岳添的《法国小说发展史》（2004）和《法国文学简史》（2005）等相继问世。

同时，思潮流派研究方面的成果有丁子春的《法国小说与思潮流派》（1991）、张容的《荒诞、怪异、离奇——法国荒诞派戏剧研究》（1995）、吴岳添的《法国文学流派的变迁》（1995）和《法国现当代左翼文学》（2007）、老高放的《超现实主义导论》（1997）、史忠义的《20 世纪法国小说诗学》（2000）、徐真华和黄建华的《理性与非理性——20 世纪法国文学主流》（2000）、刘成富的《20 世纪法国“反文学”研究》（2002）、郭宏安的《从阅读到批评——日内瓦学派研究》（2007），以及许钧主编的《文字·文学·文化——〈红与黑〉汉译研究》（1996），等等。作家作品研究方面的主要成果有罗大冈的《论罗曼·罗兰》（1979）、冯汉津和关鹏的《乔治·桑》（1982）、刘扳盛的《法国文学名家》（1983）、张英伦的《莫泊桑传》（1985）和《雨果传》（1989）、柳鸣九的《自然主义大师左拉》（1989）、江伙生等的《法国小说论》（1994）、钱林森的《法国作家与中国》（1995）、吴岳添的《法朗士——人道主义斗士》（1995）、张容的《加缪》（1995）和《形而上的反抗——加缪思想研究》（1996）、唐珍的《神秘的漂亮朋友莫泊桑》（1997）、杜青钢的《米修与中国文化》（1997）、王钦峰的《福楼拜与现代思想》（1998）和《福楼拜与现代思想续论》（2008）、杨昌龙的《存在主义的艺术人学——论文学家萨特》（1998）和《萨特评传》（1999）、涂卫群的《普鲁斯特评传》（1999）和《从普鲁斯特出发》（2001）、柳鸣九的《走近雨果》（2001）、吴岳添的《卢梭》（2002）和《萨特传》（2003）、张唯嘉的《罗伯－格里耶新小说研究》（2002）、秦海鹰的 *Segalen et la Chine-écriture intertextuelle et transculturelle*（2003）、钱林森的《光自东方来——法国作家与中国文化》（2004）、李健吾的《福楼拜评传》（2007 年再版），等等。文学研究资料有柳鸣九、罗新璋主编的《法国现代当代文学研究资料丛刊》（十种）：《萨特研究》（柳鸣九、罗新璋编选，1981），《马尔罗研究》（柳鸣九、罗新璋编选，1984），《新小说派研究》（柳鸣九编选，1986），《阿拉贡研究》（沈志明编选，1986），《尤瑟纳尔研究》（柳鸣九编选，1987），《西蒙娜·德·波伏瓦研究》（金德全、李清安编选，1992），《马丁·杜加尔研究》（吴岳添编选，1992），等等。

值得一提的是，1980 年萨特去世，柳鸣九主编的《萨特研究》（1981）引发了不小的争论。

最近十年，法语文学翻译品类达到极大丰富，涵括了小说、随笔、诗歌、文艺理论等几乎所有领域。文学经典被不断重译；一些被埋没的作品也得到了翻译出版，如法国 19 世纪著名批评家圣伯夫的《文学肖像》和《圣勃夫文学批评文选》，奈瓦尔的《幻象集》，福楼拜的《庸见词典》和《福楼拜文学书简》，普鲁斯特的《偏见》，于斯曼的《逆流》，贝克特的三部曲《莫洛伊》《马龙之死》和《无法称呼的人》，塞利纳的《死缓》和《一座城堡到另一座城堡》，西蒙的《刺槐树》和《导体》，格拉克的《林中阳台》《阿尔戈古堡》《忧郁的美男子》《首字花饰》和《半岛》，此外还有《夏尔诗选》《勒韦尔迪诗选》《毕加索诗集》等。新小说以来的当代文学作品得到了比较系统的介绍，并在每年法国龚古尔奖、费米纳奖、勒诺多奖、法兰西学士院小说大奖等颁布之后迅速翻译出版，重要作品有湖南文艺出版社的《艾什诺兹作品集》和罗伯格里耶的"午夜文丛"系列，上海译文出版社的昆德拉作品全新系列，维勒贝克的《地图与疆域》，比内的《语言的第七功能》，桑萨尔的《2084》。法兰西当代文学三星 2008 年诺贝尔文学奖获得者勒克莱齐奥、2014年诺贝尔文学奖获得者莫迪亚诺、乔治·佩雷克的作品得到了比较系统的翻译，如人民文学出版社的勒克莱齐奥作品系列和莫迪亚诺作品系列，佩雷克的《人生拼图版》《53 天》《其实这才是我想做的事》《W 或童年回忆》《加薪秘诀》《佣兵队长》和《萨拉热窝谋杀案》。2016 年，《梁宗岱译集》八卷本由华东师范大学出版社推出。

法国文艺理论著作的翻译盛况空前，弥补了现代和后现代文论翻译的滞后，呈现了第一次世界大战后法国文论现象学、结构主义、阐释学、马克思主义、后结构主义、生成结构主义的多元共生现象等。此外，社会学家布尔迪厄的《区分——判断力的社会批判》、阿尔都塞自传《来日方长》、伯努瓦·皮特斯的《德里达传》、蒂费娜·萨莫瓦约的《巴特传》、孔帕尼翁主编的《普鲁斯特，记忆与文学》，产生了不小的反响。

经典作家作品研究方面，中国学者有了很大突破，跨学科方法受到重视，郭宏安、郑克鲁、吴岳添、罗国祥等笔耕不辍，其他专著或论文作者有许钧、史忠义、刘晖、高方、李征、王佳、杨国政、孙婷婷、包向飞、沙家强、丁梅芊、刘连青、李千钧、侯桂杰、赵丹霞、孙倩、彭俞霞、李嘉懿、张丽群、李凌鸿、刘辉成、杨有庆、徐晓庚、刘意、杨振、张亘、尉光吉、李建英、童玉、张荆芳、肖伟胜、樊咏梅、张新木、黄萍萍、赵思奇、刘海青、龚觅、黄晞耘、徐旭、刘久明、樊艳梅、张璐、练莹、王静、李明夏、杨芬、周婷、翁冰莹、臧小佳、崔孝彬、史烨婷、曹丹红、姜海佳、段映虹、周薇、陈树才、王春明、张生、王嘉军、朱玲玲、邓冰艳、汪民安、张智庭、黄晖、王亚平、徐刚、王成军、张雨薇、张卫东、刘斐、曾军、张颖、金一苇、李永毅、孙秀丽、马元龙、路程、魏柯玲、刘哲、蓝江、艾士薇、谭成、陆扬、卢文超，等等。这一时期的重要专著有罗国祥的《雨果学术史研究》（2011）、吴岳添的《左拉学术史研究》（2011）、史忠义的《现代性的辉煌与危机：走向新现代性》（2012）、涂卫群的《目光的交织：在曹雪芹与马塞尔·普鲁斯特之间》（2014）、钱翰的《二十世纪法国先锋文学理论和批评的"文本"概念研究》（2015）、刘波的《波德莱尔：从城市经验到诗歌经验》（2016）、冯寿农的《法国文学批评史》（2019）。2016年，《李健吾文集》（十一卷）由北岳文艺出版社出版。

四　德语文学研究

改革开放之初，以冯至为代表的第二代学者，基本上主导着这一时期德语文学的学科发展。① 而第三代学者几乎占据了此期学术场域的所有重要位置。在第二代学者中，冯至在旧著基础上增补为《论歌德》，有着独特的思考痕迹，是"有我之作"。而董问樵撰《〈浮士德〉研究》，在时间上与《论歌德》几乎同时问世。

作为第三代歌德研究者的代表人物，杨武能在三个方面都将中国的歌德研究有所推进。一是《歌德与中国》较为全面地梳理了歌德与中国的关系，二是尝试在冯至的研究基础上有所推进（后者表现于1999年出版的《走近歌德》），三是将《歌德在中国》译成德文。同代学者中，余匡复的《〈浮士德〉——歌德的精神自传》是

---

① 需要特别说明的是，作为第一代学者，杨丙辰并非一个科班出身的职业学者，他的学养深厚、志趣亦广，在翻译方面颇多贡献，可惜在学术研究方面建树不多；此后，宗白华、朱光潜则主要学术兴趣不在文学方面，他们所开辟的美学路径，值得后人特别关注。

研究浮士德与歌德关系的专著，高中甫于 20 世纪 80 年代的《德国的伟大诗人歌德》和《歌德接受史 1773—1945》以 1773—1945 年为研究范围。此外，侯浚吉的《歌德传》是一部普及读物。在奥地利文学方面卡夫卡、茨威格等作家的研究具有代表性，是德语文学学科重要组成部分，其中的重要著作有叶廷芳的《现代艺术的探险者》（1986）、张玉书的《茨威格评传》（2007）及文集《海涅·席勒·茨威格》（1987）、余匡复的《布莱希特传》（2003）和《布莱希特论》（2002）。同样，严宝瑜、范大灿、叶逢植、张佩芬等也相继推出了专著或系列论文对学科发展作出了巨大贡献。

第四代学者卫茂平的中德文学关系史研究、王炳钧的德国文学理论研究、李永平的里尔克研究、李伯杰的浪漫派研究等引起关注，其中王炳钧于 1991 年的德文著作 *Rezeptionsgeschichte des Romans "Die Leiden des jungen Werther" von Johann Wolfgang Goethe in Deutschland seit 1945*（《歌德长篇小说〈少年维特之烦恼〉1945 年以来的德国接受史》）、冯亚琳的《德语文学与文化》、陈良梅的《德国转折文学研究》（2003）和《当代德语叙事理论研究》（2007）等颇有影响。

第五代学者多为 1970 年前后出生。他们一般都比较注重个案研究，强调问题意识，认识到语境的重要。他们或在专题史研究或以思想史研究为取向，在翻译史、接受史、学术史等的著述值得关注。

作为集大成的文学史写作方面，则先后有三部重要著作问世，即冯至主持的《德国文学简史》、余匡复独著的《德国文学史》、范大灿主编的五卷本《德国文学史》。其中，冯至主持的《德国文学简史》于 1958 年初版，上册由冯先生独著，下册的作者还包括田德望、张玉书、孙凤城、李淑和杜文堂。[①] 余匡复的《德国文学史》（1991）规模明显扩大，且注意德语原文的引用。范大灿主编的五卷本《德国文学史》（2008），不但规模拓展了许多，而且在方法论上

---

① 冯至：《德国文学简史》上册，《冯至全集》第 11 卷；冯至、田德望、张玉书、孙凤城、李淑、杜文堂：《德国文学简史》下册，人民文学出版社 1958 年版。

多有突破。此外，具体的断代史、国别史等领域，还有余匡复的《当代德国文学史纲》（1994）和《战后瑞士德语文学史》（1992）、高中甫和宁瑛合著的《20 世纪德国文学史》（1998）、韩瑞祥和马文韬合著的《20 世纪奥地利、瑞士文学史》（1998），等等。

近年来，谷裕先后发表了《现代市民史诗——19 世纪德语小说研究》（2007）、《隐匿的神学——启蒙前后的德语文学》（2008）和《德语修养小说研究》（2013），既尝试文学解释学兼及其他方法，又将基督教的维度引入，丰富了汉语学界德语文学研究的思路。谢芳的《20 世纪德语戏剧的美学特征——以代表性作家的代表作为例》（2006）、陈良梅的《当代德语叙事理论研究》（2007）、莫光华的《德语文学研究与现代中国》（2008）、叶隽的《史诗气象与自由彷徨——席勒戏剧的思想史意义》（2007）和《歌德学术史研究》（2011）、赵蕾莲的《论克莱斯特戏剧的现代性》（2000）、黄燎宇的《托马斯·曼》（1999）、王滨滨的《黑塞传》（2007）、曹卫东等的《20 世纪德国马克思主义文艺理论研究》（2012）、方维规的《20 世纪德国文学思想论稿》（2014）、徐畅的《现代性视域中的〈没有个性的人〉》（2014）、李昌柯的《"我这个时代"的德国——托马斯·曼长篇小说论析》（2014）、贺骥的《〈歌德谈话录〉与歌德文艺美学》（2014）、谢建文的《德语后现代主义文学研究》（2015）等，也都颇具特色。同时值得关注的还有梁展有关德语文学和马克思主义的系列论文，如《帝国的想象——卡夫卡〈中国长城修建时〉中的政治话语》《世界主义、种族革命与〈共产党宣言〉中译文的诞生》《反叛的幽灵——马克思、本雅明与 1848 年法国革命中的小资产阶级知识分子》等。所谓后继有人、长江后浪推前浪，德语文学学科人才济济，韩瑞祥、黄风祝、杨壹棋、杨宏芹、余扬、张玉娟、冯亚琳、赵山奎、曾艳兵、吴时红、吴建广、姜丽、马剑、张辉、吴晓樵、梁锡江、聂军、聂华、虞龙发、张帆、陈瑾、沈冲、宋建飞、王滨滨、黄霄翎、詹春花、徐畅、吴勇立、张继云、郑杰、张莉、刘冬瑶、张辛仪、安尼、胡蔚、任卫东、张晓静、丁君君、卢铭君、赵勇、常培杰、单世联、张叶鸿、牛宏宝、任昕、邓深、佘诗琴、魏育青、陈早、冯冬、刘为、于陆、余迎胜、谭渊、谢敏、陈芸、林晓萍、赵千帆、贾涵斐、李明明、谢魏、卢白羽、杨劲等，近年均有不俗的表现。

五　西班牙语、葡萄牙语文学研究

虽然紧随苏联、东欧文学，亚非拉文学早在 20 世纪五六十年代就被推到了前台，但是真正的西语、葡语文学研究却必得到 1978 年之后。1978 年，杨绛翻译的《堂吉诃德》出版。这是我国第一次从原文移译这部世界名著，也是我国学者第一次对其进行较为深入的学术探究。翌年，中国西班牙、葡萄牙、拉丁美洲文学研究会成立。自此，我国西语、葡语学者在大量翻译西班牙、葡萄牙和拉丁美洲文学作品的同时，开始了筚路蓝缕、殚精竭虑的研究之路。主要成果有如下几类：

（一）重要文学史、断代史、体裁史有《西班牙文学简史》（孟复著，1982）、《拉丁美洲文学史》（赵德明、赵振江等著，1989）、《20 世纪墨西哥文学史》（陈众议著，1998）、《西班牙与西班牙语美洲诗歌导论》（赵振江著，2002）、《拉丁美洲小说史》（朱景冬、孙成敖著，2004）、《西班牙文学史》（沈石岩著，2006）、《20 世纪西班牙小说》（王军著，2007）、《西班牙文学"黄金世纪"研究》（陈众议著，2007），以及 1998—2001 年由外语教学与研究出版社出版的国别文学简史系列中的《西班牙文学》（董燕生著）、《阿根廷文学》（盛力著）、《巴西文学》（孙成敖著）、《秘鲁文学》（刘晓眉著）、《墨西哥文学》（李德恩著），等等。

（二）重要流派思潮、作家作品研究著作或评传有《魔幻现实主义》（陈光孚著，1986）、《魔幻现实主义大师加西亚·马尔克斯》（陈众议著，1987）、《拉美当代小说流派》（陈众议著，1995）、《加西亚·马尔克斯评传》（陈众议著，1999）、《加西亚·马尔克斯》（朱景冬，1995、2003）、《执著地寻找天堂——墨西哥作家鲁尔福中篇小说解析》（郑书九著，2003）、《山岩上的肖像——聂鲁达的爱情·诗·革命》（赵振江、滕威著，2004）、《诗与思的激情对话》（王军著，2004）、《巴尔加斯·略萨传》（赵德明著，2005）、《遭贬谪的缪斯——玛利亚·路易莎·邦巴尔》（段若川遗著，2007），以及1997年由长春出版社出版的作家传记系列中的《米斯特拉尔》（段若川著）和《塞拉》（丁文林著），以及2001—2005年由华夏出版社出版的作家评传系列中的《塞万提斯》（陈凯先著）和《博尔赫斯》（陈众议著）等。

（三）重要论文有数百篇，分别发表于《外国文学评论》《外国文学研究》《国外文学》《外国文学》《当代外国文学》《外国文学动态》《文艺研究》等刊物，关涉西、葡、拉美文学的几乎所有重要流派思潮和作家作品，其中尤以加西亚·马尔克斯、博尔赫斯、塞万提斯等重要作家及魔幻现实主义等重要流派为焦点，其中又数《堂吉诃德》研究持续时间最久，即自20世纪二三十年代周氏兄弟起，今犹未竟。20世纪八九十年代以来，由于中国社会逐步进入了商品经济和市场经济时代，物欲的膨胀在一定程度上导致了精神的错位、理想的失落，堂吉诃德又一次成为人文学者关注的对象，出现了一批有关堂吉诃德，尤其是堂吉诃德与阿Q比较研究方面的著述。其中比较重要的有陈涌的《阿Q与文学经典问题》、秦家琪和路协新的《阿Q和堂·吉诃德形象比较研究》、李春林的《欲望与想象的互相转化》、张梦阳的《阿Q新论：阿Q与世界文学的精神经典问题》、陈众议的《堂吉诃德在中国》和《我们还需要堂吉诃德吗?》等。除上述评论外，值得关注的还有钱理群的专著《丰富的痛苦——堂吉诃德和哈姆雷特的东移》（2007）。以后者为代表，堂吉诃德的冲动在中国逐渐转化为政治思考、政治需要。有关学者把堂吉诃德精神放大为民族意识，提出了"集体堂吉诃德"等概念。重要译著除《堂吉诃德》（计有杨绛、屠孟超、董燕生、孙家孟、张广森、崔维本等分别担纲的译本凡二十余种）外，《百年孤独》等也有多个译本。此外，云南人民出版社的《拉丁美洲文学丛书》、黑龙江出版社的《西班牙文学丛书》、昆仑出版社的《伊比利亚文学丛书》和南海出版公司的最新译本等，都是新时期有影响的西语、葡语文学名著丛书。这些丛书，加上有关出版社的零星品种，基本涵括了 20 世纪西语、葡语文学的重要作家作品。

最近十年，中国西葡拉美文学翻译与研究仍在开拓、积累和发展的上升期。虽然西语、葡语文学翻译多而评介少的局面短期内仍旧存在，但其研究面貌在相当程度上较以前更加丰富多样。令人欣喜的是范晔、杨玲、魏然、滕威、楼宇、陈宁、樊星、张伟劼、闵雪飞、汪天艾等一批青年才俊的涌现。他们在翻译和研究方面的成果得到好评。可以说 2009 年至今也是西葡拉美学界成果相对密集产生的十年。在西班牙古典文学研究方面，陈众议于 2011 年出版了《塞万提斯学术史研究》，该书是国内学界第一次系统介绍塞万提斯学术史的研究成果，全面梳理了《堂吉诃德》及塞氏其他代表作阐释史和接受史。此外，罗文敏、刘林、宗笑飞、范晔等也就塞万提斯或《堂吉诃德》发表了论文。2017—2018 年，陈众议主编的新版《西班牙和西班牙语美洲文学通史》前两卷面世（第一卷陈众议、宗笑飞著，第二卷陈众议、范晔、宗笑著），内容自中世纪初延伸至 17 世纪。在西班牙语现当代文学研究方面，2016 年王军的《西班牙当代女性成长小说》出版，书中涵盖了当代西班牙女性小说这一主题。此外，围绕西语、葡语文学，黄乐平、陈宁、滕威、曾利君、邱华栋、范晔、郑书九、闵雪飞、樊星、魏然等发表了相当出色的论文或著作。其中滕威的《"边境"之南：拉丁美洲文学汉译与中国当代文学（1949—1999）》、曾利君的《马尔克斯在中国》、邱华栋《大陆碰撞大陆：拉丁美洲小说与 20 世纪晚期以来的中国小说》、朱景东的《当代拉美文学研究》、郑书九主编的《拉丁美洲"文学爆炸"后小说研究》、陈宁的《孤独的诗歌：高乔诗歌》、范晔的《诗人的迟缓》等，在学界产生了较大的反响。

六 东欧文学研究

20 世纪 80 年代初，中国社会科学院外国文学研究所东欧文学研究室开始酝酿和筹备《东欧文学史》的撰写工作，作者有林洪亮、张振辉、蒋承俊、徐耀宗、兴万生、冯植生、李孝风、王敏生、陈九瑛、樊石、高韧和郑恩波。该书于 1990 年告竣出版，填补了东欧文学研究领域的一项空白。与此同时，北京外国语大学于 1999 年前后推出了"北京外国语大学外国文学史丛书"，包括《保加利亚文学》（杨燕杰著）、《波兰文学》（易丽君著）、《捷克文学》（李梅和杨春著）及《罗马尼亚文学》（冯志臣著）。此外，东欧文学史方面还有《东欧文学简史》（张振辉等著，1993）、《东欧戏剧史》（杨敏主编，1996）、《东欧当代文学史》（林洪亮主编，1998）、《20 世纪波兰文学史》（张振辉著，1998）、《波兰战后文学史》（易丽君著，2002）、《捷克文学史》（蒋承俊著，2006）等先后问世。与此同时，兴万生继《裴多菲评传》（1981），又于 1996 年推出了六卷本译著《裴多菲文集》。

值得注意的是，1989 年年底东欧国家先后发生剧变。这一剧变深刻影响并改变了东欧国家的历史进程和发展模式。这种影响和改变自然会波及社会的各个领域，包括文学。和以往不同，这一回我们显得淡定了。虽然节奏放慢了一些，东欧文学译介居然产生了不少高潮。同时，研究不断深入，出版了《密茨凯维奇评传》（张振辉著，2006）、《裴多菲传》（冯植生著，2006）、《东欧文学大花园》（高兴著，2007）、《中罗文学关系史探》（丁超著，2008）等一系列著作。

与此同时，《世界文学》杂志一直孜孜不倦地译介东欧文学。它先后推出的"斯特内斯库小辑""鲁齐安·布拉加诗选""塞弗尔特作品小辑""米沃什诗选""赫拉巴尔作品小辑""米兰·昆德拉作品小辑""希姆博斯卡作品小辑""凯尔泰斯·伊姆雷作品小辑""贡布罗维奇作品小辑""埃里亚德作品小辑""齐奥朗随笔选""霍朗诗选""克里玛小说选"等，产生了广泛的影响。赫拉巴尔、克里玛、昆德拉等一个个耀眼的名字出现在我国读者面前。尤其是昆德拉，随着他的走红，人们记住了"轻与重""永劫回归""媚俗"等特殊的文学语汇。乐黛云、盛宁、景凯旋、仵从巨、余中先、李凤亮、高兴等学者纷纷撰文，发表了不少颇有见地的评论文字。有关昆德拉的各类著述中，《对话的灵光》（李凤亮、李艳主编，1999）值得关注。此外，《米兰·昆德拉传》（高兴著，2005）和《叩问存在》（仵从巨主编，2005）等都颇受读者的欢迎。

最近十年，随着国家的"一带一路"倡议和"16＋1"合作趋于深广，中国与"一带一路"沿线的中东欧国家的文化交往日益密切。在这样的大背景下，东欧文学的译介和研究呈现出了井喷的态势，其中体量最大、影响最广的要数高兴主编、花城出版社出版的"蓝色东欧"系列。此外，译林出版社、上海译文出版社、湖南文艺出版社、广西师范大学出版社、人民文学出版社、安徽文艺出版社、上海文艺出版社等也推出了不少东欧文学作品。

在文学翻译全面铺展的同时，东欧文学研究也呈现出了纵向深入的趋势。柯静、景凯旋、丁超、宋炳辉等发表了颇有分量的著述。其中丁超、宋炳辉的《中外文学交流史：中国—中东欧卷》和宋炳辉的《弱势民族文学在现代中国：以东欧文学为中心》是近期比较重要的著作。

七　意大利文学研究

改革开放之后，在大量引入西方作品的潮流中，意大利文学引人注目。1982年出版的《中国大百科全书·外国文学卷》，以一百个条目的篇幅介绍意大利文学，使之首次展现全貌。1989年，中国意大利文学会成立，集合起一支训练有素的翻译和评论队伍，有力地促进了学科的发展。在学会的主持和组织之下，翻译、出版、研究工作协调发展。

（一）文学史和专题研究方面计有张世华的《意大利文学史》

（1986），吕同六的《意大利文学透视》（1993）和《意大利20世纪文学扫描》（1993），王军、徐秀云的《意大利文学史——中世纪和文艺复兴时期》（1997），王焕宝的《意大利近代文学史》（1997），沈萼梅、刘锡荣的《意大利当代文学史》（1996），沈萼梅等的《意大利文学》（1999），肖天佑的《意大利文学大花园》（2007），姜岳斌的《伦理的诗学——但丁诗学思想研究》（2007），等等。

（二）重要思潮流派研究方面有吴正仪的《意大利真实主义简论》（1988），吕同六的《一个奇特的历史文化现象——意大利未来主义》（1993）和《意大利当代文学的新生面——新现实主义》（1993），吴正仪的《现实主义文学中的激进支流——工业题材文学》（1991）等。

（三）重要作家作品研究方面的论文有吕同六的《理解新时代巨人的思想与创作的钥匙——论但丁的政治观》（1993）、张曙光的《是否存在一种世界文学——但丁的另一种启示》（2005）、李庆国的《彼特拉克〈歌集〉译者的话》（2000）、方平的《薄伽丘》（1990）、王军的《薄伽丘——新时代的报晓晨鸡》（2003）、张宇靖的《追求完美的塔索》（2003）、王天清的《塔索》（1994）、张顺祥的《论塔索》（2005），等等。此外，贾晶、刘儒庭、吴正仪、王天清、沈萼梅、黄文捷等就有关作家作品发表了评论。

最近十年，意大利文学研究在继承中发展，主要成果计有张缵、王宁康、贺江、于晓峰、董丹、王军、徐娜等人的论文。所憾囿于种种原因，意大利文学研究界队伍呈现出萎缩态势，成果数量明显减少。要改变目前的颓势，尚需多方努力。

八　古希腊罗马文学研究

近四十年，我国研究人员在西方古典文学及文论领域取得了比较丰硕的成果，在前人的基础上向前迈进了一大步。主要成果有罗念生、水建馥、王焕生、陈中梅等人的大量译著和《论古希腊戏剧》（罗念生，1985）、《古罗马文艺批评史纲》（王焕生，1998）、《古罗马文学史》（王焕生，2006）、《柏拉图诗学和艺术思想研究》（陈中梅，1998）等专著。重要学术论文有陈中梅的《在柏拉图的对面——读孔子关于"学〈诗〉"与"言〈诗〉"的论述有感》（2004）、《荷马诗论》（2008）等，以及大量探讨和涉及了古希腊罗马文学的著述如李赋宁先生等人主编的三卷四册《欧美文学史》（1999）、朱维之的《欧美文学简编》（1999）、仵从巨的《逝者说话——外国古典名著与文学大师》（1999）、郑克鲁主编的《外国文学史》（2006）等。

最近十年，古希腊罗马文学文化的研究进入了新时期，其主要特点表现为：由改革开放以来的跃进式发展转而渐趋理性，学者译介、研读古希腊罗马文学文化时体现出更为明确的主体意识。从古希腊文学研究来看，近十年所发表论文数量呈抛物线形，比如中国知网上以"希腊"为主题检索，2018 年有 639 条记录，较之 2017 年的 849 条、2016 年的 954 条、2015 年的 1765 条呈下降趋势，而基本上回归到 2004 年（594 条）、2005 年（754 条）的水平。以古希腊为主题的硕士、博士学位论文为 89 篇，为近十年来数量最少，并与 2008 年基本持平。主要研究领域一是对古希腊罗马经典著作和经典作家的移译、细读和诠释；二是以古希腊罗马问题为中心，展开对西方文学、文化史上某些重要问题历史演变的辨析梳理；三是从西方古典学出发，进行"现代性"研究，即立足于中国当下，从本土文化立场对中国现代化形成过程及其问题的考察和反思。

此外，翻译方面有王焕生的《西塞罗文集》（2010），《古罗马戏剧全集》（2015），晏绍祥、吴舒萍的《罗马的遗产》（2016），高建红的《古希腊悲剧研究》（2017），王扬的《古希腊古抒情诗集》（2018），以及刘小枫主编的古典学术译丛的不少古希腊罗马名著。论文作者主要有中国社会科学院、北京大学、中国人民大学、中山大学、东北师范大学的学者，如陈中梅、李川、刘小枫、黄群、程志敏、吴雅凌、罗逍然、赵翔、张拉、李永毅等。

九 北欧文学研究

所谓北欧文学，即瑞典、丹麦、冰岛、芬兰和挪威五个国家的文学，最早虽然有过鲁迅、茅盾的提倡，而且易卜生的戏剧、安徒生的童话，以及勃兰兑斯的文学史著作，也在中国产生过相当大的影响，但关于北欧文学，人们知道的很有限，更遑论研究了。1978年后，研究北欧文学的主要是石琴娥和张华文。此外，高校也有一些教师涉足这一领域。

石琴娥是国内最权威和最著名的北欧文学专家，娴熟多门北欧国家语言，和过去多从英语转译不同，她可以直接通过北欧国家的语言，介绍和翻译文学作品。1986年，上海译文出版社出版了石琴娥编选的《当代北欧短篇小说集》，它是我国出版的第一部比较全面介绍当代北欧短篇小说的集子。石琴娥三十年来一直致力于北欧文学翻译和研究，退休后依然笔耕不辍，先后出版了《北欧文学大花园》《萨迦选集》《安徒生童话和故事全集》等作品。2005年出版的《北欧文学史》是石琴娥经多年积累和思考而精心撰写的学术论著，填补了外国文学研究的一项空白。此外值得一提的还有张华文的《芬兰文学简史》（1996），它是国内第一部介绍和研究芬兰文学的史学著作。

最近十年，北欧文学研究依然后继乏人，这与该文学应有的地位很不相称。也正因为如此，中国社会科学院外国文学所老学者石琴娥依然笔耕不辍，于2015年出版了《北欧文学论》。该论集作为《世界历史文化丛书》之一，详尽地介绍了北欧（挪威、瑞典、芬兰、丹麦、冰岛等国）从中世纪到当代文坛的代表性作品和作家，以及北欧文学对世界的影响。

此外，值得关注的还有孙建主笔的《跨文化背景下的北欧文学研究》（2017）。

十　朝鲜、韩国文学研究

在东亚诸国的文化交往中，朝鲜半岛文化是其中不可或缺的一环。北京大学朝鲜语专业、延边大学、中央民族大学和中国社科院外文所东方文学研究室至今仍是国内朝鲜—韩国文学翻译与研究的重要基地。1949—1978 年，我国的有关工作主要集中在翻译上，翻译家有李箕永、韩雪野、赵基天、宋影、千世峰、陶炳蔚、张友鸾等。

改革开放之后，国内的朝鲜文学翻译与研究有了突飞猛进的发展。翻译方面涉及金东仁、廉想涉、李孝石、朱耀燮、金承钰、李清俊等众多作家。研究方面则有金何明等的《朝鲜文学史》（1981）、许文燮的《朝鲜文学史》（1984）、朴忠禄的《朝鲜文学简史》、韦旭升的《朝鲜文学史》（1986）、金柄珉的《朝鲜中世纪北学派文学研究》和金宽雄的《朝鲜小说叙事模式研究》，以及数量巨大的论文和述评。

最近十年，在韩国流行文化的带动下，韩国通俗文学在中国大放异彩。同时，经典研究有韦旭升的《韦旭升文集》（2000）、李岩的《中朝文学关系史论》（2003）和《朝鲜中古文学批评史研究》（2015）、金春仙的《韩国现当代文学史》（2012）、金英今的《精编韩国文学史》（2016）等专著，而崔雄权、韩东、孙逊、张伯伟、蔡美花、王国彪、林惠彬、牛林杰、苑英奕、金鹤哲等人的论文也颇值得关注。近年来，韩国文学翻译方面出现了以薛舟、金鹤哲等为代表的优秀译者，推出了高银、黄皙暎、朴婉绪、金爱烂等人的不少作品。

同样值得注意的是，半岛的紧张局面影响了我国对朝韩现当代文学的全面研究。然而，朝鲜现当代文学理应成为我们今后研究的重点。

十一　日本文学研究

日本文学一直在我国东方文学翻译与研究中占有十分重要的地位。日本近、现代文学与中国现代文学有着密切的影响关系。鲁迅、郭沫若、郁达夫、周作人等，都曾受过日本近、现代文学的诸多影响。然而，自20世纪30年代日本发动侵华战争以来，中国的日本文学译介与研究便长期处在停滞状态，直至1972年中日两国邦交正常化。

1978年之后，日本文学的翻译与研究有了显著的发展，可谓成果丰硕。大致说来，又可以十年为一个阶段分为四个时期。

一是1978—1987年。此期间翻译方面可谓成绩显著。研究方面的成果则主要体现在译著的序文和在各种杂志上发表的有关日本文学的评介文章。研究方面有刘振瀛、申非、王长新、李芒、吕元明、高慧琴、严绍璗等人的著述。

二是1988—1998年。这时期我国学界对日本文学的翻译与研究迅猛发展。主要学者有叶渭渠、李芒、高慧琴、李德纯、吕元明、王晓平、夏刚、兰明、吕莉、王向远、何少贤、何乃英、于长敏、宋再新、陆坚等，主要著作有《近代中日文学交流史稿》《投石集》《沟通与更新——鲁迅与日本文学发微》《爱·美·死——日本文学论》《中日民间故事比较研究》《和汉朗咏集文化论》《日本俳句与中国诗歌：关于松尾芭蕉比较文学研究》《日本当代文学研究》《日本现代文学巨匠——夏目漱石》等。

三是1999—2009年。此期间日本文学翻译古今兼具、盛况空前。重要研究成果有王晓平主编的《人文日本新书》、李芒的《采玉集》、卢盛江的《空海与〈文镜秘府论〉》、张哲俊的《中国古代文学中的日本形象研究》和《中国题材的日本谣曲》、王若茜和齐秀丽的《浮世草子的婚恋世界》、刘雨珍的《万叶集的世界》、郑民钦的《日本俳句史》和《和歌美学》、马骏的《万叶集"和习"问题研究》、北京日本学研究中心文学研究室编著的《世界语境中的

〈源氏物语〉》、王向远的《中国题材日本文学史》和《日本文学汉译史》、叶渭渠的《日本古代文学思潮史》（1996）、叶渭渠和唐月梅的《日本文学史》、魏大海的《私小说——20世纪日本文学的一个神话》和《日本当代文学考察》、董炳月的《"国民作家"的立场——中日现代文学关系研究》、王中忱的《越界与想象——20世纪中国、日本比较文学研究论集》、李征的《作为表象的上海——日本、中国新感觉派运动的比较文学研究》、刘建辉的《魔都上海——日本知识分子的近代体验》、王向远的《王向远著作集》等著作，以及吕莉、张龙妹、丁莉、魏大海、邱雅芬、林少华、王志松、刘研等人的不少论文。

2000—2006年，应中国社会科学院外国文学所邀请，诺贝尔文学奖得主大江健三郎几度来华访问，进行学术交流。中国社会科学院外国文学所为此举办了"大江健三郎文学研讨会"。2008年，《大江健三郎文学研究》（论文集）出版。此外，中国社会科学院外国文学所还邀请日本著名学者小森阳一、铃木贞美、藤井省三、黑古一夫等来华访问、作讲座等。这些高层次的学术交流推动了中国相关学界对日本现当代文学的关注和研究，而许金龙等人翻译的大江健三郎的作品受到了业界的关注和好评。

四是最近十年，我国的日本文学研究呈现出继往开来、快速发展的趋势。日本文学研究会推出了谭晶华主编的《日本文学研究：历史足迹与学术现状　日本文学研究会三十周年纪念文集》（魏大海、李征、吕莉副主编，2010），许金龙主编的《融化的雪国：叶渭渠先生纪念文集》（2015），以及《日语学习与研究》杂志从2006年开始推出的年度综述，其主要作者有王志松、马骏、杨伟、王向远、刘晓芳等。

据不完全统计，最近十年来本学科相关学术论文发表每年在300篇左右，其中发表在外国文学专业刊物上的论文计130篇，约占本学科全部发文数的40%。《日语学习与研究》所刊日本文学论文近十年总计达200篇左右，且该刊从2010年开始不定期地推出"专题研究"栏目，如王志松主持的"日本大众文化与现代中国"（2010）、张龙妹主持的"汉字文化圈的文学与宗教"（2011）、李铭敬主持的"中国题材的日本文学研究"（2012）、王成主持的"日本游记文学研究"（2013）、王晓平主持的"日本文献学研究"（2016）、张哲俊主持的"五山文学的校注与研究"（2017）等一定程度地反映了学科热点。相关研究著作亦呈爆发式增长态势，其中有李庆的《日本汉学史》（4 册）、陈福康的《日本汉文学史》（3 册）、王晓平的《中日文学经典的传播与翻译》（2 册）、董炳月的《"同文"的现代转换：日语借词中的思想与文学》、孙歌的《思想史中的日本与中国》、徐美燕的《"日本体验"与中国现代文学思潮》、刘舸的《他者之镜：中国当代文学中的日本》、李怡的《日本体验与中国现代文学的发生》、高晨的《比较文学变异视角下的日本动画创作研究》、唐月梅的《日本诗歌史》、王志松的《20 世纪日本马克思主义文艺理论研究》、邱雅芬的《中日傀儡戏因缘研究》和《芥川龙之介学术史研究》、张晓希的《五山文学与中国文学》、柴红梅的《二十世纪日本文学与大连》、单援朝的《漂洋过海的日本文学：伪满殖民地文学文化研究》、王升远的《文化殖民与都市空间——侵华战争时期日本文化人的"北平体验"》、周萍萍的《日本教科书中的"军国美谈文学"研究》、潘贵民的《芥川龙之介文学中的佛教思想研究》等著作，以及胡连成、张小玲、关立丹、郭勇、何建军、刘春英、陆晚霞、霍士富、李雁南、于小植、刘立善、刘研、邹波、田建国、丁国旗、乌日古木勒、杨晓辉等人的著作。

　　此外，王向远近期的编著、译著聚焦于日本文艺理论，如"审美日本系列"（4 册）、《东方文化集成：日本古代诗学汇译》（2 册）。谭晶华、魏大海、李征等主编的日本文学研究会论文集，以及王宝平的《东亚视域中的汉文学研究》（2013）、聂友军的《取醇集：日本五山文学研究》（2015）等论文集亦收录了较多新锐论文；《东北亚外语研究》的学术升级，以及刘晓芳主编的《日语教育与日本学研究》和孟庆枢主编的《中日文化文学比较研究》等集刊亦为学界所关注。

十二　东南亚文学研究

我国对东南亚文学的翻译介绍始于 1949 年，其中 20 世纪 50 年代翻译介绍的多为左翼革命文学。越南文学方面有黄轶球译阮攸的《金云翘传》（1959）、胡志明的《"狱中日记"诗抄》（1960）、谭玉培译阮公欢的《黎明之前》（1960）；泰国文学方面有北京大学东语系泰语专业集体翻译的《泰国现代短篇小说选》（1958）；缅甸文学方面有北京大学东语系缅甸语专业集体翻译的貌廷的《鄂巴》（1958）、戚继言译八莫丁昂的《鄂奥》（1965）；印度尼西亚文学方面有倪志渔译普拉姆迪亚的《游击队之家》（1958）、陈霞如译慕依斯的《错误的教育》（1958）、黄文焕译宋塔尼的《丹贝拉》。研究方面则主要是上述译著的前言。

1978—1989 年，东南亚文学翻译更加丰富多彩，但研究方面依然只有有关译著的前言、后记和简单的介绍文字。

此后十年，我国虽然翻译有所减弱，却出现了一些研究著作，如李谋等的《缅甸文学史》（1993）、栾文华的《泰国文学史》（1998）、张玉安和裴晓睿的《印度的罗摩故事与东南亚文学》（2005）等。

最近十年，除北京大学出版社于 2013 年推出的《东南亚古典文学翻译与研究丛书》（包括裴晓瑞和熊燃译/著《〈帕罗赋〉翻译与研究》、赵玉兰译/著《〈金云翘传〉翻译与研究》、李谋和林琼译/著《缅甸古典小说翻译与研究》、罗杰和傅聪聪等译/著《〈马来纪年〉翻译与研究》、吴伟杰和史阳译/著《菲律宾史诗翻译与研究》）外，世界图书出版公司也推出了"东南亚研究"丛书，包括尹湘玲的《东南亚文学史概论》（2011），余富兆、谢群芳的《20 世纪越南文学发展研究》（2014），于在照的《越南文学与中国文学之比较研究》（2014）和《越南文学史》（2014），梁立基的《印度尼西亚文学史》（2014），姚秉彦、李谋和杨国影的《缅甸文学史》（2014），以及梁立基、李谋主编的《世界四大文化与东南亚文学》（2017）。

此外，东南亚华文文学近年来一直是学界关注的热点。近年发表的重要论文有黄万华的《新世纪 10 年海外华文文学的发展及其趋向》、于锦恩的《论民国时期江苏籍人士对东南亚华文教育的重要贡献》、苏永延的《华文新文学的域外传播与流响——新马华文新文学与中国新文学的关系》、陈涵平的《东南亚华文诗歌复杂的文化认同——以若干代表性诗歌为例》、朱文斌的《论早期东南亚华文诗歌的本土化运动》、郭惠芬的《华文报刊、南下文人与东南亚华文文学的嬗变——从五四到抗战》、谢永新的《东南亚华文现代诗蕴含的中国文化辨析》、朱文斌的《放逐·乡愁·寻根——论东南亚华文诗歌的三大文化母题》、朱锦程的《21 世纪东南亚海上丝绸之路文化传播与海外华人文化认同研究》，等等。

十三　印度、巴基斯坦、孟加拉文学研究

印度是一个多语言的国家，印地语、孟加拉语和乌尔都语的作品都很丰富。因此，在这部分的综述中也包含了巴基斯坦（乌尔都语）和孟加拉的重要文学作品的翻译与研究。中国对印度文学的引介可以追溯至两千多年前的佛经翻译，然而大规模地译介和系统地研究佛经以外的印度文学，是在中华人民共和国成立之后。

1949—1966 年，梵语文学翻译方面的主要成果有：季羡林译《沙恭达罗》（1956）和《优哩婆湿》（1962）、金克木译《云使》（1956）、吴晓铃译《龙喜记》（1956）和《小泥车》（1957）。另外，唐季雍译《摩诃婆罗多的故事》（1958）、孙用译《腊玛延那·玛哈帕腊达》（1962）是转译的节选本。金克木的《梵语文学史》（1964）是国内学者关于印度梵语文学史研究的第一部专著。

1978—1989 年，印度文学的翻译与研究获得复兴。两大史诗的节译本有董友忱译《摩诃婆罗多》（1984）和黄志坤译《罗摩衍那》（1984）。季羡林译《罗摩衍那》（1980—1984）是直接译自梵文的全本。金克木等译《摩诃婆罗多插话选》（1987）、张保胜译《薄伽

梵歌》（1989）都是《摩诃婆罗多》的节选译作。徐梵澄译《五十奥义书》（1984）是奥义书迄今为止最重要的中文译本。梵语诗歌及戏剧的翻译成果主要有季羡林译《五卷书》（1981）、金克木译《伐致呵利三百咏》（1982）、韩廷杰译《惊梦记》（1982）、金克木等译《印度古诗选》（1984）。此外，金克木译《古代印度文艺理论文选》（1980）选译自五种经典的梵语诗学名著，是印度古代文艺理论翻译的奠基之作。

这一时期，巴利语的翻译作品主要有郭良鋆、黄宝生译《佛本生故事选》（1985）。印地语古典文学作品有金鼎汉译《罗摩功行之湖》（1988）。普列姆昌德的作品主要有庄重译《舞台》（1980）、《一串项链》（1983），周志宽等译《仁爱道院》（1983），刘安武译《新婚》（1982）、《普列姆昌德短篇小说集》（1984）等。孟加拉语作家般吉姆·钱德拉·查特吉的作品有石真译《毒树》（1988）等。萨拉特·昌德拉·查特吉的小说有石真译《斯里甘特》（1981）、刘安武译《秘密组织——道路社》（1985）等。黄宝生、石真译《伊斯拉姆诗选》选译了诗人纳兹鲁尔·伊斯拉姆的部分诗作。乌尔都语作家克里山·钱达尔的作品主要有伍蔚典译《一个少女和一千个追求者》（1981）（另一译本为庄重、荣炯译，1982）等。小说集主要有黄宝生等译《印度现代短篇小说集》（1978）、《印度现代文学》（1981）、《印度短篇小说选》（1983）等。

在研究方面，古典文学的论文有金克木《印度大史诗〈摩诃婆罗多〉的楔子剖析》（1979）、季羡林《论〈五卷书〉》（1981）、黄宝生《古印度故事的框架结构》（1984）等，专著主要有季羡林《罗摩衍那初探》（1979），季羡林、刘安武编选《印度两大史诗评论汇编》（1984）。此外，黄宝生的《印度古代文学》（1988）系统论述了古代和中古印度梵语和俗语文学的作品和作家。其他语种的印度文学研究著作主要有刘安武编选《印度现代文学研究》（印地语文学）（1980）和刘安武著《印度印地语文学史》（1987）。泰戈尔的生平及其作品如《吉檀迦利》《新月集》等是外国文学研究的焦点，研究论文和专著成果丰富。论文如季羡林的《泰戈尔的生平、思想与创作》（1981）、金克木的《泰戈尔的〈什么是艺术〉和〈吉檀迦利〉试解》（1981），专著有何乃英的《泰戈尔传略》（1983）等。

这个时期关于佛教文学及中印比较文学的论文和专著数量较多，具有代表性的论文如钱仲联的《佛教与中国古代文学的联系》（1980），郭良鋆的《印度巴利文佛教文学概述》（1982）、《梵语佛教文学概述》（1988）等。重要专著主要有张中行的《佛教与中国文学》（1984）、王邦维编译的《佛经故事选》（1985）、孙昌武的《佛教与中国文学》（1988）等。

1990—2009年，印度文学翻译和研究都进入了蓬勃发展的阶段。这一时期梵语文学的翻译和研究以中国社科院外文所东方文学研究室学者黄宝生为主要领军人物，他相继翻译了《摩诃婆罗多——毗湿摩篇》（1999）、《惊梦记》（1999）、《故事海选》（2001）等。2005年在两代学人历经十多年的努力下，最终由黄宝生主持翻译的《摩诃婆罗多》出版并获首届政府图书奖。这是迄今为止世界上《摩诃婆罗多》梵语精校本唯一的全译本，是我国印度文学译介的又一座丰碑，对于印度文学、比较文学、民间文学的研究都有着重要的价值。在印度文艺理论方面，黄宝生著《印度古典诗学》（1993）是国内根据梵语原典系统研究印度古代诗学的重要学术专著。黄宝生译《梵语诗学论著汇编》（2008）翻译了印度10部最主要的梵语诗学论著，为印度文艺理论的研究提供了详细的资料。

巴利语译作主要有郭良鋆译《经集》（1990）、邓殿臣译《长老偈·长老尼偈》（1997）。印地语作品主要有刘安武译《普列姆昌德短篇小说选》（1996）。刘安武等主编的二十四卷本《泰戈尔全集》（2000）从孟加拉语或印地语直接翻译，几乎涵盖了泰戈尔的全部作品。乌尔都语作品主要有刘曙雄翻译的伊克巴尔的长诗《自我的秘密》（1999）。印度英语文学作品也在世界范围内产生了广泛的影响。室利·奥罗宾多的作品主要是由徐梵澄译介，收于《徐梵澄文集》（2006）。安纳德、纳拉杨、拉迦·拉奥，以及奈保尔等人的作品在国内也多有译本和介绍。

同时，国内学界对印度文学的研究深入发展，产生了不少高水平的论文和专著。具有代表性的论文如黄宝生的《印度戏剧的起源》（1990）、《梵语文学修辞例释》（1991）。重要专著如季羡林主编的《印度古代文学史》（1991）全面评介了印度梵语、印地语、泰米尔语等主要语种的古代文学。刘安武的《印度两大史诗评说》（2001）、《印度两大史诗研究》（2001）和黄宝生的《摩诃婆罗多导论》（2005）等是有关两大史诗研究的著作。其他语种文学的专著主要有刘安武的《普列姆昌德和他的小说》（1992）和《普列姆昌德评传》（1995），山蕴编译的《乌尔都文学史》（1993），刘曙雄的《穆斯林诗人哲学家伊克巴尔》（2006），石海峻的《20 世纪印度文学史》（1998）、《印度文学大花园》（2007）和《后殖民：印英文学之间》（2008），姜景奎的《印地语戏剧文学》（2002）等。

1989 年以后印度文学与中国文学的比较研究蔚然兴起，代表性学者有季羡林、金克木、黄宝生、刘安武、郭良鋆、唐仁虎、郁龙余、薛克翘、王邦伟、魏丽明、王立等，重要专著有季羡林的《比较文学与民间文学》（1991），唐仁虎等的《印度文学文化论》（2000），郁龙余的《中印文学关系源流》（1987）、《中国印度文学比较》（2001）和《中国印度诗学比较》（2006），薛克翘的《中印文学比较》（2003），刘安武的《印度文学和中国文学比较研究》（2005），唐仁虎、魏丽明等的《中印文学专题比较研究》（2007）等。与佛教文学相关的研究成果极其丰富，代表性学者有金克木、黄宝生、陈允吉、孙昌武、蒋述卓、王立等。

此外，中国印度文学研究会于 1982 年成立，至 2009 年 5 月已举办十多届学术研讨会，结集出版《印度文学研究集刊》，发表论文百余篇。2009 年以来，中国社会科学院接受了国家社科基金重大委托项目"梵文研究及人才队伍建设"。为此，中国社会科学院成立了梵文研究中心执行这个项目。意在针对目前国内梵语人才稀缺、研究力量薄弱的现状，有步骤、有计划地培养梵文研究队伍，推动梵文研究事业。在国际印度学研究日渐衰微的学术环境下，中国的印度学研究方兴未艾。

最近十年译著和对勘作品大量产生，计有黄宝生《梵汉对勘佛所行赞》（2015）、《六季杂咏》（2017）、《十王子传》（2017）、《指环印》（2018）、《罗摩后传》（2018）等。2017 年中国社会科学出版社还出版了黄宝生译注的《罗怙世系》。梵语文学研究领域的主要成果有黄宝生著《梵学论集》（2013）。同时，印度古典诗学研究也取得了显著进展，尹锡南先后推出了《印度文论史》（2015）、《印度古典文艺理论选译》（2017）、《印度诗学导论》（2017）等著作。此外，尹锡南、陈明、贾华、于怀瑾、张远等学者的著述也受到关注。

十四　波斯（伊朗）、阿富汗文学研究

1949—1966 年，虽然北京大学东方语言文学系从 1957 年开始正式招收波斯语言文学专业学生，但由于人才成熟需要时间，因此这个阶段直接从波斯语翻译介绍过来的作品不多。1978—1989 年，波斯语专业学者开始承担起了翻译介绍波斯（伊朗）文学的重任，代表性的成果有张鸿年译《蕾莉与马杰农》（1984）、《波斯文学故事集》（1984）和《果园》（1989），邢秉顺译《哈菲兹抒情诗选》（1981）和《巴哈尔诗选》（1987），张晖译《鲁达基诗集》（1982）、《涅扎米诗选》（1987）、《柔巴依诗集》（1988）和《波斯古代抒情诗选》（1988）。从第二外语转译的作品逐渐退居次要地位，主要有潘庆舲译自俄语的《郁金香集——波斯古典诗选》（1983）和黄杲炘译自英语的《柔巴依集》（1982）。

在波斯（伊朗）文学研究方面，这一时期除了上述译著的介绍性文章之外，还产生了一批著述，其中有元文琪的《波斯古经〈阿维斯塔〉》和《善恶·祥瑞·神权——波斯古经〈扎姆亚德·亚什特〉剖析》《〈瞎猫头鹰〉：图像的人生哲理》等，王家瑛的《四行诗的源流、结构与海亚姆风格——兼论与唐绝句有无事实联系》等，

以及杨宪益的《试论欧洲十四行诗及波斯诗人哦默凯延的鲁拜体与我国唐代诗歌的可能联系》。

1990—2009 年，我国的波斯文学翻译与研究日益繁荣，取得了较为丰硕的成果。翻译方面完全由波斯语专业学者担纲，转译现象退出历史舞台。重要译著有：张鸿年译《列王纪》（节选）（1991）和《波斯古代诗选》（1995）、张晖译《卡布斯教诲录》（1990）；波斯文学翻译的巅峰之作，是由张鸿年、宋丕方、穆宏燕、邢秉顺、张晖、元文琪、王一丹七人共同翻译的"波斯经典文库丛书"共十八卷，由湖南文艺出版社于 2002 年出版。此外，在 21 世纪比较重要的翻译作品有元文琪译《阿维斯塔》（2005）、穆宏燕译《伊朗现代新诗精选》（2005）和《伊朗现代小说精选》（2006）等。

在波斯（伊朗）文学研究方面，论文数量成倍增长。《国外文学》1991 年第 1 期"波斯文学研究专辑"刊发了 16 篇相关论文。陶德臻、何乃英主编的《伊朗文学论集》（1993）共收录相关论文 32 篇。除了各种论文集中收录的有关研究文章和非波斯语专业学者的论文之外，波斯语专业学者有张鸿年、王一丹、沈一鸣、元文琪、穆宏燕等。主要专著有张鸿年的《波斯文学史》（1993）、元文琪的《伊斯兰文学》（1995）和《二元神论——古波斯宗教神话研究》（1997）、穆宏燕的《凤凰再生——伊朗现代新诗研究》（2004）等。

阿富汗地区在古代长期臣属于伊朗，波斯语也是阿富汗官方语言之一，因此阿富汗古典文学与波斯古典文学不作区分，一般皆以波斯文学论之。我国学界对阿富汗现当代文学的关注十分不够，相关翻译与研究仅由闻迪、张敏等少数学者担纲。因此，虽然阿富汗文学作品不时有汉译出版，但都是从英文转译的，比如哈立德·侯赛尼的"阿富汗三部曲"：《追风筝的人》《灿烂千阳》和《群山回响》。

最近十年，张鸿年出版了他的最后一部专著《列王纪研究》（2009）。此后，穆宏燕出版了《波斯古典诗学研究》（2011），刘英军也发表了一些论文。

十五　土耳其与中亚文学研究

我国学界对土耳其文学的研究一直十分薄弱，只在一些东方文学史的教材中对土耳其文学有简单的提及，在 20 世纪只有三部译著：陈微明等译《希克梅特诗集》（1952）、乌蒙译《土耳其的故事》（1958）、袁水拍等译《土耳其诗选》（1960）。但这种情况随着 2006 年诺贝尔文学奖得主、土耳其著名作家奥尔罕·帕慕克的访华交流而大为改观，应中国社会科学院国际合作局和外国文学研究所联合邀请，帕慕克于 2008 年 5 月 21—31 日来华进行学术交流和参观访问。帕慕克的来访带动了国内学界对其作品的研究，中国社会科学院外国文学所于 5 月 23 日还专门举办了"帕慕克作品研究会"，仅中国社科院外文所学者发表的相关论文就有 13 篇，其中陈众议的《帕慕克在十字路口》、陆建德的《意识形态的颜色——评帕慕克的〈我的名字叫红〉》、吴岳添的《法国文学——帕慕克的呼愁之源》、穆宏燕的《在卡夫山上追寻自我——奥尔罕·帕慕克的〈黑书〉解读》和《蓝的马，绿的天空》、钟志清的《忧伤的城市，忧伤的心灵》、宗笑飞的《浅析帕慕克的忧伤》等获得了学界的一致好评。而后又有梁军童的《西方文学与奥尔罕·帕慕克小说艺术研究》（2012）、杨中举的《奥尔罕·帕慕克小说研究》（2012）、陈艳丽和马秀丽的《帕慕克小说的寓言性征》（2014）、陈玉洪的《东西方文学视野下的帕慕克研究》（2016）四部专著问世。

近两年，计有刘钊的《〈先祖阔尔库特书〉研究》（2017）、魏李萍的博士学位论文《〈先祖阔尔库特书〉史诗性研究》和专著《土耳其〈鹦鹉传〉翻译与研究》（待出版）、张虎的《21 世纪的土耳其小说：现状与隐忧》等著述。

而与土耳其文学研究雷同的还有土、伊、阿三国以北、苏联时代的八个共和国，乃至俄罗斯北高加索、鞑靼斯坦、巴什基尔斯坦等地的文学。这些地区与土、伊等国历史上关系密切，波斯语及其文化对其历史文化、政治经济、宗教社会等产生过巨大影响。近来西方逐渐习惯以"波斯化世界"概括之（甚至包括巴基斯坦等地）。而我国主流学界对它的关注明显不足，希望不远的将来得到弥补。

十六　希伯来文学研究

以《圣经》为代表的希伯来古典文学研究在我国起步较早。20世纪80年代伊始，朱维之发表了《希伯来文学简介——向〈旧约全书〉文学探险》（1980）。继之，许鼎新发表了《希伯来诗歌简介》（1982）。此后，朱维之的《圣经文学十二讲》（1989）和由他主编的《古代希伯来文学史》（2001）出版。在此期间，梁工的《圣经文学导读》（1990）和《凤凰的再生：希腊化时期的犹太文学研究》（2000）也相继问世。再后来，王立新的《特质、文本与主题：希伯来神话研究三题》（2003）等论文，以及陈贻绎的《希伯来语〈圣经〉——来自考古和文本资料的信息》（2006）、刘意青的《圣经的文学阐释——理论与实践》（2004）、梁工的《西方圣经批评引论》（2006）等逐渐将研究引向深入。此外，一些在国际上富有影响的《圣经》研究专著被译成中文出版，如弗莱的《伟大的代码：圣经与文学》（1998）等。

1992年中以建立外交关系后，希伯来语文学译介得到长足发展，其中有《现代希伯来小说选》（1992）、《近代希伯来文学简史》（1992）和奥兹的一系列作品。稍后，钟志清作为我国第一位在以色列大学毕业的希伯来文学博士，归国后带动了国内的希伯来文学研究。1997年到2001年年初，她在有关刊物发表了系列论文并出版专著《当代以色列作家研究》（2006）。

2007年9月，应中国社会科学院外国文学所邀请，以色列著名作家奥兹访华，中国社会科学院外国文学所主办了阿摩司·奥兹作品研讨会，这是我国首次就单一以色列作家和希伯来语作家的作品举行专门的学术研讨。此外，以色列方面也派学者团来中国社会科学院外国文学所进行访问和学术交流。

最近十年的主要成果有梁工的专著《当代文学理论与圣经批评》

（2014）、王立新的专著《古犹太历史语境下的希伯来圣经文学研究》（2014）、李炽昌的论文集《跨文本研究》（2015）；同时，钟志清的《希伯来圣经学术史》（中国社会科学院外国文学所创新工程项目）结项待出。此外，梁工、田海华、高峰枫、钟志清等发表了不少论文。

以色列的希伯来文学研究与翻译在中以两国政府的共同扶持下，取得了前所未有的成绩。在研究领域，钟志清《变革中的 20 世纪希伯来文学》（国家社科基金项目国家哲学社会科学成果文库，2013）和许相全的《用文学重现圣殿的荣耀》（2015）先后出版；余玉萍、陈方等人的论文相继发表。

十七　阿拉伯文学研究

1949 年中华人民共和国成立之后，阿拉伯文学的译介工作逐渐展开，但真正的研究成果却是 1978 年以后才逐渐产生的。

首先是研究领域从古典文学、近现代文学、当代文学，拓展到古代阿拉伯文论。其次是研究的重心逐渐贴近经典，既有陆晓修等人对《一千零一夜》的评论，也有孙承熙等人对《吉尔伽什》等古代史诗和神话传说的阐述。自 1979 年至 21 世纪初，有关《一千零一夜》的研究文章达四十余篇，重要专著有郅溥浩的《神话与现实——〈一千零一夜〉论》（1997）。此外，纪伯伦研究也是我国阿拉伯文学研究的一个重点，截至 21 世纪初，这方面的论文共有三十余篇，主要专著有伊宏的《东方冲击波——纪伯伦评传》（1993）。最后，埃及作家马哈福兹获得诺贝尔奖（1988）后引起了极大关注，几十年来共有近百篇论文问世，主要成果有张洪仪和谢杨主编的《大爱无边》（2008）。在此期间，李琛的《阿拉伯现代文学与神秘主义》（2000）和仲跻昆的《阿拉伯现代文学史——东方文化集成》（2004）先后出版，使我国阿拉伯文学研究迈上了新的台阶。

1987 年，阿拉伯文学研究会成立，每年召开学术会议，给国内的阿拉伯文学研究提供了交流信息、互助互进的平台。2007 年，埃及作家黑托尼应中国社会科学院外国文学所的邀请访华。2008 年，叙利亚旅法诗人阿多尼斯应北京外国语大学的邀请访华。围绕这些作家出现了不少文章。

最近十年，随着我国改革开放的深化和"一带一路"倡议的提出，阿拉伯文学研究迈上了新台阶，共计发表论文近五百篇，累计出版相关专著十余部。论文发表数量呈现逐年递增的趋势。首先，阿拉伯古典文学研究成果虽然数量不多，但质量明显提升，研究重点也较为突出，其中《一千零一夜》《卡里来和迪木乃》等古典文学研究几乎占了半壁江山。其次，阿拉伯近现代文学研究一直是我国阿拉伯文学研究的重点。特别是近年来，随着"一带一路"框架逐渐形成，对周边国家国情、文化和文学的研究也随之成为我国外国文学研究的重心。纵观 2009—2018 年，近五百篇论文中有约五分之四为近现代阿拉伯文学研究成果。这些论文主要具有如下特点：一是由过去集中在几位重要作家作品，转向多国别、多维度研究。针对纪伯伦、旅美文学、马哈福兹等现代文学的研究成果数量逐年上升。许多敏感作家和新兴作家也渐渐进入视域。其中较为重要的论文有林丰民的《当代中国学者对阿拉伯文学流派的研究》。其他重要作者有邹兰芳、余玉萍、牛子牧、李志茹、颜炼军、张弛等。二是重视热点地区和国家，如叙利亚、埃及、巴勒斯坦等国别、区域文学研究，其中较为重要的著作有余玉萍的《抵抗身份危机——以色列境内巴勒斯坦文学创作述评》、史月的《离散群体视角下的阿拉伯战争文学书写》、薛庆国的《马哈茂德·达尔维什：用栀子花的呐喊，令祖国回归》，等等。三是及时追踪当前阿拉伯文坛动向，自2012 年以来，《外国文学动态研究》每年都会刊登一篇阿拉伯文学创作的综述，概括上一年阿拉伯文学的发展状况，主要作者有薛庆国、尤梅等。

随着国家支持力度的加大，阿拉伯文学研究逐渐走向深入。越来越多的阿拉伯文学研究者成功申请到了社科基金重大项目、教育部重点项目等，这使得研究呈现出持续、深入的发展态势。短短数年，学者们陆续发表富有深度的阶段性成果，并且将它们不断完善、深化，最终以专著形式出版，如马征的《文化间性视野中的纪伯伦研究》（2010）、邹兰芳的《阿拉伯传记文学研究》（2016）、汪颉珉的《沙特女作家拉嘉·阿丽姆的小说叙事艺术》（2016）、林丰民的《中国文学与阿拉伯文学比较研究》（2011）、孔令涛的《文化大背景中的阿拉伯文学和欧洲文学影响研究》（2014）、宗笑飞的《阿拉伯安达卢斯文学与西班牙文学之初》（2017）等。

此外，最近十年，不断有文学批评史、文学史以及文学交流史方面的专著问世，这也说明我国的阿拉伯文学研究更加系统、细致、全面。仲跻昆的《阿拉伯文学通史》（2010）洋洋百余万字，涵盖了自公元5—6世纪以来至20世纪末漫长时间跨度内的阿拉伯文学。该著获得了"谢赫·扎耶德图书奖"。此外，王有勇的《阿拉伯古代文学批评史》（2014）、郑慧慈的《阿拉伯文学史》（2015）、陆培勇的《阿拉伯文学史纲：古代部分》（2015）、郅溥浩和丁淑红等的《中外文学交流史：中国—阿拉伯卷》等，各个精彩纷呈，体现了我国阿拉伯文学研究的高度、深度与广度。

十八　澳大利亚文学研究

我国的澳大利亚文学研究经历了曲折的发展过程。

一是解冻阶段（1949—1978）。1949年，中华人民共和国成立。在此后一个时期，澳大利亚文学研究成果主要体现在翻译方面。

二是起步阶段（1979—1988）。1979年年初，当中国向世界敞开大门的时候，首批年轻的中国学者黄源深、胡文仲、胡壮麟、侯维瑞、杜瑞清、龙日金、王国富、杨潮光、钱佼汝一行九人，承载着国家的重托和期盼，来到澳大利亚悉尼大学，开始了他们在异国他乡的求学生涯，同时也正式拉开了中国学者研究澳大利亚文学的序幕。1982年，九人学成归国，在国内首先竖起了澳大利亚文学研究的大旗，并开始在有关刊物发表评论。

三是发展阶段（1989—1998）。这一阶段，几部有影响的学术专著相继问世，它们分别是黄源深的《外国文学·大洋洲文学》（1990）、《当代澳大利亚社会》（1991）、《从孤立走向世界——澳大利亚文化简论》（1993）、《澳大利亚文学论》（1995）、《澳大利亚文学史》（1997）和《澳大利亚文学选读》（1997），以及胡文仲的《澳大利亚文学论集》（1994）。其中《澳大利亚文学史》填补了国内相关领域的空白，是我国澳大利亚文学史研究的扛鼎之作。此外，这一阶段还出现了不少论文。

四是繁荣阶段（1999—2019）。进入 21 世纪以来，随着中国改革开放的进一步深入和中澳文化交流的进一步密切，澳大利亚文学研究进入了繁荣时期。澳大利亚研究中心几乎覆盖了中国的六大区域，各种文化活动更加频繁。本阶段澳大利亚文学研究表现出以下几个特点：首先，研究更加广泛，并呈现多元的态势。除了对帕特里克·怀特、亨利·劳森等人的作品表现出持续的热情之外，国内学者还对 J. M. 库切、彼得·凯里、弗兰克·穆尔豪斯、伊丽莎白·乔利、海伦·加纳、布莱恩·卡斯特罗、理查德弗纳瑞根等主流作家高度关注。其次，研究更加深入、细致和系统。虽然这一阶段没有像《澳大利亚文学史》那样影响巨大的学术专著出现，但推出了当代澳大利亚经典作家研究的系列丛书，有王光林的《错位与超越——美、澳华裔英语作家的文化认同》（2004）、吴宝康的《论怀特小说的悲剧意义》（2005）、彭青龙的《写回帝国中心——彼得·凯里小说的文本性与历史性研究》（2006）和《彼得·凯里小说研究》（2011）、徐凯的《孤寂大陆的陌生人——帕特里克·怀特小说中的怪异性研究》（2007）、梁中贤的《解读伊丽莎白·乔利小说的符号意义》（2007）、朱晓映的《海伦加纳研究》（2013）、王腊宝的《澳大利亚文学批评史》（2016）等。此外还有黄源深和彭青龙的《澳大利亚文学简史》（2006）、陈弘等的《澳大利亚文学评论》（2006）等。最后，研究力量明显增强，这可以从发表论文的数量和承担的国家级课题明显看出。据不完全统计，全国高校设立了三十六个澳大利亚研究中心，其中有十一所高校设立的国别与区域研究中心已获得教育部批准备案。1999—2018 年，国内学者发表在外国文学类 CSSCI 来源杂志上的文章共计一百多篇；先后有八个国家社会科学基金项目获准立项，其中重大项目一个（彭青龙的"多元文化视野下的大洋洲文学研究"）。

十九 其他文学研究

这里所谓的其他，主要指长期遭遇忽略的黑非洲文学。受语言等诸多因素的限制，黑非洲文学一直没有受到重视。因此，中国非洲文学研究起步很晚，即使在前三十年"三个世界"理论框架下，也没能得到应有的发展。但同时也正因为如此，黑非洲文学研究是近年来发展最快的一个学科。随着我国的综合国力的增长，尤其是"一带一路"倡议的实施，中非之间的交往日益密集、深入，非洲文学研究在国内学界也便获得了前所未有的关注。其中一个长足的发展是学者们开始注意总结与反思国内的学科研究现状，并在此基础上不断提出新的研究问题。2017 年，由北京大学非洲研究中心策划的《中国非洲研究评论》出版了非洲文学研究专刊（由蒋晖担任执行主编）。该书中首次收集了中国大陆十六所高校的非洲文学研究与教学的介绍资料，并勾勒出学科发展的特点——国内各类高校的非洲文学研究与教学分别依托深厚的东方学（特别是东方文学、亚非文学研究）传统、比较文学和外国文学理论优势、传统语言教学基础等，开拓并发展出充满活力的非洲文学研究学科。

此外，国内非洲文学研究领域的一个重要的动向是从过去以欧洲语言书写的非洲文学（如非洲英语文学和非洲法语文学）为主，开始意识到有必要加强对非洲本土语言文学和文化现象的研究。这一转向与近期非洲大陆上诸多学术机构和高校开展得轰轰烈烈的去殖民教育运动遥相呼应。

2012 年 10 月，应中国社会科学院外国文学研究所的邀请，索因卡访问中国，带来了非洲文学的光芒。自此，在著名非洲文学批评家拜尔顿·杰依夫教授、非洲戏剧家费米·奥索菲桑教授和沃莱·索因卡的倡导下，北京大学外国语学院亚非系筹备并正式设立了国内第一个非洲文学与文化研究硕士研究生专业方向，为该学科的建设作出了一定的贡献。此外，北京外国语大学、天津外国语大学、中国传媒大学等高校也依托传统的斯瓦西里语、豪萨语等传统非洲语言教学优势，不断有相关非洲本土语言文学的研究成果诞生。

总结近年来的国家社科基金等各种研究项目和课题，也不难发现除了作家作品研究，出现了不少对文学现象与思潮、将文学史与社会史结合展开的研究，设立了若干项目，例如，《20 世纪60 年代以来的尼日利亚戏剧转型研究》（北京大学）、《英殖民时期斯瓦希里语和豪萨语本土文学嬗变研究》（北京外国语大学）、《文化记忆与身份认同视角下的当代非洲戏剧研究》（长沙理工大学），等等。

非洲文学的研究成果，也与最近十年非洲文学的译介工作相辅相成。除了从 20 世纪中叶就得到关注的阿契贝等非洲文学的经典作家，许多新兴作家的作品也被译介至汉语。非洲英语文学方面，最受关注的作家之一是尼日利亚女作家奇玛曼达·恩戈齐·阿迪奇埃，她的作品中有 6 部作品相继在中国问世。此外，尼日利亚作家本·奥克瑞、伊各尼·巴雷特、奇戈希·奥比奥玛等人的作品也被翻译成中文，为中国研究者和读者呈现了更加当代和多元的非洲社会面貌。非洲法语文学方面，摩洛哥作家塔哈尔·本·杰伦、科特迪瓦作家阿玛拉·库鲁玛、刚果（布）作家阿兰·马邦库等人的作品先后被译介至中国。非洲葡语文学方面，莫桑比克著名作家米亚·科托的代表作《母狮的忏悔》《梦游之地》《耶路撒冷》等作品也由北京大学葡语系研究人员先后完成译介，且米亚·科托于 2018 年首次受邀访华。

最近，不少高校相继设立非洲研究院所（中心），非洲文学开始从英、法、葡、阿等大语种转向土著语言。总之，随着"一带一路"倡议的推进，从"互联"到"互通"、从"互利"到"互赢"，我国非洲文学研究必将迎来新的高潮。

后　记

　　2019 年，是中华人民共和国成立七十周年。七十年来，中国文学研究在学科体系、学术体系和话语体系建设方面均取得了历史性的进展，在传播中华优秀传统文化、促进中华各民族的团结、弘扬时代精神以及社会主义核心价值观等方面，发挥了重要作用，提供了丰富的文化资源。总结七十年来的学科发展历程，对于新时代中国文学研究学科的进一步发展，具有非常重要的借鉴作用。按照中国社会科学院的统一部署，文学研究所、民族文学研究所、外国文学研究所组织力量，以各学科综合研究为基础，结合新时代中国文学研究发展现状，编写了这本《新中国文学研究 70 年》。

　　《新中国文学研究 70 年》由朝戈金、刘跃进、陈众议担任主编。全书由"中国文学编""民族文学编""外国文学编"三个部分组成。

　　"中国文学编"由文学研究所组织编写，撰稿分工如下：

　　绪论"七十年来中国文学研究的学术体系建构"由刘跃进撰写，马昕、马勤勤为古代学科体制建设诸内容提供相关资料。上编"中国文艺理论研究 70 年"，前三章分别由丁国旗、刘方喜、陈定家撰写。第四章由董炳月、谭佳、程玉梅、王蓓、郑熙青、颜淑兰撰写。第五章由安德明、祝鹏程撰写。中编"中国古代文学研究 70 年"，第一章由刘倩、李芳、裴云龙、王宣标撰写，第二章由郑永晓、夏薇、陈君、林甸甸撰写；第三章由王达敏撰写；第四章由刘倩、李芳、郜同麟、郑妙苗撰写，刘宁负责统稿。下编"中国现、当代文学研究 70 年"，第一、第二章由冷川撰写，第三、第四章，张炯、杨匡汉、白烨、李建军、李洁非、田美莲参与撰写。第五章由张重岗撰写。

"民族文学编"由民族文学研究所组织编写，撰稿分工如下：

"绪言"部分由朝戈金撰写。第一章由吴刚撰写。第二章由刘大先撰写。第三、第四章由毛巧晖撰写。第五、第六章由巴莫曲布嫫撰写。

"外国文学编"由外国文学研究所组织编写，撰稿分工如下：

"绪言"部分由陈众议撰写。第一章由卞之琳、叶水夫、袁可嘉、陈燊、陈建华、石南征、黄梅、钱满素、王义国、叶隽、吴岳添、高兴撰写。第二章由陈众议、田洪敏、石南征、黄梅、钱满素、王义国、高兴、叶隽撰写。第三章由陈众议、申丹、马大康、王宁、聂珍钊、刘渊、章辉、纪秀明、陈跃红、周启超、张晓明、支宇、谢天振、汪正龙、何辉斌、徐德林、黄梅、钱满素、王义国、余嘉、石南征、叶隽、吴岳添、高兴、吴正仪、李永平、陈中梅、穆宏燕、焦艳、吕莉、魏大海、常蕾、钟志清、宗笑飞、叶丽贤、侯玮红、邱雅芬、杨曦、于怀瑾、董晨、刘晖、魏然、李川、徐娜、舒苏乐、程莹、彭青龙撰写。

中国文学研究七十年来走过了光辉的发展轨迹，从中国汉语文学到少数民族文学，再到外国文学，从作家和作品研究到文学理论研究，各方面都取得了巨大成就。诚然，我们的学科体系、学术体系和话语体系建设，还有很长的路要走，许多问题还需要进一步思考和深化。希望学界同仁一起努力，更好地推进新时代中国文学研究。